Jürgen Heimbach · Offene Wunden

April 1950: In Deutschland geht's langsam wieder aufwärts. Die Menschen sind mit dem Wiederaufbau beschäftigt. Von politischer Aufarbeitung fehlt jede Spur. Ehemalige Parteibonzen sind wieder in Amt und Würden. Da hat Hauptkommissar Koch, der während des Krieges in Spanien war, einen schweren Stand. Für viele in der Behörde ist er ein „Nestbeschmutzer". Privat hat Koch sein Glück gefunden und Dorle geheiratet. Beruflich hat er es mit dem Raubmord an Albert Roth zu tun. Alle Indizien sprechen dafür, dass Roth von einem einquartierten Flüchtling umgebracht wurde. Nur Koch lässt sich nicht von der Hetze gegen die Flüchtlinge anstecken und ermittelt weiter. Alles scheint in ruhigen Bahnen zu laufen, bis ein Unbekannter Koch bittet, diskret Nachforschungen zur Vergangenheit eines hochrangigen Polizisten anzustellen, der die Gründung des Bundeskriminalamtes vorantreibt. Koch ist misstrauisch. Welche Ziele verfolgt der Unbekannte? Doch für weitere Nachforschungen fehlt die Zeit: Dorle wird ermordet und Koch steht unter Verdacht.

Jürgen Heimbach wurde 1961 in Koblenz geboren. Er studierte Germanistik und Philosophie in Mainz und ist Autor zahlreicher Kriminalromane.

Zuletzt im Pendragon Verlag erschienen:

„Unter Trümmern" | 2012 | *1. Fall für Koch*
„Alte Feinde" | 2014 | *2. Fall für Koch*

Jürgen Heimbach

Offene Wunden

Pendragon

Für Liane

1. Teil

Stiche

24. April 1950

I

Der dürre Baum mit den rosa Blüten wuchs aus dem Vorgarten über den Holzzaun und warf einen langen Schatten auf den Bürgersteig. Die Spitze des Schattens ragte bis auf die Straße zu den in den Asphalt eingelassenen Schienen. Mit metallisch-kreischenden Bremsen schob sich eine Straßenbahn über die Spitze und schnitt sie ab. Zwei Männer in weit geschnittenen Anzügen und eine Frau, die einen dünnen beigen Mantel trug, unter dessen Saum ein grüner Rock hervorlugte, verließen hastig den Wagen. Paul Koch, der vor einer Hauswand in der Nähe der Straßenbahnhaltestelle stand und auf seinen Assistenten Siggi Maus wartete, sah der Frau nach. Der grüne Rock erregte seine Aufmerksamkeit. Vor nicht langer Zeit war Grau noch die vorherrschende Farbe auf den Straßen gewesen, Anzüge und Kleider abgetragen und geflickt, ehemalige Wehrmachtsuniformen zu Röcken und Hosen umgenäht. Trotz der Freude über dieses Zeichen der Normalisierung des Alltags war Koch irritiert über die Geschwindigkeit, mit der das geschah.

Er sah auf seine Uhr. Es war zehn nach zehn. Siggi war über die Zeit. Koch ging unruhig einige Schritte die Straße entlang. Ein Vorkriegs-Mercedes kroch vorüber, und als der Fahrer den Gang wechselte, schoss eine dunkle Abgaswolke aus dem Auspuff. Vor dem Schaufenster einer Metzgerei blieb Koch kurz stehen und warf einen Blick in die reich gefüllte Auslage. Wie das Grau aus der Kleidung waren auch die Lebensmittelkarten verschwunden. Durch die große Glasscheibe konnte er hinter der Theke eine Wanduhr erkennen. Zwölf nach zehn. Wenn er das gewusst hätte, wäre er an diesem Montagmorgen länger bei Dorle am Frühstückstisch sitzen geblieben. Sie hatte sich nicht beschwert, dass er an diesem Tag arbeiten ging, obwohl seine Anwesenheit bei der Befragung wegen eines Mordes, zu der er mit seinem Assistenten fahren wollte, nicht notwendig war. Siggi sollte diesen Fall alleine bearbeiten, eine Form der Prüfung nach vier Jahren als Kochs Assistent im Morddezernat. Keine allzu schwere Aufgabe, wie es im Moment aussah.

Er setzte sich wieder in Bewegung, wandte sich von dem Schaufenster ab, blickte zu dem schmalen Baum, in den in diesem Moment eine Bö fuhr, einen Teil der Blüten mit sich riss und über die Straße trieb. Eine Wolke hatte sich vor die Sonne geschoben und den Schatten verschwinden lassen.

Zwei Frauen traten aus der Metzgerei und waren so ins Gespräch vertieft, dass eine von beiden Koch nicht bemerkte und ihn anrempelte.

„Oh, entschuldigen Sie!", warf sie dem verdutzten Mann zu.

Er sah den beiden davongehenden Frauen nach.

„Bei meinem Schwager wohnt immer noch so ein Flüchtling aus dem Osten. Wie lange das noch dauert …"

Der Klang einer lahmen Hupe riss Koch aus seinen Gedanken. Ein dunkler Wagen hielt am Straßenrand, Siggi streckte seinen blonden Schopf aus dem Fenster.

„Herr Koch!", rief er dem Kommissar entgegen. „Entschuldigung!" Dabei schnippte er die Asche einer Zigarette mit einer eingeübten Bewegung auf die Straße.

Der Kommissar öffnete die Tür und ließ sich auf den Beifahrersitz fallen. Er sah zu seinem Assistenten hinüber, der die Zigarette jetzt im Mundwinkel hielt, einen Gang einlegte und zügig losfuhr.

„Wo waren Sie denn?", fragte Koch vorwurfsvoll, als sie die ersten Meter zurückgelegt hatten.

„Hat wegen des Wagens gedauert", begründete Siggi seine Verspätung und inhalierte dann tief, ohne seine Hände vom Lenkrad zu nehmen. „Kleiner Schaden."

Koch gab sich mit der Erklärung zufrieden. Als sie die letzten Häuser des Mainzer Vorortes hinter sich gelassen hatten, begann er das Gespräch. „Gibt es etwas Neues?"

Siggi schüttelte den Kopf, zog noch einmal an seiner Zigarette und warf sie dann aus dem Fenster.

„Nein", erklärte er. „Kallweit leugnet noch immer, Roth umgebracht zu haben. Er wisse nicht, wie die Schere an den Tatort gekommen sei. Er habe sich auch nicht mit Roth am Waldrand verabredet. Warum auch, sagt er, er hätte ihn doch im Haus oder im Ort ansprechen können."

Am Freitag war in Harxheim Albert Roth tot aufgefunden worden, erstochen mit einer Schere, die dem Flüchtling Ludwig Kallweit gehörte. Siggi hatte am Wochenende die ersten Befragungen alleine durchgeführt.

Koch reagierte nicht gleich. Siggi wich einem Schlagloch aus, ohne die Geschwindigkeit zu reduzieren, dabei wurde der Kommissar abrupt zur Seite geworfen.

„Wir sind nicht auf der Rennstrecke, Siggi!", ermahnte er seinen Assistenten, als er wieder aufrecht saß.

„Es spricht alles für Ludwig Kallweit als Täter", sagte Siggi. Er ging nicht auf den Tadel ein. „Der Tote ist der Schwager von Alfons Pfeiffer, bei dem die Kallweits untergekommen sind."

„Waren die Kallweits einquartiert worden?", wollte Koch wissen.

Siggi hob kurz seine Schultern. „Ja, in einem Schuppen hinter dem Haus. Kann man eigentlich nicht Wohnung nennen. Eher ein Verschlag. Den die aber ganz ordentlich eingerichtet haben."

„Schneider ist der Mann?"

Siggi nickte, nahm seinen Blick nicht von der Straße.

„Herrenschneider. Macht jetzt aber auch für Frauen."

„Was haben wir sonst noch?"

„Die Schere, mit der Roth erstochen wurde. Gehört eindeutig Kallweit."

„Mit einer Schere …" Koch klang verwundert. „Das klingt brutal."

„Ja", bestätigte Siggi. „Es waren viele Stichwunden. Wie blindwütig zugestochen."

„Da hatte jemand Wut im Bauch. Oder Hass."

„Kallweit soll öfters Streit mit dem toten Roth gehabt haben."

Koch schwieg, dachte nach und ließ seinen Blick über die weiten Felder, die sich rechts und links der Fahrbahn ausbreiteten, schweifen. Die Sonne heizte das Wageninnere auf.

II

In Harxheim steuerte Siggi den Adler Trumpf Junior, eine Vorkriegskonstruktion, durch die Gassen zum Haus der Pfeiffers am Ortsrand. Es war ein schmales, zweistöckiges Gebäude aus großen, groben Steinen. Das Tor auf der rechten Seite des Anwesens war geschlossen. Die Äste eines Baumes ragten über die Straße.

Siggi stellte den Wagen vor dem Tor ab. Koch stieg aus, wartete nicht auf seinen Assistenten und klopfte mit der Faust gegen das Tor. Siggi stellte sich neben ihn. Nach einem zweiten Klopfen hörten sie von drinnen Schritte.

„Ja?!", fragte eine tiefe Stimme.

„Polizei", rief Koch. „Machen Sie auf!"

Mit einem schabenden Geräusch wurde wenig später das Tor aufgezogen.

Alfons Pfeiffer, der Besitzer des Hauses, stand vor ihnen. Er hatte sich anscheinend noch schnell ein Jackett angezogen, denn der Kragen des Sakkos stand ab.

„Hat er endlich gestanden?", fragte der leicht untersetzte Mann mit dicken Brillengläsern und sah den Kommissar neugierig an.

Koch reagierte nicht auf die Frage. „Lassen Sie uns hereingehen", forderte er Pfeiffer stattdessen auf, der einen kurzen Moment zögerte, bevor er zur Seite trat, um die beiden Männer in den Hof zu lassen.

„Rechts durch die Tür", sagte er und sah Siggi an. „Sie kennen den Weg ja."

Koch folgte Siggi durch die schmale Tür ins Innere des Hauses, wo es nach Zimt roch.

„Meine Frau backt gerade", erklärte Pfeiffer, als er neben Koch in den Flur getreten war. „Sie muss was tun, hat sie gesagt. Das ist ja so schrecklich mit dem Albert. Mit der Schere erstochen. Was sind das nur für Menschen?" Er sah an dem Kommissar vorbei. „Das sind doch keine Menschen, die so was tun?!"

Er wartete die Antwort nicht ab, sondern ging durch eine weitere Tür in das Wohnzimmer, in dem ein Sofa und zwei Sessel um einen Tisch gruppiert waren.

Koch sah sich um. Über dem Sofa hing ein dunkel gerahmtes Bild mit Dürers „Betenden Händen". Um den Rahmen herum war die Tapete akkurat abgegrenzt verblichen. Noch vor wenigen Jahren hatte in einem größeren Rahmen das Bild des Führers diese Stelle geziert, vermutete Koch.

Als Pfeiffer die Polizisten mit einer Geste aufforderte, Platz zu nehmen, kam eine Frau herein. Alles an ihr war grau, sowohl ihre Schürze als auch ihr Gesicht und ihre Haare, die sie zu einem Knoten zusammengesteckt hatte.

„Meine Frau Heide", wurde sie von ihrem Mann vorgestellt. Sie nickte den Besuchern zu, ohne sie anzuschauen.

„Möchten Sie etwas trinken?"

Koch und Siggi lehnten gleichzeitig mit einer Kopfbewegung ab.

„Auch keinen Kuchen?" Sie klang enttäuscht.

Siggi nickte und fing sich einen tadelnden Blick von Koch ein, der nicht mehr verhindern konnte, dass die Frau eilig das Zimmer verließ. Kurz war das Klappern von Geschirr und Besteck zu hören, dann stand Heide Pfeiffer schon wieder im Zimmer und stellte zwei Teller mit Kuchen vor den Polizisten ab.

„Selbstgemacht", fügte sie unnötigerweise hinzu.

Siggi schob seinen Teller näher zu sich heran und widmete sich mit Genuss seinem Stück.

Koch ließ seinen Kuchen unberührt.

„Ihr Schwager wurde am Freitag umgebracht. Waren

Sie da zu Hause?“, fragte er mit Blick auf Alfons Pfeiffer. „Sie haben nicht gearbeitet?“

„Mein Mann war krank“, erklärte die Frau.

„Ich bin Pedell an der Schule hier im Ort“, fügte er hinzu, „aber meine Weltkriegsverletzung setzt mir immer wieder zu. Ypern, wissen Sie, ein Schrapnell.“ Er tippte sich mit dem Zeigefinger leicht an den Kopf. „Können die nicht rausoperieren. Manchmal spüre ich es. Kopfschmerzen. Schwindel.“

„Am Freitag waren Sie zu Hause?“, fragte Koch unbeeindruckt. Er sah kurz zu Siggi herüber. Der steckte sich gerade wieder ein Stück von dem Kuchen in den Mund. „Was haben Sie da mitbekommen?“

„Ich lag hier, auf dem Sofa, auf dem Sie sitzen. Im Liegen kann ich es am besten aushalten. Wenn alles dunkel ist. Meine Frau war in der Küche …“

Frau Pfeiffer hatte sich auf die Lehne eines der beiden Sessel gesetzt und balancierte unbequem auf der Kante.

„Der Albert, also mein Schwager, der kam in die Küche rein und sagte, dass der Kallweit ihn treffen wolle. Draußen.“

„Warum?“

Siggi hatte sich das letzte Stück Kuchen in den Mund geschoben.

„Ich habe noch mehr“, sagte Frau Pfeiffer, aber Siggi machte eine ablehnende Geste.

„Das hat er nicht gesagt“, führte Pfeiffer weiter aus. „Ich habe mich ja auch gewundert. Die haben sich oft gestritten, wegen dem Schuppen …“

„In dem Kallweit mit seiner Frau wohnt?“, beeilte sich Siggi zu fragen.

„Ja, genau“, bestätigte Pfeiffer und nickte. „Die Kallweits …, wie soll ich das sagen, die sind ja aus dem Osten geflüchtet. Wir mussten die dann aufnehmen. Dabei haben wir doch selbst nicht viel Platz. In dem Schuppen hatte ich früher meine Werkstatt … aber, auf der anderen Seite …", Pfeiffer sah kurz zu seiner Frau hinüber, dann wieder zu Koch, „… will man ja auch helfen. Aber wissen Sie, Herr Kommissar, es dankt einem ja keiner. Keiner! Und die Kallweits … Immer dreister wurden die. Wollten erst dieses oder dann jenes." Er wurde lauter. „Beschwerten sich über die Toilette draußen im Hof. Als ob die es im Osten besser gehabt hätten. Aber wie meine Frau immer sagt: ‚Wenn man den Leuten den kleinen Finger gibt, dann nehmen sie die ganze Hand.'" Er suchte ihren Blick. Sie nickte bestätigend. „Und jetzt das! Der arme Albert!"

Frau Pfeiffer bekreuzigte sich.

Koch atmete tief ein.

Siggi starrte erst auf seinen leeren Teller und schielte dann zur Seite auf den von Koch, auf dem das Kuchenstück noch unberührt lag.

„Also: Herr Roth kam zu Ihnen und sagte, er wolle sich mit Herrn Kallweit treffen. Er hat aber nicht gesagt, warum? Hat er das öfters gemacht, ich meine, sich mit Kallweit im Wald zu treffen?"

Pfeiffer zuckte mit der Schulter. „Keine Ahnung. Wenn ich in der Schule bin … da bin ich den Tag über nicht da. Ist immer was zu tun in der Schule. Die Heizung. Die Fenster. Irgendwo ist immer etwas kaputt. Und kriegen Sie mal Ersatzteile, jetzt. Die reden zwar alle, dass es besser ist, nach der Währungsreform. Aber so wie früher ist es noch lange nicht …"

„Wie viel früher?", unterbrach Koch ihn rüde.

Erstaunt sah Pfeiffer den Kommissar an.

„Früher eben", antwortete er verständnislos. „Früher,

vor dem Krieg, war es besser. Wenn was fehlte, habe ich es bestellt. War kein Problem."

Siggi rutschte unruhig auf dem Sofa hin und her. Er fürchtete bei diesem Thema einen Streit zwischen den Männern. „Roth, Ihr Schwager, wie lange war der jetzt hier?"

„Albert, der war jetzt ...", er überlegte, „ja, der war jetzt drei Monate hier ..."

„Dreieinhalb", korrigierte ihn seine Frau.

„Ja, dreieinhalb, kann sein", sagte Pfeiffer.

„Wo war er vorher gewesen?" Siggi sah dem Mann in die Augen.

„Kriegsgefangenschaft. Er war beim Russen in Kriegsgefangenschaft. Ist jetzt erst zurück. So lange. Musste da in einem Lager schuften."

„Hatte er keine eigene Wohnung? Kein Haus?" Die Frage kam von Koch, der sich dafür einen verärgerten Blick Siggis einfing.

„Zerbombt. Albert hatte mit seiner Frau, also meiner Schwester, in der Stadt gewohnt. Nach den Terrorangriffen ..."

Koch fuhr heftig herum. Pfeiffer rückte erschrocken zur Seite.

„Ist doch so!", blaffte er, „Bomben auf Zivilisten. Was konnten die dafür? Frauen! Kinder!"

„Wer hat denn angefangen damit?", fauchte Koch den Mann an.

„Herr Roth ist dann hier eingezogen?", fragte Siggi schnell, froh, dass ihm diese Frage eingefallen war.

Koch ballte seine Fäuste und versuchte, sich zu beruhigen.

„Ja, er ist doch der Mann meiner Schwester. War in Kriegsgefangenschaft. Wo sollte der denn sonst hin? Die

Kallweits haben jetzt ja lange genug hier gewohnt. Könnten doch längst was Eigenes gefunden haben."

„Wie Sie vielleicht wissen", sagte Koch streng, „gibt es noch immer zu wenig Wohnraum."

„Herr Kallweit sagt aus, er habe immer wieder nach einer Wohnung gefragt, was aber jedes Mal abschlägig beschieden wurde", ergänzte Siggi.

„Warum sind die nicht geblieben, wo sie vorher waren?", warf Frau Pfeiffer ein. „Warum mussten die denn weg da? Der Mann hatte ein Geschäft. Damit hätte er doch wieder anfangen können, nicht?"

Siggi wollte etwas sagen, aber Koch war schneller. „Herr Roth wohnte also hier bei Ihnen im Haus?"

Pfeiffer lachte abfällig. „Wo denn sonst? Sollte er auf der Straße leben?"

Frau Pfeiffer sprang ihrem Mann bei. „Es ist nur eine Kammer. Wir haben nicht viel Platz. Unsere Tochter, die Gisela, die lebt ja auch noch hier. Und … unsere Söhne … der Manfred ist gefallen, in Norwegen, und der Harald …" Sie begann zu weinen. Ihr Mann stand auf, hockte sich neben sie und nahm ihre Hände in seine.

„Heide, bitte …" Dann wandte er sich Koch zu. „Harald ist vermisst. Wir haben keine Nachricht. Wir können doch sein Zimmer nicht weggeben … Vielleicht steht er morgen vor der Tür. Und dann? Wenn jemand anderes drin lebt? Das können wir doch nicht machen."

Frau Pfeiffer beruhigte sich wieder, stand auf und verschwand aus dem Raum.

„Zeigen Sie uns den Schuppen, den die Kallweits bewohnen", forderte Koch und stand auf.

Alfons Pfeiffer erhob sich schwerfällig aus seinem Sessel und ging an Koch vorbei aus dem Zimmer. Siggi folgte den beiden über den Hof zu einem Holzverschlag, der hinter dem Haus in einem kleinen Garten stand, ein Schuppen, nicht größer als fünf auf vier Meter und gerade mal mannshoch.

Im Inneren zündete Pfeiffer eine Gaslaterne an, da das einzige kleine Fenster, das zum Garten ging, nur wenig größer als ein Schuhkarton war. Links stand ein Bett, in der Mitte des Raumes ein kleiner Tisch, unter den zwei Stühle geschoben waren, und auf der rechten Seite war eine provisorische Schneiderei untergebracht.

Koch trat vor die Nähmaschine. An der Wand dahinter war ein dunkelgrün lackiertes Brett montiert, in das eine Vielzahl von Nägeln eingeschlagen war, über die Nähgarnrollen gestülpt waren. Ein leichter Luftzug ließ die offen herabhängenden Fadenenden hin und her schwingen. In einem Holzkasten neben der Maschine lagen Scheren und Nadeln sowie ein Haufen Stoffreste.

„Ein Zimmer?“, fragte Koch.

„Meinem Schwager hätte das gereicht. Der hatte oben im Haus eine Abstellkammer. Mehr nicht.“

Koch sah sich noch einmal um, dann trat er wieder in den Hof. Ein Windstoß fuhr ihm ins Gesicht.

„Es wird kälter“, bemerkte Pfeiffer.

Koch ging nicht darauf ein.

„Ist Frau Kallweit nicht da?“, fragte er.

Pfeiffer sah den Kommissar erstaunt an. „Die Frau eines Mörders? Der Mann hat meinen Schwager umgebracht!“

Koch hob beide Hände und sagte bestimmt: „Noch ist nichts erwiesen. Es ist nur ein Verdacht, dass Herr Kallweit der Täter ist. Wir haben …“, er sah dem Mann genau in die Augen, „… wieder die Unschuldsvermutung.“

„Aber es ist doch eindeutig …“

„Nichts ist eindeutig“, unterbrach ihn Koch. „Können Sie mir jetzt sagen, wo ich Frau Kallweit finde?“

Pfeiffer schluckte. „Beim Herrn Pfarrer. Der hat sie aufgenommen. Warum der das …“ Er vollendete den Satz nicht.

„Zeigen Sie mir das Zimmer, in dem Roth gelebt hat!“, forderte Koch ihn auf.

Pfeiffer zögerte. „Das … ist ein kleiner Raum … aber bitte! Leben kann man da nicht gerade sagen …“

Tatsächlich war das Zimmer, das der Hausherr dem Kommissar zeigte, mehr ein Verschlag, ein Räumchen, in das gerade so ein schmales Bett passte. Die Tür ließ sich nur zur Hälfte öffnen, dann stieß sie gegen das Fußende des Bettgestells und eine schräge Wand verhinderte, dass man außer auf einem schmalen Streifen, neben dem Bett, aufrecht in dem Zimmer stehen konnte. Das einzige Fenster hatte die Größe eines Bullauges.

„Albert war viel bei uns unten oder ist spazieren gegangen. Auch wenn es kalt war. Hier würde man ja verrückt werden. Besser frieren, als in dem Verschlag verrückt werden, hat der Albert gesagt. Recht hatte er!“

Koch verkniff sich eine Erwiderung, wandte sich um und stieg die Treppe herab. Die anderen folgten ihm.

In der Haustür wartete Frau Pfeiffer. In der Hand hielt sie ein kleines Päckchen, in Zeitungspapier eingepackt. „Für Sie, junger Mann! Ein Stück von meinem Kuchen. Die jungen Männer haben doch alle Hunger.“

Siggi wollte das Päckchen greifen, doch Koch verhinderte das. „Nein, danke!“, sagte er schroff und drängte seinen Assistenten zum Tor, wo er sich von Pfeiffer den Weg zum Pfarrhaus beschreiben ließ.

Die Pfarrei war nicht schwer zu finden, die Spitze des Kirchturms diente ihnen als Orientierung.

Eine junge Frau öffnete die Tür und führte sie zu Pfarrer Thomas Klein, der sie in seinem Büro, einem kleinen Raum, in dem ein Sekretär samt Hocker und ein kleines, überfülltes Regal standen, freundlich lächelnd empfing.

„Frau Kallweit", sagte er, „geht es nicht gut. Sie ist, wie Sie ja wahrscheinlich wissen, schwanger, im siebten Monat, und die Anschuldigung gegen ihren Mann hat sie sehr mitgenommen. Ich bitte Sie, sehr behutsam zu sein."

Koch nickte zum Einverständnis.

„Ja, natürlich", bemerkte Siggi, dann bat Pfarrer Klein seine Besucher in die Küche, forderte sie auf, Platz zu nehmen und verließ den Raum, um einige Minuten später mit einer Frau, deren dunkelblonde Haare zu einem strengen Zopf geflochten waren, ins Zimmer zurückzukommen. Unter der grauen Bluse, die sie trug, war ihre Schwangerschaft deutlich zu erkennen. Ihre Augen waren rot und verquollen.

„Ist mein Mann frei?", fragte sie sogleich und kam langsam auf die Männer zu.

„Bitte, Frau Kallweit", sagte der Pfarrer ruhig, „regen Sie sich nicht auf! Es wird sich alles aufklären. Dafür müssen Sie diesen Herren von der Polizei ein paar Fragen beantworten."

Sie sah ihn ungläubig an. „Aber mein Ludwig ist doch unschuldig. Der würde so etwas doch nie tun. Der Ludwig wird Vater. Sie kennen ihn doch ..."

Pfarrer Klein nahm die Frau am Arm und führte sie an den Tisch, wo er sie auf einen der Stühle setzte. Dann wollte er den Raum verlassen. Frau Kallweit drückte den Rücken durch.

„Bleiben Sie, Herr Pfarrer. Bitte!"

Er sah zu Koch, der zustimmend nickte.

Als sie alle saßen, begann Siggi.

„Was haben Sie am Freitag gemacht?", fragte er.

Frau Kallweit prüfte den Sitz ihrer Haare, bevor sie antwortete.

„Sie meinen, als Ludwig Herrn Roth umgebracht haben soll?“ Sie sah Siggi sehr ernst an.

Der nickte zur Antwort.

„Ich war mit dem Fahrrad in Nieder-Olm. Ludwig hat da Kunden …“

„Kunden?“, wiederholte Siggi.

„Ja“, bestätigte Frau Kallweit. Sie schien jetzt ruhiger und gefasster zu sein. „Wir müssen doch leben. Also hat mein Mann Kleidung geflickt. Für Männer und Frauen. In letzter Zeit sind viele Frauen zu ihm gekommen, als sich herumgesprochen hat, wie gut er nähen kann, und als …“, sie zögerte einen Moment.

„Erzählen Sie alles, Frau Kallweit, nur immer die Wahrheit!“, wurde sie vom Pfarrer ermuntert.

„Der Ludwig hat der Frau vom Ortsvorsteher ein Kleid umgenäht. Nach der neuen Mode. Wissen Sie? So schmale Röcke und eng. Da sind plötzlich alle Frauen zum Ludwig gekommen. Haben ihre alten Stoffe und Kleider ausgepackt und Ludwig sollte sie so schneidern, wie man das in Paris trägt.“

„Sie haben die fertigen Kleider also zu den Frauen gebracht?“ Siggi ließ die Frau Kallweit nicht aus den Augen.

Die nickte zustimmend. „Ja. Das Fahrrad hat mir der Ortsvorsteher gegeben. Als Bezahlung für ein Kleid. Hat den Pfeiffers gar nicht gefallen.“

„Was?“, hakte Siggi nach.

„Dass die zu uns kamen, die Leute. Dass die alle so gut vom Ludwig gesprochen haben, wie gut der arbeiten kann. Die Pfeiffers haben immer nur gesagt, dass wir in ihrem Haus nicht arbeiten dürfen. Dafür hätten wir das Zimmer nicht bekommen. Dabei hat Ludwig denen immer alles umsonst genäht. Und Geld haben die auch bekommen."

„Sie haben keine eigene Wohnung erhalten?" Koch, der bislang nur zugehört hatte, mischte sich ein, sehr zum Leidwesen von Siggi, der ihm einen bösen Blick zuwarf.

„Wir haben es doch immer wieder versucht. Aber es gibt nichts. Es sind so viele Menschen, die suchen ... der Ortsvorsteher, ja, ... der wollte schauen ... das ... das ist nicht einfach, weil ... wir wollen doch, wissen Sie, wir wollen ein Geschäft aufmachen, eine Nähstube. Unser eigenes Geschäft." Sie hielt plötzlich inne, sah auf ihren Bauch. „Man bringt doch niemanden um, wenn man ein Kind bekommt. Wenn man Pläne hat. Wissen Sie, wir waren so froh, dass wir den Russen nicht in die Hände gefallen sind ..."

„Die Kallweits kommen aus Ostpreußen und waren lange in Dänemark interniert", mischte sich Pfarrer Klein ein.

„Dänemark?", fragte Koch überrascht. „Wieso Dänemark?"

Frau Kallweit und der Pfarrer wechselten einen Blick, dann nickte sie ihm zu und er begann zu sprechen.

„Am Ende des Krieges, Ende 1944, Anfang 45, als die Russen nach Ostpreußen kamen, sind viele der Einwohner dort zum Teil über den Landweg, zum Teil über das Haff und mit Schiffen nach Westen geflohen und wurden dann von der Wehrmacht in Dänemark untergebracht. Das Land war zu der Zeit ja noch von den Deutschen besetzt. Als der Krieg zu Ende war, saßen die Leute fest. Die Dänen wollten sie loswerden, aber die Deutschen wollten sie nicht, weil ja sowieso schon so viele Flüchtlinge aus Pommern, Ost- und Westpreußen, dem Sudetenland, der Slowakei und so weiter kamen. Erst viel später, nach langen Verhandlungen, konnten die ausreisen."

„Immer wieder hieß es, wir dürfen endlich nach Deutschland, aber immer wieder waren das andere. Dabei … es war nicht so schlimm. Wir hatten in dem Lager in Dänemark Theater, Musik und Literaturstunden. Ludwig hat die Kostüme genäht und ich habe das Bühnenbild gemacht. Vielleicht … deshalb wollte man uns nicht gehen lassen."

„Auch, weil Sie als Krankenschwester …"

„Ja!" Frau Kallweit nickte. „Wir mussten uns lange selbst versorgen. Anfangs waren die Dänen nicht gut auf uns zu sprechen …"

„Verständlich …", warf Koch ein.

„Aber wir haben denen doch nichts angetan. Wir hatten alles verloren."

„Mitte letzten Jahres kamen die Kallweits dann endlich aus dem Lager."

„Warum hierher?"

„Ich hatte in Mainz einen Vetter. Ich kannte den gar nicht. Aber wir mussten im Lager sagen, wo wir Verwandtschaft hätten, und da habe ich Mainz gesagt. Aber als wir ankamen, hat der gar nicht mehr gelebt."

„Sie sind dann hier gelandet?" Dieses Mal stellte Siggi die Frage. Es gefiel ihm nicht, dass Koch immer wieder die Initiative übernahm und der Pfarrer und Frau Kallweit auch meist den Blickkontakt mit seinem Chef suchten. Er, Siggi, sollte die Ermittlungen doch leiten.

„Nicht direkt", antwortete die Frau. „Zuerst sind wir wieder in ein Lager gekommen, bei …", führte Frau Kallweit fort.

„Osthofen", ergänzte der Pfarrer.

Koch schluckte. Im Lager Osthofen bei Worms war sein Vater, der Kommunist, kurz nach der Machtübernahme der Nazis inhaftiert worden, bevor man ihn später woanders ermordete.

„Aber das war doch ein KZ ...“, stieß er hervor. „Man kann doch nicht Menschen in ein ehemaliges KZ ...“

„Was meinen Sie, was die Alliierten gemacht haben und immer noch machen, Herr Koch?“, entgegnete der Pfarrer ruhig. „Displaced Persons, Juden, wurden in ehemaligen Konzentrationslagern untergebracht, die Russen machen das übrigens auch so.“

Koch schüttelte ungläubig den Kopf.

„Warum soll der Ludwig den Roth umgebracht haben? Warum, Herr Kommissar?“ Frau Kallweit sah Koch eindringlich an. „Die beiden haben sich doch verstanden. Die haben sich oft unterhalten. Der Roth hat den Ludwig sogar manchmal zu einem Bier eingeladen. Da saßen die draußen vor unserem Schuppen und haben sich unterhalten. Den Pfeiffers, denen hat das nicht gefallen. Er ist dann immer um sie herumgeschlichen, wollte hören, was die reden. Als ob der Angst hätte, dass der Roth irgendwas sagt ...“

„Wissen Sie, worüber sie sich unterhalten haben?“, unterbrach Koch die Frau.

Sie schüttelte den Kopf. „Nichts Besonderes, glaube ich. Der Roth wollte immer wissen, wie es in Ostpreußen ist, in Königsberg. Da bin ich doch geboren ...“

Sie sprachen noch eine Viertelstunde mit der Frau, aber als Koch den Eindruck hatte, nichts Neues mehr zu erfahren, stand er auf.

„Und mein Ludwig? Kommt der jetzt frei?“

Koch ließ sich einige Sekunden Zeit mit der Antwort. „Wenn Ihr Mann unschuldig ist, finden wir das heraus“, versprach er.

„Herr Kallweit ein Mörder ... ich kann mir das nicht vorstellen“, sagte Klein, als sie draußen vor dem Pfarrhaus standen.

„Ich will Ihnen das gerne glauben, Herr Pfarrer“, erwiderte Koch, „aber im Moment spricht einiges gegen den Mann.“

„Ich vertraue Ihnen! Sie werden Ihr Bestes tun!“, sagte Klein zum Abschied und drückte erst Koch, dann Siggi lange und fest die Hand.

Den Wagen hatten sie vor der Kirche, knapp einhundert Meter vom Pfarrhaus entfernt, geparkt. Koch ging langsam, sah sich um, war wieder einmal, obwohl er nun schon wieder über vier Jahre in Deutschland lebte, von dem Gegensatz zwischen Stadt und Land überrascht. In der Stadt herrschten noch immer die Ruinen vor, die zerbombten und ausgebrannten Häuser, in denen sich die Menschen notdürftig eingerichtet hatten – an einem kleinen Ort wie diesem Harxheim, nicht anders als in Gonsenheim, wo er selbst wohnte, schien der Krieg spurlos vorbeigegangen zu sein. Kaum zerstörte Gebäude, Straßen ohne tiefe Krater, die man in der Stadt mit dem Schutt aus den Häusern ausgefüllt hatte und die so ein stets sichtbares Mahnmal blieben.

„Herr Koch, es ist schon spät“, ermahnte Siggi den Kommissar.

Der sah auf seine Uhr. Es war erst kurz nach drei Uhr am Nachmittag. Er wusste nicht, warum es spät sein sollte. Er hatte seiner Frau Dorle zwar versprochen, an diesem Tag früher nach Hause zu kommen, um den Abend in aller Ruhe zu verbringen, aber das konnte Siggi nicht wissen.

Trotzdem beschleunigte er seine Schritte und eilte zum Wagen, in dem Siggi schon den Motor gestartet hatte. Schnell wendete dieser das Fahrzeug und fuhr mit hoher Geschwindigkeit durch den Ort und auf die Landstraße nach Mainz. Es hatte merklich abgekühlt nach den letzten für die Jahreszeit sehr warmen Wochen. Koch verschränkte seine Arme vor der Brust, während Siggi wie immer beim Autofahren nahe am Lenkrad saß und seine Arme fast im rechten Winkel hielt, weil er so, nach seiner Aussage, am meisten Kontrolle über den Wagen habe, und, so dachte sich Koch amüsiert, es aussah wie bei den Rennfahrern, die Siggi bewunderte.

Der junge Mann zündete sich eine Zigarette an. Koch hatte sich in dem halben Jahr, seit Siggi damit begonnen hatte, noch nicht an den Anblick gewöhnt. Siggi war inzwischen sechsundzwanzig Jahre alt, seit bald vier Jahren arbeiteten die beiden zusammen, und in dieser Zeit war er erwachsen geworden, nicht mehr der naive Jüngling, als den Koch ihn einst kennengelernt hatte. Im Krieg war Siggi als Fahrer in einer Nachschubeinheit so gut gewesen, dass er nicht mehr an die Front abkommandiert wurde. Das Autofahren blieb seine Leidenschaft, er sog die inzwischen erhältlichen Automobilzeitschriften regelrecht in sich auf, hatte sich in der Werkstatt der Fahrbereitschaft der Polizeidirektion einiges Handwerkliches beibringen lassen und verehrte vor allem den italienischen Rennfahrer Tazio Nuvolari. Erst letzte Woche hatte Siggi dem Kommissar mit leuchtenden Augen berichtet, dass der Italiener vor zwei Wochen das Bergrennen *Salita al Monte Pellegrino* auf Sizilien gewonnen hatte, und natürlich nicht vergessen hinzuzufügen, auf einem Cisitalia-Abarth 204 der Squadra Carlo Abarth. Dass Nuvolari todkrank war, an starkem Asthma litt und Blut spuckte, erwähnte er nur beiläufig.

Siggis Gesichtszüge waren kantiger geworden, die letzten Pickel von seiner Haut verschwunden und er versuchte auch nicht mehr wie früher, Unsicherheiten mit einem Grinsen zu überspielen. Einen großen Beitrag zu diesem

Prozess hatte Brigitte beigetragen, eine Telefonistin aus der Direktion.

Siggi zog den Rauch flach ein, nicht so tief und geräuschvoll wie Gerhard Reuber, einer der wenigen Kollegen, mit dem er ein gutes Verhältnis pflegte.

„Sie sagen gar nichts!“ Koch blickte zu Siggi hinüber, der die Zigarette lässig in seinem Mundwinkel hielt und konzentriert auf die Straße sah. „Wie geht's denn Brigitte?“

Siggi schwieg und überholte einen vollgeladenen Karren, den ein Mann und eine Frau zogen.

„In Ordnung“, antwortete er kurz angebunden.

„Wie schätzen Sie den Fall ein?“, beeilte Koch sich hinterherzuschieben.

Wieder wartete Siggi, sog noch ein letztes Mal an der Zigarette, packte sie mit Zeigefinger und Daumen und warf den Stummel auf die Straße.

„Es spricht vieles gegen diesen Kallweit. Die Schere, die Aussage von Pfeiffer, die Streitereien, Roths Wunsch, in die Hütte zu ziehen, um nicht mehr in dieser winzigen Kammer hausen zu müssen …“

Koch nickte bedächtig und wartete, bis Siggi ein Pferdefuhrwerk überholt hatte.

„Welches Motiv hätte Kallweit gehabt? Die Streitereien? Wegen des Schuppens, in dem die gehaust haben? Das ist schwach. Frau Kallweit behauptet wiederum, die beiden Männer hätten zusammengesessen und Bier getrunken. Spricht in meinen Augen nicht für Kallweit als Mörder. Andersherum gefragt …“, Koch machte eine Pause, während sich Siggi eine neue Zigarette ansteckte, „… warum sollte er den Mann umbringen? Was hätte er davon gehabt? Umgekehrt wird ein Schuh draus. Roth bringt Kallweit um, um an den Schuppen zu kommen. Aber selbst dann …“ Wieder machte er eine Pause. „Nein,

nein, Siggi“, sagte er schließlich, „da steckt was anderes dahinter. Da müssen wir sehr genau hinschauen.“

Siggi warf dem Kommissar einen kurzen Blick zu, verkniff sich aber eine Erwiderung.

Kurz bevor sie die Direktion erreichten, wandte sich Koch an seinen Assistenten. „Haben Sie was von dem Gerücht gehört, dass Arnheim nach Ludwigshafen gehen wollte?“

Bernd Arnheim war der Leiter des Morddezernats der Kriminalpolizei.

„Er hat sich dort als Vizepolizeipräsident beworben. Ist aber nichts draus geworden“, warf Siggi ein.

„Das wissen Sie?“, fragte Koch ungläubig.

Dieser sagte nur kurz: „Brigitte“.

„Verschwiegenheit ist auch eine Tugend“, kommentierte Koch.

„Im Moment ist Arnheim im Urlaub“, beeilte sich Siggi zu sagen.

„Urlaub?!“, wiederholte Koch. „Man fährt schon wieder in Urlaub?“ Er schüttelte ungläubig seinen Kopf.

III

Die Direktion war nach dem Krieg aus Mangel an Gebäuden in der ehemaligen Kunstgewerbeschule untergebracht worden, einem quaderförmigen Bau mit einem großen Innenhof. Zwei der vier Flügel waren weitestgehend instandgesetzt und in ihnen die Büros, Labors, die Kantine und die sonstigen Einrichtungen untergebracht worden. Die beiden anderen Flügel waren teilweise zerbombt und konnten nur eingeschränkt genutzt werden. Koch hatte sich an dieses Provisorium gewöhnt, doch nun ging das Gerücht des baldigen Umzugs in einen barocken Bau in der Innenstadt um, der schon während der Nazizeit von der Polizei genutzt worden war und in dessen Kellerräumen die Gestapo Juden und Zigeuner eingesperrt hatte, bevor sie weiter nach Osten deportiert wurden. Kochs Nachhaken in dieser Sache bei seinem Chef Arnheim hatte der mit einer schnellen Handbewegung beiseitegewischt und Koch, als er das Büro verließ, ein „Lassen Sie die ollen Kamellen doch endlich mal ruhen!“ nachgerufen. Koch war die Klinke entglitten und die Tür laut krachend zugefallen.

Der Pförtner winkte ihnen aus seinem Häuschen in der Einfahrt kurz zu. Siggi hielt auf ein großes Tor zu, in das eine eiserne Tür eingelassen war, die offen stand. Ein drahtiger Mann im Blaumann stand daneben und wartete, bis Siggi den Wagen neben ihm zum Stehen brachte. Er trat vor und öffnete die Fahrertür.

„Signore Nuvolari, darf ich bitten?“

Jörg, den Leiter der Fahrbereitschaft, verband mit Siggi die Leidenschaft für Autos. In den letzten Jahren hatte Siggi den Respekt des Älteren erworben, dennoch ließ Jörg es sich nicht nehmen, Siggi, wann immer sich die Gelegenheit dazu bot, auf den Arm zu nehmen.

„Volltanken! Aber pronto!“, gab der zur Antwort.

„Ganz schön frech geworden, unser Kleiner!“, rief Jörg dem Kommissar zu, der inzwischen aus dem Wagen gestiegen war.

„Wird langsam flügge!“, erwiderte der und ging ins Gebäude, wo er einen älteren Mann in einem weißen Kittel fast umgerannt hätte.

„Passen Sie doch auf!“, ermahnte der ihn.

„Entschuldigen Sie, Herr Doktor!“, sagte Koch schnell und ging weiter.

Einige Sekunden später war Siggi neben ihm.

„Der Doktor hat aber böse geschaut“, bemerkte er.

Koch zuckte mit den Schultern.

„Warum mögen Sie ihn nicht?“, fragte Siggi.

„Keine Qualität!“

Doktor Wilhelm Kraus arbeitete seit zwei Jahren als Gerichtsmediziner in der Direktion. Koch war schon mehrmals mit ihm aneinandergeraten.

„Tja, der Herr Esch müsste wieder da sein …“

Koch ging nicht darauf ein. „Bis morgen, Siggi“, sagte er und wandte sich ab.

„Machen Sie heute nicht so lange, Herr Koch!“, rief Siggi ihm nach.

Im Büro setzte sich Koch an seinen Schreibtisch. In dem Zimmer sah es noch so aus wie vor vier Jahren, als der Kommissar es bezogen hatte. Ein wackeliger Schreibtisch, zwei Stühle, ein kleines Regal. Die Wände waren zwar gestrichen worden, aber seitdem der Umzug in die Innenstadt im Raum stand, lagen alle weiteren Renovierungsmaßnahmen auf Eis.

Siggi hatte recht. Er sollte bald nach Hause gehen, aber er verspürte keine rechte Lust dazu, obwohl dort eine neue

Jazzschallplatte von Lionel Hampton auf ihn wartete. Er hatte sie am Morgen auf dem Frühstückstisch vorgefunden. Dorle hatte sie in buntes Papier eingepackt. Sie war überrascht gewesen, dass ihr Mann sie nicht gleich aufgelegt hatte, aber er wollte sich dieses Vergnügen für den Abend aufheben. Vor einigen Jahren hatte ihm Gerhard Reuber ein Koffergrammophon und mehrere Jazzplatten geschenkt und ihn damit auf den Geschmack gebracht. Seitdem hatte er eine ansehnliche Sammlung an Jazzscheiben zusammengetragen.

Bis auf die Tatsache, dass sie keine Kinder hatten, führten Dorle und er eine ganz gewöhnliche Ehe. Jedes Mal, wenn Koch über sein jetziges Leben nachdachte, kam ihm das unwirklich vor. Er, der 1934 aus Deutschland weggegangen war, erst in Paris unterkam, dann nach Spanien weiterzog, wo er gegen Francos Faschisten kämpfte, um kurz vor dem Fall Barcelonas im Februar 1939 nach Südfrankreich zu fliehen, bevor er der grausamen Rache der Falange anheimfallen konnte. Im Süden des sogenannten freien Teils von Frankreich hatte er auf einem Hof gelebt, mit einer Französin einen Sohn namens Émile gezeugt, die Resistance unterstützt und war dann doch, als der Krieg zu Ende und ihre Beziehung zerrüttet war, wieder nach Deutschland zurückgekehrt und in den Polizeidienst eingetreten. Für die Einstellung war der Umstand, dass er wegen seines Kampfes gegen die Faschisten und seiner Zeit im Exil als unbelastet galt, von Vorteil gewesen, für den Umgang mit vielen seiner neuen Kollegen in der Direktion, die schon während des sogenannten *Dritten Reiches* als Polizisten gearbeitet hatten, absolut nicht. Besonders in der Anfangszeit hatte es immer wieder heftige Auseinandersetzungen, Anfeindungen und Beleidigungen gegeben, die Koch mehr als einmal vor die Frage gestellt hatten, ob er nicht besser wieder zurückginge.

Er stand auf und öffnete das Fenster. Ein kühler Wind wehte ins Zimmer und vertrieb die stickige Luft. Es war ihm noch nicht danach, heimzukehren. Der Fall des toten Roth ging ihm nicht aus dem Kopf, obwohl es ja, genau genommen, Siggis Fall war. Doch er sah sich in der Verantwortung. Wenn Siggi in den letzten Jahren auch merklich gereift war, so fehlte ihm in Kochs Augen trotzdem noch eine gewisse Härte.

Er stellte sich die Situation der Kallweits vor. Geflohen, wahrscheinlich so gut wie ohne Hab und Gut, mussten sie ganz von vorne anfangen und waren auf die Unterstützung anderer Menschen angewiesen, die kaum mehr als sie selbst besaßen, und davon nun auch noch einen Teil an die Vertriebenen und Flüchtlinge abgeben mussten. Streitereien waren da vorprogrammiert, und wenn er es sich genau überlegte, war es fast verwunderlich, wie wenige Verbrechen in diesem Umfeld geschahen. Aber wie viele Delikte, überlegte Koch weiter, wurden in dieser Zeit nicht aufgeklärt, weil niemand Anklage erhob, weil so vieles noch im Argen lag.

Wenn er sich Frau Kallweit vor Augen führte, ihr Auftreten und ihre Aussagen, war Koch gewillt, ihr Glauben zu schenken. Aber er hatte oft genug die Fähigkeit des Menschen zu den unglaublichsten Verstellungen kennengelernt.

Die Pfeiffers waren ihm unsympathisch, aber davon durfte er sich bei seinen Ermittlungen nicht leiten lassen. Sie gehörten für ihn zu den Deutschen, die noch vor wenigen Jahren Hitler laut und überzeugt zugejubelt hatten, die keinen Gedanken daran verschwendeten, wie es den Menschen, die unter das deutsche Joch geraten waren, ergangen war, und die jetzt jammerten, weil sie auf einen Schuppen verzichten mussten, den sie wahrscheinlich gar nicht mehr benutzten. Ohne nachzudenken sprachen sie noch immer von Terrorangriffen, und das Hitlerbild, das mit Sicherheit anstelle der betenden Hände an der Wand gehangen hatte, befand sich nun wahrscheinlich in irgendeinem Versteck im Haus, um es irgendwann, wenn es opportun erschien, wieder aufzuhängen.

Koch ging zurück an den Schreibtisch, lehnte sich im Stuhl zurück und überlegte, zu Reuber rüberzugehen, der in seinem Schreibtisch immer einen Vorrat an Spirituosen bereithielt. Er verwarf den Gedanken, weil er an diesem Abend Dorle nicht mit einer Alkoholfahne entgegentreten wollte.

IV

Um sechs Uhr verließ Koch die Direktion und lief in Richtung Bahnhof, um die Straßenbahn nach Gonsenheim zu nehmen. Er sah zum Himmel, den dunkle Wolken verdüsterten. Koch knöpfte seinen leichten Mantel zu. Er summte Glenn Millers *In the Mood* leise vor sich hin. Er hatte das Lied am Vorabend gehört, und jetzt hatte es sich in seinem Kopf festgesetzt.

Ein Junge lief an ihm vorbei, der von einer Horde johlender Kinder verfolgt wurde. Sie verschwanden auf einem Trümmergelände. Kurz war Koch versucht, ihnen zu folgen und sie von dem Grundstück zu verjagen, denn noch immer waren nicht alle Ruinen gesichert und es kam immer wieder zu tödlichen Unfällen durch herabstürzende Mauerteile oder Durchbrüche im Boden. Doch bis er sich dazu aufgerafft hatte, hörte er die Kinder schon auf der anderen Seite des Areals und er setzte seinen Weg fort. Als er um die Ecke in die nächste Straße bog, stand dort ein dunkler Wagen. Koch schritt langsam auf das Auto zu, noch immer die Jazzmelodie summend.

Erschrocken zuckte er zusammen, als die Tür der Limousine aufgerissen wurde. Koch wollte sich umdrehen, doch in dem Moment spürte er einen harten Gegenstand in seinem Rücken.

„Nicht umdrehen!", zischte eine Stimme. „Zum Wagen!"

Koch überlegte, ob es sich bei dem Gegenstand in seinem Rücken tatsächlich um eine Schusswaffe handelte, aber er wollte es nicht auf einen Versuch ankommen lassen. Er hörte weitere Schritte, dann begann erst eine Person, kurz darauf eine zweite laut zu lachen. Koch kannte die Stimme, benötigte aber einige Sekunden, um sie zu erkennen.

Er drehte sich um. Sein Kollege Gerhard Reuber und ein Mann in einer braunen Uniform standen vor ihm, noch immer lachend.

„Ich hoffe, Koch, dass wir Sie nicht zu sehr erschrocken haben?! Da sind Ihnen wahrscheinlich all die Nazis, denen Sie zugesetzt haben, in den Sinn gekommen." Reuber klopfte Koch auf die Schulter und wandte sich dann seinem Begleiter zu.

„Darf ich Ihnen Captain Marcus Chavez vorstellen. Ihm haben wir den guten Whiskey in meinem Büro zu verdanken."

Die beiden Männer gaben sich die Hand und sahen sich für einige Sekunden in die Augen.

„Und was, Reuber, soll dieses Spiel?", fragte Koch seinen Kollegen.

Der machte eine ausladende Geste zum Wagen hin. „Steigen Sie ein und lassen Sie sich überraschen." Er ging zur hinteren Tür auf der Beifahrerseite, zog sie auf und stellte sich daneben.

„Bitte schön, Herr Koch!", forderte er ihn förmlich zum Einsteigen auf.

Koch bewegte sich nicht von der Stelle.

„Was soll das?", fragte er und fügte „Ich bin heute Abend mit Dorle verabredet!" hinzu.

„Alles geklärt, mein lieber Koch", erklärte Reuber mit einem verschwörerischen Lächeln.

Ungläubig sah der Kommissar seinen Kollegen an.

„Nun haben Sie sich nicht so, Koch. Ich verspreche Ihnen, es wird nicht Ihr Schaden sein. Und auch nicht der von Dorle. Steigen Sie ein und lassen Sie alles Weitere auf sich zukommen. Ich habe das Gefühl, dass heute ein Tag für Überraschungen ist."

Koch zögerte noch immer.

Chavez beobachtete stumm die Szene, Reuber wies mit der Hand ins Innere des Wagens.

Endlich rührte sich Koch, ging zur Fondtür, sah Chavez kurz an und stieg dann ein. Reuber nahm vor ihm auf dem Beifahrersitz Platz, Chavez hatte sich zwischenzeitlich hinter das Steuer gesetzt und ließ den Wagen anrollen.

Das tiefe, sonore Brummen des Motors war nur gedämpft zu hören. Die weiche Federung ließ die Limousine auf den schlechten Straßen schaukeln. Bald erreichten sie die vor Kurzem neu errichtete Rheinbrücke und wechselten hinüber in die amerikanische Zone.

„Wo bringen Sie mich denn hin?"

Reuber beugte sich nach hinten und lächelte Koch vielsagend an.

„Abwarten!"

Die nächste Dreiviertelstunde fuhren sie schweigend in Richtung Frankfurt, wie Koch erkannte. Er versuchte herauszufinden, was die beiden Männer mit ihm vorhatten und worin die Überraschung bestand. Er fürchtete, dass er Dorle verärgerte, wenn er nicht wie verabredet nach Hause kam.

V

Sie waren in Frankfurt, so viel war Koch klar, als Chavez den großen Wagen auf einen Parkplatz steuerte und dort abstellte. Reuber stieg aus und öffnete Koch die Tür. Seinen fragenden Blick erwiderte der Kollege mit einem vielsagenden Lächeln und wies ihm mit einer Handbewegung die Richtung.

Nach wenigen Minuten hatten sie den Vorplatz eines Gebäudes erreicht, auf dem sich Dutzende Menschen aufhielten, die in Gruppen zusammenstanden und sich unterhielten. Plötzlich hörte Koch ein vielstimmiges, lautes Lachen. Überrascht drehte er sich um und sah Dorle, die ihn anlachte, neben ihr Siggi und einige andere Leute. Bevor er sie sich genauer anschauen konnte, rief Reuber: „Achtung!“, reckte seinen Zeigefinger streng in die Höhe, wartete mehrere Sekunden, bevor er ihn wieder senkte, worauf ein Gesang anhob.

„Happy birthday to you, happy birthday to you, happy birthday, lieber Paul, happy birthday to you!!!“

Daraufhin lachten alle erneut und klatschten. Und in breitem, amerikanischem Englisch begann jemand „For he's a jolly good fellow“ zu singen.

Koch löste sich aus seiner Starre und schaute sich um. Neben Reuber stand dessen Frau Marlies, Captain Chavez, sein amerikanischer Freund, der auch das letzte Lied angestimmt hatte, sowie Bresson, der Mann, mit dem Koch fast zwei Jahre Tür an Tür gewohnt hatte. Im Hintergrund erkannte er ein Gebäude, an dem mit großen Buchstaben *Franz Althoff* stand.

Mit dem letzten Ton des Liedes begannen wieder alle zu lachen und zu klatschen.

Dorle trat als Erste vor, umarmte Koch, küsste ihn erst

auf den Mund, dann auf die Wange und flüsterte ihm ein „Alles, alles Gute zum Geburtstag!“ ins Ohr. Nachdem sie sich von ihrem Mann gelöst hatte, reichten die anderen dem Kommissar die Hand und gratulierten. Der Letzte war Georg Bresson, der wie immer ganz in Schwarz gekleidet war und auf seiner langen Nase eine kleine, runde Brille trug. Zu Kochs Überraschung umarmte dieser ihn auch und ihm fiel auf, wie dünn, fast dürr, der Mann war.

„Ja, mein lieber Koch, das ist eine Überraschung, nicht wahr? Ich weiß, Sie lieben einen so großen Bahnhof und so ein Bohei nicht, aber ich habe mich bei Dorle rückversichert, dass wir das in diesem Fall ruhig machen dürfen. Denn …“, Reuber griff in die Innentasche seines Jacketts und entnahm ihm einige Karten, mit denen er vor Kochs Gesicht herumwedelte, „… als ich gelesen habe, dass es an Ihrem Jahrestag in Frankfurt ein großes Jazzkonzert gibt, wusste ich, das ist ganz genau das Richtige für Sie. Captain Chavez …“, er deutete auf den Mann in der braunen Uniform, „… war so nett, die Karten zu besorgen. Jetzt haben wir sogar eine zu viel, weil die Freundin unseres lieben Siggi leider keine Zeit hat.“

Koch sah von einem zum anderen, dann drehte er sich um.

„Das ist der Althoff-Bau in Frankfurt, mein lieber Koch, direkt am Zoo. Deutschlands erste Adresse für Jazzmusik. Heute Abend gibt es nur die Crème de la Crème!“

Alle klatschten, dann wurde es still und sie sahen den Kommissar erwartungsvoll an.

Der räusperte sich. „Ja, was soll ich da sagen?“, begann er fast verlegen, suchte kurz den Blickkontakt zu Dorle, die ihm aufmunternd zunickte. „Vielen Dank! Das ist … ja wirklich eine Überraschung. Ich hatte schon mit meinem Leben abgeschlossen.“

Alle lachten erneut. „Unser guter Koch ist wahrscheinlich alle Nazis durchgegangen, denen er in seinem Leben begegnet ist und mit denen er noch eine Rechnung offen hat." Bresson sagte das mit bitterem Ernst.

„Und, bevor ich das vergesse, Koch! Morgen haben Sie frei. Habe ich mit Arnheim abgesprochen. Wäre gerne mitgekommen, unser Chef, aber der Urlaub", Reuber verstellte jetzt seine Stimme, ahmte Arnheims gestelzten militärischen Sprechduktus nach, „der Urlaub, Reuber, der ist wichtig, ganz wichtig. Auftanken, wissen Sie. Ist ja keine leichte Arbeit, die wir hier haben …"

Reuber musste selbst lachen und brach das Schauspiel ab. „Also, lieber Koch, heute ist Konzert angesagt und morgen frei. Sie können es so richtig krachenlassen. Wie es so Ihre Art ist", fügte er spöttisch hinzu.

Koch bedankte sich noch einmal, ging dann zu Dorle und drückte sie an sich.

„Auf jetzt!", gab Reuber weiter den Ton an, „lassen Sie uns reingehen. Chavez hat uns gute Plätze besorgt."

Koch löste sich von Dorle, ging zu Chavez und reichte dem amerikanischen Offizier die Hand.

„Stimmt, stimmt ja", sagte Reuber, „Sie haben beide schon viel voneinander gehört, aber Sie sind sich noch nie begegnet."

Die beiden Männer sahen sich an, nickten einander zu.

„Vielen Dank, Captain Chavez! Freut mich sehr!"

„Dies ist mein Vergnügen", erwiderte der andere mit einem schelmischen Lächeln.

Reuber sah den beiden Männern verwundert zu. „Man könnte meinen, Sie kennen sich …"

Bevor sie losgingen, überreichte Bresson Koch eine kleine Schachtel. Vorsichtig löste der Kommissar die Verpackung, hob den Deckel ab und fasste hinein. Er bekam eine Spielfigur zu fassen, die an einem Klavier saß.

„Sie müssen sie aufziehen", forderte ihn Bresson auf.

Koch drehte den kleinen Schlüssel an der Seite bis zum Anschlag, woraufhin die Melodie von *Blueberry Hill* erklang und der Pianist mit seinem Klavier zu rotieren begann.

„Das ist ja schön!", rief Dorle aus. Alle drängten sich um Koch, um das Spielzeug zu bewundern.

„Schauen Sie mal unten, am Sockel", forderte Siggi den Kommissar auf.

Koch hob die Spielfigur an und erkannte eine Gravur. *Paul Koch zum 47. Geburtstag. Alles Gute!* stand da.

„Vielen Dank!", sagte er, sichtlich gerührt, als das Stück zu Ende gespielt war.

„Da lang!" Reuber führte die Gruppe zum Eingang des Althoff-Baus, vor dem eine große Menschentraube darauf wartete, eingelassen zu werden. Sie stellten sich an das Ende der Reihe. Langsam ging es voran. Dorle schmiegte sich eng an Koch, die anderen sprachen miteinander, lachten und flachsten.

„Übrigens, Koch", sagte Reuber zu dem hinter ihm stehenden Koch, „Sie haben noch gar nicht gefragt, wen Sie heute zu hören bekommen."

„Sie werden es mir gleich sagen, nehme ich an", erwiderte der Angesprochene.

„Einen Moment", bat Reuber und wandte sich seiner Frau zu. Marlies Reuber, eine stattliche Person, die mit ihren hohen Schuhen ihren Mann überragte, griff in ihre Handtasche und reichte ihm einen Zettel.

„Also", begann er. „Es beginnt mit den *Kenny Clarke All Stars.* Das ist Bebop. Ich hoffe, Koch, unserem Traditionalisten, gefällt das. Dann, das ist auf jeden Fall etwas für Sie, Swing mit der Band *Vicky Thunus* aus Brüssel und zum Schluss etwas aus der Heimat. Nicht Ihrer, aber Frankfurt ist ja nicht so weit entfernt. Die *Two Beat Stompers.* Nun, was sagen Sie jetzt?"

„Ich lasse mich überraschen. Und was den Bebop angeht, ich muss …"

Koch brach mitten im Satz ab. Sie waren inzwischen bis auf wenige Meter an den Einlass vorgerückt und dort war ein lautstarker Streit zwischen einer Frau und einem Mann entbrannt. Koch löste sich von Dorle und ging vor. Ein kräftiger Mann versuchte eine dunkelhaarige Frau, die einen abgewetzten Instrumentenkoffer in der Hand hielt, davon abzuhalten, in die Halle zu gehen.

„Ich habe eine Karte und will da rein!"

„Die Karte ist nicht gültig."

„Ich bin Musikerin, Saxophonistin. Ich bin hier schon aufgetreten. Ich muss da rein!" Sie hob dabei den Instrumentenkoffer ein wenig an.

„Das kann jeder behaupten. Ohne Karte kommen Sie nicht rein!"

Im Umfeld der beiden Streitenden begannen die anderen Konzertbesucher zu murren. Dorle stellte sich neben Koch und beobachtete das Geschehen.

„Lassen Sie die Frau doch rein", forderte ein junger Mann.

„Könnte ja jeder kommen. Nächstes Mal male ich mir meine Eintrittskarte auch selbst. Ist ja nicht ganz billig …"

„Da hören Sie es!", sagte der kräftige Mann, der die Frau noch immer am Arm festhielt. Er hatte einige Mühe, denn sie zerrte heftig.

Dorle zog Koch am Arm und flüsterte ihm etwas ins

Ohr, der daraufhin die wenigen Meter zurück zu Reuber eilte. „Sie haben doch gesagt, Sie haben eine Karte übrig, die von Siggis Freundin, …"

„Ja …?", fragte Reuber verunsichert.

„Bevor sie verfällt." Er sah kurz zum Eingang, wo die beiden weiterstritten und der Mann immer rabiater wurde.

„Verstehe!", sagte Reuber und reichte Koch die Karte.

Der lief nach vorne und stellte sich neben die Frau.

„Ich hoffe, der Streit hat damit ein Ende."

Er streckte der Frau die Karte entgegen, die sie zögernd ansah.

„Nun, wollen Sie rein oder nicht?"

Der Mann baute sich vor Koch auf.

„Sie können der Frau doch nicht …"

„Ist die Karte gültig oder nicht?"

Der Mann warf einen kurzen Blick darauf. „Ja, schon …"

„Also dann …"

Als die beiden sich umwandten, war die Frau mitsamt ihrem Instrumentenkoffer schon verschwunden.

„Die ist schon drinnen", bemerkte einer der umstehenden Besucher. „Jetzt sind wir dran."

„Koch, der Samariter", begrüßte Reuber den Kollegen, als er zusammen mit Dorle zurückkam. Koch drückte sie an sich.

Die Sitzplätze, die Chavez ihnen organisiert hatte, gewährten einen guten Blick auf die Bühne. Sie mussten laut sprechen, um sich zu verstehen. Dorle nahm Kochs Hand und hielt sie fest. Ein großer Teil des Publikums bestand aus jungen Menschen, die überwiegend dunkle Kleidung trugen und einen sehr ausgelassenen Eindruck machten. Daneben waren auch viele Angehörige der amerikanischen Streitkräfte anwesend, wie Koch an den Uniformen und der Sprache erkannte.

„Das ist ein sehr schönes Geschenk", flüsterte er ihr zu.

„Ja, das war Reubers Idee. Ich konnte doch heute Morgen nichts sagen."

„Ich habe mich schon gewundert", entgegnete Koch, „dass du mich heute Morgen einfach so hast ins Büro ziehen lassen."

„Herr Koch, wie groß ist Ihre Schallplattensammlung inzwischen?", fragte Frau Reuber.

„Dank Ihrem Mann und seinen Beziehungen zur US-Army", er sah kurz zu Captain Chavez herüber, der sich gerade mit Reuber und Siggi unterhielt, „schon beträchtlich. Meine Frau schimpft bereits, wir hätten bald keinen Platz mehr."

Dorle gab ihm einen liebevollen Stoß in die Seite.

„Siggi", hörte Koch seinen Kollegen Reuber gerade sagen, „warum ist Ihre Freundin denn nicht mitgekommen? So eine Gelegenheit …"

„Keine Zeit!", antwortete Siggi kurz angebunden.

„Na, na, Siggi, haben Sie Streit miteinander?"

„Nein, alles in Ordnung!" Das klang so schroff, dass sogar Reuber für einen Moment stutzte.

„Was glauben Sie, wie oft meine Frau und ich uns streiten. Schon vor der Ehe. Da müssen Sie sich dran gewöhnen. Aber, Siggi, ich bin ja froh, dass Sie eine Freundin haben, dachte schon, Sie werden die Erde als keuscher Jüngling verlassen." Er lachte laut, während Siggi stumm und steif sitzen blieb. Bresson, der am äußeren Rand saß, betrachtete angelegentlich die Bühne.

Koch, der das Gespräch verfolgt hatte, schaltete sich ein. „Lassen Sie mal gut sein, Reuber", sagte er. „Hat nicht jeder Ihren Humor."

„Schade eigentlich“, erwiderte der. „Hat mir so manches Mal … und über manchen Streit hinweggeholfen. Aber gut …“ Frau Reuber verdrehte ihre Augen und grinste.

Das Licht im Saal verlöschte und ein Conférencier trat auf die Bühne, der sich in den Lichtkegel des einzigen Scheinwerfers stellte.

„Meine Damen und Herren, ich freue mich, Sie heute Abend hier im Althoff-Bau zu einem Jazzkonzert der ganz besonderen Art begrüßen zu dürfen. Ladies and Gentlemen, welcome to a very special jazz concert.“

Abwechselnd deutsch und englisch stellte der Mann die auftretenden Gruppen vor, dann trat er aus dem Lichtkegel hinter den Vorhang und in den Applaus hinein betraten die Musiker der *Kenny Clarke All Stars* die Bühne.

Gebannt sah Koch von einem zum anderen Musiker, lauschte den Rhythmen und Improvisationen. Am Ende eines jeden Stücks applaudierte das Publikum lange und ließ sich auch zu Zwischenrufen hinreißen.

Nachdem die Musiker um den schwarzen Schlagzeuger Kenny Clarke ihren Auftritt beendet hatten, wurde das Licht im Saal wieder eingeschaltet.

„Wer möchte etwas zu trinken?“, fragte Reuber in die Runde und alle hoben ihre Hände.

„Ich helfe Ihnen tragen“, sagte Koch und stand zusammen mit Reuber auf.

„Eigentlich ist das Ihr Tag, Koch, aber ich weiß ja, Sie können nicht ruhig sitzen“, bemerkte sein Kollege ironisch. „Die Musik ist Ihnen ja eben richtig durch Mark und Bein gegangen.“

Koch erwiderte darauf nichts und drängte sich hinter Reuber durch die Menschenmassen zur Theke im rückwärtigen Teil der Halle. Während sie dort standen und langsam nach vorne an den Tresen rückten, ließ Koch seinen Blick über die Köpfe um ihn herum schweifen. Dabei traf sich sein Blick mit dem eines Mannes, der sofort wegschaute und seinen Kopf, der die meisten anderen Personen um ihn herum ein Stück überragte, einzog.

Koch hatte diesen Blickkontakt schon vergessen, als er den Mann erneut sah. Offenbar suchte dieser jemanden, denn sein Blick wanderte unruhig umher. Koch hatte Zeit, sich den Mann genauer anzuschauen. Er war groß, schien schlank zu sein, trug ein braunes Sakko, eine gestreifte Krawatte, hatte seine kurz geschnittenen grauen Haare streng gescheitelt und ein Bärtchen zierte sein Kinn. Als er Koch erblickte und erkannte, dass der ihn beobachtete, wandte er sich wie beim ersten Mal schnell ab. Koch beschlich das Gefühl, dass der Mann genau nach ihm Ausschau gehalten hatte. Für so etwas hatte er ein Gespür. Koch suchte den Mann in der Menschenmenge, doch der war schon verschwunden.

Mit den Getränken kämpften Reuber und er sich zurück zu den anderen, wo sie freudig empfangen wurden.

„Man trocknet hier ja richtig aus!“, empfing sie Reubers Frau und trank einen großen Schluck ihres Wassers.

Koch, Reuber, Siggi, Chavez und Bresson prosteten sich mit ihren Bierflaschen zu.

Wenig später betrat eine Gruppe von Musikern in lichtblauen Anzügen die Bühne. Dieses Mal ging das Publikum nicht wie vorher bei Kenny Clarke mit. Koch schien diese Musik mehr zum Tanzen denn zum Zuhören geeignet und an diesem Ort fehl am Platz. Der Applaus nach dem Auftritt war verhaltener. Nach zwei Verbeugungen gingen die Musiker von der Bühne ab.

„Nachschub?“, fragte Reuber in die Runde. Alle nickten.

„Das Gleiche noch einmal?“

Wieder zustimmendes Nicken.

„Auf ein Neues, Koch!“ Reuber gab seinem Kollegen ein Zeichen, zusammen gingen sie erneut zur Theke.

„Ich komme gleich!“, rief Koch seinem Kollegen zu. „Ich muss mal …“

„Sextanerblase, was Koch?“, stichelte Reuber und stellte sich in der Schlange an, während sich Koch zu den Toiletten kämpfte.

„Da muss ich auch hin!“ Siggi war mit einem Mal neben Koch.

„Wie gefällt es Ihnen?“, fragte der Ältere im Gehen.

„Ja … ganz in Ordnung.“

„Nicht ganz Ihr Geschmack?“

„Ja, doch …“

Sie gingen den Gang zu den Toiletten entlang. Vor der Tür im WC-Bereich erkannte Koch den Mann, der ihn in der ersten Pause an der Theke beobachtet hatte. Dieser wollte auf ihn zukommen, registrierte dann aber den Mann an der Seite des Kommissars, wandte sein Gesicht ab und huschte an Koch und Siggi vorbei in den Saal.

Dieses Verhalten hatte Kochs Neugierde geweckt.

„Ich komme gleich“, rief er dem verwunderten Siggi zu und folgte dem Mann, aber der war im Saal schon in der Menge untergetaucht. Koch stellte sich auf die Zehenspitzen und ließ seinen Blick über die Köpfe wandern, aber er konnte ihn nirgends entdecken. Befremdet über den Zwischenfall eilte er auf die Toilette, wo Siggi sich im Vorraum schon die Hände wusch. Auf dessen fragenden Blick reagierte der Kommissar nicht, ging zu einem der Pissoirs und anschließend zu Reuber, der gerade die bestellten Getränke zahlte. Zusammen trugen sie sie zu den anderen, die sich mit Gesprächen über die Musik und die

Kleidung der Konzertbesucher die Zeit vertrieben. Kochs Gedanken kehrten zu dem Mann zurück und hin und wieder ließ er seinen Blick an den anderen vorbei durch die weitläufige Halle schweifen.

Schließlich betraten die acht jungen Musiker der *Two Beat Stompers* die Bühne und versetzten das Publikum in kürzester Zeit nach New Orleans. Begeisterter Applaus begleitete die Musiker am Ende ihres Auftritts.

„Das ist Amerika!“, stellte Captain Chavez lachend fest, als ein Großteil der Leute um sie herum schon aufgestanden war und zum Ausgang drängte.

„Ich dachte, die letzte Gruppe wäre aus Frankfurt“, gab Reuber lachend zurück.

„Vielen Dank nochmals“, sagte Koch in die Runde. „Das war wirklich eine große Überraschung.“

„Hauptsache, *Ihnen* hat es gefallen“, bemerkte Frau Reuber.

Koch sah erstaunt zu ihr herüber.

„Nein, nein“, wehrte sie ab, „das ist nicht meine Musik. Ich buche das unter neuer Erfahrung ab. Immerhin.“

„Ja, meine Marlies hat es mehr mit dem Schlager. *Abends in Napoli* oder *Capri Fischer.*“ Reuber begann zu singen. „Wenn bei Capri die rote Sonne im Meer versinkt …“

„Gerhard, bitte!“, unterbrach ihn seine Frau.

Alle lachten und gingen zum Ausgang, wo Koch meinte, die dunkelhaarige Frau, die sich vor dem Konzert um den Eintritt gestritten hatte, zu sehen. Doch sie war im nächsten Moment schon wieder verschwunden.

„I hope that the party isn't over now?!“, fragte Captain Chavez auffordernd und blickte in die Runde.

„Ich bin müde“, sagte Marlies Reuber und gähnte.

„Es gibt schöne kleine Clubs. They call it hangouts.

With very good jazz musicians.“ Chavez klang begeistert. Er wechselte umstandslos vom Englischen ins Deutsche und umgekehrt.

„Von mir aus gerne“, sagte Koch.

Dorle sah ihn entschuldigend an. „Ich bin auch müde. Ich weiß nicht, wie lange ich noch auf den Beinen bleiben kann.“

„Ich muss zurück“, sagte Siggi. „Ich muss morgen früh raus …“

„Ich würde mit Ihnen fahren, wenn noch Platz ist“, meldete sich Bresson zu Wort.

Koch hatte plötzlich ein schlechtes Gewissen, weil er sich den ganzen Abend nicht mit dem Mann unterhalten hatte. Aber der schien seinerseits ebenfalls kein allzu großes Interesse an einer Unterhaltung gehabt zu haben.

„Ich kann doch mit dem Wagen der Fahrbereitschaft zurückfahren und zuerst Herrn Bresson auf dem Weg absetzen und dann die Damen nach Hause bringen …“, bot Siggi an.

Reuber lachte schallend. „Siggi! Also, Sie sind ja ein ganz Schlimmer.“

Der Angesprochene wurde rot.

„Na, ich bin doch als Anstandsdame dabei, keine Sorge also“, bemerkte Bresson leise und müde. Mit einer fahrigen Bewegung rückte er seine Brille zurecht.

„Schon gut, Siggi, das ist eine gute Idee. Und wir Herren der Schöpfung fallen in ein …“, Reuber sah kurz mit einem frechen Grinsen zu Chavez herüber, „Hangout ein. Klingt gut, was Koch?“

Der sah Dorle an. Die nickte ihm zu. „Es ist dein Tag, Paul. Wer weiß, wann diese Gelegenheit wieder kommt.“

„Abgemacht!“, rief Reuber aus. „Und unser Captain fährt uns später nach Hause.“

Sie begleiteten Siggi, die Frauen und Bresson zum Auto, Captain Chavez erklärte dem jungen Polizisten den Weg nach Mainz, dann verabschiedeten sie sich voneinander. Als die Rücklichter von Siggis Wagen in der Nacht verschwunden waren, machten die drei Männer sich auf den Weg zum Wagen von Chavez.

VI

Siggi saß hinter dem Lenkrad, neben ihm Bresson. Die Frauen hatten es sich im Fond bequem gemacht. Die Nacht war dunkel und die Scheinwerfer des Adler Junior leuchteten nur ein kleines Stück weit. Da Bresson offenbar auch nicht an einem Gespräch interessiert war, konnte Siggi seinen Gedanken nachhängen. Das Konzert, die Atmosphäre und die Musik hatten ihm gefallen, aber er war im Moment nicht in der Stimmung, dies zu genießen.

Er dachte über Brigitte nach, die sich in letzter Zeit seltsam verhielt. Wenn er sie sehen wollte, hatte sie keine Zeit, und wenn sie dann endlich zusammen waren, hielt sie Abstand von ihm, wollte ihn nicht küssen, geschweige denn mehr, ganz anders als am Anfang ihrer Beziehung. Da hatten sie sich so oft wie möglich gesehen, da war sie es gewesen, die ständig seine Nähe suchte und die schmollte, wenn er seine Ruhe haben wollte.

Sie war eine besondere Frau, sehr selbstbewusst und mutig, und wenn sie nicht die Initiative ergriffen hätte, wäre nie etwas aus ihnen geworden. Siggi wusste um seine Schüchternheit. Mit Frauen hatte er, bis er Brigitte kennengelernt hatte, so gut wie keine Erfahrung. Sie hatte ihn mitgerissen, ihn ermuntert, verführt, und ihm hatte es gefallen.

Aber seit einigen Wochen war vieles anders, und das Schlimme für Siggi war, dass er nicht wusste, warum. Einmal hatte er sie gefragt, ob sie einen neuen Freund habe, aber Brigitte hatte nur gelacht. Ein paar Mal hatte er sich in der Nähe ihrer Wohnung versteckt, um ihr zu folgen, wenn sie das Haus verließ. Aber die beiden Male, als sie tatsächlich nach Dunkelwerden ausgegangen war, traf sie sich mit einer Freundin.

„Familie!“, seufzte Frau Reuber plötzlich laut auf und riss ihn aus seinen Gedanken. Siggi wusste, dass die Reubers keine Kinder hatten, warum, wusste er nicht.

Dann führte Dorle längere Zeit das Wort, sie sprach über ihren Sohn Rolf aus der Ehe mit ihrem ersten Mann Joachim, der in russischer Gefangenschaft verstorben war. Rolf hatte sich wegen seiner schweren Kriegsverletzung im Keller des elterlichen Haus erhängt. Das war zu jener Zeit, als sie Paul Koch, ihren jetzigen Mann, kennengelernt hatte.

Ein Kind zu haben, schien Siggi völlig weit weg, er konnte sich als Vater nicht vorstellen. Einige Male hatte er sich ausgemalt, wie es wäre, Brigitte zu heiraten. Aber ihr einen Antrag zu machen, hatte er sich nicht getraut, obwohl er durch seine Arbeit bei der Polizei eine sichere Anstellung hatte. Seit letztem Jahr, nach der Währungsreform, ging es aufwärts, gab es Arbeit, sogar der Verkehr auf der Straße nahm zu. Siggi hatte ganz besonderes Glück. Eine Tante, die auf dem Land wohnte, hatte in einem Schuppen einen Wagen entdeckt, den ihr verstorbener Mann versteckt hatte, damit er nicht für die Wehrmacht eingezogen wurde. Ein älteres Modell, ein Škoda, der sehr ramponiert war. Sie hatte ihrem Neffen den Wagen angeboten, wenn er ihn sich wieder herrichten wollte. Natürlich wollte er das tun! In den letzten Wochen war er an den Wochenenden häufig zu der Tante rausgefahren und hatte mit der Instandsetzung begonnen.

Brigitte behagte es nicht, dass er die wenige Zeit, die ihnen gemeinsam zur Verfügung stand, in der Scheune unter dem Wagen verbrachte und abends nach Öl stinkend zu ihr kam. Auch die Aussicht, in Zukunft Ausflüge mit dem Wagen unternehmen zu können, stimmte sie nicht um.

„Da vorne rechts, Herr Maus!“, hörte er Frau Reubers

Stimme, kurz nachdem sie die ersten Häuser des Mainzer Vorortes Weisenau erreicht hatten. Es irritierte Siggi, so förmlich angesprochen zu werden. Er war es gewohnt, Siggi gerufen zu werden, von Siegfried, dabei hatte er mit seiner sehr schlaksigen Figur gar nichts von einem Heroen, auch wenn er nicht mehr ganz so dürr wie in den ersten Jahren nach dem Krieg war.

„So, gleich da vorne“, wies ihn Frau Reuber an, „wo der Buchsbaum steht.“

Siggi ließ den Adler ausrollen und hielt genau vor dem Baum, der wie eine Pyramide zurechtgeschnitten war, an.

Frau Reuber verabschiedete sich von den anderen, dann fuhr Siggi weiter nach Gonsenheim.

„Ich bin sehr froh, Siggi, dass Sie auch nicht mehr in Frankfurt bleiben wollten. Ich bin sehr müde und bevor ich Paul und den anderen den Abend verderbe, lege ich mich lieber ins Bett.“

Dorle gähnte. Siggi hätte sich gerne eine Zigarette angezündet, aber aus Rücksicht auf die Frau verschob er dies auf später.

„Sie habe ich ja auch lange nicht mehr gesehen, Herr Bresson“, sprach sie den Mann neben Siggi an.

„Man wird nicht jünger“, erwiderte der, „und in meiner Wohnung fühle ich mich am wohlsten.“

„Das klingt ja fast ein wenig nach Resignation.“ Dorle beugte sich ein Stück nach vorne, doch in der Dunkelheit konnte sie Bressons Gesicht und seine Reaktion nicht erkennen.

„Man muss schauen, wie man zurechtkommt“, gab er zurück.

„Hat Ihnen denn wenigstens der Abend gefallen?“

„Ja, ja“, erwiderte Bresson. „Es war schön, wenn auch seltsam, unter so vielen Menschen zu sein.“

„Kommen Sie uns doch besuchen, Herr Bresson“, lud sie den Mann ein, als Siggi vor dessen Haus in der Zahlbach hielt und Bresson den Wagen schnell verließ.

„Paul hat keinen Kontakt mehr zu ihm, oder?“, fragte Dorle Siggi, als sie wieder losfuhren.

„Ich glaube nicht“, entgegnete Siggi.

„Sie fahren sehr sicher, Siggi!“, lobte ihn Dorle. „Paul erzählt mir oft, dass Autofahren Ihre große Leidenschaft ist.“

„Ja“, antwortete er kurz. Siggi schien nicht an einem längeren Gespräch interessiert zu sein.

Vor ihrem Haus öffnete er Dorle die Autotür und wartete, bis sie hinter dem schmalen Tor in den Hof verschwunden war, dann setzte er sich ans Steuer und fuhr eilig zu seiner Wohnung in der Mainzer Neustadt, wo er dank der Beziehungen seiner Tante ein geräumiges Zimmer bewohnte.

Den Wagen stellte er im Hof ab, der seit letztem Jahr vom Schutt der Trümmer freigeräumt war.

Er lief nach oben. Brigitte hatte ihm bei ihrem letzten Treffen, bei dem sie im Streit auseinandergegangen waren, zugerufen, ihm zu schreiben. Seit mehreren Tagen wartete er nun auf die Post, und jeden Abend, wenn er von der Arbeit kam, sah er als Erstes nach, ob nun endlich eine Karte oder ein Brief oder irgendeine Nachricht für ihn bereitläge. Enttäuscht hatte er sich jedes Mal in sein Zimmer zurückgezogen, viel zu viel geraucht und mühsam der Versuchung widerstanden, Brigitte in ihrer Wohnung aufzusuchen.

Vor seiner Tür, wohin die Vermieterin seine Post für gewöhnlich legte, war nichts. Enttäuschung machte sich in ihm breit, wieder einmal. Keine Nachricht von Brigitte. Mechanisch griff er in die Außentasche seines Jacketts und entnahm ihr die Zigarettenschachtel, fingerte eine Zigarette heraus und zündete sie an.

Dann schloss er die Tür zu seinem Zimmer auf, tastete nach dem Lichtschalter und wollte sich schon aufs Bett werfen, als er den Briefumschlag auf dem Boden entdeckte. Entgegen ihrer Gewohnheit musste ihn seine Vermieterin unter der Tür durchgeschoben haben oder Brigitte war hier gewesen.

Warum war er an diesem Abend nicht zu Hause geblieben?

Ohne sich zu entkleiden setzte sich Siggi auf den Rand des Bettes, presste die Zigarette zwischen die Lippen und riss den Brief hastig auf.

Gleich erkannte er Brigittes kleine, runde Schrift. Nervös zog er noch zwei Mal tief an seiner Zigarette, bevor er sie in dem Aschenbecher neben dem Bett ausdrückte.

„Guten Abend Siggi“, begann das Schreiben. Das klang kühl, ganz anders als die Briefe, die Brigitte ihm früher geschrieben hatte. Es war zum Weglaufen: Er wollte unbedingt wissen, was sie schrieb, und gleichzeitig fürchtete er sich vor dem, was er gleich lesen würde.

Siggi atmete tief durch. Und las. Zeile für Zeile, sank dabei immer tiefer in sich zusammen. Er konnte nicht glauben, was da stand, was sie ihm an den Kopf warf. Und dann am Ende die vier Worte: „Es ist Schluss, Siggi!“

Schluss! Er konnte es nicht glauben. Er sei nicht der Mann für sie, schrieb sie, er sei noch ein kleiner Junge, noch nicht erwachsen, denke nur an seine Autos und rede von nichts anderem. Tag und Nacht. Da sei kein Platz für sie. Sie wolle einen Mann, der sie verehre, der Zeit für sie habe, der sie auf Händen trage. Der mit ihr ins Kino ginge und nicht auf den Rennplatz. Nie habe er auch nur die leiseste Andeutung gemacht, sie zu heiraten.

Tränen rannen Siggi über die Wangen. Das war lange nicht mehr geschehen. Warum schrieb sie so etwas? Er war doch mit ihr im Kino gewesen. Auf dem Rennplatz, da hatte sie doch auch Spaß gehabt, mit ihm gelacht, sich sogar einmal hinter das Lenkrad eines Bentley-Rennwagens gequetscht. Hatte sie ihm nicht gesagt, er sei nicht so blöde wie die anderen Männer, die nur küssen und noch mehr wollten und dann die Mädchen sitzenließen, ihnen vielleicht sogar ein Kind andrehten. Und nun ... alles verkehrt. Das war ungerecht. Völlig ungerecht. Siggi wischte sich die Tränen aus dem Gesicht und zündete eine weitere Zigarette an, stand auf und ging zum Fenster, das er öffnete und blies den Rauch in den dunklen Nachthimmel.

Was sollte das? Es konnte doch nicht einfach so vorbei sein?

Mechanisch zog er an der Zigarette, starrte in die Nacht hinaus, bis die Glut seine Fingerspitzen verbrannte und er die Kippe in den Hof warf.

Einige Sekunden stand er so da, dann machte er kehrt, verließ sein Zimmer und hastete nach unten, lief durch den Hof und startete den Motor des Wagens. Er musste mit Brigitte sprechen. Sofort! Vielleicht wäre ja alles gut gewesen, wenn er zu Hause geblieben wäre, nicht auf dieses Konzert in Frankfurt gegangen wäre. Vielleicht hatte Brigitte ihm eine letzte Chance geben wollen und dann, als sie ihn nicht antraf, seine Vermieterin ihr vielleicht etwas Falsches erzählt hatte, den Brief geschrieben, diesen fatalen, schrecklichen Brief.

Er war aufgewühlt und wäre beim Zurücksetzen fast gegen die Mauer gestoßen. Viel zu schnell schoss er durch die Einfahrt auf die Straße, fuhr über einen losen Stein, hatte Glück, dass der Reifen nicht platzte, und raste nach Bretzenheim, dem Vorort, in dem Brigitte wohnte.

Einige Meter von dem Haus entfernt stellte Siggi den Wagen ab. Ihr Zimmer war im ersten Stock, er wusste genau, welches Fenster es war. Er suchte in dem Beet vor dem Haus den Boden nach kleinen Steinen ab, sammelte ein paar von ihnen auf und begann damit, sie gegen das Fenster zu werfen. Sein dritter Versuch war erfolgreich, aber drinnen tat sich nichts. Er schleuderte den letzten Stein nach oben, traf, aber es blieb dunkel im Zimmer und die Fenster verschlossen.

Er ging zur Haustür, aber die war, wie er vermutet hatte, verschlossen, und bei Brigittes Vermieterin zu klingeln wagte er nicht. Also sammelte er nochmals eine Handvoll Steine, von denen dieses Mal nur einer das Ziel traf. Siggi war wütend und verzweifelt, ihm war nun alles egal. Er rief Brigittes Namen, erst leise, dann immer lauter, bis im Nachbarhaus ein Fenster geöffnet wurde und ein älterer Mann seinen Kopf herausstreckte. „Jetzt halt mal endlich dein Maul, du Idiot. Es ist Nacht und anständige Leute schlafen da!“

Regungslos starrte Siggi zu dem Mann herauf. Eingeschüchtert lief er zum Wagen. Er verstand die Welt nicht mehr.

VII

Durch die Ruinen der Frankfurter Innenstadt steuerte Chavez die Limousine auf eine breite Straße, die nach Süden führte. Er erzählte seinen beiden Mitfahrern von der sehr regen Jazzszene in Frankfurt, die schon während des Krieges, trotz des Verbots der sogenannten *Negermusik* durch die Nazis, aktiv war und jetzt durch die Anwesenheit der GIs und die damit verbundenen Auftrittsmöglichkeiten in den Kasernen und Clubs der Besatzungsmacht noch mehr Zulauf fand.

Chavez lenkte den Wagen an den Straßenrand und stellte den Motor ab. Er führte die Kommissare über die dunkle, kaum beleuchtete Straße zu einem unscheinbaren Gebäude, das sich nicht von den anderen in der Umgebung unterschied.

Der amerikanische Offizier reagierte nicht auf die fragenden Blicke der beiden Männer. Er ging an den Seiteneingang des Hauses, wo eine Treppe ins Kellergeschoss führte, aus dem gedämpfte Musik zu vernehmen war.

„Hi Marcus", grüßte ein Mann, der vielleicht dreißig Jahre alt war und einen spitzen Kinnbart trug, den Amerikaner. Reuber und Koch sahen sich kurz an. Chavez schien hier bekannt zu sein. Er unterhielt sich kurz mit dem Mann und gab seinen beiden Begleitern dann ein Handzeichen, ihm zu folgen.

Hinter der Tür ging es durch einen schwach beleuchteten Flur zu einer weiteren Tür, die, nachdem Chavez zwei Mal mit der Faust dagegen geklopft hatte, geöffnet wurde. Sofort umgab sie laute Musik.

„The Hotclub Frankfurt", erläuterte Chavez, als erst Reuber und dann Koch an ihm vorbei in einen düsteren Raum traten, wobei nicht zu entscheiden war, ob es nicht mehr Licht gab oder ob der dichte Zigarettenqualm, der wie eine Wolke im Raum hing, jeden Lichtstrahl schluckte. Reuber steckte sich gleich eine an.

Nachdem sich seine Augen an die Dunkelheit und den beißenden Qualm gewöhnt hatten, erkannte Koch auf der Bühne am anderen Ende des Raumes ein Quartett. Davor standen einige Leute, die sich zur Musik wiegten, doch die Mehrheit stand herum, hörte der Musik zu oder redete miteinander. Die ursprünglichen Wände waren nicht mehr zu erkennen, so dicht an dicht waren sie mit Filmplakaten beklebt. Schwarze und Weiße standen hier völlig unbefangen zusammen, redeten, prosteten sich zu, ein Pärchen küsste sich. Viele der Leute hielten kleine Flaschen in der Hand, aus denen sie von Zeit zu Zeit tranken.

Kurz darauf kam Chavez zu Koch und reichte ihm eine Flasche Bier. Die beiden Männer stießen die Flaschen aneinander.

„Was wird hier getrunken?“, fragte Koch und zeigte auf zwei junge Frauen mit kurzgeschnittenen Haaren. Chavez lachte. „Coca Cola!“ Er lachte nochmals.

„Coca … What's that?“

Chavez zuckte mit den Schultern. „Top Secret!“ Er beugte sich vor, bis sein Mund fast Kochs Ohr erreichte. „In Paris wird das in allen Clubs getrunken. Willst du eines, Paul?“ Koch bewunderte Chavez' perfektes Deutsch. Man musste sehr genau hinhören, um die typische Sprachfärbung seiner Landsleute wahrzunehmen.

Unsicher nickte Koch. Chavez bestellte bei einer jungen Frau hinter dem Tresen eine Flasche.

Neugierig beobachtete er, wie Koch die Flasche an den Mund setzte und vorsichtig einen ersten Schluck nahm, ihn einen Moment im Mund beließ, um dann einen zweiten zu trinken.

Chavez sah ihn auffordernd an.

„Sehr süß." Und nach einem dritten Schluck fügte er „Ich ziehe ein kühles Bier vor" hinzu, worauf Chavez lachte, seine Bierflasche hochhielt und mit Koch anstieß.

Sie standen noch einige Momente zusammen, dann wurde Chavez von einem Schwarzen in ein Gespräch verwickelt. Koch ließ sich in der Menge treiben, stand bald an der Tür, dann wieder in der Nähe des Quartetts und fand sich schließlich am Tresen wieder, während er Reuber und Chavez am anderen Ende im Gespräch entdeckte.

Koch nahm die Mode der Menschen in diesem Club verwundert wahr. Viele Frauen trugen neumodische Kurzhaarfrisuren, die Pullover waren am Hals rundgeschnitten, einige trugen ein Halstuch darüber. Die meisten Männer waren mit dunklen Anzügen bekleidet und viele von ihnen hatten sich einen kurzen Bart stehen lassen.

„Guten Abend, Herr Koch!"

Überrascht, hier seinen Namen zu hören, drehte sich Koch um und zuckte kurz zusammen. Er blickte in das Gesicht jenes Mannes, der ihm schon im Althoff-Bau begegnet war. Dessen streng gescheitelte, graue Haare und der fein ausrasierte Kinnbart waren ihm dort schon aufgefallen, nun erkannte er zudem eine Narbe auf der rechten Wange, möglicherweise von einem Schmiss, was ihm den Mann nicht sympathischer machte.

Dieser ließ Koch nicht aus den Augen, sah ihn an, als wolle er ihn einer Prüfung unterziehen. Niemand um sie herum nahm Notiz von ihnen, im Hintergrund spielte ein Mann auf einem Klavier, ein Trompeter improvisierte zu der Melodie.

„Ich muss Sie sprechen!", sagte der Mann. Es klang dringlich.

„Ja?", fragte Koch, der sich kurz umsah.

„Ich bin allein, keine Sorge". Der Mann rückte ein Stück näher an Koch heran.

„Sie waren schon im Althoff-Bau", stellte Koch fest.

Der Mann nickte. „Leider waren Sie da nicht alleine." Nun sah er sich selbst um, bevor er weitersprach. „Sie sind ein ausgewiesener Gegner der Nazis, Herr Koch, Sie haben gegen sie gekämpft und Sie halten auch heute diesbezüglich nicht mit Ihrer Meinung hinter dem Berg. Den Mut haben nicht viele gehabt und heute will niemand mehr etwas davon wissen. Sie sind eine rühmliche Ausnahme."

„Was wollen Sie, Herr ...?"

Der Mann ging nicht darauf ein, steckte sich stattdessen eine Zigarette an und hielt Koch die Schachtel entgegen, der mit einer kurzen Handbewegung ablehnte.

„Ich benötige Ihre Hilfe, um größere Gefahr abzuwenden." Das klang sehr ernst, fast pathetisch. Er hielt seine Zigarette so zwischen Ring- und Mittelfinger, dass die Innenfläche seiner Hand fast seinen Mund berührte, wenn er inhalierte.

„Was wollen Sie?", fragte Koch.

Der Mann blickte ihn weiter eindringlich an. Er suchte nach den richtigen Worten. Dabei gingen seine Blicke nervös hin und her und er zog hastig an seiner Zigarette.

„Ich arbeite für eine Behörde, aber das, was ich will, darf nicht offiziell ..."

Die Musik war lauter geworden und Koch hatte so gut wie nichts verstanden. Mit einer Geste gab er das dem Mann zu verstehen. Der beugte sich ein Stück zu ihm herüber.

„Ich brauche Ihre Hilfe, Herr Koch. Ich brauche die Hilfe eines Mannes, bei dem ich sicher sein kann, dass er ein überzeugter Antifaschist ist, keine Beziehung zu Nazis hat, weder alten noch neuen. Es geht um die Zukunft unseres Landes und … der Polizei.“

Koch nahm einen Schluck aus seiner Bierflasche.

„Werden Sie konkret! Was wollen Sie von mir? Für Spinnereien habe ich keine Zeit.“ Er musste fast brüllen, so laut spielte die Musik nun. „Wer sind Sie? Für wen arbeiten Sie? Und woher kennen Sie mich?“

Wieder sah der Mann sich um, wandte sich plötzlich ab und verschwand in der Menschenmenge, bevor Koch reagieren konnte.

Dafür stand Reuber plötzlich neben ihm.

„Schon Kontakt geknüpft, Koch?“, fragte er und sah sich um. „Scharfer Laden hier. Vielleicht ganz gut, dass unsere Frauen nicht mitgekommen sind.“ Er wischte sich den Schweiß von der Stirn.

Eine dunkelhäutige Frau tauchte hinter Kochs Kollegen auf, packte ihn am Oberarm und zerrte ihn zur Bühne. „Oh Görd, don't stop dancing!“, hörte er sie noch gespielt vorwurfsvoll sagen, dann waren die beiden verschwunden und Koch war wieder alleine.

Er trank einen Schluck aus der Flasche, stellte sich auf die Zehenspitzen und sah sich um. Von dem Unbekannten war nichts mehr zu sehen. Obwohl er das für aussichtslos hielt, drängte er sich zwischen den eng beieinanderstehenden Leibern hindurch zum Ausgang, aber auch auf der Straße konnte er den Mann nicht entdecken.

Koch hakte diese Begegnung unter dem Stichwort „Spinner und Wichtigtuer“ ab.

Am Tresen ließ er sich eine neue Flasche Bier geben, zog sich in eine Ecke zurück und lauschte der Musik.

25. April 1950

VIII

Siggi war noch lange mit dem Wagen durch die Nacht gefahren, obwohl er den Ärger fürchtete, wenn Jörg am nächsten Morgen den leer gefahrenen Tank bemerken würde. Aber das war ihm egal gewesen. Er war des Fahrens erst überdrüssig geworden, nachdem er noch drei Mal Brigittes Haus passiert hatte, in der irrigen Annahme, sie in ihrer Wohnung anzutreffen.

In seinem Zimmer hatte er sich noch angezogen aufs Bett geworfen und lange in die Dunkelheit gestarrt, Brigitte verflucht und im nächsten Moment überlegt, ob er ihr seinerseits einen Brief schreiben sollte. Erst in den frühen Morgenstunden, als die Nachtwolken aufbrachen und die Vögel sich im Hof bemerkbar machten, schlief Siggi ein. Das Klingeln des Weckers trieb ihn unausgeschlafen aus seinem Bett.

Es war merklich kälter als in den vergangenen Tagen und der Himmel von dunkelgrauen Wolken bedeckt. Der Wagen hatte bei seiner nächtlichen Spritztour keinen Schaden erlitten, wie Siggi erleichtert feststellte. Während der Fahrt in die Direktion fragte er sich, ob Koch tatsächlich das Angebot wahrnahm und zu Hause blieb. Er, Siggi, war in der Lage, den Mord an Albert Roth alleine aufzuklären.

„Oh, oh, Siggi!“, begrüßte ihn Jörg von der Fahrbereitschaft, als er den Wagen in der Halle abgestellt hatte und ausgestiegen war. Normalerweise saßen Jörg und seine Mechaniker um diese Zeit noch zusammen um den kleinen Tisch im Büro, doch sie schienen auf Siggi gewartet zu haben, denn gleich nach Jörgs lauter Begrüßung kamen sie hervor.

„Ist ja ein netter Abend gewesen, der Geburtstag des Herrn Kommissars“, frotzelte Jörg weiter. „Aber wenn Männer abends trinken, Siggi, was … das tut Jungs weh am nächsten Morgen …“

Die anderen lachten, Siggi wurde rot.

„Na, ich nehme an, dass du nicht mehr gefahren bist, oder? Siggi?“

Der suchte nach einer passenden Antwort, aber ihm fiel keine ein, also marschierte er zum Ausgang, wo er den Zündschlüssel in seiner Hand bemerkte. Er drehte sich um, sah die Männer nebeneinanderstehen und ihm nachsehen, hob den Arm und warf den Schlüssel in Richtung Jörg, der einen Schritt vortrat und ihn auffing. Die anderen applaudierten.

Im Foyer der Direktion war Siggi so aufgeregt und nervös, dass er einen Moment innehielt und durchatmete. Er musste mit Brigitte sprechen. Diese Ungewissheit konnte er nicht länger ertragen. Er würde sie in der Telefonzentrale aufsuchen, wo sie arbeitete. Er fürchtete sich vor der Szene, die sie ihm machen könnte und der er nicht gewachsen wäre, aber alleine mit seinen Gedanken und der Ungewissheit zu bleiben, hielt er noch weniger aus. Er war bei seinem nächtlichen Grübeln zu dem Entschluss gekommen, dass Brigitte mit ihrem Brief genau das bezweckte: Er sollte sich mehr um sie bemühen und kämpfen. Das würde er tun, dafür wagte er sich jetzt in die Höhle der Löwin, obwohl ihm die Knie bei dem Gedanken daran weich wurden.

Er lief durch den Flur zum anderen Ende des Gebäudes, in dem die Telefonzentrale untergebracht war, in dem sechs oder sieben Frauen in einer Reihe nebeneinandersaßen, Gespräche annahmen, durchstellten oder weitervermittelten.

Die Tür zur Telefonzentrale stand offen, die Stimmen der Frauen waren deutlich zu vernehmen, während er näherkam. Auf den letzten Metern verlangsamte Siggi seine Schritte, blieb in der Tür stehen.

Die Frau, die der Tür am nächsten saß, wandte sich zu ihm um und nickte kurz. Siggi erwiderte den Gruß und sah über sie hinweg. Konzentriert saßen die Frauen vor dem überlangen Tisch, auf dem Pulte mit Knöpfen und Steckern eingelassen waren. In Reichweite ihrer Arme befand sich an der Wand eine Leiste mit ebensolchen Knöpfen und Steckern. Manche der Verbindungen führten von dem unteren Teil zu dem an der Wand. Am oberen Ende des Wandstücks waren Lampen montiert, die jeden einzelnen Arbeitsplatz in ein diffuses Licht tauchten.

Brigitte saß an keinem der Arbeitsplätze. Mit ihren langen blonden Haaren, die ihr weit über den Rücken fielen, wäre sie nicht zu übersehen gewesen. Im hinteren Teil der Telefonzentrale befand sich der Aufenthaltsraum, wohin sich die Frauen von Zeit zu Zeit für eine Pause zurückzogen.

Siggi drängte sich an den Telefonistinnen vorbei, die keine Notiz von ihm nahmen. Im Pausenraum saß Agnes, eine neue Kollegin, ein sehr dünnes Mädchen mit gewellten Haaren und einer hohen Stimme. In der Hand hielt sie eine Tasse, war in Gedanken vertieft und fuhr zusammen, als Siggi das Zimmer betrat. Dabei floss auch etwas vom Inhalt der Tasse über ihre Hand.

„Autsch!", sagte sie kurz.

„Ich suche Brigitte", begann Siggi unsicher.

Agnes hüstelte.

„Die ist ... die ist doch im Urlaub." Mit einem Lappen wischte sie die verschüttete Flüssigkeit vom Tisch, dann trocknete sie ihre Hand ab. „Weißt du das nicht?"

Siggi sah sie erstaunt an. „Wie lange ist sie denn weg?"

Agnes dachte nach.

„Ich weiß es nicht." Sie machte eine Pause, wischte wieder, dann stand sie auf und ging um den Tisch herum. „Hier!", sagte sie und zeigte auf ein Blatt Papier, das an der Wand befestigt war. „Auf dem Dienstplan steht ... erst übernächste Woche ..." Sie sah zu Siggi herüber. „Bist du nicht mit ...?"

Siggi hatte die letzte Frage nicht mehr mitbekommen. Hastig ging er an den anderen Frauen vorbei nach draußen.

‚Urlaub', schoss es ihm durch den Kopf. Ihm hatte sie nichts von Urlaub gesagt.

War sie alleine gefahren? Mit einer Freundin? Oder ...? Sollte er zurück und eines der anderen Mädchen fragen ...?

Unschlüssig stand Siggi auf dem Flur. Er wusste nicht, was er tun sollte, trat wütend und hilflos gegen die Wand, steckte sich eine Zigarette an und lief zurück in die Fahrbereitschaft, wo Jörg ihn mit ausgebreiteten Armen empfing.

„Siggi, keine Zigaretten hier!", mahnte der. Siggi war noch aufgebracht und wollte den Hinweis ignorieren, doch er besann sich eines Besseren und trat wieder vor das große eiserne Tor, zog noch einmal an der Zigarette, ließ sie auf den Boden fallen und trat sie aus.

Jörg zeigte sich versöhnlich. „Nichts für ungut, Siggi, aber bevor der Laden hier in Flammen aufgeht ... Ist wohl nicht dein Tag heute? Ärger?"

Siggi nickte.

„Die Frauen?"

Er nickte erneut.

„Verstehe! Willste nicht reden?"

Siggi schüttelte den Kopf.

„Nun denn, dann ist Arbeit das Beste. Brauchste wieder eine Karre?"

„Ja, ich …"

Jörg war schneller. „Hab leider nur den Adler, den du eben zurückgebracht hast. Alle anderen sind weg oder werden gerade repariert."

Siggi nickte ergeben. Es wäre an diesem Tag ein Trost gewesen, wenn er den Vorkriegs-BMW hätte fahren können. Der hatte wenigstens Dampf unter der Haube.

„Wohin soll es denn gehen?"

„Wieder Harxheim."

Jörg machte sich am Tankdeckel zu schaffen, drehte ihn ab und prüfte mit einem Peilstab den Füllstand.

„Das wird reichen! Wenn du keine Extratouren machst, Siggi."

Offenbar hatte Jörg Siggis nächtliche Mehrkilometer schon bemerkt, aber er beließ es bei dieser Bemerkung. Siggi wartete stumm, bis der Chefmechaniker ihm den Schlüssel überreicht hatte, nickte ihm kurz zu, verzog sich hinters Steuer und rollte aus der Halle.

In Harxheim war Pfarrer Thomas Klein Siggis erstes Ziel. Koch hatte ihn gelehrt, dass in kleinen Ortschaften Pfarrer und Wirtsleute diejenigen waren, die am besten über das Bescheid wussten, was in der Gemeinde vor sich ging. Was sie nicht unbedingt Polizisten mitteilten. Aber Koch hatte ihm geraten, in die Gesichter und auf die Gesten der Menschen zu schauen, weil deren unbewusste Reaktionen wichtige Hinweise auf den Wahrheitsgehalt ihrer Aussagen waren.

Die junge, blonde Frau vom Vortag öffnete Siggi die Tür.

„Der Herr Pfarrer ist sehr beschäftigt“, versuchte sie den Besucher abzuwimmeln und ließ sich auch nicht von dessen Dienstausweis beeindrucken. „Es ist eine schwere Zeit. Alle wollen was vom Herrn Pfarrer. Wenn der so weitermacht, dann kippt der mir noch um.“

„Es wird nicht lange dauern. Es ist aber wichtig. Wir ermitteln …“

„Wer ist denn da, Fräulein Ritter?“, hörte Siggi die Stimme des Pfarrers aus dem Inneren des Hauses.

„Der Polizist von gestern. Ich habe ihm gesagt …“

„Dann bitten Sie ihn doch herein. Er wird meine Zeit nicht ewig beanspruchen.“

Unwillig trat die Frau zur Seite und ließ Siggi an sich vorbei ins Haus. Vor seinem Büro empfing ihn der Pfarrer.

„Sie sind heute allein? Wie kann ich Ihnen helfen?“

Nachdem Siggi dem Mann den Grund seines Besuchs mitgeteilt hatte, verschränkte der seine Hände hinter dem Rücken und ging im Zimmer umher.

„Tja, Herr Kommissar, … Freunde … Feinde … Das ist schwer. Wissen Sie, ich bin noch nicht so lange in dieser Pfarrei. Den Albert Roth kannte ich ja kaum. Wie auch? Er kam erst vor wenigen Monaten aus der Kriegsgefangenschaft. Soviel ich weiß, hatte er in Mainz gewohnt, aber da … Sie wissen ja, die Zerstörung. Deshalb ist er hierhergekommen.“ Klein machte eine Pause, ging ein paar Schritte umher. „Roth war auch keiner, der sich durch besonders häufigen Besuch der Heiligen Messe hervortat oder sonst viel am Gemeindeleben teilnahm. Jemand hat mal erzählt, dass er im Ersten Weltkrieg ausgezeichnet worden ist und verletzt wurde. Im letzten Krieg ist er spät eingezogen worden, aber warum, ob es vielleicht wegen seiner Verletzung war, da habe ich mal was von gehört, das kann ich Ihnen leider nicht genau sagen.“

„Gibt es denn jemanden im Ort, der ihn näher kannte, mit dem Herr Roth engeren Kontakt hatte?"

Wieder verschränkte Klein die Hände hinter seinem Rücken und dachte nach.

„Wie gesagt, ich kannte ihn kaum und bin ja selbst noch nicht so lange hier. Und dann ist nach den schrecklichen Jahren so viel zu tun ... in jeder Hinsicht ..."

Beim Abschied vor der Tür des Pfarrhauses fiel Klein doch noch etwas ein. „Gehen Sie mal zu dem Oswalt. Philipp Oswalt. Ist zwar schon an die neunzig und schwerhörig, aber im Kopf noch recht klar. Der weiß vielleicht etwas. Er wohnt zwei Straßen weiter. Ich zeige es Ihnen."

Philipp Oswalt war trotz seines Alters eine stattliche Erscheinung und sein Auftritt der eines Mannes, der früher etwas zu sagen gehabt hatte. Er trug einen dunklen Anzug und ein Seidentuch um den Hals.

„Junger Mann, Sie sind also bei der Polizei?!", fragte er, nachdem Siggi sich vorgestellt hatte. Den verächtlichen Unterton überhörte Siggi.

„Ich ermittle wegen des Todes von Albert Roth. Sie haben sicher davon gehört?"

Oswalt deutete mit einem Finger auf sein Ohr. „Sie müssen lauter sprechen, junger Mann."

Siggi wiederholte seine Frage.

„Der Albert! Ja, das habe ich gehört."

„Was können Sie mir von ihm erzählen?"

Oswalt sah Siggi überrascht an. „Was soll ich Ihnen sagen? Der war ja nicht von hier. Hat in der Stadt gewohnt. Manchmal hat er seinen Schwager besucht, den Alfons."

Siggi überlegte kurz. „Haben die beiden sich verstanden?"

„Woher soll ich das wissen. Ich war ja nicht dabei."

„Aber die Leute, die reden ja …"

„Junger Mann! Was denken Sie denn, wie das in so einem Ort zugeht? Was meinen Sie, was die Leute machen? Die arbeiten. Die arbeiten hart. Viele haben Felder, Tiere. Im Krieg wird das nicht einfacher. Zum Reden bleibt da nicht viel Zeit. Wenn die Leute reden, dann übers Vieh. Verstehen Sie?!"

Siggi nickte eingeschüchtert. Jetzt wünschte er sich für einen Moment die Anwesenheit Kochs. Der könnte mit so einem Kerl umgehen.

„Und Sie wissen nichts …?"

„Lauter, junger Mann, lauter …!"

Auf der Straße befragte Siggi willkürlich Leute, denen er begegnete, doch die meisten gaben vor, keine Zeit zu haben oder Albert Roth nicht gekannt zu haben. Eine Frau machte eine Andeutung, den Roths wäre es nicht so schlecht gegangen und sie hätten früher in der Stadt einen Uhrmacherladen besessen. Auch bei seinen Fragen nach den Kallweits hörte Siggi zwar die Ressentiments gegen die Flüchtlinge aus dem Osten heraus, die den Einheimischen die Wohnungen und das Geld wegnahmen, den Kallweits gegenüber aber war man nachsichtiger. Freundlich wären die gewesen und immer hilfsbereit. Der Herr Kallweit, so wurde Siggi mehrmals versichert, habe sich auf sein Handwerk mehr als ausgezeichnet verstanden. Allerdings hätten sie sich nicht ins Gemeindeleben integriert, als wüssten sie, dass sie auf der Durchreise wären. Ein oder zwei Stimmen meinten auch, eine gewisse Überheblichkeit im Verhalten der Flüchtlinge erkannt zu haben, als würden sie auf die Dörfler herabsehen.

Zum Abschluss ging Siggi noch einmal bei den Pfeiffers vorbei. Ihr Mann, teilte ihm Frau Pfeiffer mit, habe an diesem Tag wegen des Todes seines Schwagers eine besonders schwere Kopfschmerzattacke erlitten. Trotzdem bat sie den jungen Polizisten nach einer kurzen Rücksprache mit ihrem Mann in das abgedunkelte Wohnzimmer, in dem Alfons Pfeiffer auf dem Sofa lag.

Warum Herr Roth so spät eingezogen worden sei, wollte Siggi wissen.

Pfeiffer ließ sich Zeit mit der Antwort und wartete, bis seine Frau mit einem feuchten Tuch kam und es ihm auf die Stirn legte.

„Das lindert die Schmerzen ein wenig“, erklärte sie, während ihr Mann aufseufzte.

„Ja, der Albert, der war doch wie ich im Großen Krieg verletzt worden. Der war ja 1939, als es gegen die Polen ging, auch schon ...“, er sprach leise und machte eine Pause ... fünfundvierzig. Und seine Verletzung aus dem Krieg ...“

„Das rechte Bein konnte er nicht richtig durchdrücken“, erklärte seine Frau, die das Tuch wendete und wieder auf die Stirn ihres Mannes legte. „Geht es so, Alfons?“, fragte sie besorgt.

„Ja“, stöhnte er.

„Ja, fünfundvierzig, aber dann wurden ja immer mehr frühe Jahrgänge eingezogen, auch der Landsturm.“

„Er war in Russland?“

„Ja, da kam er in Gefangenschaft ...“

Das Sprechen strengte den Mann an. Seine Frau sprach für ihn.

„Mehr als sechs Jahre war er in Gefangenschaft. Sie wissen ja, bei den Russen mussten die in den Lagern arbeiten, sehr hart arbeiten. Ein Strich war der Albert, als der hier ankam, mit nichts als seiner zerlumpten Uniform am Leib. Die Wohnung in der Stadt zerstört, seine Frau war tot, das ist schon ein hartes Los."

Siggi versuchte die Gesichter der beiden zu sehen, aber mehr als deren Umrisse zu erkennen ließ die Dunkelheit in dem Raum nicht zu.

„Wie ist Ihre Schwägerin gestorben?"

„Die Arme", sagte Frau Pfeiffer, „beim Bombenangriff. Im August '42. Der Albert war da auf dem Land …"

Schweigen breitete sich im Zimmer aus, unterbrochen nur von leisen Seufzern Herrn Pfeiffers.

„Ich glaube, mein Mann braucht Ruhe", sagte Frau Pfeiffer schließlich und erhob sich.

Siggi tat es ihr nach. „Noch eine letzte Frage: Können Sie mir die ehemalige Adresse der Roths in der Stadt nennen?"

„Kommen Sie!", forderte die Frau ihn auf. Vom Sofa kamen leise Schnarchgeräusche.

In der Küche schrieb sie die Adresse auf einen Zettel und überreichte ihn Siggi.

„Der Flüchtling ist der Mörder. Sie müssen das beweisen! Wenigstens Gerechtigkeit soll der Albert bekommen", forderte sie, bevor Siggi das Haus verließ.

Draußen war es noch kälter geworden, die sonnigen, warmen Tage der letzten Wochen waren wie weggeblasen. „Weiter oben hat es sogar geschneit und gefroren", teilte ihm eine alte Frau ungefragt mit, als Siggi ins Auto steigen wollte. „Schnee auf den Blüten. Im März und April ist es so warm und jetzt das. Verrückte Welt!" Seine Reaktion wartete sie nicht ab, sondern ging kopfschüttelnd weiter.

Auf dem Weg in die Direktion machte Siggi einen Umweg über die Schusterstraße in der Innenstadt, Roths frühere Adresse, die Frau Pfeiffer ihm aufgeschrieben hatte. Das Haus war zerstört, die wenigen noch vorhandenen Außenmauern rußgeschwärzt. Drei Jungs, elf oder zwölf Jahre alt, spielten auf einem freien Platz neben der Ruine Räuber und Gendarm, der Kleinste von ihnen wurde gerade verhaftet.

„Kinder! Kommt rein! Frank, und du hör sofort auf, den Jürgen zu schlagen!", hörte er eine Frau aus dem Nachbarhaus, bei dem das untere Stockwerk notdürftig hergerichtet war, rufen.

Unwillig ließen die Jungen von ihrem Spiel ab und trotteten zum Haus. Siggi folgte ihnen. Die Frau beobachtete ihn misstrauisch und hielt mit einer Hand den Fensterknauf fest in der Hand.

„Was wollen Sie?", fragte sie unfreundlich.

„Kennen Sie die Familie Roth?"

Ihr Blick verfinsterte sich noch mehr.

„Was wollen Sie von denen? Die wohnen nicht mehr hier!"

„Ich bin von der Polizei", wies sich Siggi aus.

„Sie? Haben Sie einen Ausweis?"

Siggi hielt ihr das Papier entgegen.

„Die Roths wohnen nicht mehr hier. Die Alte ist tot. Beim Bombenangriff … und ihr Mann, … war nur einmal kurz hier … ist ja nichts mehr da."

„In dem Haus haben die gewohnt?" Siggi wandte sich kurz zum Nachbargebäude um.

„Ja, wenn man das noch *Haus* nennen kann."

„Hat der Herr Roth da ein Geschäft gehabt?"

„Geschäft?" Die Frau lachte kurz auf und drehte ihren Kopf ins Innere der Wohnung, von wo das Geschrei der Kinder zu hören war.

„Ruhe!“, brüllte sie. „Frank! Jürgen! Hände waschen!“ Dann sah sie wieder zu Siggi.

„Geschäft?“, wiederholte sie. „Wenn Sie es so nennen wollen. War mehr eine Werkstatt. Brauchte nicht zu arbeiten, der Roth. Seine Frau hatte Geld.“

Nun sah Siggi die Frau überrascht an und sie lachte laut.

„Da gucken Sie, nicht wahr. Der Roth war ihr zweiter Mann. Der Erste, heißt es, hatte Geld. Ob's stimmt? Die Leute reden viel. Auf jeden Fall hat der nicht gearbeitet, nur Uhren repariert. Wegen seiner Verletzung ist der auch nicht eingezogen worden. Manche haben eben Glück. Anders als meiner. Vor El Alamein verrottet der jetzt im Sand.“

„Ich habe gehört, Herr Roth war in russischer Gefangenschaft.“

Mit einem Achselzucken schloss die Frau das Fenster und zog eine Gardine vor.

Siggi wollte sich so schnell nicht abwimmeln lassen.

Er klopfte nachdrücklich an das Fenster. Nach dem zweiten Versuch wurde die Gardine wieder beiseitegeschoben und die Frau streckte ihren Kopf heraus.

„Was denn noch? Ich habe alles gesagt und muss meine Bälger versorgen …“

„Wohnt denn hier noch jemand, der Herrn Roth von früher kennt?“

„Junger Mann“, erwiderte sie herablassend, „es war Krieg. Die Leute sind tot oder weg. Gucken Sie sich doch um. Alles im Arsch hier. Nee, keiner mehr da. Der Roth hatte keinen, mit dem der dicke war …“

Ohne Abschiedsgruß warf die Frau das Fenster zu und zog die Gardine erneut vor.

Siggi teilte sich mit zwei anderen Kommissaranwärtern ein Büro, das gerade groß genug für drei kleine Tische samt den zugehörigen Stühlen war. Wenn sie alle drei anwesend waren, konnte er es kaum in dem Kabuff aushalten, so eng und stickig war es. Deswegen zog er es vor, sich entweder in die Kantine zurückzuziehen oder in Kochs Zimmer, wenn der nicht im Haus war. Das hatte er Siggi ausdrücklich erlaubt. Jetzt brauchte er aber erst einmal einen Kaffee und ein belegtes Brot. Seit der Währungsreform war auch der Kaffee besser geworden, nicht mehr die Ersatzbrühe, an die er sich zwar gewöhnt hatte, die aber immer ihren faden Geschmack beibehielt, besonders den von Not und Mangel. Als wolle man die Erinnerung daran ertränken, wurden Unmengen Kaffee getrunken, keine Gelegenheit für eine Tasse ausgelassen. Siggi war verblüfft, was sich in den knapp zwei Jahren, seitdem es die D-Mark gab, verändert hatte. Noch war nicht alles erhältlich, aber niemand musste mehr Hunger leiden und im letzten Winter konnte sogar geheizt werden. Man konnte es in den Räumen auch ohne dicke Jacken oder Mäntel und Decken und drei Paar übereinander gezogener Strümpfe aushalten.

Er schlürfte an seinem Kaffee und versuchte Ordnung in seine Gedanken zu bringen. Er hatte Neues herausgefunden. Frau Roth war zum zweiten Mal verheiratet gewesen und hatte Geld mit in die Ehe gebracht. Die Nachbarin hatte sich nicht besonders freundlich über die Roths geäußert. Was war aus dem Geld geworden, nachdem sowohl Frau als auch Herr Roth tot waren? Wer waren die Erben? Warum hatten die Pfeiffers ihm weder von der zweiten Heirat noch von dem Geld etwas gesagt?

Siggis Gedanken schweiften ständig zu Brigitte ab, die angeblich im Urlaub war. Er konnte das nicht glauben. Sie hatten auch von Urlaub gesprochen. Es wurde gerade wieder modern, in Urlaub zu fahren, in den Schwarzwald oder das Allgäu oder an die Nordsee. Einige konnten sich das bereits leisten, fuhren mit dem Motorrad oder dem Zug, und ein paar wenige, die es vielfach unter dubiosen Umständen schon zu Wohlstand gebracht hatten, mit dem Auto. Aber weder er noch Brigitte hatten das Geld für eine solche Reise. Wie also war es ihr möglich, in Urlaub zu fahren? Was wussten Brigittes Kolleginnen? Egal, sie würden es ihm nicht sagen. So sehr sie auch übereinander herzogen, nach außen hielten sie zusammen.

Nach Feierabend machte sich Siggi auf den Weg nach Bretzenheim. Er hatte am Morgen keinen Mantel mitgenommen und fröstelte nun, denn es war noch kälter geworden.

Es begann bereits zu dämmern, als er das Haus, in dem Brigitte wohnte, erreichte. Heute würde er keine Steine an ihr Fenster werfen müssen, heute konnte er ganz offiziell klingeln.

Frau Weiß, Brigittes Vermieterin, deren Haare ihrem Namen alle Ehre machten, öffnete die Tür und lächelte Siggi an. Sie hatte den jungen Mann stets nett behandelt und auch ein Auge zugedrückt, wenn er abends ein paar Minuten länger bei seiner Freundin geblieben war.

„Ja, Siggi, dass ich Sie noch einmal sehe“, begrüßte sie ihn freudig. „Was verschafft mir denn die Ehre?“

Siggi war überrascht. Das klang ja so, als ob sie nicht mehr mit ihm gerechnet hatte. Offensichtlich wusste die alte Frau mehr als er.

„Ich möchte Brigitte besuchen“, erklärte er.

„Brigitte?“, war die erstaunte Antwort. „Aber Siggi, wissen Sie denn nicht? … Die Brigitte wohnt nicht mehr hier. Letzte Woche ist sie schon ausgezogen. Ihr Onkel hat sie abgeholt. Ein sehr schicker Herr. Mit einem großen Wagen. Hat mordsmäßig was hergemacht. Da muss 'ne alte Frau lange für stricken." Sie lachte und hielt ihm ihre knotigen Hände entgegen. „Mit den Gichtgriffeln noch länger."

Es fiel Siggi schwer, ruhig zu bleiben. Von einem Onkel mit einem großen Wagen hatte sie ihm nie etwas erzählt.

„Wissen Sie denn, Frau Weiß, wohin die Brigitte gezogen ist?"

Das Lächeln verschwand aus dem Gesicht der alten Frau. „Na, das sollten doch Sie wissen, Siggi."

Onkel. Schicker Herr. Großes Auto. Die Worte wirbelten ihm durch den Kopf.

„Haben Sie Streit mit dem Fräulein Brigitte?"

Siggi sah betreten zu Boden und nickte.

„Die Frauen heutzutage ... früher wäre so was nicht passiert. Das sind die modernen Zeiten. Aber ich kann Sie trösten, Siggi, auch andere Mütter haben schöne Töchter ... ich glaube, so richtig haben Sie beide auch nicht zusammengepasst ... Sie sind ... wie soll ich das sagen ... Sie sind ein sehr anständiger Kerl, Siggi ... Sie finden schon eine nette Frau ... Sie sind ja noch jung."

Der Trost kam bei Siggi nicht an, und wie vergiftet diese Worte waren, merkte die alte Frau Weiß wahrscheinlich selbst nicht. Er verabschiedete sich hastig von ihr und zündete sich auf der Straße eine Zigarette an.

Er wollte nicht die Tochter einer anderen Mutter. Wie leicht sich das anhörte. Nichts war leicht!

IX

Wie durch einen Schleier hörte Koch unten in der Küche Dorle mit dem Geschirr hantieren. Während er noch im Bett lag, bastelte er die Erinnerung an den vergangenen Abend zusammen. Chavez hatte ihn nach dem Verlassen des Clubs gegen drei Uhr vor dem Haus abgesetzt. Der Amerikaner hatte mit Bekannten diskutiert, Reuber getanzt und er selbst an der Bar gesessen und über die kurze Begegnung mit dem fremden Mann nachgedacht.

Koch versuchte, sich an das Gespräch zu erinnern. Der Mann hatte seine antifaschistische Haltung gelobt. Von großer Gefahr hatte der Fremde gesprochen, aber konkret war er nicht geworden. Vielleicht, weil Reuber dazugekommen war, vielleicht aber auch, weil er aufschneiden wollte, sich wichtig tun. Das hatte Koch oft genug erlebt. Er rief sich das Aussehen des Mannes ins Gedächtnis, eine recht normale Erscheinung, groß, mit einer Narbe im Gesicht, die von einem Schmiss herrühren konnte. Er arbeite für eine Behörde, hatte er gesagt. Aber welche? Was durfte sich nicht alles Behörde schimpfen in diesen Tagen! Koch gähnte und schloss noch einmal die Augen. Nein. Da wollte sich jemand wichtig tun.

Eine Stunde später saß er Dorle gegenüber in der Küche. Von der Begegnung mit dem fremden Mann erzählte er seiner Frau nichts, dafür umso ausführlicher und amüsierter von Reubers Tanzdarbietung.

Dann wurde Dorle mit einem Mal ernst. „Hast du mit Bresson gesprochen?"

Koch dachte kurz nach. „Nein, nicht viel. Er war sehr schweigsam."

„In sich gekehrt", verbesserte sie. „Ich hatte den Eindruck, ihm geht es nicht gut. Weißt du nichts?"

Koch schüttelte den Kopf.

„Ich habe ihn eingeladen, aber … Geh doch mal bei ihm vorbei. Ich habe kein gutes Gefühl."

Dorle hatte recht. Da war gestern nichts von Bressons scharfem Verstand und Witz zu spüren gewesen, von seinen bösen Kommentaren zum Zeitgeschehen. Koch fiel die Spieluhr ein, die er von Bresson geschenkt bekommen hatte. Er stand auf, um sie aus dem Schlafzimmer zu holen.

In der Küche setzte er sich wieder an den Tisch und zog den Mechanismus auf. Mit einer kleinen Verzögerung setzte sich der Klavierspieler in Bewegung und die Melodie von *Blueberry Hill* erklang, der sie bis zum Ende lauschten.

„Das klingt traurig", stellte Dorle fest. „Das Lied hat viel von Bresson. So wie er gestern war. Du musst ihn unbedingt besuchen. Vielleicht ist er krank …"

„Ja, ja, ich werde bei ihm vorbeigehen", sagte Koch und zog die Spieluhr noch einmal auf.

„Siggi scheint mir erwachsen geworden zu sein", bemerkte Dorle, als es wieder still im Raum war.

„Ja, wenn wir diesen Fall in Harxheim gelöst haben, werde ich mir einen neuen Assistenten suchen müssen."

„Vermisst du ihn?"

Koch nickte und gähnte.

„Ein guter Junge. Ein wenig naiv vielleicht noch. Aber er wird sich machen."

„Lässt du ihn denn jetzt alleine ermitteln oder mischst du dich ein?"

„Was soll das heißen?"

„Ich kenne dich doch, Paul. Was du nicht selbst machst, ist nicht gut …"

„Ich bemühe mich", wehrte er den Vorwurf ab.

„Ich glaube, heute wird das nichts mit dem Kino, so müde wie du bist. In dem dunklen Saal würdest du ja sofort einschlafen. Lass uns morgen gehen, gleich nach der Arbeit. Ich habe auch schon einen Film herausgesucht."

„Was denn?"

„Überraschung! Auf keinen Fall einen Film mit Trümmern."

Koch seufzte auf. „Nein, bitte nicht einen dieser Heimatfilme …"

„Fast", lachte Dorle auf und begann, den Tisch abzuräumen.

26. April 1950

X

Koch hatte Bressons Spieluhr in einem kleinen Kasten ins Büro transportiert, wo er sie auf das Regal neben seinem Schreibtisch stellte, aufzog, sich auf seinen Stuhl setzte und ein weiteres Mal *Blueberry Hill* lauschte.

Kurz darauf betrat Siggi das Zimmer, in jeder Hand einen dampfenden Becher. Einen stellte er vor Koch ab.

„Danke, Siggi, dass Sie die Damen sicher nach Hause gebracht haben."

„Das war doch selbstverständlich", antwortete er.

„Gibt es schon was Neues?"

Siggi zählte auf, was er am Vortag herausgefunden hatte: Dass Albert Roth trotz seines Alters und einer Kriegsverletzung eingezogen worden und seine Frau schon einmal verheiratet gewesen war, dass sie aus der ersten Ehe angeblich Geld besaß und dass Roth eine Uhrenwerkstatt hatte, diese aber mehr zu seinem Vergnügen betrieb. Ansonsten hatte er den Eindruck gewonnen, berichtete Siggi weiter, dass ihm niemand so richtig etwas sagen wollte oder konnte.

„Immerhin, Siggi", sagte Koch nach einer kurzen Pause, „stellt sich uns die Frage, warum die Pfeiffers nichts von dem Geld und der zweiten Heirat erzählt haben. *Wir* müssen herausfinden, wer dieses Geld jetzt erbt ..."

Siggi verzog leicht angesäuert seinen Mund, weil Koch wieder „wir" gesagt hatte. Der nahm das nicht wahr.

„Ich denke, wir sollten mit Kallweit sprechen ..."

Siggi wollte gerade zu einer Erwiderung ansetzen, da klopfte es an der Tür, die gleich darauf geöffnet wurde.

„Koch, guten Morgen!" Bernd Arnheim, ihr Chef und Leiter des Morddezernats, betrat das Büro und reichte

Koch die Hand. Siggi bedachte er mit einem kurzen Nicken.

Koch wunderte sich über Arnheims gebräuntes Gesicht, kam aber nicht dazu, etwas zu sagen. Der Mann hatte zugenommen. Im letzten Jahr war er deutlich runder geworden.

„Ich habe mir berichten lassen, dass wir einen Toten haben und Sie den Fall bearbeiten, Herr Maus. Wie kommen Sie voran?"

„Wir wollten gerade mit dem Hauptverdächtigen sprechen, Herr Arnheim", antwortete Koch anstelle von Siggi, „er sitzt hier in U-Haft."

„Na, na, Koch, den Fall soll doch Herr Maus lösen. Lassen Sie ihn das also alleine machen, dann können wir uns noch in Ruhe unterhalten. Loslassen, Koch! Wenn Sie den Jungen nie was alleine machen lassen, wird er auch nichts lernen. Also, Herr Maus, zeigen Sie, was Sie bei unserem Herrn Koch gelernt haben. Zeit genug hatten Sie ja."

Etwas unsicher stand Siggi auf, sah noch einmal schnell zu seinem Chef herüber, dann verließ er das Büro.

„Können Sie Ski fahren, Koch?", fragte Arnheim ansatzlos, nachdem die Tür ins Schloss gefallen war.

Koch verneinte. „Als Kinder sind wir gerodelt."

Arnheim lächelte wohlwollend. „Das können Sie noch lernen, Koch. Ich habe als Kind schon auf den Brettern gestanden. Aber der Krieg, all die Jahre … jetzt bin ich zum ersten Mal seit … scheint mir eine Ewigkeit her zu sein. Das hat richtig gutgetan. Und die Luft. Die Sonne. Die ist da oben in den Alpen ja ganz anders als hier. Müssen Sie aufpassen." Er reckte sein gebräuntes Kinn vor.

„Sie glauben gar nicht, wie viele Leute schon wieder

Urlaub machen. Ist natürlich nicht ganz billig. Aber wir haben uns das ja auch verdient. Ich sage Ihnen, meine Frau war hin und weg." Er verfiel in das von ihm so geliebte Militärisch-Zackige. „Mit dem Sessellift rauf und ab. Schussfahrt ins Tal. Den ein oder anderen hat es hingelegt. Aber ich sage Ihnen, Koch, gelernt ist gelernt. Man fühlt sich gleich zwanzig Jahre jünger."

Koch nickte. Sein Chef war noch nicht fertig.

„Die Menschen haben auch wieder Respekt vor uns. Ich habe mich da mit einem Amerikaner unterhalten, Politiker, der meinte, die Deutschen werden schneller obenauf sein, als viele das glauben. Die brauchen uns, gegen die Kommunisten. Schneidige Kerle, die Amerikaner. Und Ski fahren konnte der, sage ich Ihnen, da hat so manch einer gestaunt. Die haben da drüben überm Teich auch Berge und Skigebiete." Er strich sich über sein Kinn. „Nächstes Jahr wollen wir ans Meer." Er sah Koch an, der reagierte nicht. „Nicht Nordsee. Italien, Koch, nach Italien geht es. Wo es richtig warm ist. Würde Ihnen auch guttun. Sie sind immer so blass. Bei Ihrem Spanienaufenthalt sind Sie wohl kaum zum Baden gekommen." Er lachte kurz auf.

Arnheim konnte es nicht unterlassen, selbst nach so vielen Jahren, sich über Kochs Kampf in den Internationalen Brigaden gegen Franco spöttisch zu äußern.

„Nein, da ging es mit Deutschland auch abwärts", konnte er sich nicht verkneifen zu erwidern.

„Das ist doch vorbei, Koch. Aus und vorbei. Betriebsunfall der Geschichte. Jetzt geht es aufwärts. Wir Polizisten tragen unseren Teil dazu bei. Jetzt sagen Sie mal: Wie macht sich unser Herr Maus denn? Lassen Sie ihn auch alleine arbeiten? Ich habe da so meine Zweifel."

Koch fasste zusammen, was sie bislang im Fall des toten

Albert Roth herausgefunden hatten und hob dabei seine Funktion als Berater hervor.

„Klingt doch ganz ordentlich. Maus hat also das Zeug dazu?“

Koch wiegte seinen Kopf.

„Ja“, sagte er schließlich.

„Das klingt nicht überzeugt.“

„Es ist noch kein Meister vom Himmel gefallen. Etwas mehr Härte täte ihm ganz gut.“

„So hart wie Sie, Koch? Sie schießen ja manchmal eher übers Ziel hinaus …“

„Herr Arnheim …“

„Ist schon gut, Koch, ist schon gut. Ihre Quote stimmt ja. Berichten Sie mir, wenn es etwas Neues gibt.“

Damit stand Arnheim auf und ging zur Tür, wo er plötzlich innehielt und sich umdrehte.

„Ach ja, Koch, hätte ich fast vergessen. Herzlichen Glückwunsch noch. Zum Geburtstag. Ich wäre gerne dabei gewesen. Ist die Überraschung gelungen?“

„Sehr“, antwortete Koch, „sehr. Danke für den freien Tag. Der war auch nötig.“

„Dachte ich mir“, erwiderte Arnheim, lachte und verließ das Büro.

XI

Auch Siggi war nicht entgangen, dass Arnheim braungebrannt und vor allem noch rundlicher geworden war. Aber viele der Männer, die in den letzten Jahren Hunger gelitten hatten, waren deutlich beleibter geworden, als müssten sie jetzt nachholen, was sie verpasst hatten. Er selbst nahm trotz seines ständigen Hungers leider kaum zu. Mit Wohlgefallen hatte er Arnheims Aufforderung an Koch, ihn alleine das Verhör von Kallweit durchführen zu lassen, aufgenommen. Koch traute ihm nicht zu, das ohne fremde Hilfe zu schaffen.

Siggi stieg die breite Treppe ins Untergeschoss der Direktion hinab. Im rechten Flügel war die Gerichtsmedizin untergebracht, im linken befanden sich die Zellen für die Untersuchungshäftlinge sowie einige Ausnüchterungszellen. Aber die waren im Moment leer und deshalb war es still.

Der Beamte, der hier unten Aufsicht führte, begleitete Siggi zu der Zelle, in der Kallweit saß, schloss die Tür auf und ließ ihn hinein.

„Klopfen Sie, wenn Sie wieder hinauswollen!", sagte der Schließer zum Abschied, dann trat er hinaus auf den Gang und zog die schwere Tür hinter sich zu. Nur eine nackte Glühbirne an der Decke erleuchtete den winzigen Raum mit kaltem Licht.

Kallweit saß auf einer schmalen Pritsche, die an der Wand angebracht war. Er hatte beim Eintritt der Männer auf den Boden gestarrt, jetzt hob er seinen Kopf ein wenig. Er trug eine dunkle Hose und ein weißes Hemd, dem man ansah, dass es seit einigen Tagen nicht mehr gewechselt worden war. Kallweits Jacke hing über der Lehne des Stuhls, der unter einen kleinen Tisch an der gegenüberliegenden Wand geschoben war.

Langsam stand der Mann auf, als Siggi sich ihm näherte. Er war etwas kleiner als der Polizist und machte einen ruhigen Eindruck, trotz seiner misslichen Lage. Seit er in dieser Zelle saß, hatte er sich nicht mehr rasiert, dunkle Bartstoppeln zierten seine Wangen.

Er reichte Siggi die Hand, was den überraschte. Erst nach einem kurzen Zögern streckte er seinen Arm aus.

„Haben Sie herausgefunden, wer den Roth umgebracht hat?", wollte er wissen.

Schon bei ihrem ersten Gespräch war Siggi verwundert gewesen über Kallweits dunkle Stimme, die nicht zu ihm passte.

„Ich habe noch ein paar Fragen an Sie", erwiderte er, ohne auf die Frage einzugehen.

Siggi setzte sich auf den Stuhl, Kallweit hockte sich wieder auf den Rand der Pritsche und fixierte den Polizisten.

„Ja …?"

„Also", begann Siggi und sammelte sich kurz. Er wollte nicht ins Stocken kommen.

„Wie war Ihr Verhältnis zu den Pfeiffers?", fragte er schließlich.

Kallweit strich sich mit seiner rechten Hand über die Bartstoppeln.

„Können Sie mir einen Rasierer besorgen", sagte er. Es klang mehr nach einer Forderung als nach einer Bitte.

Siggi nickte.

„Anfangs war unser Verhältnis gut. Ich bin handwerklich geschickt und habe Herrn Pfeiffer im Haus geholfen. Natürlich habe ich ihm seine Kleidung umsonst genäht. Manchmal hat uns Frau Pfeiffer dafür ein Stück Kuchen gegeben. Sie kann gut backen."

„Aber es wurde schlechter?"

„Ja."
„Wann war das? Als Herr Roth auftauchte?"
Kallweit überlegte.
„Vorher schon. Ich habe für die Leute in der Umgebung genäht. Herr Pfeiffer forderte einen Anteil von meinen Einnahmen. Schließlich, so sagte er, würde ich die Arbeit ja in seinem Haus verrichten."
„Und der Herr Roth?"
„Als der kam, wurde es schlimmer. Die Wasserleitung, die vom Haupthaus zum Schuppen führt, war plötzlich kaputt. Pfeiffer war das, da bin ich mir sicher. Dann war mit einem Mal kein Strom mehr im Haus."
Siggi wunderte sich über die Ruhe, mit der Kallweit das erzählte, als ginge ihn das nichts an.
„Herr Pfeiffer behauptet", sprach Siggi weiter, „Sie hätten sich häufig mit Herrn Roth gestritten."
„Das stimmt nicht." Wieder antwortete Kallweit ruhig auf den Vorwurf.
„Sie haben nicht mit ihm gestritten?"
„Nein."
Siggi war verunsichert von diesen knappen Aussagen.
„Ja …", begann er, während er überlegte, wie er weiterfragen sollte. Koch würde jetzt laut werden oder auf den Tisch schlagen. Das war nicht seine Art. „… Wie kommt Herr Pfeiffer darauf, das zu behaupten, wenn es nicht stimmt?"
„Ich weiß es nicht."
Auf solche einsilbigen Antworten in einem Verhör hatte ihn niemand vorbereitet.
„Wie war das Verhältnis zwischen Herrn Roth und Herrn Pfeiffer?"
Kallweit überlegte lange.
„Sie haben sich nicht sehr gut verstanden, glaube ich.

Aber ich will jetzt nicht schlecht von ihnen sprechen“, erklärte er zögerlich.

„Die beiden haben gestritten?“

„Manchmal.“

„Laut?“

„Manchmal wurden sie auch laut.“

„Haben Sie mitbekommen, worum es dabei ging?“

Kallweit schüttelte leicht seinen Kopf. „Ich habe dann weggehört. Das ging mich nichts an.“

„Ihre Schere, mit der Herr Roth erstochen wurde, fand man in der Nähe der Leiche. Wenn Sie nicht der Täter sind, wie kann die dann dahin gekommen sein?“

Kallweit zuckte mit den Achseln.

„Ich weiß es nicht. Ich war es nicht. Ich passe auf meine Arbeitsgeräte auf.“

„Haben Sie die Schere denn nicht vermisst?“

Kallweit schüttelte wieder leicht seinen Kopf.

„Am Abend vorher war sie noch da.“

„Sie wissen, wo die Leiche gefunden wurde. In einem kleinen Waldstück zwischen Harxheim und Nieder-Olm. Da sind Sie vorbeigekommen letzten Freitag?“

Kallweit überlegte und ließ sich Zeit.

„Ja“, sagte er schließlich. „Ich habe Kleidung nach Nieder-Olm gebracht. Meist macht das meine Frau, aber am Freitag wollte sie zu den Bauern, etwas Gemüse kaufen. Ich musste noch Maß nehmen.“

„Ist Ihnen nichts aufgefallen? Oder ist Ihnen Herr Roth begegnet?“

„Nein!“

Siggi überlegte wieder. Dabei sah ihn Kallweit unumwunden an, strich sich erneut über seine Bartstoppeln.

„Wussten Sie, dass Herr Roth vermögend gewesen sein soll?“

„Nein."

„Hat Herr Roth von seiner Frau erzählt?"

„Ja."

„Ja …?"

„Sie ist tot. Hat er gesagt. Sie ist gestorben, bei einem Bombenangriff. Er war nicht da."

„Hat Herr Roth gesagt …", Siggi überlegte, wie er seine Frage in Worte fassen sollte, „… wie sich Frau Roth mit ihrem Bruder verstanden hat?"

Kallweit schüttelte leicht seinen Kopf.

„Die Frau Roth war doch tot …"

„Vorher, meine ich …", sagte Siggi unsicher. „Als sie noch lebte … wie war da das Verhältnis von Frau Roth zu ihrem Bruder?"

Kallweit überlegte. „Ich weiß es nicht. Aber der Herr Pfeiffer war nicht ihr Bruder."

„Wie?", fragte Siggi überrascht.

„Frau Roth, die war seine Stiefschwester. Hat Herr Roth mir erzählt."

„Das hat Herr Pfeiffer aber nicht erwähnt …"

Kallweit kommentierte diese Aussage nicht.

„Hatte Herr Roth mit jemandem im Ort Streit? Wissen Sie da etwas?"

„Nein."

Kallweit beließ es nicht wie vordem bei dieser knappen Antwort, sondern redete plötzlich weiter.

„Er war verbittert. Ja, verbittert. Er hatte viel durchgemacht im Krieg."

„Wo kam die Verbitterung her?"

„Es war schlimm im Lager. Bei den Russen."

Siggi schwieg wieder. Ihm fiel keine Frage mehr ein.

„Wann wird Herr Roth beerdigt?"

Kallweit sah auf.

„Ich weiß es nicht … Ich … ich würde gerne bei der Beerdigung dabei sein.“

Siggi nickte, er wusste keine Antwort darauf, stand auf und klopfte gegen die Zellentür. Kurz darauf hörte er Schritte, der Wärter öffnete die Tür und trat zur Seite.

„Herr Kommissar!“, rief ihm Kallweit zu. „Es geht mir gut … Sagen Sie das meiner Frau. Und …“, er zögerte kurz, „können Sie mir Nadel und Faden vorbeibringen, dann habe ich hier etwas zu tun.“ Er zeigte auf die Jacke des Wächters, der neben der Tür stand. „Da ist ein Knopf lose.“

Siggi nickte, verließ die Zelle und eilte durch den Kellerflur zur Treppe.

XII

„Kommen Sie zu mir rein!“, forderte Koch Siggi auf.

Im Büro ließ sich Koch von Siggi das Verhör mit Kallweit zusammenfassen.

„Was meinen Sie, Siggi: Ist der Mann der Mörder?“

Der junge Mann ließ sich Zeit mit der Antwort.

„Wenn man sieht, wie ruhig er ist“, antwortete er schließlich, „dann kann man das kaum glauben. Aber vielleicht ist er auch eiskalt.“

„Das ist nicht viel, Siggi“, mahnte Koch. „Sie wissen, im Zweifel für den Angeklagten. Was sind denn unsere weiteren Optionen, wie können wir jetzt vorgehen?“

„Wer konnte an die Schere herankommen? Also, ich meine, wenn man davon ausgeht, dass Kallweit nicht der Mörder ist: Kann die jemand aus dem Schuppen gestohlen haben?“

„Richtig, Siggi. Sie haben gesagt, Kallweit hat die Schere noch am Vorabend gesehen. Also muss sie am nächsten Morgen, nachdem die Kallweits das Haus verlassen haben, gestohlen worden sein. Und noch eins, Siggi!“

„Ja?!“

„Was könnte Kallweits Motiv gewesen sein?“

„Der Roth wollte den Schuppen …“

„Das ist kein starkes Motiv. Wissen Sie noch, was ich Ihnen vorgestern auf der Fahrt nach Harxheim gesagt habe …?“

Siggi dachte kurz nach, wusste aber nicht, worauf sein Chef hinauswollte.

„Eine Schere ist ein brutales Mordinstrument. Wenn Kallweit Roth tatsächlich umgebracht hat, weil er fürchtete, aus dem Schuppen ziehen zu müssen, warum dann mit der verräterischen Schere …?“

„Weil er keine andere Waffe hatte …"
„Eine Waffe ist leicht zu organisieren, ein Messer … Ich wollte aber auf zweierlei hinaus, Siggi. Erstens: Wenn die Angst ausziehen zu müssen das Motiv ist, dann war die Tat geplant. Zweitens: Die Einstiche in der Leiche sahen so aus, als habe jemand mit großer Wut auf Roth eingestochen. Hatte Kallweit Anlass zu solcher Wut? Wenn es nur um den Schuppen ging …?"
„Ja, das stimmt …"
„Siggi! Wir sollten die Pfeiffers im Auge behalten und müssen mehr über Kallweits Verhältnis zu den Leuten im Ort erfahren. Vielleicht gibt es auch andere Flüchtlinge in der Nähe. Es muss ja mehr geben, wenn die über …", er spürte, wie schwer es ihm fiel, den Namen auszusprechen, „… Osthofen hierhergekommen sind."
Koch sah auf seine Uhr, es war schon nach vier Uhr am Nachmittag. „Fahren Sie morgen noch mal da raus und versuchen Sie, von den Leuten im Ort etwas zu erfahren über das Verhältnis von Roth und Pfeiffer zueinander. Irgendjemanden müssen Sie doch finden, der etwas weiß. Haken Sie bei den Pfeiffers wegen des angeblichen Geldes von Frau Roth nach. Gab es das? Wenn ja, wo ist es? Wer bekommt es jetzt? Siggi, immer einen Schritt weiter denken!"

Koch machte sich fertig, um das Büro zu verlassen, da klopfte es an seine Tür. Reuber streckte seinen Kopf hinein.
„Und, wieder auf dem Damm?", fragte er mit einem Grinsen.
„Ich konnte mich gestern ja erholen."
Reuber trat einen Schritt in Kochs Büro.
„Ah, da steht ja das gute Stück!" Er deutete auf die

Spieluhr. „Sah nicht gut aus, unser Bresson. Wissen Sie da was?“

Koch schüttelte den Kopf. „Dorle hat das auch festgestellt. Ich gehe die Tage mal bei ihm vorbei. Was wollen Sie denn?“

„Ich wollte Sie fragen, ob Sie einen mit mir trinken wollen?“

„Eigentlich bin ich schon am Gehen, aber … einer geht.“

„Kommen Sie rüber!“

Reuber ging vor in sein Büro, das nicht mit dem von Koch zu vergleichen war. Die Wände waren akkurat gestrichen, ein großer Schreibtisch stand darin sowie zwei mit Leder überzogene Stühle. Bilder und Regale zierten die Wände. Vor dem Fenster war ein Vorhang angebracht.

„Die gute Stube …!“, spottete Koch, als er hinter dem Kollegen in das Zimmer trat.

Statt einer Antwort ging Reuber um seinen Schreibtisch herum, nahm aus der Schublade eine Flasche und von einem der Regale zwei Gläser, hielt sie prüfend gegen das Licht und füllte sie doppelfingerbreit.

Mit einem „Cheers“ reichte er Koch eines der beiden Gläser.

„Von Chavez?“, fragte Koch.

Reuber nickte mit einem Schmunzeln. „Bekommt man jetzt zwar auch im Laden zu kaufen, aber der hier ist besser. Und günstiger. Apropos Chavez … Ich hatte den Eindruck, Sie kennen den Mann besser, als ich glaubte.“

„Wie kommen Sie denn darauf?“

„Ein Gefühl. Dafür, dass Sie beide sich zum ersten Mal gesehen haben, sind Sie … wie soll ich sagen … recht vertraut miteinander umgegangen. Kein abtastendes Gespräch. Wie … alte Bekannte.“

Koch nahm einen Schluck von dem Whiskey.

„Lag wahrscheinlich an dem ganzen Drumherum um meinen Geburtstag und der Überraschung …"

Reuber blickte den Kollegen skeptisch an und füllte die Gläser nach. „Na, ich weiß nicht", meinte er gedehnt, aber er insistierte nicht weiter.

„Ich habe gehört, Ihr Dezernat soll aufgelöst werden?", bemerkte Koch, nachdem er einen weiteren Schluck getrunken hatte.

„Nun, wenn es keinen Schwarzmarkt mehr gibt, welchen Sinn macht dann ein Dezernat für Schwarzmarktdelikte? Demnächst fällt auch die Zuteilung von Zucker weg, dann war es das endgültig mit den Lebensmittelkarten. Willkommen in der Normalität."

Koch lachte böse. „Normalität! Wenn Sie das vor zwei oder drei Jahren gesagt hätten, hätte man Sie ausgelacht. Bestenfalls. Oder in die Klapse gesteckt. Wenn die zerstörten Häuser nicht wären und die Krüppel auf den Straßen, würde man doch nicht glauben wollen, dass vor fünf Jahren noch Krieg war."

„Die Hungerleider verschwinden auch immer mehr", pflichtete ihm Reuber bei, „sehen Sie nur unseren Arnheim an. Da wölbt sich schon ein schönes Bäuchlein unter seinem Jackett. Mir reicht das hier!" Er klopfte sich auf seinen Bauch, prostete Koch mit seinem Glas stumm zu und trank. „Noch einen?"

Koch hob abwehrend die Hände. „Lassen Sie gut sein. Ich muss mit Dorle noch ins Kino. Wenn ich da angetrunken komme …"

„Koch im Kino! Sie machen aber keinen begeisterten Eindruck. In welcher schwachen Sekunde hat Dorle Ihnen denn das abgenötigt?"

„Kino ginge ja noch, aber ein exotischer Abenteuer-

und Liebesfilm! ‚Abenteuer in der Südsee‘ mit Tyrone Power.“

„Tja, Koch, auch das sind die neuen alten Zeiten. Immerhin ein amerikanischer Film. Allerdings … Sie müssen sich ‚Der dritte Mann‘ ansehen, klasse Film. War ich letzte Woche mit Marlies drin.“

„Habe ich auch vorgeschlagen, aber Dorle wollte was fürs Herz.“

„Ist doch schön, fürs Herz. Das ist die neue Zeit. Vom Krieg und all dem will keiner mehr etwas wissen. Es geht aufwärts. Sind Sie nicht bereit dafür, Koch? Ich habe den Eindruck, dass auch Sie so langsam angekommen sind …“

Koch sah ihn fragend an. „Angekommen?“

„Na ja, hier in Deutschland. Erinnern Sie sich nicht mehr, wie Sie sich über alles und jeden aufgeregt haben, als Sie hier ankamen. Überall Nazis gesehen, ständig mit Arnheim im Streit und jeden zweiten Tag kurz davor, wieder abzuhauen.“

„Ist auf die Dauer ziemlich anstrengend. Und ich habe mich entschieden, hier zu leben …“

„Da hat Dorle sicher ihren Teil beigetragen.“

„Es ist dennoch nicht alles in Ordnung in diesem Land“, widersprach Koch, aber schwach.

„Ja, aber ich habe den Eindruck, Sie haben Ihren Frieden gemacht. Oder wollen Sie immer noch weg?“

„Wohin denn?“

„Eben. Sie haben hier Ihre Wurzeln. Ihre Frau. Einen Beruf. Die Nazis, die sterben langsam aus.“

„Ob wir das noch mitkriegen werden?“

„Nun seien Sie nicht immer so skeptisch, Koch. Und jetzt ab ins Kino, sonst wird Dorle noch sauer. Ein schöner Liebesfilm, das passt doch in die Zeit“, spottete Reuber zum Abschied und hob sein Glas, um den letzten Rest zu trinken.

Die Temperatur hatte wieder angezogen, stellte Koch fest, als er auf die Straße trat. Am Morgen hatte er vorsorglich seinen Mantel angezogen, in dem es ihm jetzt zu warm war. Er knöpfte ihn auf und lief durch die Stadt zum Bahnhof. Am Schillerplatz war ein Auflauf, nachdem zwei Autos zusammengestoßen waren. Auch wenn der Verkehr in den letzten Monaten zugenommen hatte, so war ein Unfall immer noch etwas Besonderes. Die meisten konnten sich nur ein Motorrad oder einen Roller leisten.

Koch machte einen Bogen um die Menschenansammlung und hatte bald den Bahnhof erreicht, wo er an der Haltestelle auf die Straßenbahn wartete. Der überwiegende Teil der Fahrgäste waren Frauen, Kinder und Krüppel, wie Reuber die Kriegsversehrten genannt hatte, Männer, denen ein Bein oder ein Arm weggeschossen worden war.

Während der Fahrt starrte Koch aus dem Fenster und versuchte, die Gespräche um ihn herum zu ignorieren. Der Bahnhof hatte Erinnerungen geweckt. Über vier Jahre war er schon wieder in seiner Heimatstadt und Reuber hatte wahrscheinlich recht mit seiner Behauptung, er sei inzwischen angekommen. In der Tat hatte er anfangs gehadert und mehr als einmal mit gepackten Koffern am Bahnhof gestanden, um zurück nach Frankreich zu fahren, wo er den Krieg verbracht hatte und wo sein Sohn lebte. Ob er ihn je wiedersehen würde? Dorle wusste von dem Jungen und er wusste, dass sie sich ihm nicht in den Weg stellen würde, wenn er Émile sehen wollte. Diese Großherzigkeit hatte auch mit ihrer eigenen Geschichte zu tun. Dorles Sohn Rolf musste im Krieg ein Bein abgenommen werden. Zu Hause hatte Dorle ihn aufopferungsvoll gepflegt, aber die Schmerzen und die Aussicht, ein Leben als Krüppel führen zu müssen, hatten den Jungen, der gerade mal zweiundzwanzig Jahre alt gewesen war, verzweifeln lassen. Als Dorle an einem Abend unterwegs war, um Medikamente zu organisieren, hatte Rolf sich im Keller seines Elternhauses erhängt. Kurz danach lernte Koch Dorle kennen, allerdings hatte es noch einige Monate gedauert, bis sie ein Paar wurden und schließlich heirateten.

Ein Klingeln und das abrupte Bremsen der Straßenbahn rissen Koch aus seinen Gedanken. Eine alte Frau konnte sich nicht festhalten und fiel gegen ihn, das Quietschen der Bremsen schmerzte in seinen Ohren.

„Saubankert", hörte Koch den Schaffner fluchen. Offenbar war jemand auf die Straße getreten, ohne auf den Verkehr zu achten.

Die Bahn hatte Gonsenheim erreicht. Koch beruhigte die alte Frau, drängte sich an den im Gang stehenden Fahrgästen vorbei zur Tür und war froh, als er auf der Straße stand, über ihm der inzwischen wolkenlose, blaue Himmel. Er setzte sich langsam in Bewegung zum Ortsrand, wo er mit Dorle deren Elternhaus bewohnte. Die Bahn rumpelte an ihm vorbei und er wollte gerade die Straße überqueren.

„Herr Koch, hier!", hörte er hinter sich eine Stimme.

Er drehte sich um und erkannte einen großen Mann, der seinen Hut tief ins Gesicht gezogen hatte, nur wenige Meter hinter ihm. Er musste mit ihm aus der Bahn gestiegen sein.

„Könnten Sie bitte stehen bleiben!"

Der Mann beschleunigte seine Schritte und hatte Koch bald eingeholt.

„Kommen Sie mit!" Er deutete auf eine Einfahrt zu einem Wohnhaus, das ein paar Meter zurückversetzt von der Straße stand. Sie lag im Schatten.

„Was wollen Sie und wer …?“

Er erkannte den Mann, der ihn in Frankfurt in dem Club angesprochen hatte. Zögerlich folgte Koch ihm in die Einfahrt, wo der Fremde ihn in den Schatten zog.

„Was wollen Sie?“, fragte er barsch.

„Psst!“

„Ich habe keine Zeit“, erwiderte Koch, aber das schien den Mann nicht zu interessieren.

„Nun kommen Sie doch, es muss uns nicht jeder hier sehen.“

Der Mann zog sich noch einige Schritte weiter in die Einfahrt zurück, sah sich um und wandte sich dann endgültig Koch zu.

„Herr Koch, erinnern Sie sich? Wir hatten vor ein paar Tagen gesprochen …“

„Woher wissen Sie, dass ich hier wohne? Sind Sie mir gefolgt?“

Der Mann reagierte nicht auf die Frage.

„Das tut nichts zur Sache. Sie müssen mir helfen.“

„Ich habe keine Zeit, Herr …?“

Wie schon im Club nannte der Mann seinen Namen nicht.

„Es dauert nicht lange, Herr Koch. Ich appelliere an Sie als Polizisten und überzeugten Antifaschisten, mir zuzuhören und mir zu helfen.“

„Also …!“, sagte Koch. Wenn er den Mann sprechen ließe, würde er ihn umso schneller wieder loswerden.

„Dann sagen Sie mir Ihren Namen!“

Der Mann zögerte, bevor er „Karl Böcklin“ antwortete.

„Also, … Herr Böcklin … ich habe es wirklich eilig. Meine Frau wartet auf mich.“

„Es dauert nicht lange, Herr Koch. Sie wissen von Plänen zur Gründung einer Bundespolizei?"

Koch verneinte mit einem Kopfschütteln.

„Das dachte ich mir. Das wissen im Moment nur wenige Leute. Die, die das betreiben, haben allen Grund dazu, es nicht an die große Glocke zu hängen. Sie wollen vollendete Tatsachen schaffen. Bei vielen Menschen wie mir ist die Erinnerung an das Reichsicherheitshauptamt noch sehr stark."

Koch sah den Mann fragend an. Er wusste nicht, worauf Böcklin hinauswollte.

„Eine reichsweite Polizei", begann dieser zu erklären, „in der alle exekutiven Organe zusammengefasst waren: Gestapo, Sicherheitsdienst, Kriminalpolizei und Ordnungspolizei. In Anlehnung an das RSHA plant eine Gruppe von ehemaligen SS-Leuten eine Bundespolizei, das Bundeskriminalamt."

Böcklin machte eine Pause. Als Koch nichts sagte, sprach er weiter, leise und gehetzt. „Dieses Bundeskriminalamt soll auch dazu dienen, Nazi-Polizisten wieder in Lohn und Brot zu holen."

„Was habe ich damit zu tun? Mich interessiert ein solches Bundeskriminalamt nicht."

Koch erinnerte sich an den Plan seines Vorgesetzten Arnheim vor drei Jahren, ihn an das Landeskriminalamt in Koblenz zu vermitteln, um, wie er vermutete, so den unbequemen Mitarbeiter loszuwerden.

„Ich brauche Informationen über die Leute, die hinter der Gründung stecken. Was haben sie im Krieg gemacht, wo waren sie im Osten, welchen Kommandos haben sie angehört, an welchen Erschießungen teilgenommen? Besonders von einem. Sie wissen doch, dass viele Kriminalpolizisten Dienst im Osten machten."

Koch nickte leicht, er war sich nicht sicher, ob Böcklin das in der dunklen Einfahrt erkennen konnte.

„Es gibt in der Regierung und in regierungsnahen Kreisen wie auch in einigen Landesregierungen Leute, die nach den Erfahrungen in der Hitler-Diktatur eine solche Behörde ablehnen. Sie würden es begrüßen, wenn jemand wie Sie, Herr Koch, Nachforschungen anstellen könnte, die es den Befürwortern des Bundeskriminalamtes erschweren, nein, unmöglich machen würden, ihr Vorhaben durchzusetzen. Sie mit Ihrer antifaschistischen Haltung …"

Koch erschien dies abstrus. Er fürchtete, zum Spielball fremder Interessen zu werden.

„Welche Behörde und welche Leute stecken dahinter?", fragte er streng und trat unruhig von einem Fuß auf den anderen. Wenn er zu spät zu Dorle käme, würde sie ihm Absicht unterstellen, um nicht mit ihr ins Kino gehen zu müssen.

„Das kann ich Ihnen nicht sagen. Sie müssen mir vertrauen, Herr Koch."

„Das kann ich nicht", erwiderte der. „Wer sagt mir, ob das stimmt, was Sie mir da sagen?"

„Ich, Herr Koch, ich! Ich will wie Sie, dass die alten Nazis verschwinden, dass sie aus allen Ämtern vertrieben werden. Sie wissen doch selbst, wie das mit den Persilscheinen gelaufen ist und noch läuft. Gerade jetzt, wo die Kommunisten unsere Feinde sind, greift man gerne wieder auf diese Leute zurück. Da zählt die antikommunistische Haltung mehr als ein paar Millionen tote Juden oder Zigeuner. Man arbeitet bereits an Gesetzen, nach denen alle öffentlich Bediensteten, die im Verfahren zur Entnazifizierung nicht als Hauptschuldige oder Belastete eingestuft worden sind, als entnazifiziert gelten und bedenkenlos wieder Ämter bekommen."

„Welche Behörde, Herr … Böcklin, welche Behörde? Wenn Sie mich so gut kennen, dann wissen Sie auch, dass ich ein gebranntes Kind bin, oder? Nein! Wenn Sie mir nicht sagen, wer und welche Behörde dahintersteckt, dann kann ich nur mit Nein antworten. Jetzt entschuldigen Sie mich bitte! Meine Frau wartet."

So unerwartet und schnell, dass Böcklin nicht reagieren konnte, trat er aus der Einfahrt auf die Straße hinaus und lief in Richtung seines Hauses. Als er eine kleine Parkanlage erreichte, hielt er inne und stellte sich hinter einen Baum. Böcklin folgte ihm nicht, stellte er beruhigt fest. Als er sich dessen sicher war, setzte er seinen Weg fort und dachte über eine gute Entschuldigung für sein Zuspätkommen nach.

XIII

Dieses Mal ließ der Mann, der sich Karl Böcklin nannte, Koch nicht so gleichgültig wie nach ihrem ersten Zusammentreffen in Frankfurt. Warum sollte jemand auf ihn zukommen und um Mithilfe bitten? In einer Behörde? Leute in der Regierung, regierungsnah. Es klang zu abstrus. Um ein Auffangbecken für alte Nazi-Polizisten zu schaffen? Natürlich versuchten die, wieder in Amt und Würden zu gelangen. Genau wie es Richter, Ärzte, Lehrer und viele andere taten. Sehr viele auch erfolgreich. Aber so organisiert? Indem man eine Behörde schuf? Nein, richtiger: indem sich alte Nazis selbst eine Behörde schufen. Koch glaubte an viele Schweinereien, die da gelaufen waren und noch liefen und laufen würden, aber das …? Wenn es in der Regierung Leute gab, die hier eine Gefahr sahen, warum nutzten die nicht ihre Mittel, sondern versuchten, einen wie ihn, mit seinen sehr begrenzten Möglichkeiten, zu gewinnen? Koch war unsicher, was er davon halten sollte. Er ermahnte sich zur Eile. Er wollte Dorle nicht verärgern.

Er beschleunigte seine Schritte und hatte bald seine Straße erreicht. Das Haus, das er mit Dorle bewohnte, lag noch etwa achtzig Meter entfernt, und er wunderte sich über eine größere Gruppe von Menschen, die sich genau dort versammelt hatte und aufgeregt diskutierte. Zwei Autos parkten am Straßenrand.

Jemand zeigte mit ausgestrecktem Arm auf Koch, als er die Hälfte des Weges zurückgelegt hatte. Er erkannte Nachbarn in der Ansammlung, aber auch Kollegen von der Ordnungspolizei sowie der Kriminalpolizei. Inzwischen starrten alle ihn an. Was zum Teufel war hier los?

Werner Peickert, ein jüngerer Kollege, der seit kurzer Zeit in der Kriminalabteilung arbeitete, löste sich von der

Gruppe und kam Koch entgegen. Er kannte den Mann kaum, hatte sich nur wenig mit ihm unterhalten, Dienstliches, kurz im Flur oder auf Versammlungen. Ein Typ Polizist, zu dem er instinktiv Abstand hielt, weil der gern den harten Hund raushängen ließ.

„Herr Koch, wo waren Sie denn?", rief Peickert ihm aufgeregt entgegen. Er war etwas kleiner als Koch, drückte jedoch sein Kreuz durch. So konnten sie sich fast auf Augenhöhe begegnen. „In der Direktion sagte man, Sie wären schon länger fort, auf dem Weg nach Hause." Er stand auf der Straße, die Hände in die Hüften gestützt. Ein Wall, an dem man nicht vorbeikam, wenn man ihn nicht umstieß. Normalerweise hätte Koch auf die alberne Haltung reagiert, aber er spürte, dass dafür jetzt nicht der richtige Moment war.

„Was ist denn los hier?", blaffte Koch, als er vor dem Kollegen stand. „Was ist das für ein Auflauf?"

Die Nachbarn waren zwar ein kleines Stück zur Seite gewichen, ließen ihn dabei aber nicht aus den Augen.

„Kommen Sie mit!", forderte ihn Peickert mit ernster Stimme auf und nahm seinen Hut ab, der farblich auf seinen hellbraunen Anzug abgestimmt war.

Koch folgte dem Mann einige Meter von dem Haus weg neben eines der Autos aus der Direktion.

„Was ist denn?", fragte Koch ungehalten.

„Ihre Frau …", begann Peickert.

„Was ist mit Dorle?", Koch musste an sich halten, um den Kollegen nicht am Kragen zu packen.

„Sie ist …"

„Nun reden Sie! Was ist mit ihr?"

Peickert sprach stockend, druckste. „Sie ist … tot!"

Koch starrte den Mann an. Was wollte er? Er verstand gar nichts mehr.

„Was reden Sie da für einen Unsinn?!“, sagte er tonlos, wo er ihn anbrüllen wollte.

„Es tut mir leid, Koch, sie ist tot, erstochen!“

„Ich muss sie sehen!“

Peickert wollte den Kollegen festhalten, doch der war schneller. An den Ordnungspolizisten vorbei stürmte Koch durch das schmale Tor in den Hof, hörte Peickert hinter sich rufen: „Das ist kein schöner Anblick!“, lief ins Haus. In der Küche standen die Kollegen von der Spurensicherung, gerade flammte der Blitz des Photographen auf.

„Was wollen Sie …?“, raunzte ihn ein Mann an, verstummte aber in dem Moment, als er Koch erkannte.

„Tu…t mir l…eid!“, stotterte er. „Das ist …“

Koch ging langsam auf den Körper zu, der am Boden lag, zwischen zerborstenem Geschirr, einem umgeworfenen Stuhl und inmitten von Blut. Gerade, als er neben dem Leichnam in die Knie gehen wollte, wurde er von hinten gepackt und daran gehindert. Er versuchte, sich loszureißen, wehrte sich.

„Sie zerstören Spuren, Koch! Ihnen muss ich das doch nicht sagen.“

Doch Koch wollte sich nichts sagen lassen. Er versuchte, den Mann abzuschütteln, der ihn aber fest im Griff hielt, was Koch noch wütender machte.

„Das ist meine Frau!“, brüllte er. „Wer war das?“

„Koch! Kommen Sie!“, hörte er hinter sich die Stimme Peickerts, der sich bemühte, ruhig zu bleiben.

Kochs Widerstand schwand. Langsam ging er in die Knie, starrte auf den leblosen Körper, begann zu zittern.

„Wer war das? Wer war das?“

„Kommen Sie!“

Peickert fasste Koch unter die Arme, zog ihn hoch und führte ihn nach draußen. Der Photograph und der Mann von der Spurensicherung sahen ihnen nach, bis sie die Küche verlassen hatten.

Peickert setzte Koch im Hof an der Mauer ab. Schwer ließ sich Koch darauf fallen und starrte blicklos vor sich hin.

Trotz des Schocks waren ihm als erfahrenem Polizisten sofort die Spuren eines Kampfes aufgefallen. Dorle war erst nach einigem Widerstand gestorben. Sie musste ihren Mörder gesehen haben.

Peickert ging ins Haus und kam mit einem Becher zurück.

„Trinken Sie!", forderte er Koch auf, der den Becher nahm, ihn zum Mund führte und plötzlich gegen die Hauswand schleuderte.

„Was soll das?"

Erschrocken fuhr Peickert herum.

„Was ist passiert, Peickert?", brüllte er den Mann an. „Wer hat das getan?"

„Das wissen wir noch nicht", war die Antwort. Peickert baute sich vor Koch auf, doch der war schneller. Er sprang auf und lief über den Hof wieder ins Haus.

„Bleiben Sie stehen, Koch!", rief Peickert und rannte hinter ihm her.

„Ich will mir ein Bild machen."

In der Tür zur Küche bekam ihn Peickert zu fassen und presste ihn gegen die Hauswand.

„Die Photos und alles auf meinen Schreibtisch!", rief Koch den beiden Männern in der Küche zu, die kurz aufsahen, um sogleich ungerührt weiterzuarbeiten.

„Das ist nicht Ihr Fall, Koch!"

„Dann wird es meiner", bellte er zurück. „Alle Informationen zu mir."

Peickert zog den Kommissar zurück in den Hof.

„Koch, das ist nicht Ihr Fall! Sie sind viel zu sehr darin involviert. Wissen Sie jemanden, bei dem Sie heute Nacht unterkommen können?“

„Das hier … ist mein Haus“, entgegnete er.

„Ich weiß.“ Peickert versuchte, ruhig zu sprechen. Dabei hielt er Koch mit einer Hand fest. Der wollte sich durch Schütteln und Zerren befreien. „Heute können Sie nicht im Haus bleiben.“

„Wollen Sie mir das verbieten?!“ Er sah den Mann neben sich zornig an.

„Koch, Sie kennen die Regeln, Sie sind lange genug im Geschäft … Also: Haben Sie einen Platz, wo Sie heute Nacht bleiben können?“

Mechanisch nickte Koch.

„Gut!“ Peickert wartete einen Moment. Dann löste er seinen Griff, hielt sich aber bereit, jeden Versuch Kochs, erneut ins Haus zu stürmen, zu unterbinden. „Koch, können Sie mir ein paar Fragen beantworten?“

Der ließ sich Zeit mit einer Reaktion, hob dann langsam den Kopf und sah Peickert an, nickte schließlich.

„Haben Sie heute Besuch erwartet?“

Koch schüttelte den Kopf.

„Erwartete Ihre Frau jemanden? Verwandte, Bekannte, Nachbarn?“

Wieder schüttelte Koch seinen Kopf.

„Was hatte sie heute vor?“

Koch ließ sich Zeit mit der Antwort. „Wir wollten heute Abend ins Kino gehen.“

„Sie waren aber lange unterwegs?“

„Ich wurde aufgehalten.“

„Von wem oder was?“

Koch antwortete nicht und Peickert hakte nicht nach.

„Wann …?“, fragte Koch und sah zum Haus herüber.

„Noch nicht lange her. Vor einer halben Stunde, vielleicht einer Stunde."

Koch nickte, dachte nach. „Wer hat sie … gefunden?"

„Eine Nachbarin. Sie wollte etwas abholen. Das Tor stand offen, da ist sie reingegangen, dachte wohl, Ihre Frau ist im Keller. Auch die Tür ins Haus stand offen. Sie rief ein paarmal nach ihr. Als sie keine Antwort bekam, ist sie hineingegangen. Sie steht noch unter Schock. Ihr Mann hat uns dann gerufen. Sie waren da schon aus der Direktion."

„Warum?", fragte Koch leise.

Peickert hob seine Hände. „Nach Raubmord sieht das nicht aus. Nichts berührt. Außer den Sachen, die auf dem Boden liegen. Das ist vom Kampf."

„Hat … hat jemand etwas gesehen?"

„Offenbar nicht. Alle, die wir gefragt haben, haben nichts bemerkt. Niemand Unbekannten gesehen. Außer …"

„Ja?", stieß Koch hervor.

„Eine alte Frau, drei Häuser weiter …"

„Frau Grün …?" Koch sah Peickert an.

„Ja, Frau Grün, die sagte, sie hätte einen großen, dunklen Wagen gesehen, um die Ecke, der nicht von hier wäre."

„Ein dunkler Wagen?", wiederholte Koch leise.

„Ja", bestätigte Peickert. „Sie meint, einen Mann gesehen zu haben. Aber mehr weiß sie auch nicht."

„Ich muss noch mal rein!", sagte Koch und blickte zum Haus.

„Nicht heute!", widersprach Peickert.

„Aber ich …"

„Nein, Koch, lassen Sie erst unsere Leute alle Spuren sichern, dann können Sie rein. Kann ich Sie irgendwohin fahren?"

Koch schüttelte seinen Kopf, stand auf, ging zwei Schritte zum Tor, blieb unschlüssig stehen, drehte sich noch einmal Peickert zu, wollte etwas sagen, überlegte es sich anders und ging durch das Tor auf die Straße hinaus.

„Herzliches Beileid", sagte eine ältere Frau, die auf der Straße stand.

Koch reagierte nicht und ging an ihr vorbei, lief die Straße hinunter.

Wäre das nur ein schlechter Traum!

Koch wusste nicht, wohin er gehen sollte. Wo er die Nacht verbringen konnte. Er wollte sie nirgendwo verbringen. Er lief raus zum Friedhof am Waldrand und dann in den Wald hinein. Lief weiter, auch als es zu dämmern begann und er bald den Weg vor sich kaum mehr erkennen konnte. Er stolperte über eine Wurzel und schlug lang hin. Es war ihm egal, er spürte nichts. Stattdessen nur der Gedanke: Dorle ist tot! Die Frage: Wer hat sie umgebracht? Die Bilder, wie sie zwischen dem Stuhl und dem zerschlagenen Geschirr auf dem Boden lag, in ihrem Blut, ihr verkrampfter Körper, die sichtbaren Einstiche, hatten sich unlöschbar in ihm eingebrannt. Wer hatte das getan? Koch versuchte, sich zu konzentrieren. Wer? Wer tat seiner Frau so etwas an? Wer hätte einen Grund? Neubert, der ihr so lange nachgestellt und den sie immer wieder abgewiesen hatte, der sie vergewaltigt und geschlagen hatte, war tot, schon seit drei Jahren. Jemand von der Familie Gerber? Dorle war, als sie Fleisch für ihren schwer kranken Sohn Rolf bei dem Bauern stehlen wollte, von dessen Sohn Peter erwischt worden. Er hatte ihr mit Polizei und Gefängnis gedroht, und dass Rolf dann alleine und hilflos wäre, wenn sie ihm nicht zu Willen sei. Als Peter Gerber sie immer mehr bedrängte, hatte sie mit einem Messer zugestochen. Aber das war schon vier Jahre her. Sie hatte in Notwehr gehandelt. Dorle hatte bei der Polizei ein Geständnis abgelegt. Den alten Gerber hatte Koch zwar als herrschsüchtigen und nachtragenden Mann kennengelernt, aber dass der sich nach so vielen Jahren rächte, das konnte er sich kaum vorstellen. Sonst? Ihm fiel niemand ein. Mit ihren Nachbarn und den Leuten im Ort kam Dorle gut aus, sie hatte keinen Streit, war eine gewesen, die eher nachgab, als sich in kleinlichem Zank aufzureiben.

Koch lief weiter. Er konnte kaum mehr die Hand vor seinen Augen erkennen. Es war ihm gleich, wenn er stolperte oder ein Ast in sein Gesicht schlug und die Haut aufriss. Vielleicht war es doch ein Raubmord gewesen? Jemand, der das Tor offen fand und die günstige Gelegenheit nutzen wollte. Dorle wehrte sich, der Streit eskalierte und am Ende stach der Eindringling zu.

Überzeugt war Koch von dieser Theorie nicht. Dazu sah das Szenario, das sich ihm dargeboten hatte, zu brutal aus. Nach Hass? Ihm fiel der tote Albert Roth ein, der mit einer Schere erstochen worden war, auch diese Tat sah nach Hass aus.

Koch lief weiter durch den dunklen Wald, achtete nicht auf die Geräusche rechts und links des Weges, bis er irgendwann wieder den Ort erreicht hatte, ohne Absicht.

Einen Moment überlegte er, zu Bresson zu gehen, der einzige Mensch, der ihm in diesem Augenblick einfiel, bei dem er es aushalten würde, der ihn nicht mit Fragen quälen, sondern ihm eine Flasche Brand in die Hand drücken und sie mit ihm zusammen leeren würde.

Stattdessen ging er, einem inneren Kompass folgend, zu seinem Haus zurück. Die Tür ins Haus war nicht verschlossen. Für einige Minuten blieb er im Eingang stehen, wagte es nicht gleich, hineinzugehen. Dann, als wäre ein Startschuss zu einem Rennen gefallen, stürmte er ins Haus hinein, riss alle Türen auf, sah sich um, ob etwas fehlte oder nicht an seinem Platz stand, einen kleinen Hinweis, der ihm erklären konnte, warum Dorle sterben musste und wer ihr Mörder war. Er lief von Zimmer zu Zimmer, suchte, krabbelte auf allen Vieren, nur in die Küche, den Ort, wo er sie hatte liegen sehen und von wo sie schon längst abtransportiert worden war, wagte er sich nicht.

Irgendwann, als draußen schon die ersten Vögel zwitscherten und die Nachtwolken aufzureißen begannen, kam er nicht mehr gegen seine Müdigkeit an und auf der Stelle, auf der er sich gerade befand, sank Koch nieder und schlief ein.

27. April 1950

XIV

Was hatte die alte Frau Weiß gesagt? Schicker Herr! Urlaub! Großes Auto! Die Worte schlugen wie Glockenschläge in seinen Schädel ein. Wieder und wieder! Was hatte das zu bedeuten? Gedanken, die im Kreis liefen! Kein Ende fanden! Hatte Brigitte einen neuen Freund? Einen älteren Liebhaber? Der sie aushielt?

Siggi trat müde auf die Straße. Ein Volkswagen fuhr an ihm vorbei, der Boxermotor bollerte laut. Ein Geräusch, das man immer öfter hörte, je mehr dieses Auto seinem Namen alle Ehre machte. Eine Fehlzündung des Motors riss Siggi aus seinen Gedanken.

Die Kantine war ungewohnt voll, die Kollegen drängten sich zwischen den Tischen und Stühlen, standen in Gruppen zusammen, rauchten und sprachen laut durcheinander.

Langsam drängte er sich zwischen ihnen hindurch zur Theke, hörte aus dem Stimmengewaber die Worte ‚Mord' und ‚Koch' heraus und dachte an einen neuen Fall, oder dass Koch seinen, Siggis, Fall schon gelöst hatte, in einer Nacht, nur durch Nachdenken, durch ein Verhör des in Haft sitzenden Kallweit. Was ihm in Tagen nicht gelungen war, schaffte Koch in wenigen Stunden.

Aber warum dann diese Aufregung?

Bertha, die Kantinenwirtin, füllte ihm einen Becher mit Kaffee und sah ihn mitleidig an.

„Schlimm, nicht wahr?", sagte sie, als Siggi schweigend den Becher entgegennahm. Dann schlug sie die Hände zusammen.

„Was Menschen so tun!", setzte sie hinzu. Es war so

laut, dass Siggi sie kaum verstehen konnte. Er trank einen Schluck von der heißen Flüssigkeit.

„Siggi, schrecklich!" Reuber stand hinter ihm. Es kam Siggi vor, als würde er schreien. Er sah den Mann an. Er hatte feuchte Augen.

„Was ist denn los?

„Noch nicht gehört?"

Siggi schüttelte den Kopf.

Reuber schluckte. „Dorle ist ... tot."

Siggi starrte seinen Kollegen an. „Dorle ... tot?", konnte er nur stammeln.

„Umgebracht. Erstochen", konkretisierte Reuber, wischte sich mit einer Hand über die Augen und kramte mit der anderen eine Zigarette aus seiner Tasche, zündete sie an und sog den Rauch tief ein.

„Koch ist völlig durch den Wind. Peickert leitet die Ermittlungen. Er hat es ihm gestern gesagt. Koch ist dann weg. Heute Morgen hat man ihn in seinem Haus aufgefunden."

Siggi war unfähig zu einer Reaktion. Mechanisch trank er von seinem Kaffee, um sich dann auf einen der Stühle fallen zu lassen.

„Lässt keinen kalt", sagte Reuber. „In Kochs Haut möchte ich nicht stecken. Da ist man vor ein paar Tagen noch ausgelassen und fröhlich zusammen, und dann so was. Ich hatte Koch gestern noch gesagt, er wäre jetzt endlich angekommen, hier, in Deutschland. Und dann das ..."

Siggi hörte apathisch zu.

„Weiß man schon ...?", setzte er schließlich an.

„Keine Spur, nichts", erklärte Reuber. „Sie ist erstochen worden. Richtige Sauerei ... Entschuldigung, ist mir so rausgerutscht", sagte er, als er Siggis erschrockenen Gesichtsausdruck bemerkte.

Hinter ihnen leerte sich langsam die Kantine, die Neuigkeiten waren ausgetauscht. Nun, da es ruhiger um sie war, konnten sie leiser sprechen.

Reuber nahm noch einen letzten Zug von seiner Zigarette, drückte sie in einem Aschenbecher aus und klopfte Siggi kameradschaftlich auf die Schulter.

„Schauen wir, was wir für Koch tun können …" Damit drehte er sich um und ging.

Siggi verspürte keine Lust, die Kantine zu verlassen. Hier existierte dieses schreckliche Verbrechen nur als Wort, aber hinter der Tür, die in die Räume der Direktion führte, würde es Wirklichkeit werden. Siggi fürchtete sich davor, Koch zu begegnen.

Er hatte sein Büro fast erreicht, als Koch plötzlich vor ihm stand.

„Herr … Koch", stotterte er und wusste nicht, was er sagen sollte. „Es tut mir …"

„Schon gut, Siggi", erwiderte Koch, der einen müden Eindruck machte.

„Wenn ich Ihnen helfen kann …?"

Koch winkte ab, wollte sich abwenden, hielt in der Bewegung inne. „Danke, Siggi. Kümmern Sie sich um den Fall Roth!", sagte er, matt und tonlos. Er ging ohne Abschiedsgruß davon.

Siggi sah seinem Chef nach, bis dieser im Vorzimmer zu Arnheims Büro verschwunden war.

XV

„Gehen Sie durch!", sagte Frau Prümm, Arnheims Vorzimmerdame, dieses Mal nicht schnippisch wie sonst.

„Herr Koch", rief sie ihm nach, als der schon durch die schwere Holztür in Arnheims Büro treten wollte. „Mein herzliches Beileid!"

Koch nickte und verschwand in Arnheims Büro.

„Mensch, Koch, was für eine Geschichte. Mein allerherzlichstes Beileid und meine Anteilnahme."

Arnheim stand auf, ging um seinen Schreibtisch herum, nahm stramm vor seinem Untergebenen Haltung an und reichte ihm die Hand.

Koch nahm den Gruß regungslos entgegen. Arnheim ging zur Zimmertür, öffnete sie ein kleines Stück und rief seiner Vorzimmerdame „Zwei Kaffee!" zu, um dann die Tür zu schließen.

„Koch, haben Sie eine Ahnung, wer so etwas macht …?"

Er machte seinem Untergebenen ein Zeichen, auf dem Stuhl vor dem Schreibtisch Platz zu nehmen, er selbst setzte sich auf seinen Schreibtischstuhl.

„Ich weiß es nicht", entgegnete Koch. „Ich zerbreche mir über nichts anderes den Kopf. Nichts! Nicht die leiseste Ahnung. Dorle hatte keine Feinde, mit niemandem Streit."

Frau Prümm kam auf hohen Absätzen ins Büro getrippelt, stellte ein Tablett mit zwei Tassen und einer Zuckerdose auf den Schreibtisch und verschwand. Arnheim nahm mit einer kleinen Zange zwei Zuckerstücke, ließ sie vorsichtig in seine Tasse fallen und rührte langsam um.

„Ein Parteigänger Neuberts?", fragte er, bevor er einen Schluck von seinem Kaffee trank.

Koch schüttelte den Kopf.

„Wirklich rätselhaft, Koch, wirklich rätselhaft. Ich schlage vor, Sie bleiben jetzt erst einmal zu Hause ... apropos: Man hat Sie heute Morgen in Ihrem Haus vorgefunden, obwohl Peickert Sie ausdrücklich gebeten hat, es vorerst nicht zu betreten. Koch, wenn Sie dabei Spuren vernichtet haben ... Sie sind doch vom Fach ..." Arnheim hatte das Zackig-Militärische, mit dem er seine Stimme sonst gerne unterlegte, abgelegt, und gab sich jetzt väterlich-verständnisvoll.

Koch ging nicht auf den Vorwurf ein. „Ich übernehme den Fall!", entgegnete er stattdessen. Arnheim verschlug es für einen Moment die Sprache, er sah seinen Kommissar erstaunt an.

„Peickert ist nicht der richtige Mann dafür", setzte Koch hinzu.

Arnheim hatte sich wieder gefangen und das Militärische wieder die Oberhand gewonnen. „Das geht nicht, Koch! Das wissen Sie! Sie sind persönlich involviert. Ihnen fehlt der Abstand. Das muss ich Ihnen doch nicht sagen."

„Ich werde verrückt, wenn ich nicht selbst ermittle ... ich kann nicht rumsitzen und warten. Dorle ist Peickert doch egal ..." Koch war laut geworden.

„Koch, was soll das?" Arnheim hatte ebenfalls kurz seine Stimme erhoben. „Peickert ist Ihr Kollege. Er ist zwar neu hier, hat aber beste Referenzen. Vielleicht mit anderen Umgangsformen als Sie ..."

„Ich will diesen Fall! Meine Frau ist ermordet worden! Herr Arnheim!", erwiderte Koch unbeeindruckt.

„Nein, Koch, und nochmals nein! Bleiben Sie zu Hause! Helfen Sie von mir aus Herrn Maus in der Sache Roth. Unterstützen Sie ihn, führen Sie ihn auf den rechten Pfad zurück, wenn er sich verläuft." Seine Verstimmung war nicht zu überhören. Er trank von seinem Kaffee. Koch hatte seinen noch nicht angerührt.

„Peickert interessiert mich nicht. Mich interessiert, Dorles Mörder zu finden. Ich kenne das Umfeld, ich kenne die Leute in Gonsenheim."

„Nein, Koch, und nochmals nein!", widersprach Arnheim streng. „Unterstützen Sie Herrn Maus oder bleiben Sie zu Hause oder fahren Sie weg, gewinnen Sie Abstand."

Koch starrte den Mann an, griff mechanisch nach der Tasse, die vor ihm stand, widerstand der Versuchung, sie gegen die Wand zu werfen, führte sie an den Mund und trank das inzwischen abgekühlte Getränk in einem Zug leer, stand auf und verabschiedete sich.

„Koch!", rief Arnheim, während Koch schon zur Tür ging. „Tun Sie nichts Unüberlegtes. Bitte!"

Es lag etwas Verzweifeltes in seiner Stimme.

Koch ging gleich in den Nachbarflügel des Direktionsgebäudes, wo Johann Falter, der Leiter der Kriminalpolizei, sein Büro hatte. Falter war bald nach der Machtübernahme der Nazis aus dem Dienst entlassen worden. Koch sah es als Glücksfall an, dass man sich dieses Mannes nach dem Ende der braunen Herrschaft erinnert und ihn wieder in leitende Tätigkeit eingesetzt hatte. Koch kannte ihn als einen besonnenen Mann, der für seine Leute stets ein offenes Ohr, aber auch einen eigenen Kopf hatte und nichts darauf gab, was andere sagten, meinten oder dachten.

Die ältere Dame, die Falters Sekretariat leitete, schaute erschrocken auf, als Koch in der Tür stand und sich räusperte.

„Guten Morgen, ich möchte Herrn Falter sprechen."

Die Frau nahm ihre altmodische Brille ab. „Herr Koch,

mein Beileid!“, sagte sie. „Warten Sie, ich schaue nach, ob Herr Falter frei ist.“

In ihrer Nervosität schlug die Frau mit ihrem Knie gegen das Schreibtischbein. Sie stöhnte kurz auf und streckte ihren Kopf dann durch die Tür ins Nachbarzimmer.

„Schicken Sie ihn rein!“, hörte Koch Falters Stimme.

Die Frau trat zur Seite und Koch schritt an ihr vorbei ins Büro, das schlicht eingerichtet war und dem man nicht die leitende Tätigkeit seines Nutzers ansah, anders als bei Arnheim, der durch seinen Einrichtungsstil seinen Status unterstrich.

„Kommen Sie, Herr Koch, kommen Sie!“, forderte er den Kommissar auf, während er selbst aufstand und Koch entgegenging. Er reichte ihm die Hand und sah ihm fest in die Augen.

„Was für eine Tragödie! Mein Beileid, Herr Koch, mein Beileid. Ich nehme an, es geht Ihnen beschissen?“

Koch nickte.

„Was kann ich für Sie tun? Wollen Sie ein paar Tage freinehmen? Setzen Sie sich doch!“

Koch ließ sich langsam auf einen Holzstuhl sinken, Falter setzte sich auf den zweiten daneben. Dann erklärte Koch dem Mann, die Untersuchung im Fall seiner ermordeten Frau selbst leiten zu wollen.

Falter ließ sich viel Zeit mit der Antwort, wiegte seinen Kopf hin und her.

„Ich kann Ihren Wunsch verstehen, mein lieber Herr Koch, und ich nehme an, Sie sind jetzt bei mir, weil Sie damit bei Herrn Arnheim abgeblitzt sind. Nicht wahr?“

Koch nickte.

„Ich muss Ihnen leider sagen, Herr Arnheim hat recht. Sie können diesen Fall nicht übernehmen. Sie kennen die entsprechenden Dienstanweisungen. Da kann ich bei Ihnen keine Ausnahme machen. Erst recht nicht in einem so schwerwiegenden Fall."

„Herr Falter, ich werde verrückt, wenn ich das nicht machen …"

„Herr Koch, Sie werden mich nicht umstimmen. Um ehrlich zu sein, ich fürchte allerdings, Sie werden so oder so Nachforschungen anstellen. Ich kann Sie, in dem Fall muss ich sagen, leider, nicht anketten, aber ich bitte Sie: Handeln Sie nicht voreilig, vermeiden Sie Streit mit den Kollegen. In den letzten beiden Jahren hat sich Ihr Verhältnis um einiges gebessert … wenn ich an Ihre Anfangszeit hier denke. Also, bitte, nehmen Sie frei, fahren Sie weg, was immer Sie wollen, Sie bekommen jede Unterstützung von mir, aber die Untersuchung in diesem Fall werden Sie auf keinen Fall leiten."

Koch setzte zu einer Erwiderung an, aber ihm wurde im gleichen Moment bewusst, dass Falters Entscheidung unumstößlich war.

„Ich werde verrückt, wenn ich nichts tun kann", sagte er mit belegter Stimme.

„Wenn ich sagen würde, ich kann da mit Ihnen fühlen, würde ich lügen. Was Sie jetzt erleben …", er machte eine Pause. „Ich hoffe, Herr Koch, der Satz ‚Die Zeit heilt alle Wunden' enthält wenigstens ein kleines Körnchen Wahrheit. Ich wünsche es Ihnen von ganzem Herzen."

Koch zog sich nach dem Gespräch mit Falter in sein Büro zurück, schloss die Tür, setzte sich auf seinen Stuhl und starrte die Wand an. Er konnte nichts tun. Darüber würde er verrückt werden. Er musste auf eigene Faust Nachforschungen anstellen und darauf achten, Peickert dabei nicht in die Quere zu kommen. Wenn doch …? Es war ihm egal.

Dann war seine Wut mit einem Mal so groß, dass er aufsprang und mit seiner Faust gegen die Wand schlug, so fest, dass die Knöchel zu bluten anfingen und eine rote Spur auf dem Putz hinterließen.

Kurz darauf wurde die Tür geöffnet und Reuber streckte seinen Kopf durch den Spalt. „Ich hoffe, das galt nicht mir?"

Koch hob beschwichtigend die Hände.

„Das musste raus!"

„Das sollten Sie nicht so oft machen!" Reuber deutete auf die ausgestreckte Hand, an der das Blut gut sichtbar war. Er nahm aus seiner Hosentasche ein Taschentuch und reichte es Koch.

„Nun machen Sie, ich habe genügend", forderte er Koch auf, als der zögerte, das Tuch zu nehmen.

Koch wickelte es um seine Hand.

Zufrieden nickte Reuber. „Ich habe gehört, dass Sie im Haus sind. Ich dachte, ich schaue mal vorbei." Er wartete einen Moment. „Es tut mir sehr leid. Vor drei Tagen noch … was soll ich sagen … Wollen wir?"

Er wartete nicht auf Kochs Antwort, verließ stattdessen das Zimmer und kam kurz darauf mit einer Flasche und zwei Gläsern zurück.

Als Reuber Koch gegenübersaß, füllte er die beiden Gläser großzügig. Eines reichte er dem Kollegen. Beide nippten sie an dem Whiskey.

„Wenn Sie meine Hilfe brauchen, Koch, melden Sie sich. Jederzeit!"

Wieder antwortete Koch mit einem Nicken. Reuber steckte sich die obligatorische Zigarette an und wiegte das silberne Feuerzeug in seiner Hand.

„Irgendeinen Verdacht? Einen Hinweis? Eine Spur?"

Koch trank und schüttelte leicht seinen Kopf.

„Peickert ermittelt.“ Ein verächtlicher Ton lag in Kochs Stimme.

Reuber nickte, ihn schien das nicht zu stören. Koch und er arbeiteten schon seit vier Jahren in der Direktion und ihr Verhältnis hatte manche Belastungsprobe ertragen müssen.

„Sie wollen selbst ermitteln …?“ Reuber sah sich um, suchte ein Behältnis, in das er die Asche schnippen konnte. Koch stand auf und nahm einen kleinen Aschenbecher aus dem Regal. Dabei blieb sein Blick kurz auf der Spieluhr hängen, die Bresson ihm geschenkt hatte. Er beschloss, später bei seinem früheren Nachbarn vorbeizugehen.

Koch bestätigte Reubers Frage mit einer leichten Kopfbewegung.

„Arnheim ist dagegen“, stellte Reuber fest.

„Nicht nur Arnheim. Auch Falter.“

„Hätte mich gewundert, wenn sie es zugelassen hätten. Ich kann beide verstehen.“

„Kennen Sie Peickert, Reuber?“

„Kein schlechter Mann. Gibt den harten Hund. Glaubt, sich so Respekt verschaffen zu können. Bei Verbrechern wie Kollegen. Muss ja auch nicht verkehrt sein. Soviel ich weiß, bei der Marine gewesen. Daher Kontakt zu Arnheim. Nach meinem Wissen ist er nicht vorbelastet. Hat einen Schnelllehrgang gemacht. Hatte einmal mit ihm zu tun. War bei der Sitte. Ist jetzt sein erster Fall bei der Mord. Ehrgeizig!“

Koch kniff seine Lippen zusammen.

„Ist das gut oder schlecht? Ich meine, dass es sein erster Fall ist?“

„Irgendwann ist jeder Fall der erste. Sehen Sie es so: Wenn es nicht … Dorle … wäre, es würde Ihnen egal sein, welchen Fall er gerade bearbeitet.“

„Wenn er es versaut ...!“ Koch hatte diese Worte gezischt, leise und nachdrücklich.

„Geben Sie ihm eine Chance, und wenn Sie etwas wissen, sagen Sie es ihm.“

„Bleibt mir wohl nichts anderes übrig, wenn selbst der verständnisvolle Falter mich nicht machen lässt“, sagte Koch mit sarkastischem Unterton. Er kippte den Rest in seinem Glas mit einem Zug herunter.

„Nun werden Sie nicht ungerecht, Koch.“ Reuber schenkte nach. „Falter hat immer zu Ihnen gestanden. Diese Sache zeigt einmal mehr, wie unbestechlich er ist. Sie wissen ebenso gut wie ich, dass er nicht anders entscheiden kann.“

Koch stand auf. Es hatte keinen Sinn, in dieser Sache weiterzudiskutieren. Weder mit Reuber noch mit Arnheim oder Falter, geschweige denn mit irgendeinem anderen Polizisten. Er musste es auf seine Weise machen.

Bis nach sieben Uhr blieb Koch in seinem Büro, stand am Fenster, starrte in den blauen, fast wolkenlosen Himmel, beobachtete, wie die Sonne verschwand. Er verspürte keine Lust, einem der Kollegen zu begegnen. Er wollte für sich sein, nachdenken, seinen Schmerz nicht teilen.

Erst als er sicher war, dass sich niemand mehr auf dem Flur aufhielt, eilte er mit schnellen Schritten durch die Direktion und das große Einfahrtstor auf die Straße. Der Pförtner konnte dem vorbeihastenden Kommissar nur überrascht nachschauen.

Koch lief vom Kästrich, dem oberhalb der Altstadt gelegenen Teil der Stadt, hinunter in Richtung Bahnhof. Mit etwas Glück und Falters Hilfe hatte er kurz nach seiner Rückkehr in die Stadt, als Wohnraum ein noch rareres Gut war als jetzt, die kleine Wohnung in der Zahlbach bekommen. Mit dem Nachbarn auf seinem Stockwerk, Georg Bresson, hatte er sich rasch bekannt gemacht und es war so etwas wie eine Freundschaft entstanden. Bresson wurde sein Ratgeber, manchmal erschien er Koch wie eine Mischung aus weiser Eule und Unheil prophezeiender Kassandra. Bresson hatte französische Wurzeln, war unter den Nazis zeitweise eingesperrt gewesen, aber wie er diese Zeit überstanden und sich mit ihnen arrangiert hatte, blieb in ihm verschlossen. Bresson war Photograph und verdiente sich seinen Lebensunterhalt mit pornographischen Bildern, die einen solventen Abnehmerkreis fanden. Dadurch litt der hagere Mann mit der spitzen Nase, auf der eine runde Metallbrille ständig hin- und herrutschte, keinen Mangel. Vor allem hielt er stets eine stattliche Anzahl an Bränden vorrätig. So manche Nacht war Koch in der Nachbarwohnung heillos versackt, auch ein Grund, warum Dorle froh gewesen war, als er endlich aus dieser Wohnung aus- und zu ihr ins Haus eingezogen war. Anfangs hatte Koch von Zeit zu Zeit bei Bresson vorbeigeschaut, doch die Besuche waren bald seltener geworden, bis sie schließlich fast ganz zum Erliegen kamen.

Das Wiedersehen mit Bresson in Frankfurt an seinem Geburtstag war das erste Zusammentreffen seit über einem Jahr gewesen.

Im Hausflur war alles noch so, wie Koch es vor fast drei Jahren verlassen hatte: die Holzstufen arg ramponiert, einzelne Balken noch immer nur notdürftig repariert, ein Fenster war mit Pappe abgedichtet und das Licht funktionierte lediglich im Parterre.

Vorsichtig stieg Koch nach oben. Vor Bressons Wohnung hielt er sein Ohr an die Tür, lauschte, ob er von drinnen irgendwelche Geräusche hörte. Dann pochte er gegen das Holz. Zunächst tat sich nichts. Koch klopfte erneut und wartete. Nach gefühlten Minuten vernahm er schlurfende Schritte.

„Bresson, ich bin's, Koch!“, rief der Kommissar.

Als ihm die Tür geöffnet wurde, erschrak er. Schon in Frankfurt hatte er bemerkt, wie dünn und eingefallen der Mann geworden war, aber jetzt, im Lichtschein aus Bressons Flur, sah er richtig krank aus. Die hagere Gestalt wirkte zerbrechlich, die Wangen waren eingefallen, die Augen saßen in tiefen Höhlen und seine Haut war weiß wie Kalk.

„Schauen Sie mich nicht so erschrocken an!“, begrüßte Bresson seinen Besucher. Seine Stimme klang matt. „Erkältung! In meinem Alter steckt man die nicht mehr so einfach weg. Kommen Sie rein!“

Koch ging an dem Mann, der wie gewöhnlich schwarze Kleidung trug, vorbei in die Wohnung. Es hatte sich fast nichts verändert, nur im Wohnzimmer fehlte einer der drei Sessel, die früher dort gestanden hatten.

„Der war so durch, den habe ich im letzten Winter verfeuert. Zumindest das Holz“, sagte Bresson, als hätte er Kochs Gedanken gelesen.

„Und, Puhler, einen Brand?“, fragte er in Anspielung auf früher, wenn Koch spätabends aus der Direktion nach Hause kam und Bresson in der Tür stand, um den Kommissar mit dem alten Schimpfwort für Polizisten auf ein Getränk einzuladen.

Koch war erleichtert. Immerhin hatte der Mann sich etwas von seinem Humor bewahrt.

„Nehmen Sie Platz und erzählen Sie, was Sie zu mir treibt. Ich habe Sie richtig vermisst. Am Montag, das hätte ich mir besser erspart. Ist mir nicht bekommen.“

Mit diesen Worten ging er aus dem Zimmer. Koch sah ihm nach. Bresson zog ein Bein nach und das Gehen bereitete ihm augenscheinlich Schmerzen. Koch ließ sich in einen der beiden übrig gebliebenen Sessel fallen und erschrak im nächsten Moment aufs Heftigste, denn plötzlich sprang etwas mit einem undefinierbaren Schrei von diesem Möbel auf. Ein Schatten huschte durch das Zimmer in den Flur. Einen Augenblick war es still, dann ertönte ein heiseres Lachen. Bresson stand in der Tür, in der einen Hand hielt er zwei Wassergläser, in der anderen eine Flasche mit einer durchsichtigen Flüssigkeit.

„Das war Moses, mein Kater", erklärte er, während er die Gläser füllte, eines davon Koch reichte und sich ihm gegenüber in den Sessel setzte.

Die beiden Männer prosteten einander zu und nippten an den Gläsern.

„Wie kommen Sie zu … Moses?"

Bresson ließ ein raues Krächzen hören.

„Wie die Jungfrau zum Kinde … Nein, eines Tages war er hier und ist geblieben." Er trank einen Schluck. „Was verschafft mir die Ehre Ihres unverhofften Besuches?", fragte er. „Sie sehen auch nicht gerade besonders gut aus."

Koch hatte die Gedanken an Dorle für einen Moment verdrängt, die Frage riss ihn in die Realität zurück. Er konnte nicht gleich antworten, stattdessen leerte er sein Glas.

„Scheint etwas Ernstes zu sein", bemerkte Bresson.

Moses schlich sich wieder ins Zimmer.

Koch nickte und hielt ihm sein Glas entgegen, wartete, bis sein ehemaliger Nachbar sich mühevoll nach vorne gebeugt und es zwei Finger breit gefüllt hatte, trank es zur Hälfte leer und ließ sich dann nach hinten gegen die Lehne des Sessels fallen. Moses machte es sich zwischen seinen Füßen bequem.

„Dorle ist tot!“, presste er hervor. Nun war es heraus.

Bresson benötigte einige Sekunden, bis das bei ihm angekommen war.

„Wie?“, rief er aus. „Koch, Sie …“

„Verdammt … sie ist tot …!“

Bresson sackte in sich zusammen. „Wie ist das passiert?“, fragte er schwer atmend.

Koch wartete, trank, besah sich sein Glas, trank nochmals.

„Erstochen. Im Haus.“

Mühevoll erhob sich Bresson aus seinem Sessel, stöhnte dabei auf, nahm die Flasche und füllte beide Gläser nach.

Nach einem weiteren Schluck erzählte Koch, was geschehen war. Bresson hörte ihm schweigend zu, schüttelte immer wieder fassungslos seinen Kopf.

„Wer leitet die Ermittlungen?“

„Nicht ich!“

„Das dachte ich mir. Aber Sie wollen das natürlich?!“ Das war mehr Feststellung als Frage.

„Natürlich!“, erwiderte Koch ernst.

„Wann ist die Beerdigung? Ich würde gerne kommen.“

„Woher soll ich das wissen? Ich weiß nichts! Man sagt mir nichts! Ich darf ja nicht einmal in mein eigenes Haus“, brauste er auf, beruhigte sich gleich aber wieder.

Sie saßen tief in den ausgeleierten Sesseln und starrten vor sich hin.

„Was ist mit Ihnen, Bresson?“, wechselte Koch nach einiger Zeit das Thema. „Sie sehen nicht gut aus.“

„Wir werden nicht jünger, Koch …“ Der alte Mann lachte gequält.

„Wie geht es Ihnen? … Ohne Ironie!“

„Der ganze Körper will nicht mehr. Der Preis des Überlebens. Dass ich überhaupt so alt geworden bin, könnte man auch als Wunder bezeichnen“, erklärte er vieldeutig. „Die Gelenke. Die Leber.“ Er hob sein Glas. „Heute mache ich eine Ausnahme. Aber geben Sie acht, Koch. Sie sind noch jung.“

„Alles relativ“, entgegnete Koch. „Waren Sie beim Arzt?“

Wieder lachte Bresson auf. „Einmal. Aber ohne Geld … Es kommen neue Zeiten. Ohne Geld sind Sie jetzt nichts.“

„Sie machen doch noch Ihre Bilder?“

Bresson wiegte seinen Kopf langsam hin und her. „Selten. Die Geschäfte gehen nicht mehr so gut. Andere drängen auf den Markt. Mit besserem Gerät, zahlen mehr, haben richtige Vertriebssysteme. Vor allem Beziehungen. Man hat mir gedroht.“

Koch sah den Mann ihm gegenüber überrascht an.

„Gedroht? Wieso haben Sie nichts gesagt?“

„Koch, Koch!“ Ein müdes Lächeln zog über Bressons schmales Gesicht. „Was ich tue, ist illegal. Da kann ich mich nicht an die Polizei wenden.“

„Aber was die anderen tun, ist auch illegal.“

„Die, die mir drohen, haben eine legale Fassade. Haben Beziehungen. Sie werden leugnen, mich zu kennen, geschweige denn, überhaupt jemals mit mir gesprochen oder mich getroffen zu haben. … Man hat ja nicht mir gedroht, sondern meinen Modellen. Die anderen zahlen besser und wer mit mir arbeitet, ist seine Arbeit los. So einfach ist das, Koch. Die neue soziale Marktwirtschaft. Klingt gut. Für mich heißt das: Die Großen fressen die Kleinen.“

Bresson war beim Sprechen lauter und erregter geworden, mit seinem letzten Wort sackte er erschöpft zusammen. Koch blickte den Mann erschrocken an.

Nach zwei Minuten hatte der sich wieder so weit erholt, dass er sich aufrichten und einen Schluck trinken konnte.

„Zum Glück gingen die Geschäfte früher gut und ich besitze noch einen erklecklichen Vorrat an Bränden". Er nahm die Flasche, die neben ihm auf dem Boden stand, und leerte den Rest des Inhalts in ihre Gläser. „Ist doch ein schöner Tod", meinte er sarkastisch. „Sich zu Tode saufen!" Er prostete seinem Besucher zu und trank.

„Kommen Sie, Bresson, ich kümmere mich um einen Arzt, der Sie untersucht."

Bresson lachte erneut. „Zu spät, Koch, zu spät. Wozu den Aufwand? Das Einzige, worum ich mir Sorgen mache, ist, was aus Moses wird."

Koch lag auf der Zunge zu antworten, der Kater werde sich schon ein neues Zuhause suchen, so wie er sich Bresson ausgesucht hatte, doch er verkniff sich die Bemerkung.

„Was machen Ihre Kollegen, Koch? Siggi, Reuber, Esch …"

Ganz offensichtlich wollte er das Thema wechseln.

„Alles gut. Siggi wird langsam ein richtiger Polizist …"

„… ist ja auch durch Ihre Schule gegangen …", warf Bresson ein.

„Er soll den aktuellen Fall alleine lösen."

Bresson verzog den Mund. „Höre ich da Zweifel raus?"

Koch machte eine abwehrende Handbewegung. „Wird Siggi schon machen."

„Was ist das denn für ein Fall?", wollte Bresson wissen.

Koch zögerte einen Moment, dann erzählte er von den Flüchtlingen aus Dänemark, die einquartiert worden waren, und wessen sie verdächtigt wurden.

„Flüchtlinge", sagte Bresson nachdenklich.

Koch blickte den Mann an. „Was ist?"

„Flüchtlinge, ein schwieriges Thema. Habe vor einiger Zeit was gelesen ...", er schloss kurz die Augen, wie um in seiner Erinnerung zu suchen, „... ja, man spricht jetzt lieber von *Vertriebenen.* Das klingt mehr nach Opfern. Wir sind doch alle Opfer." Er lachte krächzend. „Stellen Sie sich mal vor, Koch: Es sind über zehn Millionen Menschen geflüchtet, ... falsch, *vertrieben worden*, es gibt Ärger, aber die werden bleiben. Kann ja keiner wegschicken. Jetzt denken Sie mal weiter ...!"

Er sah Koch auffordernd an. Der wusste nicht, worauf der Photograph hinauswollte.

„Bei so vielen, da wird es bald zu Ehen zwischen Einheimischen und Flüchtlingen kommen, und in ein paar Generationen werden wir alle irgendwelche Verwandte haben, die früher mal geflüchtet sind. Ein Volk von Flüchtlingen, das ist aus den Ariern geworden. Und wenn dann mal wieder so ein Verrückter kommt, der von Reinheit des Blutes und dem Untergang des Abendlandes redet, ..." Sein Lachen überschlug sich, bis er husten musste.

Als er sich wieder beruhigt hatte, ließ er sich erschöpft in seinen Sessel zurücksinken.

„Interessiert Sie nicht, was, Koch? Also, erzählen Sie, wie verstehen Sie sich mit Reuber?"

„Mit Reuber hat sich das Verhältnis nach der Sache damals wieder eingerenkt." Koch hatte Reuber vor drei Jahren verdächtigt, im Dienst jemanden vorsätzlich umgebracht zu haben. „Esch macht Karriere in den USA. Nehme ich zumindest an. Ich habe leider den Kontakt verloren."

„Das ist nicht gerade Ihre Stärke."

Koch sah den hageren Mann fragend an.

„Kontakt halten", erklärte der.

Der Kommissar nickte zustimmend. „Da haben Sie wohl recht."

Sie leerten ihre Gläser, dann kämpfte sich Bresson mühevoll aus seinem Sessel und verschwand, um kurz darauf mit einer vollen Flasche zurückzukehren.

„Ich will Ihnen nicht die Vorräte wegtrinken", erklärte Koch.

„Wenn Sie nicht ewig hierbleiben, wird es noch reichen, um mich totzusaufen."

Das war nicht nur Koketterie, fürchtete Koch.

Wieder saßen die beiden Männer minutenlang schweigend in den Sesseln.

Koch wusste nicht warum, aber plötzlich fiel ihm die Begegnung mit Böcklin ein.

„Sagen Sie, Bresson, sagt Ihnen *Bundeskriminalamt* etwas?"

„Ein neuer Fall?"

Koch schüttelte den Kopf. Er hatte keine Lust, das näher zu erläutern.

„Habe ich aufgeschnappt."

„Aber nicht von Arnheim, der Sie mal wieder an eine neue Behörde abschieben will?"

„Das hat er aufgegeben."

Bresson dachte nach.

„Ich habe tatsächlich was darüber gelesen. Warten Sie!" Er trank einen Schluck, als ob das das Nachdenken erleichtern würde. „Viel ist es nicht", sagte er schließlich. „Es ging in dem Artikel um die Frage, ob nach den Erfahrungen mit den Nazis eine bundesweite Polizeibehörde benötigt wird. Sie wissen ja, Koch, die Nazis hatten mit dem Reichssicherheitshauptamt eine Behörde geschaffen, in der alle Polizeien zusammengefasst waren."

Koch erinnerte sich an Böcklins ähnliche Aussagen.

„Ein totales Kontrollorgan mit absoluten Exekutivbefugnissen wie der Vorbeugehaft. Sie wissen doch, wie das damals war mit der Vorbeugehaft … es reichte schon, wenn es in Ihrer Familie eine Prostituierte gab oder ein früherer Verwandter als Dieb unterwegs war. Man wurde aufgrund der biologistischen Ansichten der Nazis verhaftet, weil Sie die Möglichkeit, sich als Prostituierte oder Dieb zu betätigen, in sich trugen. Kriminalprävention nannte man das. Die Inhaftierten sollten an der Begehung potenziell möglicher Straftaten gehindert werden. Berufsverbrecher, die sich noch in Freiheit befanden, sollten durch die Furcht vor der Vorbeugehaft von der Begehung neuer Verbrechen abgeschreckt werden."

Bresson sah in sein Glas, hob es an, trank dann aber doch nicht.

„Warum wollen Sie das wissen?"

Koch überlegte, ob er Bresson von seiner Begegnung erzählen sollte. Er entschied sich dagegen.

„Jemand erwähnte so etwas. Mir war das neu."

Bresson sah Koch skeptisch an, sagte aber nichts. Stattdessen füllte er ihre Gläser erneut.

28. April 1950

XVI

Wie ein Hammerschlag auf seinen Schädel hatte Siggi die Nachricht von Dorles Tod getroffen. Er hatte das Gefühl, alles ging kaputt. Seine Liebesbeziehung zu Brigitte, die alten Freundschaften – er erinnerte sich mit Wehmut an die erste Zeit zusammen mit Koch, Reuber und Bresson, später auch Esch, wenn sie spätabends zusammensaßen und Kriegsrat hielten – nichts mehr davon war da. Er war bald kein Assistent mehr, er musste seinen Platz in der Gesellschaft und im Leben finden. Alles um ihn herum schien ihm in Veränderung begriffen zu sein, alles wurde zwar besser, aber mit einem Mal spürte Siggi Ungewissheit und die machte ihm Angst. Dorles gewaltsamer Tod war eine gravierende Zäsur, sie zeigte, wie schnell sich alles ändern konnte und dass nichts für die Ewigkeit war. Die schrecklichsten Dinge passierten, wenn man am wenigsten mit ihnen rechnete.

In der Fahrbereitschaft ließ sich Siggi einen Wagen für eine neuerliche Fahrt nach Harxheim geben. Wie einfach das mittlerweile war, überlegte er. Noch vor zwei Jahren, vor der Währungsreform, war es jedes Mal ein Kampf gewesen, einen Wagen zu bekommen. Keine Ersatzteile, kein Benzin oder einfach zu wenige Autos, hieß es stets.

Jörg war dieses Mal nicht zu Scherzen aufgelegt.

„Böse Sache mit Kochs Frau, was, Siggi?“, grüßte er ernst.

Der nickte zustimmend.

„Weißt du, wann die Beerdigung ist? Wir von der Fahrbereitschaft würden gerne einen Kranz …“

„Ich weiß es nicht. Ist bestimmt noch nicht freigegeben“, erwiderte Siggi.

„Sag Bescheid, wenn du was erfährst“, bat Jörg und drückte Siggi einen Schlüssel in die Hand. „Musst den Opel nehmen, alle anderen sind unterwegs.“

Der Opel P4, ein Vorkriegswagen mit etwas über zwanzig PS, war der trägste Wagen der Direktion, normalerweise ein Grund für Siggi zum Lamentieren. An diesem Tag verkniff er sich das.

In Harxheim stellte er den Wagen nahe der Kirche ab. Zunächst wollte er den Ortsvorsteher aufsuchen. Er ließ sich den Weg zu dessen Büro beschreiben, das nicht weit von der Kirche entfernt lag.

Er hatte das Gebäude fast erreicht, als sich ihm ein verwahrloster Mann in den Weg stellte, dessen Kleidung bessere Lumpen waren und dessen Gebiss aus einer Reihe dunkler Zahnstümpfe bestand.

„Hast du was?“, fuhr er Siggi an, der erschrocken ein Stück zurückwich. Der Mann war wie aus dem Nichts vor ihm aufgetaucht.

„Keine Angst. Ich beiße nicht“, lachte er heiser und verschluckte sich dabei.

Siggi wollte schnell weiter, doch der Mann hielt ihn am Arm fest.

„Nicht mehr“, fügte er hinzu, nachdem er aufgehört hatte zu husten.

„Was wollen Sie?“, fragte Siggi, der sich aus dem überraschend festen Griff zu lösen versuchte.

„Essen, Geld.“ Er sah an Siggi herab. „Fesch siehst aus.“ Der Mann sprach seine Worte mit einer weichen, süddeutsch gefärbten Sprachmelodie aus.

„Ich habe nichts …“

„Na, na!“, unterbrach ihn der Fremde. „Einen Groschen. Ich habe meine Knochen für Deutschland hingehalten. Siehst, was draus geworden ist. Du siehst gesund aus. Zahl jetzt deinen Teil der Schuld ...“

Siggi griff in seine Hosentasche, in der er immer ein paar lose Geldstücke bereithielt. Er versuchte den Wert der Münze, die er zwischen den Fingern hin und her schob, abzuschätzen.

„Nicht so knauserig, nicht wahr!“, forderte ihn der Mann auf, lachte wieder, dieses Mal so nahe an Siggis Gesicht, dass ihn dessen fauliger Atem traf und er würgen musste.

Schnell nahm er die Münze aus der Tasche, wollte sie dem Mann reichen, als plötzlich eine dritte Person auftauchte, den Fremden beiseiteschob, der es aber noch schaffte, Siggi das Geldstück zu entreißen.

„Hör auf, Bernie, belästige nicht fremde Leute. Das sollst du doch nicht ...!“

Der Mann, der das sagte, trug einen Arbeitsanzug und zog Bernie mit sich in eine schmale, dunkle Einfahrt.

Siggi hörte noch ein „Danke!“ und wollte nun endlich zum Büro des Ortsvorstehers gehen, als der Mann in dem Arbeitsanzug wieder auftauchte.

„Ist nicht bös gemeint von Bernie. Der hat im Krieg was abgekriegt.“ Er tippte sich mit dem Zeigefinger gegen die Stirn. „Arbeitet manchmal auf den Feldern. Die Frauen fürchten sich vor ihm. Ist aber eigentlich ein Herzensguter.“

Damit ließ er Siggi stehen und ging davon.

Im Flur vor dem Zimmer des Ortsvorstehers, einem schmalen Gang, an dessen Wänden eine Ahnengalerie vormaliger Ortsvorsteher hing, erklärte ihm eine Frau in einem grünen Kostüm, der Mann sei an diesem Tag nicht im Haus und Siggi müsse mit dessen Stellvertreter Martin Korn vorliebnehmen.

Nachdem Siggi sich damit einverstanden erklärt hatte, führte sie ihn zum Ende des Flurs, wo sie an eine dunkle Tür klopfte. Ein unwilliges „Ja" war die mit einigen Sekunden Verzögerung ausgesprochene Erwiderung. Die Frau öffnete die Tür, streckte den Kopf durch den Spalt und sprach sehr leise. Schließlich trat sie zur Seite und ließ Siggi in das Zimmer, das weniger von einem Büro als von einer Studentenstube hatte. Vor dem Fenster stand ein kleiner Schreibtisch, ein Stück daneben ein Tisch mit zwei Stühlen, ein Regal zierte die Wand und eine Art Pritsche befand sich darunter, auf der eine graue Wehrmachtsdecke lag.

Martin Korn war nicht erfreut über den unerwarteten Besuch und machte daraus auch keinen Hehl. Er saß an dem Tisch, unter seinem kräftigen Körper war der Stuhl kaum zu sehen. Vor ihm stand eine Kanne, daneben eine dampfende Tasse und ein Teller, auf dem zwei belegte Brote lagen. Siggi fand erstaunlich, dass auf diesem massigen Körper ein so kleiner Kopf saß, darin Augen, die ihn mit einer Mischung aus Neugier und Herablassung betrachteten. Dabei kaute Korn genüsslich an einem Stück Brot, das er gerade abgebissen hatte. Er war etwa so alt wie Koch.

„Sie sind noch jung", stellte er fest, nachdem Siggi sich und den Grund seines Kommens vorgestellt hatte. Dabei hatte Korn ungerührt weitergegessen. Seinem Gast hatte er nichts angeboten.

Siggi wäre gerne schlagfertiger gewesen, aber „Das ist mein erster Fall" war alles, was ihm einfiel. Er ärgerte sich über sich selbst.

„Sind die erfahrenen Kollegen alle im Krieg gefallen, was?", gab Korn grinsend zurück und biss ins Brot.

Siggi überging diese Respektlosigkeiten.

„Roth!“, sagte er stattdessen und versuchte, ernst und streng zu klingen.

„Roth?“, wiederholte Korn. „Sie müssen schon konkreter werden, junger Mann.“ Dann wischte er sich über das sehr breite Revers seines Jacketts und hob es so weit an, bis darunter ein Eisernes Kreuz zum Vorschein kam. „Hube-Kessel. Vier Russenpanzer geknackt. Allein.“ Stolz legte er das Revers wieder über das Eiserne Kreuz.

Siggi räusperte sich. So konnte es nicht weitergehen. Der Mann machte sich über ihn lustig. Er überlegte, wie Koch sich in solchen Fällen verhielt. Härte und Arroganz fielen ihm ein, dem Gegenüber den Schneid abkaufen, indem man noch unverschämter auftrat.

Bestimmt sagte er: „Albert Roth!“

Korn wollte zu einer Äußerung ansetzen, doch dieses Mal fuhr ihm Siggi über den Mund. „In Ihrer Position wird Ihnen ein Mord nicht entgangen sein! Albert Roth ist vor einer Woche ermordet worden, in einem kleinen Waldstück zwischen Harxheim und Nieder-Olm. Er wohnte bei seinem Schwager, Alfons Pfeiffer, Einwohner von Harxheim.“

Siggi hatte offenbar den richtigen Ton getroffen, denn Korn reagierte nun kleinlauter.

„Natürlich habe ich davon gehört.“

Dennoch konnte er es sich nicht verkneifen, wieder in sein Brot zu beißen.

„Gut“, sagte Siggi. „Was wissen Sie über Pfeiffer?“

Korn kaute zunächst, ohne Siggi anzuschauen, hob dann seinen Kopf und fragte: „Was soll ich über diesen Mann wissen?“

„Sie sind der stellvertretende Ortsvorsteher und Alfons Pfeiffer wohnt schon lange hier. Ich kann mir nicht vorstellen, dass Ihnen der Mann völlig unbekannt ist. Gab es Vorfälle? Streit? Mit Nachbarn? Anderen Leuten im Ort?“

Korn wischte sich mit einer kleinen Serviette, die unter dem Teller gelegen hatte, den Mund ab.

„Den Alfons kenne ich, natürlich. Aber nicht so gut. Sind einfache Leute. Die Großeltern waren Bauern, jetzt machen die das nur noch nebenher. Hat auch einen Weinberg. Die Trauben verarbeitet er nicht selbst, gibt sie der Winzergenossenschaft in Ebersheim. Schönes Zubrot. Manche fallen eben immer weich.“

Korn griff nach seiner Tasse.

„Sie haben meine Frage noch nicht beantwortet!“ Siggi hatte seine Stimme bewusst gesenkt. Es funktionierte, Korn stellte die Tasse zurück auf den Unterteller, ohne daraus getrunken zu haben.

„Welche Frage?“

„Hat Alfons Pfeiffer Feinde?“

„Es geht aber doch um Roth. Roth ist doch umgebracht worden.“

„Erst Pfeiffer!“

Korn dachte nach, sah kurz zu seiner Tasse, dann zu Siggi.

„Nicht mehr als andere. Kleinigkeiten. Wegen denen bringt man niemanden um.“

„Und Roth?“

„Ja …?“ Korn konnte nun nicht mehr widerstehen. Schnell nahm er den Rest der einen Scheibe, stopfte sie in seinen Mund und kaute hastig.

„Roth war ja noch nicht so lange da …“, er schluckte, „… das heißt, er ist ja der Schwager von Pfeiffer. Früher, da war der schon ab und zu hier, auf der Kerb, bei den Festen, als die Gisela sich verlobte …“

„Gisela?“, fragte Siggi erstaunt.

„Pfeiffers Tochter.“

„Und?“

„Wie und?“ Korn hatte seinen herablassenden Ton wiedergefunden.

„Und! Wie war das Verhältnis zwischen den beiden? Wie war das Verhältnis zwischen Roth und Pfeiffer?“

„Woher soll ich das wissen? Ich habe mit denen einmal oder zweimal kurz gesprochen, ansonsten auf den Festen mal zugeprostet. Wie das so ist.“

„Aber manchmal hört man doch was?“

Korn schüttelte den Kopf und biss, als Siggi nicht sofort nachhakte, in die zweite Scheibe Brot.

„Herr Kallweit …“

„… der Mörder …“, unterbrach ihn Korn.

„Er ist verdächtig“, korrigierte Siggi den stellvertretenden Ortsvorsteher. „Herr Kallweit hat gesagt, Herr Roth wäre verbittert gewesen. Erlebnisse im Krieg …“

Korn lachte plötzlich auf und Brocken des zerkauten Brotes spritzten aus seinem Mund. Es schien ihn nur wenig zu stören. Mit einer lässigen Bewegung wischte er die Krumen von seiner Hose.

„Die hatte doch jeder … auch wenn Sie jung sind, Herr Kommissar, wer ist nicht verbittert, wenn er den Krieg verliert? Von den Verlierern will nachher keiner mehr was wissen.“

„War er verbittert?“, hakte Siggi stur weiter.

„Weiß ich nicht. Aber ich habe Ihnen doch schon gesagt, ich habe den Mann so gut wie nicht gekannt.“

„Wissen Sie etwas von einem Vermögen?“

„Vermögen? … Ja, es gibt so … Gerüchte, … oder wie sagt man … ja, manche meinten, der hat Geld. Das heißt, seine Frau soll Geld gehabt haben. Hat sie mit in die Ehe gebracht. Hat da wohl was richtig gemacht, der Mann. Warum sollte er also verbittert sein?"

„Woher hatte die Frau das Geld?"

„Keine Ahnung."

„War Frau Roth die leibliche Schwester von Pfeiffer?"

Korn dachte nach. „Ich glaube, die erste Frau von Pfeiffers Vater war früh gestorben. Da hatte er nochmals geheiratet."

Siggi dachte nach. Korn nutzte die Gelegenheit, wieder in das Brot zu beißen.

„War es das?", fragte er.

„Vorerst", erwiderte Siggi und verabschiedete sich.

Im Flur war er mit sich im Unreinen, ob er sich richtig verhalten hatte. Immerhin hatte er sich von diesem dicken überheblichen Kerl, dessen ganzer Stolz offenbar sein Eisernes Kreuz war, nicht ins Bockshorn jagen lassen. Da hatte Kochs Schule doch ihr Gutes. Siggi beschloss, noch einmal den Pfarrer aufzusuchen.

Auf dem Weg zum Pfarrhaus lief er wieder Bernie, dem verwahrlosten Mann, in die Arme.

„Danke nochmals!", sagte der, während er sich Siggi in den Weg stellte. „Was willst du denn hier?"

Zunächst dachte Siggi über eine Ausrede nach, um so schnell wie möglich von diesem Kerl wegzukommen, besann sich dann aber anders.

„Ich war beim Ortsvorsteher. Das heißt, bei seinem Vertreter."

Bernie lachte mit offenem Mund, Siggi wich instinktiv ein Stück zurück.

„Bei dem Korn, dem großen Ritterkreuzträger ...?"

„Eisernes Kreuz", verbesserte ihn Siggi.

Der Mann lachte nun noch lauter. „Ist doch egal! Hat

der nie und nimmer bekommen. Ist ein Hosenscheißer. Hat versucht, sich zu drücken. Er erzählt jetzt überall von seinen Heldentaten. Dabei …", er tippte sich, wie das schon der Mann im Blaumann gemacht hatte, mit dem Zeigefinger gegen die Stirn, „… hat er das nicht ausgehalten, die Schießerei, immer den Tod vor Augen." Verächtlich spuckte er zweimal hintereinander „Eisernes Kreuz!" aus.

Siggi wartete, bis Bernie sich wieder beruhigt hatte, nahm aus seiner Tasche einen Groschen und ließ ihn zwischen seinen Fingern wandern. Bernie sah dem gierig zu.

„Kennen Sie den Pfeiffer?", fragte er.

„Den Alfons. Wer kennt den nicht?"

„Und?"

„Wie und?" Bernie ließ seine Augen nicht von dem Geldstück.

„Was wissen Sie über ihn?"

Bernie dachte nach, trat von einem Fuß auf den anderen.

„Die einen sind ärmere Schweine als die anderen", sagte er schließlich. „Kriegsverletzung. Aus dem Großen Krieg. Hat das nicht verwunden. Den anderen geht es immer besser. Dann die Frau."

„Was ist mit der?"

„Kein guter Mensch."

„Was heißt das?"

Bernie zuckte mit den Schultern, trat näher an Siggi heran und seine Hand zuckte, als wolle er nach dem Geldstück greifen.

„Macht gerne auf was Besseres."

„Kennen Sie die Leute, die bei den Pfeiffers wohnten?"

„Die Flüchtlinge?"

Siggi nickte und trat ein Stück zurück, da Bernie ihm inzwischen noch näher gekommen war und er dem fauligen Geruch aus seinem Mund nicht mehr entgehen konnte.

„Jeder will ein Stück vom Kuchen. Die einen haben Glück, die anderen nicht. Die einen tun mehr dafür, die anderen weniger."

„Den Albert Roth, den Schwager, kennen Sie den?"

Bernie hatte zum ersten Mal keine schnelle Antwort parat. Schließlich schüttelte er seinen Kopf. „War ja nur kurz hier. Aus der Kriegsgefangenschaft. Was der erlebt hat!"

Für Siggi klang der letzte Satz mehrdeutig.

„Wie meinen Sie das?"

„Nichts, nichts", antwortete Bernie, jetzt wieder wie aus der Pistole geschossen. „Bei den Russen ... war kein Zuckerschlecken."

„Haben sich der Roth und die Kallweits gestritten?"

Bernie lachte wieder und fixierte weiterhin das Geldstück, das Siggi nun zwischen Zeigefinger und Daumen hielt.

„Alle streiten doch. Wegen Geld. Wegen Frauen. Weil niemand genug hat ..."

„Bernie!!!"

Plötzlich stand der Mann im Blaumann bei ihnen, drängte sich zwischen Siggi und Bernie und zog den mit sich.

„Ignorieren Sie ihn einfach, sonst erzählt der Ihnen noch stundenlang. Immer das, was Sie hören wollen", sagte er im Weggehen über die Schulter hinweg.

„Bernie!!!"

Dieses Mal war es Siggi, der den Namen rief.

Die beiden Männer blieben stehen. Siggi warf Bernie den Groschen zu. Geschickt, wie es Siggi nicht vermutet hatte, fing der die Münze mit einer Hand auf, ließ sie gleich in seiner Hosentasche verschwinden und grinste Siggi frech an. Dann wandte er sich ab und ging mit dem Mann im Arbeitsanzug weg.

Pfarrer Klein, der nur wenig Zeit hatte, weil er eine Taufe vorbereiten musste, bestätigte Siggi, dass Roths Frau tatsächlich Alfons Pfeiffers Halbschwester gewesen war, zu der er, wie Klein vom Hörensagen wusste, kein besonders inniges Verhältnis gepflegt hatte. Pfeiffer hatte seinem Vater die schnelle neue Heirat nach dem Tod seiner ersten Frau, Pfeiffers Mutter, nicht verziehen. Ob Roth beziehungsweise dessen Frau vermögend waren, konnte er nicht sagen, sich allerdings nicht die Bemerkung verkneifen, der Begriff ‚Vermögen' sei ein relativer und kein irdisches Vermögen reiche an die Reichtümer, die der Herr zu geben vermöge, heran.

Damit verabschiedete sich Klein und überließ Siggi seiner Haushälterin, die den jungen Polizisten mit strengem Blick zur Tür geleitete. Immerhin verriet sie ihm, dass Frau Kallweit mit dem Fahrrad in die Stadt gefahren war, um ihren Mann im Gefängnis zu besuchen.

„Mit dem Bauch! Was die sich zumutet!", verabschiedete sie ihn.

Frau Pfeiffer empfing Siggi mit der abermaligen Frage, ob der Flüchtling endlich gestanden habe und legte dabei in das Wort ‚Flüchtling' die größtmögliche Verachtung.

Als Siggi verneinte, schüttelte sie nur ungläubig den Kopf.

„Ich dachte, es wären wieder Recht und Ordnung in Deutschland eingekehrt", sagte sie. „Früher wäre das nicht passiert. Da hätte so ein Mörder zur Strafe für seine Tat längst in der Hölle geschmort."

„*Wenn* Herr Kallweit der Mörder ist“, widersprach Siggi. „Wir haben bislang Indizien, aber keine Beweise. Es gibt in diesem Fall noch offene Fragen und Zweifel.“

„Zweifel? Welche Zweifel?“, rief Frau Pfeiffer verächtlich aus. „Über eine Woche ist der arme Albert schon tot und nichts ist passiert. Nichts! Wundern Sie sich da nicht, wenn die Leute sagen, früher wäre nicht alles so schlecht gewesen!“ Sie hatte laut und erregt gesprochen, was sie offenbar viel Kraft kostete. Hörbar atmend ließ sie sich in der Küche, in die Siggi sie geführt hatte, auf einen Stuhl fallen.

Dabei legte sie ihre Hände auf den Tisch. Siggi erkannte an der linken Hand der Frau einen Ring mit einem grünen, goldgefassten Stein, der teuer aussah und ihm viel zu elegant für diese Frau schien.

Als Frau Pfeiffer Siggis Blick bemerkte, legte sie die rechte Hand über den Ring.

„Die Roths sollen vermögend gewesen sein?“, fragte Siggi, und es war augenscheinlich, wie unangenehm Frau Pfeiffer diese Frage war.

„Wie kommen Sie darauf?“, fragte sie nervös zurück. „Wer erzählt denn so was?“

„Ich habe Sie gefragt“, entgegnete Siggi.

„… Ja, schlecht ging es denen nicht. Aber … Vermögen …“ Sie lachte plötzlich und unnatürlich auf. „Das hätten wir doch gewusst.“ Während sie sprach, ließ Frau Pfeiffer ihre Hände unter den Küchentisch gleiten, um, wie Siggi vermutete, den Ring abzustreifen.

„Sie haben gar nicht erwähnt, dass Frau Roth nicht die leibliche Schwester Ihres Mannes war.“

Frau Pfeiffer sah Siggi verwundert an. An der Bewegung ihrer Arme erkannte er, dass sie mit dem Abstreifen des Rings noch nicht fertig war.

„Ist das denn so wichtig? Ich meine, wenn man sich versteht, als Geschwister, dann ist das doch egal."

„Haben sie sich verstanden?"

„Natürlich!", erwiderte Frau Pfeiffer, nun entspannter. Offenbar hatte sie den Ring abgezogen.

Siggi, der noch immer etwa einen Meter von dem Tisch entfernt stand, an dem Frau Pfeiffer saß, machte plötzlich einen Schritt vor und trat gegen eines der Tischbeine. Das passierte schnell und unerwartet und Frau Pfeiffer schrie erschrocken auf. Trotzdem konnte Siggi das helle Klimpern eines Gegenstandes hören, der über den Boden kullerte. Sofort ging er in die Hocke, Frau Pfeiffer bückte sich ebenfalls, aber Siggi war schneller.

„Sie haben da etwas verloren." Er hielt den Ring in der Hand.

Frau Pfeiffer streckte ihre Hand aus, doch Siggi reagierte nicht und besah sich das Schmuckstück.

„Sehr schön!", behauptete er und beobachtete Frau Pfeiffer aus dem Augenwinkel heraus.

„Ja, ja", bestätigte die, noch nervöser als zuvor. Sie war aufgestanden und an Siggi herangetreten.

„Ein Geschenk meines Mannes. Zur Hochzeit. Lange ist es her!" Sie lachte.

„Kostet sicher ein … Vermögen", sagte Siggi.

„Nein, schön wär's", wiegelte sie ab. „Der ist nicht besonders wertvoll. Eher wegen der Erinnerung. Man heiratet ja nur einmal." Sie machte eine Pause. „Anständige Menschen, meine ich", sagte sie schnell.

„Nicht wie Ihre Schwägerin", konterte Siggi.

„So habe ich das nicht gemeint."

Siggi war einen Moment unaufmerksam, das nutzte Frau Pfeiffer und nahm ihm den Ring aus der Hand.

„Den trage ich nur ab und zu, damit nichts dran

kommt." Nun besah sie sich das Stück. „Alles in Ordnung", sagte sie schließlich, lief aus der Küche, um wenig später ohne Ring zurückzukehren.

„Kann ich noch etwas für Sie tun?" Sie klang erleichtert.

Siggi überlegte, verneinte und ging zur Haustür.

„Bitte, Herr Kommissar", sagte Frau Pfeiffer nun sehr viel freundlicher, „tun Sie alles, um den Mörder meines Schwagers zu schnappen. Wir wollen doch nur ein wenig Gerechtigkeit."

XVII

Bis in den Morgen hatten Koch und Bresson zusammengesessen, geredet, getrunken, geschwiegen. Es war dieses Miteinander-schweigen-Können, das Koch guttat.

Sorgen machte dem Kommissar Bressons Zustand. In der Nacht war es ihm in manchen Momenten gewesen, als ob ihm der Tod gegenübersäße. Zum einen sah er vor sich den wachen, klarsichtigen, neugierigen Geist mit dem Hang zu Sarkasmus, wie er ihn kannte, zum anderen aber einen Menschen, der seinen Tod erwartete und ihn nicht fürchtete, der ihn vielleicht nicht als Erlösung ansah, aber seinen Schrecken für ihn verloren hatte. Plötzlich fiel Koch der kleine, siebenarmige Leuchter ein, den er im Flur gesehen hatte, als er in der Nacht zur Toilette gewankt war. Er konnte sich nicht erinnern, ihn früher schon einmal in der Wohnung des Photographen gesehen zu haben. Er wollte Bresson danach fragen, doch seine Sinne waren vom Alkohol vernebelt und so hatte er dieses Vorhaben auf den wenigen Metern vom Flur bis ins Wohnzimmer vergessen.

Diese Gedanken erfüllten Koch mit Trauer. Warum wird einem erst dann, wenn man einen Menschen verliert oder dabei ist zu verlieren, so klar, was er oder sie einem bedeuten? War er sich immer bewusst gewesen, was für ein Glück es gewesen war, Dorle kennengelernt zu haben? Sie hatte ihn so akzeptiert, wie er war! Durch sie hatte er sich in seiner Geburtsstadt wieder heimisch fühlen und den Fluchtreflex, der ihn in den ersten Monaten nach seiner Rückkehr aus Frankreich ständig begleitet hatte, ablegen können.

Während Koch an den Feldern entlanglief und ihm der Wind den würzigen Geruch der Erde ins Gesicht blies, fiel ihm Moses ein, Bressons schwarzer Kater. Je öfter er ihn in der Nacht angeschaut hatte, desto ähnlicher sah er dem Photographen. Schwarz, schmal, fast hager, mit durchdringenden Augen.

Am Haus angekommen, setzte sich Koch in den Hof auf die Bank und starrte auf die Wand und die doppelflügelige Kellertür. Unten, am Fuß der steilen Treppe, stand noch immer die Holzkiste, auf der Dorle ihren Sohn nach dessen Freitod wochenlang aufgebahrt hatte, aus Furcht, ihn als Selbstmörder nicht auf dem Friedhof beerdigen zu dürfen. Die eisige Kälte in den ersten Wochen jenes Jahres verhinderte, dass die Leiche verweste. Erst Franzi, Dorles beste Freundin, hatte den Pfarrer davon überzeugen können, Rolf eine Ruhestätte auf dem Friedhof zu geben. Nun lebte von dieser Familie niemand mehr.

Ob Franzi schon wusste, was geschehen war? Franzi war mit ihrem amerikanischen Freund Robby, einem ehemaligen Besatzungssoldaten, in die USA, nach New York, ausgewandert, wo sie beide das Geschäft von Robbys Eltern übernehmen wollten. Robby war schwarz und ein Leben im Nach-Nazideutschland schien ihnen nicht möglich. Sie hatten in der kurzen Zeit, die sie gemeinsam in diesem Land verbracht hatten, zu viele Anfeindungen erfahren.

Unweigerlich endeten Kochs Kopfausflüge bei der Frage, wer Dorle umgebracht hatte. Er fand darauf keine Antwort, und als die Ohnmacht zu groß wurde, verließ er den Hof und ging in den umliegenden Straßen von Haus zu Haus, klingelte und befragte die Bewohner, ob sie irgendeine Kleinigkeit mitbekommen hatten, einen Fremden gesehen oder das Kennzeichen des Wagens notiert hatten, irgendetwas, doch schließlich musste Koch einsehen, dass dieser Mord wohl völlig unbemerkt geschehen war. Zuletzt ging er zum Haus von Franzi, das seit ihrer Auswanderung von ihrem jüngeren Sohn Karl bewohnt wurde.

Nachdem Karl ihm sein Beileid ausgesprochen hatte, teilte er ihm mit, seiner Mutter die traurige Nachricht schon übermittelt zu haben. Er lud Koch zu einem Bier und zum Abendbrot ein.

XVIII

Siggi brach schon am ersten Abend seinen Vorsatz, Brigitte zu vergessen. In der Telefonzentrale erfuhr er, dass seine ehemalige Freundin noch immer im Urlaub war, woraufhin er sich auf den Weg nach Bretzenheim zu Frau Weiß machte.

„Da hat das Mädel Sie aber verletzt, nicht wahr?", sagte sie und fügte ein mitleidiges „Die Liebe, ja, ja" hinzu. Sie lud den jungen Mann zu einem Teller Gemüsesuppe ein. Zunächst wollte Siggi ablehnen, aber dann siegten der Hunger und Frau Weiß' freundliche Worte. Sie ließ es sich auch nicht nehmen, ihm zu der Suppe zwei Scheiben Brot mit fingerdick aufgestrichener Butter zu reichen.

„Möchten Sie noch einen Nachschlag?", fragte die alte Frau, als Siggi den Teller auf einer Seite leicht anhob und mit dem Löffel die Reste zusammenkratzte. Er saß in der geräumigen Wohnküche am Tisch, Frau Weiß ihm gegenüber.

„Es freut mich, dass Ihnen die Suppe schmeckt, Siggi. Da wird Ihre zukünftige Ehefrau ihre Freude mit Ihnen haben. Es gibt nichts Schlimmeres als einen Mann, der keinen Appetit hat."

Siggi überging die Bemerkungen der Alten.

„Sie sind ein feiner Kerl, Siggi", sprach diese weiter, während sie ihm den Teller füllte, „und ob eine wie das Fräulein Brigitte jemanden wie Sie verdient hätte, ich weiß nicht …"

Sie sah ihn erwartungsvoll an. Siggi schluckte einen Löffel Suppe hinunter. Sie schmeckte plötzlich fad.

„Wie meinen Sie das?"

Frau Weiß war mit einem Mal zurückhaltend.

„Nun, Siggi, die Brigitte hatte schon manchmal Herrenbesuch … also, nicht dass Sie mich falsch verstehen … Das heißt ja nichts … meist ältere Herren, immer gut angezogen …“ Sie hob beschwichtigend die Hände. „Nicht, was Sie jetzt denken, Siggi, das ganz sicher nicht … die sind auch immer vor der Zeit gegangen … da habe ich nur bei Ihnen eine Ausnahme gemacht … ich weiß doch, Sie sind ein anständiger Junge … aber ob das Fräulein Brigitte Ihnen eine so gute Suppe kochen würde und sich freuen, wenn es Ihnen schmeckt? Liebe geht doch durch den Magen, nicht wahr?“

Siggi nickte, obwohl ihm der Appetit vergangen war. Wahrscheinlich übertrieb die Frau, sagte er sich, aber der Stachel saß und zwickte und er hatte keine Lust, sich weiter solche Geschichten anzuhören.

Hastig leerte er seinen Teller und verabschiedete sich.

„Sie können gerne wiederkommen, Siggi“, lud ihn Frau Weiß ein, „für Sie habe ich immer einen Teller Suppe übrig.“

Mit dem Gefühl, zutiefst verletzt und hintergangen worden zu sein, machte sich Siggi auf den Heimweg. Rauchend konzentrierte er sich auf seine Nachforschungen an diesem Tag. Er hatte Martin Korn nicht klein beigegeben, Frau Pfeiffer verunsichert und … wütend schlug Siggi die Äste eines Strauchs beiseite, der am Straßenrand stand. Warum hatte er daran nicht früher gedacht? Koch wäre das ganz gewiss nicht passiert. Warum hatte er nicht die Innenseite des Rings überprüft und nachgeschaut, ob es eine Gravur gab, einen Namen, *Albert* zum Beispiel? So nervös, wie die Pfeiffer sich verhalten hatte, musste etwas mit dem Ring faul sein. Koch hatte wieder einmal frühzeitig den richtigen Riecher gehabt: Der Fall lag nicht so einfach, wie es den ersten Anschein hatte.

In der Nähe seiner Wohnung erkannte er aus dem Augenwinkel, nur wenige Meter entfernt am Straßenrand, einen silbernen Sportwagen. Klein, kompakt und offen.

Siggi sah genau hin und traute seinen Augen nicht. Dabei ließ er seinen Blick nicht von dem Auto. Er zog aufgeregt an seiner Zigarette, sah sich um. Es war niemand in der Nähe, die Dämmerung schon weit fortgeschritten. Er war es! Kein Zweifel. Er konnte es nicht glauben. Vor seiner Wohnung. Genug gelesen hatte er über den Wagen. Der erste deutsche Sportwagen nach dem Krieg! Langsam wagte Siggi sich näher heran. Die geteilte Frontscheibe. Genau wie er es gelesen hatte. Die durchgehende Sitzbank, das weiße Bakelit-Lenkrad mit den drei Speichen. Er beugte sich über die Fahrertür und sah in den Innenraum. Links neben dem Lenkrad erkannte er das Zündschloss mit dem Startknopf. Er richtete sich wieder auf. Sah sich erneut um. Langsam schritt er zum Heck des Fahrzeugs. Folgte mit seinen Blicken dem abfallenden Heck. Darunter der Motor. Der Boxermotor! Darauf der Schriftzug. *Porsche.* Siggi war erregt. Vor ihm stand tatsächlich ein Porsche 356. Ein unerfüllbarer Traum. Zehntausend Deutsche Mark teuer. Siggi schritt weiter auf die Beifahrerseite, betrachtete nochmals den Innenraum. Das blecherne Armaturenbrett, die drei Instrumente vor dem Lenkrad mit dem Drehzahlmesser in der Mitte und im Fußraum der gebogene Schalthebel. Siggi löste seinen Blick, blickte sich wieder um, legte seine Hand auf einen der Kotflügel, strich sanft darüber. Wie glatt sich das anfühlte. Die technischen Daten wusste er auswendig: Eintausendsechsundachtzig Kubikzentimeter Hubraum, vierzig PS, gut einhundertvierzig Spitze.

„Gefällt Ihnen der Wagen, junger Mann?“

Siggi schrak aufs Heftigste zusammen.

Hinter ihm stand ein Mann, älter als er, um die fünfunddreißig wohl, blonde Haare, groß, zumindest etwas größer als Siggi, klarer Blick. Er trug eine graue Hose und ein sportliches Sakko. Die rosa Narbe, die sich von seinem rechten Auge in einem Bogen zu seiner Nase wand, fiel sofort auf. Sie gab dem Mann etwas Verwegenes.

„Harro. Harro Stahl", stellte er sich vor und streckte seine Hand aus.

Siggi war noch zu sehr von dem Auto und dem Schreck, den der Mann ihm eingejagt hatte, eingenommen, um gleich darauf reagieren zu können.

„Das ist doch nur ein Auto!"

Harro Stahl hielt seine Hand ausgestreckt, die Siggi nun endlich ergriff. Harro hatte einen sehr kräftigen Händedruck.

„!Siegfried Maus", stellte er sich vor. Fast war es ein Kieksen. Er räusperte sich. „Alle sagen Siggi zu mir."

„Sie sind Autoliebhaber?", fragte Harro Stahl mit einem Lächeln.

Siggi nickte heftig. „Der ist doch ganz neu. Gerade erst auf den Markt gekommen. Geht der wirklich einhundertvierzig?"

Harro schnalzte mit der Zunge. „Wirklich ein Kenner und Feinschmecker, unser junger Mann. Alle Achtung! Alle Achtung!" Er machte eine kurze Pause, steckte sich eine Zigarette an, hielt sie mit den Spitzen von Zeigefinger und Daumen. Er hielt Siggi die Schachtel entgegen, der zögerte.

„Nun nehmen Sie schon. Was kann einem Besseres passieren, als einem Fachmann und Liebhaber schöner Autos zu begegnen?"

Er ließ sein Feuerzeug mit einer lässigen Handbewegung aufschnappen und hielt es Siggi hin.

„Sie haben nach der Höchstgeschwindigkeit gefragt? Ich kann es noch nicht sagen. Ich habe den Wagen erst zwei Tage und er ist noch nicht eingefahren. Ich habe jemanden getroffen, der sagte, seiner ginge fast einhundertfünfzig. Der Mann schien mir kein Aufschneider zu sein."

„Einhundertfünfzig", wiederholte Siggi, fast wie in Trance.

„Siggi!" Der sah auf. „Ich darf doch Siggi sagen?"

Der nickte.

„Nennen Sie mich Harro. Alle Freunde sagen Harro zu mir. Wollen wir eine Spritztour machen?"

Siggi glaubte, nicht richtig zu hören.

„Siggi?" Harro lachte bei diesen Worten.

„Ja, sehr gerne", beeilte er sich zuzusagen.

Fast ehrfürchtig nahm Siggi auf der rechten Seite der durchgehenden Sitzbank Platz, besah sich jedes Detail im Innenraum ganz genau und strich dann, wie er es schon bei dem Kotflügel getan hatte, mit der Hand über das Armaturenbrett, fuhr mit dem Zeigefinger über das glatte, kühle Bakelit des Lenkrades und schrak zusammen, als Harro den Motor startete. Ein lautes Fauchen ertönte aus dem Heck, das schnell in das Brabbeln des Boxermotors überging, das Siggi so ähnlich von den Volkswagen kannte, die inzwischen in größerer Zahl auf den Straßen anzutreffen und zu hören waren.

„Ready?", fragte Harro mit einem frechen Grinsen im Gesicht, dabei hielt er seine Zigarette schief im Mundwinkel.

Siggi lächelte zurück und wurde im nächsten Augenblick in den Sitz gepresst. Harro hatte die Kupplung springen lassen, der Motor heulte kurz auf und der Wagen machte einen Satz nach vorne.

Harro fuhr, wie Siggi es liebte, schnell, verwegen und sicher. An der Universität vorbei raste er aus der Stadt, die Scheinwerfer erhellten dabei nur einen kleinen Bereich vor dem Wagen. Siggi lebte im Geschwindigkeitsrausch, er fühlte sich wie auf einer Rennstrecke. Die Bäume rechts und links flogen vorbei, er stellte sich vor, auf dem Nürburgring oder in Le Mans aus einer Kurve auf eine lange Gerade herauszuschießen, und Tausende jubelten ihnen von der Tribüne aus zu. Ab und zu wagte Siggi einen Blick auf den Fahrer. Er war fasziniert, wie lässig und entspannt der hinter dem Steuer saß. In der Dorfmitte von Heidesheim bremste Harro den Wagen scharf ab, lenkte ihn an die Seite, schaltete in den Leerlauf und stieg aus.

„Was ist, Siggi, wollen Sie nicht rüberrücken? Selbst mal ans Steuer?"

Das musste ein Traum sein. Dessen war Siggi sich sicher.

„Darf ich das als ein ‚Nein' verstehen?"

„Ja ... äh ... nein". Siggi war viel zu aufgeregt, rutschte schnell hinter das Lenkrad und legte beide Hände auf den Bakelitkranz. Harro setzte sich neben ihn, zündete eine Zigarette an, reichte sie Siggi herüber und steckte sich selbst ebenfalls eine an.

„Dann mal los, Siggi!", forderte er den Mann hinter dem Steuer auf, der ungläubig über die Haube hinweg auf die Straße schaute, dann ehrfurchtsvoll den ersten Gang einlegte und vorsichtig anfuhr.

Doch sowie er Gefühl für den Wagen gewonnen hatte, trat Siggi beherzt auf das Gaspedal, trieb den Porsche forsch über die Landstraße zurück in Richtung Mainz. Er glaubte sich im siebten Himmel.

In der Stadt dirigierte Harro seinen Fahrer in die Innenstadt und wies ihn an, in der Nähe des Doms zu parken.

„Und, Siggi?“, fragte er.

„Wunderbar!“, rief Siggi aus. „Das Beste, was ich je erlebt habe.“

„Ich muss auch sagen“, lobte ihn Harro, „Sie sind ein exzellenter Autofahrer. Für das erste Mal mit einem Wagen, den Sie nicht kennen. Alle Achtung!“

Nur widerwillig verließ Siggi das Auto.

„Kommen Sie“, forderte ihn Harro auf, der sich mit beiden Händen durch die Haare strich, die vom Fahrtwind durcheinandergewirbelt worden waren, „ich kenne hier in der Nähe eine Weinstube. Da können wir etwas trinken und uns unterhalten.“

Weinstube war die falsche Bezeichnung für den Ort, an den Harro den jungen Polizisten führte. Harro klopfte gegen die Türfüllung, woraufhin ihnen geöffnet wurde.

„Die Herren!“, begrüßte sie ein Mann in einem schwarzen Anzug, der Siggi mit einer gewissen Missbilligung musterte.

Sie mussten eine enge, steinerne Wendeltreppe hinabsteigen, um in einen Gewölbekeller zu gelangen, in dem ein knappes Dutzend Tische stand, von denen nur zwei besetzt waren. Auf einer kleinen Bühne spielten zwei Musiker Swingmelodien.

Siggi sah sich unsicher um. Harro, der sich schon wieder eine Zigarette angesteckt hatte, schlug ihm freundschaftlich auf die Schulter.

„Keine Sorge, Siggi, die Rechnung geht auf mich.“

Von einem ebenfalls schwarz gekleideten Mann wurde ihnen ein Tisch zugewiesen.

Harro bestellte Sekt. „Zur Feier des Tages“, erklärte er. „Prost!“

Siggi erwiderte den Trinkspruch und trank einen kleinen Schluck. Er hatte bislang zwei- oder dreimal Sekt getrunken. So fein wie dieser hatten die aber nicht geprickelt.

„Wunderbar, Sie getroffen zu haben", begann Harro, nachdem sie die Gläser abgestellt hatten. „Manchmal meint der Zufall es gut mit einem. Ich bin erst ein paar Tage in der Stadt und schon lerne ich einen Menschen kennen, der genauso autoverrückt ist wie ich. Sie müssen wissen, Siggi", erzählte er weiter und blies den Rauch in Kringeln zur Decke, „ich stamme aus einer Familie, in der die Autobegeisterung eine lange Tradition hat."

Siggi erfuhr von Harros Vater, der früher in Turin bei Vincenzo Lancia gearbeitet hatte und später Bergrennen gefahren war. Jetzt besaß er ein Autohaus in der Nähe von Zürich und eines in Lausanne. Schon sein Großvater sei ein Techniknarr gewesen und habe schon früh ein Automobil besessen.

„Übrigens", sagte er und griff in seine Jackentasche, aus der er einige Photos zog, die er vor sich auf den Tisch legte, „das interessiert Sie doch bestimmt."

Siggi nahm die Bilder und betrachtete sie nacheinander. Jedes zeigte einen oder mehrere Sportwagen vor einer südeuropäisch anmutenden Kulisse, alle trugen Startnummern. Die meisten der Autos erkannte Siggi.

„Mille Miglia", erklärte Harro, nachdem Siggi mit der Durchsicht fertig war.

„Sie waren …?"

Harro nickte. „Letzte Woche. Gianni Marzotto hat gewonnen, auf einem Ferrari. Ein Wahnsinn, dieses Rennen, ich sage es Ihnen, Siggi. Die fahren fast eintausendsiebenhundert Kilometer in dreizehneinhalb Stunden. Fangio ist übrigens Dritter geworden auf seinem Alfa. Allerdings", Harro machte nun ein betrübtes Gesicht, „Es ist nicht alles nur eitel Sonnenschein, Siggi. Es gab auch einige schwere Unfälle, einer soll, wie ich gehört habe, sogar tödlich gewesen sein."

Siggi nickte stumm und besah sich noch einmal die Photos. Innerlich hatte er entschieden, dort so bald wie möglich hinzufahren.

„So", sagte Harro, nachdem er die Bilder wieder eingesteckt hatte, „ich weiß noch gar nichts von Ihnen. Was machen Sie? Woher kommt Ihre Autobegeisterung?"

„Ich bin ...", er zögerte einen Moment, leerte sein zweites Glas Sekt, der ihm langsam zu Kopf stieg, „... Polizist", sagte er schließlich.

„Wie, Polizist?", entfuhr es Harro überrascht. „Wenn ich das gewusst hätte ... Ich bin eben doch viel zu schnell gefahren ..."

Siggi winkte ab. „Ich bin bei der Kriminalpolizei", konkretisierte er.

„Kriminalpolizei", wiederholte Harro erstaunt, mit Begeisterung in der Stimme.

„Abteilung für Mord." Siggi genoss das Erstaunen.

„Das ist aber gefährlich, oder? Mit Mördern Umgang zu haben? Darf ich ehrlich sein, Siggi?", fragte Harro.

„Ja, natürlich ...", antwortete der, nun selbst überrascht.

„Sie sehen gar nicht nach einem Kriminalpolizisten aus. Mehr wie ...", er ließ sich einen Moment Zeit, „... Architekt oder vielleicht auch Künstler oder, ja, vielleicht auch Rennfahrer. Ein Rennfahrer alter Schule. Ja, genau."

Siggi fühlte sich geschmeichelt.

„Erzählen Sie ein bisschen von Ihrer Arbeit", bat Harro und bestellte nochmals zwei Gläser Sekt.

Siggi erzählte, wie er im Krieg bei einer Nachschubeinheit das Fahren gelernt hatte, wie es ihn seitdem nicht mehr losgelassen hatte, wie er das Glück hatte, so gut wie nicht in Kämpfe verwickelt worden zu sein und wie er sich dann, durch die Idee seiner Tante, bei der er viele Jahre aufgewachsen und deren Mann früher Dorfpolizist gewesen war, bei der Polizei beworben hatte und tatsächlich genommen worden war. Harro hörte interessiert zu, stellte Zwischenfragen und sie kamen auch auf Koch zu sprechen, der mit seiner Haltung so oft aneckte und sich häufig stritt, bei dem Siggi zum einen so viel lernte und es zum anderen auch nicht immer einfach war, weil der Kommissar, so führte Siggi aus, ihn nichts so richtig alleine machen ließ.

„Aber“, hielt Siggi plötzlich inne, „es ist nicht richtig, schlecht von ihm zu reden. Es geht ihm im Moment nicht gut.“

„Was ist denn passiert?“

Siggi setzte an, von der Ermordung Dorles zu erzählen, doch dann erschien ihm dies pietätlos, und er verkniff es sich.

„Manchmal läuft es einfach nicht gut“, sagte er und versuchte, lapidar zu klingen.

Harro nickte und blickte zum Eingang, wo ein älterer Herr mit zwei jungen Frauen das Kellergewölbe betrat. Sie nahmen am Nachbartisch Platz, grüßten zu ihnen herüber und bestellten ebenfalls Sekt.

Siggi linste immer wieder verstohlen herüber, während er und Harro rauchten und wieder beim Thema Autos angekommen waren. Harro erzählte ihm von einem Bekannten, dessen Vater einen Jaguar XK 120 bestellt hatte, der in diesen Wochen ausgeliefert werden würde und der an die einhundertzwanzig Meilen fahren würde, deshalb auch der Name. Siggi rechnete im Kopf schnell nach, das mussten annähernd zweihundert Stundenkilometer sein. Er sah zum Nebentisch. Eine der beiden Frauen war ausgesprochen hübsch, hatte blonde, nach oben toupierte Haare, geschwungene Lippen und blaue Augen. Ihr Dekolleté ließ die Ansätze ihrer Brüste sehen. Siggi war auch Harros Interesse an der Frau nicht entgangen. Den älteren Mann schien das nicht zu stören. Siggi überlegte, ob die beiden Frauen Prostituierte waren, aber ihre geschmackvolle und offensichtlich teure Kleidung und ihr vornehmes Auftreten passten gar nicht zu dem Bild, das er von diesen Damen hatte.

Siggi wäre nie auf die Idee gekommen, eine dieser Frauen anzusprechen, selbst wenn sie ohne männliche Begleitung gewesen wären. Deshalb war er umso überraschter, als Harro ihm während des Erzählens zuzwinkerte und verschwörerisch zulächelte, aufstand und an den Nachbartisch trat, sich verbeugte und vorstellte.

Mit offenem Mund beobachtete Siggi das Schauspiel und war zu aufgeregt, um zu verstehen, was da, nur zwei Meter neben ihm, leise gesprochen wurde. Das Ergebnis bekam er aber sehr genau mit, denn nur wenig später erhob sich die schöne Frau und lächelte Siggi an.

„Ich werde die Dame begleiten, Siggi. Ich hoffe, Sie verzeihen mir, dass ich Sie alleine lassen muss. Aber was halten Sie davon, am Sonntag auf den Nürburgring oder auf die Solitude zu fahren. Bestimmt findet ein Rennen statt. Kommen Sie einfach am Sonntag um zwölf Uhr an die Stelle, wo wir uns heute kennengelernt haben."

Daraufhin verabschiedete sich Harro von dem älteren Herrn und der anderen Frau, die bald ebenfalls aufstanden und nach einem kurzen Gruß das Lokal verließen.

Siggi saß alleine da, noch völlig im Bann des Geschehenen an diesem Abend.

Harro riss ihn aus seinen Gedanken. Er war von Siggi unbemerkt noch einmal an den Tisch getreten.

„Machen Sie sich keine Gedanken, es ist alles bezahlt. Bis Sonntag!“

Damit ließ er Siggi wieder alleine, der einige Minuten sitzen blieb und noch immer nicht sicher war, ob er dies alles nur träumte.

Draußen war es merklich kühler geworden. Siggi knöpfte sein Jackett zu. Dabei bemerkte er verwundert Harros Porsche, der noch an der Stelle stand, an der er ihn abgestellt hatte. Er erkannte auch jetzt erst das Schweizer Kennzeichen an dem Fahrzeug.

Er löste sich vom Anblick des Sportwagens und eilte durch die nächtlichen Straßen nach Hause. Seine Schritte hallten laut in den engen Gassen.

29. April–1. Mai 1950

XIX

Koch konnte an diesem Samstagvormittag nicht ins Büro gehen. Er saß in der Küche und starrte auf den Boden, auf jene Stelle, wo Dorle gelegen hatte. Es war so unvorstellbar. Koch konnte seinen Blick nicht davon lösen, und je länger er dorthin blickte, desto mehr war er überzeugt, noch Reste von Dorles Blut sehen zu können. Tränen rannen ihm die Wangen hinab. Er verlor jedes Zeitgefühl darüber, aber es löste etwas in ihm, und er konnte seinen Blick endlich wieder heben. Überdeutlich nahm er jeden Gegenstand in der Küche wahr und sie erzählten ihm Geschichten. Geschichten von Dorle, von Dorle und ihm, Geschichten, die Dorle ihm erzählt hatte, von sich, von ihrem Leben mit Joachim, ihrem in Russland gestorbenen Mann, von Rolf, ihrem Sohn. Zu allen Dingen gab es eine Geschichte. Woher sie kamen, wer sie ihr geschenkt hatte, welches Erlebnis sich damit verband. Die Delle im Deckel der blechernen Zuckerdose, die Rolf einmal, als kleiner Junge, wütend gegen die Wand geworfen hatte, weil sein Vater ihn nicht zu einem Fußballspiel mitnehmen wollte. Die ungelenke Zeichnung einer Blume, die ein kleines Mädchen Dorle geschenkt hatte, das sie bei einem Spaziergang mit ihrer besten Freundin Franzi kennengelernt hatte. Das Photo einer Fastnachtsmütze, von denen Joachim eine ganze Sammlung besessen hatte und die Dorle nach dem Krieg eingetauscht hatte, um an Medikamente und Schmerzmittel für Rolf zu gelangen. Das Sofa, auf dem Rolf geschlafen hatte, weil ihm der Aufstieg zu seinem Zimmer im ersten Stock zu mühevoll gewesen war. Ein Stein, der auf dem Küchenschrank lag und der die Form eines Elefanten hatte. Koch hatte ihn in einem Rosenbeet entdeckt, als er mit Dorle den Weinmarkt besuchte.

Wehmut überkam ihn erst und dann Wut. Wut auf die Bestie, die Dorle das angetan und sie grausam aus dem Leben gerissen hatte. Wut auf sich selbst, weil er seine Frau nicht hatte beschützen können.

Er tauchte immer tiefer in den Sumpf aus Selbstmitleid, Selbstbeschuldigungen und Hass auf die Welt ein. Am Abend fand er im Küchenschrank, verdeckt von Töpfen und anderen Utensilien, eine Flasche Korn. Er setzte sich in den Hof und kippte, als er einen beträchtlichen Teil ihres Inhalts getrunken hatte, müde zur Seite und schlief ein.

Am Sonntagmorgen wachte er kurz vor Sonnenaufgang auf, durchgefroren, mit einem heftigen Pochen hinter der Stirn und einem schalen Geschmack im Mund, den er mit einem Schluck aus der Flasche, die offen auf dem Boden stand, bekämpfen wollte. Nach dem ersten Schluck musste er sich übergeben. Das strengte ihn an und er ließ sich gegen die Steinmauer in seinem Rücken sinken. Die Nachtwolken waren schon verschwunden, als er endlich aufstehen und ins Haus gehen konnte, wo er auf dem Sofa in der Küche gleich wieder einschlief.

Am frühen Nachmittag kochte er sich einen starken Kaffee. Der Schmerz im Kopf hatte nachgelassen, nur ein leichter Druck zeugte noch von dem nächtlichen Exzess.

Am Abend teilte ihm Franzis Sohn Karl mit, seine Mutter käme in den nächsten Tagen, um der Beerdigung ihrer Freundin beizuwohnen. Außerdem stellte Karl ihm einen Korb auf den Tisch, in dem sich Brot, Wurst und Käse sowie ein Topf mit etwas Suppe befanden. Koch war beinahe gerührt über diese Fürsorglichkeit.

Am Montag entschloss er sich zu einem Spaziergang.

Dabei begegneten ihm Menschen, die wegen des Maifeiertags Nelken an ihrer Kleidung trugen. Sie kondolierten ihm und erklärten, dass sie zu einer Tanzveranstaltung im Belli-Bau unterwegs waren.

Bresson stützte sich mit einer Hand am Herd ab, während er mit der anderen kochendes Wasser aus dem Kessel in den Kaffeefilter goss. Neben ihm lagen zwei Krücken auf der Anrichte. Koch lehnte sich in der Tür an den Rahmen. Moses sprang zwischen ihnen hin und her und legte sich dann zwischen die Füße des Kommissars.

„Da haben sich wohl zwei gefunden …“, konstatierte Bresson trocken und setzte den Kessel ab. „Haben Sie eine Spur?“ Er atmete mühsam.

Koch schüttelte den Kopf. „Nichts!“, stieß er hervor. „Gar nichts!“

„Geben Sie mir die Schale dort …?“, bat der Photograph seinen Gast und zeigte auf eine kleine Blechschüssel, die an der Wand auf dem Boden stand. Koch beobachtete Bresson, wie er etwas Milch und Wasser in die Schüssel füllte und Brotstücke hineinkrümelte. Moses ließ ihn nicht aus den Augen.

„Können Sie …?“, fragte er dann und hielt Koch den gefüllten Napf hin, den dieser nahm und auf den Boden stellte.

Es klopfte. Die beiden Männer sahen sich überrascht an, Koch ging in den Flur und öffnete die Wohnungstür. Sein Kollege Reuber stand vor ihm.

„Ich war bei Ihnen zu Hause, Koch, wollte mal nachsehen, wie es Ihnen geht und ob Sie schon was Neues wissen, aber da waren Sie nicht. Was lag also näher, als bei unserem guten, alten Bresson nach Ihnen zu schauen?“

„Kommen Sie rein!“, rief Bresson aus der Küche.

Er hatte sich an den kleinen Tisch gesetzt, auf dem schon drei geöffnete Bierflaschen bereitstanden.

Reuber begrüßte den alten Mann, dann nahmen er und Koch ebenfalls Platz. Sie stießen mit den Flaschen an. Doch bevor sie trinken konnten, sprang Moses auf den Tisch.

„Hoppla, was ist das denn?!", rief Reuber überrascht aus.

„Mein neuer Mitbewohner, wo Koch und Sie nur noch sporadisch hier auftauchen", erklärte Bresson ebenso ernst wie ironisch. „Darf ich vorstellen: Moses. Seines Zeichens Kater." Er zeigte auf das Tier. „Reuber. Seines Zeichens Puhler." Er zeigte mit dem Finger auf den Polizisten.

„Das Alter, was …?", kommentierte Reuber.

„Dafür sehen *Sie* gut aus!", stellte Bresson mit Blick auf Reuber fest, der einen hellen Anzug trug und dessen Gesicht leicht gebräunt war.

„Was unser Arnheim kann, kann unsereins doch schon lange. Ich war mit meiner Frau im Allgäu. Wandern …", er klopfte sich auf den Bauch. „Man muss ja was tun, jetzt, wo es wieder genügend zu essen gibt. Bewegung. Frische Luft. Ich bin mit meiner Frau für zwei Tage dort gewesen, unser erster Urlaub seit …", er machte eine wegwerfende Handbewegung. „Und hoffentlich nicht unser letzter."

„Es geht also wirklich aufwärts", bemerkte Bresson. „Ich dachte schon, da hätte jemand aus dem Propagandaministerium seine Finger im Spiel. Urlaub!" Er schüttelte ungläubig seinen Kopf. „Passen Sie auf", prophezeite er, „bald erobern wir nicht mit Soldaten, sondern mit Urlaubern unsere Nachbarländer. Das ist effektiver, unblutiger und …", er blickte kurz in Richtung Reubers Bauch, „… allemal gesünder."

„Sie Schwarzmaler!", entgegnete dieser. „Ich bin froh,

dass der Krieg langsam vergessen wird. Wenn wir jetzt noch genügend Wohnungen hätten, die Nazis langsam wegsterben würden, vielleicht würde es dann ja eine friedliche Zeit werden."

„Wo wir doch tatsächlich schon ein Teil der *westlichen Wertegemeinschaft* sind", merkte Bresson bitter an. Auf seinen Krücken verließ er die Küche.

Reuber sah dem Alten besorgt nach. „Seit wann brauchen Sie die denn?", rief er ihm nach.

„Das Alter, kommen Sie auch noch hin ...", war die Antwort aus dem Flur.

„Sieht nicht gut aus, unser Kunstphotograph", bemerkte Reuber zu Koch gewandt. Er wechselte das Thema. „Gibt es denn schon eine Spur?"

Koch schüttelte den Kopf. „Das ist ja das Schlimme. Dass da gar nichts ist. Nichts. Nichts. Ich bin so lange schon Polizist und immer gab es eine Spur, und wenn es eine winzig kleine war, einen Hinweis, der mich weitergebracht hat. Irgendetwas. Aber jetzt: Absolut nichts. Eine Nachbarin hat einen großen Mann gesehen und ein dunkles Auto. Kein Nummernschild, kein Gesicht. Also ... nichts!"

„Gab es denn Spuren am Tatort?"

„Ich habe den Bericht noch nicht gesehen."

Reuber verzog seinen Mund. „Den wird Peickert Ihnen wohl auch nicht geben. Freiwillig, meine ich."

Bresson kam zurück. Unter seinen Arm hatte er eine Flasche Brand geklemmt. Mit den Krücken sah das sehr unbeholfen aus.

„Schauen Sie nicht so ungeniert einen alten Krüppel an!", raunzte er die beiden Polizisten an. „Machen Sie sich nützlich und besorgen uns Gläser."

Koch stand auf und brachte aus dem Wohnzimmer welche.

„Mein guter Bresson“, rief Reuber aus, „ich habe meiner Frau gesagt, dass ich nach unserem Koch sehen wolle. Wenn ich ihr gesagt hätte, dass ich zu Ihnen fahre, hätte sie mich niemals gehen lassen. Wenn ich jetzt damit“, er deutete auf die Flasche, „komme, dann glaubt sie, Koch wäre nur vorgeschoben gewesen.“

Bresson erwiderte darauf nichts, hob die Flasche nur ein kleines Stück höher.

„Na gut, einen!“

Tatsächlich verließ Reuber die beiden Männer nach dem zweiten Glas, während Koch in der Wohnung des Photographen blieb.

XX

Siggis Gedanken pendelten zwischen der rauschhaften Fahrt im Porsche, dem Besuch des Lokals und den Gesprächen mit Harro hin und her. Am Sonntag würde er mit Harro und dem Porsche eine weitere, längere Fahrt unternehmen und ein Rennen besuchen. Es war ein Traum, in dem der tote Albert Roth keine Rolle spielte.

Am Sonntagmorgen vergingen die Stunden bis zur Verabredung äußerst zäh. Schon eine halbe Stunde vor der vereinbarten Zeit fand sich Siggi am Treffpunkt ein. Ständig sah er auf seine Uhr, spielte Szenarien durch, warum Harro nicht kommen würde.

Doch wenige Minuten später erlöste ihn das Fauchen des Boxermotors. Mit quietschenden Reifen brachte Harro den Sportwagen neben ihm zum Stehen. Das Verdeck war geöffnet. Harro, mit einem grauen Tweedsakko und einer Schiebermütze aus Moleskin bekleidet, begrüßte ihn mit einem Lächeln. Siggi bemerkte auch gleich die gelochten Fahrerhandschuhe, die am Handgelenk nicht zugeknöpft waren.

„Auf, Siggi, worauf warten Sie? Ab geht die Post!“

Kaum saß Siggi, gab Harro schon Gas, schoss auf die Straße und überholte mit einem riskanten Manöver einen Radfahrer.

„Wo fahren wir hin?“, fragte Siggi gegen den Lärm des Motors und des Fahrtwindes, der sie umtoste.

„Hockenheimring“, schrie Harro zurück. „Es gibt heute leider keine Rennen, weder auf der Solitude noch auf dem Nürburgring. Hockenheim ist nicht so weit und vielleicht können wir da ja auf die Strecke.“

Siggi verzog seinen Mund. Zu sehr hatte er sich auf den Besuch des legendären Nürburgrings in der Eifel gefreut.

„Kein Trübsal blasen!“, rief ihm Harro zu. „Am Hockenheimring werden seit ’47 wieder Rennen gefahren. Zweihunderttausend Besucher kommen dahin. Kann also nicht so schlecht sein. Karl Kling kennen Sie doch?!“

Er blickte kurz zu Siggi rüber. Der nickte.

„Startet heuer für BMW, mit Veritas ist er in den letzten zwei Jahren Deutscher Sportwagenmeister in der 2-Liter-Klasse geworden. Wir werden noch genug Rennen zu sehen bekommen, versprochen!“

Diese Aussicht versöhnte Siggi und er konzentrierte sich darauf, Harro beim Fahren zu beobachten. Er bewunderte die Sicherheit, mit der dieser das Auto beherrschte, war aber auch überrascht über dessen Rücksichtslosigkeit.

Als er auf einer langen, geraden Landstraße weit vor sich drei junge Frauen auf Fahrrädern erblickte, schaltete Harro in den Leerlauf und ließ sich kaum hörbar an sie heranrollen, um dann, kaum drei Meter hinter ihnen, den Motor hochzujagen, den Gang einzulegen und mit brüllender Maschine an ihnen vorbeizurasen. Alle drei schrien auf, eine von ihnen verlor die Kontrolle und schlingerte auf der Fahrbahn. Harro riss den Porsche nach links und schoss um Haaresbreite an der Radfahrerin vorbei. Siggi drehte sich um, sie war gestürzt. Harro lachte laut auf und nahm mit hoher Geschwindigkeit die nächste Kurve.

Siggi fand das Manöver unnötig und gefährlich, aber er wagte nicht, Harro darauf hinzuweisen. Stattdessen schielte er immer wieder auf den Geschwindigkeitsmesser. Harro raste, als wäre der Teufel hinter ihnen her, Kurven nahm er mit quietschenden Reifen, bei jedem Gangwechsel heulte der Motor auf.

Bei Worms fuhr Harro eine Tankstelle an, wo er den Wagen volltanken ließ. Zum Bezahlen nahm er aus seiner Hosentasche ein Bündel Geldscheine, zählte drei ab und reichte sie dem Tankwart. Mit einer Geste gab er dem Mann zu verstehen, den Rest zu behalten.

Gleich darauf ging es mit hoher Geschwindigkeit weiter, bis sie schließlich den Hockenheimring erreichten. In einem Lokal kaufte Harro für sie beide Getränke und Würste, die sie im Wagen aßen.

„Na, Siggi, wollen Sie nicht auch ein Auto?", fragte er kauend.

Siggi schluckte einen Bissen herunter. „Ich habe eines", erklärte er stolz und freute sich, Harro überrascht zu haben.

„Sie haben …, wissen Sie was, Siggi", unterbrach der seinen eigenen Satz, „lassen Sie uns Du sagen. Ich als der Ältere darf das ja anbieten."

Siggi nickte stumm.

„Na denn … und nun zu Ihr…, 'tschuldigung, zu deinem Auto, Siggi. Erzähl doch mal, was ist es für eine Marke?" Er steckte sich das letzte Stück Wurst in den Mund, kaute und wischte sich mit einer Serviette den Mund ab.

„Ein Škoda Popular. Meine Tante hatte ihn den Krieg über in ihrer Scheune versteckt. Aber es war sehr viel kaputt. Ich habe schon fast alles gemacht, aber noch nicht alles …"

„Wenn du magst", sagte Harro ernst, „kann ich ihn mir ja mal anschauen. Ein bisschen kenne ich mich schließlich aus."

„Das würdest du …?"

„Ja klar, unter Freunden …" Er klopfte Siggi auf die Schulter. „So, jetzt aber auf die Strecke. Willst du zuerst?"

Siggi zögerte.

„Na, dann mache ich die erste Runde."

Nachdem sie beide ihre Runden gefahren waren, machten sie eine Pause, um etwas zu trinken. Es war warm und sie zogen ihre Jacken aus.

„Wie hat es dir gefallen?“, fragte Harro.

„Phantastisch!“, war Siggis enthusiastische Antwort.

„Hat gerade so geklappt mit der Zeit. Gleich wird hier dichtgemacht.“

Siggi sah auf seine Uhr. Es war tatsächlich schon bald neunzehn Uhr. Er hatte nicht mitbekommen, wie die Zeit im wahrsten Sinne des Wortes vorbeigeflogen war.

„Zeig mal!“, sagte Harro und griff nach Siggis Handgelenk. „Woher hast du *die* denn?“ Etwas Verächtliches lag in Harros Stimme, das Siggi zusammenzucken ließ.

„Von meinem Onkel, zur Kommunion …“, antwortete er kleinlaut.

Als ob Harro das gemerkt hätte, sagte er gleich: „Nein, nein, die ist schön, aber eines sportlichen Fahrers nicht würdig.“

Harro schob seinen Hemdsärmel hoch, löste seine Uhr vom Handgelenk und reichte sie Siggi.

Der wusste nicht, was das sollte, zögerte, sie zu nehmen.

„Für dich, Siggi, du kannst sie behalten.“

Siggi nahm die Uhr und besah sie sich genauer.

„Das ist ein Chronograph, Siggi“, erklärte Harro, „von Breitling, eine Schweizer Firma. Mit der kannst du die Zeiten nehmen wie mit einer Stoppuhr. Siehst du die beiden Knöpfe? Mit dem oberen startest du die Stoppuhr, wenn du nochmals drückst, hältst du sie an und mit dem unteren Knopf stellst du sie wieder auf null.“

„Und die …“

„Ich schenke sie dir. Mein Onkel ist Uhrmacher. Wir haben die … Du musst dir keine Gedanken machen.“

Siggi legte die Uhr ehrfürchtig um sein Handgelenk und schloss das Band. Er streckte seinen Arm aus und betrachtete den Chronographen.

„Die macht doch was her, oder, Siggi?!“ Harro lachte laut.

Die Rückfahrt gestaltete sich geruhsamer.

„Dass du Polizist bist, Siggi, das hätte ich ja nie gedacht. Das ist wirklich eine Überraschung. Trägst du eine Waffe?“

„Meistens nicht. Nur wenn ein Einsatz ist“, antwortete Siggi.

„Aber du hast eine Waffe?“, hakte Harro nach.

Siggi bestätigte.

„Und dein Chef, dieser …“

„Paul Koch.“

„… genau, Paul Koch, der trägt auch eine Waffe?“

„Der hat sie auch nie dabei.“

„Wo sind die Waffen dann?“

„Im Büro. Wir müssen die wegschließen.“

„Ihr beide habt ein Büro. Du und dein Chef.“

Siggi lachte kurz auf. „Nein, nein“, sagte er, „Herr Koch schon, aber ich nicht. Vielleicht … vielleicht, wenn ich Kommissar bin.“

„Das wirst du doch bestimmt. Ich kann mir vorstellen, dass du ein guter Kommissar wirst. Dann bekommst du auch dein eigenes Büro.“

Siggi errötete leicht.

„Na komm, so wie ich dich kennengelernt habe, bin ich ganz sicher. Du bist ein heller Kopf, weißt viel. Warum also so bescheiden?“

Siggi hatte insgeheim gehofft, wieder mit Harro auszugehen, aber als sie den Stadtrand erreichten, erklärte der ihm, dass er an diesem Abend leider noch einen Termin habe. Siggi ließ sich seine Enttäuschung nicht anmerken, bedankte sich nochmals für die Uhr und bat Harro, ihn in der Stadtmitte aussteigen zu lassen, da er noch ein paar Meter laufen wollte.

Siggi verspürte keine Lust, in sein Zimmer zu gehen und den Abend dort zu verbringen. Er würde, wenn er erst einmal Kommissar war und sich die Wohnraumsituation verbessert hatte, eine kleine Wohnung mieten, hatte er beschlossen, wo niemand ihn kontrollierte. Mit seiner Zimmerwirtin, einer Bekannten seiner Tante, verstand er sich zwar gut, aber ihre argwöhnischen Blicke, wenn er Brigitte am Abend mit zu sich genommen hatte, waren ihm nicht entgangen. Auch mochte sie es nicht, wenn Siggi in dem Zimmer rauchte, und bestand darauf, dass er das zumindest am offenen Fenster tat.

Siggi reizte es, das Lokal, in das Harro ihn geführt hatte, aufzusuchen, aber er würde die Rechnung nicht bezahlen können. Den abschätzigen Blick des Türstehers hatte er noch zu gut in Erinnerung.

Dennoch wollte er wenigstens daran vorbeigehen und ein wenig von der mondänen Atmosphäre schnuppern. Eine Gruppe ausgelassener junger Leute, jünger als er selbst, kam ihm entgegen. Sie lachten laut, stießen sich an, die Jungs neckten die Mädchen. In der Nähe des Etablissements kreuzte ein Paar, gekleidet, als käme es gerade aus dem Theater, seinen Weg.

In der Gasse, in der sich das Kellerlokal befand, stand nahe dem Eingang ein großer Wagen, ein Cabriolet amerikanischer Bauart. Im dämmrigen Licht der Straßenlaterne sah Siggi, dass es dunkelrot lackiert war. Mächtige Chromstoßstangen zierten das Heck. Siggi hatte schnell erkannt, dass es sich um einen Cadillac Series 62 handelte.

Ein schwarz gekleideter Mann mit kräftiger Statur beugte sich über die Fahrertür und unterhielt sich mit dem Fahrer. Da er Siggi den Rücken zuwandte, konnte dieser sein Gesicht nicht sehen. Gerade wollte er näher herangehen, als der Mann um das Heck des Wagens ging, dabei kurz in Siggis Richtung blickte und die Beifahrertür öffnete. Siggi betrachtete gebannt die Szene. Zwei Beine in hochhackigen Schuhen glitten nacheinander aus dem Wageninneren.

Nun ging Siggi doch näher. Ihm erschien die Szene die Wirklichkeitswerdung der Berichte, die er über die amerikanischen Filmstars gelesen hatte, wenn sie in Hollywood aus den großen Wagen stiegen, um über den roten Teppich zum Eingang eines pompösen Gebäudes zu gehen, in dem ihnen ein glänzender Preis überreicht wurde.

Siggi war nur noch ein paar Meter entfernt, da … ihm stockte der Atem. Das war unmöglich. Die Frau, die aus dem Straßenkreuzer stieg, er sah noch einmal ganz genau hin, war … Brigitte. Wie in Zeitlupe lief die Szene vor ihm ab. Brigitte, die ihren Rücken durchdrückte, wodurch sich ihre Brüste deutlich unter dem dünnen Oberteil abzeichneten. Seine Brigitte, die gerade über das Verdeck hinweg den inzwischen auch ausgestiegenen Fahrer, einen älteren Mann in einem dunklen Anzug, anlächelte. Während hinter ihr der andere Begleiter die Wagentür leise ins Schloss fallen ließ, stöckelte Brigitte zum Heck des Wagens. Siggi konnte seinen Blick nicht von dieser unwirklichen Szene lösen und war unfähig zu einer Reaktion, als Brigitte plötzlich innehielt und zu ihm herüberblickte. Augenblicklich verschwand das Lächeln aus ihrem Gesicht.

„Was soll das, Siggi?“, rief sie ihm undamenhaft entgegen. „Verfolgst du mich etwa?“

Damit lenkte sie auch die Aufmerksamkeit der beiden Männer auf den jungen Mann.

„Ich … ich …“, stotterte er leise. Er konnte sich nicht bewegen, als ob seine Füße auf dem Boden festgenagelt wären.

„Lass mich in Ruhe, Siggi! Frau Weiß hat mir erzählt, du wärst dort gewesen. Ich habe dir einen Brief geschrieben und alles gesagt.“

„Aber … warum …?“ Langsam fand er die Sprache wieder.

Inzwischen waren beide Männer neben Brigitte getreten. Der Mann in Schwarz beugte sich leicht zu ihr herüber, behielt dabei Siggi im Blick, sagte etwas zu Brigitte. Siggi starrte sie weiterhin an wie eine Erscheinung, während der ältere Mann seinen Arm um ihre Schulter legte und sie an sich zog. Dabei sagte er etwas zu dem Türsteher, der kurz nickte und auf Siggi zuging.

Spätestens jetzt musste er das Weite suchen, aber er war noch immer unfähig zu einer Bewegung. Der Mann baute sich vor ihm auf.

„Was belästigen Sie die Dame? Ziehen Sie Leine!“ Dabei sah er Siggi herablassend an.

Der reagierte nicht sofort, konnte seinen Blick nicht von Brigitte lösen, die von dem älteren Herrn noch immer im Arm gehalten wurde.

„Ich wollte doch nur reden …“, rief Siggi Brigitte zu, aber in dem Moment schlug der Türsteher Siggi ansatzlos aufs linke Auge. Er verlor das Gleichgewicht, stolperte ein Stück zurück und knallte schließlich mit dem Rücken auf das Pflaster.

„Das war ein leichter Schlag. Zur Warnung. Wenn ich

dich noch einmal hier sehe, Bürschchen“, drohte er Siggi, „dann setzt es richtig was! Hast du das verstanden?“

Siggi reagierte nicht, er spürte nur, wie sein Auge anschwoll, und meinte, im Hintergrund Brigitte und ihren Begleiter lachen zu hören.

Den nächsten Tag verbrachte Siggi in seinem Bett, das er nur verließ, um den Stofflappen, mit dem er sein verletztes Auge kühlte, neu zu befeuchten oder am Fenster eine Zigarette zu rauchen. Er wusste nicht, ob er sich mehr deswegen schämte, weil er sich nicht gegen den Mann gewehrt hatte oder weil Brigitte, die erste Frau seines Lebens, ihn wegen eines alten, offensichtlich wohlhabenden Mannes hatte sitzen lassen.

Am Nachmittag klopfte es an der Tür. Seine Vermieterin blickte ihn mit sorgenvollem Gesicht an.

„Ich habe nichts gehört, Herr Maus“, sagte sie, „da wollte ich nachschauen, ob Ihnen etwas passiert ist.“ Dabei bemerkte sie seine Verletzung, riss erschrocken ihren Mund auf, doch bevor sie etwas sagen konnte, stieß Siggi „Unglücklich gefallen“ hervor und hängte ein „Halb so wild“ an.

2. Mai 1950

XXI

Bis Dienstagmorgen war die Schwellung an Siggis Auge merklich zurückgegangen, dafür leuchtete es jetzt violett. Er wollte an diesem Tag niemanden sehen, mit niemandem sprechen, deshalb verließ er sehr zeitig am Morgen seine Wohnung. Er wollte sich in sein Büro verziehen, bevor die Kollegen kamen. Die beiden Kommissaranwärter, mit denen er das Zimmer teilte, besuchten an diesem Tag eine Fortbildung.

Doch sein Plan war vor Mittag schon hinfällig. Arnheim wollte über den Fortgang der Nachforschungen im Fall Roth unterrichtet werden.

„Sie wollen doch nicht in Kochs Fußstapfen treten, Herr Maus?", fragte er mit Blick auf Siggis Auge. „Der …" Er verkniff sich einen weiteren Kommentar. „Ja, unser Koch, wie geht es denn unserem Koch? Ist ja eine schlimme Sache."

„Nicht gut", antwortete Siggi, „er leidet sehr."

„Ja, ja. Das scheint mir auch so. Heute ist er noch nicht im Büro gesehen worden. Sie glauben doch nicht, dass …" Er sah Siggi erwartungsvoll an.

Der wusste nicht, worauf Arnheim hinauswollte.

„Na …", sagte der nach einigen Sekunden des Schweigens, „nicht, dass der sich was antut. So was kann ja die härtesten Kerle … Sie wissen schon, was ich meine …"

„Nein, das glaube ich nicht", erwiderte Siggi erschrocken, weil ihm dieser Gedanke noch nicht gekommen war.

Arnheim beruhigte ihn auch gleich. „Ist er eigentlich auch nicht der Typ für. Wir müssen ihm einfach nur

Zeit für die Trauer geben. In den nächsten Tagen wird die Leiche von Frau Koch freigegeben, dann kann er sie beerdigen. Das ist ein wichtiger Moment, das Abschiednehmen."

Er sprach getragen, Siggi nickte, als er geendet hatte.

„Und nun zu Ihnen, junger Mann", schlug Arnheim eine neue Tonart an. „Sie sind ja jetzt sozusagen der Chefermittler. Ich hoffe, nicht so stur und meine Anweisungen ignorierend wie …, na, Sie wissen schon. Also, wie sieht es denn aus?"

Arnheim nahm aus einem verzierten Holzkästchen eine Zigarette und zündete sie mit einem schweren, silbernen Tischfeuerzeug an. Sofort verbreitete sich ein süßlicher Geruch im Raum. Arnheim war bekannt für sein parfümiertes Rauchwerk. Der Geruch verdarb Siggi die Lust auf eine eigene Zigarette, zudem wusste er nicht, ob es sich für einen Kommissaranwärter geziemte, im Büro des Leiters der Abteilung zu rauchen.

Er räusperte sich und fasste den Stand seiner Ermittlungen zusammen. Auf den ersten Blick, so begann er, sprach vieles für Kallweit als den Mörder Roths, weil der Flüchtling fürchtete, seine Behausung an den Schwager des Hausbesitzers zu verlieren. Zudem war als Tatwaffe eine Schere Kallweits identifiziert worden und der Mord geschah an einer Stelle, die der Verdächtige an diesem Tag nachweislich passiert hatte. Diese gewichtigen Gründe, so führte Siggi weiter aus, sprächen alle gegen Kallweit und dies wäre auch der Grund, warum der Mann noch immer in Untersuchungshaft sitze.

„Das klingt doch danach, als ob Sie den Fall geklärt hätten", warf Arnheim ein, lehnte sich in seinem Ledersessel zurück und wartete auf die weiteren Ausführungen seines Untergebenen.

„Ja, das spricht alles gegen Kallweit. Aber Herr und Frau Pfeiffer, denen das Haus gehört, sprachen auch von häufigen Streitereien zwischen Kallweit und Roth, was Kallweit aber leugnet und was von anderen Zeugen bestätigt wurde. Eher war das Verhältnis zwischen Pfeiffer und Roth angespannt."

„Gut, gut, mein lieber Maus", gab sich Arnheim väterlich-jovial, zog ein letztes Mal an seiner Zigarette, drückte die Kippe aus und blies den Rauch mit spitzem Mund in Richtung Decke, „aber dies sind keine gewichtigen Gründe, die gegen Kallweit als Mörder sprechen."

„Nun …", Siggi hatte den Faden verloren und musste einen Moment nachdenken, während Arnheim mit seinem Zeigefinger auf die Tischplatte klopfte, „Frau Kallweit bekommt ein Kind, sie und ihr Mann wollen ein Geschäft aufmachen, Herr Kallweit schneidert schon für die Leute im Dorf und in den Nachbargemeinden, also, Herr Koch und ich sind uns sicher, dass Kallweit das alles wegen des Schuppens nicht aufs Spiel setzen würde …"

Arnheim wiegte seinen Kopf hin und her und wollte gerade zum Sprechen ansetzen, da fiel Siggi noch etwas ein. „Wie es scheint, war Herr Roth nicht unvermögend. Das wäre doch ein Grund …"

„Sie meinen, Herr Maus, die Pfeiffers haben ihren eigenen Verwandten …?"

„Ich habe an Frau Pfeiffers Hand einen Ring gesehen, der wertvoll aussah …"

„Sie kennen sich aus?", fragte Arnheim zweifelnd.

Siggi schüttelte leicht den Kopf. „Nicht richtig, aber als ich den Ring gesehen habe, hat sie ihn schnell versteckt und ausgezogen …"

Arnheim lachte plötzlich laut auf.

„Vielleicht hat sie ja gedacht, Sie wollen ihr den Ring

…" Er lachte weiter, dann blieb sein Blick an Siggis Handgelenk hängen.

„Die sieht auch wertvoll aus, Herr Maus." Er zeigte auf die Uhr.

Siggi hob den Arm. „Ein Geschenk von einem Freund."

„Sie haben spendable Freunde, muss ich sagen, Herr Maus. Ist die echt?"

„Echt?"

„Sieht teuer aus."

„Eine Breitling", erklärte Siggi unsicher.

„Da hat Ihnen aber niemand etwas zugesteckt, damit Sie … Herr Kallweit zum Beispiel …"

Erschrocken sprang Siggi auf.

„Nein. Herr Arnheim …"

„Schon gut, Siggi, schon gut, ich weiß doch, Sie sind grundehrlich. Aber ich muss schon sagen …"

Er sah seinen Untergebenen durchdringend an, dem das sehr unangenehm war.

„Bleiben Sie dran, Herr Maus, und finden Sie Beweise, die den Mörder überführen, ob der nun Kallweit oder Pfeiffer oder wie auch immer heißt. Aber sobald wie möglich! Und …", er legte seinen Zeigefinger auf die Wange unter seinem linken Auge, „passen Sie auf!"

Nach dem Gespräch mit Arnheim ging Siggi gleich in den Keller und ließ sich Kallweits Zellentür öffnen. „Ein guter Mann", sagte der Wärter auf dem Weg dorthin, „hat mir schon zwei Mal einen Knopf angenäht. So fest saß der noch nie. Besser als meine Frau." Er lachte kurz auf. „Was haben Sie denn gemacht? Sieht ja bös aus, Ihr Auge."

„Blöd gefallen", entgegnete Siggi, merkte, wie unglaubhaft diese Antwort war und beschloss, sich eine bessere einfallen zu lassen, weil er sicher in den nächsten Tagen noch weitere Anspielungen auf seine Verletzung zu hören bekommen würde.

Die nächste ließ auch nicht lange auf sich warten, aber immerhin klang sie so, als erwarte Kallweit, der blass aussah und unruhig wirkte, keine Erklärung. Wenn er sprach, waren seine Hände in ständiger Bewegung, kneteten einander oder er fuhr sich mit den Fingern durch die Haare. Seine Wangen waren rasiert.

„Meine Frau hat mir einen Rasierer und Seife mitgebracht. Auch das Bild." Er zeigte neben Siggi an die Wand, wo eine Zeichnung hing, die eine Kirche zeigte. „Königsberg", erklärte er. „Ein bisschen Heimat."

„Ich habe es vergessen", entschuldigte sich Siggi. Kallweit reagierte nicht darauf, sondern starrte weiterhin die Zeichnung an.

„Darf ich gehen?", fragte er schließlich.

„Nein."

„Ich habe Roth nicht umgebracht." Er begann wieder, seine Hände zu kneten. „Ich war das nicht. Ich muss zu meiner Frau. Sie bekommt ein Kind und ist alleine."

„Der Pfarrer kümmert sich um sie", versuchte Siggi, ihn zu beruhigen.

„Das ist was anderes ..."

Kallweit ließ den Kopf hängen.

„Herr Kallweit", begann Siggi mit seiner ersten Frage. „Wissen Sie etwas von einem Vermögen, das Herr Roth besessen haben soll?"

„Vermögen?" Kallweit überlegte. Seine Hände waren nun etwas ruhiger.

„Ja. Geld, Schmuck, Häuser. So was ..."

„Herr Roth hat mal gesagt, dass er nicht arm ist. Ich glaube, der erste Mann von Frau Roth, der gestorben ist, der hat ihr Schmuck und so hinterlassen. Aber ob das viel war, ob der wertvoll war …", er überlegte, „nein, das weiß ich nicht."

„Hat Herr Roth Ihnen gesagt, wo der Schmuck hingekommen ist? Wo der jetzt ist?"

Wieder ließ sich Kallweit Zeit mit der Antwort, als wolle er sehr gewissenhaft über die Frage nachdenken.

„Nein. Das war auch nur so nebenbei gewesen."

„Das Haus, das zerstört wurde …"

„Bei einem Terrorangriff …" Kallweit lachte kurz auf, Siggi sah ihn verwundert an.

„Hat doch Pfeiffer immer gesagt. Terrorangriff. Und über Bomber-Harris geschimpft. Überhaupt …"

„Ja?"

Kallweit druckste herum. „Ich will nicht schlecht reden … über Herrn Pfeiffer … sonst denken Sie, ich sage das, damit er …"

„Nein, sagen Sie es ruhig!", forderte ihn Siggi auf.

„Das mit den Terrorangriffen, mit Bomber-Harris, da hat der manchmal so Sachen gesagt, in einem Ton, da dachte man schon, der ist ein Nazi oder … hat die gut gefunden."

Siggi fiel ein, dass Pfeiffer in ihrer Gegenwart auch den Begriff ‚Terrorangriff', den die Nazis für die Bombardierung der deutschen Städte benutzten, verwendet hatte. Koch hatte sich gleich darüber aufgeregt.

„Hat er … was gemacht?", fragte Siggi unsicher.

„Gemacht?", wiederholte Kallweit verständnislos.

„War er … in der Partei? Oder in einem Verein? Hatte Pfeiffer eine Funktion?"

Kallweit wartete einige Sekunden mit der Antwort. „Nein, ich weiß nicht … ein Mann im Nachbarort, dem ich einen Mantel geflickt habe, der hat mal eine Andeutung gemacht, der wäre Blockwart oder so gewesen."

„Warum hat das denn keiner gesagt?“, fragte Siggi.

„Weil jeder was gemacht hat. Also redet keiner drüber. Keiner ist unschuldig.“

„Der Roth, war der auch so was? Blockwart?“

„Da müssen Sie in Mainz fragen, wo der gewohnt hat. Ich glaube aber nicht. Er hat … nicht so viel geredet. Aber was er sagte, klang eher wie einer, der von den Nazis nicht so viel hält.“

„Während des Krieges haben die sich ja nicht so oft gesehen, oder?“

„Nein“, sagte Kallweit. „Als das Haus von Herrn Roth zerstört wurde, ich glaube 1942, als auch seine Frau gestorben ist, da ist der zu den Pfeiffers gezogen. Zuerst hat er in dem Schuppen gelebt. Da, wo wir jetzt …“ Er machte eine kurze Pause, fing sich wieder. „Dann ist er ins Haus. Als der Sohn vom Pfeiffer nach Russland musste.“

„Das hat keiner gesagt“, meinte Siggi überrascht. „Alle meinten, er ist erst nach der Rückkehr aus der Gefangenschaft zu den Pfeiffers gezogen. Vorher wäre er nur zu Besuch dort gewesen.“

„Nein, nein!“, widersprach Kallweit. „Er hat uns bedauert, in dem zugigen, dreckigen Loch hausen zu müssen. Ehrlich! Er wollte da nicht mehr rein. Auf keinen Fall.“

Siggi schwieg und dachte nach.

„Hilft … Ihnen das?“, fragte Kallweit hörbar unsicher.

„Seltsam! Niemand hat das gesagt. Nicht, dass Pfeiffer Blockwart war. Und nicht, dass Roth schon während des Krieges bei Pfeiffer gelebt hat.“

„Holen Sie mich hier raus“, bat Kallweit mit einem Mal inständig. „Bitte, Herr Kommissar. Meine Frau braucht mich, das Kind …“

Ein energisches Klopfen an seiner Tür riss Siggi gegen achtzehn Uhr aus seinen Vorbereitungen für den Feierabend. Da er Koch vermutete, der über den Fortgang der Ermittlungen unterrichtet werden wollte, reagierte er nicht. Sein Chef wartete für gewöhnlich die Aufforderung zum Eintreten nicht ab. Aber die Tür wurde nicht geöffnet.

Siggi sah auf, rief nun doch: „Herein!"

Nichts geschah. Es klopfte nochmals, dieses Mal verhaltener.

„Herein!" Siggi war nun gespannt, wer ihn noch besuchte, doch die Tür blieb geschlossen. Er erhob sich von seinem Stuhl und öffnete die Tür, aber da war niemand. Er sah nach rechts und nach links in den Flur und zog die Tür wieder zu. Er hatte seinen Schreibtisch noch nicht wieder erreicht, als es erneut klopfte. Siggi sprang zur Tür und riss sie auf. Direkt vor ihm stand Harro und lachte ihn frech an.

„Überraschung!", rief er aus, sichtlich über seinen Scherz erfreut, und schob Siggi beiseite.

„Hier also arbeitest du?", fragte er, während er in dem Raum mit den drei kleinen Schreibtischen umherging und sich neugierig umsah.

„Welcher ist denn dein Schreibtisch?"

Noch immer überrascht zeigte Siggi auf das entsprechende Möbelstück.

Sofort nahm Harro auf dem Stuhl Platz, setzte eine ernste Miene auf und wandte seinen Kopf langsam Siggi zu, der noch nahe der Tür stand und Harro anstarrte.

„Gestehen Sie!", sagte er ernst mit tiefer Stimme und beugte sich bedächtig nach vorne, stützte seine Hände auf die Tischplatte.

„Was machst du hier? … Wie bist du hier reingekommen?", fragte Siggi.

„Das ist nicht die Frage, Angeklagter!", erwiderte Harro streng und ließ sich langsam gegen die Lehne des Stuhls zurückfallen. „Die Fragen stelle ich!" Er konnte sich ein Lachen nicht verkneifen.

„Man kann nicht so einfach hier rein ..."

Harro lachte wieder. „Ich bin so eine Art Doktor Mabuse. Vielleicht auch Fantômas. Aber das ist nicht wichtig. Wichtig ist: Ich komme überall rein."

Siggi schüttelte den Kopf.

„Mensch, Siggi", sagte Harro und sprang auf. „Sei doch nicht so ernst! Freust du dich nicht? Ich wollte dich einfach besuchen, mal schauen, wo du so deinen Tag verbringst. Ich kann mir das gar nicht vorstellen, den lieben langen Tag in so einem Raum zu sitzen. Ich bewundere das, wirklich. Ich könnte es nicht. Ich würde verrückt werden."

Harro hatte sich wieder hingesetzt. Siggi kam nun näher.

„Na also", sagte Harro mit einem Lächeln, „so gefällst du mir schon besser. Ich habe dem Mann an der Pforte gesagt, ich will zu dir. Offenbar war ‚Siggi' das Zauberwort, das Sesam-öffne-Dich! Kein Problem." Er setzte erneut eine strenge Miene auf, zog die Mundwinkel ein wenig nach unten, verengte seine Augen. „Ich habe nicht einmal Gewalt anwenden müssen."

Er griff in seine Jackentasche, entnahm ihr eine Zigarettenschachtel und klopfte auf den Packungsboden, bis zwei Stück aus der Öffnung herauslugten. Grinsend hielt er Siggi die Schachtel entgegen. Der nahm sich eine der beiden Zigaretten und wartete, bis Harro ihm Feuer gab.

Siggi nahm einen Zug und hustete, Harro lachte. „Das ist eine Chesterfield, etwas stärker als das Kraut, das du normalerweise rauchst." Er steckte seine eigene an und sog genüsslich den Rauch ein. Mit dem ausgestreckten

Finger zeigte er auf Siggis verletztes Auge. „Bei dem anderen sehen doch mindestens beide Augen so aus, oder, Siggi?“ Dann wurde er ernst. „Nun erzähl mal, wie das passiert ist!“

Zunächst zierte sich Siggi, doch schließlich berichtete er Harro von Brigitte und der Begebenheit vor dem Lokal, wie er sie dort in Begleitung eines älteren Herrn mit einem großen, amerikanischen Wagen gesehen und wie der Türsteher ihn dann geschlagen hatte.

Harro hörte sich das genau an, stellte nur kurze Zwischenfragen, wollte wissen, ob er den Namen des Mannes kenne, ließ sich das Auto beschreiben und fragte, wie Brigitte mit vollem Namen heiße.

„Warum?“, erwiderte Siggi.

„Ich bin eben neugierig“, entgegnete Harro mit einem vielsagenden Lächeln. Dann wechselte er das Thema. „Wie geht es deinem Chef?“, fragte er.

„Ich weiß es nicht. Er ist heute nicht ins Büro gekommen …“, antwortete Siggi.

„Nicht da! … Ja, kann man verstehen. Ist ja auch schlimm.“ Harro klang einfühlsam. „Darüber wegzukommen …“ Er kniff seine Lippen zusammen und senkte den Blick.

„Hast du auch … jemanden … der gestorben ist?“

Harro sah langsam auf. „Ich möchte jetzt nicht darüber reden. Ein anderes Mal vielleicht. Ich kann deinen Chef gut verstehen.“ Er drückte seine Zigarette aus. „Wo sitzt dein Chef? Direkt nebenan? Damit er auch mitbekommt, wie ordentlich du arbeitest?“ Es sollte leicht und flapsig klingen.

„Nein, nein“, sagte Siggi, „am Ende des Flurs, die vorletzte Tür auf der rechten Seite.“

Harro nickte. „Sollen wir eine kurze Spritztour machen? Nicht lange, ich habe heute Abend noch einen Termin. Ich müsste vorher nur mal kurz austreten …"

Siggi ging mit Harro in den Flur und zeigte ihm den Weg zur Toilette, dann wartete er in seinem Büro auf dessen Rückkehr.

„Sag mal", fragte Siggi, als sie auf dem Weg zu Harros Porsche waren, den er ein Stück von der Direktion entfernt geparkt hatte, „was arbeitest du eigentlich genau? Ich meine, du hast so viel Zeit."

Harro lachte. „Mein Leben gefällt dir, was? Aber täusche dich nicht. Das sieht nur so leicht aus. Ich muss für meinen Vater Autohäuser anschauen, Standorte suchen. Er will nach Deutschland expandieren, verstehst du? Er glaubt, dass es mit Deutschland sehr schnell aufwärtsgehen wird und nur der, der auch schnell genug ist, ein großes Stück vom Kuchen abbekommt. Er ist eben Geschäftsmann. Ein Schweizer Geschäftsmann noch dazu." Er lachte nochmals.

Mittlerweile hatten sie den Wagen erreicht und Harro reichte Siggi den Schlüssel, der ihn erfreut nahm und sich lächelnd hinter das Lenkrad setzte.

3. Mai 1950

XXII

Nach dem nächtlichen Besuch bei Bresson war Koch auch am nächsten Tag noch erschöpft und verbrachte ihn dumpf vor sich hin starrend und in seinen Gedanken versunken. Bis er es mit einem Mal nicht mehr aushielt und in der Küche hektisch nach einem Hinweis auf Dorles Mörder suchte. Eine Stunde lang durchsuchte er jede Ecke und jeden Verschlag, verrückte die Möbel und den Herd, bis er völlig erschöpft war. Müde und verschwitzt schlich er ins Schlafzimmer, fiel in einen unruhigen Dämmer, wälzte sich von einer Seite auf die andere, wachte schweißgebadet auf, fühlte sich elend, musste aufstehen, um sich zu erbrechen, und warf sich anschließend gleich wieder auf sein Bett. Als er am Dienstag in der Frühe aufwachte, fühlte er sich, als hätte er alles aus sich herausgekotzt.

Er stellte einen Stuhl in den Hof, auf den einzigen winzigen Fleck, auf den an diesem Morgen die Sonne schien. Die Wärme der Strahlen belebte ihn. Er würde um Akteneinsicht bitten, es war ihm unvorstellbar, dass der Mörder keine einzige Spur hinterlassen hatte.

In seinem Büro riss er das Fenster auf, blieb einige Minuten davor stehen, sah über die in mildem Sonnenlicht liegende Stadt, atmete die frische Frühlingsluft ein, bis ihn der Lärm eines Flugzeuges störte, er das Fenster wieder schloss und sich an seinen Schreibtisch setzte.

Um neun Uhr suchte er Siggi in dessen Büro auf. Der brütete über einem Blatt Papier, auf dem er die bisherigen Ergebnisse seiner Nachforschungen festhalten und ordnen wollte. Koch betrachtete das magere Ergebnis missmutig, forderte Siggi schroff auf, in sein Büro zu kommen und ging ohne ein weiteres Wort.

Kurz darauf saßen die beiden im Büro von Koch, der sich von Siggi den Stand der Ermittlungen erklären ließ. Ohne seinen Assistenten anzuschauen, hörte er sich dessen Ausführungen an, reagierte auch nicht auf Siggis Hinweis, dass Kochs Zweifel gegenüber einer vorschnellen Verdächtigung Kallweits berechtigt waren. Siggi führte das Vermögen als Grund an.

„Ja, gut, Siggi", unterbrach ihn Koch, „da würde ich auf jeden Fall weiter nachforschen. Suchen Sie Verwandte, Bekannte, Nachbarn, Freunde der Roths, die etwas von deren Vermögensverhältnissen wissen könnten. Auch wenn die Pfeiffers sich da bereichert haben, ich glaube, das Ganze hat noch einen tieferen Grund."

Siggi sah Koch fragend an.

„Wenn die Pfeiffers ihr Verhältnis zu Roth als so gut darstellen, was offenbar nicht der Fall war, dann könnte doch auch eine andere Geschichte der wahre Grund für Roths Tod sein. Vorausgesetzt natürlich, Kallweit ist tatsächlich nicht der Mörder. Denn, Siggi, Sie wissen ja, wie Arnheim zu sagen pflegt: Immer in alle Richtungen ermitteln."

Siggi verstand noch immer nicht, worauf Koch hinauswollte.

Koch behielt seinen belehrenden Tonfall bei. „Die Pfeiffers erzählen wenig oder Falsches über Roths Vergangenheit. Also verschweigen sie vermutlich etwas. Nun ist in den vergangenen *tausend Jahren* eine Menge passiert und die Menschen haben Dinge getan, die sie jetzt gerne ungeschehen machen würden. Oder zumindest vergessen. Also, Siggi, klingelt es …?"

Er überlegte. „Diese Blockwartgeschichte …"

Koch nickte. „Genau das meine ich. Wenn Pfeiffer Blockwart im Ort war und das verschweigt, ebenso, dass Roth schon während des Krieges bei ihm untergekommen ist, dann könnte genau da der Grund liegen, warum Roth sterben musste. Der Ring, das Geld, vielleicht andere Vermögenswerte, das sind schöne Zugaben, aber das Entscheidende ist im Krieg geschehen."

„Ich weiß nicht, ob …", warf Siggi zweifelnd ein.

„Siggi, Sie denken jetzt bestimmt, der Koch wieder mit seiner Marotte, der überall Nazis und Nazi-Verbrechen sieht. Denken Sie einfach mal darüber nach!"

Siggi reagierte nicht auf diesen Vorwurf. Er schwieg, was Koch als Zustimmung wertete.

„Fünf Jahre nach der Befreiung von den Nazis lebt noch so viel von diesem Ungeist in Deutschland, da kann das noch nicht vorbei sein. Wir werden uns noch lange damit rumquälen müssen."

„Gut", willigte Siggi zerknirscht ein. „Ich werde dem noch mal nachgehen."

Koch nickte zufrieden. „Tun Sie das!", erwiderte er unbeteiligt.

Kaum hatte Siggi Kochs Büro verlassen, kam schon Kollege Peickert und setzte sich Koch gegenüber, sah ihn ernst an.

„Was ist?", fragte Koch.

„Sie schnüffeln!"

„Ich tue was?", fragte er zurück. „Sie meinen …"

Peickert fuhr ihm über den Mund. „Ich *meine* nicht! Ich *weiß*! Sie schnüffeln. Nachbarn, Leute im Ort befragen. Koch, ich bin der ermittelnde Kommissar. Sie halten sich da raus!"

„*Meine* Frau ist ermordet worden, nicht *Ihre*!", gab

Koch zornig zurück. Er versuchte ruhig zu bleiben, sich zu keiner unbedachten Äußerung hinreißen zu lassen. „Bislang haben Sie noch nichts herausgefunden ..."

Peickerts Gesicht verfärbte sich dunkelrot. Er schlug mit der flachen Hand auf den Tisch.

„Wie wollen Sie das wissen? Wie, bitte schön? *Ich* ermittele und *ich* entscheide, wann ich welches Ergebnis bekannt gebe. Sie haben mit dem Fall nichts zu tun. Sie waren mit dem Opfer verheiratet." Koch bebte vor Wut. Peickert ließ sich nicht beirren. „Ich werde Ihnen nichts sagen, Koch, weil Sie dieses Wissen sofort benutzen würden, um selbst weiterzuermitteln. Und damit gefährden Sie meine Nachforschungen!"

„Das ist doch totaler Blödsinn", entgegnete Koch schroff, „das ist so was von blödsinnig. Was machen Sie denn? Sie befragen die Leute, die Nachbarn, die wissen nichts, und dann ...? Ein Raubmord? Meine Frau das zufällige Opfer? Warum sie? Jemand, der einen Einbruch plant, will jede Begegnung mit dem Opfer vermeiden. Ein Mord ist nicht mit eingeplant. So jemand hinterlässt Spuren. Immer! Wenn es aber keine Spuren gibt, dann war der Mord doch kein Zufall, weil das Opfer des Einbruchs unglücklicherweise zu Hause war. Eine solche Tat wird geplant. Der Täter will keine Spuren hinterlassen. Aber Peickert", Koch hatte sich in Rage geredet und ließ seinem Gegenüber keine Chance, ihn zu unterbrechen, „warum sollte jemand geplant haben, Dorle umzubringen? Es gab keinen Grund, das zu tun! Keinen, keinen einzigen! Geht das in Ihren Kopf?"

Koch holte Luft, Peickert nutzte die Gelegenheit zur Gegenrede.

„Vielleicht doch, Koch! Kennen Sie alle Geheimnisse Ihrer Frau? Sie war doch schon einmal verheiratet, ich habe die alten Akten gelesen. Ihre Frau hat, als sie noch nicht mit Ihnen verheiratet war, einen Menschen umgebracht, in Notwehr zwar, aber wer sagt denn, dass es keinen Verwandten dieses Opfers gibt, der sich rächen will? Ihre Frau hat ein Leben gelebt, bevor Sie sie kennengelernt haben. Wissen Sie alles darüber? Kennen Sie jedes Detail?“

„Raus, Peickert, raus!“, schrie Koch ihn an. „Mich können Sie beleidigen, ich weiß mich zu wehren, aber eine Tote in den Schmutz ziehen, das werden Sie nicht!“

Peickert machte eine besänftigende Geste.

„Das ist nicht meine Absicht, Koch. Ich will und werde diesen Mord aufklären. Da ist es letztlich egal, wer das Opfer ist. Verstehen Sie?! Von Ihnen verlange ich, mich zu unterstützen. Unterstützung heißt, sich aus den Ermittlungen rauszuhalten, nichts auf eigene Faust zu unternehmen und mir alles zu sagen, was Sie wissen!“

„Was wollen Sie damit sagen, Peickert? Dass ich Ihnen etwas verheimliche? Wollen Sie mir am Ende unterstellen, dass ich etwas mit dem Tod meiner Frau zu tun habe? Peickert, ich …“

Koch wandte sich ab. Er musste sich beruhigen. Auch Peickert schien bereit, einzulenken.

„Koch, nein, das habe ich nie behauptet. Aber Sie haben mir noch nicht die Frage beantwortet, warum Sie so lange von der Direktion zu sich nach Hause unterwegs waren, wenn Sie doch, wie Sie gesagt haben, extra früher gegangen sind, weil Sie mit Ihrer Frau ins Kino wollten. Sie haben die Straßenbahn nach Gonsenheim genommen. Sie wurden von einem Mann aufgehalten. Sie sagten aber nicht, wer das war, was er wollte, warum er Sie aufhielt. Vielleicht wollen Sie mir das jetzt mitteilen?“

Peickert stand auf Armlänge von Koch entfernt und behielt ihn fest im Blick. Sekundenlang war es völlig still in dem Büro bis auf das Atmen der beiden Männer.

„Ein Mann. Ich kenne ihn nicht. Er wusste, dass ich nichts für Nazis übrighabe und wollte, dass ich für ihn den Detektiv spiele."

Peickert sah den Kollegen erstaunt an.

„Ein Fremder spricht Sie an und will, dass Sie für ihn den Detektiv machen?"

„Ja!", erwiderte Koch knapp.

„Seltsam, finden Sie nicht?"

„Allerdings!" Koch war wieder lauter geworden. „Genau deshalb habe ich das auch nicht weitererzählt. Weil es seltsam ist. Ein Spinner, ein … ich weiß es nicht. Laufen doch genug von rum …"

Peickert nickte, ließ Koch aber nicht aus den Augen.

„Wie der Mann hieß, wissen Sie auch nicht … Koch, das klingt doch sehr seltsam."

„Peickert, das ist die Wahrheit. Wenn Sie mir nicht glauben, dann ist das Ihre Sache … Lassen Sie mich jetzt endlich allein …!"

Peickert stand provozierend langsam auf, schüttelte verständnislos den Kopf und ging zur Tür, wo er sich noch einmal umdrehte. „Koch, man hat mich gewarnt, dass man auf Sie als Kollegen nicht zählen kann, dass Ihnen nur Ihre eigenen Befindlichkeiten wichtig sind, aber dass Sie ein solch verbohrter Ignorant sind, das hätte ich nicht im Mindesten für möglich gehalten."

Dann drückte er die Klinke nieder, ging nach draußen und ließ die Tür laut krachend hinter sich zufallen.

Koch sprang auf. Er würde diesen Idioten durch die Direktion prügeln, vom zweiten Stock in den Hof und wieder zurück. Er riss die Tür auf und wollte hinausstürmen, da hörte er vom Flur her laute Stimmen. Es kostete ihn große Überwindung, aber schließlich zog er sich in sein Büro zurück.

Von Peickert würde er die Untersuchungsunterlagen nie bekommen, spätestens nach diesem Krach war das erledigt. Er setzte sich an seinen Schreibtisch, um sich zu beruhigen, bevor er zu Arnheim ging, um über ihn Einsicht in die Akten zu erhalten. Trotz ihrer verschiedenen Ansichten in fast allem und den daraus resultierenden Streitereien hatte sein Vorgesetzter in den entscheidenden Momenten meist hinter ihm gestanden.

Koch marschierte umgehend zu Arnheims Büro. Dessen Vorzimmerdame Regina Prümm, eine etwa vierzigjährige, resolute Brünette, von der Koch vermutete, dass sie Arnheim verehrte, tippte konzentriert auf der Schreibmaschine. Sie schenkte ihm einen Blick von der Art, der dem Kommissar zu verstehen gab, dass er sie bei einer wichtigen Arbeit störte.

„Herr Arnheim ist auf einem Termin!“, sagte sie, nachdem sie einen Satz zu Ende getippt hatte.

„Es ist sehr wichtig“, entgegnete Koch und hatte Mühe, ruhig zu sprechen. Zu sehr hing ihm der Streit mit Peickert noch nach.

„Es geht im Moment nicht“, bekräftigte Frau Prümm. „Ich kann Ihnen Bescheid geben, wenn Herr Arnheim wieder im Büro ist. Um was geht es denn?“

Koch zögerte.

„Wenn ich Herrn Arnheim vorab sagen kann, über was Sie mit ihm zu sprechen wünschen …“, den Rest ließ sie offen.

„Es geht um die Akten, also den Ermittlungsstand … bei meiner Frau. Ich würde gerne wissen …“

Frau Prümm nickte, sagte aber: „Sie kennen ja die Vorschriften, aber das muss Herr Arnheim klären.“

Damit war für sie das Gespräch beendet und sie beugte sich wieder über die Schreibmaschine.

Auf dem Weg zurück in sein Büro stellte sich ihm Doktor Krauss in den Weg.

„Ich war bei Ihnen“, sagte er und Koch meinte, einen Vorwurf aus diesem kurzen Satz herauszuhören.

„Ja!“, entgegnete er und versuchte gar nicht erst, freundlich zu sein.

„Die Leiche Ihrer Frau ist freigegeben. Sie kann bestattet werden“, sagte er kühl.

Koch wusste, warum er den Mann für sich „Krauss mit SS“ nannte.

Laut erwiderte er, „Danke!“ und ließ den Gerichtsmediziner stehen. Hinter sich hörte er den Mann etwas grummeln, konnte aber nicht verstehen, was.

Zum wiederholten Male rekonstruierte Koch die Tage vor Dorles Tod, suchte nach Details, die er übersehen hatte, einem Hinweis, der ihm bislang entgangen war. Koch dachte über Böcklin und dessen Ansinnen nach, rief sich in Erinnerung wie der Mann Kontakt zu ihm gesucht hatte, in Frankfurt und dann an dem Tag, an dem Dorle ermordet worden war. Böcklin hatte ihn in ein Gespräch verwickelt, obwohl Koch ihm zu verstehen gab, dass er es eilig habe. Ging es gar nicht um diese Nachforschungen? Wollte Böcklin ihn …, wusste er …? Koch kam das zu unglaublich vor. Aber je länger er darüber nachdachte, desto plausibler erschien ihm der Gedanke, dass Böcklin wusste, was bei ihm zu Hause geschehen war und er ihn aufgehalten hatte, damit der Mörder nicht gestört wurde.

Koch wälzte diese Idee hin und her. Aber warum sprach

er ihn zwei Mal in Frankfurt an? Woher wusste er von dem Konzertbesuch in Frankfurt? Er selbst hatte ja keine Ahnung davon gehabt. So viele Fragen …

XXIII

Arnheim wollte, bevor er nach Ludwigshafen fuhr, Siggi sprechen. Dem war klar, dass es dort um Arnheims Bewerbung um den Posten des Vizepolizeipräsidenten ginge und sich dafür ein abgeschlossener Fall Roth gut machen würde. Siggi trug Arnheim die These vor, Roths Ermordung habe mit Pfeiffers Tätigkeit als Blockwart zu tun.

Der Leiter der Mordkommission war guter Laune, mit einem süffisanten Lächeln unterbrach er den jungen Kollegen.

„Lieber Herr Maus, entweder haben Sie die Koch'schen Marotten schon vollständig in sich aufgesogen und Sie denken wie Ihr Mentor, oder er hat Ihnen diese Idee eingepflanzt, stimmt's?"

„Ja", gab Siggi kleinlaut zu und ärgerte sich, dies als seine Idee ausgegeben zu haben.

„Sie wissen ja, mein lieber Maus, Herr Koch neigt, was diese Zeit angeht, zu extremen Ansichten, die nicht immer hilfreich bei der Klärung von Verbrechen sind. Von daher bitte ich Sie, nicht in das gleiche Fahrwasser zu geraten. Wie ich zu sagen pflege: Immer in alle Richtungen ermitteln! Dies sollten Sie als *eine* Möglichkeit in Betracht ziehen, aber andere nicht aus den Augen verlieren. Ansonsten, Herr Maus: Es sind jetzt zwei Wochen seit Herrn Roths Ermordung vergangen. Zeit, die Akte bald zu schließen. Sie wissen ja, je länger sich die Aufklärung hinzieht, desto geringer die Chance, den Täter zu fassen. Also, ich bitte Sie, Ihren Bericht in den nächsten Tagen fertig zu machen. In Ludwigshafen werde ich Sie natürlich lobend erwähnen."

Da an diesem Tag kein Wagen in der Fahrbereitschaft zur Verfügung stand, beschloss Siggi, die Ermittlungen in

Harxheim auf einen der nächsten Tage zu verschieben und stattdessen noch einmal Befragungen bei den ehemaligen Nachbarn von Roth in der Mainzer Innenstadt durchzuführen.

In der Schusterstraße setzte Siggi sich auf einen Mauerrest, der am Straßenrand lag, und beobachtete das Haus, in dem die Roths gewohnt hatten. Der Frau, die er bei seinem letzten Besuch befragt hatte, wollte er aus dem Weg gehen, von ihr würde er nichts mehr erfahren.

Aus der Toreinfahrt des Nachbarhauses, das die Bomben besser überstanden hatte als das, in dem die Roths gewohnt hatten, kam ein kriegsversehrter Mann gehumpelt, dem ein Bein fehlte. Er hatte den Henkel eines Eimers über die Krücke gestülpt, der bei jedem der mühsamen Schritte des Mannes gegen die Gehhilfe schlug. Am Straßenrand entleerte er den Eimer umständlich in den Rinnstein, begleitet von dem lautstarken Gezänk der Frau, mit der er schon gesprochen hatte. Der Einbeinige schien dies gewohnt zu sein, denn er reagierte nicht darauf, sondern ging stoisch seiner Tätigkeit nach.

Siggi wartete auf den nächsten Auftritt des Versehrten. Er zündete sich eine der Chesterfields an, die Harro ihm am Vorabend großzügig überlassen hatte. Zwei Zigarettenlängen dauerte es, bis der Mann wieder in der Einfahrt erschien. Langsam näherte er sich auf die beiden Krücken gestützt dem Rinnstein und zuckte jedes Mal zusammen, wenn der Eimer scheppernd gegen die Krücke stieß. Er war fast am Ziel, als die Frau wieder am Fenster auftauchte und ihn mit wüsten Beschimpfungen bedachte. Erst als der Mann den Eimer ausgeleert hatte und die Frau vom Fenster verschwunden war, schnippte Siggi seine Zigarette fort, stand auf und lief ihm nach.

„Was ist?“, schnauzte er Siggi an, als der neben ihm stehen blieb. „Muss raus, das Zeug! Stinken tut's doch überall in der Stadt!“

„Ich habe eine Frage …“, begann Siggi, doch der Einbeinige hob seine rechte Krücke und machte den Versuch, Siggi zur Seite zu schieben.

„Wenn Sie sich beschweren wollen, dann machen Sie das bei der schrecklichen Müllerin!“ Er deutete dabei mit dem Kopf in Richtung der Frau.

„Nein!“ Siggi wollte resolut klingen.

„Was denn, Kerlchen?“, pflaumte der Versehrte den jungen Mann an. „Wenn der Weg bei drei nicht frei ist, gibt's ein paar mit der Krücke. Also: Abmarsch!“

„Ich bin von der Polizei“, beeilte sich Siggi zu sagen, bevor der Mann tatsächlich auf ihn einprügelte. „Ich habe nur ein paar Fragen. Das hat nichts mit dem da zu tun.“ Er zeigte vage in Richtung Rinnstein.

„Mit was dann? Wenn Sie von der Polente sind, dann hat die Müllerin Sie doch bestimmt gerufen.“

Ohne auf Siggi zu achten, setzte sich der Einbeinige in Bewegung.

„Es geht um Herrn Roth“, rief ihm Siggi hinterher. Er hielt an, drehte seinen Kopf Siggi zu.

„Den Albert meinen Sie? Albert Roth?“

Siggi nickte.

„Sie sind tatsächlich von der Schmiere?“

Siggi nickte erneut. „Ich kann Ihnen meinen Ausweis zeigen!“

„Kommen Sie!“, forderte der Kriegsversehrte Siggi auf und humpelte los.

Wortlos gingen die beiden Männer durch die Einfahrt in einen Hinterhof, an dessen Rückwand sich ein Anbau befand. Rechts von diesem war ein Gehege errichtet worden, in dem mehrere Hühner gackernd herumliefen. Vor dem Eingang des Anbaus stand eine Bank und eine vom Wetter schon arg mitgenommene Holzplatte, die über zwei etwa gleich hohe Basaltsteine gelegt worden war.

„Setzen Sie sich und sprechen Sie leise! Die Müllerin steht bestimmt hinter der Gardine. Regt sich immer auf, wenn ich den Dreck von den Hühnern nach vorne bringe."

Der Einbeinige konnte offenbar nur im Befehlston sprechen. Die Erklärung dafür erhielt Siggi sogleich, nachdem der andere sich gesetzt und die Krücken gegen die Hauswand gelehnt hatte.

„Ich war Leutnant. Pioniere. Das Bein haben sie mir am Westwall zu Klump geschossen."

Siggi nahm seinen Ausweis aus der Tasche und hielt ihn vor das Gesicht des Mannes.

„Siegfried Maus", lachte der unfröhlich. „Lustiger Name. Edgar Löss." Er salutierte mit dem rechten Arm. „Sie haben nach Herrn Roth gefragt, Herr Maus?", stellte Löss sehr bestimmt fest.

„Ja. Albert Roth ist tot", entgegnete Siggi und ahmte dabei ein wenig den militärischen Tonfall von Löss nach, ohne Absicht.

„Albert ist tot", wiederholte Löss und wirkte in seinem ehrlichen Erschrecken mit einem Mal menschlicher.

„Ermordet", konkretisierte Siggi.

„Tatsächlich! Der Albert ermordet. Wer war das?"

„Das versuche ich herauszufinden."

„Deswegen kommen Sie zu mir?"

„Ich suche Menschen", erklärte Siggi, „die Albert Roth kannten und die mir mehr über ihn erzählen können. Ich habe letzte Woche mit Frau Müller", er blickte kurz zum Fenster der Frau, „gesprochen, aber die wollte nichts sagen. Das heißt, eigentlich glaube ich, sie ist nicht gut auf Herrn Roth zu sprechen.“

„Die Müllerin!“ Löss lachte höhnisch. „Neidische Ziege. Ihr Alter ist ihr weggelaufen. Kein Wunder. Nur am Schimpfen und Schreien, nichts ist ihr gut genug. Dabei hat die was mit einem von der Partei gehabt, der ging es doch immer gut.“ Er sah kurz zum Vorderhaus herüber, dann blickte er Siggi an. „Der Albert ist ermordet worden, sagen Sie. Warum? Wer tut so etwas?“

„Herr Roth hat Uhren repariert?“, fragte Siggi, ohne auf die Fragen von Löss einzugehen. „Konnte er davon leben?“

Der Einbeinige dachte nach und kratzte sich am Bein. „Ich glaube … ich weiß es nicht. Seine Frau hatte Geld. Der Albert war ein hervorragender Handwerker. Alles, was mit Technik zu tun hatte, konnte der reparieren. Was der Albert angefasst hat, ist gelaufen. So einen hätten wir bei den Pionieren gebrauchen können! Ich habe ihm oft gesagt: Albert, melde dich zu den Pionieren. Ich sorge dafür, dass du in meine Einheit kommst. Aber der wollte nichts davon wissen, wäre auch zu alt, meinte er, und außerdem …“

„Ja?“, hakte Siggi nach.

Löss hatte seinen Satz abrupt abgebrochen, dann druckste er herum. „Nein, er wollte nicht, hätte es nicht so mit dem Militär, sagte er …“

„Und mit den Nazis?“

Löss ließ sich mit der Antwort Zeit.

„Schwierig, schwierig“, sagte er schließlich. „Geäußert hat er sich nicht dazu. Aber man spürte doch, wie einer dazu stand oder ob es ein Hundertfünfzigprozentiger war.“ Er machte wieder eine Pause. „Das war der Albert bestimmt nicht. Aber … über Politik haben wir uns nicht unterhalten. Der Albert, der konnte über seine Uhren reden, stundenlang, Lünette, Spiralfeder, Kaliber, Schwingung, Anker." Löss wandte sich einen Moment ab. „Ja, da lacht man drüber, wenn der Mensch lebt. Aber jetzt … jedes Wort wie ein Vermächtnis. Aber nicht nur Uhren hat der repariert, alles. Er hatte ein Motorrad, eine Horex, gehabt, die hat er blind auseinandergebaut und wieder zusammen. Oder das Radio. Das hat den alles fasziniert."

„Aber mit den Uhren hat Herr Roth auch Geld verdient?"

Löss nickte, in Gedanken war er noch bei Roths technischem Genie.

„Ja, aber das war mehr ein Zubrot, wissen Sie, der Albert, der war bescheiden. Brauchte nicht viel. Wenn der was zu reparieren hatte, war der zufrieden. Er hatte ja seinen Laden … nein, mehr eine kleine Werkstatt, im Vorderhaus, da kamen die Kunden rein. Den Raum hat jetzt übrigens die Müllerin. Seine Frau, die hatte Geld, davon haben die auch gelebt."

Siggi dachte nach. Hier war jemand, der Roth kannte, der ihm offenbar nahegestanden hatte.

„Und … mit den Nazis hatte er es nicht so?"

Löss unterbrach den Polizisten ruppig. „Hat er ja nicht so gesagt. Heute ist doch jeder gegen die Nazis gewesen. Der Albert, der wollte seine Ruhe …"

„Wieso ist der Albert eingezogen worden?"

„Eingezogen? Tatsächlich? Hatte doch eine Kriegsverletzung. Komisch …"

„Das wissen Sie nicht?"

„Junger Mann", antwortete Löss streng, „ich war im Feld und dann ist dieses Haus zerbombt worden. Der Albert ist zu Verwandten aufs Land. Das war das Letzte, das ich erfahren habe. Wenn ich auf Heimaturlaub war, dann war der so kurz, da hatte ich keine Zeit, den Albert zu suchen. So eng waren wir nun auch nicht. Haben nur ab und zu hier draußen gesessen und ein Bier getrunken. Hat sich für alles interessiert. Auch für die Hühner." Er sinnierte kurz. „Aber der Albert eingezogen … auf der anderen Seite, am Ende haben die selbst Fünfzehnjährigen eine Waffe in die Hand gedrückt. Wann ist er denn eingezogen worden?"

„Das muss nach '42 gewesen sein …"

„'42? Das ist komisch. Die Alten, die hat's doch erst in den letzten Kriegsmonaten erwischt. Und … mit seiner Verletzung … Später, da haben die doch neben den Pimpfen auch die Alten eingezogen, den Volkssturm. Aber '42, das ist seltsam."

Siggi dachte nach, ob er etwas vergessen hatte. „Eine Frage noch: Hat Herr Roth von seinen Verwandten in Harxheim gesprochen?"

„Wo er untergekommen ist?"

„Ja, hat er von denen etwas erzählt? Was die machen, gemacht haben?"

Löss schwieg einige Sekunden. „Wenig, wenig. Ich glaube, viel gehalten von denen hat er nicht. Ich nehme an, er ist aus purer Not zu denen gezogen. Hier war ja alles zerbombt."

„Hat er denn einmal was gesagt, ob die Verwandten in der Partei waren oder Nazis oder sonst was gemacht haben, zum Beispiel als Blockwart …?

Löss ließ sich wieder Zeit, dann schüttelte er seinen Kopf.

4. Mai – 7. Mai 1950

XXIV

Koch verbrachte die nächsten Tage wie in Trance. Er suchte verzweifelt nach einem Anhaltspunkt, der ihm das *Wer* und *Warum* zu Dorles gewaltsamem Tod erklärte. Stundenweise war er im Büro und ging dort allen anderen Menschen aus dem Weg, unternahm lange Spaziergänge ohne Ziel, trank am Abend, schlief unruhig und träumte wirr, saß in der Nacht im Hof und starrte die Sterne an.

Am Samstagmorgen weckte ihn ein heftiges Klopfen, das er zunächst für das Dröhnen seines Schädels hielt. Mühevoll kletterte er aus seinem Bett und schlich die Treppe nach unten. Dabei machten sich Schmerzen in seinem linken Bein bemerkbar. Er fluchte. Diese Schussverletzung aus dem Krieg würde ihn wohl sein Leben lang begleiten.

Er wankte über den Hof zum Tor und öffnete es. Franzi stand vor ihm.

„Guten Morgen, Paul!", begrüßte ihn Dorles beste Freundin und bedachte Koch mit einem mitleidigen Blick, dann nahm sie ihn in die Arme, drückte den Mann an sich.

„Das ist so schlimm, Paul, so schlimm! Wer hat das gemacht? Wer macht so was? Die arme Dorle!"

Franzi, die sonst so zupackend war, die Dorle stets zur Seite gestanden hatte, die pragmatisch für alles eine Lösung fand, stand völlig fassungslos vor ihm. Dorles gewaltsamer Tod hatte auch ihr den Boden unter den Füßen fortgezogen.

„Komm rein!", forderte er sie auf, als sie ihn wieder losgelassen hatte.

Schweigend gingen sie ins Haus, vor der Küchentür blieb Koch plötzlich stehen. Franzi lief gegen ihn.

„Was ist …?“, fragte sie, bevor sie verstand. „Hier …?“

Koch nickte.

„Ja, in der Küche. Da hat sie gelegen.“ Er zeigte auf die Stelle.

„Es ist so furchtbar.“ Franzi wischte sich mit der Hand über die Augen.

„Weißt du schon …?“

Koch schüttelte den Kopf.

Sie standen wie festgefroren an der Tür in die Küche.

„Ich kann da nicht rein“, sagte Franzi schließlich und ging hinaus in den Hof, wo sie sich auf die Bank setzte.

Nach wenigen Sekunden folgte ihr Koch.

Dorles Freundin war ganz in Schwarz gekleidet, sie trug einen Rock mit einer Bluse und hatte sich ihr Haar mit einem breiten Stoffband zusammengebunden.

„Ist Robby nicht mitgekommen?“, fragte Koch, nachdem er sich neben Franzi gesetzt hatte.

„Er kann nicht weg. Das Geschäft. Und …“ Sie hatte kurz ihre Stimme erhoben, sprach dann nicht weiter. Koch sah zu ihr herüber. Franzi war blass, ihre Wangen wirkten hohl, wie eingefallen. Sie und Dorle kannten sich schon seit Volksschulzeiten, hatten ihre Söhne gemeinsam aufwachsen sehen, die von Franzi hatten aber beide den Krieg überlebt.

„Kann ich sie sehen?“, fragte sie nach einer Weile.

„Bestimmt“, antwortete Koch, „ich kümmere mich darum.“

„Wann kann sie denn beerdigt werden?“

Koch antwortete nicht gleich.

„Paul …!“, ermahnte ihn Franzi.

Er hatte Doktor Krauss’ Mitteilung, dass Dorles Leichnam freigegeben war, völlig vergessen.

„Jetzt“, antwortete er.

„Wie *jetzt*?" Franzi klang ungehalten.

Koch erklärte ihr die Situation.

„Dann hättest du doch …" Sie klang gereizt.

„Ich war … ich wollte ihren Mörder …"

Franzi lenkte ein. „Schon gut, wir sind alle aufgebracht. Es ist schwer, in einer solchen Situation klar zu denken." Sie starrte auf das zweiflügelige Holztor gegenüber, hinter dem eine Treppe in den Keller führte.

„Hast du was zu trinken?", bat sie.

Er stand auf und ging in die Küche. Als er mit einem Glas Wasser zurückkehrte, stand Franzi vor der Kellertür. Sie hatte sie geöffnet und blickte hinab in das dunkle Loch.

„Erst Rolf, dann Joachim und jetzt Dorle selbst. Alle drei so schrecklich gestorben. Es ist verrückt. Völlig verrückt", murmelte sie vor sich hin.

Koch stieß sie leicht an, damit sie seine Anwesenheit bemerkte. Sie nahm das Glas und trank einen Schluck.

„Das hat sie nicht verdient. Erstochen, hat Karl mir erzählt."

„Ja", antwortete Koch kurz.

„Ging es wenigstens schnell?"

Er schwieg.

„Sie hat gelitten?"

Franzi sah den Mann neben sich nicht an, starrte noch immer in den Keller.

„Ich fürchte ja." Er räusperte sich. „Das Schlimme ist, Franzi, ich finde keinen Grund, warum das jemand gemacht hat. Es gibt einfach keinen. Kein Mensch hatte einen Grund, Dorle umzubringen. Warum?"

„Ich weiß es nicht, Paul, ich weiß es nicht. Ich habe auch schon darüber nachgedacht."

Minutenlang standen sie vor der Kellertür und schwiegen, bis Franzi Koch das inzwischen geleerte Wasserglas in die Hand drückte und sich verabschiedete.

„Paul, wenn du nicht hierbleiben willst, kannst du bei uns wohnen. Das große Haus … es ist genug Platz da." Sie drückte ihn kurz an sich, dann eilte sie durch das Tor auf die Straße und er stand alleine in dem Hof, alleine mit all seinen Fragen und Schmerzen.

Am Sonntag kam Karl, Franzis Sohn, vorbei und lud ihn zum Mittagessen ein. Koch war nicht nach Menschen und Gesprächen, aber er wollte Franzi, die eigens aus New York gekommen war, nicht vor den Kopf stoßen und willigte ein.

Sie saßen zu dritt im Garten, Franzi hatte Fleisch gebraten und Gemüse aus ihrem Garten gekocht. Dazu stand eine Flasche Weißwein aus Rheinhessen auf dem Tisch.

Das Gespräch verlief zäh. Um nicht nur über Dorle zu sprechen, musste Koch von den gemeinsamen Bekannten erzählen, Reuber, Siggi und Bresson.

„Kein Wunder, bei dem, was der in sich hineinkippt!", war ihr Kommentar, nachdem er ihr den schlechten Gesundheitszustand des Photographen beschrieben hatte. Der Kommissar fühlte sich nicht nach einem Streitgespräch, obwohl ihm Franzis Aussage ungerecht schien. Stattdessen begann er von Siggi zu berichten, der nun bald alleine auf Verbrecherjagd gehen würde.

„Aus Kindern werden Leute", sagte Franzi und sah zu ihrem Sohn hinüber. „Karl wird bald heiraten. So nahe liegen Glück und Unglück beieinander. Ich komme zurück, um beides zu erleben."

„Mama!", rief Karl dazwischen. „Du weißt, warum …"

„Schon gut, schon gut", schnitt ihm Franzi das Wort ab.

Koch horchte auf. Karl hatte etwas anderes sagen wollen, doch offensichtlich war Franzi das nicht recht.

„Wie geht es denn Robby und eurem Geschäft?“, fragte er, als sie mit dem Nachtisch, einem Obstsalat, fertig waren.

Robbys Eltern hatten ein Geschäft für Papierwaren, da waren sie und Robby, nachdem er aus der Army entlassen worden war, eingestiegen.

„Gut, es läuft. Ich fühle mich zwar immer noch nicht als Geschäftsfrau, aber man wächst mit seinen Aufgaben.“

Wieder staunte Koch, wie kühl Franzi das erzählte, und vor allem, wie schnell sie das Thema wechselte.

„Du musst dich um die Beerdigung kümmern, Paul!“, sagte sie, und ein Vorwurf schwang in ihrer Stimme mit.

Er nickte, und als er erklärte, noch ein wenig für sich sein zu wollen, machte Franzi keine Anstalten, ihn aufzuhalten.

XXV

Siggi hatte nach dem Gespräch mit Löss begonnen, sich Informationen über Blockwarte zu besorgen, ihre Funktion innerhalb des NS-Systems. Er hatte Peter Menzel, einen alten Kollegen, der im Archiv arbeitete, aufgesucht. Der Mann trug den Spitznamen „Brockhaus“, weil man ihn wie ein Lexikon befragen konnte und immer eine Antwort bekam. Eine Zeit lang hatte es eine Wette im Haus gegeben, wer es als Erster schaffe, dass Menzel sprachlos und ohne Antwort blieb. Niemand, hieß es, habe die Wette gewonnen.

Zwischen seinen Regalen voller Akten und Bücher hatte Menzel eine kleine Sitzecke eingerichtet. Es war staubig in den Räumen und Siggi verspürte schon bald einen Hustenreiz.

„Blockwart“, begann Menzel, der wie ein Schalterbeamter aussah. Über seinem weißen Hemd trug er eine dunkle Weste, aus deren Tasche eine goldene Uhrkette ragte. Dunkle Schoner schützten die Manschetten seines Hemdes. Eine große braune Brille gab seinem hageren Gesicht etwas Eulenhaftes.

„Mein lieber Siggi“, fuhr er mit einem Schmunzeln fort, „da sind Sie schon auf dem Holzweg. Der richtige Begriff ist ‚Blockleiter‘. Blockwart war eher eine Art inoffizieller Sammelbegriff für Funktionäre, die weit unten in der Hierarchie standen.“

Siggi musste hüsteln. Er fragte sich, wie es dieser Mann jahrelang Tag für Tag in diesen Staubwolken aushielt. Menzel lächelte Siggi wissend an, stand auf und verschwand zwischen den Regalen. Kurz darauf hörte Siggi das Rauschen von Wasser, dann stellte Menzel zwei gefüllte Gläser auf den Tisch.

„Wasser. Viel Wasser muss man hier unten trinken", sagte er und leerte sein Glas zur Hälfte.

„Also, der Blockleiter! Ja! Der stand am unteren Ende der Hierarchie der Parteifunktionäre. Es gab den Gauleiter, wie den Hinkefuß Goebbels in Berlin oder Jakob Sprenger hier bei uns, im Gau Hessen-Nassau. Dem unterstanden die Kreisleiter, dann folgten die Ortsgruppenleiter, die Zellenleiter und schließlich der Blockleiter, der auch wieder in seinem Block Helfer hatte, die auf seine Weisungen hören mussten. Der Blockleiter war für etwa vierzig bis sechzig Haushalte verantwortlich und er musste seine arische Abstammung nachweisen. Bis …", überlegte Menzel kurz, „bis ins Jahr 1800."

Siggi versuchte, sich Pfeiffer als Arier vorzustellen, so wie sie ihm in der Schule, in der Hitlerjugend und dann beim Militär beschrieben worden waren. Pfeiffer hatte in seinen Augen kaum etwas von einem Arier.

„Was musste so ein Blockleiter denn machen?", fragte Siggi und hüstelte.

„Trinken Sie!", forderte Menzel ihn streng auf.

„Ja", sprach er weiter, nachdem Siggi seiner Aufforderung nachgekommen war, „welche Aufgaben hatte der Blockleiter? Er war Propagandist der nationalsozialistischen Politik, das sowieso, er musste Schulungsmaterial verteilen, für das Winterhilfswerk sammeln, er verteilte Lebensmittelkarten, achtete auf die Verdunkelung, kümmerte sich um die Ausgebombten und organisierte den Volkssturm. Was die Blockleiter besonders verhasst gemacht hat, war, dass sie die Leute beobachtet und ihre Äußerungen notiert haben und darauf achteten, dass an den Häusern auch richtig geflaggt wurde, und … man ging zu ihm, wenn man jemanden denunzierte. Und, nicht zu vergessen: Der Blockleiter war für die Überwachung der

Rassenpolitik zuständig, er meldete sogenannte Judenfreunde und musste jüdischen Besitz auflisten, prüfte, wo jüdische Wohnungen waren."

Siggi pfiff leise durch die Zähne. „Da kann man sich schon unbeliebt machen."

„Ja, mein lieber Siggi, das stimmt, aber bedenken Sie die Helfer der Blockleiter. Es kursieren verschiedene Zahlen, aber gehen wir mal von etwa zweihunderttausend Blockleitern aus, die es schon Mitte der Dreißigerjahre gegeben haben soll, und wenn jeder von denen in seinem Block nur drei Helfer hatte, dann sind wir schon bei sechshunderttausend. Dazu all die, die sonst wo in Vereinen, Verbänden und Zusammenschlüssen der Nazis tätig waren, dann sind nur ganz wenige wirklich ohne Schuld geblieben. Also wird den Blockleitern niemand wirklich an den Kragen gehen, denn jeder, der das macht, muss ja fürchten, dass es ihn genauso trifft."

Siggi nickte zustimmend. Vielleicht hatte es sich Koch doch zu einfach gemacht, in Pfeiffers Tätigkeit als Blockleiter ein Motiv für die Ermordung Roths zu sehen.

„Warum wollen Sie das denn so genau wissen, Siggi?", fragte Menzel, als der junge Polizist keine weitere Frage stellte.

Siggi legte ihm den Fall so knapp wie möglich dar.

„Nun", begann Menzel, nachdem er nachgedacht hatte, „Denunziation ist nicht gleich Denunziation. Es kommt immer darauf an, welche Folgen das hatte. Bei nachlässiger Verdunkelung gab es eine Verwarnung, wegen unbedachter Äußerungen konnte man ins KZ kommen. Da müsste ich schon ganz genau wissen, worum es ging, um was sagen zu können …"

Den Rest des Tages versuchte Siggi, einen Zusammenhang zwischen Pfeiffers Tätigkeit als Blockleiter und dem Tod von Roth zu finden. Kurz vor Feierabend wollte er mit seinem Vorgesetzten darüber sprechen, aber er traf Koch nicht an.

Am Samstagmittag fuhr er zu seiner Tante aufs Land, wo er sich der Reparatur seines Škodas widmete, eine Tätigkeit, bei der er Harro und Brigitte, Koch und den Fall Roth für zwei Tage vergaß. Außerdem genoss er es, sich von seiner Verwandten verwöhnen zu lassen.

8. Mai–11. Mai 1950

XXVI

„Herr Koch!“, hörte er Arnheims Stimme, als er gerade seine Bürotür öffnen wollte.

Arnheim eilte auf ihn zu. „Koch, das ist mir jetzt peinlich …“

Koch war erstaunt, denn er hatte noch nie erlebt, dass Arnheim etwas peinlich war und einen entschuldigenden Ton anschlug.

Der fuhr fort: „… eigentlich sollte das Peickert machen, aber dann hatte ich ihm gesagt, … ich wollte das selbst übernehmen, aber in der … nun ja, … Aufregung habe ich das glatt vergessen, also …, die Leiche Ihrer Frau ist freigegeben. *Sie können sie jetzt beerdigen, damit sie ihre Ruhe findet.*“

Koch nickte und unterließ den Hinweis auf Doktor Krauss, der ihm das schon vor Tagen mitgeteilt hatte. Stattdessen bedankte er sich und verschwand in seinem Büro.

Eine Stunde später rief er Siggi zu sich ins Büro.

„Zu Roth. Haben Sie was Neues?“

Siggi berichtete von seinen Gesprächen mit Edgar Löss und Peter Menzel, dem Kollegen aus dem Archiv, und erwähnte nochmals das angebliche Vermögen der Roths.

Koch hatte schweigend zugehört. Ihm gingen Arnheims Worte nicht aus dem Kopf. Sie können sie jetzt beerdigen, damit sie ihre Ruhe findet. Die Beerdigung. Er brachte es nicht fertig, sich darum zu kümmern. Dorles Tod bekam dadurch etwas Endgültiges, Unwiderrufliches.

„Herr Koch …?“ Sein Chef schien ihm nicht zuzuhören.

„Fahren Sie noch mal raus zu den Pfeiffers, sehen Sie sich um, auch in dem Zimmer, in dem der Roth während des Krieges gewohnt hat. Vielleicht finden Sie da was. Zumindest erhöhen wir den Druck auf sie. Ich würde mitkommen …", er hielt inne, „… nein, fragen Sie Reuber, ob er Zeit hat. Durch seine Arbeit im Schwarzmarktdezernat hat der eine Nase für Verstecke. Fragen Sie ihn!"

Damit war das Gespräch beendet und Siggi ließ Koch alleine in seinem Büro zurück.

Wie versteinert saß der Kommissar an seinem Schreibtisch und überlegte, was Böcklin tatsächlich von ihm wollte. Die Frage, ob dieser etwas mit Dorles Tod zu tun hatte, beschäftigte Koch unablässig, seit ihm dieser Verdacht zum ersten Mal gekommen war. Er überlegte, ob er nicht nach Bonn zum Innenministerium fahren sollte, um zu prüfen, ob es einen Mann dieses Namens tatsächlich gab. Ihm fiel Walter Engelberth ein, ein ehemaliger Kriminalrat, der dort arbeitete. Mit ihm hatte Koch früher schon zwei Mal zu tun gehabt, sie waren sich gegenseitig mit Respekt begegnet und dieser hatte nicht die üblichen Vorbehalte gegen ihn. Er rief ihn an.

„Herr Koch, welch eine Freude, ich hoffe, es geht Ihnen gut?" Seine Stimme hatte etwas Distinguiertes, sie klang nasal.

Der Mann wusste offenbar nichts von Dorles Tod.

„So weit ist alles in Ordnung …"

„Aber Sie brauchen eine Information, Herr Koch, oder liege ich da falsch?"

„So ist es!", bestätigte Koch.

„Na, dann mal raus damit! Wenn es keine Staatsgeheimnisse sind …"

„Ich müsste wissen, ob im Innenministerium in Bonn ein gewisser Karl Böcklin arbeitet, wahrscheinlich mit Polizeiangelegenheiten beschäftigt."

„Karl Böcklin sagen Sie, Herr Koch?" Engelberth machte eine kurze Pause. „Nein, mir sagt der Name nichts. Hat der Mann einen Titel? Einen Rang?"

„Ich weiß leider nur den Namen, Herr Engelberth."

Wieder war es für einige Sekunden still in der Leitung, bis sich Engelberth räusperte.

„Herr Koch, ich werde sehen, was ich tun kann. Ich melde mich bei Ihnen."

Kurz darauf kam Reuber in sein Büro.

„Wie sieht es aus, Koch, zum Feierabend einen?"

Koch sah demonstrativ auf seine Uhr. „Feierabend, Reuber? Haben wir neue Arbeitszeiten?"

„Sie haben recht, dann einen, um den Rest des Tages einzuleiten. Also, wie sieht es aus?"

Statt einer Antwort stand Koch auf und folgte Reuber in dessen Büro, nahm dort Platz und wartete, bis der Kollege ihm ein Glas reichte.

„Cheers!"

Koch nippte an seinem Glas.

„Siggi war bei mir und hat mir von Ihrem Vorschlag erzählt, mit ihm zu diesen Leuten nach Harxheim rauszufahren."

Koch nickte. „Ich denke, mit Ihrer Spürnase finden Sie vielleicht was, das uns entgangen ist. Siggi macht seine Sache zwar gut, aber ich bin doch froh, wenn er nicht immer alleine ist."

„Verstehe!", erwiderte Reuber, strich sich über den Schnauzbart und leerte sein Glas. „Entschuldigen Sie, wenn ich frage", sagte er vorsichtig, „gibt es etwas Neues bezüglich Dorle?"

Kochs Miene verfinsterte sich, er schüttelte seinen Kopf und hielt Reuber sein ebenfalls geleertes Glas entgegen.

„Wie verhext", erklärte er schließlich, nachdem sein Glas wieder gefüllt war, „nichts, aber gar nichts!"

Kochs Verzweiflung war nicht zu überhören.

Am Abend wartete Franzi schon vor seiner Haustür und blickte ihm ungeduldig entgegen.

„Paul, ich habe mit dem Pfarrer und dem Bestatter gesprochen. Du hast ja immer noch nichts unternommen. Dorle ist deine Frau! Du kannst das nicht so schleifen lassen!", warf sie ihm vor.

„Ich konnte nicht …", entschuldigte er sich halbherzig, erntete dafür aber nur ein Kopfschütteln.

„Ich kann das ja verstehen, Paul. Das nimmt dich alles mit, aber es ist das Mindeste, was du für Dorle tun kannst – ihr einen würdigen Abschied bereiten."

„Und …?", fragte er.

„Und?", wiederholte Franzi.

„Der Bestatter und der Pfarrer … was haben sie gesagt?"

„Lass uns reingehen!", bat Franzi.

Koch öffnete das schmale Tor und ließ Franzi vor sich in den Hof gehen. Sie setzten sich auf die Bank.

„Sie wollen schauen, dass sie noch diese Woche beerdigt werden kann. Was willst du denn machen, Paul? Du musst die Leute einladen danach. Du musst mit dem Pfarrer sprechen, was er sagen soll. Du musst dich kümmern!"

Koch wuchs dies über den Kopf. Franzi spürte das.

„Müssen denn da so viele Leute … ich meine", sagte Koch leise, „können wir das nicht in einem kleinen Kreis machen? Du, Karl, der Pfarrer …"

„Paul", erwiderte Franzi erbost, „das kannst du nicht

machen. Dorle ist hier aufgewachsen, die Leute kennen sie von klein an, sie wollen auch Abschied nehmen, das kannst du ihnen nicht verweigern …"

„Kommt denn Robby?", fragte Koch.

„Nein!"

Koch erschrak über die Heftigkeit, die Franzi in dieses eine Wort legte.

„Kaffee und Kuchen können wir bei uns im Haus machen, Platz haben wir ja genug. Aber mit dem Pfarrer musst du sprechen", lenkte Franzi schnell ein.

Koch nickte. „Wann?"

„Geh einfach bei ihm vorbei …"

„Wann?"

„Morgen Vormittag ist er im Pfarrbüro. Er steht schon früh auf, du kannst also vor der Arbeit bei ihm vorbeigehen."

Das Gespräch mit dem Pfarrer war weniger anstrengend, als Koch befürchtet hatte, zumal Franzi schon einiges in die Wege geleitet hatte, um das er sich nicht mehr kümmern musste.

Abends bedankte er sich bei ihr für ihre Bemühungen. Sie tat das ab, lud ihn zum Abendessen ein, bei dem sie weitere Einzelheiten besprachen. Sie begannen, sich Erinnerungen an Dorle zu erzählen. Franzi gelang es sogar, Koch mit ihren Geschichten aus Dorles Jugend einige wenige Male schmunzeln zu lassen.

Nach der zweiten Flasche Wein fragte Koch nach New York und Robby. Franzi reagierte nicht so schroff wie am Vorabend.

„New York ist groß, so groß, und immer nur Menschen, Menschen, Menschen. Du kannst dir das nicht vorstellen, Paul", sagte sie, „und alles durcheinander, Neger, Chinesen, Italiener, Iren, Indianer. Es gibt Straßen, Paul, da glaubst du, du wärst in China oder in Italien. Die Häuser, Skyscraper heißen die, Wolkenkratzer, die kannst du nicht zu Fuß raufgehen, so hoch sind die."

„Wo wohnst du?"

„Es ist sehr schön da", antwortete Franzi, ohne genauer zu werden, „Robbys Eltern sind auch sehr nett … magst du noch einen Wein?"

„Euer Geschäft … könnt Ihr davon leben?"

„Ja, nicht schlecht. Es kommen viele Leute. Seine Eltern sind sehr bekannt in dem Viertel …"

„Kann Robby denn nicht zur Beerdigung kommen?"

„Nein!" Für einen Moment hatte Franzi wieder die Contenance verloren, fing sich aber gleich wieder. „Nein, es ist im Moment so viel zu tun. Die Kosten für die Reise, das können wir uns nicht leisten … ich hole noch einen Wein", sagte sie, wartete Kochs Reaktion nicht ab, stand auf und verschwand im Keller, aus dem sie erst fünf Minuten später mit einer Flasche zurückkehrte.

„Die Vorräte gehen zur Neige, es ist fast nichts mehr da", sagte sie. „Ich muss unbedingt noch Wein für Karls Hochzeit besorgen." Sie begann nun, über die Vorbereitungen zu diesem Ereignis zu berichten und Koch vergaß, noch einmal nach Robby zu fragen.

Am Mittwoch meldete sich Engelberth und teilte Koch mit, nach seinen Informationen arbeite keine Person namens Karl Böcklin im Bonner Innenministerium. Er schränkte aber ein, dies bedeute nicht, dass es den Mann nicht gäbe. Die Ministerien seien noch im Aufbau, die Mitarbeiterstäbe veränderten sich ständig, Listen seien nie auf dem allerneuesten Stand und er wisse auch nicht, ob sein Gewährsmann, den er befragt hatte, Zugang zu allen Daten hatte.

Koch war nicht schlauer als vorher, bedankte sich bei Engelberth und verbrachte den Rest des Tages in seinem Büro in einer Art Dämmerzustand mit immer den gleichen Fragen.

Am Abend besuchte er Bresson, auch, um sich nicht mit den Vorbereitungen für die Beerdigung beschäftigen zu müssen. Auf sein Klopfen wurde nicht reagiert, ein zweiter und dritter Versuch waren ebenfalls nicht erfolgreich. Er wollte sich schon zum Gehen wenden, als er aus der Wohnung ein Schaben und Kratzen hörte, gefolgt von einem Jammern, das nicht von einem Menschen stammen konnte.

Koch benötigte einige Sekunden, um Moses als den Verursacher dieser Geräusche zu erkennen. Er klopfte ein weiteres Mal, rief dazu laut den Namen des Photographen. Da wurde die Tür der Nachbarwohnung, in der er selbst gelebt hatte, aufgerissen. Ein Mann im Alter von Siggi, mit einem Schlafrock bekleidet und wirr abstehenden Haaren, sah Koch erbost an.

„Was soll denn der Lärm? Ich habe Frühschicht gearbeitet, da würde ich gerne schlafen …"

Koch hob beschwichtigend die Hände.

„Bresson öffnet nicht und eigentlich ist er immer zu Hause …"

„Der mit seinen Nutten", erregte sich der andere weiter, „soll mal eine rüberwachsen lassen, ich frage mich, wie der die bezahlt, so wie der aussieht …"

Koch ging auf den Mann zu, der sich unter den Türrahmen zurückzog und eine Hand auf die Klinke legte.

„Schon gut, ich bin müde … ich weiß nicht, was mit dem Alten ist. Hab zwei Schichten durchgearbeitet und bin hundemüde …"

Damit zog er sich ganz in seine Wohnung zurück und schloss die Tür.

Moses hatte in der Zwischenzeit weitergemaunzt und an der Tür gekratzt.

Koch überlegte kurz und klopfte bei dem Nachbarn.

„Was denn?“, fragte der wütend. „Ich habe Ihnen doch gesagt, ich …“

„Haben Sie ein Stück Draht?“, fragte Koch ungerührt.

„Draht?“, fragte der Mann verständnislos zurück.

„Draht, ja! Ich muss die Tür aufmachen …“

„Sie wollen da …?“

„Ja, ich fürchte, Bresson ist etwas zugestoßen.“

Der Nachbar grinste jetzt. „Wäre endlich Ruhe hier.“

Koch trat schnell vor, ließ dem anderen keine Zeit zum Zurückweichen und packte ihn am Kragen. „Noch ein Wort …!“, drohte er. „Sie gehen jetzt rein und besorgen mir Draht, sonst …!“

Er stieß den Mann in die Wohnung und blieb im Türrahmen stehen. Er wartete, bis der tatsächlich mit einem Draht zurückkam und ihm mit ausgestrecktem Arm überreichte. Wortlos nahm Koch das Metallstück und ging damit zu Bressons Tür. Bevor er anfing den Draht zu biegen, sah er über die Schulter.

„Schließen Sie die Tür!“, befahl er dem Nachbarn, der dem sofort nachkam.

Das einfache Schloss leistete nur kurz Widerstand, dann stand Koch im Flur von Bressons Wohnung. Moses kam sofort zu ihm und rieb sich an seinem Bein, doch darauf achtete Koch nicht, lief stattdessen durch die Räume. Im Wohnzimmer fand er den Photographen auf dem Boden liegend. Koch beugte sich über ihn. Moses war ihm gefolgt, auf den Sessel gesprungen und ließ ihn nicht aus den Augen. Bressons Atem ging sehr flach, kurz öffnete er seine Augen. Koch wusste nicht, ob er ihn erkannte. Er packte den Körper, der noch leichter war als er vermutet hatte, und hob ihn auf einen der Sessel, füllte in der Küche ein Glas mit Wasser, von dem er dem Photographen nur mit Mühe ein paar Tropfen einflößen konnte.

Von seinem Platz auf dem Sessel maunzte Moses. Koch sah kurz zu dem Tier herüber. Danach flößte er Bresson weiter Wasser ein, der nun in größeren Schlucken trank und für einige Sekunden die Augen öffnete, etwas sagen wollte, aber mehr als ein tonloses „Danke", das Koch mehr erahnte als verstand, nicht zustande brachte.

In der Küche schnitt er eine dünne Scheibe von einem Stück Käse ab, die er dem Kater zuwarf. Während der gierig fraß, ließ der Kommissar sich auf den Boden gleiten und überlegte seine nächsten Schritte. Zunächst musste ein Arzt gerufen werden, der nach Bresson schaute. Koch erhob sich und ging ins Treppenhaus, atmete einmal tief durch und klopfte dann an der Wohnung gegenüber.

„Sie schon wieder!", begrüßte ihn der Nachbar, der inzwischen ein Hemd und eine Hose trug und seine Haare gekämmt hatte. „Nachtruhe ade", fügte er hinzu, „jetzt kann ich nicht mehr einschlafen. Was wollen Sie denn noch?"

Koch klärte den Mann kurz über Bresson auf.

„Kurt Neumann", stellte der Nachbar sich vor, „ich arbeite im Krankenhaus als Wachmann. Zwei Häuser weiter wohnt Doktor Klöckner. Noch ganz jung, frisch in dem Laden. Den können wir fragen."

„Können Sie gehen, ich würde so lange auf Bresson aufpassen?"

Neumann, der nun sehr viel aufgeräumter war, nahm seine Jacke vom Haken im Flur, drückte Koch seinen Schlüssel mit den Worten „Wenn Sie was brauchen, die Küche ist rechts" in die Hand und eilte die Treppe hinab.

Bresson atmete schon gleichmäßiger, als Koch wieder neben ihn trat, sein Blick war klarer. Er hielt dem Alten das Glas mit dem Wasser an den Mund, während Moses ihm um die Beine schlich. Koch schob den zweiten Sessel vor den, auf dem Bresson saß, nahm die Beine des Mannes und legte sie darauf.

„Nur ein Schwächeanfall, Koch!“, hauchte der Photograph kaum hörbar. „Sie können mich alleine lassen.“

„Würde Ihnen so passen!“, entgegnete Koch. „Ein Arzt wird nach Ihnen schauen.“

„Arzt!“ Ein dünnes Lachen, das dennoch verächtlich klang, entfuhr Bresson. „Koch, ich kann mir keinen Arzt leisten.“

„Das lassen Sie meine Sorge sein. Reden Sie nicht so viel, das strengt Sie an. Trinken Sie jetzt!“

„Ja, Mama!“, erwiderte Bresson spöttisch und nahm das Glas, das Koch ihm hinhielt.

„Sie müssen Moses …“

„Schon passiert …“

Bresson ließ ihn trotz seiner Schwäche nicht aussprechen. „Auf dem Herd steht gekochte Milch. Geben Sie Moses davon …“

„Die sollten besser Sie …“, widersprach Koch, doch der hagere Photograph, der eingesunken in dem alten Sessel lag, lächelte schal.

„Milch!“, sagte er verächtlich, „schauen Sie mal da …“ Er zeigte auf die kleine Anrichte auf der anderen Seite des Raumes.

Koch wusste, was da stand.

„Medizin!“, erklärte Bresson, als er dessen Zögern bemerkte. „Das macht es auch nicht schlimmer.“

Der Kommissar ging zur Anrichte und nahm die halbvolle Flasche Brand.

„Nun machen Sie schon, stellen Sie sich nicht so an. Das ist mein Leben."

Auch wenn Bressons Stimme noch schwach war und Koch genau hinhören musste, um alles zu verstehen, so klang sie schon kräftiger als vorhin.

„Das ist Medizin!"

„Später vielleicht ..."

Koch drehte sich um.

„Doktor Klöckner", stellte Neumann den Mann, der hinter ihm stand, vor. Ein kleiner Mann mit zurückgekämmten dünnen Haaren, was ihm das Aussehen eines Vorstadtzuhälters verlieh.

„Paul Koch!" Er streckte seine Hand aus. Klöckner hatte einen trockenen, festen Händedruck. Koch trat zur Seite und machte den Blick auf Bresson frei. Ohne Umschweife ging Klöckner zu dem Photographen, streifte sein Sakko ab und beugte sich über ihn.

„Helfen Sie mir?", bat Neumann den Kommissar und deutete auf seine Wohnung. Koch folgte ihm rüber in seine alte Behausung, wo Neumann in der Küche Wasser in einen Topf füllte und diesen auf eine kleine Heizplatte stellte.

„Doktor Klöckner hat mir zwei Knochen mitgegeben, zum Auskochen, und etwas Gemüse."

Er schob Koch ein Holzbrett und ein Messer zu, dann legte er zwei Zwiebeln, zwei Kartoffeln, Suppengrün und mehrere Karotten bereit. Etwas hilflos stand Koch davor.

„Na, schneiden Sie! Ist doch Ihr Freund, der Mann, oder?"

Während Koch die Kartoffeln schälte und die Zwiebeln in kleine, ungleichmäßige Stücke schnitt, erzählte er Neumann, dass er Polizist sei und selbst in dieser Wohnung gelebt hatte.

„Polizist, soso“, erwiderte Neumann, während er das Wasser salzte und die Fleischknochen in den Topf warf, „habe mich schon gewundert, warum Sie die Tür so schnell geknackt haben.“

In einer Pfanne briet Neumann die Zwiebeln an. Doktor Klöckner kam zu ihnen herüber.

„Das riecht vielversprechend“, stellte er fest und sog mit einem lauten Geräusch die Luft ein.

„Und?“, fragte Koch.

Klöckner, der die Ärmel seines Hemdes hochgekrempelt hatte, ließ sich Zeit mit der Antwort und sah den Kommissar ernst an.

„Gesund ist der Mann nicht. Ganz und gar nicht. Dazu das Alter. Das war ein Schwächeanfall. Zu wenig gegessen, zu wenig frische Luft und …“, er machte eine bedeutungsvolle Pause, „… zu viel Alkohol. Viel zu viel. Wissen Sie, ob der Mann noch etwas anderes nimmt?“

„Anderes?“, fragte Koch erstaunt.

„Morphium, Kokain, Opium, das wissen Sie vielleicht besser.“

„Keine Ahnung!“, gab Koch zurück. „Alkohol ja, das sicher, und nicht zu knapp.“

„Darf ich ehrlich sein?“

Koch nickte, obwohl ihn der Tonfall des Arztes Schlimmes befürchten ließ.

„Der Mann muss einen Entzug machen. Ohne … ich weiß nicht, wie lange er es noch macht. Haben Sie Einfluss auf ihn?“

„Ich fürchte nein, erst recht nicht, was das angeht.“

„Ist er ein … oder, anders gefragt“, setzte Doktor Klöckner neu an, „halten Sie ihn für jemanden, der sich umbringt?“

Koch sah den Arzt erstaunt und überrascht an, bis der

abwinkte. „Ich frage nur. Er hat nicht viel gesprochen eben, dazu ist er auch noch zu schwach, aber es gibt diese Typen, die saufen sich langsam mehr oder weniger bewusst zu Tode. Wer weiß, was die Leute im Krieg erlebt haben, das auszuhalten …"

„Ich glaube, die Suppe ist fertig", warf Neumann ein, der während der Unterhaltung der beiden anderen Männer weiter am Herd hantiert hatte. Moses war inzwischen auch zu ihnen gekommen, schlich in der Küche umher, schnupperte in den Ecken und drückte sich dabei immer wieder an Kochs Bein.

„Der scheint Sie zu mögen", stellte Klöckner mit einem Grinsen fest.

„Tut er noch nicht lange … warum auch immer", sagte Koch, während Neumann den Topf vom Herd nahm und einen Suppenteller mit der Brühe füllte.

„Passen Sie auf!", ermahnte er Koch, der den Teller nahm, um ihn zu Bresson zu bringen, „das ist mein einziger."

Die Suppe tat Bresson offensichtlich gut, denn nach der Mahlzeit wirkte er wesentlich wacher.

„Danke!", sagte er.

„Wollen wir einen …?", fragte er in die Runde und sah zu der Flasche, die Koch auf den Tisch gestellt hatte.

Doktor Klöckner hob seinen Zeigefinger. „Das lassen Sie mal, mein Lieber. Ihre Leber braucht eine Erholungspause, und die nicht zu knapp."

„Als wenn es darauf ankäme …"

„Nein!", bestimmte der Arzt streng, rollte die Ärmel seines Hemdes herunter, zog sein Jackett an und nahm seine Tasche vom Boden.

„Was bin ich Ihnen schuldig?", fragte Koch, aber der Arzt winkte ab.

„Schon gut. Vielleicht ergibt sich ja die Gelegenheit für einen Gefallen …"

Damit verabschiedete er sich, blieb in der Tür aber stehen.

„Ich komme morgen früh, bevor ich in die Klinik fahre, noch mal vorbei. Ist jemand von Ihnen da?"

Neumann und Koch nickten gleichzeitig.

Koch verbrachte die Nacht im Sessel. Zuerst zögerte er, die Flasche mit dem Brand zu nehmen, doch dann schob er seine Bedenken beiseite und nahm zwei Gläser zu sich, bevor er einschlief.

In dieser Nacht, in Bressons Wohnung auf dem ungemütlichen Sessel, schlief Koch zum ersten Mal seit Dorles Tod durch. Am Morgen wartete er, bis Doktor Klöckner kam. Durch dessen Klopfen wurde auch der Kranke geweckt, der sich in seinem Bett aufrichtete, als Koch das Schlafzimmer betrat.

„Da habe ich Ihnen wohl Umstände gemacht!", sagte er zur Begrüßung und lächelte den Kommissar spöttisch an, hinter dem der Arzt stand.

„Sie sind mein Retter?", fragte er über Koch hinweg.

Der Arzt schüttelte den Kopf. „Ohne Herrn Koch würden Sie wahrscheinlich nicht mehr unter uns weilen."

„Hätte auch sein Gutes", erwiderte Bresson. Klöckner sah Koch vielsagend an.

„War nicht ernst gemeint, Puhler!", sagte Bresson zu Koch. Er wollte bestimmter klingen, aber seine Stimme hörte sich brüchig an.

„Lassen Sie mich mal schauen!", schob Klöckner Koch beiseite und beugte sich über Bresson, der die Untersuchung widerwillig über sich ergehen ließ.

„Ausruhen, kein Alkohol, keine Drogen, wenn Sie welche nehmen, und ordentlich essen! Es ist noch von der Brühe da, ich habe Ihnen Beeren mitgebracht, stehen draußen. Können Sie", er wandte sich dem Kommissar zu, „ein wenig auf ihn aufpassen?"

„Koch, mein Kindermädchen, das war doch bislang umgekehrt ...", kommentierte Bresson.

„Es geht Ihnen augenscheinlich schon viel besser", entgegnete Koch trocken.

Am Tor des Hauses in Gonsenheim fand Koch eine knappe Nachricht von Franzi vor, sich so schnell wie möglich bei ihr zu melden. Ohne jeden Gruß. Sie war wohl erbost, weil er sich nicht um Dorles Beerdigung kümmerte.

So war es auch, als er eine halbe Stunde später bei Franzi läutete. An ihrem Gang erkannte er ihre Wut: Harte, kurze Schritte, wie sie kein Feldwebel härter auf den Boden hätte knallen können.

„Paul", begann sie ohne Begrüßung und ohne ihn hereinzubitten, „wo warst du gestern? Morgen ist die Beerdigung und du machst nichts! Nichts! Dorle ist deine Frau. Sie hat es verdient, dass du dich um ein würdiges Begräbnis für sie kümmerst. Wo warst du?"

„Bei Bresson ...", setzte Koch an, doch Franzi ließ ihn nicht aussprechen.

„Morgen Vormittag um elf ist die Beerdigung. Auf dem alten Friedhof, neben dem Grab von Rolf. Das hätte sie sich sicher gewünscht." Der Vorwurf in diesen Worten war nicht zu überhören. „Anschließend gehen wir zu mir. Du musst deinen Kollegen Bescheid sagen. Von mir aus auch Bresson. Elf Uhr! Hast du verstanden?!"

Koch nickte konsterniert und hatte keine Chance zu erklären, warum er in der letzten Nacht nicht zu Hause gewesen war. Franzi warf die Haustür vor seiner Nase zu.

Koch fuhr mit der Straßenbahn in die Stadt und lief dann hinauf in die Oberstadt. In der Direktion ging er zu Reuber, der gerade im Aufbruch begriffen war, und teilte ihm den Termin der Beerdigung mit. Dieser versprach, zu kommen und den Kollegen Bescheid zu sagen.

Am Abend besuchte Koch noch einmal Bresson, der noch immer kurzatmig war und selbst kleinste Tätigkeiten nach kurzer Zeit unterbrechen musste. Er schnaufte vernehmlich. Als Bresson ihn aufforderte, die Flasche mit dem Brand und zwei Gläser zu holen, wusste Koch nicht, ob er lachen oder weinen sollte.

XXVII

Siggi hatte das Wochenende im Schuppen seiner Tante mit dem Škoda verbracht, unterbrochen nur, wenn die Tante ihn zum Essen rief. Allen Ärger und alle Frustration hatte er in die Reparatur des Wagens gelegt, und als er sich am Sonntagabend gewaschen an den Küchentisch gesetzt hatte, war der Vorkriegswagen fast fahrbereit. Einzig der Vergaser funktionierte nicht richtig.

Siggi war zufrieden und mit entsprechendem Genuss schaufelte er das Stück Braten, das die Tante zur Feier des Tages zubereitet hatte, in sich hinein.

Zurück in seiner Wohnung, legte Siggi den in Zeitungspapier eingewickelten Vergaser neben sein Bett. Am nächsten Morgen führte ihn sein erster Weg zu Jörg, vor dessen erstaunten Blicken er den Vergaser auspackte und auf die Werkbank legte.

„Wem fehlt denn dieses Teil seit heute Morgen, Siggi?“, frotzelte Jörg in bekannter Manier.

Es war Siggi schwergefallen, aber er hatte dem Leiter der Fahrbereitschaft noch nichts von seinem Geschenk erzählt.

„Ein Škoda Popular“, rief Jörg aus, nachdem Siggi ihm die Geschichte, wie er in den Besitz des Wagens gelangt war, erzählt hatte. „Ein Schmuckstückchen! Welchen hast du denn, den ersten mit 27 PS oder den Elfhunderter?“, fragte er.

„Den mit 27 PS“, erklärte Siggi, „und meine Tante meinte, dass der Onkel damit über hundert Stundenkilometer schnell gefahren wäre.“

„Tolles Auto, Kardanantrieb, Transaxle-Bauweise, mein lieber Herr Gesangsverein, Siggi, da hast du einen richtig modernen Wagen. Den hast du flottgemacht? Wann kann ich den denn mal sehen?“

Siggi war mächtig stolz auf das Lob. Er zeigte auf den Vergaser.

„Damit ist was nicht in Ordnung. Ich kriege es nicht hin. Der Motor bekommt einfach nicht genug Sprit oder zieht falsch Luft, ich weiß es nicht."

„Ist noch kein Meister vom Himmel gefallen", erwiderte Jörg, und in diesen Worten lag weniger Spott als vielmehr Respekt.

„Ich schaue mir das mal an! Vielleicht können wir ja auch mal rausfahren zu dem Wagen ..."

Das Angebot nahm Siggi nur zu gerne an.

„... dann können wir den Škoda ja in unseren Fuhrpark aufnehmen."

Siggis Miene verfinsterte sich sogleich, woraufhin Jörg laut lachte.

Als Siggi in der Direktion ankam, teilte ihm Reuber mit, ihn erst am nächsten Tag nach Harxheim begleiten zu können. Während des Gesprächs wurde Siggi bewusst, dass er zum ersten Mal alleine in Reubers Büro saß, um einen Fall zu verhandeln, und das gab ihm das Gefühl, in seinem Beruf angekommen zu sein und ernstgenommen zu werden. Er war nicht mehr der kleine, unwissende Assistent, sondern ein Kollege.

Die beiden anderen Kommissaranwärter waren mit ihren Vorgesetzten unterwegs, und Siggi genoss die Ruhe in seinem Büro. Er ließ die letzten Tage Revue passieren. Er hatte Harro schon seit fast einer Woche nicht mehr gesehen und wusste weder, wo der Mann wohnte noch was der den ganzen Tag machte, außer sich Autohäuser für seinen Vater anzuschauen. Er bewunderte Harro für dieses freie Leben, aber Zweifel mischten sich in seine Gedanken, ob dieser wirklich so frei war oder in Wahrheit am Gängelband seines Vaters hing. Allerdings, überlegte Siggi, hing an diesem Gängelband auch ein Sportwagen.

Dienstagmorgen holte er Reuber um zehn Uhr im Büro ab. Warmes, sonniges Wetter empfing die beiden Männer, als sie über den Hof schritten, um sich einen Wagen bei der Fahrbereitschaft zu holen.

„Bin leider noch nicht dazu gekommen, mir deinen Vergaser anzuschauen", hob Jörg entschuldigend die Hände, als er Siggi kommen sah.

Der winkte ab, weil er frühestens am Wochenende zu seiner Tante aufs Land fahren konnte.

Während der Fahrt nach Harxheim erzählte Siggi, der den Wagen steuerte, was es mit dem Vergaser auf sich hatte, und brachte Reuber anschließend auf den aktuellen Stand seiner Ermittlungen.

„Gute Arbeit, Siggi", lobte der, nachdem sie die ersten Häuser von Harxheim passiert hatten. „Wenn ich überlege, wie Sie vor …", Reuber überlegte, während er sich eine Zigarette ansteckte, „… vor über vier Jahren hier angefangen haben. Tolle Entwicklung. Aber Sie haben auch einen sehr guten Mentor gehabt. Auch …", er lächelte bei dieser Einschränkung, „… wenn es nicht immer einfach mit unserem Koch ist, der Dickkopf, oder wie die Kollegen zu sagen pflegen, der ‚Dickkoch'. Aber Sie werden das schon machen Siggi, da bin ich überzeugt von."

Sie hatten das Haus der Pfeiffers erreicht. Siggi parkte den Trumpf vor der Einfahrt.

„Sie schon wieder!", begrüßte Frau Pfeiffer den jungen Polizisten unfreundlich und bemerkte erstaunt Reuber, der ihr zunächst nicht aufgefallen war, weil er kleiner als Siggi war und hinter ihm stand.

„Der andere Kollege ist …", begann sie, doch Reuber

unterbrach sie resolut: „… heute nicht abkömmlich. Mir ist es eine Freude, Sie kennenzulernen. Ich habe schon viel von Ihnen gehört“, er wechselte einen raschen Blick mit Siggi, „mein Name ist Gerhard Reuber und ich arbeite im Dezernat für Raub- und Schwarzmarktdelikte.“

Er hatte erreicht, was er wollte. Erstaunt rief Frau Pfeiffer, die eine mehlbestäubte Schürze über ihrem grauen Kleid trug, aus: „Raub- und Schwarzmarktdelikte?!“

Reuber nickte bedeutungsvoll.

„Haben wir …, also hat mein Schwager … oder …“, eine Hoffnung keimte in ihr auf, „… haben die Flüchtlinge …?“

„Abwarten“, erwiderte Reuber vieldeutig, strich sich durch den Schnurrbart. „Dürfen wir eintreten?“

Frau Pfeiffer zögerte einen Augenblick. „Mein Mann, ihm geht es heute wieder … und jede Aufregung … Sie verstehen?“

„Natürlich. Wir wollen auch nicht lange bleiben. Ich möchte mich nur umschauen.“

„Wegen der … Raub- und …“

„Schwarzmarktdelikte. Genau. Im Schuppen …“

„Also wegen denen …“

„Auch im Haus.“

„Im Haus?“ Frau Pfeiffer machte noch immer keine Anstalten, die beiden reinzulassen.

„Raffinierte Schwarzmarkthändler verstecken ihre Ware doch nicht bei sich …“

„Ich verstehe!“, sagte Frau Pfeiffer und lächelte Reuber an. Der sah zu Siggi hinüber, der ihn erstaunt anblickte und als Antwort mit einem Augenzwinkern bedacht wurde.

Frau Pfeiffer ging vor ihnen ins Haus und ließ die beiden Polizisten im Flur warten, damit sie ihren Mann, der nicht ordentlich bekleidet im abgedunkelten Wohnzimmer lag, vorwarnen könne.

Siggi vernahm das Tuscheln der Frau aus dem Wohnzimmer, ohne den Inhalt zu verstehen.

„Die Leute in Sicherheit wiegen, sie glauben lassen, wir stünden auf ihrer Seite, immer hilfreich." Dabei zwinkerte Reuber dem jungen Kollegen noch einmal zu.

Kurz darauf kam Frau Pfeiffer zu ihnen zurück, gefolgt von ihrem Mann, der sich einen Bademantel übergezogen hatte und die beiden Männer misstrauisch betrachtete.

„Wann hat das denn ein Ende? Schon schlimm genug, einen Familienangehörigen zu verlieren, aber da ist man hilfsbereit, stellt den angeblich so bedürftigen Volksgenossen aus dem Osten Wohnraum zur Verfügung, und was ist der Dank?"

Reuber hörte sich die Tirade an, nickte und sagte dann kühl: „Wir wollen genau wie Sie, Herr Pfeiffer, den Mörder überführen. Aber da reicht ein Verdacht nicht aus. Wenn Sie uns helfen, wird der Täter sicher bald schon hinter schwedischen Gardinen sitzen. Also, lassen Sie uns erst in den Schuppen, in dem Sie in Ihrer Herzensgüte die Flüchtlingsfamilie haben leben lassen. Anschließend sehen wir uns noch Ihr Haus an, und ich verspreche Ihnen, dass wir bald wieder weg sein werden und hoffentlich dann auch schnell den Täter ermitteln."

Pfeiffer war die Verunsicherung durch Reubers Worte deutlich anzumerken.

„Wann können wir denn die Sachen da rausräumen?", fragte Frau Pfeiffer, als sie die Tür des Schuppens öffnete.

„Später!", antwortete Reuber bestimmt. „Im Moment darf nichts verändert werden."

Drinnen zündete Alfons Pfeiffer die Gaslaterne an.

Siggi erkannte sofort, dass jemand in dem Schuppen gewesen war und die Habseligkeiten der Kallweits durchsucht hatte.

„War Frau Kallweit hier gewesen?", fragte Siggi.

„Einmal war diese Person hier. Aber Sie können sich sicher vorstellen, dass wir kein Interesse hatten, mit der Mörderin meines Schwagers …"

„Noch ist nichts erwiesen!", wies Reuber Frau Pfeiffer zurecht und ging langsam in dem kleinen Raum umher, dabei hob er hin und wieder etwas mit den Fingerspitzen an, bückte sich, sah in die Ecken, klopfte an die Wände und die Decke.

„Das ist alles noch so, wie es am Todestag von Herrn Roth war …?"

„Ja, da …", begann Frau Pfeiffer, doch Reuber unterbrach sie streng. „Siggi?", fragte er den Kollegen.

„Das sieht aus, als ob jemand die Sachen durchsucht hätte."

„Das ist schließlich immer noch unser Haus, und auch der Schuppen …", entrüstete sich Herr Pfeiffer und griff sich an den Kopf.

„Er darf sich nicht aufregen", sagte seine Frau vorwurfsvoll in Richtung der beiden Polizisten.

„Was haben Sie hier gesucht?", fragte Reuber unbeeindruckt von den Einwänden der Pfeiffers, die zum Zeichen des Aufbruchs zur Tür gegangen waren.

„Das ist unser Haus und wir müssen nach dem Rechten sehen!"

„Was haben Sie gesucht?", wiederholte Reuber.

„Nichts!", erwiderte Frau Pfeiffer trotzig, woraufhin ihr Mann den Schuppen verließ. Seine Frau folgte ihm auf dem Fuße.

„Meine Frau sagte, Sie haben mit Schwarzmarktsachen

zu tun und der Kallweit hat vielleicht …?“, fragte Pfeiffer, als sie im Hof standen, wieder etwas ruhiger.

„Lassen Sie uns im Haus umschauen!“

„Was soll der Kallweit denn im Haus? Der war da nur ein- oder zweimal.“

„Und wenn Sie nicht hier waren?“, fragte Reuber.

„Hatte Kallweit einen Schlüssel vom Haus?“, warf Siggi schnell ein. Er hatte das Gefühl, überflüssig zu sein.

„Natürlich nicht“, sagte die Pfeiffer und ging vor ins Haus, Reuber und Siggi folgten ihr. Den Abschluss bildete der Hausherr.

Reuber stieß einen kurzen Pfiff aus, als die Tür zu dem Zimmer, in dem Roth untergebracht war, geöffnet wurde. „Kammer ist übertrieben“, stellte er fest und quetschte sich durch die Tür, die sich wegen des Bettes nur knapp zur Hälfte öffnen ließ, in den Raum und zog Siggi hinter sich her. Bevor die Pfeiffers ihnen folgen konnten, schloss er die Tür. Sie standen auf dem schmalen Streifen freien Bodens zwischen Wand und Bett, wobei Reuber wegen seiner Größe weniger Probleme hatte als Siggi, der seinen Kopf schräg halten musste.

„Unangenehme Leute“, flüsterte Reuber ihm zu, „da verlierst du erst die Heimat und kommst dann bei solchen unter. Hier hat also der Tote … gehaust?“

Siggi bejahte, während Reuber sich umschaute.

Er klopfte die Wände ab, legte sich auf den Fußboden, blickte unter das Bett, kam wieder hoch und trat nahe an Siggi heran, um ihm ins Ohr flüstern zu können. „Helfen Sie mir mal, das Bett so leise wie möglich zur anderen Wand zu heben.“

Reuber stellte sich ans Fußende nahe der Tür und zog das Bett zu sich. Das ging nicht ganz ohne Geräusche vonstatten.

„Können wir helfen?“, fragte Pfeiffer von draußen.

„Alles in Ordnung“, gab Reuber zurück. „Ich habe mich nur gestoßen. Ist eng hier …“

Nun quetschte sich Siggi hinter das Kopfende. Auf ein stummes Zeichen von Reuber hin hoben sie das Bett wenige Zentimeter hoch und stellten es neben der schrägen Wand ab. Reuber drückte sich in den neuen Spalt und blieb unter dem winzigen Fenster stehen. Mit dem Zeigefinger deutete er unter sich. Vorsichtig kletterte Siggi über das Bett auf die andere Seite.

Reuber bückte sich und beschrieb mit seinem Zeigefinger ein Quadrat. Siggi konnte bei genauem Hinsehen eine feine Aussparung erkennen, die auf den Längsseiten den Nuten der Holzbohlen folgte, aber in Querrichtung eine feine gerade Linie bildete.

„So eine gerade Linie kommt in der Natur nicht vor“, flüsterte Reuber und hockte sich nieder, nahm aus seiner Hosentasche ein kleines Taschenmesser, klappte es auf und fuhr damit in die Längsfuge, stocherte hin und her, bog die Klinge vorsichtig zur Seite, bis sich die Bohle ein kleines Stück löste. Reuber fixierte sie in dieser Stellung mit dem Finger und schob mit der Klinge so lange nach, bis er die Bohle ganz herausgehebelt hatte. Die zweite stellte kein Problem mehr dar, er konnte mit der Hand unter sie greifen. Ein etwa fünfzig auf fünfzig Zentimeter großes Loch tat sich vor ihnen auf, knapp zwanzig Zentimeter tief und auf dem Boden mit Zeitungspapier ausgelegt. Reuber nahm die Zeitung vorsichtig heraus und hielt sie in das spärliche Licht, das durch die Luke in die Kammer kam.

„Was ist denn da drin los? Was machen Sie da?“, wollte von draußen Frau Pfeiffer wissen. Ihre Stimme klang beunruhigt.

„Alles in Ordnung!“, rief Reuber zurück. „Wir sind gleich bei Ihnen! Wir wollen uns nur kurz besprechen.“

Siggi entzifferte die schon verblichene Schrift. *Völkischer Beobachter*. Er musste das Blatt näher an seine Augen halten, um das Datum lesen zu können.

Reuber sah ihn fragend an.

„Oktober ’42“, flüsterte Siggi, reichte die Zeitung an den Kollegen zurück, der sie in das Loch zurücklegte und die Bohlen einsetzte. Gemeinsam hoben die beiden Polizisten das Bett an seine ursprüngliche Stelle.

Reuber legte eine Hand auf die Türklinke, winkte mit der anderen Siggi zu sich.

„Kein Wort von unserer Entdeckung!“, sagte er mit gedämpfter Stimme, bevor er die Tür öffnete. Sie blickten in die neugierigen Gesichter der Pfeiffers.

„Was hat das denn so lange gedauert?“, giftete die Frau, „man könnte ja meinen, hinter der Tür befindet sich ein Ballsaal.“

„Entschuldigen Sie bitte, dass wir Ihre Geduld strapaziert haben, aber ich bin Anhänger einer amerikanischen Ermittlungsmethode“, entgegnete Reuber. „Die geht von der Einfühlung in das Opfer aus. In diesem Fall: Was für ein Mensch war das, der in diesem Zimmer wohnte und auf welche Beziehung zu seinem Mörder lässt das schließen?“ Die beiden Pfeiffers sahen den Polizisten ungläubig an. Siggi blickte zu Boden.

„Das dauert zwar etwas länger“, führte Reuber weiter aus, „ist aber sehr erfolgreich. Sie wollen doch auch“, er lächelte die beiden offen an, „dass wir den Mörder so schnell wie möglich überführen, nicht wahr? Wir sind nun einen großen Schritt weiter.“

„Haben Sie endlich die Beweise, um den Flüchtling zu verurteilen?“, fragte Pfeiffer patzig. Er war von dem, was der Kommissar ihm soeben erzählt hatte, nicht überzeugt.

„Wir werden bald Klarheit haben. Dann können Sie wieder ruhig schlafen."

„Bitte, ja", sagte Frau Pfeiffer und gab ihrer Stimme etwas Flehentliches.

Auf der Rückfahrt zog Reuber genüsslich an der Zigarette, die er sich gleich nach dem Einsteigen angezündet hatte. Siggi rauchte ebenfalls. Durch die offenen Seitenscheiben bliesen sie den Rauch nach draußen.

„Die amerikanische Methode …", fragte Siggi unsicher, „… die gibt es doch nicht, oder?"

Reuber lachte laut auf und ein Mann, der mit einem Rucksack auf dem Rücken neben der Straße ging, wandte sich erschrocken zu ihnen um.

„Nein, natürlich nicht, Siggi." Er sog noch einmal den Rauch tief ein, hielt ihn einige Sekunden in der Lunge, stieß ihn dann aus und warf den Rest der Zigarette aus dem Wagenfenster. „Was, glauben Sie, hat es mit diesem Loch auf sich?"

„Ein Versteck?"

„Offensichtlich", bestätigte Reuber. „Aber die entscheidende Frage ist: Was wurde darin versteckt?"

„Eine Zeitung …?"

„Die lag da, um das, was versteckt wurde, vor Schmutz oder Beschädigung zu schützen. Was uns hilft, ist das Datum der Zeitung …"

„Oktober 1942", warf Siggi schnell ein.

„Genau. Das bringt uns zu etwas anderem. Wann, Siggi, sagten Sie, wurde dieser Roth eingezogen?"

„1942 …", beantwortete Siggi die Frage zögerlich.

„Oktober, sagten Sie", unterbrach ihn Reuber. Im August wurde Mainz bombardiert. Roths Frau ist dabei umgekommen und das Haus wurde zerstört."

„Ja", bestätigte Siggi. „Roth ist dann zu den Pfeiffers gezogen."

„In dieses Zimmer. In dem sich ein Versteck befindet, von dem die Pfeiffers offensichtlich nichts wissen. Es ist gut getarnt, handwerklich sauber gearbeitet. Roth war, wenn ich mich richtig an Ihre Worte erinnere, technisch begabt. Wahrscheinlich auch handwerklich."

Siggi bejahte.

„Gehen wir davon aus, dass Roth dieses Versteck angelegt hat. Ein Versteck vor allem für etwas, von dem die Pfeiffers nichts wissen durften."

„Was könnte das gewesen sein?", fragte Siggi.

„Denken Sie darüber nach, Siggi. Ich gebe Ihnen Zeit bis in die Direktion."

„Vielleicht hat Roth geschmuggelt, Lebensmittel versteckt ..."

Reuber unterbrach Siggis lautes Nachdenken. „Fügen Sie alles zusammen! Das Versteck. Das Datum. Dass die Pfeiffers nichts davon wissen durften. Dass Pfeiffer Blockleiter war. Dass Roth den Nazis eher distanziert gegenüberstand. Dass er 1942 eingezogen wurde. Schließlich kommt er 1950 aus der Gefangenschaft zurück. Womit niemand mehr gerechnet hatte."

„Ich denke, dass ..."

„Nachdenken, Siggi, in meinem Büro ..."

„Setzen Sie sich!", forderte Reuber den jungen Kollegen auf, zog eine Schublade seines Schreibtisches auf und entnahm ihr eine Flasche, die er Siggi kurz entgegenhielt, und dann mit einem Nicken aufschraubte. Ein weiterer Griff in die Schublade förderte zwei Gläser zutage, die er fingerbreit füllte. Siggi war mächtig stolz. Bislang saßen Reuber und Koch hier zusammen und tranken den Whiskey von Chavez. Aber jetzt wartete er, Siggi, darauf, ein Glas zu bekommen. Es hatte etwas von einem Ritterschlag.

Reuber schob ihm ein Glas herüber, er nahm es und schnupperte vorsichtig daran.

„Bourbon", erklärte Reuber kurz, schickte ein „Cheers!" hinterher und trank.

Schüchtern und kaum hörbar erwiderte Siggi den Trinkspruch und nippte an der Flüssigkeit.

„Und, Siggi, bekommt's?"

Der nickte zur Antwort, nippte nochmals und verschluckte sich.

Reuber wartete, bis er fertiggehustet hatte.

„Also, Siggi", begann er, „was haben wir?"

Der rekapitulierte, was sie schon im Auto besprochen hatten. Das Versteck, die Zeitung, das Jahr 1942, in dem Roth zur Wehrmacht eingezogen wurde, obwohl er zu alt war und zudem bereits eine Kriegsverletzung hatte, ein Mann, der technisch versiert und kein begeisterter Anhänger der Nazis gewesen war.

„Vielleicht hat er auch andere Zeitungen, also … welche, die gegen die Nazis waren, dort aufgehoben, Flugblätter oder so?", versuchte sich Siggi aufs Neue an der Lösung des Rätsels und ergänzte, als er Reubers skeptischen Blick sah, „oder Bücher. Solche, die verbrannt worden sind."

Erwartungsvoll schaute er Reuber an, der ungerührt „Lauwarm!" antwortete.

Siggi grübelte weiter.

„Die Spur mit den Zeitungen ist nicht falsch. Aber brauchen Sie fürs Zeitungslesen technische Fertigkeiten oder Wissen?"

Siggi verneinte.

„Ein anderes Medium, Siggi, um Nachrichten zu verbreiten?“

„Volksempfänger.“

Reubers Mimik ließ nicht erkennen, ob der junge Polizist auf dem richtigen Weg war.

„Radio.“ Das sagte Siggi noch leise, mehr zu sich. Um mit einem Mal aufzuspringen. „Feindsender! Der Roth hat Feindsender gehört. Das Radio war in dem Versteck unter dem Bett.“ Doch mit einem Mal gefror das Lächeln in seinem Gesicht. „Zu groß, ein Radio ist zu groß …“

„Siggi!“, ermahnte ihn Reuber. „Sie waren doch auf dem richtigen Weg. Technisch versiert … Nun?“

„Er hat sich selbst ein Radio zusammengebaut …“

„… oder ein existierendes auseinandergebaut, damit es in das Versteck passte. Das Ganze war so durchdacht, dass man aus den Einzelteilen nicht auf das Endprodukt schließen könnte.“

„Ja, das ist eine Spur …“

„Aber“, stoppte Reuber Siggis Überschwang, „Sie müssen diesen Umstand, wenn er denn stimmt, mit dem, was Sie sonst noch wissen, zusammenbringen.“

„Pfeiffer war Blockleiter …“

„Genau!“

Siggi rief sich in Erinnerung, was Menzel ihm über die Aufgaben eines Blockleiters gesagt hatte. „Man ging zum Blockleiter, wenn man jemanden denunzieren wollte …“

Er blickte zu Reuber hinüber, der scheinbar unbeteiligt sein Glas leerte. Erst danach lächelte er Siggi an. „Genau, Siggi, Volltreffer!“, um gleich wieder ernst zu schauen. „Aber der Mann war selbst Blockleiter.“

Siggi dachte einen Moment nach, was Menzel aus dem Archiv ihm erzählt hatte. „Er ist zum Zellenleiter gegangen …“

Reuber nickte. „Ja. Entscheidend ist, dass Pfeiffer Roth angeschwärzt hat. Der wurde womöglich verhaftet, später dann eingezogen, in ein sogenanntes Bewährungsbataillon. ‚Todeskommandos' sagten viele auch dazu. Soldaten kann man nie genug haben. Da war es doch besser, Roth verreckte an der Front, als ihn zu erschießen. Außerdem eine Kugel gespart."

„Das Geld, der Schmuck, da haben wir auch ein Motiv …", überlegte Siggi.

„Ein Nebeneffekt, sicher ein angenehmer. Doch zuallererst ging es Pfeiffer, wenn unsere Theorie stimmt, um etwas anderes."

Siggi brauchte etwas Zeit.

„Ja", sagte er schließlich, „Pfeiffer dachte, Roth kommt nicht wieder. Aber dann taucht der plötzlich auf. Lebendig!"

„Und …?"

„… und Pfeiffer hatte Angst, es kommt raus, dass er ihn denunziert hat …"

„Genau, Siggi. Roth kann ihn auch erpresst haben."

„Pfeiffer hätte zwei Fliegen mit einer Klappe geschlagen: Roth ist aus dem Weg geräumt und er ist Kallweit los, wenn es aussieht, als wenn der …"

„Prüfung bestanden, Siggi!" Reuber legte seine Zigarette auf den Rand des Aschenbechers und füllte beide Gläser erneut.

„Auf Sie, Kommissar Siegfried Maus! Cheers!"

Sie stießen miteinander an.

„Was machen Sie als Nächstes?", fragte Reuber, nachdem sie getrunken hatten.

Siggi überlegte. Mit dem Whiskey im Blut fiel ihm das schwerer.

„Es fehlt ein Beweis. Es war kein Radio, oder ein Teil

davon, in dem Loch, ich meine, in dem Versteck“, sagte er nach einem Moment des Nachdenkens.

Reuber nickte.

„Es muss woanders sein … oder …“, ein leichter Schrecken zeigte sich auf Siggis Gesicht, „oder er hat es, also, Pfeiffer hat es weggeschmissen.“ Er machte eine Pause, wartete auf eine Reaktion Reubers, und rief dann aus: „Ich muss mit Kallweit sprechen.“

„Machen Sie das, Siggi, und wenn Sie von dem nichts Essenzielles erfahren, fragen Sie im Ort. Ganz konkret. Die Leute auf den Kopf zu. Hat der Pfeiffer Leute denunziert? Hat Roth Feindsender gehört? Schauen Sie sich die Leute dabei genau an. Sie werden merken, wer lügt oder Ausflüchte sucht.“

Siggi suchte Kallweit gleich nach dem Gespräch in seiner Zelle auf. Der Mann schien noch niedergeschlagener als bei seinem letzten Besuch. Auf einer Kiste lagen Schere, Nadeln und mehrere Rollen mit Garn. Siggi besah sich die Utensilien näher.

„Ist nicht erlaubt. Aber ich flicke alle Hosen und Jacken hier“, erklärte Kallweit mit matter Stimme. „Wann darf ich raus?“

Siggi strengte es an, sich zu konzentrieren, noch wirkte der Alkohol.

„Ich hoffe bald, Herr Kallweit.“ Er versuchte, seiner Antwort einen optimistischen Unterton zu geben. „Geben Sie mir ein wenig Zeit.“

Kallweit, der sich wieder auf die Pritsche gehockt hatte, nickte. Er schien zu überlegen, ob Siggi die Wahrheit sagte oder ihn nur hinhalten wollte.

„Herr Kallweit“, begann Siggi, „Herr Roth war doch technisch begabt?“

„Ja, der konnte alles reparieren."
„Auch Radios?"
„Ja."
„Wissen Sie etwas von einem Radio?"
Kallweit sah ihn an und begann, seine Hände zu kneten. „Ich verstehe nicht", sagte er schließlich.
Siggi überlegte. „Hat Herr Roth sich im Krieg heimlich ein Radio gebaut? Um ...", er verkniff sich die weitere Erklärung.
„Feindsender ... BBC", riet Kallweit richtig.
Siggi nickte.
„Das weiß ich nicht." Kallweit sprach bedächtig. „Er hat mir nichts gesagt, obwohl ..."
Siggi blickte den Mann erwartungsvoll an. „Ja", fragte er.
„Ich habe in dem Schuppen, in dem meine Frau und ich ... Sie wissen, wo wir gewohnt haben, da habe ich in dem kleinen Schrank, der da stand, Röhren und Kabel und Klemmen gefunden, Drähte ..."
„... für ein Radio", ergänzte Siggi.
„Ja, ich denke schon. Ich habe auch gerne an so was gebastelt. In Königsberg, wenn wir Zeit hatten. Ja." Er dachte kurz nach. „Sie meinen, Pfeiffer hat seinen Schwager ...?" Kallweit hatte schnell verstanden.
Siggi nickte. „Diese Sachen, sind die noch da?"
„Ich weiß es nicht. Wir haben auf jeden Fall nichts weggeräumt."
„Aber warum sind die da, in dem Schuppen?", überlegte Siggi laut.
„Vielleicht ist das ja nur ein Teil, vielleicht hat Roth das dahin getan, um den Eindruck zu erwecken, die Sachen gehören Pfeiffer ..."
Siggi sah Kallweit an. Der Mann sah zwar von der Haft

mitgenommen aus, aber sein Hirn schien noch gut zu funktionieren.

„Damit der Verdacht auf ihn fällt. Aber das hat offenbar nicht geklappt."

„Kann ich denn dann gehen?" Kallweits Stimme hatte etwas Flehentliches.

„Nicht sofort. Zuerst müssen wir Beweise haben, um Pfeiffer …"

Kallweit unterbrach Siggi.

„Dann machen Sie bitte schnell, Herr Kommissar. Bitte! Ich bin jetzt schon seit drei Wochen hier, meine Frau bekommt bald ihr Kind. Sie braucht mich. Bitte!"

„Ja, Herr Kallweit", entgegnete Siggi, „ich beeile mich." Die Situation drohte, ihm zu entgleiten, deshalb klopfte er an die Zellentür, sagte, während er auf den Wärter zum Öffnen wartete, „Sie sind bald draußen, versprochen!", ärgerte sich, während er die Zelle verließ, über sein Versprechen und eilte in sein Büro, wo er sich erst einmal auf seinen Stuhl fallen ließ.

Keinen Alkohol mehr während des Tages!, schwor er sich in Gedanken.

Den Abend, die Nacht und auch noch am nächsten Morgen hielt sein Hochgefühl an, bald vor der Auflösung seines ersten Falles zu stehen. Der einzige Wermutstropfen war Harros Ausbleiben. Siggi grübelte, ob er irgendetwas gesagt oder getan hatte, mit dem er den anderen verärgert haben könnte. Brigitte hatte er völlig verdrängt, ein Fehler, wie er am nächsten Morgen schmerzhaft feststellen musste.

Vor der Direktion hatte sie sich hinter einem Baum verborgen, um in dem Moment, in dem Siggi vorüberging, hervorzutreten und sich ihm in den Weg zu stellen.

„Brigitte ...?!“, entfuhr es ihm erschrocken.

„Was bildest du dir ein, Siggi?“, fauchte sie ihn an. Er wich einen Schritt zurück. „Was soll das?“

„Was denn?“, fragte Siggi zaghaft zurück.

Brigitte funkelte ihn an, entließ ihn nicht aus ihrem Blick, bannte ihn regelrecht damit. „Jetzt tu doch nicht so unschuldig!“

So wie sie vor ihm stand, mit ihren langen Haaren, die offen über ihre Schultern fielen, die Hände in die Hüften gestemmt, erschien ihm die Frau wie eine der Walküren, die er auf dem Photo einer Opernaufführung gesehen hatte. Es hätte Siggi in diesem Moment auch nicht überrascht, wenn Brigitte Feuer gespuckt hätte, um dann mit lockerem Schritt über das Häufchen zurückgebliebene Siggi-Asche zu treten. Welch ein Ende für einen Drachentöter ...!

„Ich weiß wirklich nicht ... was soll ich denn getan haben?“

Er versuchte ihrem Blick standzuhalten, um ihr damit das Missverständnis klarzumachen.

„Was hast du dafür bezahlt? Selbst hast du das doch nicht gemacht!“

Siggi hatte keine Ahnung, was Brigitte von ihm wollte und was sie ihm unterstellte.

„Du bist doch viel zu feige dafür!“

„Wofür?“, fragte Siggi verzweifelt.

Brigitte trat einen Schritt vor, nun stand sie direkt vor Siggi und warf ihre blonden Haare mit einer herrischen Geste nach hinten.

„Steh doch wenigstens dazu! Den Ferdinand verprügeln lassen. So einen feinen Mann. An den reichst du niemals ran, du Feigling!“

Sie holte aus und schlug Siggi mit der flachen Hand

heftig auf die linke Wange. Er wankte zurück und fiel gegen den Baum, hinter dem Brigitte ihm aufgelauert hatte. Als er sich wieder aufgerappelt hatte, war Brigitte verschwunden und seine Wange brannte höllisch.

„Na, Siggi, bist ja ein ganz Böser geworden", stellte die Kantinenwirtin fest, als sie ihm seinen morgendlichen Becher Kaffee reichte.

Er sah sie verwundert an.

Die Frau rieb sich zur Antwort mit der Hand die Wange.

Der Mann, der hinter Siggi wartete, grinste. „Stille Wasser … kennen wir doch …" Er setzte noch einen dreckigen Lacher obendrauf.

„Mach dir nichts draus, Siggi", tröstete ihn die Wirtin, „wer den Schaden hat …", und reichte ihm ein belegtes Brötchen.

So schnell wie möglich verließ Siggi die Kantine, eilte in sein Büro, wo er Kaffee und Brötchen auf seinem Schreibtisch abstellte, um dann im Toilettenspiegel seine Wange zu kontrollieren. Tatsächlich war die Stelle, wo Brigitte ihn geschlagen hatte, deutlich zu erkennen.

Er schlich sich in sein Büro zurück und wagte sich erst nach einer Stunde wieder hinaus. Dass noch immer Spuren der Ohrfeige sichtbar waren, musste er in der Fahrbereitschaft erfahren.

„Siggi, Siggi", flachste Jörg, „erst das Veilchen und jetzt … das sieht nach einer sehr zornigen Dame aus."

Nun verschwand die Rötung auf der Wange unter der Röte, die sein ganzes Gesicht befiel.

Jörg lachte laut.

Siggi war froh, als er endlich den Hof mit dem Trumpf

verlassen konnte. Brigittes Überfall ging ihm nicht aus dem Kopf. Es beschämte ihn, in aller Öffentlichkeit so bloßgestellt worden zu sein. Zum Glück hatte niemand Brigittes Auftritt mitbekommen.

Bevor er in Harxheim ausstieg, stellte er nach einem Blick in den Rückspiegel mit Genugtuung fest, dass die Rötung fast ganz abgeklungen war.

Die Pfeiffers empfingen ihn dieses Mal nicht mehr nur unfreundlich, ihr Auftreten und ihre Mienen waren feindlich.

„Das wird wohl zur Gewohnheit!“, giftete Frau Pfeiffer den jungen Polizisten an.

„Heute ohne Verstärkung?“, fügte Herr Pfeiffer hinzu, während er über den Hof kam und sich hinter seine Frau stellte.

„Unser Schwager wird ermordet, uns wird großer Schmerz zugefügt und Sie belästigen uns in einer Tour. Geben Sie doch zu: Sie verdächtigen uns! Warum sonst kommen Sie fast jeden Tag hierher? Ist der Flüchtling eigentlich noch im Gefängnis? Oder macht der sich in Mainz ein schönes Leben? Wir schuften uns hier den Buckel krumm und der kriegt's hinten und vorn reingeschoben!“

Siggi hatte den Wortschwall stoisch über sich ergehen lassen. Er war in Gedanken wieder zu seiner Begegnung mit Brigitte abgeschweift.

„Interessiert Sie wohl nicht, wie es uns geht, was?“, raunzte ihn die Pfeiffer an, als er nicht auf ihre Anwürfe reagierte.

„Ich muss noch einmal in den Schuppen“, entgegnete Siggi ungewohnt scharf, was seine Wirkung nicht verfehlte, denn die Frau wich ein kleines Stück zurück, stieß dabei gegen ihren Mann, der sie verärgert ansah.

„Ich habe nicht viel Zeit“, sagte Siggi knapp, „also …!“

„Sie können nicht …“, begann Herr Pfeiffer, aber Siggi, noch immer innerlich aufgewühlt, ließ ihn nicht aussprechen.

„Je kooperativer Sie sind, desto schneller bin ich weg und umso rascher ist der Fall aufgeklärt. Ich weiß, was ich tue!“

Die Pfeiffers traten zur Seite und Siggi marschierte, ohne darauf zu achten, ob die beiden ihm folgten, schnurstracks zum Schuppen.

„Wenn das endlich mal ein Ende hat …“, hörte er die Frau hinter sich schimpfen.

Er schob den Riegel an der Tür beiseite und trat ein. Inzwischen wusste er, wo die Gasleuchte stand. Er zündete sie an und drängte Pfeiffer, der ebenfalls in den Schuppen getreten war, energisch wieder heraus.

„Darf man mal im eigenen …“

„Die amerikanische Methode, Sie kennen das doch!“, erwiderte Siggi unbeeindruckt, und schloss die Tür. Drinnen begann er nicht gleich mit der Untersuchung des Schränkchens, sondern stellte sich an die Seite und beobachtete das kleine Fenster. Tatsächlich konnte er schon wenig später dahinter eine Bewegung erkennen. Von der schmalen Liege, die den Kallweits als Bett gedient hatte, nahm er eine Decke und hängte sie vor das Fensterchen, wartete noch einen Augenblick, bevor er schließlich zu dem Schrank ging, den der Schneider ihm beschrieben hatte, und ihn durchsuchte. Im untersten Fach stand eine Kiste mit Röhren, Drähten und Klemmen. Mit der Kiste unter dem Arm trat Siggi nach draußen, wo die beiden Pfeiffers standen und ihn neugierig ansahen.

„Was haben Sie da?“, fragte die Frau.

„Gehört das Ihnen?“, fragte Siggi zurück und präsentierte die offene Kiste.

Beide sahen hinein. Siggi ließ sie nicht aus den Augen. Pfeiffer zuckte kurz zusammen. Doch der Mann hatte sich schnell wieder im Griff und schüttelte seinen Kopf.

„Gehört wohl den Flüchtlingen", sagte schließlich Frau Pfeiffer.

„Ja", bestätigte ihr Mann. „Kenn ich nicht. Habe ich noch nie gesehen. Was ist das denn?"

Siggi sah den Mann von der Seite an.

„Kann das auch Herrn Roth gehört haben?"

„Nicht dass ich wüsste", entgegnete Pfeiffer.

„Was ist das denn?", fragte die Frau.

Siggi antwortete nicht, sondern überquerte mit der Kiste unter dem Arm den Hof.

„Sie können doch nicht einfach so ...", krakeelte sie, während sie hinter ihm herlief.

Siggi ließ sich nicht beirren, sondern verließ das Grundstück, stellte die Kiste auf den Rücksitz des Autos und setzte sich hinter das Lenkrad. Die Pfeiffers standen im Tor und sahen ratlos zu ihm hinüber.

Er fuhr nicht gleich los. Er war unzufrieden. Diese Teile bewiesen nichts. Jeder konnte sie in den Schrank gestellt haben. Ob sie Roth gehört hatten und der daraus ein Radio gebaut hatte, um damit illegal Feindsender zu hören, dafür besaß er keinen Beleg.

Den Rest des Tages grübelte Siggi in seinem Büro. Er wollte Reuber von seinem Fund berichten, aber der war im Außendienst unterwegs und niemand konnte ihm sagen, ob er an diesem Tag nochmals in sein Büro käme.

Dann fiel ihm Bernie ein, der verwahrlost aussehende Mann aus Harxheim, der ihn um Geld angebettelt hatte. Jemand wie der, überlegte Siggi, bekommt sicher viel mit, wenn er den ganzen Tag auf der Straße rumlungert. Ihn würde er suchen und befragen. Mit ein paar Geldstücken würde er den Mann schon zum Sprechen bringen.

Siggi wollte sich zum Aufbruch fertigmachen, als an seine Tür geklopft wurde. Fast im gleichen Moment stand Harro vor ihm, bekleidet mit einem hellen Sommeranzug. Lachend, lässig eine Zigarette im Mundwinkel, klopfte er Siggi auf die Schulter.

„Guten Abend Siggi, es freut mich, dass du so ein pflichtbewusster Beamter und noch im Büro bist."

Siggi war überrascht und konnte zunächst nichts sagen.

„Hat es dir die Sprache verschlagen, mich zu sehen?"

Sprechen und Rauchen waren für Harro eins.

„Wo warst du denn die ganze Zeit?", fragte Siggi, strenger, als er es beabsichtigt hatte.

Harro reagierte, als ob er das nicht mitbekommen hätte.

„Viel Ärger, viel Arbeit. Ich wollte mich melden, aber dann musste ich kurzfristig nach Frankfurt und München, danach habe ich in Basel meinen Vater getroffen. Ihm geht das alles nicht schnell genug. Er meint, ich mache mir ein schönes Leben auf seine Kosten." Harro lachte und nahm die Zigarettenschachtel aus der Tasche, hielt sie Siggi entgegen. Der wollte erst ablehnen, nahm dann doch eine. Harro gab ihm Feuer.

„Heute endlich ist es ruhiger geworden. Und bei dir?"

Sie setzten sich, bevor Siggi antwortete und für Harro den Fall zusammenfasste.

„Was stimmt nicht?", fragte Harro, als Siggi fertig war. „Du klingst nicht zufrieden."

„Ich habe keine Beweise. Es scheint alles klar, aber ich kann nichts beweisen."

Harro lachte kurz auf. „Dann musst du dir die Beweise selbst suchen."

„Wie meinst du das?“, fragte Siggi, der nicht verstand.

„Na, sie in eine Falle locken oder einen Beweis erfinden.“

Erschrocken sah Siggi den Mann an.

„Erfinden?“, wiederholte er.

Harro lachte nochmals. „War ein Scherz, Siggi, ein Scherz, du bist heute nicht so gut gelaunt, wie?“

Siggi ließ sich Zeit, bevor er Harro von seiner Begegnung mit Brigitte am Morgen erzählte.

„Tja, mein Lieber“, erwiderte Harro, „so kann das gehen. Manche Dinge macht man eben nicht. Der hat es verdient, der alte Sack!“

Harro sagte das genüsslich und abschätzig und Siggi kam ein Verdacht.

„Hast du …?“

Er hatte diese Möglichkeit nicht in Betracht gezogen, aber nun erinnerte er sich, dass er Harro von der abendlichen Begegnung mit Brigitte, ihrem Liebhaber und dem Türsteher erzählt hatte.

„Hast du …?“, hakte Siggi noch einmal nach, nachdem Harro auf seine Frage nur vielsagend gelächelt und mit den Schultern gezuckt hatte.

„Was sein muss, muss sein. Schließlich sind wir Freunde …“

„Aber du kannst doch nicht …“

„Siggi!“ Harro wurde ernst. „Eine kleine Lektion, ein bisschen Schmerz. Hat der alte Herr bestimmt schon längst wieder vergessen. So wie du Brigitte vergessen solltest. Du hast etwas Besseres verdient. Ich habe dich doch jetzt ein wenig kennengelernt und kann das, glaube ich, mit Fug und Recht sagen. Lass uns etwas unternehmen! Endlich raus aus der Mühle. Außer dir kenne ich hier ja kaum einen Menschen.“

„Aber …die junge Frau …“

„Du meinst die aus dem Lokal?“ Er machte eine wegwerfende Handbewegung. „Vergiss sie, Siggi. Ein Spaß für einen Abend. Aber das ersetzt doch keine Freundschaft unter Männern.“

Siggi war verwirrt. Er wusste nicht, was er davon halten sollte. Harro hatte aus Freundschaft zu ihm den Begleiter von Brigitte zusammengeschlagen. Wollte er das? Wollte er eine solche Freundschaft? Andererseits schmeichelte es ihm auch. Doch die Aussage, niemanden außer ihn näher zu kennen, verwunderte Siggi. Zeit, darüber nachzudenken, ließ ihm Harro nicht. „Auf, Siggi, lass uns eine Runde drehen! Lust auf Porsche?“

Siggi nickte.

„Aber bevor es losgeht, muss ich … du weißt?“

Er ging zur Tür, Siggi folgte ihm, aber Harro hielt ihn auf. „Ich weiß noch, wo die Toilette ist. Bin gleich wieder da.“ Damit schob er Siggi ins Zimmer zurück und zog die Tür hinter sich zu.

Zum ersten Mal, seit er Harro kennengelernt hatte, fehlte ihm die Begeisterung für diesen Mann, sein Temperament und seinen Schwung. Vielleicht lag es an seiner eigenen Situation. Harros Vorschlag, einen Beweis zu erfinden, schien ihm mehr als nur ein Scherz gewesen zu sein. Er ging im Zimmer umher, sah aus dem Fenster, blickte zur Tür und wartete, sah dann auf seine neue Uhr. Das wertvolle Geschenk verunsicherte ihn zusätzlich. Harro war schon recht lange weg. Ob er sich in dem nun fast menschenleeren Haus verlaufen hatte? Siggi öffnete die Tür und blickte den Flur entlang. Schritte hallten von den Wänden zurück. Harro erschien aus der falschen Richtung.

„Ich bin vorbeigelaufen“, erklärte Harro ungefragt, als

er vor Siggi stand. „Ich dachte, dein Büro läge weiter hinten. Zum Glück hast du geschaut."

Wie beim letzten Mal hatte Harro den Sportwagen einige Meter von der Direktion entfernt abgestellt. Er warf Siggi den Schlüssel zu, setzte sich selbst auf den Beifahrersitz und sah dem jungen Mann zu, wie der hinter dem Lenkrad Platz nahm und den Motor startete.

Gasgeben, Lenken, Kuppeln und Schalten, all das nahm ihn so in Anspruch, dass alle bedrückenden Gedanken wie fortgewischt waren. Bei einer Rast hinter Ingelheim erzählte er Harro vom Fortgang der Reparatur seines Škodas und dass ihm zur Fertigstellung nur noch ein Teil für den Vergaser fehle.

Harro hörte interessiert zu, nickte und versprach sich umzuhören, was man da machen könne.

Sie fuhren noch eine Stunde herum, dann setzte Harro seinen Freund vor dessen Haustür ab. Er war durch die Arbeit in den letzten Tagen zu erschöpft, um noch mehr zu unternehmen. Auch Siggi war müde. Es war ein langer Tag gewesen. Sein Schlaf war unruhig wie seine Träume wirr, in denen alte Radios, Sportwagen, zeternde Frauen und prügelnde Männer sich zu einem unverständlichen Schauspiel vereinigten.

Den Adler stellte Siggi in der Nähe des Büros vom Ortsvorsteher ab, blieb eine Zigarettenlänge im Auto sitzen, sah den wenigen Leuten, die an ihm vorbeigingen, nach, stieg aus und warf die Tür zu. Die trockene Hitze der vergangenen Tage war einer Schwüle gewichen, die schwer auf ihm lastete und ihm den Schweiß aus den Poren trieb. Gemächlich ging er auf die Ortsverwaltung zu, verlangsamte seine Schritte noch einmal vor der Einfahrt …

und dann stand Bernie vor ihm, wie aus dem Nichts aufgetaucht, und lachte ihn mit seinen braunen Zahnstümpfen an.

„Ich kenne dich!“, sagte er und sah sich schnell um.

„Ich dich auch!“, erwiderte Siggi.

„Komm!“, zischte Bernie und zog Siggi mit sich in die Durchfahrt, aus der er so plötzlich aufgetaucht war, zu einem unbefestigten Innenhof, der von drei hohen Mauern umgeben war. Der Boden bestand aus Sand und kleinen Steinen. In einer Ecke erkannte Siggi einen Verschlag, noch kleiner und niedriger als der Schuppen der Kallweits.

Bernie ließ Siggi los, der einen Meter zurücktrat. Er begann, mit den in seiner Hosentasche befindlichen Geldstücken zu spielen, die er sich eigens für dieses Treffen eingesteckt hatte.

„Hast du was für mich?“

Siggi wollte ihm das Geld nicht zu schnell geben. Mit der anderen Hand kramte er die Zigarettenpackung hervor und hielt sie Bernie hin.

„Ich habe meinen Arsch für Deutschland hingehalten …“, sagte er.

Siggi nickte und zündete ihm die Zigarette an.

„Du kennst doch die Pfeiffers, hast du gesagt!“

„Ich kenne viele Leute“, antwortete Bernie. „Ich bin von hier. Ich kann viel erzählen. Aber Erzählen, ja, ja, das ist teuer …“

Siggi klimperte mit den Münzen in seiner Hosentasche.

„Erst die Ware …“

„Du bist aber misstrauisch.“

Siggi schwieg und klimperte noch einmal.

„Ja, das habe ich doch gesagt. Ich kenne die. Ich bin hier aufgewachsen.“

„Im Krieg, was hat der Pfeiffer da gemacht?“

Bernie lachte, legte seine Zahnstümpfe dabei frei und stieß Siggi seinen fauligen Atem entgegen. Der trat einen Schritt zurück.

„Nichts“, erklärte er dann. „War wichtig. Ein wichtiger Mann.“ Bernie drückte seine Brust raus und reckte sein Kinn.

„Hat der Pfeiffer, wie soll ich sagen, andere in die Pfanne gehauen?“

Bernie klopfte sich auf die Schenkel, streckte dann einen Arm aus, öffnete seine Hand, sodass die Handfläche gen Himmel zeigte, und schlug mit der anderen Hand darauf. Er lachte wieder. „In die Pfanne hauen, das ist gut.“

„Hat er?“ Siggi schlug einen strengeren Ton an.

„Ja“, antwortete Bernie mit demselben Ernst.

Siggi griff langsam in seine Hosentasche. Bernie folgte ihm mit seinen Blicken. Der Polizist nahm einen Groschen, hielt ihn in der Hand, besah ihn sich. Dieses Getue kam ihm albern vor, aber er war auf dem richtigen Weg, wie ihm Bernies gieriger Blick verriet.

„Und?“, fragte er.

Bernie streckte seine Hand aus.

„Und?“, wiederholte Siggi.

„Ja, der war Blockwart. Ganz wichtig.“ Wie vorhin streckte er seine Brust raus und reckte sein Kinn nach oben, kniff dieses Mal sogar seine Lippen zusammen.

„Er hat Leute verraten?“

Bernie stierte auf die Münze.

Dieses Mal gab ihm Siggi das Geldstück.

„Ja, hat er. Aber da redet keiner drüber.“

„Hat der auch seinen Schwager, den Roth, verraten?“

„Da ist noch mehr“, erwiderte Bernie und zeigte auf Siggis Hosentasche.

„Hat er?“, blieb Siggi hart.

Bernie nickte.

„Den Roth?"

Bernie wiegte seinen Kopf hin und her und rieb, wie beiläufig und unbeabsichtigt, die Spitzen vom rechten Daumen und Zeigefinger langsam aneinander. Dann trat er ganz nahe an ihn heran und Siggi musste den Atem anhalten. „Die Leute reden. Leise. Hinter dem Rücken. Dass der den eigenen Schwager angezeigt hat."

„Was ist dann passiert?"

Bernie zuckte mit den Schultern. Siggi gab ihm einen zweiten Groschen.

„Lager." Bernie begann zu tanzen. „Ja, das Lagerleben, das ist lustig …", und wurde mit einem Mal sehr ernst. „Das ist gar nicht lustig. Die Leute reden."

„Und dann?"

„Und dann? Und dann? Und dann?" Bernie unterlegte diese Worte mit einer einfachen Melodie.

Ein Geräusch ließ beide Männer herumfahren. Eine Ratte saß neben dem Verschlag und machte sich an etwas zu schaffen, das Siggi nicht erkennen konnte. Bernie gab ihm ein Zeichen, ruhig zu bleiben, bückte sich, nahm einen Stein vom Boden, erhob sich und beobachtete das Tier sekundenlang. Dann schleuderte er den Stein und traf die Ratte am Rücken, die schrill fiepte, davonrannte und in einem Mauerspalt verschwand.

Ruhig wandte sich Bernie wieder Siggi zu.

„Und dann?", fragte er in dem gleichen Tonfall wie zuvor.

Siggi gab dem Mann ein drittes Geldstück.

„Ich weiß es nicht. Ist ins Lager. Weg. Adios!"

„Aber Roth ist doch wiedergekommen."

„Oh ja, oh ja, oh ja. Das war nicht gut für Alfons, den Pfeiffer. Den Verpfeiffer." Er lachte. „War gar nicht gut."

„Wie …“, Siggi überlegte, wie er sich ausdrücken sollte, „… in welchem Lager war er denn? Wie hat er das … so viele sind umgekommen, wie hat er das überlebt?“

„Das weiß Bernie nicht.“ Der traurige Tonfall und der plötzliche Wechsel in die dritte Person überraschten Siggi.

„Gibt es denn jemanden, der da mehr weiß?“

Bernie wiegte seinen Oberkörper vor und zurück und sah dabei auf Siggis Hosentasche. Der drehte sich zur Seite, nahm sein Portemonnaie aus der Hose und entnahm ihm ein weiteres Geldstück.

„Ja …?“, fragte er.

„Ich weiß nicht …“, begann Bernie und wartete.

Siggi spielte mit der Münze in seiner Hand.

„Der blöde Franz …“

Siggi sah ihn erstaunt an.

„So heißt der. Der blöde Franz. Weil, der ist ein bisschen …“, er machte den Scheibenwischer vor seinem Gesicht.

Siggi nickte zum Zeichen, dass er verstanden hatte.

„Im Wald …“, begann Bernie und unterlegte seine Stimme mit einem Raunen, als wolle er ein Märchen erzählen, dabei riss er seine Augen auf.

Siggi nickte ihm aufmunternd zu und rieb die Münze zwischen seinen Fingern.

„Im Wald …, da lebt einer … ein Mann …“

„Der blöde Franz?“, unterbrach ihn Siggi und bemerkte sofort seinen Fehler. Bernie wollte *seine* Geschichte erzählen.

„Entschuldigung!“, schob Siggi schnell hinterher. „Tut mir leid!“

Bernie ließ sich Zeit, bevor er weitererzählte.

„Ein armer Mann. Der schreckliche Dinge erlebt hat. Ganz schreckliche.“

Siggi verkniff es sich, Bernie anzutreiben. Er fürchtete, dass Bernie ihm alles erzählen würde, nur um in den Besitz des Geldstücks zu kommen.

Zufriedenheit zeigte sich auf seinem Gesicht, als Siggi nicht intervenierte.

„Im Krieg. Da war der Mann. Im Krieg. In Russland. Wo es kalt ist. Wo der Iwan lebt."

Er imitierte jetzt einen Frierenden, schlug sich mit den Händen auf den Körper und trampelte schnell mit den Füßen auf dem losen Untergrund herum.

Vorsichtig sah sich Siggi um. Kein Mensch war in der Nähe, niemand kam durch die Durchfahrt in diesen Hof, niemand nahm Notiz von ihnen.

„Hunger hatten die Soldaten."

Bernie krümmte sich und presste beide Hände auf seinen Bauch.

„Zigaretten gab es auch nicht mehr." Er ließ Siggi nicht aus den Augen. „Keine Zigaretten", sagte er noch einmal.

Siggi verstand, kramte die Packung aus der Hosentasche, nahm eine Zigarette heraus und reichte sie Bernie. Der steckte sie in seinen Mund und wartete, bis Siggi ihm Feuer gegeben hatte. Dann erzählte er weiter.

„Es waren viele Iwans. Überall waren Iwans. Mit vielen Waffen. Bösen Waffen."

Er weitete seine Augen, sah sich um, zuckte zusammen, als hätte es in der Nähe einen Einschlag gegeben.

„Aabär därr deutsche Soldat kämpft bis zur lätztän Kugäl!" Bernie imitierte Hitlers Tonfall beim Reden.

„Där häldenhafte Frranz kämpfte in seinem Panzärr …", seine Stimme war noch pathetischer geworden, begann sich mit einem Mal zu senken und bekam einen traurigen Unterton, „bis eine böse Iwangranate den Panzer traf."

Plötzlich sprang er auf, fuchtelte mit den Armen herum, imitierte die Einschläge von Granaten, wechselte die Position, war mit einem Mal im Panzer, begann zu schreien, ohne seine Stimme zu heben. Bernie gab seinem Spiel dadurch eine enorme Intensität und auch Glaubwürdigkeit.

„Der Panzäär brännt …", lauter, wieder in Hitlers Tonfall. „Bis zurrr lätzten Grranate …!" Dann leiser, angstvoll: „Ich habe Angst, ich verbrenne, meine Augen …".

Bernie schlug mit den Händen gegen unsichtbare Wände, strampelte, machte Kletterbewegungen, tat, als drücke er gegen etwas über ihm, weitere stumme Schreie, Drücken, Schreien, Trampeln. Er riss den Mund auf.

Es war äußerst beklemmend und Siggi wurde seltsam zumute. Er trat einen Schritt zurück.

Bernie schien davon keine Notiz zu nehmen, schrie stumm weiter, drückte, trampelte, bis er plötzlich aufschrie, Kletterbewegungen machte, hustete, erneut stumm schrie, sich auf den Boden fallen ließ, langsam wieder aufrappelte, strauchelte, über den Boden kroch, Gewehrfeuer imitierte, weiterrobbte, sich ein Stück erhob, umsah, langsam hochkam, auf der Stelle lief, plötzlich wieder fiel, sich das Bein hielt, keuchte, sein Gesicht in den Sand drückte, es durch schnelle Drehbewegungen tiefer hineinbohrte. Mit einem Mal stellte er alle Bewegung ein und blieb leblos liegen, das Gesicht in der Erde vergraben.

Siggi sah dem Schauspiel kurz zu, wusste nicht, was das sollte, ob Bernie noch spielte oder wirklich zusammengebrochen war, machte einen Schritt auf ihn zu, wartete, dann hockte er sich neben den Mann, packte ihn am Kragen und zog den Kopf aus dem Sand.

Siggi hielt ihn an den Schultern fest, rüttelte ihn. „Bernie! Bernie!", rief er.

Der schlug mit einem Mal die Augen auf und sah Siggi verwundert an, als wüsste er nicht, wie er in diese Situation gekommen war. Er wischte sich Sandreste aus seinem Gesicht, löste sich von Siggi und stand auf.

„Kennst du den Bunker?“ Bernie sprach, als wäre nichts vorgefallen. Siggi versuchte, sein Erstaunen darüber nicht zu zeigen.

Offensichtlich gelang ihm das nicht ganz. „Ist was?“, fragte Bernie, leicht gereizt.

„Nein, nein“, beeilte sich Siggi zu antworten. „Welchen Bunker denn?“

„Den bei Sörgenloch. Die Selzstellung. Viele Bunker. Da lebt der blöde Franz.“

„In dem Bunker lebt der?“

„Ja“, bestätigte Bernie, als wäre es das Normalste auf der Welt. Er machte eine Bewegung, als führe er eine Zigarette zum Mund. Siggi verstand und hielt ihm die Schachtel entgegen. Bernie riss sie ihm aus der Hand, ohne eine Miene zu verziehen, sagte „Danke!“, nahm eine Zigarette heraus und wartete, bis Siggi ihm Feuer gegeben hatte. Dann steckte er die Packung ein.

„Welcher Bunker denn? Wie finde ich den Franz?“

„Franz?“, fragte Bernie verständnislos zurück.

Siggi überlegte kurz. „Der blöde Franz.“

„Ach so, der.“ Er senkte für einige Augenblicke den Kopf, dann streckte Bernie seine Hand aus und wies in eine Richtung. „Da lang. Sörgenloch. Ein Bunker. Kaputt. Viele Steine. Musst rufen!“

Siggi nickte, kramte nochmals sein Portemonnaie heraus und gab Bernie die letzte Münze, die sich noch darin befand, ein Fünfzigpfennigstück.

Auch für Bernie schien das Gespräch beendet, denn nachdem er die Münze eingesteckt hatte, ging er mit bedächtigen Schritten zu seinem Verschlag, drehte sich einmal kurz um und verschwand ins Innere. Siggi verließ den Hof, atmete auf der Straße durch, aber das Gefühl der schwer lastenden Hitze blieb. Sein Hemd klebte unangenehm feucht auf seiner Haut.

Eine dunkle Wolkenwand trieb langsam auf den Ort zu.

Die Selzstellung war ein Verteidigungsring in Rheinhessen, der in einem weiten Bogen um Mainz herum vor dem Ersten Weltkrieg angelegt worden und Teil des Schlieffen-Plans war. Siggi kannte sie von einem früheren Fall. In einem der nach dem Krieg und aufgrund der Bestimmungen des Versailler-Vertrages gesprengten Bunker war seinerzeit eine Leiche gefunden worden.

Der kleine Ort war nicht weit entfernt. Nach weniger als zehn Minuten hatte Siggi die Bunkeranlage gefunden. Die Sprengungen hatten sie zwar untauglich zur Kriegsführung gemacht, aber die Wände waren derart stark armiert gewesen, dass die eingestürzten Betonplatten viele Unterschlupfmöglichkeiten boten.

Siggi ließ den Wagen in der Nähe der Straße stehen und lief zu dem Hügel, auf dem die Reste eines Bunkers noch gut zu erkennen waren. Er ignorierte das aufziehende Unwetter und die Hitze, schritt von Einlass zu Einlass, formte seine Hände zu einem Trichter: „Franz? Hören Sie mich?“

Nach einer halben Stunde glaubte Siggi, alle sichtbaren Einlässe und Schlitze zwischen den Betonplatten, die einem Mann genügend Platz zum Hineinschlüpfen boten, überprüft zu haben. Erschöpft und durchgeschwitzt ließ er sich auf einem Betonblock nieder. Sein Hemd war völlig durchnässt. Erst jetzt ging ihm die Absurdität des

Gesprächs mit Bernie auf und er fragte sich, warum er nicht nur so viel Zeit mit einem offensichtlich Verrückten zugebracht hatte, sondern sogar auf dessen Ratschlag hin einen anderen Verrückten suchte, der angeblich in einem gesprengten Bunker lebte. Bernie hatte ihm bestätigt, dass Pfeiffer in seiner Funktion als Blockleiter andere Bewohner des Ortes denunziert hatte, auch seinen Schwager Roth. Aber was zählte die Aussage dieses offensichtlich nicht zurechnungsfähigen Mannes? Vielleicht hatte er ihm einen Bären aufgebunden, um an Geld und Zigaretten zu kommen, und er, Siggi, war so blöd gewesen, ihm das alles zu geben und sich dessen Geschichten anzuhören. Er fragte sich, wer von ihnen beiden der Verrücktere war, Bernie oder er? Wenn er das Koch oder Reuber erzählte, würden die ihn auslachen und er müsste noch ein paar Jahre als Assistent dranhängen.

Zum Glück hatte er noch eine zweite Schachtel Zigaretten in der Tasche. Harro hatte sie ihm am Vorabend zugesteckt, drei Päckchen Chesterfield, andere Marken schmeckten ihm mittlerweile nicht mehr. Er steckte sich eine an, sog den Rauch tief ein und lehnte sich zurück. Was jetzt machen? Wie konnte er Pfeiffer den Mord an seinem Schwager nachweisen? Wie Siggi es drehte und wendete, er fand keine Lösung.

Mechanisch inhalierte er und ließ den Rauch stoßweise entweichen. Die Sonne hatte ein Loch zwischen den Wolken gefunden und brannte ihm heiß ins Gesicht. Langsam verblassten die Erlebnisse der letzten Tage. Genüsslich steckte er sich eine weitere Zigarette an und wünschte sich, die Zeit bliebe stehen und er könnte diesen Moment konservieren.

Bis ihn ein Geräusch aufhorchen ließ. Zunächst leise, wie das Rauschen des Windes, der durch die Blätter der

Bäume strich, dann wurde es lauter, bis es in ein Schnaufen überging, ein schweres Atmen. Siggi sprang auf.

Hinter ihm stand ein Mann. Ein Großteil seines Gesichts war von einem dichten, dunklen Bart verdeckt, strähnige Haare hingen ihm über die Schultern. Er war mit einem fleckigen Hemd und einer viel zu weiten Wehrmachtshose bekleidet. Seine Wangen waren von Narben entstellt, die Haut schien dünn und trocken wie Pergamentpapier. Siggi dachte an die Panzergeschichte.

„Riecht gut!“, raunte der Fremde, machte einen Schritt auf Siggi zu, schaufelte mit seinen Händen den Rauch der Zigarette in sein Gesicht und sog die Luft tief und geräuschvoll ein.

„Franz?“, fragte Siggi, nachdem er sich wieder gefangen hatte.

„Das riecht sehr gut“, sagte der Mann bestimmt.

„Möchten Sie …?“ Siggi kramte aus dem Päckchen eine Zigarette heraus und hielt sie dem Mann entgegen, der sie erst sekundenlang in Siggis Hand betrachtete, dann vorsichtig nahm und daran schnüffelte.

„Gute amerikanische Zigaretten!“, stellte er fest. Es klang wie ein unumstößliches Urteil.

Seltsamerweise sprach der Mann völlig normal, mit einer markanten, dunklen Stimme, dabei formulierte er klar und sah Siggi gerade in die Augen. Das bildete einen starken Kontrast zu seinem Äußeren und seinen Bewegungen, die etwas Fahriges hatten, eine Unruhe ausdrückten, als wollte der Mann gleich wieder weg. Manchmal mischte sich zwischen zwei Worte ein Pfeifen, als ob die Luft durch ein Loch in seiner Lunge entwich.

Siggi zückte sein Feuerzeug, entzündete es und hielt es dem Mann hin.

Für einen kurzen Augenblick loderte Entsetzen in dessen Augen auf, ein Erschrecken, als hätte er in der kleinen Flamme etwas Furchtbares gesehen, dann war das Flackern verschwunden und er ließ sich Feuer geben.

„Sie sind Franz?“, fragte Siggi erneut, als der Mann so geräuschvoll inhalierte, wie er zuvor die Luft eingesaugt hatte.

„Die Amerikaner machen die besten Zigaretten“, gab er statt einer Antwort zurück.

Siggi steckte sich ebenfalls eine an.

„Nicht wahr?“, fragte der Mann nach dem nächsten Zug.

Siggi bestätigte dessen Urteil und versuchte es erneut. „Sind Sie Franz?“

Der Mann lachte. „Sie meinen, *der blöde Franz*, wie die Leute sagen?“

So viel Offenheit überraschte Siggi und er antwortete kurz: „Ja!“

„Der bin ich. Die Leute haben recht. Sehen Sie mich an. So verdreckt. Lebe in einem Bunker, bei Füchsen und Ratten. Der Gestank. Ernähre mich von Beeren und toten Tieren.“

„Sie wollen nicht … ich meine, in einem Haus …“

Franz machte nur eine wegwerfende Handbewegung. „Warum suchen Sie mich? Woher wissen Sie von dem Versteck?“

„Ich …“

Franz ließ Siggi nicht aussprechen.

„Bernie? Bestimmt war es Bernie. Der kann seinen Mund nicht halten. Sie haben ihm wahrscheinlich etwas Geld und ein paar Zigaretten gegeben und schon hat der losgequatscht …“

Siggi nickte.

„Dachte ich mir. Was wollen Sie von mir?“

Siggi wartete einen Moment, überlegte, wie er beginnen sollte.

„Nicht so lange warten, sonst wird es eine Lüge“, meinte Franz trocken, nahm einen letzten Zug von seiner Zigarette und warf den Stummel hinter sich. „Haben Sie noch eine? Kriegt man nicht alle Tage!“

Während Siggi ihm eine weitere Zigarette reichte und anzündete, begann er, Franz den Grund seines Kommens zu erklären. Er glaubte, mit Ehrlichkeit am weitesten zu kommen, deshalb ließ er nichts aus und erzählte dem Mann von seinem Verdacht gegenüber Alfons Pfeiffer. Als Siggi seine Ausführungen beendet hatte, schwieg Franz sekundenlang, sah dabei sein Gegenüber unentwegt an, bis er sich umdrehte und fortging. Dabei zog er ein Bein nach. Das Laufen schien ihm Schmerzen zu bereiten.

„Franz …?“, rief ihm Siggi nach.

Der ging weiter, hob dabei seine Hand, wie zum Zeichen für Siggi zu warten, umrundete einen Betonblock, blieb stehen und blickte in die Ferne.

Siggi tänzelte unruhig von einem Fuß auf den anderen, er wusste nicht, wie er sich verhalten sollte, auf Franz warten oder ihm nachgehen und zur Rede stellen. Er musste an Bernie denken, überlegte, ob der Mann ihm einfach nur eine Geschichte erzählte. Vielleicht arbeiteten die beiden zusammen, schoben sich gegenseitig die wirklich Verrückten und Doofen wie Siggi zu, um sie dann nacheinander auszunehmen.

Franz reckte seinen Kopf nach oben, drehte sich um, sah zu Siggi herüber, als unterziehe er ihn einer Prüfung, bis er sich wieder gemächlich zu Siggi in Bewegung setzte. Dabei konnte er die Schmerzen, die ihm das Gehen bereitete, nicht verbergen. Vor Siggi setzte er sich auf die Betonplatte und klopfte mit seiner Hand auf den Platz neben ihm. Dabei schnaufte er laut. Siggi setzte sich gehorsam zu ihm.

Erst nach dem dritten Zug begann Franz zu erzählen. Er sprach langsam und artikulierte sehr deutlich. Der Mann war ein einziger Widerspruch.

„Ich bin Anfang 1942 aus dem Lazarett gekommen, wehruntauglich." Er klopfte auf sein Bein, fuhr sich über die Narben im Gesicht, schlug sich leicht auf die Brust und rollte den linken Ärmel seines Hemdes ein Stück weit herauf. Der Unterarm war voller Brandnarben, die Haut rot und verschrumpelt. „Meine Familie hatte Angst vor mir. '45 kamen dann die Amis und jeder, der noch alleine aufs Klo konnte, wurde zum Volkssturm eingezogen. Da bin ich hierher. Dachten alle, ich wäre durchgedreht, allein gegen den Feind losgezogen."

Er machte eine Pause, das Sprechen hatte ihn angestrengt. Er atmete heftiger.

Dann fuhr er fort. „Ja, der Roth. Warum der zu dem Pfeiffer ist?! Die konnten noch nie miteinander. Der Albert, der hat den Pfeiffer verachtet. Weil der ein dummer Nazi war. Sie haben oft gestritten. Der Albert, der hat BBC gehört. Hat sich ein Radio gebaut. Das konnte der. Gut konnte er das. Der Pfeiffer hat das spitzgekriegt. Aber Albert, also der Roth, der hat gedroht, einfach auszusagen, sein Schwager wisse schon lange davon und er würde mithängen, wenn er ihn verriet."

Wieder machte Franz eine Pause. Siggi reichte ihm eine weitere Zigarette, die er gierig nahm.

„Aber er hat ihn doch verraten?!", warf Siggi ein.

„Ja, aber dem Pfeiffer ist nichts passiert. Albert kam erst ins KZ, da haben sie ihn geschlagen. Dann haben sie ihn in ein Strafbataillon gesteckt. Wenn er das überlebt, wäre er frei, haben sie ihm versprochen."

Wieder eine Pause, die Franz zu einem langen Zug an seiner Zigarette nutzte. Siggi wurde es inzwischen in der Sonne zu heiß und er zog seine Jacke aus. Franz sah ihm dabei sehr aufmerksam zu, streckte dann, nachdem Siggi das Kleidungsstück neben sich gelegt hatte, seinen Arm aus, streichelte mit den Fingern darüber und lächelte.

„Er ist dann dahin gegangen …"

„Ins Strafbataillon?", fragte Siggi dazwischen.

„Nicht unterbrechen!", forderte Franz streng, inhalierte noch einmal und sprach dann weiter. „Er musste nach Russland, Partisanen bekämpfen. Selbstmordkommandos. Er ist abgehauen, übergelaufen, zu den Russen, wurde verletzt." Mit den letzten Worten war seine Stimme brüchiger und das Pfeifen seines Atems stärker geworden, er musste wieder eine Pause machen. „Der Russe hat ihn nach dem Krieg aber nicht gehen lassen. Erst dieses Jahr."

„Er war hier, bei Ihnen?", fragte Siggi vorsichtig, nachdem er sich zuvor vergewissert hatte, dass Franz eine Pause machte.

„Mehrmals, ja. Er überlegte, ob er den Pfeiffer anzeigen sollte. Ihn ärgerte auch, dass die Pfeiffers den Schmuck und das Geld seiner Frau eingesteckt hatten. Deshalb musste er sterben."

„Warum sind Sie nicht zur Polizei gegangen?"

Franz lachte unvermittelt und mit einem lauten Pfeifen. Siggi erschrak.

„Schauen Sie mich an! Glaubt man mir? Niemals!"

„Würden Sie denn vor Gericht aussagen?"

Franz schüttelte vehement seinen Kopf.

„Nie!"

„Aber Roth ist ermordet worden und ein Mann sitzt unschuldig …"

„Nein!“, schrie Franz, stieß Siggi von sich, stand auf und humpelte davon.

Der Stoß kam so unverhofft und heftig, dass Siggi zu Boden fiel.

Als er sich wieder aufgerappelt hatte, war Franz verschwunden.

„Franz!“, rief Siggi, stolperte dabei auf den nächstbesten Einlass in einen Bunker zu, hastete zu einem anderen, schrie erneut. Beim vierten Bunkereingang spürte Siggi einen schweren Regentropfen in seinem Nacken, dem schnell weitere folgten und Sekunden später regnete es in einer Heftigkeit, die Siggi nur selten erlebt hatte. Schwere Tropfen durchnässten ihn innerhalb weniger Augenblicke bis auf die Haut, dazu begann ein heftiges Gewitter, Blitze und Donner wechselten in kurzen Abständen. Siggi rannte zum Wagen, sprang auf den Fahrersitz und startete den Motor.

Zurück in Mainz hielt er vor seinem Haus, eilte nach oben in sein Zimmer, riss sich die nasse Kleidung vom Leib und zog sich einen neuen Anzug und ein frisches Hemd an. Anschließend lief er wieder nach unten, um sofort in die Direktion zu fahren.

Jörg lachte laut auf, als Siggi den Trumpf in der Halle abstellte und ihm den Autoschlüssel überreichte.

„Was denn?“, fragte Siggi schlecht gelaunt.

„Ist das die neue Pariser Mode?“, fragte der Werkstattleiter und deutete mit dem Schraubenschlüssel in seiner Hand auf Siggis Kopf.

Der brauchte einen Augenblick, rannte dann in das Büro am Ende der Halle, in dem ein Spiegel hing, und erkannte erschrocken, warum Jörg allen Grund zum Lachen hatte. Zu Hause hatte er seine nassen Haare zwar mit einem Handtuch getrocknet, aber in der Hektik vergessen, sie zu kämmen. Dadurch standen sie in alle Richtungen ab. Mit beiden Händen glättete er sie, so gut es ging.

„Siggi, Siggi, wie heißt die wilde Dame denn?“, frotzelte Jörg, als Siggi wieder in die Halle kam, und lachte. Siggi ließ ihn stehen.

In der Kantine setzte er sich mit einem Glas Wasser an einen Tisch, um das an diesem Tag Erfahrene zu sortieren und seine Schlüsse daraus zu ziehen.

Er konnte das Geschehen im Jahr 1942 und die Folgen rekonstruieren. Für die Pfeiffers musste es ein Schlag gewesen sein, als Roth fünf Jahre nach Kriegsende plötzlich vor ihrer Tür stand. Der Mann, der Pfeiffers geruhsames Leben zerstören konnte, weil die Denunziation ebenso wie der Raub des Schmucks ans Tageslicht gekommen wären. Aber Siggi fehlte der Beweis für Pfeiffers Täterschaft. Außer Indizien hatte er nur die Aussagen zweier Männer, die als verrückt galten, denen niemand Glauben schenken würde, wenn sie vor Gericht stünden. Was bewies die Kiste mit den Radioteilen? Der Schmuck? Wenn die Pfeiffers nur halbwegs schlau waren, hatten sie ihn spätestens, nachdem Siggi der Ring an Frau Pfeiffers Hand aufgefallen war, außerhalb ihres Hauses versteckt.

So würde er den Fall nicht lösen. Dabei sah alles so klar aus.

„Na, Siggi, wo juckt es?“

Er hatte nicht mitbekommen, dass Reuber an seinen Tisch getreten war. Der wartete nicht auf eine Antwort.

„Was halten Sie davon, in meinem Büro Kriegsrat zu halten?“

Siggi wusste, was das bedeutete, und es war in diesem Moment genau das Richtige.

Reuber schenkte das Glas fast viertelvoll. „Cheers!“, prostete er Siggi zu und fragte, nachdem sie beide getrunken hatten: „Los, Siggi, raus damit! Wo brennt es bei Ihnen?“

Siggi nippte noch einmal an dem Whiskey, bevor er Reuber den Stand der Ermittlungen darlegte. Reuber hörte zu, ohne den Kollegen zu unterbrechen, nickte nur ab und zu, und zündete sich dann, als Siggi seine Ausführungen beendete, eine Zigarette an. Siggi tat es ihm nach. Auch dann ließ sich Reuber noch einige Züge Zeit mit der Antwort. Siggi rutschte unruhig auf seinem Stuhl hin und her.

„Also“, begann der Kommissar bedächtig, „ich gebe Ihnen völlig recht. Sie haben nichts in der Hand gegen Pfeiffer.“

Siggi war enttäuscht. Das klang nicht nach einer Lösung seiner Probleme.

„Was kann ich nur machen?“, fragte er ungeduldig. „Kann ich Pfeiffer denn gar nicht beweisen, dass er der Mörder ist? So kommt er ja davon.“

Reuber blieb weiterhin ruhig, inhalierte noch einmal tief, drückte den Stummel aus, nahm einen Schluck, behielt ihn einige Sekunden im Mund, bevor er ihn hinunterschluckte.

„Nein!“, rief er schließlich aus.

Siggi sah ihn überrascht an. „Habe ich etwas übersehen?“, fragte er.

Reuber schüttelte seinen Kopf. „Mitnichten!“ Es schien ihm offenbar Spaß zu machen, Siggi hinzuhalten.

„Sondern?“

Reuber nahm einen weiteren Schluck.

„Also“, begann er endlich, „es ist alles richtig, was Sie sagen. Sie haben gut ermittelt und die richtigen Schlüsse gezogen.“

Siggi schien das Lob in diesen Worten vergiftet.

„Was soll ich denn machen? Ich habe keine Beweise!" Er konnte nicht an sich halten.

„Erfinden Sie einen Beweis!"

Siggi sah ihn erstaunt an.

„Erfinden?"

„Ja, Siggi. Erfinden Sie einen Beweis."

Ihm fiel Harros ähnlicher Vorschlag vom Vorabend ein.

„Locken Sie Pfeiffer mit einem falschen Beweis in die Falle. Er muss glauben, überführt zu sein, dass es keinen Ausweg mehr gibt und ein Geständnis alles vereinfacht und Auswirkungen auf das Strafmaß hat."

„Aber …", Siggi rang nach Worten, „ich … kann doch nicht …"

„Natürlich können Sie, Siggi! Sie haben nichts in der Hand. Möglicherweise ist er tatsächlich nicht der Täter. Wenn Sie nun aber einen Beweis erfinden und Pfeiffer fällt drauf rein, ist es doch gut. Wenn nicht, dann …"

„Ja?", hakte Siggi nach.

„… dann", führte Reuber weiter aus, „ist Pfeiffer wirklich unschuldig. Oder besonders clever." Er grinste seinen Kollegen frech an, nahm die Flasche, die noch auf dem Schreibtisch vor ihm stand, und schenkte ihnen nach.

„Wie … ich meine, ein falscher Beweis, wie soll das gehen …?"

„Siggi, Siggi", entgegnete Reuber streng, „das überlasse ich Ihrer Phantasie. Ein Brief, ein Schreiben, eine Aussage, ein Tagebuch … ich kann Ihnen nicht alles abnehmen." Er lachte, nahm sein Glas und hielt es Siggi entgegen. Der lehnte mit einer Geste ab und erhob sich von seinem Sessel.

„Ach, Siggi!", rief ihm Reuber nach, als der sein Büro verlassen wollte. „Morgen ist Dorles Beerdigung. In Gonsenheim. Um elf Uhr."

In seinem Büro dachte Siggi über Reubers Vorschlag nach.

Bis er die Direktion verließ, hatte er sich dazu durchgerungen, diesen anzunehmen. Nur wusste er nicht, wie er einen Beweis fingieren sollte.

Er ging langsam, die Straßen waren trotz der Wärme noch immer feucht von dem Regen am Nachmittag. Der Keller eines zerbombten Hauses schien mit Wasser vollgelaufen zu sein, denn eine Frau kletterte mit zwei Kindern über den Schutt, alle drei hielten Eimer in den Händen, die sie knapp vor Siggi in den Rinnstein entleerten, ohne ihn zu beachten.

Nahe der Kaiserstraße riss ihn der bekannte Lärm eines Automotors aus seinen Grübeleien. Er hatte die nächste Kreuzung erreicht, da raste der Porsche schon vorbei. Trotzdem sah Siggi, dass zwei Personen in dem Auto saßen. Gleich darauf schwoll erneut Lärm an, ein zweiter Wagen rauschte, nicht minder schnell als der erste, an ihm vorbei. Auch er war mit zwei Personen besetzt. Es war ein britischer MG, wie Siggi gleich erkannte.

Verwundert sah er den Autos nach. Den Porsche hatte Harro gesteuert, und es schien Siggi, als gehörten die beiden Wagen zusammen. Warum aber behauptete Harro, dass er niemanden in Mainz kenne?

12. Mai 1950

XXVIII

Franzi empfing Koch nicht freundlicher, als sie am Vorabend zu ihm gewesen war, als er um zehn Uhr am Morgen bei ihr klingelte und sie ihm das Tor öffnete.

Er hatte seinen schwarzen Anzug und seinen Hut ausgebürstet, die Schuhe gewichst, seine Krawatte besonders sorgfältig gebunden und sich frisch rasiert. Franzi nahm von alldem keine Notiz.

„Komm rein!“, forderte sie ihn ruppig auf.

Ihr schwarzes Kleid reichte fast bis zum Boden, ihren Kopf bedeckte ein dunkler Hut. Im Hintergrund erschien Karl, ihr Sohn. Er begrüßte Koch und stellte sich neben seine Mutter.

Auf dem Weg zum Friedhof sprachen sie kaum ein Wort miteinander. Franzi teilte ihm lediglich mit, für zwanzig Leute eingedeckt zu haben. In der Trauerhalle setzte sich Koch nach vorne in die erste Reihe. Bald war die Halle bis auf den letzten Platz besetzt. Koch hatte nicht geahnt, wie viele Menschen sich seiner Frau verbunden fühlten. In der letzten Reihe sah er Reuber mit seiner Frau Marlies.

Franzi nahm neben ihm Platz, kurz darauf kam der Pfarrer zu ihnen, um sie zu begrüßen. Andere Leute aus dem Ort, von denen Koch die meisten nur flüchtig kannte, sahen zu ihm herüber und nickten ihm mitleidsvoll zu.

Schließlich ertönte eine Klingel und der Pfarrer trat nach vorne an das Pult neben dem Sarg, der von zwei großen Blumensträußen umrahmt war. Er wartete, bis es völlig still war, dann sprach er ein Gebet und ließ anschließend Dorles Leben Revue passieren. Koch blickte zur Seite, wo Franzi sich mit einem Taschentuch Tränen aus den Augen tupfte. Koch wurde einmal mehr deutlich, wie viel Ruhe Dorle in sein Leben gebracht hatte. Er fragte sich, ob es immer zu einer Katastrophe kommen musste, bevor man sich solcher Wahrheiten bewusst wurde. Er war ohnmächtig gegen den Ansturm der Erinnerungen, der ihn in diesem Moment anfiel.

Ein sanfter Stoß in die Seite holte Koch in die Wirklichkeit zurück. Geräuschvoll erhoben sich die Menschen um ihn herum, vier schwarz gekleidete Männer stellten sich neben den Sarg und hoben ihn auf ein Zeichen des Pfarrers hin an. Franzi hakte sich bei ihm unter und zog ihn mit sich, bis sie hinter dem Sarg zum Stehen kamen.

Langsam setzte sich die Trauergemeinde in Bewegung, vorneweg der Pfarrer, ihm folgten die Männer mit dem Sarg, dann Koch und Franzi, die auf der anderen Seite von Karl flankiert wurde, hinter ihnen die anderen Trauergäste. Der Boden war vom Regen am Vortag noch aufgeweicht und matschig, sie mussten langsam gehen, um nicht auszurutschen.

Koch starrte auf den Sarg vor ihm. Die Vorstellung, dass in dieser Holzkiste Dorle lag, kam ihm völlig unwirklich vor.

Mechanisch setzte Koch einen Fuß vor den anderen, bis der lange Trauerzug die Grabstelle erreichte. Die vier Träger setzten den Sarg auf den Brettern, die quer über der Grube lagen, ab, und nahmen ein wenig seitwärts Aufstellung. Der Pfarrer wartete, bis alle sich um das Grab herum versammelt hatten. Er sprach einige Worte und spendete den Segen, anschließend gab er den Trägern ein Zeichen, den Sarg herabzulassen. Als sie ihre Tätigkeit beendet hatten und wieder neben dem Grab standen, blickte der Pfarrer Koch auffordernd an, der nicht gleich verstand.

„Du musst Erde und eine Blume ins Grab werfen!“, flüsterte ihm Franzi zu.

Er trat vor, blickte in das Loch vor ihm, auf den Sarg, verabschiedete sich stumm von seiner Frau, nahm die Schaufel, stieß sie in die Erde, die er dann auf den Sarg rieseln ließ. Anschließend zog er eine Rose aus einer bereitgestellten Vase, küsste sie und ließ sie in die Grube fallen. Anschließend trat er einige Schritte zur Seite, damit die anderen Menschen sich ebenfalls von Dorle verabschieden konnten. Unter ihnen war auch Bresson, der sich mit Krücken aufrecht hielt.

„Wir werden nicht jünger, Puhler!“, flüsterte er, während er seinem ehemaligen Nachbarn die Hand schüttelte und ihm dann sein Beileid aussprach. Koch reichte ihm die Schaufel. Als er die Koch zurückgab, sagte er leise: „Immerhin kann ich noch alleine trinken, ohne Hilfe!“, dann humpelte er mit seinen Krücken zur Seite.

Ein großer Mann in einem dunkelblauen Anzug trat vor Koch. In der Hand hielt er eine Schiebermütze. Er beugte sich ein wenig vor und umarmte den überraschten Koch. Mit Bardo Freiherr von Esch hatte er nicht gerechnet. Hatte Franzi ihn informiert? War er eigens aus den USA nach Mainz gekommen, um an der Beerdigung teilzunehmen? Der Gedanke rührte ihn. Esch war ein Mediziner, den Koch vor einigen Jahren kennengelernt hatte, als dieser für kurze Zeit als Gerichtsmediziner in der Direktion gearbeitet hatte. Anfangs war Koch ihm mit Misstrauen begegnet.

„Mein herzlichstes Beileid, Paul!“, sagte von Esch mit belegter Stimme. Dann klopfte er Koch auf die Schulter und trat zur Seite, um den Pfarrer und Franzi vorzulassen.

„Ich bleibe noch ein wenig hier“, teilte Koch ihr mit, die nickte und „Wir sehen uns bei mir“ erwiderte.

Koch wartete, bis er alleine war, dann kniete er vor dem Grab nieder und schloss seine Augen. Minutenlang hockte er so vor der Grube, meditierte sich in eine Wut über diesen sinnlosen Tod hinein, sprang schließlich auf und krallte seine rechte Hand in den Erdhügel neben ihm, war versucht, den Erdklumpen in das offene Grab zu feuern, besann sich eines anderen und ließ die Erde durch seine Finger auf den Sarg rieseln, schickte einen stillen Kuss hinterher, bevor er in Richtung Ausgang eilte.

Auf Höhe der Trauerhalle trat ein Mann hinter einem Baum hervor und blockierte den Weg.

„Herr Koch!"

Irritiert blickte er den Mann an, der eine Sonnenbrille, eine Kappe und einen Henriquatre-Bart trug. Den Kragen seines leichten Regenmantels hatte er hochgeschlagen.

„Herr Koch, ich muss Sie sprechen!"

„Wer sind Sie?", fragte er zurück. Im gleichen Moment nahm der Mann die Sonnenbrille ab und Koch erkannte Karl Böcklin. „Was wollen Sie hier?", blaffte Koch ihn an. „Ich habe gerade meine Frau beerdigt. Was soll diese alberne Verkleidung?!" Koch packte den Mann, um ihn zur Seite zu schieben. „Das ist der falsche Ort ...", zischte er und wollte an Böcklin vorbeigehen, doch der hielt ihn fest.

„Herr Koch ..."

„Lassen Sie mich los!", herrschte Koch den Mann an.

„Mein herzliches Beileid! Ich weiß, was Ihnen widerfahren ist, Herr Koch, aber es ist wichtig", erwiderte Böcklin ruhig, mit fast sanfter Stimme. Dabei sah er sich nervös um.

Koch fiel sein Verdacht ein, dass dieser Mensch etwas mit Dorles Tod zu tun hatte. Warum tauchte er jetzt an diesem Ort auf? Wollte er ihn verhöhnen?

„Woher wissen Sie …?“, fragte er schroff.

„Das ist kein Geheimnis, Herr Koch. Ich habe mich erkundigt, wann Ihre Frau beigesetzt wird, weil ich dies für eine, verzeihen Sie bitte meine Wortwahl, Herr Koch, weil ich das für eine gute Gelegenheit hielt, Sie unauffällig zu treffen.“

„Unauffällig?“, entgegnete Koch höhnisch.

„Herr Koch, glauben Sie mir, ich fühle mit Ihnen! Aber mein Anliegen ist sehr wichtig. Sonst wäre ich nicht hier und würde nicht mein Leben riskieren.“

„Ein bisschen viel Pathos!“, entgegnete Koch harsch.

„Sehen Sie das, wie Sie wollen. Es gibt Leute, die keine Skrupel haben, bis zum Letzten zu gehen, um ihr Vorhaben durchzusetzen.“

„Sie geben wohl nicht auf …“

„Nein, Herr Koch, ich möchte verhindern, dass Mörder und Totschläger wieder in Amt und Würden kommen. Genau das wird mit der Gründung des Bundeskriminalamtes geschehen. Sie sollten auch ein Interesse daran haben, das zu verhindern.“ Böcklin sprach schnell, um Koch nicht die Gelegenheit zu geben, ihn zu unterbrechen. „Der Mann, Herr Koch, um den es geht, ist ein gewisser Paul Dickopf. Haben Sie den Namen schon einmal gehört?“

Koch verneinte.

„Kommen Sie!“, forderte Böcklin ihn auf. „Lassen Sie uns über den Friedhof spazieren. Da fallen wir weniger auf.“

Koch sah auf seine Uhr.

„Bitte!“, appellierte Böcklin. „Ich beeile mich!“, versprach er und ging los. Koch blieb stehen. Böcklin sah sich um. „Bitte!“ Koch trat zu ihm.

„Zunächst einmal zu diesem Paul Dickopf.“ Böcklin

nahm seinen Hut ab und strich sich mit der Hand durch die Haare, setzte seine Kopfbedeckung wieder auf. „Der Mann gehört zu den sogenannten *Charlottenburgern.*“

Koch nickte zum Einvernehmen. Der Begriff bezeichnete diejenigen Kriminalisten, die an der Polizeischule in Berlin-Charlottenburg ausgebildet worden waren.

„Die Charlottenburger zeichnet ein ausgeprägter Chorgeist aus. Sie haben sich im Laufe ihrer Karrieren immer gegenseitig unterstützt.“

Böcklin machte eine Pause. Die Hitze machte ihm zu schaffen. Er sah sich um, bevor er weitersprach.

„Ab Sommer 1937 war Dickopf bei der Kriminalpolizeileitstelle in Frankfurt am Main, 1939 legte er seine Prüfung zum Kriminalkommissar ab und wurde SS-Untersturmführer beim SD. Nächste Stationen waren Karlsruhe, wo Dickopf als Leiter des kriminalpolizeilichen Erkennungsdienstes arbeitete, und ab Herbst 1939 Stuttgart. Im Krieg ging er zur militärischen Abwehr.“

Er sah zu Koch hinüber, dessen Blick Ungeduld ausdrückte.

„So weit ist alles klar. Danach … gibt es nicht viel. Beziehungsweise nur das, was Paul Dickopf in seinen biographischen Notizen selbst schreibt. Deren Richtigkeit muss allerdings angezweifelt werden.“ Er machte wieder eine Pause und atmete durch.

„Im Juni ’42 bekam er den Befehl, in die Schweiz zu gehen. Dort sollte er als Mitarbeiter der Reichsbahn getarnt in Zürich arbeiten. Vorher sollte er in Paris eine Einarbeitung erhalten, wo er im August 1942 auch eintraf. Dickopf selbst behauptet, als Regimegegner nach Paris und von dort in die Schweiz geflohen zu sein. Im Sommer ’43 ging er dann tatsächlich in die Schweiz, unterstützt von seinem Freund, dem Schweizer François Genoud, einem glühenden Hitlerverehrer, Zuarbeiter der Gestapo und inzwischen im Besitz der Rechte an den Tagebüchern von Martin Bormann. Es gibt Hinweise, dass Dickopf für den Schweizer Geheimdienst arbeitete und für den OSS, den Vorläufer der CIA. Dickopfs Flucht war wahrscheinlich Teil einer nachrichtendienstlichen Legende, denn er hat offenbar sowohl die Schweizer und die Amerikaner wie auch Bormanns Parteikanzlei mit Nachrichten versorgt ..."

Koch unterbrach Böcklins Rede mit einer Handbewegung. „Warum tun Sie das?"

Die Frage verwirrte Böcklin und er schwieg einen Moment. „Was glauben Sie, Herr Koch?", erwiderte er schließlich. „Ich mache mir Gedanken über die Zukunft unserer jungen Demokratie und ich befürchte, Männer wie Dickopf wollen alte Parteikader der Nazis wieder in führende Stellungen bringen, um sich so Einfluss zu verschaffen."

„Um einen Machtwechsel herbeizuführen?"

„Das glaube ich nicht", entgegnete Böcklin und wischte sich mit einem Taschentuch über die Stirn. „Zumindest kurz- und mittelfristig nicht. Es geht ihnen vielmehr darum, Einfluss zu nehmen auf Entnazifizierungsprogramme, Wiedergutmachungszahlungen und natürlich ihr eigenes Bild in der Geschichte." Böcklin rückte seinen Hut zurecht. „Im Oktober '45 wurde Dickopf aus dem Status eines politischen Flüchtlings entlassen und kam '47 nach Deutschland zurück. Schon kurz danach begann er, sich um den Aufbau einer Bundespolizeibehörde zu kümmern, und scharte alte Bekannte aus Charlottenburg um sich, unter anderem einen gewissen Rolf Holle. Der übrigens schon Ende 1947 als nominelles Mitglied der NSDAP in die Gruppe V bei der Entnazifizierung eingeordnet wurde. Damit stand seiner Wiedereinstellung als Kriminalkommissar, mit Billigung der britischen Besatzungsmacht wohlgemerkt, nichts mehr im Wege. Die Konzepte, Herr Koch, die Paul Dickopf und Rolf Hoppe erarbeiten, ähneln sehr denen des Reichssicherheitshauptamtes, bis hin zum Organigramm."

„Ist dieser Dickopf belastet?", fragte Koch.

„Er wurde '48 ebenfalls in die Gruppe V als Entlasteter eingestuft. Interessant ist auch ...", Böcklin wühlte in seiner Tasche und nahm einen zusammengefalteten Zettel heraus, „... Sie haben doch noch einen Moment ...", dabei faltete er den Zettel auseinander, „... was Dickopf in seinem ersten Bericht zur Lage der Kriminalpolizei in Deutschland, veröffentlicht im Mai '48, zu den Ergebnissen der Polizeiorganisation der sowjetischen Besatzungsmacht schreibt." Böcklin senkte seinen Blick und begann zu lesen. „Der Russe denkt zentralistisch und erblickt in einer von der höchsten Stelle der Zone, das heißt von ihm selbst gesteuerten Polizei, das gegebene Mittel zur Massenlenkung und Massenbeherrschung. Wenn also zunächst auch alles andere als kriminalpolitische Gesichtspunkte für den imponierenden Aufbau einer neuen ostdeutschen Kriminalpolizei maßgebend waren, bleibt doch die Tatsache bestehen, dass hier erstmals wieder die conditio sine qua non der kriminalistischen Arbeit erfüllt wurde: Zentralisierung der technischen Dienste im Gleichklang mit der Exekutive."

Böcklin sah Koch an, der reagierte nicht.

„Dickopf ist ein ausgewiesener Gegner einer föderativen Struktur der Polizei. Was er auch in seinem Bericht ‚Die künftige Gestaltung der deutschen Kriminalpolizei' von Ende '48 nochmals wiederholt. Ich erspare Ihnen den genauen Wortlaut, Herr Koch."

Der nickte dankbar. Er musste los, die anderen Trauergäste warteten sicher schon auf ihn.

„Herr Böcklin, ich habe eben meine Frau beerdigt. Ich muss gehen ...!"

Ohne Gruß ging Koch davon.

Böcklin hatte ihn mit wenigen Schritten eingeholt und hielt ihn am Arm fest. „Bitte, Herr Koch, hören Sie mir noch kurz zu!"

Koch blickte streng auf die Hand an seinem Oberarm. Böcklin zog sie schnell zurück und begann gleich zu sprechen.

„Im April 1949 erschien der sogenannte ‚Polizeibrief der alliierten Militärgouverneure' an den Parlamentarischen Rat. Darin wird nochmals der Grundsatz formuliert, dass die Polizei Ländersache zu sein habe. Der Bund könne zwar Zentralstellen einrichten, aber diese dürften keine Weisungsgewalt gegenüber den Länderpolizeien haben. Auch der Verfassungsschutz dürfe keine Polizeibefugnisse ausüben. Dickopf hat das gar nicht gefallen, wie Sie sich vorstellen können, und er unternimmt nun alles, um die Gründung einer Bundespolizei durchzusetzen. Seine stärksten Verbündeten sind die Amerikaner und die Tatsache, dass sich deren Verhältnis zu den Russen praktisch täglich verschlechtert. Immerhin schaffte Dickopf mit seinen Initiativen, dass im Grundgesetz aufgenommen wurde ...", Böcklin schien gut vorbereitet zu sein, denn er blickte erneut auf seinen Zettel und las laut vor, „... dass durch Bundesgesetz die Zusammenarbeit des Bundes und der Länder in der Kriminalpolizei und in Angelegenheiten des Verfassungsschutzes, die Errichtung eines Bundeskriminalamtes sowie die internationale Verbrechensbekämpfung geregelt werden können."

Koch wurde es langsam zu viel.

„Ich bin gleich fertig“, beschwichtigte ihn Böcklin, der das bemerkt hatte. „Ein weiterer Artikel bestimmt, dass durch Bundesgesetz Bundesgrenzschutzbehörden, Zentralstellen für das polizeiliche Auskunfts- und Nachrichtenwesen, zur Sammlung zum Zwecke des Verfassungsschutzes und für die Kriminalpolizei eingerichtet werden. Damit hat Dickopf einen wichtigen Etappensieg auf dem Weg zu seinem Ziel erreicht.“

„Ich muss …“, sagte Koch und blickte in Richtung des Friedhofsausgangs.

„Einen kleinen Moment bitte noch“, bat Böcklin. „Die Verbrechensbilder, die Dickopf hat, sind denen der Nazis mehr als ähnlich. Die reisenden Berufsverbrecher, Landfahrer, Zigeuner. Er ist zudem ein großer Anhänger der Vorbeugehaft, die sich, wie Sie sicher wissen, mit den Usancen eines Rechtsstaates nicht verbinden lassen. Dennoch, Herr Koch, hat der Bundesinnenminister Heinemann im Oktober letzten Jahres auf einer Pressekonferenz die Errichtung eines Bundeskriminalamtes angekündigt. Aufgabe des Bundeskriminalamtes, so Heinemann, werde die Verfolgung von Verbrechern über die Grenzen der Länder hinaus sein. Dickopf hatte erreicht, was er wollte. Oder fast, denn es wurde festgelegt, das Bundeskriminalamt nicht mit Exekutivbefugnissen auszustatten. Zurzeit sucht er nach einem geeigneten Standort für die Behörde. Koblenz war, wegen der Nähe zu Bonn, längere Zeit Favorit, derzeit ist es Wiesbaden, weil die Stadt ein Grundstück zur Verfügung gestellt hat. Architekt des Gebäudes soll übrigens ein gewisser Herbert Rimpl sein, der sein Büro in Ihrem schönen Mainz hat. Der Mann war im Krieg ein Mitarbeiter Speers und eng in die Planung von Bauvorhaben in der Rüstungsindustrie involviert gewesen. Im Juli 1944 hat er die technische Bauleitung für die Untertageverlagerung der Junckers-Werke im Harz übernommen. Sie sehen, auch hier setzt Dickopf auf Kontinuität."

Böcklin atmete schwer, er hatte schnell gesprochen, die Sonne brannte auf die beiden Männer herunter. Mittlerweile hatten sie fast den Ausgang erreicht.

„Herr Koch! Ich appelliere an Sie! Die Gründung des Bundeskriminalamtes können wir nicht mehr verhindern, aber wir müssen es mit demokratischen Kräften besetzen, und damit das passiert, darf Paul Dickopf nicht in verantwortlicher Position arbeiten. Ich brauche Ihre Hilfe, Herr Koch."

Der antwortete mit einem skeptischen Blick. Böcklin sah sich um.

„War da was?" Er sah zu einem dichten Gebüsch hinter einer Gräberreihe. Koch folgte dem Blick, konnte aber nichts entdecken.

„Ich werde schon paranoid", befand Böcklin. „Bitte, Herr Koch, Sie müssen mir helfen!"

Mit diesen Worten streckte er seine Hand aus, schüttelte kurz Kochs Rechte, wandte sich um und eilte auf den Friedhof zurück.

Koch sah ihm kurz nach, um ihm dann einige Meter nachzulaufen. „Wie sind Sie auf mich gekommen?"

Böcklin blieb stehen, trippelte nervös auf der Stelle. „Ihre Vergangenheit ist im Innenministerium nicht unbekannt, Herr Koch. Dass Sie bei der Mainzer Polizei nicht nur Freunde haben, auch. Es gibt Menschen, die Sie lieber heute als morgen loswerden wollen. Nehmen Sie das als Kompliment." Böcklin machte ein paar Schritte auf Koch zu, damit er nicht so laut sprechen musste. Leiser, fast geflüstert, sagte er: „Herr Koch, vielleicht können Sie jetzt meine Sorge teilen und erklären sich endlich bereit, mir zu helfen."

„Ich überlege es mir, Herr … Böcklin … Wollen Sie mir nicht Ihren richtigen Namen nennen?"

Böcklin schüttelte den Kopf. „So können Sie ihn auch nicht versehentlich nennen."

„Wie kann ich Sie erreichen?"

„Ich melde mich", erwiderte Böcklin und lüpfte kurz seine Kappe. „Gehen Sie, ich bleibe noch einen Moment hier." Er streckte Koch nochmals seine Hand entgegen, der sie schüttelte, dann wandte sich Böcklin ab und ging. Koch sah ihm nach, bis er hinter einer Reihe von Gräbern verschwunden war.

Auf dem Weg zu Franzis Haus kam Koch zu der Überzeugung, dass Böcklin nichts mit Dorles Tod zu tun hatte. Dieser Gedanke war völlig verrückt gewesen. Natürlich wusste Koch um die alten Nazis, die wieder hohe Ämter bekleideten, und dass spätestens, nachdem die Alliierten in den Westzonen die Entnazifizierung den Deutschen selbst in die Hand gelegt hatten, es ein leichtes Unterfangen war, sich einen Persilschein zu besorgen. Man beglaubigte sich gegenseitig eine distanzierte Haltung gegenüber den Nazis, bescheinigte dem anderen, einem Juden oder Nazigegner geholfen zu haben, schon war man freigesprochen und für jede Arbeit und jedes Amt zugelassen. Die sich täglich verschärfende Konfrontation mit den Russen tat ein Übriges, dass überzeugter Antikommunismus allemal mehr zählte als ein paar Morde im Dritten Reich. Aber eine Behörde zu gründen, um vor allem einer hoch belasteten Gruppe wie den Kriminalisten ein neues Betätigungsfeld zu bieten, das schien ihm doch fragwürdig.

Das Tor zu Franzis Haus stand offen.

„Da bist du ja endlich!", begrüßte ihn die Hausherrin, „wir haben auf dich gewartet."

Im Hof hatte Franzi mehrere Tische aneinandergestellt und so eine lange Tafel geschaffen. Weiße Tischdecken schufen die Illusion eines einzigen Tisches, der für die Trauergäste eingedeckt war.

Koch nickte ihr zu und wollte sich an den Tisch setzen, aber Franzi hielt ihn zurück.

„Du musst ein paar Worte sagen!", sagte sie streng.

Widerwillig ging Koch an den Kopf der langen Tafel. Langsam verstummten die Gespräche. Er nutzte die Zeit, bis es völlig ruhig war, sich umzuschauen, wer alles gekommen war. Bresson konnte er ebenso wenig entdecken wie Arnheim, dafür waren Reuber und seine Frau sowie Siggi anwesend. Ihnen gegenüber saß von Esch, der ihm zunickte, als er Kochs Blick bemerkte. Karl war da und einige Leute aus dem Ort. Koch räusperte sich. Alle sahen ihn an.

„Ich danke Ihnen allen, dass Sie gekommen sind …", er machte eine Pause, er war es nicht gewohnt, solche Reden zu halten, „um mit mir Abschied von meiner Frau, von Dorle, zu nehmen. Ich verstehe selbst noch nicht, was da geschehen ist, was mir genommen wurde. Durch …", Koch spürte, wie seine Stimme belegter wurde, wie er plötzlich etwas Persönliches sagen wollte, wo das doch gar nicht seine Art war, „… Dorle habe ich eine Heimat gefunden, ein Zuhause, nach vielen Jahren des Umherirrens bin ich angekommen. Durch Dorle habe ich hier in Gonsenheim mein Zuhause gefunden." Er spürte die Tränen, die ihm in die Augen stiegen. In den Tagen seit Dorles Tod hatte er sich oftmals, wenn er alleine war, gewünscht, weinen zu können. Doch jetzt, vor diesen vielen Menschen, konnte er sie nicht mehr zurückhalten. „Ich … danke Ihnen und möchte Sie bitten, mit mir eine Minute schweigend Dorles zu gedenken!"

Alle erhoben sich.

Als der Leichenschmaus sich seinem Ende zuneigte, kam Franzi zu Koch, umarmte ihn und flüsterte ihm „Danke für deine Worte!“ ins Ohr. Nach und nach verabschiedeten die Gäste sich. Als Franzi sich drei Frauen zuwandte, stand Koch auf und setzte sich neben Bardo von Esch.

„Mein Beileid, Paul!“, sagte der noch einmal und legte seinen Arm um Kochs Schulter.

„Warum bist du hier?“

„Die Vorsehung, hätte der Führer gesagt, hat mich hierher geführt. Nein. Ich werde Amerika verlassen und nach Deutschland zurückkehren. Ich nutze meinen Urlaub, um mich umzuhören, wo es eine Stelle für mich gibt.“

„In Mainz“, schlug Koch vor. „Krauss ist nur eine Interimslösung, und soviel ich weiß, ist die Stelle noch nicht neu besetzt.“

Esch verzog das Gesicht. „Mal schauen. Eine größere Stadt wäre mir lieber, um ehrlich zu sein. Aber das ist im Moment nicht wichtig. Dass Dorle tot ist, das ist wirklich schrecklich. Weißt du denn, wer dahintersteckt?“

„Keine Ahnung. Nichts. Keine Spur.“ Er erzählte Esch, wie er an jenem Tag nach Hause gekommen war und die Nachricht von Dorles Tod erhalten hatte.

Esch hörte geduldig zu.

„Wenn ich dir helfen kann“, bot er an, als Koch seine Ausführungen beendet hatte, „lass es mich wissen. Ich muss jetzt leider los, ich bin mit meiner Schwester in Frankfurt verabredet. Erbschaftsangelegenheiten.“

Koch begleitete ihn vors Tor und kehrte erst wieder in den Hof zurück, als Esch um die Ecke verschwunden war.

Koch setzte sich auf seinen Platz und blickte über den langen Tisch, auf dem noch die benutzten Teller und Tassen standen. Esch kam zurück nach Deutschland und für ihn stellte sich mit einem Mal die Frage, was er machen sollte. Weiter in dem Haus, das er mit Dorle bewohnt hatte, leben? Weggehen? In eine andere Stadt? Oder ein anderes Land? Émile fiel ihm ein, sein Sohn. War die Zeit reif, ihn zu sehen? Würde Beatrice dem zustimmen?

Bald verließen auch die letzten Gäste den Hof, Koch und Franzi waren nun allein. Sie hatte Tränen in den Augen, als sie sich neben ihn setzte.

„Vielen Dank, Franzi!", sagte Koch und nahm die Frau in den Arm, die ihren Kopf gleich an seine Schulter fallen ließ.

„Alles geht zu Ende! So schnell, so plötzlich!" Wehmut und auch Verbitterung hörte Koch aus ihren Worten heraus. Sie hatte ihren Kopf von seiner Schulter genommen, sah ihn aber nicht an. Er versuchte, ihren Blick auf sich zu lenken.

„Nichts hat Bestand. Da denkt man, alles ist gut, ...", sie machte eine Pause und schniefte, „der Krieg ist vorbei, es geht uns wieder besser, aber ... wofür? Nichts!" Bei dem letzten Wort schlug sie mit der Hand so heftig auf den Tisch, dass das Geschirr klirrte.

„Was ist?", fragte Koch.

„Zwischen Robby und mir ... es ist aus", sagte sie und sah weg.

„Wie? Aus? Ich dachte, ihr wärt ...?"

„Nein, nein. Es geht nicht. Es ist zu fremd. Ich passe nicht dahin."

„Hast du ... es ihm gesagt?"

Franzi nickte und wischte sich die Tränen aus dem Gesicht.

„Und ... Robby?"

„Er versteht es nicht ... oder doch ... nein, eher nicht."

„Bleibst du jetzt hier?"

„Ja", antwortete sie und kramte ein Taschentuch hervor, in das sie sich schnäuzte.

„Endgültig?", fragte Koch.

„Was denn sonst! Habe ich doch gesagt!", erwiderte sie aufgebracht. „Entschuldige bitte. Ich dachte, ich hätte mein Glück gefunden. Aber es sind zwei Welten. Die Menschen, mit denen Robby zu tun hat, es ist alles so anders, so fremd ... ich kann das nicht."

„Du gehst gar nicht mehr zurück?"

Sie schüttelte ihren Kopf. „Robby schickt meine Sachen mit dem Schiff. Ist aber nicht viel."

Minutenlang schwiegen die beiden, dann stand Franzi auf und räumte den Tisch ab. Koch erhob sich ebenfalls, und ohne ein einziges Wort miteinander zu wechseln, trugen sie das Geschirr ins Haus, wo Franzi heißes Wasser in ein Becken laufen ließ.

„Du kannst gehen, ich mache das schon. Ich möchte jetzt allein sein!", sagte sie und nach einer kurzen Verabschiedung stand Koch auf der Straße und wusste nicht, wohin er gehen sollte. Es war keine bewusste Entscheidung, noch einmal auf den Friedhof zu gehen.

Dorles Grab war schon zugeschüttet worden, auf dem kleinen Erdwall stand ein Holzkreuz, auf dem ihr Name mit ihrem Geburts- und Todesdatum zu lesen war.

Koch blieb lange wie erstarrt vor dem Grab stehen, vergaß die Zeit. Erst der Friedhofswärter, der ihn an die baldige Schließung erinnerte, riss ihn aus seinen Gedanken.

Als der Wärter sich einige Meter entfernt hatte, sagte er laut: „Ich schwöre dir, Dorle: Ich finde deinen Mörder!"

Nach einem letzten Blick löste er sich von dem Grab und folgte dem Mann zum Ausgang.

13. Mai – 14. Mai 1950

XXIX

Siggi war machtlos gegen die Unruhe, die ihn umtrieb. Sein Kopf war eine Mühle, in der all das, was ihn beschäftigte, zu einem Brei zusammengemahlen wurde. Reubers Vorschlag, einen Beweis zu erfinden, um Pfeiffer des Mordes an seinem Schwager zu überführen. Harro, der auftauchte und verschwand, wie es ihm gefiel. Er riss Siggi mit und ließ ihn dann alleine zurück, er behauptete, niemanden in Mainz zu kennen, um dann in Gesellschaft aufzutauchen. Bevor er sich zur Beerdigung aufmachte, hatte er vor seiner Zimmertür ein Päckchen vorgefunden, ohne Absender, lediglich Siggi war handschriftlich darauf vermerkt. Zunächst wollte er es erst nach seiner Rückkehr von der Beerdigung öffnen, doch er entschied sich anders und hielt dann das fehlende Ersatzteil für den Vergaser seines Škodas in der Hand. Das Päckchen konnte nur von Harro stammen. Aber wann hatte er es vor die Tür gelegt, wie war er ins Haus gekommen? Wie hatte er es so schnell besorgen können? Harro wurde ihm immer mehr zum Rätsel. Schließlich die Beerdigung, das Endgültige, das sie bedeutete. Bressons Gebrechlichkeit, der sich nur mithilfe von Krücken bewegen konnte. Auch Koch hatte älter auf ihn gewirkt, als er an dem Grab gestanden und die Beileidskundgebungen entgegengenommen hatte. Schließlich von Esch, der wie ein Phoenix aus der Asche aufgetaucht war.

Um sich abzulenken, fuhr Siggi am Samstagmittag zu seiner Tante. Nach einer ausgiebigen Mahlzeit zog er sich in den Schuppen zurück und montierte den Vergaser. Aufgeregt setzte er sich hinter das Lenkrad, flutete mit mehreren Gasstößen den Vergaser und betätigte die Zündung.

Nach drei Versuchen erwachte der Motor zum Leben, spratzte einige Male, brauchte Zeit, bis er sich fing, um schließlich zur Freude seines Besitzers in ein gleichmäßiges Brummen zu verfallen. Vorsichtig trat Siggi die Kupplung durch, gab etwas Gas und legte den ersten Gang ein. Mit einem Knirschen rastete dieser ein. Das Scheunentor stand weit offen und langsam ließ Siggi den Wagen herausrollen. Stolz winkte er seiner Tante zu, die den ersten Fahrversuch aus dem Fenster beobachtete. Vor dem Hoftor brachte er den Wagen zum Stehen, öffnete beide Flügel und fuhr dann hinaus auf die Straße.

Zufrieden mit sich kehrte er nach einer Stunde zurück auf den Hof und stellte den Škoda in der Scheune ab. Sowie er das Kommissarspatent in den Händen hielt, würde er das Auto anmelden.

Zum Abschied schenkte seine Tante ihm einen Photoapparat und drei Filme.

„Ich benutze den doch sowieso nicht", erklärte sie ihrem Neffen, während sie ihm das Gerät in die Hand drückte. „Du kannst bestimmt mehr damit anfangen. Zum Beispiel deine geliebten Autos photographieren."

Sie lachte.

Am Sonntagmorgen wurde Siggi durch ein Klopfen an seiner Tür geweckt. Seine Zimmerwirtin stand vor ihm.

„Sie haben Besuch. Er hat sich nicht abwimmeln lassen", sagte sie und sah vorwurfsvoll hinter sich, wo Siggi Harro entdeckte, der ihn breit anlachte. Ohne auf die Frau vor ihm zu achten, die keine Anstalten machte, aus der Tür zu treten, um ihn in das Zimmer zu lassen, rief er Siggi „Lust, zu einem Rennen zu fahren?" zu.

Siggi war noch zu verschlafen, um gleich reagieren zu können.

„Solitude“, fügte Harro hinzu und reckte sich dabei über die Schulter der Frau.

„Ja“, erwiderte Siggi müde.

„Ich warte unten auf dich“, rief Harro, verbeugte sich tief vor der Zimmerwirtin und lief die Treppe hinab.

„Seltsame Freunde haben Sie!“, bemerkte die Wirtin statt einer Verabschiedung und ging ebenfalls.

Siggi stand schon im Flur und wollte die Tür zuziehen, da fiel ihm der Photoapparat seiner Tante ein. Schnell legte er einen der drei Filme ein, steckte die beiden anderen in seine Hosentasche und machte sich auf den Weg nach unten. Harro lehnte lässig am hinteren Kotflügel des Porsche und rauchte. Er trug eine weite beige Hose, ein weißes Hemd, dessen Ärmel er bis zum Ellenbogen aufgekrempelt hatte und die obligatorische Schiebermütze. Er wirkte unbeeindruckt von dem wolkenbedeckten Himmel und dem kühlen Wind.

„Das ging ja wie die Feuerwehr“, stellte Harro fest, als Siggi vor ihm stand. Er hielt ihm eine Zigarettenpackung entgegen.

„Ich habe noch nichts im Bauch“, lehnte Siggi ab.

Da Harro keine Anstalten machte, in den Wagen zu steigen, sah ihn Siggi verwundert an.

„Wir müssen noch warten. Wir fahren nicht allein.“

Siggi konnte seine Überraschung nicht verbergen.

„Bekannte von mir. Ist doch schöner, in der Gruppe zu fahren. Wirst sehen, Siggi, wir werden viel Spaß haben.“

„Woher kennst du die?“, konnte der sich nicht verkneifen zu fragen.

„Ich bin ein offener Mensch“, entgegnete Harro. „Ich habe sie bei einem Autohändler kennengelernt, als ich mich da umgeschaut habe.“

Siggi nickte. Es missfiel ihm, dass sie nicht alleine fuhren.

Ihre Unterhaltung wurde durch mehrfaches Hupen unterbrochen. Harro erkannte die Quelle des Lärms zuerst und begann, mit beiden Armen zu winken. Wenig später parkte ein Vorkriegs-BMW hinter dem Porsche. Zwei Männer Mitte dreißig stiegen aus und begrüßten Harro lachend mit Handschlag.

„Darf ich vorstellen", sagte er dann, „das ist Siggi, und das sind Bodo und Teddy."

Die beiden gaben Siggi die Hand.

„Freut mich!", sagte Bodo. Er war groß, hatte blonde, streng gescheitelte Haare und es lag etwas Militärisches in seiner Haltung, eine Strenge, die einen starken Gegensatz zu Harros Lässigkeit darstellte. Teddy war kleiner, sogar ein ganzes Stück, dafür sehr muskulös, was trotz einer weiten, kurzen Jacke nicht verborgen blieb. Er lachte Siggi beim Handschlag zwar freundlich an, doch in seinem Blick lag etwas Lauerndes. Seine Bewegungen waren geschmeidig und erinnerten Siggi an den Gang eines Panthers, den er in einem Vorfilm im Kino gesehen hatte. Beide Männer trugen dunkle Hosen und hellblaue Hemden. Siggi meinte, in den wenigen Worten, die Teddy sprach, einen ganz zarten amerikanischen Akzent durchschimmern zu hören.

„Dann mal los!", forderte Harro laut, nahm vom Vordersitz des Porsche eine Lederjacke, die er anzog, streifte ein Paar Handschuhe über und stieg dann ein. Nach einem kurzen Zögern nahm Siggi auf dem Beifahrersitz Platz. Den Photoapparat legte er im Fußraum ab.

„Du wirst viele tolle Wagen sehen", versprach Harro mit Blick auf die Kamera.

Dann startete er den Motor, gab mit mehreren Gasstößen das Zeichen zum Aufbruch und sah sich nicht um, ob die beiden anderen ihnen folgten, sondern raste gleich los. Als Siggi sich nach der übernächsten Kreuzung umwandte, sah er den BMW jedoch nur wenige Meter hinter ihnen.

An der Stadtgrenze ließ Harro jede Zurückhaltung fallen und jagte den Porsche über die Landstraße. Siggi erkannte bald, dass Teddy Harro in fahrerischem Können in nichts nachstand.

Siggi fühlte sich wie auf der Rennstrecke. Mal schloss Teddy dicht auf und versuchte zu überholen, aber Harro machte die Straße dicht und winkte den beiden anderen zu, mal ließ Harro den BMW neben sich auf gleiche Höhe aufschließen, um dann noch eine Kraftreserve aus dem Porsche zu kitzeln und wieder etwas Vorsprung zu gewinnen.

Auch nach einer Stunde Fahrt schienen Teddy und Harro des Spiels nicht müde zu werden. Inzwischen hatte Teddy es sogar zwei Mal geschafft, mit riskanten Manövern an ihnen vorbeizuziehen. Er nutzte dafür Kurven aus, in denen er die Innenlinie besetzte und schnell vorbeischoss, damit Harro ihn nicht mehr blockieren konnte, ohne zu riskieren, dass beide Wagen zusammenstießen.

Bei einem der beiden Manöver rief Teddy „Heute machst du keinen Stich mehr, Harro!" herüber, als sie auf gleicher Höhe waren. Für Siggi klang das, als ob die beiden schon oft solche Rennen gegeneinander gefahren waren.

Mit viel zu hoher Geschwindigkeit schossen sie in eine kleine Ortschaft hinein. Harro lag in Führung, Teddy ließ sich einige Meter zurückfallen. Siggi linste nach links. Knapp einhundert Stundenkilometer zeigte der Tacho und obwohl sich die Straße verengte und in einiger Entfernung in eine Kurve überging, drosselte Harro die Geschwindigkeit keinen Deut.

Zwischen den Hauswänden klangen die Motoren der beiden Autos infernalisch laut. Siggi wurde mulmig zumute, Harro machte noch immer keine Anstalten zu bremsen. Wenn jetzt aus einer der Hofeinfahrten ein Fahrzeug käme, hätten sie keine Chance auszuweichen.

Siggi blickte zu Harro herüber, der den Blick bemerkte und lachte.

„Mal schauen, wer zuerst bremst!", schrie er über den Lärm hinweg.

Die Kurve flog regelrecht auf sie zu.

Siggis Körper verkrampfte sich, er stemmte seine Füße in den Fußraum und drückte sich gegen die Lehne des Autositzes. In dem Moment trat Harro voll auf die Bremse, der Wagen schlingerte, Harro drehte am Lenkrad, um den Wagen in der Spur zu halten. Mit noch immer zu hoher Geschwindigkeit raste er in die Kurve, das Haus auf der rechten Seite kam rasend schnell näher. Als zwischen der Beifahrertür und der Hauswand nur mehr wenige Zentimeter waren, bekam Harro den Wagen endlich unter Kontrolle, gab Gas und schoss die Straße entlang. Hinter sich hörte Siggi ein Kratzen und Schleifen. Neben ihm lachte Harro. „Stümper!", schrie er und lachte nochmals, verringerte nun aber die Geschwindigkeit.

Siggi drehte sich um. Sie hatten den BMW weit hinter sich gelassen.

„Teddy hat die Wand touchiert. Der arme BMW!" Er musste nicht mehr ganz so laut schreien wie vorhin.

Harro ließ sich Zeit, bis der andere Wagen wieder aufgeschlossen hatte, dann gab er erneut Gas, fuhr aber nicht mehr so waghalsig, und Teddy verzichtete auf jeden weiteren Versuch, sie zu überholen.

In der Nähe von Stuttgart riss der Himmel auf und die Sonne kam endlich zum Vorschein. Vermehrt tauchten amerikanische Straßenkreuzer auf. Siggi blickte nach rechts, nach links, entdeckte überall Autos, die er aus seinen Autozeitschriften kannte, aber noch nie auf der Straße gesehen hatte, während Harro jetzt langsamer durch die Stadt fuhr.

„Da hinten kannst du das Schloss Solitude sehen!" Harro zeigte mit dem ausgestreckten Arm auf einen imposanten Bau, dessen Mitte eine große Rotunde bildete.

Siggi beugte sich ein Stück vor. „Was ist das denn davor?"

„Da ist das Fahrerlager. Da können wir aber nicht hinfahren", erklärte Harro.

Er bog ab und Siggi vernahm ein entferntes Motorheulen.

„Die fahren schon. Motorradrennen. Alle Klassen."

Sie kamen nur noch langsam voran, die Zufahrtswege zu den Parkplätzen waren voller Autos. Teddy und Bodo fuhren gleich hinter ihnen. Sie mussten nun vorsichtig sein, denn auf der Straße strebte ein Strom von Menschen zu Fuß oder mit Fahrrädern zur Rennstrecke. Der Porsche wurde sehr aufmerksam und neugierig betrachtet. Harro nahm das locker zu Kenntnis, grüßte ab und zu, während Siggi sich unter all den Blicken unwohl fühlte.

Hinter einer Baumgruppe tat sich auf der rechten Seite eine Wiese auf, die als Parkplatz diente, und auf der sich die Fahrzeuge dicht an dicht drängten. Siggi hatte noch nie so viele Autos auf einmal gesehen.

Harro steuerte den Porsche zwischen den Reihen hindurch, bis sie einen Platz gefunden hatten. Schnell bildete sich eine Traube Neugieriger um sie herum. Teddy stellte den BMW zwei Reihen weiter ab.

Während Harro sich gewohnt lässig an die Fahrertür lehnte, Fragen der Passanten nach dem Porsche beantwortete und dabei mit Frauen flirtete, nahm Siggi den Photoapparat, hängte ihn über seine Schulter und ging zu dem BMW. Die rechte Seite war lädiert, tiefe Riefen durchzogen den Lack.

„Der Sauhund!", schimpfte Teddy, lachte dabei und machte eine Kopfbewegung zu Harro herüber. „Fährt wie der Teufel!"

Damit ließ er Siggi stehen und ging zu Harro, um ihm einen festen Klaps auf die Schulter zu geben. Der drehte sich um und lachte ihn verschmitzt an. Einmal mehr schien es Siggi, dass die beiden Männer sich schon länger kennen mussten.

„Auf!", rief Harro ihm zu und lief los, ohne darauf zu achten, ob die anderen ihm folgten.

„Und, zu viel versprochen?", fragte Harro, als Siggi zu ihm aufgeschlossen hatte.

„Ich bin sehr gespannt. Was gibt es denn für Rennen?"

„Motorräder", erklärte Harro lapidar.

„Motorräder", wiederholte Siggi enttäuscht.

„Na, na", entgegnete Harro mit gespieltem Tadel, „Du wirst erstaunt sein, wie spannend Motorradrennen sind. Spannender als Autorennen. Glaub mir!"

„Sag mal", fragte Siggi, „du hast doch gesagt, du kennst niemanden … aber Teddy und Bodo, das sind doch alte Bekannte, oder?"

„Wie kommst du da drauf?", fragte Harro zurück und in seiner Stimme lag eine Schärfe, die Siggi überraschte.

„Du hast gesagt, dass du keine Bekannten hast. In Mainz, meine ich. Dass du niemanden kennst."

„Habe ich das gesagt? Musst nicht jedes Wort auf die Goldwaage legen. Und wenn, ist doch egal."

„Ich frage ja nur …"

„Fragen kann manchmal sehr dämlich sein", erwiderte

Harro und ging schneller. Er ließ einen sprachlosen Siggi zurück, der wenige Augenblicke später von Teddy und Bodo eingeholt wurde.

„… der schnüffelt rum, hat Kontakt mit irgend so einem Kriminaler. Es muss endlich was gemacht werden. In den nächsten Tagen …“, sagte Bodo gerade. Er unterbrach sich abrupt, als hätte er erst in diesem Moment Siggis Nähe bemerkt.

„Siggi, ist doch eine verrückte Atmosphäre hier?“, sagte Teddy. Sie nahmen ihn zwischen sich.

„Harro hat gesagt, du würdest einfach alles über Autos wissen. Kennst jedes Modell, alle Fahrer. Hast du einen Favoriten?“

Siggi brauchte einige Momente, um zu antworten. Die direkte Ansprache hatte ihn überrascht.

„Nuvolari“, antwortete er endlich.

„Tazio Nuvolari“, sagte Bodo und schnippte mit den Fingern. „Sehr gute Wahl. Wenn auch kein Deutscher. Ein Caracciola oder Hermann Lang sind mir da doch lieber.“

„Ist doch egal, ob das Deutsche sind …“, widersprach Siggi, doch Bodo ließ das nicht gelten. „Das ist nicht egal. Wir sollten schon unsere Leute unterstützen.“

„Komm, komm“, wandte Teddy ein. „Ist immerhin Italiener und die waren unsere Waffenbrüder.“

„Bist du verrückt? Die Itaker!“, regte Bodo sich auf. „Sind uns in den Rücken gefallen. Erst mussten wir denen in Albanien den Arsch retten, dann in Griechenland und in Afrika, und zum Dank sind sie uns in den Rücken gefallen, als die Amis Ernst gemacht haben. Nee, nee, komm mir nicht mit den Italienern.“

„Musst ihm das nicht krummnehmen“, wandte sich Teddy an Siggi. „Ist so was wie ein Steckenpferd von Bodo. Mit den Italienern, da hat er es nicht so.“

Siggi nickte.

„Wo bleibt ihr denn?“, rief ihnen Harro zu, der schon ein ganzes Stück Vorsprung gewonnen hatte.

Je weiter sie gingen, desto lauter wurde der Lärm der Motoren. Siggi sah vor sich einen großen Bau mit einem grün schimmernden Dach.

„Start und Ziel“, erklärte Harro.

Siggi konnte nun auch die Abgase und den verbrannten Gummi riechen. Er war aufgeregt. Dies war erst das zweite Rennen, das er besuchte. Vor vier Jahren hatte er ein Bergrennen im Schwarzwald besucht, ein Geschenk von Koch und Reuber, nachdem er übel niedergeschlagen worden war. Sozusagen eine Gesundungsfahrt.

Wenig später hatten sie die Rennstrecke erreicht. Gerade rauschte eine Gruppe von Motorrädern an ihnen vorbei. Am Streckenrand stand eine Menschenmenge, die Zuschauer johlten bei jeder Maschine, die vorbeiraste.

Harro steckte sich eine Zigarette an und ließ die Schachtel in der Runde rumgehen. Alle griffen zu und nachdem jeder von ihnen einen Zug gemacht hatte, klärte Harro sie auf, dass es das Rennen der 350er war.

„Da ist Dampf dahinter“, bemerkte er.

Siggi nahm seinen Photoapparat und blickte in das Okular.

Es war verwirrend, alles stand auf dem Kopf. Da er unerfahren im Bedienen eines solchen Apparates war, gelang es ihm zunächst nicht, gleichzeitig den Sucher und die Strecke mitsamt den Motorrädern im Blick zu haben. Zwei Mal drückte er ab, als die Maschinen schon längst durchs Bild gerauscht waren.

Die drei anderen Männer waren ein Stück weitergelaufen und offensichtlich in ein Streitgespräch verwickelt, wie Siggi mit einem schnellen Blick bemerkte. Sein Ehrgeiz war jetzt, zumindest eine der Maschinen zu erwischen, wenn sie durchs Bild raste. Beim fünften Versuch gelang es ihm endlich. Nachdem er ein weiteres Bild geschossen hatte, schlenderte er zu seinen Bekannten herüber. Er hatte sie fast erreicht, da stellten sie ihr Gespräch abrupt ein.

Teddy und Bodo gingen ein Stück zur Seite.

„Und, Siggi", fragte Harro, „wie gefällt dir das?"

Harro stand an einen Laternenpfahl gelehnt. Mit seiner weiten Hose und der Mütze sah er wie ein Rennfahrer aus.

„Klasse!", antwortete Siggi, blickte in den Sucher der Kamera und drückte ab.

Harro wurde mit einem Mal ernst. „Was soll das?", schnauzte er Siggi an.

„Wie? Was?", fragte der zurück, völlig überrascht von Harros plötzlichem Ausbruch.

„Habe ich dir erlaubt, ein Photo von mir zu machen?"

Siggi nickte erst und schüttelte dann seinen Kopf.

„Nimm den Film raus!", forderte er Siggi auf.

„Wie …?"

„Du sollst den Film aus der Kamera nehmen!"

„Aber dann sind doch die Aufnahmen …"

„Gleich! Zieh den Film raus! Ich mag es nicht, wenn man mich ohne zu fragen photographiert."

Siggi verstand nicht.

„Los jetzt! Oder soll ich das machen?"

Harro machte einen Schritt auf Siggi zu. Im Hintergrund donnerte wieder eine Gruppe von Motorrädern an ihnen vorbei.

Siggi presste die Kamera an sich.

„Hallo, Harro … das musst du sehen!", rief Teddy herüber. Er war in dem Lärm kaum zu verstehen.

Harro sah zu Teddy herüber, gab ihm ein Zeichen.

Siggi griff schnell in seine Tasche, nahm einen der beiden anderen, noch unbelichteten Filme heraus, schlug gegen das Kameragehäuse, packte die Lasche des Films, die aus der Patrone herauslugte, und zog an ihr.

Harro wandte sich ihm wieder zu und blickte auf den Film in Siggis Hand.

Er nickte. „Gut!“, sagte er. „Ich mag es einfach nicht, wenn man mich photographiert. Mein Großvater war Photograph, musst du wissen.“ Er hatte jetzt einen versöhnlicheren Ton angeschlagen. „Es ist nicht schön, wenn man ständig durch die Kamera angeschaut wird.“

Siggi knüllte den Filmstreifen zusammen und schob ihn in seine Jackentasche. Die Sonne brannte inzwischen heiß vom Himmel herunter und er zog die Jacke aus. Teddy und Bodo standen an der Rennstrecke und sahen gebannt dem Rennen zu. Die Anspannung der Zuschauer lag förmlich in der Luft.

„Komm!“, forderte Harro seinen Begleiter auf. „Ich brauche etwas Warmes.“

Siggi wurde mit einem Mal bewusst, dass er an diesem Tag noch nichts zu sich genommen hatte. Harro führte ihn zu einem Pavillon, vor dem viele Leute standen.

„Das wird dauern …“, stellte Siggi fest.

„Warte hier!“, befahl Harro, und Siggi konnte beobachten, wie er sich geschickt zwischen den Anstehenden hindurchschlängelte und schon bald mit zwei Bechern und zwei belegten Brötchen zu ihm kam.

Sie setzten sich ein paar Meter abseits auf eine Mauer. Nachdem sie die Brötchen gegessen hatten, rauchten sie eine Zigarette zum Abschluss.

„Hoffentlich finden wir Teddy und Bodo wieder“, sagte Siggi, als sie aufstanden.

„Und wenn“, entgegnete Harro. „Die finden auch alleine zurück. Wir gehen jetzt noch Rennen schauen.

Komm!" Er machte sich gleich auf den Weg zurück zur Rennstrecke. Vor einem Baum blieb Harro stehen und blickte auf ein Plakat, das jemand an dem Stamm befestigt hatte.

„Da müssen wir hin", sagte er zu Siggi, ohne sich zu ihm umzudrehen. „28. Mai in Mannheim. In zwei Wochen ist das." Er dachte kurz nach. „Ja, da kann ich."

Siggi sah sich das Plakat genauer an. „Hein ten Hoff gegen Jersey Joe Walcott", las er laut.

„Das klingt so, als würdest du sie nicht kennen", sagte Harro.

„Ja …"

„Boxen. Hein ten Hoff ist deutscher Meister im Schwergewicht. Und Walcott der Weltranglisten-Zweite. Da müssen wir unbedingt hin. Der Kampf des Jahres."

Sie gingen weiter und fanden eine Stelle, an der sie sehr nahe an die Strecke herankamen. Harro hatte recht gehabt. Schon bald hatte das Rennen Siggi völlig vereinnahmt, und wenn Harro ihn nicht daran erinnert hätte, wäre sein Photoapparat nicht mehr zum Einsatz gekommen.

„Nur nicht mich photographieren!", warnte er ihn mit einem Lächeln, das etwas Drohendes hatte.

Es begann schon zu dunkeln, als sie zurückfuhren. Teddy und Bodo hatten sie nicht mehr getroffen. Harro fuhr flott, aber nicht mehr so waghalsig wie auf der Hinfahrt. Siggi hing seinen Gedanken nach, dachte über die seltsamen Ausbrüche Harros nach, ahnte, dass etwas mit dem Mann nicht stimmte, aber dem wollte er nicht weiter nachgehen.

XXX

Dorle ist tot. Die Endgültigkeit dieser drei Worte erschütterte Koch am nächsten Tag zutiefst und lastete wie ein tonnenschweres Gewicht auf ihm. Er widerstand der Versuchung, sich eine Flasche Branntwein ans Bett zu holen und quälte sich mit Fragen, auf die er keine Antworten fand, merkte nicht, wie der Tag in die Nacht überging. Am Sonntagmorgen hörte er in der Ferne das Läuten der Kirchenglocken und entschied sich, die Messe zu besuchen, wie Dorle es so oft getan hatte. Vielleicht bekäme er eine Ahnung davon, was der tiefere Grund für ihren Glauben gewesen war und welche Kraft sie dort für ihr Leben schöpfte.

Die Sonne blendete ihn, als er in den Hof trat. Schon auf halbem Weg kam ihm seine Idee, in die Kirche zu gehen, absurd vor. Was sollte er dort? Er war nicht gläubig, also würde sich ihm in der Kirche auch nichts offenbaren. Er verlangsamte seine Schritte, haderte, bis er schließlich innehielt, umkehrte und in Richtung Friedhof lief. Dort wenigstens konnte er mit Dorle Zwiesprache halten, ihr seine Gefühle mitteilen.

Lange Zeit verharrte er bewegungslos vor der Grabstelle, dann ging er unter den schattenspendenden Bäumen hindurch zum Ausgang.

„Paul!", hörte er eine Stimme seinen Namen rufen. Erst nach einigen Sekunden erkannte er Franzi.

„Ich war schon bei dir gewesen", sagte sie, „und dachte mir, dass du hier bist. Ich wollte dich einladen. Heute ist Muttertag."

Koch nickte mechanisch. Doch dann blickte er auf.

„Muttertag? Gibt es den denn noch? Der ist doch von den Nazis!"

Franzi sah ihn erschrocken an. „Der ist schon älter", widersprach sie.

Doch Koch ließ das nicht gelten. „Vielleicht. Aber die Nazis haben ihn versaut. Nein, den Muttertag kannst du alleine feiern."

Franzi schüttelte den Kopf und betrat den Friedhof, während sich Koch auf den Weg in sein Haus machte.

„Muttertag!", fluchte er leise vor sich hin.

Doch statt nach Hause lief Koch umher, erst in den nahen Wald, dann die Straße entlang bis nach Finthen, von dort zurück in Richtung Universität, verwarf die Überlegung, Bresson zu besuchen, marschierte weiter und weiter, ziellos, bis es dämmerte. Es war warm gewesen an diesem Tag und Koch war die meiste Zeit ungeschützt in der Sonne gelaufen. Als er zu Hause ankam, war er müde, ihm war schwindelig. Ihm genügten zwei Gläser Wein, die er im Hof zu sich nahm, um völlig erschöpft zur Seite zu kippen und einzuschlafen.

15. Mai – 17. Mai 1950

XXXI

Der feuchte Morgentau ließ Koch frösteln. Er lag auf der Bank im Hof vor seinem Haus und wusste nicht mehr, wie er da am Vorabend hingekommen war.

In der Direktion schien niemand von seinem späten Kommen Notiz zu nehmen.

Er hatte einen Plan, aber er wusste noch nicht, wie er ihn umsetzen sollte, und sicher würde er mit der Ausführung bis zum Abend warten müssen. Er rief Siggi zu sich. Der klopfte zaghaft an seine Tür.

„Herein!“, rief Koch von seinem Schreibtisch aus.

Siggi fasste noch einmal zusammen, was er in der letzten Zeit an Fakten herausgefunden hatte und endete mit der Schlussfolgerung, dass im Moment Pfeiffer der Hauptverdächtige im Mordfall Roth war.

Koch war erstaunt, wie selbstbewusst und wortgewandt Siggi dies vorgetragen hatte und in welchem Kontrast das zu dem Siggi vor einigen Jahren stand, dem Jungen, der noch grün hinter den Ohren gewesen war.

„Sie halten also Pfeiffer für den Mörder?“, fragte er.

Siggi nickte. „Ja.“

„In dem *Ja* klingt ein *Aber* mit …“

Erneut nickte Siggi. „Das stimmt. Ich habe keinen Beweis. Es sind nur Indizien.“

„Ihre Informanten …?“

Dieses Mal schüttelte Siggi seinen Kopf. „Kaum glaubwürdig. Beide …“, er wedelte mit der Hand vor seinen Augen herum.

Koch überlegte. „Sie bräuchten die Akte, in der die Denunziation Roths festgehalten ist. Aber die wird es nicht geben. Und die beiden Verrückten werden Ihnen mit Sicherheit nicht weiterhelfen." Koch klang streng. „Gehen Sie noch einmal in sich, überlegen Sie, wo Sie ansetzen können. Jeder Verbrecher, jeder Mörder macht einen Fehler. Und dieser Pfeiffer – Sie glauben doch nicht, er wäre der Erste, dem das perfekte Verbrechen gelungen ist?" Koch sah in das enttäuschte Gesicht Siggis. „Denken Sie nach! Betrachten Sie den Fall von einer anderen Seite, von einer ganz anderen. Setzen Sie die Frau unter Druck! Machen Sie diesen Pfeiffer unsicher! Erfinden Sie einen Zeugen, den Sie ausfindig gemacht haben! Alles, was die beiden zu Fehlern verleitet. Sie sind jetzt so weit gekommen, Siggi, jetzt müssen Sie auch den letzten Schritt machen."

Nachdem Siggi gegangen war, sah Koch auf seine Uhr. Es war noch vor Mittag, lange, zähe Stunden lagen vor ihm. Er würde die Zeit absitzen müssen.

Um acht Uhr am Abend streckte Koch seine Glieder. Es war ruhig geworden in der Direktion. Vom Parterre drangen die unaufgeregten Stimmen der Kollegen, die sich voneinander verabschiedeten, zu ihm herauf.

Er wusch sich sein Gesicht, schritt langsam den Gang zu seinem Büro entlang, lauschte, ging vor bis zum Treppenaufgang, horchte nach oben und nach unten, griff in seine Jacketttasche, vergewisserte sich, nichts vergessen zu haben.

Peickerts Büro lag auf dem gleichen Stockwerk wie seines. Kurz lauschte er an der Tür, dann klopfte er. Niemand reagierte. Er klopfte ein zweites Mal, und als er erneut keine Reaktion erhielt, drückte er die Klinke nieder. Die Tür war abgeschlossen. Koch vergewisserte sich noch einmal, alleine zu sein, dann nahm er den Dietrich aus seiner Tasche und stand wenige Sekunden später im Büro des Kollegen.

Schnell schloss er die Tür hinter sich. Durch das Fenster fiel noch genügend Abendlicht, damit Koch sich orientieren konnte. Ein Schreibtisch, daneben ein niedrigerer Beistelltisch, an der Rückwand ein schmaler Schrank, zwei Besucherstühle neben der Tür und ein Kleiderständer, an dem ein Regenmantel und ein Schirm hingen. Obwohl das Zimmer klein war, wirkte es nicht überfüllt oder unordentlich, was sicher mit Peickerts Hang zu penibler Ordnung zusammenhing. Die Akten auf dem Schreibtisch lagen akkurat übereinander, das Kästchen, in dem der Kollege seine Schreibgeräte aufbewahrte, war perfekt parallel zur Kante des Tisches ausgerichtet. Rechts stand ein Tablett, darauf eine Glaskaraffe und drei Gläser. Koch ermahnte sich, diese Ordnung nicht zu stören, da Peickert sicher jede Abweichung gleich bemerken würde.

Er lauschte noch einmal an der Tür, bevor er sich hinter den Schreibtisch begab, wo er bald die gesuchte Akte fand. *Koch* stand in Großbuchstaben auf dem roten Pappdeckel. Es befremdete ihn, seinen eigenen Namen auf einer polizeilichen Ermittlungsakte zu lesen. Er zögerte, sie aufzuschlagen. Sich zu setzen wagte er nicht. Die anderen Vorgänge legte er vorsichtig zur Seite. Er war aufgeregt. Nicht, weil er in das Zimmer eines Kollegen eingedrungen war, sondern weil er sich mit Dorles gewaltsamem Tod konfrontierte.

Einen Augenblick hielt er inne, dann nahm er die Mappe und ging zum Fenster, wo er die Papiere las. Am meisten interessierten ihn die Aufzeichnungen zum Tatort, die Auflistung der gefundenen Gegenstände, die Ergebnisse der Untersuchung des Rechtsmediziners. Seine Hoffnung war, auf Details zu stoßen, die ihn auf eine Spur bringen könnten, Details, die er noch nicht kannte, die Peickert nicht einzuordnen wusste.

Er las Seite um Seite, doch als er nach einer halben Stunde das letzte Blatt zurücklegte, wusste er fast nicht mehr als vorher. Nur zwei Dinge hatten seine Aufmerksamkeit erregt. Man hatte in der Küche, unter dem Schrank, eine französische Geldmünze und ein Schmuckstück gefunden. Beide waren photographiert worden, die Bilder lagen der Akte bei. Die Münze, überlegte Koch, konnte von ihm selbst sein. Vielleicht hatte er sie in irgendeiner Tasche mit sich getragen, und sie war in einem unbeachteten Moment herausgefallen und unter den Schrank gerollt. Diese Erklärung erschien ihm zwar weit hergeholt, aber sie war zumindest nicht völlig abwegig. Keine Erklärung fand er für den zweiten Gegenstand. Ein Ring, aus dem sieben lange Blätter nach oben züngelten. Koch hatte so ein Schmuckstück noch nie gesehen. Vielleicht hatte es lange unter dem Schrank gelegen, länger als Koch Dorle kannte, und so verborgen, dass es beim Putzen nicht zutage gekommen war. Erst die akribischen Untersuchungen der Kriminaler, die dafür Schränke und alles Mobiliar verschoben, hatten es ans Tageslicht befördert. Ob das Schmuckstück eine besondere Bedeutung hatte, wozu man es trug, woher es stammte, dazu fand Koch keinen Hinweis in der Akte. Er blätterte sie nochmals durch, in der Hoffnung, etwas übersehen zu haben. Schließlich klappte er die Mappe zu und schob sie exakt so zwischen die anderen, wie er den Stapel vorgefunden hatte. Dann schlich er zur Tür, lauschte, öffnete sie einen Spalt weit, trat schnell auf den Flur hinaus, verschloss mit seinem Dietrich die Tür und eilte zurück in sein Büro.

Dort ließ er sich niedergeschlagen in seinen Stuhl fallen. Wieder nichts! Es gab keinen einzigen Hinweis darauf, wer dieses Verbrechen begangen hatte. Er dachte an das Gespräch mit Siggi am Vormittag. Das perfekte Verbrechen. Es war ihm während seiner Zeit als Kommissar noch nie begegnet, immer hinterließ der Täter eine Spur, und wenn sie noch so winzig war. Nun sollte das gleich zwei Mal nicht der Fall sein. Er konnte, er wollte das nicht glauben.

Er wünschte sich, wie sein Kollege Reuber eine Flasche Whiskey im Schreibtisch gebunkert zu haben. Ihm war danach, seine Verärgerung und seine Wut herunterzuspülen. Er grübelte noch eine Weile, dachte an sein Versprechen Dorle gegenüber, dann verließ er die Direktion.

XXXII

Siggi verließ eilig das Büro. Seine beiden jungen Kollegen, mit denen er das Zimmer teilte, waren anwesend. Er zog sich in die hinterste Ecke der Kantine zurück und dachte darüber nach, wie er den Pfeiffers eine Falle stellen konnte. Dass er die Pfeiffers wohl nur so überführen konnte, hatte er inzwischen akzeptiert. Aber wie konnte er das anstellen?

Als er sich zum zweiten Mal am Tresen anstellte, stand die Wirtin mit einem Kollegen zusammen und diskutierte. Während sie Siggis Tasse füllte, sprach sie weiter mit dem Kollegen.

„Das ist doch Blödsinn!“, blaffte der Mann sie an. „Da steckt doch bestimmt ein Weib dahinter.“

„Sind ja auch tatkräftiger. Aber deshalb ist das nicht ihre Schuld, wenn der Kerl …“

Sie reichte Siggi die volle Tasse, der gleich wieder in seine Ecke verschwand.

Er hatte dem Gespräch der beiden nicht bewusst zugehört, aber dennoch war etwas davon in sein Bewusstsein gedrungen. *Sind ja auch tatkräftiger*, hatte die Wirtin gesagt, und Siggi wurde klar, dass den Mord nur Alfons und Heide Pfeiffer gemeinsam begangen haben konnten: Er hatte die Waffe geführt und sie ihm das Alibi geliefert. Je länger Siggi darüber nachdachte und sich die Gespräche mit beiden Pfeiffers vergegenwärtigte, desto mehr gelangte er zu der Überzeugung, dass Frau Pfeiffer der Motor der Tat war. Ihr Mann war antriebsschwächer, weniger durchtrieben als die Frau. Siggi kam zu dem Schluss, genau an diesem Punkt anzusetzen.

„Guten Tag, Siggi“, hörte er eine Stimme, „so zurückgezogen?“

Der Angesprochene blickte auf. Reuber stand vor ihm.

„Darf ich?“, fragte er, wartete die Antwort nicht ab und setzte sich neben Siggi auf die Bank.

„Was grübeln Sie?“, fragte er weiter. „Ärger?“

Siggi schüttelte den Kopf.

„Der Fall Roth?“

„Ja“, antwortete Siggi. „Ich überlege, wie ich den Pfeiffers eine Falle stellen kann.“

„Sie haben noch keine Idee, wie?“, erkundigte sich Reuber.

„Ja … das heißt“, er überlegte, „… einen Ansatzpunkt habe ich, aber ich weiß nicht …“

„… die konkrete Ausführung …“

„Ja“, antwortete Siggi und seine Ratlosigkeit war in dem einen kurzen Wort nicht zu überhören. Dann erzählte er dem Kollegen von seinen Überlegungen bezüglich der Rolle von Frau Pfeiffer.

„Ganz richtig“, stimmte ihm Reuber zu. „Das ist völlig korrekt. Die beiden stecken unter einer Decke und die Frau ist die tatkräftigere. Sie kennt ihren Mann, sie weiß, er wird eher kalte Füße bekommen.“ Er dachte einen Moment nach. „Ja, das ist es! Sehr gut, Siggi! Genau den Eindruck müssen wir erwecken. Wer weiß, vielleicht liefert sie ihn ans Messer, um ihre eigene Haut zu retten.“

„Aber wie sollen wir das machen?“

„Gute Frage“, erwiderte Reuber.

„Noch einen?“, fragte er und deutete auf Siggis leeren Becher.

„Ja, gerne!“, antwortete der und blickte zur Tür, in der gerade drei Kollegen erschienen, die sich laut unterhielten. Sie verzogen sich gleich in eine andere Ecke.

Reuber stellte einen dampfenden Kaffeebecher vor Siggi ab.

„Ja, wie vorgehen?“, fragte er mehr sich selbst als Siggi.

Einige Zeit saßen die beiden Männer schweigend zusammen, während von der anderen Seite des Raumes die Gesprächsfetzen und Lacher der drei Kollegen zu ihnen herüberdrangen.

„Ich habe eine Idee!“, rief Reuber mit einem Mal aus, so laut, dass alle anderen in der Kantine überrascht zu ihnen herüberschauten. Er beugte sich vor und legte Siggi seine Überlegungen dar.

Anschließend bat Reuber um einen Termin bei Arnheim, um dessen Einverständnis für ihren Plan einzuholen. Anschließend suchten sie einen Kollegen von Reuber auf, Heinrich Zimmermann, ein gutaussehender Mann mit einem schmal ausrasierten Oberlippenbart. Danach gingen sie zur Telefonzentrale.

Kurz vor dem Eingang blieb Siggi stehen.

„Was ist?“, fragte Reuber, „bekommen Sie jetzt kalte Füße?“

Siggi druckste herum. „Ich war doch, hatte doch … mit Brigitte … die Mädels da denken doch, ich will …, und dann werden die vielleicht nicht …“

Reuber grinste süffisant. „Siggi, Siggi … ich verstehe. Warten Sie hier.“

Unruhig lief Siggi auf dem Flur auf und ab, bis Reuber endlich erschien und ihm mit erhobenem Daumen zu verstehen gab, dass auch dieser Teil ihres Plans funktionierte.

„Die Petra Winter macht's“, sagte er.

Siggi pfiff durch die Zähne.

Eine halbe Stunde später saßen die beiden in dem Opel P4, dem einzigen im Moment funktionstüchtigen Wagen, den die Fahrbereitschaft zur Verfügung hatte.

„Wir haben es nicht eilig, Siggi“, ermahnte Reuber seinen jungen Kollegen hinter dem Steuer, „es dauert sicher zwei Stunden, bis der Zimmermann und die Winter alles vorbereitet haben. Wichtig ist, den Pfeiffers keine Gelegenheit zu geben, alleine zusammen zu sein. Nur Andeutungen, Siggi, nur Andeutungen. So, wie wir das besprochen haben.“

Der Aufforderung Reubers, sich Zeit zu lassen, hätte es nicht bedurft. Siggi fluchte, weil irgendetwas mit dem Opel nicht stimmte und der Wagen nicht richtig zog. Aber umkehren konnten sie nicht, dazu war die Zeit zu knapp.

In Harxheim fuhren sie direkt zum Haus der Pfeiffers. Reuber klopfte heftig an der Tür.

„Ja?“, rief von drinnen eine gereizt klingende Stimme. Es war die von Frau Pfeiffer.

Reuber nickte Siggi zu.

„Polizei!“, rief der energisch.

„Sie müssen nicht so rumbrüllen!“, schimpfte die Frau, nachdem sie geöffnet hatte. Um ihren Kopf war ein großes Handtuch geschlungen. Sie hatte nicht mit Besuch gerechnet.

„Was wollen Sie? Ist der Flüchtling endlich verurteilt?“

„Frau Pfeiffer!“, unterbrach sie Reuber. Er sprach sehr bestimmt. „Sollen wir das hier draußen verhandeln?“

„Was wollen Sie denn?“

„Wir können das gerne hier auf der Straße machen, aber dann bekommen das Ihre Nachbarn mit.“

„Kommen Sie!“, sagte die Pfeiffer widerwillig, gab den Weg ins Haus frei und ließ die beiden Polizisten in den Flur eintreten.

„Was wollen Sie?“, fragte sie schnippisch.

„Ist Ihr Mann zu Hause?“, fragte Reuber.

„Ja, aber es geht ihm nicht gut. Das wissen Sie ja. Er liegt im Wohnzimmer."

„Bitten Sie ihn, zu kommen!"

Heide Pfeiffer sah den Kommissar an und versuchte zu ergründen, was der beabsichtigte.

„Bitte gleich!"

Sie ging zur Wohnzimmertür und rief nach ihrem Mann.

Reuber und Siggi konnten nicht verstehen, was er antwortete.

„Die Polizei. Sie wollen dich sprechen!"

Was er erwiderte, blieb erneut unverständlich.

„Jetzt komm endlich! So schlimm kann es nicht sein."

„Wenn es meinem Mann schlechter geht wegen Ihnen, mache ich Sie verantwortlich", drohte sie.

Reuber nickte gleichgültig. Dieses Schweigen beeindruckte die Frau weit mehr als jedes Wort.

Es dauerte eine Minute, bis Alfons Pfeiffer angeschlappt kam. Mit hängenden Schultern, einem Morgenmantel über Hemd und Hose, stand er in der Tür und sah missmutig zu ihnen herüber.

„Was ist denn? Mir geht es nicht gut."

„Also!", fauchte die Pfeiffer. „Was wollen Sie denn? Hat der Polacke endlich gestanden?"

„Polacke?", fragte Reuber zurück und dehnte das Wort.

„Na, dieser Flüchtling. Der Kallweit. Der unseren Albert umgebracht hat."

„Wer sagt das?"

„Was?"

„Dass Herr Kallweit Ihren Schwager umgebracht hat?"

„Das ist doch klar, es gibt Beweise …"

Reuber schüttelte den Kopf. Die Selbstgewissheit, mit der er das tat, verunsicherte Frau Pfeiffer sichtbar.

„Der Herr Kallweit, der müsste in diesem Augenblick aus der Haft entlassen werden. Es ist eindeutig erwiesen, dass er nicht Roths Mörder ist."

„Wie? Was soll das denn?" Frau Pfeiffer wurde laut.

„Der Polacke ist der Mörder!", schrie Herr Pfeiffer. „Tun Sie Ihre Arbeit gefälligst richtig. Das hätte es beim …" Er unterbrach sich selbst.

„Was hätte es …?", fragte Reuber aufreizend lächelnd zurück.

„Nichts. Aber der ist der Mörder. Da war doch die Schere …"

„Die könnte jemand dem Kallweit entwendet und an den Tatort gelegt haben, nachdem er mit der Schere Herrn Roth erstochen hat."

„Wer soll die denn stehlen … Dafür müsste man doch …", regte sich Pfeiffer auf, bis er merkte, worauf Reuber hinauswollte.

„Genau, Herr Pfeiffer, deshalb müssen wir Ihre Frau bitten, mit uns zu kommen."

„Ich?", keifte die zurück. „Was soll das denn? Das sind ungeheuerliche Behauptungen. Das müssen Sie beweisen!"

„Dafür sind wir Polizisten. Das ist unsere Aufgabe. Und die, da seien Sie versichert, erledigen wir gut. Machen Sie sich bitte fertig!"

Unschlüssig stand die Frau einige Sekunden im Flur, dann stapfte sie zur Treppe nach oben. Herr Pfeiffer wollte ihr folgen, aber Reuber hielt ihn fest. „Sie bleiben hier! Siggi, begleiten Sie die Frau."

Der eilte ihr nach in den ersten Stock. Gerade wollte sie die Tür schließen, da stellte Siggi seinen Fuß in den Spalt. „Die bleibt offen!"

„Ich muss mich umziehen!"

„Tun Sie das!" Siggi hatte Reuber gut zugehört.

Frau Pfeiffer nahm das Handtuch vom Kopf und warf es auf das Bett, trat so weit zur Seite, bis Siggi sie nicht mehr sehen konnte.

Als sie wieder im Flur stand, trug sie ein blaues Kleid und darüber eine graue Strickweste.

„Nehmen Sie etwas für die Nacht mit. Zahnbürste, ein Nachthemd."

Siggi sagte das exakt so, wie er es mit Reuber abgesprochen hatte. Bestimmt und unabwendbar sollte es klingen.

Die Frau blickte ihn entgeistert an. „Wollen Sie mich verhaften? Soll ich meinen Schwager erstochen haben? Ich bin eine Frau."

„Wir können auch so gehen", erklärte Siggi und ließ sich nicht aus der Ruhe bringen. „Ich habe es Ihnen gesagt."

Wütend und ohne Siggi eines Blickes zu würdigen, rauschte sie an ihm vorbei und stieg die Treppe hinab ins Erdgeschoss.

„Alfons!", rief sie herrisch.

„Ist draußen", erwiderte Reuber aus dem Hof. „Kommen Sie!"

„Alfons soll reinkommen!" Ihre Stimme hatte jetzt etwas hysterisch Befehlendes.

Reuber hatte sie da, wo er sie haben wollte: Sie bekam das Gefühl, die Kontrolle zu verlieren.

Alfons Pfeiffer zuckte resigniert mit den Schultern, als seine Frau in den Hof hinaustrat und ihn erbost anfunkelte.

„Kommen Sie!", wurde sie von Reuber aufgefordert.

„Und mein Mann …?"

„Bleibt hier und verlässt nicht das Haus!"

„Pass auf!", flüsterte die Frau ihrem Mann zu, als sie an

ihm vorüber zum Tor ging, wo Reuber auf sie wartete. Er öffnete die Tür auf der Fahrerseite und wartete, bis Heide Pfeiffer sich auf den Rücksitz gesetzt hatte.

Alfons Pfeiffer stand vor dem Tor und sah dem Wagen nach, bis er hinter der nächsten Kreuzung verschwunden war. Den Wagen, der kurz darauf in der Nähe des Hauses hielt, bemerkte er nicht.

In der Direktion führten sie Heide Pfeiffer zunächst in Reubers Büro, wo sie mit Siggi zusammen warten musste, bis der Kollege sich vergewissert hatte, dass die Vorbereitungen abgeschlossen waren. Er ließ sich Zeit, bevor er zurückkehrte.

„Nun denn“, sagte er, als er in der Tür zu seinem Büro stand. „Wir können! Frau Pfeiffer, bitte!“, bat er ausgesucht höflich.

Er führte sie zu einem Raum, der ähnlich groß wie sein Büro war, aber nur mit je einem großen und kleinen Tisch sowie mehreren Stühlen möbliert. Eine junge Frau saß an dem kleinen Tisch, der vom Licht einer Schreibtischlampe erleuchtet wurde. Vor sich hatte sie einen Block und einen Stift liegen, um das Verhör zu protokollieren.

An dem größeren Tisch saß Heinrich Zimmermann. Er trug einen eleganten, dunklen Anzug, seine Haare hatte er mit Brillantine nach hinten gekämmt. Er sah vornehm und schmierig zugleich aus.

Frau Pfeiffer blieb in der Tür stehen und sah Reuber fragend an.

„Nehmen Sie bitte Platz!“, forderte der die Frau höflich auf. Die blieb zunächst noch verunsichert stehen, ging dann aber zum Tisch, schaute den Mann, der dort saß, eindringlich an und setzte sich anschließend auf den Stuhl ihm gegenüber.

Reuber stellte sich an die schmale Seite des Tisches, während Siggi bei der Tür stehen blieb und sich gegen die Wand lehnte.

Reuber wartete. Siggi spürte die Spannung in dem Raum, der in diffusem Licht lag.

„Frau Pfeiffer, das ist Herr Simon. Er handelt mit Schmuck."

Frau Pfeiffer blickte starr an dem Mann vorbei auf die Wand hinter ihm.

„Herr Simon hat ausgesagt, dass Ihr Mann – er hat ihn eindeutig anhand eines Photos erkannt – bei ihm gewesen war, um ihm Schmuckstücke anzubieten."

Er sah Zimmermann an, der kurz nickte.

Frau Pfeiffer regte sich nicht.

„Diese Schmuckstücke sind identisch mit denjenigen, die Herr Roth beziehungsweise seine Frau besessen hat. Das konnten wir dank einer Inventarliste, die aufgetaucht ist, abgleichen."

„Die möchte ich gerne sehen!", rief Frau Pfeiffer aus.

„Das können Sie natürlich gerne, Frau Pfeiffer, aber später", entgegnete Reuber freundlich.

„Die Frage lautet nun zum einen: Wie kommt der Schmuck, der der Familie Roth gehört hat, in Ihren Besitz, Frau Pfeiffer? Schmuck oder Vermögen, von dem Sie, wie Sie früher aussagten, nichts wussten."

Er hielt inne und wartete.

„Zum anderen finde ich interessant", fuhr er dann fort, „welchen Grund Ihr Mann angegeben hat, warum er den Schmuck verkaufen wollte." Nun sah er zu Zimmermann, der während der ganzen Zeit schweigend dagesessen hatte.

„Herr Simon!", forderte er den Kollegen auf zu sprechen.

Zimmermann sah unruhig von Reuber zu Siggi und

dann zu Frau Pfeiffer, blickte auf den Boden, als sei es ihm peinlich, was er nun sagen sollte.

„Bitte, Herr Simon, wiederholen Sie bitte, was Sie uns gesagt haben! Es ist sehr wichtig."

Frau Pfeiffer saß aufrecht mit durchgedrücktem Kreuz auf ihrem Stuhl.

„Nun denn", begann er, als wolle er sich einen inneren Ruck geben. „Dieser Herr hat mir einen Ohrring angeboten, ein schönes Stück, von dem aber das Gegenstück fehlte. Ich konnte ihm daher nur den Materialwert als Kaufpreis anbieten. Er wollte das nicht einsehen, bot mir an, noch anderen Schmuck bringen zu können. Der wäre aus einer Erbschaft."

„Weiter!", forderte ihn Reuber auf. Er behielt Frau Pfeiffer stets im Auge, damit ihm keine ihrer Reaktionen entging.

„Ich forderte ihn auf, den zweiten Ohrring zu bringen, dann könnte ich ihm einen angemessenen Preis zahlen. Er sagte aber, dass das nicht so einfach wäre."

„Warum war das nicht einfach?", hakte Reuber nach. Er hatte Zimmermann bewusst für dieses Schauspiel ausgewählt, da er wusste, dass der Mann in seiner Freizeit in einer Laienschauspielgruppe auf der Bühne stand.

„Zuerst wollte der Herr das nicht sagen, aber schließlich ... seine Frau sollte nichts davon wissen, hat er gesagt ..."

„Das ist doch völliger Blödsinn!", rief Heide Pfeiffer aus und sprang auf.

„Bitte!", wurde sie von Reuber mit ruhiger Stimme ermahnt. „Setzen Sie sich, Frau Pfeiffer, und lassen Sie den Mann aussprechen!"

Langsam ließ sie sich wieder auf ihren Stuhl sinken.

„Herr Simon, hat Herr Pfeiffer gesagt, warum er die

Schmuckstücke, die angeblich aus einer Erbschaft stammten und von deren Verkauf seine Frau nichts wissen durfte, verkaufen wollte?"

Reuber sprach langsam.

Frau Pfeiffer rutschte unruhig auf ihrem Stuhl hin und her. Dabei ließ sie den vorgeblichen Schmuckhändler nicht aus den Augen. Der ließ sich Zeit. „Das ist …", er blickte nacheinander Reuber und Frau Pfeiffer an, „nun, es ist etwas delikat."

„Herr Simon", entgegnete Reuber verständnisvoll, „das ehrt Sie, aber es geht hier um Mord, da ist Diskretion fehl am Platz. Also, bitte, erzählen Sie!"

„Nun, Herr Pfeiffer erzählte mir, es stünde mit seiner Ehe nicht zum Besten und er hätte eine Frau kennengelernt … eine junge Frau, die … ja, die arbeitet … nun ja …"

„Mein Alfons? Bei Weibern?" Frau Pfeiffer lachte auf, das Lachen wurde lauter und überschlug sich. „Was ist das denn für eine blödsinnige Geschichte? Der Alfons ist nicht an Weibern interessiert. Das müsste ich doch am besten wissen. Kalt wie ein Stein am Nordpol ist der!"

„Frau Pfeiffer, hören wir uns doch erst einmal an, was Herr Simon zu sagen hat. Sie können dann gerne Stellung dazu beziehen."

Siggi bewunderte Reuber dafür, wie kühl und ohne mit der Wimper zu zucken er dieses Schauspiel durchzog. Hätte er nicht gewusst, dass dies alles abgesprochen war, er hätte es sofort geglaubt.

„Das hat er mir gesagt. Zuerst sagte er, dass er dachte, es wäre nur einmal, also, er sagte, ein Ausrutscher … aber dann … und, nun ja … er wollte sie überreden, mit ihm wegzugehen. Weil", er sah erst Frau Pfeiffer, dann Reuber an, „weil er es nicht mehr aushalte."

„Aushalte? Was nicht mehr aushalte?“

Zimmermann bot ein perfektes Schauspiel. Verunsichert sah er zu Reuber hinüber, als wisse er nicht, ob er das sagen dürfe, dann zu Frau Pfeiffer, dann nochmals zu Reuber, der ihm zunickte.

„Sie müssen das sagen, Herr Simon! Hier geht es um Mord.“

„Gut“, erwiderte Simon und schluckte vernehmlich. „Also, Herr Pfeiffer hat mir gesagt, er halte es zu Hause nicht mehr aus …“, er blickte die Frau ihm gegenüber entschuldigend an, „… und dass er wegwill. Einfach nur weg und neu anfangen.“

„Das stimmt nicht! Das hat der Alfons nie gesagt! Nie!!!“ Frau Pfeiffer war außer sich. Siggi fürchtete, dass sie sich auf Zimmermann stürzen und ihm die Augen auskratzen würde.

Reuber beugte sich vor und stützte sich mit beiden Händen auf der Tischplatte zwischen den beiden ab. „Herr Simon“, sagte er beschwichtigend, „Sie wissen, dass dies schwere Vorwürfe sind. Sie müssen die Wahrheit sagen. Die absolute Wahrheit.“

Zimmermann sah wieder zwischen seinem Kollegen und der Frau hin und her, bevor er „Das ist die Wahrheit, ich schwöre es!“ sagte, während er seine rechte Hand zum Schwur erhob. „Warum sollte ich das denn erfinden?!“

Frau Pfeiffers Widerstand bröckelte.

„Das stimmt nicht! Nie stimmt das!“, rief sie aus, aber nicht mehr so energisch und laut wie zuvor.

„Bitte, Frau Pfeiffer!“, ermahnte Reuber sie, „wir erfinden doch keine Geschichten. Und der Herr Simon, warum sollte der …“

Für alle unerwartet sprang die Frau noch einmal auf. „Jetzt weiß ich, was das ist, jetzt erkenne ich ganz genau, was hier läuft. Simon heißt der feine Herr, ja …", sie giftete Zimmermann an und betrachtete ihn sehr genau, „Simon, das ist doch ein jüdischer Name, oder? Was ist er von Beruf? Schmuckhändler! Das ist ein Jude! Das steckt dahinter."

Reuber schlug mit der flachen Hand auf den Tisch. „Frau Pfeiffer, diese Zeiten sind vorbei. Ob Herr Simon Jude ist oder nicht, spielt hier keine Rolle. Noch einmal: Selbst wenn er Jude wäre, warum sollte er sich diese Geschichte ausdenken? Außerdem haben wir noch eine Zeugin … Siggi, bitte!", forderte er den jungen Kollegen auf, der neben Zimmermann trat.

„Herr Simon, würden Sie das, was Sie uns jetzt hier gesagt haben, auch vor Gericht aussagen?", fragte Reuber ihn.

„Natürlich! Warum nicht?", gab dieser erstaunt zurück.

„Sie können jetzt gehen, Herr Simon", sagte er. Der stand auf und folgte Siggi nach draußen.

Dort legte er seinen Zeigefinger an die Lippen. „Immer in der Rolle bleiben, Siggi!", mahnte er flüsternd.

Zusammen gingen sie zu Zimmermanns Büro, in dem Petra Winter auf sie wartete. Siggi kam aus dem Staunen nicht heraus. Er kannte die Telefonistin von seinen Besuchen aus der Telefonzentrale. Sie war eine schlanke Frau, der etwas Burschikoses anhaftete, was sicher auch an ihrer großen Nase und den kurz geschnittenen brünetten Haaren lag. Doch jetzt erkannte Siggi sie kaum wieder, auf wundersame Weise hatte sie sich in eine blonde Femme Fatale verwandelt. Ihr Dekolleté zeigte die Ansätze ihrer großen Brüste und sie hatte sich auffällig geschminkt.

„Hallo, schöner Mann!", begrüßte sie ihn, langsam sprechend und mit gesenkter Stimme, dabei die Augenlider kokett aufschlagend, „wie wäre es mit uns beiden?"

Siggi sah die Frau erschrocken an.

Zimmermann lachte laut auf.

„Phantastisch!", rief er Petra Winter zu. „Ich würde Ihnen sofort verfallen!"

Sie achtete nicht auf den Kommissar. „Oh Gott, Siggi", entfuhr es ihr, „sehe ich so schlimm aus? Ich übe doch nur."

Siggi versuchte ein Lächeln. Petra Winter erhob sich und kam ihm entgegen.

„Denken Sie daran: Diana Feil ist Ihr Name!", ermahnte Zimmermann sie.

„Treffend!", kommentierte sie lächelnd.

Sie trug einen engen Rock und in ihren hochhackigen Schuhen bewegte sie sich so, dass ihr Busen auf und ab wippte. Siggi sah schnell zur Seite und trat hinaus in den Flur. Er hörte Zimmermann noch durch die geschlossene Tür lachen.

Petra Winter war nicht zu überhören. Ihre Schritte hallten dank der Pfennigabsätze überlaut durch den Flur. Siggi ging hinter der Frau und versuchte, sich auf die Arbeit zu konzentrieren.

„Frau Feil, treten Sie bitte ein!", forderte Reuber die Kollegin auf, als sie neben Siggi in der Tür stehen blieb und unsicher in den Raum blickte.

Langsam näherte sie sich dem Tisch, sah zu der Frau, die da saß und sie unverhohlen herablassend anblickte. Dann wandte sie sich schnell ab und suchte den Blick von Reuber.

„Setzen Sie sich, Frau Feil! Sie haben nichts zu befürchten."

Petra Winter trippelte zu dem Stuhl, raffte ihren Rock ein kleines Stück und nahm Platz. Keine ihrer Bewegungen entging Frau Pfeiffer.

Reuber ließ sich absichtlich Zeit mit der Gesprächseröffnung. Frau Pfeiffer hielt das nicht aus. „Sie sind also das Flittchen, das mein Mann angeblich …"

„Frau Pfeiffer, bitte!", ermahnte Reuber sie mit ruhiger Stimme. „Frau Feil hat doch noch gar nichts gesagt." Er wartete noch einen Augenblick. „Sie kennen diesen Mann?", fragte er schließlich, entnahm seiner Jackentasche ein Photo und zeigte es der jungen Frau.

„Ja. Das ist der Alfons. Der …"

Frau Pfeiffer sprang auf. „Was fällt Ihnen ein, meinen Mann beim Vornamen zu nennen? Woher will so ein Flittchen meinen Mann kennen …?"

Reuber hob mahnend seine Hand. „Frau Pfeiffer! Wenn Sie immer dazwischenreden, kommen wir nicht weiter und sitzen noch morgen früh hier. Lassen Sie Frau Feil bitte aussprechen!"

„Wie und wo haben Sie Herrn Pfeiffer kennengelernt, Frau Feil?"

Siggi konnte sehr genau erkennen, wie schwer es der Pfeiffer fiel, ruhig zu sitzen und den Mund zu halten.

„In Harxheim", antwortete die Winter, fast schon zu kokett, wie Siggi fand. Er fürchtete, die Pfeiffer würde ihr, wenn sie übertrieb, die Geschichte nicht abnehmen. „In der Nähe der Schule. Er hat mich so …", sie machte eine kurze Pause und schloss ihre Augen, „so angeschaut. Irgendwie … verletzt, aber auch … nett."

„*Nett*, der Alfons, ja, der hat Sie *nett* angeschaut. Man sieht doch, was Sie für eine sind."

„Und dann?", fragte Reuber weiter, ohne auf den Zwischenruf einzugehen.

Petra Winter lächelte. „Er ist nicht der Mann, der eine Frau einfach so anspricht. Schon ein wenig … schüchtern, würde ich mal sagen. Da habe ich ihn angesprochen." Sie beugte sich bei dem letzten Satz leicht vor, sodass Frau Pfeiffer direkt in ihr Dekolleté schauen musste.

„Angesprochen, ja, Sie haben den Alfons angesprochen …?“, giftete sie.

„Ja, und dann haben wir in der Schule, in seinem Büro Kaffee getrunken. Beim nächsten Mal …“

„Wie … nächstes Mal?!“ Frau Pfeiffers Gesicht war dunkelrot vor Zorn.

„Da ist es passiert“, setzte Petra Winter ihre Ausführung fort und leckte sich mit der Zunge über ihre rot geschminkten Lippen.

„Sie haben ihn verführt. Sie … Sie … Sie sind doch eine billige Nutte“, ereiferte sich Frau Pfeiffer.

Dieses Mal musste Reuber dazwischengehen.

„Frau Pfeiffer! Frau Feil ist wie alle Zeugen angehalten, die Wahrheit zu sagen. Das macht sie, auch wenn diese Wahrheit nicht angenehm für Sie ist. Wir klären einen Mord auf. Deshalb muss alles gesagt werden.“ Er wandte sich seiner Kollegin zu. „Bitte, Frau Feil, fahren Sie fort!“

„Wir haben uns dann noch zwei Mal getroffen. Alfons war ja nett, aber dann hat er begonnen, mir Sachen zu schenken …“

„Bitte, Frau Feil, das müssen Sie genauer erklären! Was für Sachen?“

Siggi war nicht minder erstaunt über dieses Schauspiel wie über das vorhin. Petra Winter war mindestens genauso gut wie Zimmermann.

„Schmuck. Erst einen Ring. Dann eine Kette. Ich wollte das nicht …“

Frau Pfeiffer lachte schrill auf.

„Wer's glaubt …!“, rief sie verächtlich aus. „Eine Nutte!“

„Dann fing er mit Geld an.“

„Woher hatte er das Geld? Der Mann arbeitet als Pedell."

„Mir hat er etwas von einer Erbschaft erzählt und … seine Frau könne den Schmuck nicht tragen, so wie die …"

Frau Pfeiffer war nun nicht mehr zu halten. Sie sprang auf, warf den Stuhl um und lief um den Tisch, um sich auf die Frau zu stürzen. Reuber bekam sie am Arm zu fassen und hielt sie fest. Dabei hatte er große Mühe, sie zu bändigen. Die Wut verlieh ihr große Kräfte. Erst nach und nach beruhigte sie sich.

„Sie können gehen, Frau Feil. Vielen Dank!", sagte er zur Winter über seine Schulter hinweg.

„Sie glauben der doch nicht?", zischte die Pfeiffer, als die andere Frau das Zimmer verlassen hatte.

„Das tut mir sehr leid, Frau Pfeiffer", erwiderte Reuber, „aber was Frau Feil sagt, entspricht dem Stand unserer Ermittlungen. Sie hat uns den Ring gezeigt, sie hat Ihren Mann eindeutig identifiziert."

Frau Pfeiffers Energie ließ nach. Sie sank in sich zusammen. Reuber stützte sie.

„Wir müssen Sie bis morgen hierbehalten", teilte er ihr mit.

Kurz darauf kam ein Kollege und führte die Frau, die willenlos folgte, ab.

Siggi sah Reuber ungläubig und bewundernd zugleich an, als die beiden Männer alleine in dem Raum waren.

„Tja, Siggi", sagte Reuber, „manchmal müssen wir in die Trickkiste greifen, um die Wahrheit zu erfahren."

„Noch kennen wir sie nicht", widersprach Siggi.

„Stimmt, aber ich wette, spätestens morgen haben wir den Fall gelöst. Mal sehen, was der Kollege, der vor dem

Haus der Pfeiffers steht, beobachtet. Wie wäre es mit einem Schluck Lebenswasser?“

Siggi lächelte. Den hatte er sich redlich verdient.

XXXIII

Am nächsten Morgen erfuhr Siggi von dem diensthabenden Schließer im Zellentrakt, dass Frau Pfeiffer die Nacht ruhig in ihrer Zelle verbracht hatte. Vorsichtig hob er die Klappe, die das Guckloch bedeckte, an, und linste in die Zelle. Frau Pfeiffer stand vor der Wand, aufrecht und starr. Sie schien einen Punkt auf dem Gemäuer vor sich zu fixieren. Behutsam ließ er die Klappe wieder sinken und machte sich auf den Weg nach oben, wo Reuber den jungen Kollegen mit einem siegesgewissen Lächeln empfing.

„Wie wäre es mit einem Kaffee?", fragte er.

„Haben Sie Neuigkei…?"

Reuber ließ Siggi nicht aussprechen.

„Kommen Sie, wir gehen in die Kantine!"

Gespannt folgte er dem älteren Kollegen in die Kantine, wo sie sich an einen der Tische setzten.

„Gibt es Neuigkeiten?", fragte Siggi noch einmal.

„Ja", antwortete Reuber endlich und wartete einen Augenblick, bevor er weitersprach. „Alfons Pfeiffer ist, als es dunkel war, mit einem Sack aus dem Haus. Kollege Schmidt ist ihm nach bis zu den Feldern. Hinter einer Heiligenfigur, die da aufgestellt ist, hat er angefangen zu graben. Als er den Sack in dem Loch versenken wollte, hat Schmidt zugegriffen."

„Und?", fragte Siggi ungeduldig.

„Es war der Schmuck von den Roths."

„Jetzt haben wir sie!", rief Siggi laut aus. Alle drehten sich nach ihnen um.

„Langsam, Siggi, langsam", ermahnte ihn Reuber. „Es wird schwer für die Pfeiffers, aus der Nummer rauszukommen. Aber, um ehrlich zu sein, wäre mir ein Geständnis lieber."

„Was ist mit Pfeiffer …?", fragte Siggi.

„Sitzt unten, nicht weit von seiner Frau. Aber sie wissen nicht, dass sie beide hier sind. Das soll auch noch so bleiben."

Eine halbe Stunde später saßen Siggi und Reuber wieder im Verhörzimmer.

Die Tür öffnete sich und Frau Pfeiffer wurde hereingeführt. Die Nacht hatte ihr zugesetzt, sie sah mitgenommen aus. Langsam ging sie zum Tisch und ließ sich auf dem Stuhl nieder.

„Guten Morgen, Frau Pfeiffer", begann Reuber ausgesprochen höflich. „Möchten Sie einen Kaffee?"

Sie reagierte nicht, sah den Mann zwar an, aber wie durch ihn hindurch.

„Möchten Sie einen Kaffee?", wiederholte er seine Frage.

Frau Pfeiffer nickte mechanisch und blickte kurz auf. Sie war um Jahre gealtert, ihre Haut wirkte grau und fahl, ihre Haare strähnig. Ihre ganze Haltung drückte Resignation aus.

Reuber gab Siggi ein Zeichen, der gleich aufstand, in die Kantine eilte und schon kurz darauf mit einem dampfenden Kaffeebecher in den Verhörraum zurückkehrte.

Frau Pfeiffer saß noch so da, wie er sie verlassen hatte. Offenbar hatte Reuber auf seine Rückkehr gewartet, bevor er das Gespräch fortsetzte.

Frau Pfeiffer nippte an dem heißen Getränk, pustete in die Tasse, trank nochmals und stellte den Becher auf den Tisch.

„Wo ist mein Mann?", fragte sie.

„Ihr Mann belastet Sie, Frau Pfeiffer", erwiderte Reuber.

Sie sah ihn misstrauisch an. „Belastet mich?", fragte sie matt.

Reuber nickte. „Ja, des Mordes an Albert Roth. Er habe still gehalten, weil Sie sonst verraten hätten, dass er im Krieg seinen Schwager an die Nazis verraten und ins KZ gebracht hat."

Heide Pfeiffer reagierte nicht auf diese Worte. Sie senkte ihren Kopf und schwieg. Siggi sah zu Reuber hinüber, der ihm stumm zu verstehen gab, jetzt nichts zu sagen und zu warten.

Ein paar Minuten brütete die Frau in der gleichen Haltung, dann streckte sie ihren Rücken durch, verharrte in dieser Stellung einige Sekunden, nahm den noch fast vollen Becher, als wolle sie daraus trinken, und schleuderte ihn an Reuber vorbei gegen die Wand hinter ihm. Erschrocken sprang der zur Seite, während die heiße Flüssigkeit durch den Raum spritzte.

Siggi sah Reuber an, der mit beiden Händen abwinkte.

„Dieses Schwein!", schrie sie mit einem Mal. Keine Spur von Resignation war mehr an ihr, sie hatte sich wieder in die Kämpferin vom Vortag verwandelt. „Dieses erbärmliche Schwein! Der Feigling! Er hat es getan. Weil er Angst hatte. Angst, der Albert würde überall herumerzählen, was er gemacht hat. Konnte ja nicht damit rechnen, dass der zurückkommt. Ins KZ musste der. Kam doch keiner mehr zurück. Die Ostfront hat er auch überlebt. Und das russische Lager. Das hat dem Alfons Angst gemacht."

„Der Schmuck? Wessen Idee war das?"

„Alfons' Idee war das. Seine Idee. Hat doch immer geklagt, er würde als Pedell nichts verdienen. Die Rente wegen seiner Kriegsverletzung – das war doch kaum was. Wenn rausgekommen wäre, dass er seinen Schwager den Nazis ausgeliefert hat, dann wär ihm die auch noch gestrichen worden."

„Wessen Idee war es gewesen, die Schuld den Kallweits in die Schuhe zu schieben?“

„Was wollen Sie denn? Denken Sie nach!“, fauchte die Frau den Kommissar an. „Alfons’ natürlich. Er hat doch auch die Schere aus dem Schuppen geholt, als die weg waren. Ich wollte das nicht, aber Alfons wollte sich die Gelegenheit nicht entgehen lassen.“

So ging das noch eine halbe Stunde, dann wurde die Pfeiffer zurück in ihre Zelle gebracht. Der Polizist, der sie nach unten führte, erhielt die Anweisung, die Frau auf keinen Fall auf ihren Mann treffen zu lassen.

Die Stenotypistin verließ ebenfalls den Raum, um das bisher Protokollierte abzutippen. Eine andere Frau, etwas älter, ersetzte sie.

Kurze Zeit, nachdem Frau Pfeiffer aus dem Raum gebracht worden war, wurde Alfons Pfeiffer von einem Polizisten hereingeführt. Er sah im wahrsten Sinne des Wortes niedergeschlagen aus. Offensichtlich war er sich seiner Situation bewusst. „Wo ist meine Frau?“, fragte er kraftlos. Dann stöhnte er auf: „Mein Kopf. Die Nacht in der Zelle …“

Es sollte anklagend klingen, aber für Siggi klang es erbärmlich.

„Warum wollten Sie den Schmuck verstecken, Herr Pfeiffer?“, fragte Reuber.

Der antwortete nicht.

„Meine Frau …“, schluchzte er schließlich auf, wollte etwas sagen, bekam aber mehr als ein Röcheln nicht heraus.

Reuber nahm ein Taschentuch aus seiner Hosentasche und reichte es dem Mann, der sich damit über die Augen wischte.

„Meine Frau hatte den Plan“, sagte er endlich. „Der Schmuck. Sie war ganz scharf auf den Schmuck. Sie meinte, der Albert hätte mich in der Hand. Wegen der … Geschichte …“

„Weil Sie ihn denunziert hatten …?“

Pfeiffer ließ sich Zeit, bis er schließlich nickte.

„Sie haben ihn erstochen? Mit der Schere von Kallweit?“

„Hat meine Frau das gesagt?“

„Das hat sie!“

„Was sollte ich machen?“, begehrte der Mann auf, fiel aber gleich wieder in sich zusammen.

„Erzählen Sie, wie es passiert ist!“

Pfeiffer schüttelte den Kopf.

„Sie müssen uns alles sagen!“, forderte Reuber.

Der Mann schwieg lange, dann begann er zu sprechen, erst noch stockend, dann legte er seine Zurückhaltung ab. „Ich wusste doch, wo der Albert langgeht. Hat er ja oft genug erzählt. War sein Spazierweg. Hatte ja nichts zu tun den ganzen Tag. Ich bin vorher schon an die Stelle. Habe gewartet. Dann kam er. War überrascht, mich zu sehen. Ich habe gesagt, dass ich ihn sprechen muss. Er wollte seine Ruhe, hat er gesagt. Am Abend könnten wir das machen. Im Haus. Ich habe gesagt, dass das jetzt sein muss. Doch Albert hat nicht gehört. Hat sich umgedreht und wollte gehen. Einfach so hat er mich da stehen lassen. Da …“

Er stockte und sah sich um, als wäre dort jemand, der ihm helfen könnte.

„Weiter!“, sagte Reuber und zündete sich eine Zigarette an.

„Dann habe ich die Schere …“ Er verzog angeekelt sein Gesicht.

„Ja, Herr Pfeiffer?“

„Der Albert hat gelacht. Hat gelacht, als er die Schere gesehen hat. Was das soll? Da habe ich zugestoßen.“

„Wie oft?“

„Ich weiß es nicht. Oft?“

Siggi sah den Mann verwundert an, weil er das als Frage formuliert hatte.

„Wir haben fünfzehn Stiche gezählt, Herr Pfeiffer.“

Der zuckte zusammen und schlug die Hände vor sein Gesicht.

„Dann haben Sie die Schere in der Nähe abgelegt und sind nach Hause. Niemand hat Sie gesehen und Ihre Frau hat Ihnen das Alibi gegeben.“

Ohne seine Hände vom Gesicht zu nehmen nickte Pfeiffer.

Reuber gab der Stenotypistin ein Zeichen, die gleich aufstand und das Zimmer verließ.

Schweigend blieben die drei Männer in dem Raum zurück, bis die Stenotypistin mit dem Protokoll wiederkam, das Pfeiffer zur Unterschrift vorgelegt wurde. Mechanisch kam er der Aufforderung nach.

Reuber und Siggi begleiteten Alfons Pfeiffer in seine Zelle, wo gerade Kallweit entlassen wurde. Stumm, mit starrem Blick auf seinen ehemaligen Vermieter, ging er an ihnen vorbei. Fast vier Wochen hatte er in Untersuchungshaft gesessen. Siggi tat der Mann leid. Er wollte ihm zulächeln, aber er brachte nur eine Grimasse zustande.

„Glückwunsch, Siggi“, Reuber hob sein Glas und prostete dem jungen Kollegen zu, „Ihr erster Fall. Gelöst. Nicht nur einen Mörder überführt, sondern auch noch einen Unschuldigen vor Lebenslänglich bewahrt. Cheers!“

Beide tranken.

„Was wird jetzt mit den Kallweits?“, fragte Siggi.

„Die können zunächst mal in der Pfarrei wohnen bleiben, bis sie etwas gefunden haben. Der Pfarrer hat gute Kontakte in der Gemeinde. Ich bin zuversichtlich.“

Reuber schenkte nach, Siggi spürte den Alkohol. Dennoch trank er sein Glas leer, verabschiedete sich von Reuber und ging zu Kochs Büro, um ihm von der Auflösung des Falls zu berichten. Doch er blickte in einen leeren Raum.

XXXIV

Koch hatte sich lange den Kopf darüber zerbrochen, ob die französische Münze und dieses seltsame Schmuckstück eine Bedeutung hatten und ob sie ihm dabei helfen konnten, Dorles Mörder auf die Spur zu kommen. Aber er fand keine Antworten auf seine Fragen. Die Münze konnte ebenso gut ihm wie dem Mörder gehört haben. Dieses Schmuckstück? Er kannte es nicht und hatte es noch nie gesehen. Möglicherweise lag es schon sehr lange unter dem Schrank, hatte vielleicht sogar Dorles Sohn Rolf gehört oder eine der Fastnachtsmützen ihres verstorbenen Mannes geschmückt, die er gesammelt hatte.

Koch hatte sich mehr von seinem Einbruch in Peickerts Büro erhofft. In der Kantine stellte er sich an die Ausgabe. Vor ihm unterhielten sich zwei Kollegen.

„… keine Ahnung“, sagte der eine der beiden. „Die Kehle haben sie ihm durchgeschnitten, hat mir der Berg von der Spurensicherung gesagt.“

„Da haben wir von der Sitte es doch besser“, erwiderte der andere feixend.

„Ich weiß nicht …“, zweifelte der erste und nahm seinen Becher und ein Brötchen vom Tresen. „Ich muss!“, sagte er zu dem Kollegen und verabschiedete sich.

„Ein Toter?“, fragte Koch den Mann, der nun alleine vor ihm stand.

„Ja, ja. Wurde gestern gefunden.“

Kochs Körper spannte sich. Warum hatte ihm noch niemand etwas davon gesagt? Er war bei der Mordkommission!

Er versuchte, ruhig zu bleiben. „Weiß man schon etwas über den Toten?“

Der Mann vor ihm zuckte mit den Schultern. „Kehle

durchgetrennt. Mehr weiß ich auch nicht", und ging mit kurzem Gruß davon.

Koch wartete auf seinen Kaffee und ging dann zum Vorzimmer in Arnheims Büro, aus dem gerade Peickert kam.

„Guten Morgen, Koch", sagte der schnell und schien kein Interesse an einem Gespräch zu haben.

„Guten Morgen, Koch!", begrüßte der Chef der Mordkommission seinen Kommissar. Er war gerade von seinem Büro in das Vorzimmer getreten. „Was kann ich für Sie tun?"

„Haben Sie eine Minute?"

Arnheim zögerte eine Sekunde, sagte dann: „Kommen Sie!", gab seiner Vorzimmerdame noch eine Anweisung und ging voraus in sein Büro.

„Was kann ich für Sie tun?", fragte er, nachdem sie sich gesetzt hatten. Er sah Koch aufmerksam an.

„Ich habe gehört, es gibt einen Mord. Niemand hat mich informiert."

Arnheim runzelte seine Stirn und zögerte mit der Antwort. „Mein lieber Koch", begann er schließlich, „Sie scheinen mir noch nicht in der Verfassung zu sein, einen Fall zu übernehmen. Der Tod Ihrer Frau nimmt Sie …, wie soll ich sagen, … doch sehr mit. Das ist auch verständlich. Außerdem ist da ja noch der Mordfall Roth … wie sieht es denn da aus?

„Da ist Herr Maus dran und wie es aussieht, hat er den Fall bald gelöst …"

„Der Flüchtling …"

Koch schüttelte den Kopf. „Alles deutet auf die Vermieter hin. Familie Pfeiffer. Es fehlt nur der letzte Beweis beziehungsweise ein Geständnis."

„So, so. Herr Reuber ist ja auch voll des Lobes über unseren Herrn Maus. Hätte ich nicht gedacht. Reuber greift ihm unter die Arme." Er sah Koch an. „Das wissen Sie aber sicher?"

Koch nickte.

„Kann ich sonst noch etwas für Sie tun?"

„Ja, dieser Tote, der …"

Wieder reagierte Arnheim nicht gleich, blickte den Kommissar aber unverwandt an.

„Ist Kollege Peickert dran", erklärte er schließlich.

„Wieso Peickert?", fragte Koch erbost. „Der soll den Mörder meiner Frau finden!"

Arnheim strich sich mit einer Hand über seinen Bauch, der sich sichtbar vorwölbte, atmete hörbar aus, nahm aus einem Kästchen auf dem Tisch eine Zigarette, zündete sie mit dem Tischfeuerzeug an, inhalierte tief und stieß den Rauch durch die Nase aus.

„Nun, Koch", begann er endlich, „Peickert ist bislang keinen Schritt weiter. Jede Spur, der er nachgeht, erweist sich als falsch. Als hätte ein Phantom zugeschlagen. Er … bearbeitet den Fall natürlich weiter, aber Sie wissen selbst, Koch, wie schlecht wir personell aufgestellt sind …"

„Deshalb könnte ich ja …", warf Koch ein.

„Nein, das geht nicht, Koch", widersprach Arnheim und zog hastig an seiner Zigarette. Ein unangenehmer, süßlicher Geruch waberte durch den Raum.

„Warum nicht?"

„Sie sind nicht in der Verfassung dafür. Ihr Kopf, er ist noch nicht frei … Wie schnell verrennen Sie sich da …"

Alles, was Arnheim vorbrachte, war für Koch vorgeschoben. Der wahre Grund für die Ablehnung musste ein anderer sein.

„Wer ist der Tote?", fragte er, um vielleicht auf der dienstlichen Ebene weiterzukommen.

„Kann ich im Moment nicht sagen", erwiderte Arnheim nach kurzem Zögern.

„Nicht sagen? Trauen Sie mir nicht, Herr Arnheim? Was soll das? Der Mord an meiner Frau kann nicht aufgeklärt werden, weil Peickert einen neuen Fall bekommt." Koch wurde mit jedem Wort lauter. „Den ich übernehmen könnte! Was spricht dagegen? Sagen Sie es mir! Warum soll ich den Fall nicht übernehmen?"

„Koch!" Arnheim sagte das bestimmt, aber nicht maßregelnd, als wolle er die Situation nicht eskalieren lassen. „Ich habe meine Entscheidung getroffen. Der Fall Roth ist noch nicht abgeschlossen. Beenden Sie erst diese Arbeit, dann sehen wir weiter."

„Wie? Weitersehen? Ich kann den Fall jetzt übernehmen, nicht später", widersetzte sich Koch.

„Koch, nein!", sagte Arnheim und drückte, wie zur Bekräftigung, mit demonstrativer Härte seine Zigarette im Aschenbecher aus.

Koch sah seinen Vorgesetzten durchdringend an, dann stand er auf und verließ den Raum ohne Gruß.

In seinem Büro schlug er mit der Faust auf seinen Schreibtisch. Ein halbgefülltes Glas fiel um und die Flüssigkeit ergoss sich über die Tischplatte. Mit der flachen Hand wischte er das Nass von dort auf den Boden.

„Verdammter Mist!", schrie er und eilte zu Reubers Büro. Vielleicht wusste der mehr. Doch sein Kollege war nicht am Platz. Koch sah auf seine Uhr. Es war halb zwei. Er überlegte nur kurz, nahm seinen Hut von dem Garderobenständer in seinem Zimmer und verließ hastig die Direktion. Erst nachdem er sich ein ganzes Stück von dem Gebäude entfernt hatte, ging er langsamer. Am Rhein setzte er sich auf eine Bank und blickte auf den träge dahinfließenden Strom. Mit einem Mal waren seine Gedanken bei seinem Vater, mit dem er früher oft am Rhein gewesen war. Sein Vater hatte gerne geangelt, ihm, dem Sohn, war das zu langweilig gewesen. Zudem fand er es unangenehm, die glitschigen Fische anzufassen. Erst recht, sie aufzuschneiden und die glibberigen Innereien herauszunehmen, wie sein Vater das ungerührt konnte. Die Bilder der aufgeschnittenen Fische und der Innereien hatten ihn als Jungen lange verfolgt. Es dauerte viele Jahre, bis er wieder Fisch essen konnte. Sein Vater war jetzt über fünfzehn Jahre tot, seine Rückkehr nach Deutschland, dessen war er sich inzwischen sicher, hatte auch mit dessen Tod zu tun. Vielleicht hätte er ihn retten können, wenn er geblieben wäre.

Lohnte es sich, fragte sich Koch, für seine Ideale zu sterben? War er aus Idealismus aus Deutschland weggegangen, nach Paris, um nicht unter den Nazis als Polizist arbeiten zu müssen? War es Idealismus gewesen, sich den Internationalen Brigaden anzuschließen, um gegen Franco zu kämpfen? Hatte er denn Ideale? Rechtsstaatlichkeit? Gesetzestreue? Diese Begriffe klangen ihm zu pathetisch. Waren zu einfach durch andere zu ersetzen. Oder war es doch nur eine Flucht gewesen, als er damals das Land verlassen hatte? Flucht vor sich selbst? Flucht vor seinem schlechten Gewissen? Seiner Orientierungslosigkeit?

Ein Lastkahn trieb flussabwärts an ihm vorbei. Koch sah dem Schiff nach. Gegenüber, an der Mainmündung, wurde ein Floß festgemacht. Wenn er seine Augen zusammenkniff, konnte er die Männer erkennen, die geschickt auf den feuchten Holzstämmen hin und her liefen und die Hölzer aneinanderbanden.

Hätte er seinem Vater helfen können? Er grübelte. Oder musste die Frage nicht lauten: Hätte sich sein Vater überhaupt helfen lassen? Er war sicher: Nein! Aus Überzeugung, aber auch aus Trotz. Trotz gegen seinen Sohn, der gegen seinen Willen Polizist geworden war. Repräsentant des kapitalistischen Systems, das er, der Vater und Kommunist, bekämpfte, der für diesen Kampf alles hintenangestellt hatte. Sich selbst, seine Familie. Sein Sohn als sein Retter? Der das vielleicht einzig Richtige machte, nämlich wegzugehen, dem mörderischen Regime den Rücken zu kehren? Oder war das Feigheit? Musste man sich dem entgegenstellen? Koch hatte bislang keine Antwort auf diese Fragen gefunden und er fand sie auch an diesem Nachmittag nicht.

Die Sonne brannte von dem wolkenlosen Himmel herunter. Koch wurde es zu warm, er zog sein Jackett aus, rollte es zusammen, legte sich nieder und nutzte die Jacke als Kopfkissen. Der mangelnde Schlaf in der letzten Nacht machte sich bemerkbar, er fühlte sich müde und nickte ein.

Das Bellen eines Hundes weckte ihn auf. Erschrocken fuhr er auf und blickte in das Maul eines Schäferhundes, der weniger als zwei Meter von ihm entfernt stand und ihn neugierig beobachtete.

„Aus'm Osten?", fragte ein Mann, der den Hund an der Leine hielt. Er trug einen grauen Dreiteiler und einen Hut.

„Osten?", fragte Koch.

„Na, ob Se aus'm Osten sind? Flüchtling? Ohne Wohnung? Einfach hier so rumliegen, das geht nicht. Bei uns."

Der Hund zerrte an der Leine. Er schien neugierig, aber nicht aggressiv zu sein. „Rex!", sagte der Mann streng.

Der Hund zog weiter.

Koch erhob sich langsam, nahm sein Jackett, warf es über die Schulter und ging grußlos davon.

„Ein Benehmen haben die“, hörte er noch hinter sich, der Schall des nächsten Satzes verlor sich schon in einer vom Rhein her wehenden Windbö.

Koch spazierte weiter am Rheinufer entlang. Wenn er den Blick nicht von dem Fluss abwendete, konnte er die Erbschaften des Krieges ausblenden. Er näherte sich der zerstörten und nun wiederaufgebauten Brücke, die vor wenigen Wochen feierlich eingeweiht worden war. Sogar Bundespräsident Heuss war zu diesem Anlass in die Stadt gekommen.

In einem weiten Bogen lief Koch um die Innenstadt, bis er vor Bressons Haus stand. Er hatte das nicht beabsichtigt, aber ein innerer Kompass hatte ihn zu dem Photographen geführt.

Das Schlurfen der Schritte hinter der Tür erschreckte Koch. Er erinnerte sich, dass Bresson seit Neuestem an Krücken ging.

Das Gesicht, in das Koch blickte, als ihm die Tür geöffnet wurde, war noch eingefallener als bei Dorles Beerdigung. Das dünne Lächeln, das Bresson zeigte, hatte fast etwas Angsteinflößendes. Bresson trat zur Seite und ließ Koch in die Wohnung. Am Ende des Flurs zeigte sich Moses, der Kater, schaute den Besucher an, erkannte Koch, lief ihm entgegen und strich um dessen Füße. Koch bückte sich und streichelte das Tier kurz, dann folgte er Bresson ins Wohnzimmer, wo der gleich zwei Gläser aus dem Schrank nahm und sie füllte.

„Deshalb kommen Sie doch, oder Koch?“, fragte er mit dünner Stimme. Seine Bewegungen waren langsamer und eckiger, sie schienen ihm Schmerzen zu bereiten.

„Alles in Ordnung, Bresson?“, fragte Koch.

„Kommt darauf an, was Sie meinen. Die Knochen? Nein! Aber das sehen Sie ja selbst. Die Leber? Ich fürchte, auch nein. Der Kopf?" Er tippte sich mit dem Zeigefinger gegen die Stirn. „Scheint so weit in Ordnung zu sein. Obwohl ich nicht weiß, ob ich mich darüber freuen soll oder nicht."

Koch sah den Mann fragend an.

„Es ist nicht erbauend, seinen eigenen Zustand recht klar erkennen und analysieren zu können. Ein wenig Dämmer wäre da ganz nützlich. Helfen wir dem also nach!"

Er hob sein Glas und prostete Koch zu.

„Schlimm?", fragte Bresson, nachdem er sein Glas abgestellt hatte.

„Wie?", fragte Koch zurück.

„Sie haben Ihr Glas in einem Zug ausgetrunken. Ist nicht Ihre Art."

Koch nickte, doch statt sich zu erklären, stand er auf und füllte sein Glas, leerte es erneut und goss wieder nach.

„Sehr schlimm, scheint mir", kommentierte Bresson. „Erzählen Sie!"

Koch setzte sich wieder und lehnte sich zurück. Moses kam ins Zimmer, sah die beiden Männer in den Sesseln an, legte sich vor Kochs Füße, schnurrte und vergrub seinen Kopf zwischen den Vorderpfoten.

„Dorle?", fragte Bresson.

Koch nickte. „Wissen Sie, was mich verrückt macht? Es gibt keine Spur. Gestern war ich in Peickerts Zimmer …"

„Peickert …?", unterbrach ihn der Photograph.

„Der Kollege …", Koch verzog spöttisch seinen Mund, „der den Fall bearbeitet. Das heißt: bearbeitet hat."

„Wieso das?" Bresson hustete. „Die Lunge will auch nicht mehr so", sagte er. „Aber Sie sind dran, Koch!"

„Peickert hat schon einen neuen Fall. Ich habe nichts

davon erfahren, bin außen vor. Peickert soll ihn nun auch übernehmen. Man hat es aufgegeben, Dorles Mörder zu finden!"

Bresson musste erneut husten, dabei verzog er schmerzvoll sein Gesicht. Mit einem Schluck Brand bekämpfte er den Anfall. Koch trank ebenfalls.

„Sie waren in seinem Zimmer ...", erinnerte ihn Bresson.

„Ja. Ich wollte wissen, ob in der Ermittlungsakte etwas drin steht, ein Hinweis, irgendetwas ... es ist zum Verrücktwerden, wenn man gar nichts in der Hand hat."

„Und?", fragte Bresson.

Moses hatte sich erhoben, sah Koch kurz an und sprang ansatzlos auf seinen Schoß. Koch ließ den Kater gewähren, hielt in der einen Hand sein Glas, mit der anderen kraulte er den Nacken des Tieres, was dieses schnurrend zur Kenntnis nahm.

„Nichts. Oder besser: Nichts, das mir weiterhilft." Er machte eine Pause, trank. „Zwei Gegenstände gibt's, die seltsam sind, aber auf die kann ich mir keinen Reim machen. Lagen unter dem Küchenschrank. Könnten bei dem Kampf dahin gekommen sein. Könnten natürlich auch schon lange da gelegen haben und sind jetzt ans Tageslicht gekommen."

Bresson sah sein Gegenüber gespannt an.

Koch sprach weiter. „Eine französische Münze und ein Schmuckstück. An Dorle habe ich es nie gesehen."

„Sie nehmen an, dass es vom Mörder stammt?"

Koch hob beide Hände. „Möglich", erwiderte er kurz.

„Haben Sie eigentlich Hunger, Koch? Den Brand so ganz ohne Grundlage ..."

Der Kommissar überlegte kurz, nickte dann.

„Mal schauen, was so im Haus ist", sagte Bresson und

wollte sich aus dem Sessel erheben. Er stützte sich mit beiden Händen auf der Lehne ab und stöhnte. Es schmerzte Koch, den Mann leiden zu sehen.

„Bleiben Sie sitzen, Bresson!“, forderte er ihn auf. „Ich seh' mal nach.“

Koch nahm Moses und hob ihn von seinem Schoß, wofür er ein beleidigt klingendes Maunzen erntete, und setzte das Tier auf dem Boden ab, bevor er aufstand und in die Küche ging.

„Brot und Butter sind rechts im Schrank“, rief ihm Bresson nach. „In dem Kasten links ist Käse. In der Ecke steht noch Bier.“

Koch schnitt mehrere Scheiben Brot ab, bestrich sie mit Butter und belegte sie mit dem Käse, nahm aus dem Schrank zwei Teller und brachte alles schließlich ins Wohnzimmer, wo ihn ein grinsender Bresson erwartete.

„Dass ich das noch erleben darf. Paul Koch bedient mich! Mit Brot und Käse. Darauf müssen wir anstoßen.“

Koch stellte einen der beiden Teller auf die breite Lehne von Bressons Sessel, öffnete die Bierflaschen und reichte eine davon Bresson. Sie stießen die Flaschen aneinander. Dann ließ er sich wieder in das Polster fallen und biss in sein Brot.

„Haben Sie eigentlich mitbekommen, dass wir Hauptstadt sind?“, fragte Bresson, während er kaute.

Koch sah ihn fragend an, der Alte grinste.

„Ist Ihnen nicht wichtig, dachte ich mir. Mainz ist jetzt offiziell Hauptstadt von Rheinland-Pfalz. Wurde gestern endgültig beschlossen. Koblenz war die Alternative, wo bis jetzt die Landesregierung saß.“

„Soll ich mich darüber freuen?“, gab Koch zurück.

Bresson ließ sich einen Moment Zeit und schluckte seinen letzten Bissen herunter. „Sie haben recht. Ist nicht wichtig." Er spülte mit einem Schluck seines Brandes nach. „So", sagte er, „das war gut."

Auch Koch hatte sein Brot aufgegessen. Er stellte seinen Teller neben den Sessel auf den Boden. Sofort leckte Moses die wenigen Krümel, die noch darauf lagen, auf.

„Wie sieht denn dieses Schmuckstück aus?", fragte Bresson, nachdem er seinem Kater einen Moment zugeschaut hatte.

Koch versuchte, es zu beschreiben. Bresson schüttelte den Kopf. „So kann ich mir das nicht vorstellen. Auf dem Tisch da liegen Stift und Papier. Zeichnen Sie es auf!"

Koch stöhnte auf. „Zeichnen?"

„Ja, machen Sie nur. Damit ich eine ungefähre Vorstellung bekomme."

Unwillig erhob sich Koch und ging zu dem Tisch, setzte sich auf einen der beiden Stühle. Er zeichnete das Schmuckstück, so wie er es noch in Erinnerung hatte, nach. „Nein, so nicht!", fluchte er leise und begann nochmals. Sein dritter Versuch war dem Photo, das er in der Akte gesehen hatte, nahe genug gekommen, um es Bresson zu reichen.

Der betrachtete das Papier lange, während Koch sein Glas füllte. Einmal sah er kurz auf und zu Koch herüber. Es lag etwas in diesem Blick, das Koch beunruhigte, aber schon hatte der Photograph sich wieder der Zeichnung zugewandt.

„Ja!", rief er aus. Der konnte nicht einordnen, was Bresson damit meinte.

Moses hatte mittlerweile den Teller gründlich abgeleckt und war wieder auf Kochs Schoß gesprungen.

Bresson quälte sich aus seinem Sessel. Koch wollte aufstehen und ihm helfen, doch der alte Mann winkte ab, atmete schwer, als er endlich aufrecht stand, nahm eine der beiden Krücken, die neben seinem Sessel lagen, und humpelte aus dem Zimmer. Koch hörte ihn im Hintergrund der Wohnung hantieren. Er war versucht, ihm zu folgen, unterließ es aber. Endlich kam Bresson zurück. In der Hand hielt er eine Zeitschrift.

„Hier ist es“, sagte er, nachdem er sich auf der Lehne seines Sessels niedergelassen hatte.

Koch sah den Photographen fragend an.

Erinnern Sie sich nicht mehr, Koch?“, fragte er. „Ich habe Ihnen ein Photo gezeigt, in dieser …“ Er blickte Koch streng an, der schüttelte seinen Kopf.

„Vor … etwa drei Jahren, ungefähr. Ein Bild, drei Männer, hinter ihnen ein Baum, an dem jemand erhängt worden war …“

Mit einem Mal wusste Koch, worauf Bresson anspielte. „Sie meinen das Photo, auf dem Brunner zu sehen war. In der Uniform der Fremdenlegion“, stellte er fest.

Koch hatte Helmut Brunner vor über vier Jahren verdächtigt, der Kopf einer Bande zu sein, auf deren Konto eine Reihe von Überfällen, vor allem auf Warendepots, ging. Da Brunner als Bauunternehmer über sehr gute Kontakte sowohl zur deutschen Zivil- wie auch zur französischen Militärverwaltung verfügte, war er lange unbehelligt geblieben. Der Überfall, den Brunner auf einen Konvoi geplant hatte, der Gelder für die Franzosen transportierte, konnte von Koch in letzter Sekunde verhindert werden. Brunner musste daraufhin fliehen und war seitdem spurlos verschwunden.

„Genau das“, bestätigte Bresson, blätterte in der Zeitschrift und hielt sie, als er die gesuchte Seite gefunden hatte, Koch entgegen. Der sah kurz darauf.

„Was hat das mit dem Schmuckstück zu tun?“

Bresson schüttelte mit ernstem Gesicht seinen Kopf.

„Das ist kein Schmuckstück, Koch. Das ist die *Siebenflammige Granate.* Das Abzeichen der Légion Étrangère, der Fremdenlegion."

Koch benötigte einige Sekunden, bis er den Zusammenhang verstand.

„Sie meinen, ... ich meine, Sie halten es für möglich, dass Brunner ... Dorle ...?"

Bresson nickte.

„Warum?"

„Koch, warum wohl? Rache! Sie haben dem Mann damals die Existenz zerstört. Er musste abhauen. Wegen Ihnen. Die Ehre. Brunner war, wenn ich mich richtig erinnere, sehr von sich überzeugt. Möglich, dass er bei der Fremdenlegion untergekommen ist. Ist nicht der einzige Deutsche, der nach dem Krieg dahin ist. Sind auch ehemalige SS-Männer dort untergekommen, denen hier ein Verfahren gedroht hätte, zumindest in den ersten Monaten nach dem Krieg. Andere hatten nichts anderes als Krieg gelernt, kamen im zivilen Leben nicht mehr klar ..."

Koch hörte sich das an, dachte nach.

„Aber Brunner war doch zu alt dafür. Und als Soldat ..."

„Koch, zunächst musste der Mann weg. Wer weiß, was der erzählt hat. Die Legion suchte direkt nach dem Krieg händeringend Leute. Frankreich führte da schon Krieg in Indochina. Die Kolonien, die ihnen die Japaner im Krieg entrissen hatten und wo es jetzt eine Unabhängigkeitsbewegung gibt. Allerdings ...", stockte Bresson plötzlich.

„Ja ...?", fragte Koch, der nicht wusste, was er von Bressons Vermutung halten sollte.

„Die Fremdenlegion verpflichtet ihre Leute für mindestens fünf Jahre und wenn ich mich richtig erinnere, ist Brunner Ende '46 untergetaucht. Das heißt, er könnte erst Ende '51 entlassen werden."

Einige Sekunden saßen die beiden Männer schweigend in ihren Sesseln und selbst Moses, der eben noch zufrieden geschnurrt hatte, war still.

„Aber warum Dorle, warum nicht ich? Wenn es wirklich Brunner war, warum hat er nicht mich umgebracht?", rief Koch schließlich aus, er konnte seine Erregung nicht verbergen.

„Weil das so für Sie viel schmerzhafter ist, Koch", erklärte Bresson. „Wenn er Sie umbringt, leiden Sie kurz. Jetzt leiden Sie bis an Ihr Lebensende. Umso mehr, da Sie nicht wissen, wer Ihre Frau umgebracht hat. Perfide. Hinterhältig und widerlich!"

„Ich kann mir das nicht vorstellen", sagte Koch, mehr zu sich selbst als zu Bresson. Starr blickte er die Wand gegenüber an und streichelte Moses mechanisch über den Kopf. Wenn Brunner wieder in Deutschland war und tatsächlich Dorles Mörder war oder einen beauftragt hatte, würde er den Mann finden.

Er ließ sich sein Glas füllen.

XXXV

In der Direktion wurde Siggi zu Arnheim gerufen, der angespannt hinter seinem Schreibtisch saß.

„Glückwunsch, Herr Maus!“, rief sein Vorgesetzter ihm entgegen, als er das Büro betrat. „Gute Arbeit, sehr gut. Ihr erster Fall. Dazu eine hervorragende Idee mit der Schauspielerei, die Eheleute so aufs Glatteis zu führen. Sehr brillant, mein lieber Herr Maus. Reuber ist voll des Lobes über Sie. Ich denke …“ Er sprach den Satz nicht zu Ende, sondern betrachtete den jungen Kollegen, nahm dann eine Zigarette aus seinem Tischetui und zündete sich eine an.

Siggi war einen Moment lang verwirrt. Das hörte sich aus Arnheims Mund so an, als ob der Plan, der letztlich zur Überführung der Pfeiffers geführt hatte, von ihm stammte. Er wollte schon Einspruch einlegen und das Missverständnis aufklären, da ging ihm auf, dass Reuber es Arnheim gegenüber als Siggis Idee dargestellt haben musste. Es war sicher für seine Zukunft bei der Polizei nicht schlecht, wenn die Aufklärung dieses Falls ihm allein zugesprochen wurde. Je früher er Kommissar war, desto eher verdiente er gutes Geld. Damit konnte er sich vielleicht bald eine richtige Wohnung leisten und den Škoda zulassen.

„Herr Maus, was macht Herr Koch?“, unterbrach Arnheim seine Gedanken. Er dehnte seine Worte.

Siggi entging das Lauernde im Blick seines Chefs nicht. Er räusperte sich zunächst, um etwas Zeit zu gewinnen. „Ja, also“, begann er behutsam, „der Tod seiner Frau macht ihm sehr zu schaffen. Mehr, als er das zugibt … glaube ich.“ Er wartete einen Moment. Arnheim machte keine Anstalten, etwas zu sagen, zog nur vernehmlich an seiner Zigarette. „Am meisten … also, es trifft ihn, dass man immer noch nicht weiß, wer das getan hat.“

„Wenn Herr Koch, nur mal angenommen, wüsste, wer der Mörder ist, Herr Maus, was glauben Sie, würde er machen?“

„Er …“, begann Siggi und hielt gleich wieder inne, da ihm bewusst wurde, wie seltsam diese Frage war. Arnheim ließ ihn keine Sekunde aus den Augen. Er setzte nochmals an, stockend. „Er würde … den Mörder … verhaften. Ja, natürlich, verhaften. Warum wollen Sie das wissen?“ Siggi konnte sich die Frage nicht verkneifen.

Arnheim fixierte Siggi immer noch. „Interesse, Herr Maus, Interesse.“ Er drückte die noch nicht aufgerauchte Zigarette energisch aus. „Wissen Sie, wo Herr Koch sich derzeit aufhält?“

Siggi zögerte. „Nein, das weiß ich nicht“, antwortete er schließlich. „Ich wollte gestern Nachmittag noch zu ihm gehen, um ihm mitzuteilen, dass der Fall Roth aufgeklärt ist.“

„Ja, und?“, hakte Arnheim ungeduldig nach.

„Er war nicht in seinem Büro.“

„Haben Sie ihn gesucht?“

„Nein, so dringend war das ja nicht.“

„Um wie viel Uhr war das?“

Siggi staunte über die Fragen, die Arnheim stellte, als wären sie in einem Verhör.

„Vielleicht vier Uhr. Am Nachmittag.“

„Später?“

Siggi schüttelte seinen Kopf. „Nein, ich habe Herrn Koch nicht mehr gesehen. Was ist denn … mit ihm? Ist etwas passiert?“

Arnheim reagierte nicht gleich. „Nein, nein, alles in Ordnung.“

Wie er das sagte, machte Siggi unmissverständlich klar, dass gar nichts in Ordnung war.

XXXVI

Es dauerte einige Sekunden, bis Koch wusste, wo er sich befand. Sein Rücken schmerzte, sein Hals war steif, in seinem Magen grummelte es sehr verdächtig. Er blickte in ein Paar grüne Augen und erschrak. Eine Pfote fuhr ihm über die Wange, mit eingezogenen Krallen. Koch drehte seinen Kopf, schwindelte, musste würgen, blickte auf etwas, das zwischen Sandfarben und Braun changierte. Er hielt seinen Kopf ruhig, der Schwindel ließ nach. Das Würgen blieb. Langsam setzten sich die Bausteine zu einem Bild zusammen. Er war zu betrunken gewesen am Vorabend, um nach Hause gehen zu können. Irgendwann war er wohl eingeschlafen und von seinem Sessel auf den Boden gerutscht.

Er kämpfte gegen den Würgereiz an. Lange ließ der sich nicht unterdrücken. Mit einer äußerst bedächtigen Bewegung seines Kopfes sah Koch sich um. Bresson saß nicht in seinem Sessel. Koch schob Moses von sich weg, der das mit einem unwirschen Fauchen kommentierte, setzte sich aufrecht und musste in dieser Position einige Sekunden verharren, bis der Schwindel in seinem Kopf nachließ. Äußerst vorsichtig erhob sich Koch und spürte, wie schwach er noch auf den Beinen war, atmete einige Male tief durch, versuchte, den Kopfschmerz zu ignorieren und schlurfte zu Bressons Schlafzimmer im hinteren Teil der Wohnung.

Das tiefe Schnarchen war nicht zu überhören. Die Tür zum Schlafzimmer stand offen, Bresson lag angezogen auf dem Bett. Es roch nach Alkohol und Schweiß. Koch unterdrückte den Drang, sich zu übergeben. Bressons Brille war neben eine Anrichte gefallen. Koch hob sie auf und legte sie darauf, bevor er das Fenster öffnete und das

Zimmer schnell wieder verließ. Er merkte, dass er seinen Magen nicht mehr unter Kontrolle hatte und schaffte es gerade noch in die Küche, wo er sich in das Spülbecken erbrach. Das Würgen verstärkte seine Kopfschmerzen, sein Schädel schien zu bersten. Einige Minuten lang blieb er über das Becken gebeugt stehen, ignorierte den säuerlichen Geruch seines Erbrochenen, drehte den Hahn auf und spülte erst seinen Mund aus, danach klatschte er sich kaltes Wasser ins Gesicht. Als er sicher war, sich nicht mehr erbrechen zu müssen, füllte er den Wasserkessel, der neben dem Spülbecken stand und stellte ihn auf die Kochstelle. Danach musste er sich erst einmal setzen. Während er wartete, dass das Wasser zu kochen begann, kam Stück für Stück die Erinnerung an den Vorabend wieder. Das Abzeichen, von dem er Bresson erzählt hatte, das Photo, das dieser ihm in der Zeitschrift gezeigt hatte, die Schlussfolgerung, dass es … Helmut Brunner gewesen war, der Dorle ermordet hatte. Alles nur bruchstückhaft, kleine Einsprengsel, die sich nicht zu einem Bild zusammensetzen wollten. Koch versuchte, sich zu konzentrieren. Aber es gelang ihm nicht. Rache? Wollte Brunner sich an ihm rächen? Wegen des verhinderten Coups vor vier Jahren? War Brunner jetzt hier? Saß da, beobachtete ihn, erfreute sich an seinem Schmerz? Warum?

Der Wasserkessel begann zu pfeifen. Mit Verzögerung reagierte Koch darauf und nahm ihn von der Kochstelle, schüttete aus einer Dose Kaffeepulver in eine Kanne und übergoss es mit dem kochenden Wasser. Sofort erfüllte ein aromatischer Duft den Raum, der weitere Lebensgeister in Koch weckte. Während der Kaffee durchlief, spülte er sein Erbrochenes im Spülbecken weg. Von einem Regal nahm er eine Tasse und füllte sie. Der erste Schluck brannte heiß in seiner Kehle. Sein Magen schmerzte, als die bittere Flüssigkeit ihn erreichte. In seinem Kopf pochte es wieder stärker.

Koch setzte sich mit der Tasse an den Tisch. Brunner! Wenn er es gewesen war …?! Das war doch zu absurd, zu weit hergeholt. Dann … war er selbst mit schuld am … Koch schlug mit der Faust auf den Tisch und vertrieb seine Zweifel. Endlich eine Spur. Er würde ihn kriegen. Kriegen! Kriegen! Er würde den Kampf aufnehmen. Würde ihn gewinnen. Ganz gleich, wie hoch der Preis dafür sein würde.

Er ging in den Flur und blickte in den Spiegel, den Bresson dort an die Wand gestellt hatte. Er sah einen blassen, leicht schwankenden Menschen mit gequältem Gesichtsausdruck. Er roch an sich und stellte fest, dass auch er nach Alkohol und Schweiß stank. Er musste sich dringend erst zu Hause frisch machen, bevor er in die Direktion fuhr. Dort würde er darüber nachdenken, wie er an Brunner herankommen konnte.

Er schrieb Bresson mit krakeliger Schrift eine kurze Nachricht und stieg langsam die Treppe zur Straße hinab. Jede Stufe machte ihm klar, wie sehr ihm die vergangene Nacht noch in den Knochen hing.

Müde setzte er sich in Bewegung. Den Weg nach Gonsenheim konnte er blind gehen. Aber dieses Mal schien es ihm ewig zu dauern, bis er die Ortsgrenze erreichte. Erschöpft schlich er durch die Straßen. Sein Bedürfnis, sich ins Bett zu legen und den verpassten Schlaf nachzuholen, war groß, aber er wollte keine Sekunde bei der Suche nach Brunner verlieren. Brunner! Er würde ihn kriegen. Der Gedanke gab ihm die Kraft weiterzugehen, sich nicht einfach niederzulegen und einzuschlafen.

Er bog in die Straße ein, in der sein Haus lag. In der Nähe parkten zwei Fahrzeuge. Sie kamen ihm bekannt vor und als er noch etwa zehn Meter von ihnen entfernt war, ging ihm auf, dass sie zur Direktion gehörten. Einer allein hätte ihn vermuten lassen, Siggi wäre gekommen, um ihn abzuholen, um ihm eine Nachricht zu überbringen oder ihn in einer dringenden dienstlichen Angelegenheit zu kontaktieren. Aber zwei Wagen – das machte ihn stutzig. Noch langsamer, als er sich ohnehin schon bewegte, ging er die letzten Meter. Dabei behielt er die beiden Autos im Blick. Dennoch schrak er zusammen, als die Türen des ersten Wagens aufgerissen wurden und zwei Männer auf ihn zustürmten. Das ging so schnell, dass Koch nur deren Schatten wahrnahm, als sie ihn ergriffen und festhielten. Der Schwindel wurde übermächtig und seine Kopfschmerzen, die zuletzt nachgelassen hatten, flammten mit einem Mal heftig auf.

Trotzdem versuchte Koch, sich aus dem Griff der Männer herauszuwinden, aber die beiden hatten ihn bald unter Kontrolle. In der Zwischenzeit waren weitere Männer aus den Fahrzeugen gestiegen. Der Schwindel vernebelte Kochs Blick, dennoch konnte er vier Personen zählen.

„Paul Koch! Sie sind verhaftet wegen Mordes!"

Er kannte die Stimme, überlegte, zu wem sie gehörte, konnte sie aber keinem der Männer zuordnen. Er begann wieder zu zerren, doch der Griff der Männer, die ihn hielten, war zu fest.

„Lassen Sie mich los!", brüllte er.

Gleich darauf spürte er kühles Metall an seinen Handgelenken. Er sackte zusammen, wurde aber rüde hochgerissen.

„Der ist noch voll wie eine Strandhaubitze!", hörte er hinter sich einen Mann sagen.

„Was soll das?", bäumte Koch sich noch einmal auf,

dann war der Schwindel zu stark und seine Kräfte schwanden endgültig.

„Koch! Verstehen Sie das? Sie sind verhaftet!“

Wieder diese Stimme. Koch versuchte, ruhig zu atmen, sich zu beruhigen, den Schwindel zu vertreiben, den Nebel vor seinen Augen wegzuschieben, während er schlaff in den Armen der Männer hing.

Langsam lichtete sich das Dunkel und er erkannte ein Gesicht, das nicht weit von seinem entfernt war. Die Konturen wurden klarer, ergaben ein Bild. Peickert!

„Was soll das?“, protestierte Koch, doch Peickert schüttelte den Kopf. „Später, Koch! Später!“

„Sie Idiot! … Was soll das? … Lassen Sie mich … los!“

Peickert gab den beiden Männern, die Koch festhielten, ein Zeichen. Sie nahmen ihn in die Mitte und drängten ihn zu dem hinteren Wagen, dessen Tür offen stand, drückten ihn nieder und schoben ihn auf den Rücksitz des Wagens, um sofort auf beiden Seiten von ihm Platz zu nehmen.

„Peickert!“, schrie Koch, was ihn so anstrengte, dass es ihm wieder schwarz vor Augen wurde. Koch würgte, er krümmte sich.

Peickert nahm auf dem Beifahrersitz Platz, sah kurz nach hinten und gab dem Fahrer das Zeichen zur Abfahrt. Sofort setzte sich das Auto in Bewegung und Kochs Magen machte sich bemerkbar.

Nach einigen Minuten hatte sich Kochs Zustand gebessert. Der Wagen fuhr in Richtung Direktion. Im Hof hielt der Fahrer an und Peickert riss die Tür auf. „Kommen Sie, Koch!“

Koch rutschte über die Fondsitzbank zur Tür und kletterte umständlich nach draußen, wo ihn Peickert gleich am rechten Oberarm packte und mit sich ins Innere des

Gebäudes zog. Koch leistete nur wenig Widerstand. Er wurde in das Zimmer geführt, in dem Siggi und Reuber die Vernehmungen der Pfeiffers durchgeführt hatten. Dort forderte Peickert ihn auf, auf einem der Stühle am Tisch Platz zu nehmen.

Koch reagierte nicht darauf.

Peickert trat zu ihm, packte ihn am Arm, zog ihn rabiat mit sich und drückte ihn auf den Stuhl.

„Idiot!“, zischte Koch.

Peickert schien die Beschimpfung nicht zur Kenntnis zu nehmen. Ungerührt sah er seinen Kollegen an.

„Was soll das, Peickert?“, fauchte Koch ihn an.

„Das erfahren Sie gleich!“, blaffte der zurück und verließ den Raum.

Koch sah sich um. Außer ihm war nur noch einer der Männer, die bei seiner Verhaftung zugegen gewesen waren, anwesend. Er stand drei Meter hinter ihm und versperrte mit seinem Körper die Tür.

Fast eine halbe Stunde ließ man Koch schmoren. Zwei Mal wandte er sich um und fragte den Mann vor der Tür, ob man ihn hier vergessen habe. Er erhielt keine Antwort.

Immerhin ließen die Kopfschmerzen nach, er konnte anfangen zu denken. Die Frage, ob er dies alles nur träumte. Ein Albtraum. Es fühlte sich aber alles echt an. Der Griff der Männer, die Handschellen, Peickerts Geruch. Der Raum und der Stuhl. Der Mann vor der Tür. Das war kein Traum! Aber warum hatte man ihn verhaftet? War es nur Peickerts Rache, weil er bemerkt hatte, dass Koch in sein Büro eingedrungen war? Oder hatte sich Peickert in die Idee verrannt, Koch habe seine eigene Frau ermordet? Weil er keine andere Lösung fand? Koch erschien jede der Erklärungen falsch, an den Haaren herbeigezogen, ja geradezu absurd. Dennoch stand die Frage im Raum: Warum saß er hier in diesem Zimmer, auf diesem Stuhl?

Endlich wurde die Tür geöffnet. Koch erkannte an dem Hall der Schritte mehrere Personen. Einen Moment blieben sie hinter ihm stehen. Er spürte ihre Blicke in seinem Rücken. Er würde einen Teufel tun und sich jetzt umdrehen! Langsam gingen sie an ihm vorbei auf die andere Seite des Tisches, stellten sich dort nebeneinander auf.

Vor ihm standen Peickert und ein junger Kerl, den Koch zwar schon auf dem Flur und in der Kantine gesehen hatte, den er aber nicht namentlich kannte. Peickert setzte sich und legte eine Mappe vor sich auf den Tisch, der junge Mann trat zurück und lehnte sich gegen die Wand.

Hinter sich hörte Koch ein Geräusch. Es musste noch jemand außer dem Wachmann im Raum sein. Er blickte sich um und erkannte Arnheim, die Arme vor der Brust verschränkt. Der verzog keine Miene, zeigte keinerlei Reaktion, hielt Kochs sekundenlangem Blick ungerührt stand.

Peickert räusperte sich. Koch wandte sich um. Peickert griff in die Mappe und entnahm ihr ein Photo, das er zu Koch herüberschob, eine Schwarz-Weiß-Aufnahme, die das frontal aufgenommene Porträt eines Mannes zeigte.

„Sie kennen den Mann, Koch?!“ Es war mehr eine Feststellung als eine Frage von Peickert.

Koch nickte.

„Und?“, wollte Peickert wissen.

„Was ist mit dem Mann?“, fragte Koch zurück.

„Wir stellen die Fragen!“, wies ihn Peickert zurecht.

Koch antwortete mit einem spöttischen Blick.

„Koch, woher kennen Sie Heinrich Anton von Peterlein?“

Koch lachte kurz auf. „Heinrich Anton von Peterlein?“, wiederholte er. „Wie kommen Sie auf diesen Namen? Das ist Karl Böcklin!“

Koch sah sich um. Arnheim stand noch genauso da wie vorhin.

„Sie irren, Koch“, entgegnete Peickert. „Dieses Bild zeigt Heinrich Anton von Peterlein. Referent des Staatssekretärs Hans Ritter von Lex im Innenministerium.“

Koch sah den Kommissar wieder an. „Peickert, sie haben ja noch weniger Ahnung, als ich vermutet habe. Machen Sie Ihre Hausaufgaben. Das ist Karl Böcklin.“

„Was soll das Spiel, Koch ...?“

Der ließ ihn nicht ausreden. „Wer hat Ihnen den Bären aufgebunden ...?“

Die Aufregung brachte den Schwindel zurück. Koch schloss kurz seine Augen. Peickert schwieg.

„Das ist nicht Böcklin?“, fragte Koch, nun etwas verunsichert.

„Ganz sicher!“, stellte Peickert fest. „Koch! Woher kennen Sie diesen Mann? Wie kommen Sie darauf, dass er Karl Böcklin heißt?“

„Was ist mit dem Mann?“, fragte Koch nochmals.

Peickert schüttelte langsam seinen Kopf. „Woher kennen Sie den Mann?“

Koch überlegte. Was auch immer vorgefallen war, wie auch immer der Mann wirklich hieß und warum er, Paul Koch, Kommissar in der Mordkommission, verhaftet worden war, er würde es nicht erfahren, wenn er nicht kooperierte. Er räusperte sich und berichtete den Männern auf der anderen Seite des Tisches und vor allem dem Mann in seinem Rücken von seinen bisherigen Begegnungen mit dem Mann, der sich ihm gegenüber als Karl Böcklin vorgestellt hatte, von dem ersten Treffen in Frankfurt über jenes an dem Tag, an dem Dorle ermordet worden war bis zu dem Gespräch auf dem Friedhof nach ihrer Beerdigung. Jedes Mal hätte dieser Karl Böcklin versucht, Koch dafür zu gewinnen, Informationen über einen gewissen Paul Dickopf zu sammeln. Koch ließ nichts aus und äußerte auch seinen kurzzeitigen Verdacht, dass Böcklin in Dorles Mord involviert war.

„Angenommen, Koch, dass das, was Sie uns da erzählen, stimmt. Warum wollte von Peterlein die Informationen?"

Koch atmete tief durch. Er verfluchte die Sauferei mit Bresson.

„Ein … Auffangbecken …", antwortete er.

„Auffangbecken? Es ist nicht der Moment für Scherze …"

„Für Nazis", erklärte Koch mit schwerer Zunge.

„Ein Auffangbecken für Nazis?" Peickert lachte auf. „Koch, so ein Blödsinn! Aber das ist ja Ihr Steckenpferd. Ist bekannt." Er zeigte offen seine Häme.

Koch hob den Kopf, sah seinen Kollegen direkt an. „Peickert, Sie Arschloch! Mir ist es egal, ob Sie mir das glauben oder nicht. Aber sagen Sie mir verdammt noch mal, warum Sie mich verhaften!"

Peickert hielt Kochs Blick stand, er antwortete nicht gleich.

„Koch", begann er, nun mit ernster Stimme, „für wen halten Sie sich eigentlich? In der Tasche des Toten ist ein Zettel gefunden worden, auf dem unter anderem Ihr Name stand. Und in der Nähe des Fundortes lag etwas, das Sie gut kennen und eigentlich vermissen müssten."

„Reden Sie Klartext, Peickert!", schrie Koch ihn an. „Herr Arnheim! Warum sitze ich hier?"

Er drehte sich um. Arnheim stand noch immer neben

der Tür, sah Koch kühl an und nickte Peickert zu.

Der ließ sich nicht aus der Ruhe bringen und nahm ein weiteres Photo aus der Mappe vor ihm, legte es mit der Rückseite nach oben auf den Tisch.

Langsam, wie ein Pokerspieler, der die Spannung erhöhen will, drehte er das Bild um und schob es Koch hin.

Der packte es und starrte darauf.

„Was soll das, Peickert?“, zischte er.

„Vermissen Sie das nicht?“

Koch schwieg, betrachtete noch einmal das Photo.

„Was ist damit?“

„Das wurde nur wenige Meter von dem Toten entfernt gefunden.“

„Welcher Tote?“, rief Koch aus. „Nun rücken Sie endlich raus damit!“ Ihm fiel das Gespräch am Morgen des Vortags in der Kantine ein. Der Tote, dessen Fall er übernehmen wollte, wenn er schon nicht den Mörder Dorles suchen durfte. Wie blind er gewesen war.

„Von Peterlein, Koch. Oder Böcklin, wenn Ihnen das lieber ist. Er wurde tot aufgefunden. Ermordet.“

Koch sammelte sich, versuchte, seine Gedanken zu ordnen.

Peickert tippte mit dem Zeigefinger auf das Photo.

„Die Spieluhr gehört Ihnen, Koch. Sie lag nur wenige Meter neben dem Toten …“

„Das kann nicht sein, Peickert!“, schrie Koch. „Das kann nicht sein!“ Er wurde so laut und heftig, dass sich der Schwindel wieder bemerkbar machte. „Warum sollte ich so blöde sein, meine Visitenkarte am Tatort zurückzulassen, wenn ich der Mörder wäre?“

Peickert ließ sich davon nicht beeindrucken.

„Die muss in meinem Büro stehen. Auf dem Regal. Neben dem Schreibtisch.“

„Nein, Koch, da haben wir nachgeschaut. Da steht sie nicht."

„Nicht?", fragte Koch erschöpft.

„Nein", bestätigte Peickert. „Diese Spieluhr", er tippte wieder auf das Photo, „die gehört Ihnen, die haben Sie zu Ihrem Geburtstag geschenkt bekommen. ‚Blueberry Hill' spielt sie, das ist uns schon bestätigt worden. Auf dem Sockel ist ‚Paul Koch zum 47. Geburtstag. Alles Gute!' eingraviert."

„Das ist eine Falle!", wehrte sich Koch. „Da will mir jemand was anhängen!"

Arnheim musste diesem Spuk ein Ende bereiten. Koch sah sich hastig um. Sein Chef war gegangen und er hatte es nicht mitbekommen.

„Wer, Koch, wer?", fragte Peickert eindringlich. Er hielt ihn für den Mörder, dessen war sich Koch sicher. Er schwieg.

„Sie wissen es nicht, Koch! Weil es diesen Jemand, der Ihnen das anhängen will, nicht gibt. Sie sind der Mörder! Sie! Geben Sie es zu!"

Koch zögerte zu antworten. „Warum sollte ich das getan haben?"

„Das möchte ich gerne von Ihnen erfahren, Koch!"

Kochs Gehirn rotierte. Er musste sich konzentrieren. Böcklin, oder von Peterlein, wie er in Wahrheit hieß, war ermordet worden. Alles deutete auf ihn als den Mörder hin. Wer hatte ein Interesse daran, ihm den Mord anzuhängen? Die Leute, denen er im Auftrag Böcklins nachspionieren sollte? Dann hätte der Mann recht gehabt, dann war etwas an der Geschichte dran. Hatte Böcklin nicht davon gesprochen, er begebe sich in große Gefahr? Ihm wurde schlecht, er spürte, wie sich sein Magen hob. Nur mit Mühe konnte er es verhindern, sich zu übergeben.

Peickert hatte ihn genau beobachtet und war aufgesprungen, als Koch begann zu würgen. Als dieser sich beruhigt hatte, setzte sich auch Peickert wieder auf seinen Stuhl.

„Wo ist der Mann gefunden worden?", fragte Koch.

Peickert legte seinen Kopf schief, sah Koch an. „Das sollten Sie doch wissen!"

„Helfen Sie mir!"

Peickert ließ sich Zeit. „Auf dem Friedhof in Gonsenheim ..."

Koch zuckte zusammen.

„Er wurde in ein Grab gelegt, das schon ausgehoben war. Dann wurde etwas Erde über ihn geworfen. Gestern sollte jemand in dem Grab beerdigt werden. Ganz schöner Schrecken, als da schon einer lag ..."

„Peickert!" Koch versuchte krampfhaft, ruhig zu bleiben. „Dort ist meine Frau beerdigt worden. Halten Sie mich für so pietätlos, dass ich am gleichen Ort eine Leiche verscharre?"

„Koch, Sie sind gesehen worden. Es gibt einen Zeugen."

„Für den Mord?"

Peickert schüttelte leicht seinen Kopf. „Nicht für den Mord, aber wie Sie den Leichnam in das Grab geworfen haben."

„Wie bitte?"

„Sie sind am letzten Freitag gesehen worden. Und genauso lange, sagt der Krauss von der Gerichtsmedizin, ist der Mann tot."

Nun schüttelte Koch seinen Kopf. Das war zu viel.

„Wer ist der Zeuge?"

„Das werden Sie noch rechtzeitig erfahren. Aber das ist noch nicht alles." Peickert entnahm der Mappe vor ihm ein Stück Papier. Dieses Mal verzichtete er auf das Spiel mit dem langsamen Umdrehen.

„Was ist das?", fragte Koch, nachdem er einen Blick darauf geworfen hatte.

„Sie sollten das kennen, Koch!"

„Eine Fahrkarte, das sehe ich, aber was soll die hier?"

„Lesen Sie, was auf der Fahrkarte für ein Reiseziel steht!"

Koch hielt die Karte näher an seine Augen.

„Paris", sagte er schließlich.

„Genau, Koch, Paris, richtig gelesen. Diese Fahrkarte haben wir in Ihrem Schreibtisch gefunden. Kommissar Zufall hat uns da geholfen. Ein Anruf vom Bahnhof. Es wäre etwas nicht in Ordnung mit dem Schein."

„Das ist fingiert, Peickert, alles fingiert ..." Koch wurde mit jedem Wort lauter. „Der Zeuge ist gekauft. Gekauft ... Alles erstunken und erlogen ..."

Mit dem letzten Wort verließen Koch seine Kräfte und er sank über dem Tisch zusammen.

„Bringen Sie ihn nach unten. In der Zelle kann er erst einmal ausnüchtern."

Der Polizist, dem die Aufforderung galt, öffnete die Tür, rief etwas hinaus, worauf ein weiterer Polizist erschien, mit dem gemeinsam er Koch aus dem Zimmer schleppte.

XXXVII

Siggi sah die beiden Wagen, die durch das Tor in den Innenhof der Polizeidirektion fuhren, aber er maß dem keine besondere Bedeutung zu. Viel mehr interessierte ihn im Moment, warum Koch noch nicht in der Direktion war. Er war beunruhigt, weil Arnheim so seltsam nach seinem Vorgesetzten gefragt hatte. Jörg hatte ihm ein Fahrrad aus der Fahrbereitschaft geliehen, mit dem radelte Siggi so schnell er konnte durch die Stadt, bis er Kochs Haus erreicht hatte. Er lehnte das Fahrrad an die Mauer neben dem Tor und rief Kochs Namen, dann zog er sich mit beiden Händen an der Mauerkante hoch und blickte in den Hof. Niemand schien anwesend zu sein. Er rief noch einmal, erhielt aber wieder keine Antwort.

„Der Herr Kommissar ist nicht da“, hörte er hinter sich unvermittelt eine Stimme. Siggi erschrak und stürzte zu Boden.

„Mist!“, fluchte er. Sein Knöchel schmerzte.

„Der Herr Kommissar ist heute Morgen abgeholt worden“, sprach die Stimme weiter, unberührt von Siggis Sturz. Er erhob sich. Beim Auftreten schmerzte sein Fuß.

„Wie abgeholt?“, fragte Siggi.

„!Zwei schwarze Autos“, sagte der Mann, den Siggi jetzt zum ersten Mal richtig ansah. Ein älterer Herr in einem dunklen Anzug und mit einer schwarzen Hornbrille im Gesicht. „Das sah aus wie in einem amerikanischen Film. Als hätten sie den Herrn Kommissar verhaftet.“ Der Mann lachte. „Komisch, nicht wahr?“, stellte er fest, „ein Kommissar, der verhaftet wird.“

Siggi fand das nicht komisch. Er ließ den Mann stehen, humpelte zum Fahrrad, nahm es, schwang sich auf den Sattel und fuhr davon.

„Gute Fahrt und einen schönen Tag!“, rief ihm der Mann nach.

Siggi ignorierte seinen Fuß, der bei jedem Pedaltritt schmerzte, ebenso wie den Schweiß, der ihm über den Rücken lief. Sein Hemd klebte an seinem Körper. Die beiden schwarzen Wagen. Er erinnerte sich, wie sie in den Hof gefahren waren, als er die Direktion verlassen hatte. Was hatte das zu bedeuten? Verhaftet, hatte der Mann gesagt. Eine dunkle Ahnung erfüllte Siggi. Er dachte wieder an Arnheims Fragen. In der Nähe des Bahnhofs schnitt er einem französischen Militärlaster den Weg ab, das Hupen und die Flüche des Fahrers überhörte er. Verstanden hätte er sie ohnehin nicht. In der Direktion humpelte er zu Kochs Zimmer, wo er mit der Faust gegen die Tür klopfte und gleichzeitig die Klinke niederdrückte. Die Tür war verschlossen. Er ging zu Reubers Büro. Dessen Tür war nicht verschlossen, aber Reuber nicht anwesend. Siggi war irritiert. Er spürte Beklemmung in sich aufsteigen, was war hier los?

Nun war alles gleich. Arnheims Vorzimmerdame hatte keine Chance, den jungen Kollegen aufzuhalten, so schnell durchquerte er ihr Zimmer und riss die Tür zum Büro des Leiters der Mordkommission auf.

„Herr Maus …!“, rief Arnheim erstaunt.

„Ich habe ihn nicht aufhalten können“, sagte die Sekretärin entschuldigend.

„Schon gut“, meinte Arnheim und winkte beschwichtigend ab. „Kommen Sie rein, Herr Maus!“

„Herr Koch ist verhaftet worden. Er steht unter dringendem Mordverdacht“, eröffnete er Siggi, nachdem der sich gesetzt hatte.

„Verhaftet? Mord?“, stammelte Siggi fassungslos. Er verstand die Welt nicht mehr.

2. Teil

Narben

17. Mai–21. Mai 1950

XXXVIII

Zwei Mal musste es Arnheim wiederholen. Paul Koch war verhaftet worden und wurde in diesem Moment verhört. Siggi war es verboten, seinen Vorgesetzten aufzusuchen.

„Jetzt geht es um Schadensbegrenzung, Herr Maus!" Arnheim gab sich staatsmännisch. „Ein Polizist, dazu ein Kriminaler, der unter dringendem Mordverdacht steht, das geht nicht! Was für ein Bild geben wir nach außen ab?"

„Kollege Peickert wird auch Sie befragen, Herr Maus. Wenn Sie etwas wissen, müssen Sie es ihm sagen. Keine falsche Loyalität. Wenn wir als Polizisten irgendjemandem loyal gegenüber zu sein haben, dann der Wahrheit."

Der Leiter der Mordkommission hatte eine gehörige Portion Pathos in seine Worte gelegt und nahm zur Bekräftigung einen tiefen Zug an seiner Zigarette, woraufhin er husten musste. Mit einer fahrigen Bewegung drückte er sie im Aschenbecher aus.

Mechanisch erwiderte Siggi, dass er verstanden hatte.

„Ihnen ist nichts aufgefallen an Koch?", fragte Arnheim.

Siggi konnte keinen klaren Gedanken fassen. Ihm schwirrte der Kopf. Eben noch hatte er sich großartig gefühlt, sein erster Fall war gelöst, und jetzt das. Es war unfassbar: Paul Koch ein Mörder.

„Seit dem Tod von Dorle, ich meine, seiner Frau, war er … seltsam", stammelte er. „Aber … ich denke, so was ist normal. Oder?" Er sah Arnheim an.

„Ja, ja", stimmte der ihm zu. „So etwas lässt niemanden kalt. Vielleicht war es auch zu viel für unseren Koch …", er machte eine kurze Pause, „aber dass er so etwas macht …“ Er steckte sich eine neue Zigarette an, inhalierte tief. „Aber es spricht alles gegen ihn. Vielleicht hat er auch im Affekt … wir kennen ihn ja … er kann schon aufbrausend sein.“

Trotz der wenigen Züge drückte Arnheim seine Zigarette aus, strich sich über den Bauch, stand auf und knöpfte sein Jackett zu.

Siggi verstand nicht sofort.

„Herr Maus …!“, forderte ihn Arnheim auf.

Siggi sprang auf und verabschiedete sich.

Er wusste nicht, was er machen sollte. Er hatte jetzt nicht den Kopf dafür, den Bericht zum Fall Roth zu schreiben. Auf dem Weg in die Kantine begegnete ihm Reuber, der ihn in sein Büro lotste.

„Wissen Sie Näheres, Siggi?“, fragte er.

Der verneinte. „Arnheim hat mir nichts gesagt.“

„Ich weiß auch nur, was der Flurfunk sagt. Der Tote soll ein Regierungsbeamter sein. Ein gewisser Heinrich Anton von Peterlein, Referent eines Politikers. Es gibt einen Zeugen und Gegenstände am Tatort, die eindeutig auf Koch als Täter hinweisen.“

„Ich kann mir das nicht vorstellen!“, rief Siggi aus.

„Ich auch nicht, Siggi, ich auch nicht. Aber stecken wir in den Menschen drin? Unser lieber Koch, der trägt einiges aus seiner Vergangenheit mit sich herum. Und dann Dorles Tod.“

„Vielleicht war es auch ein Unfall?! Oder Herr Koch hat Streit bekommen und es war Notwehr …“

Reuber unterbrach den jungen Kollegen.

„Siggi, Ihre Versuche, Koch zu entlasten, sind aller Ehren wert, aber das sind Spekulationen. Mit denen kommen wir im Moment nicht weiter. Ich sehe ein anderes Problem …"

„Ja?", fragte Siggi neugierig.

„Peickert! Peickert ist ein Problem. Es würde mich wundern, wenn Koch noch nicht mit ihm aneinandergeraten ist. Sie wissen doch, ihm geht in gewissen Dingen jegliche Diplomatie ab. Wir müssen mit Koch sprechen. Persönlich."

In der Kantine war Kochs Verhaftung das einzige Gesprächsthema. Einige Kollegen sprachen Siggi direkt an, aber niemand schien mehr zu wissen als er selbst oder Reuber. In die Spekulationen mischte sich bei dem einen oder anderen auch ein Unterton von Schadenfreude darüber, dass der Moralist Koch nun endlich von seinem hohen Ross gestürzt war. Am Abend gingen Reuber und Siggi in den Zellentrakt im Keller der Direktion.

„Ich darf Sie nicht zu ihm lassen!", wehrte der Aufsicht führende Beamte das Ansinnen der beiden ab.

„Nur kurz!", bat Reuber. „Sie wissen, dass ich mit Koch befreundet bin. Ich kann es einfach nicht glauben, dass er so etwas gemacht hat. Aber wenn, dann will ich es aus seinem Mund hören."

„Nein, ich habe den ausdrücklichen Befehl, niemanden außer Herrn Arnheim und Herrn Peickert zu dem Gefangenen zu lassen."

„‚Herr Koch'. Der Mann hat einen Namen", entgegnete Reuber erbost. „*Der Gefangene* hört sich ja an, als ob Koch schon verurteilt wäre. Wir …", er zeigte kurz auf Siggi, „… wollen herausfinden, ob Herr Koch wirklich die ihm zur Last gelegte Tat begangen hat. Lassen Sie uns zu ihm. Nur ein paar Minuten. Nicht mehr." Er wühlte in seiner Tasche und steckte dem Mann seine angebrochene Zigarettenschachtel zu. „Morgen bekommen Sie noch zwei dazu!"

Der Wächter seufzte resigniert.

„Na gut, aber nur ein paar Minuten, und zu niemandem ein Wort. Wenn das rauskommt, bekomme ich einen Riesenärger."

Reuber drückte dem Mann dankbar die Hand.

„Das ist sehr edel von Ihnen. Wir wissen das zu schätzen."

Sie folgten dem Wächter zu Kochs Zelle. Dort angekommen, öffnete er sie und ließ Reuber und Siggi eintreten, dann ging er und verschloss die schwere Eisentür hinter sich.

Koch blieb auf seiner Pritsche sitzen, sah die Kollegen an, schwieg.

„Gemütlich ist was anderes!", flüsterte Reuber und sah sich um. Kahle, weiß gekalkte Wände, an einigen Stellen mit Kritzeleien verziert, eine schmale Pritsche und ein Plumpsklo hinter einem Holzbrett, das nur wenig Sichtschutz bot.

Koch war nicht nach Scherzen zumute. Finster blickte er die beiden Besucher an.

„Koch, wir sind hier, um Ihnen zu helfen", sagte Reuber nun ernst.

Koch nickte. „Danke!" Es war unklar, ob Ironie in diesem einen Wort lag.

„Was ist passiert, Koch? Wir wissen nur, dass Sie hier sitzen, weil Sie angeblich einen Mann umgebracht haben sollen. Einen Regierungsbeamten. Es soll Beweise geben."

Koch schwieg noch immer.

„Wir wollen Ihnen helfen, Herr Koch", sagte Siggi zu laut, woraufhin Reuber ihn mit einem gezischten „Psst" zurechtwies.

„Peickert, dieses Schwein …“, fluchte Koch, auch er zu laut, weswegen er ebenfalls ein „Psst“ von Reuber zur Antwort erhielt.

„Der Mann macht seine Arbeit“, entgegnete Reuber. „Und wir“, er sah kurz Siggi an, der neben ihm stand, „wollen unsere machen, Koch! Wir wollen Ihnen helfen. Dafür müssen Sie uns aber sagen, was passiert ist. Arnheim hält den Mund, von Peickert können wir ebenso wenig erwarten. Also!“

Koch räusperte sich, dann sagte er: „Ich soll einen gewissen Heinrich Anton von Peterlein umgebracht haben.“

„Wieso kommt man darauf, dass Sie ihn ermordet haben sollen?“, fragte Reuber.

Koch ließ sich Zeit. „Sie erinnern sich an die Spieluhr, die Bresson mir geschenkt hat?“

„‚Blueberry Hill?‘“, warf Reuber ein.

„Ja, die wurde in der Nähe gefunden. Zudem hatte Böcklin einen Zettel mit meinem Namen in der Tasche.“ Er machte eine Pause. „Es soll auch einen Zeugen geben.“ Siggi überraschte, dass Koch das so sagte, als ginge es ihn nichts an.

„Wieso Böcklin?“, fragte Reuber. „Ich denke, der Mann heißt von Peterlein.“

„Er hat sich mir gegenüber als Böcklin vorgestellt.“

„Sie kennen den Mann also?“

Koch nickte.

„Woher?“

„Er hat mich angesprochen. Insgesamt drei Mal. Zuerst in Frankfurt, in dem Club …“

Reuber unterbrach ihn. „In Frankfurt? Ach ja, dieser Mann, ich erinnere mich …“

„Dann an dem Tag, als Dorle ermordet wurde und

schließlich nach Dorles Beerdigung. Auf diesem Friedhof hat man auch seine Leiche gefunden."

„Hat der Tod … ich meine, hat das etwas mit Dorles Tod zu tun?", warf Siggi ein.

Koch erhob sich von der Pritsche und lehnte sich an die Wand.

„Das dachte ich kurz. Ich wollte deshalb schon nach Bonn fahren. Ich glaubte, dass Böcklin …"

„… von Peterlein …", korrigierte Reuber ihn.

„Meinetwegen von Peterlein. Ich habe gedacht, dass von Peterlein mich aufhalten wollte, damit Bru…", er hielt kurz inne, „… der Mörder Zeit hat …"

„Was wollten Sie sagen, Koch? Kennen Sie Dorles Mörder?"

Koch wehrte ab. „Nein!", sagte er knapp.

Reuber blickte ihn misstrauisch an.

„Von Peterlein hat gesagt, er wäre in Gefahr …"

„Gefahr? In welcher Gefahr?"

Koch ließ sich Zeit, stieß sich von der Wand ab, ging an den beiden Kollegen vorbei zur anderen Seite der Zelle, blieb vor der Tür stehen, starrte einige Sekunden auf die Stahlwand, drehte sich wieder um und schritt zurück zur anderen Seite.

„Er sagte, dass er im Innenministerium arbeitet, und es einen Mann namens Paul Dickopf gebe, Kriminaler bei den Nazis, SS-Rang, der als Agent in die Schweiz gegangen sei, der jetzt an der Schaffung einer Bundespolizei, eines Bundeskriminalamtes, arbeite. Eine Behörde, ähnlich dem Reichssicherheitshauptamt aufgebaut, ein Auffangbecken für Nazikommissare. Ich sollte für Böcklin die Verstrickungen dieses Dickopf, der auch für den Schweizer Geheimdienst und die Amerikaner gearbeitet haben soll und es wohl noch immer tut, herausfinden."

„Wie kam er auf Sie?“, fragte Reuber.

„Man kennt mich wohl im Ministerium“, antwortete Koch.

„Na, da haben Sie es ja schon weit gebracht.“

Koch musste unwillkürlich grinsen. Reubers Spott war besser als sein Mitleid.

„Aber Sie sind nicht darauf eingegangen?“

„Ich habe den Mann für einen Spinner gehalten.“

„Ein Fehler …“

„Ja, ein Fehler!“, entgegnete Koch, laut und zornig.

Reuber machte eine beschwichtigende Geste.

„Es sieht zumindest so aus. Man hat es so arrangiert, dass ich wie der Mörder dastehe.“

„Auf dem Friedhof, sagen Sie, haben Sie ihn zuletzt gesehen?“

„Nach der Beerdigung. Von Peterlein war unruhig, sah sich ständig um.“

„Haben Sie etwas Verdächtiges gesehen?“

Koch verneinte. „Einmal meinte von Peterlein, was gesehen oder gehört zu haben, aber …“

„Was können wir für Sie tun?“, fragte Siggi und sah zwischen beiden Männern hin und her.

„Meine Unschuld beweisen! Von Peickert kann ich das nicht erwarten. Der sucht doch eher nach Beweisen für meine Schuld.“

Plötzlich wurde die Tür geöffnet.

„Sie müssen“, sagte der Wächter. „Ich habe oben etwas gehört. Schnell!“

Reuber und Siggi nickten Koch kurz zu und verließen die Zelle rasch. Eilig verschloss der Wächter die Tür. Von ferne hörten sie Schritte.

„Warum lassen Sie uns nicht zu dem Mann?“, fragte Reuber aufgebracht.

Erstaunt sah ihn der Wächter an, bis er verstand.

Die Schritte kamen näher, hallten laut auf dem blanken Betonboden.

„Strikte Anweisung von oben. Niemand außer Herrn Arnheim und Herrn Peickert darf zu dem Gefangenen."

„Wir wollen doch nur kurz mit Herrn Koch sprechen …"

„Nein", erwiderte der Wächter nachdrücklich.

„Aber wir …"

„Sie haben doch gehört, was der Mann gesagt hat!" Peickert stand hinter ihnen, die Hände in die Hüften gestemmt.

„Wir wollen nur kurz …"

„Nein! Bitte gehen Sie jetzt!"

Peickert wies zum Ausgang. Grußlos gingen Siggi und Reuber an ihm vorbei zum Treppenaufgang.

„Gut gemacht", hörten sie Peickert zu dem Wächter sagen, dann das Knistern einer Zigarettenpackung.

XXXIX

Koch stand an der Tür und lauschte. Er hörte Stimmen, konnte jedoch nicht verstehen, was gesprochen wurde. Dann vernahm er Schritte, die schnell leiser wurden.

Einige Sekunden harrte er dort aus, bevor er sich auf die Pritsche legte und seine Hände unter dem Kopf verschränkte.

Er musste hier raus! Er musste seine Unschuld beweisen. Die Beweise, die Peickert gegen ihn angeführt hatte, waren auf den ersten Blick erdrückend. Wer hatte die Spieluhr entwendet und die Fahrkarte in seiner Schreibtischschublade deponiert? Das musste erst vor Kurzem passiert sein, da er sonst schnell gemerkt hätte, dass die Spieluhr nicht mehr an ihrem Platz stand und ein Zugticket nach Paris in seiner Schublade lag. Der Zeuge war gekauft oder, wahrscheinlicher, ein Komplize des Mörders. Somit war eines klar: Der Versuch, ihm, Koch, einen Mord unterzuschieben, war von langer Hand vorbereitet.

Von Peterleins Angst war also nicht unberechtigt gewesen. Offenbar hatte er mit seinen Recherchen einige Leute aufgeschreckt, die vor Mord nicht haltmachen. Dickopf? Nachdem, was von Peterlein erzählt hatte, war ihm diese Tat durchaus zuzutrauen.

Koch starrte die Decke an. Er konnte nicht schlafen, zu viele Gedanken hielten ihn wach. War die Überlegung, dass Brunner Dorle umgebracht hatte, nicht ein Hirngespinst? Ein Strohhalm, an den er sich klammerte, um das nicht Begreifbare zu verstehen? Eine Münze und ein Abzeichen – was sagten die schon aus?! Ein Photo, auf dem Brunner in einer Uniform der Fremdenlegion posierte.

Aber es war seine einzige Spur. Sie ergab Sinn, wenn er sich Brunners hinterhältiges Wesen vor Augen führte, seine Kaltblütigkeit, seine Selbstüberschätzung. Koch hatte Brunners Ego tief getroffen, als der Kommissar den so genial ausgetüftelten Überfall auf den französischen Geldtransporter verhindert hatte.

Er hatte Dorle getötet, um sich an Kochs Leid zu ergötzen.

Der nicht eingeplante Widerstand Dorles und der daraus resultierende Kampf war so einer der kleinen, unvorhersehbaren Fehler, die Verbrechern immer wieder unterliefen, so sehr sie auch glaubten, alle Eventualitäten kontrollieren zu können.

Koch setzte sich auf. Bei allen Zweifeln, dass Brunner Dorle ermordet hatte, war dies seine einzige Spur und nur, wenn er ihr nachging und Brunner fand, würde er wissen, ob das ein Hirngespinst war oder nicht. Die Unwissenheit, das war das Schlimmste. Sie würde ihn auffressen.

Er musste diesen Mann finden. Brunner! Doch solange er in dieser Zelle saß, waren ihm die Hände gebunden. Er musste raus.

XL

Nach ihrem Gespräch mit Koch saßen Siggi und Reuber noch eine Zeitlang zusammen. Auf die Fragen, die die Verhaftung ihres Kollegen und Freundes aufwarf, fanden sie keine Antworten, bis Reuber schließlich vorschlug, erst am nächsten Tag weiterzuermitteln.

Um elf Uhr am nächsten Vormittag stand Siggi auf der Straße, in der er wohnte. Seine Jacke hatte er über die Schulter geworfen. In der Ferne heulte der Motor eines Wagens auf. Siggi dachte an Harro, der sich seit ihrem Ausflug zur Solitude vor fast einer Woche nicht mehr gemeldet hatte.

„Siggi, hier!"

Eine Hand winkte ihm aus einem Wagen auf der anderen Straßenseite zu, ein Volkswagen, dessen Motor wie eine sehr gezähmte Version von Harros Porsche klang.

Siggi überquerte die Straße und setzte sich auf den Beifahrersitz.

„Sie haben einen eigenen Wagen?", fragte er nach der Begrüßung verwundert.

Reuber lachte auf. „Schön wär's. Das kann ich mir von unserem Polizistengehalt nicht leisten. Noch nicht. Der Wagen gehört einem Verwandten meiner Frau, der zu Besuch ist und ihn mir geliehen hat." Er klopfte auf das dünne Lenkrad. „Hitlers Traum von der Volksmotorisierung, jetzt wird er wahr. Unsynchronisiertes Getriebe und immer schön Zwischengas geben. Ein Traum eben." Reuber steuerte den kleinen Wagen sicher durch die Straßen.

„Was machen die denn da?", fragte Siggi und zeigte auf eine Gruppe von Männern vor ihnen, die einen Leiterwagen hinter sich herzogen und laut sangen.

Nicht klagen, nicht zagen / beginnen und wagen / die Fahnen tragen / in Sonne und Sturm / Empor alle Stirnen / von ewigen Firnen / den Herzen und Hirnen / der Wille zur Tat!

„Vatertagsausflügler", erklärte Reuber.

Siggi schienen die Kerle schon ziemlich angetrunken zu sein. „Ich kenne das Lied", erinnerte er sich. „War in dem Buch ‚Das völkische Lied'. Mussten wir in der Schule und in der HJ singen."

Reuber schnaubte verächtlich. „Da können wir ja froh sein, dass Koch nicht hier ist … und Vater ist wahrscheinlich auch keiner von denen", sagte er und überholte die Gruppe.

In der Direktion setzten sie sich in Reubers Büro zusammen. „Wir müssen systematisch vorgehen", meinte Reuber. „Was wissen wir, was können wir daraus folgern, was sind unsere nächsten Schritte? Also, Siggi, was wissen wir?"

„Koch soll einen gewissen Heinrich Anton von Peterlein umgebracht haben …"

„… der sich ihm als Karl Böcklin vorgestellt hat", ergänzte Reuber.

Siggi ließ sich davon nicht beirren. „Der Mann hat ihn drei Mal angesprochen …"

„… und jedes Mal war Dorle in der Nähe …"

„… stimmt nicht", widersprach Siggi, „in Frankfurt, in dem Club, war Dorle schon weg. Ich bin mit ihr schon früher nach Mainz zurückgefahren."

„Richtig! Aber Koch war sich wohl ziemlich sicher, dass dieser Mann nichts mit Dorles Tod zu tun hat. Er schien mir …"

„Ja?", hakte Siggi nach, der überrascht war, dass Reuber mitten im Satz abbrach.

„Einen Moment dachte ich, Koch wüsste, wer Dorle umgebracht hat …"

„Wer?“, rief Siggi aus.

„Das weiß ich leider nicht. Es klang nur so. Weiter!“

Siggi dachte kurz nach. „Der Mann wollte, dass Herr Koch Informationen über jemanden besorgt …“

„… Paul Dickopf …“, warf Reuber ein. Die beiden Männer begannen, Spaß an diesem Ping-Pong-Spiel zu haben.

„… der ein Amt für Nazis …“

Reuber musste laut und herzlich lachen. „Na, Siggi, ob Sie das so sagen können: Ein Amt für Nazis? Ich habe unseren werten Kollegen so verstanden, dass dieser Dickopf durch den Krieg vorbelastet ist und er jetzt eine Bundespolizei gründen will, die für … sagen wir mal, alte Kameraden … ein Auffangbecken sein soll. Eine Art Resozialisierungsmaßnahme“, fügte er zynisch hinzu.

Siggi kommentierte das nicht. „Was hat Herr Koch gesagt: Der Tote soll einen Zettel in der Tasche gehabt haben, auf dem auch Kochs Name stand …“

„… was nichts bedeutet, denn Koch streitet ja nicht ab, den Mann gekannt zu haben. Von Peterlein wollte etwas von ihm, da ist es keineswegs ungewöhnlich, sich den Namen zu notieren …“

„… die Spieluhr, die Bresson ihm geschenkt hat, die wurde in der Nähe gefunden …“

„… das ist schon schwerwiegender“, stellte Reuber fest. „Wobei …“, er zündete sich eine Zigarette an und hielt die Packung Siggi entgegen, während er weitersprach, „… sich die Frage stellt: Warum sollte Koch die Spieluhr bei sich haben …?“

„… er wollte sie aus dem Büro mit nach Hause nehmen, ein Zufall …“

„… das hieße aber“, wandte Reuber ein und inhalierte genüsslich, „die Tat war spontan und ungeplant …“

„… das passt doch alles nicht!“, rief Siggi entrüstet aus und zündete sich nun endlich die Zigarette an, die er zwischen seinen Fingern hielt. „Dann müsste es ja einen Streit gegeben haben …“

„… wäre doch möglich“, gab Reuber zu bedenken. „Nehmen wir an, Koch hatte die Spieluhr dabei, um sie mit nach Hause zu nehmen. Von Peterlein passt Koch nach der Beerdigung ab, bedrängt ihn, Informationen über diesen Dickopf zu besorgen. Koch will das nicht, der Mann wird wütend, beschimpft Koch, Koch ist noch aufgewühlt wegen der Beerdigung, ein Wort gibt das andere, und dann …“

Siggi ließ das Gesagte einen Moment auf sich wirken, schließlich winkte er ab. „Die Beerdigung, Herr Reuber!“, sagte er. „Er hätte die Spieluhr am Vortag mitnehmen müssen …“

„… er hatte zu Hause vergessen, sie aus der Tasche zu nehmen …“

„… wenn er den gleichen Anzug wie am Vortag getragen hätte. Aber zu einer Beerdigung … und so klein ist sie nicht …“

„… gut, Siggi“, lobte Reuber den jungen Kollegen. „Alles merken!“

„Wie ist der Mann umgekommen? Die Kehle soll ihm durchgeschnitten worden sein. Hatte Koch ein Messer bei sich? Ist das eine spontane Tat? Eher nicht. Spontan sticht man gerade zu, in den Bauch, in die Brust, vielleicht ein direkter Stich in den Hals, aber die Kehle durchschneiden …“

„Gut, Sie haben recht, Siggi. Das spricht in der Tat dagegen.“

„Dann gibt es angeblich einen Zeugen …“

„… den wir nicht kennen …“

„… und wir wissen auch nicht, was der gesehen hat. Die Tat selbst oder nur Herrn Koch am Tatort …“

„… in dem Punkt können wir im Moment nur spekulieren. Wir brauchen Informationen von Arnheim oder Peickert.“

„Arnheim ist heute nicht im Haus. Ich versuche es mal bei Peickert. Warten Sie hier, Siggi. Es ist besser, ich gehe alleine.“

Das fiel Siggi schwer einzusehen, aber er willigte ein.

Lange brauchte er auf Reuber nicht zu warten. Einige Minuten später schon betrat er wieder sein Büro.

„Nicht da. Die Tür war abgeschlossen … Ich …, nein, nicht heute … vielleicht …“

Siggi sah seinen älteren Kollegen verständnislos an.

Der lächelte, als er dies bemerkte.

„Ich habe überlegt, mir unerlaubt Zutritt zum Zimmer eines Kollegen zu verschaffen. Aber … nein … erst versuche ich morgen mit Arnheim oder Peickert zu sprechen.“

XLI

Koch ignorierte die Enge der Zelle, die stickige Luft, das Licht, das er nicht ausschalten konnte, die Wände, die scheinbar immer näher kamen. Sein Denken kreiste darum, wie er es anstellen müsste, zu entfliehen. Er wusste, dass die Wärter zu bestimmten Zeiten durch das Guckloch in der Tür sahen, um die Gefangenen zu kontrollieren. Das musste er nutzen für seinen Plan, und vor allem durfte er in den nächsten Stunden und Tagen nicht aus der Rolle fallen.

So lag er abwechselnd starr auf der Pritsche, seine Hände auf der Brust gekreuzt, wie man einen Toten aufbahrt, oder er kniete am Boden, die Hände wie zum Gebet gefaltet, den Blick starr ins Nirgendwo gerichtet, oder er stand vor der Wand, so nahe, dass er sie mit seiner Stirn fast berührte. Koch konnte hören, wenn ein Wärter nach ihm sah, da dieser eine Klappe vor dem Guckloch anheben musste. Das feine Knarzgeräusch war in dem Keller unüberhörbar. Zuerst blieb das Guckloch nur für ein paar Sekunden geöffnet, doch bald verkürzten sich die Abstände zwischen den Kontrollblicken und von Mal zu Mal wurde er länger beobachtet. Er wusste, dass sich die Wärter hinter der Tür mehr und mehr Gedanken machten, was mit dem Mann auf der anderen Seite los war.

Gegen Mittag wurde die Tür schließlich geöffnet. Koch kniete gerade auf dem Boden, die Hände auf der Höhe seines Gesichts gefaltet.

„So sitzt er schon die ganze Zeit. Oder er steht und schlägt mit dem Kopf gegen die Wand“, flüsterte der Wärter, der gerade Dienst tat, jemandem zu. Einige Sekunden blieb es ruhig, Koch spürte die Blicke in seinem Rücken.

„Koch, was soll das Theater? Stehen Sie auf und kommen Sie mit!“

Es war Peickert.

Koch blieb hocken.

„Koch, mir machen Sie nichts vor! Stehen Sie auf!“

Peickert trat vor, packte Koch am Oberarm und zog ihn hoch, stellte sich vor ihn. Er versuchte im Gesicht des Gefangenen zu ergründen, was in diesem vorging. Koch ließ es geschehen. Er sah durch Peickert hindurch.

Fast eine Minute ging das so, bis Peickert Koch abermals am Arm packte und in das Verhörzimmer führte.

Er folgte Peickert willig und blieb, nachdem dieser ihn losgelassen hatte, einfach stehen.

„Koch, setzen Sie sich!“, befahl Peickert, aber Koch ignorierte ihn.

Peickert sah den Mann skeptisch an und führte ihn an den Tisch, wo er ihn mit sanftem Druck auf den Stuhl drückte. Koch ließ es geschehen.

Er saß steif da, als Peickert ihm gegenüber Platz nahm. Wieder blickte der Koch lange an.

Koch war die Haft anzusehen. Seine Haare waren ungewaschen, die Wangen von dichten, dunklen Bartstoppeln bedeckt.

„Wollen Sie etwas zu trinken?“

Koch nickte mechanisch.

„Wasser? Kaffee?“

Koch wiederholte sein Nicken.

Peickert stand auf, tuschelte mit dem Wärter, der neben der Tür stand, und verließ das Zimmer, um einige Minuten später mit einem Glas Wasser und zwei Becher zurückzukehren.

„Vorsicht, ist heiß!“, warnte ihn Peickert seltsam fürsorglich und blies so demonstrativ in den Becher, den er für sich selbst mitgebracht hatte, als wolle er seinem Gegenüber zeigen, wie das ging.

Schweigend saßen sich die beiden Männer gegenüber, Peickerts Blick bohrte sich in Koch förmlich hinein, als wolle er in dessen Hirn forschen, was mit ihm los war.

„Koch“, begann er schließlich ungewöhnlich sanft, nachdem er einen Schluck getrunken und den Becher leise auf den Tisch gestellt hatte, „Sie werden verdächtigt, Heinrich Anton von Peterlein ermordet zu haben. Was haben Sie dazu zu sagen?“

Koch senkte seinen Blick und starrte in seinen Becher. Dann hob er den Kopf, sah Peickert einige Sekunden an und antwortete tonlos: „Ich war das nicht“, so, als ginge ihn das nichts an.

„Koch!“ Peickert sagte das energisch, aber nicht laut. „Wir haben am Tatort Ihre Spieluhr gefunden. Wie kam die dahin?“

Koch begann zu summen, erst nur kurze Töne, dann formte sich nach und nach eine Melodie. „Blueberry Hill“.

Peickert lauschte einige Sekunden.

„Genau“, sagte er schließlich, „das ist das Lied, das Ihre Spieluhr spielt. Sie erinnern sich?“

Ohne auf Peickerts Einwurf zu achten, summte Koch weiter.

„Es gibt einen Zeugen, der Sie mit von Peterlein auf dem Friedhof gesehen hat.“

Koch brach das Summen abrupt ab und sah Peickert mit weit geöffneten Augen an. „Dorle ist auf dem Friedhof.“

„Ja, Koch, sie ist dort begraben. An dem Tag, an dem sie begraben wurde, wurden Sie mit Herrn von Peterlein gesehen. Heinrich Anton von Peterlein, der nun tot ist. Von Ihnen erstochen.“

Koch bekreuzigte sich.

„Warum haben Sie den Mann umgebracht?“ Peickert sprach nun lauter.

„Ich war das nicht“, erwiderte Koch genauso, wie er das zu Beginn des Verhörs getan hatte.

„Koch … Sie spielen mir hier etwas vor! Machen Sie die Sache nicht noch schlimmer. Ich weiß doch, dass Ihnen der Tod Ihrer Frau aufs Gemüt geschlagen ist. Wäre auch komisch, wenn es anders wäre. Aber warum von Peterlein? Hatte er etwas mit dem Tod Ihrer Frau zu tun? Ist er der Mörder?“ Er wartete, bekam keine Antwort, fragte weiter. „Sie sagten, er habe Sie am Tag von Dorles Tod angesprochen. Haben Sie ihn deshalb für den Mörder Ihrer Frau gehalten?“

Koch blickte Peickert verängstigt an und schwieg.

Der Kommissar schlug mit der Faust auf den Tisch.

Kochs Kaffee, den er noch nicht angerührt hatte, schwappte aus dem Becher. Er selbst blieb regungslos sitzen, blickte gebannt auf die sich ausbreitende Pfütze, bis sie die Tischkante erreichte, einen Moment dort verharrte, als überlegte sie, den Sprung zu wagen, und dann in die Tiefe auf den Boden stürzte.

„Mann, holen Sie ein Tuch!“, herrschte Peickert den Beamten an der Tür an, der daraufhin aus dem Raum eilte.

„Koch, so geht das nicht. So kommen wir nicht weiter. Wenn Sie nichts sagen, ist das wie ein Schuldeingeständnis …“

Koch reagierte auf diese Aussage Peickerts ebenso wenig wie auf die folgenden in der nächsten Stunde, in der der Kommissar ihm abwechselnd drohte, schmeichelte und aus der Reserve zu locken versuchte. Er sah durch den Mann ihm gegenüber hindurch, antwortete allenfalls einsilbig, bis Peickert schließlich die Geduld verlor. „Bringen Sie ihn in die Zelle zurück!", wies er den Beamten neben der Tür an.

Er selbst verließ den Raum ohne Gruß. Koch ließ sich widerstandslos nach unten in seine Zelle bringen.

Dort setzte er sein Spiel fort, kniete und betete, lag mit gefalteten Händen auf der Pritsche, stand vor der Wand, murmelte und starrte, folgte aber allen Anweisungen, wenn auch mit Verzögerung. Bald meinte Koch, im Getuschel des Wachpersonals Mitleid herauszuhören. Es war nur eine Frage der Zeit, bis die Gelegenheit zur Flucht kommen würde.

Der Gedanke, Brunner zu jagen und zu erlegen, war stärker als alles andere.

XLII

Am späten Nachmittag sahen Siggi und Reuber ein, dass sie an diesem Tag nicht weiterkommen würden, und sie entschieden, sich eine weitere Nacht Zeit zu geben und auf eine Eingebung zu hoffen, wie sie Koch helfen könnten.

Reuber bot seinem jungen Kollegen an, ihn nach Hause zu fahren, aber Siggi war durcheinander und wollte alleine sein. Die Euphorie im Fall Roth, die ihn für kurze Zeit beflügelt und Karriereträume ausgelöst hatte, war Ernüchterung und der Einsicht gewichen, dass nichts von Dauer war. Koch, für ihn ein Muster an Integrität, saß im Gefängnis, beschuldigt, einen Menschen umgebracht zu haben, konfrontiert mit erdrückenden Beweisen. Alles war in Auflösung begriffen: Dorle tot, Bresson schwer krank, Koch ein Mörder. Einziger Lichtblick blieb die Zusammenarbeit mit Reuber. Ob die besseren Zeiten, die nun angebrochen waren, wie überall behauptet wurde, wirklich besser waren? Doch wollte er die Trümmer, den Hunger, die Kälte wiederhaben? Die Tage, an denen er als junger und naiver Polizist begonnen hatte?

Siggi lief durch die Straßen. Warum meldete sich Harro nicht? Eine Tour aufs Land, eine Runde auf einem Rennkurs, vielleicht würde ihn das auf andere Gedanken bringen, ihm eine Eingebung schenken, wie er Koch helfen konnte.

Wie er an den Tresen gekommen war, wusste Siggi nicht mehr. Er fand sich in einer Gaststube wieder, vor sich ein großes Glas Bier. Der wohlgenährte Wirt mit dem dichten Schnauzbart prostete ihm zu. Entfernt erinnerte er ihn an ein Walross. Die meisten Tische waren besetzt, es war laut und roch nach Nikotin, Alkohol und Schweiß.

Siggi nahm sein Glas und erwiderte den Gruß, trank es in einem Zug leer. Einige Minuten später stand ein Frisches vor ihm.

„Wohl bekomm's!"

Siggi nickte und trank. Schnell folgten zwei weitere Biere.

Er ging selten in Wirtschaften. Er fühlte sich nicht wohl zwischen den trinkenden, rauchenden, laut lachenden oder fluchenden Männern, die sich aufführten, als hätten sie den Krieg gewonnen anstatt verloren.

An diesem Abend ignorierte Siggi das alles bis auf den Wirt, wenn er ihm stumm ein Zeichen für ein weiteres Bier gab. Nach dem vierten bestellte er eine Frikadelle. Kochs Verhaftung ging ihm nicht aus dem Kopf. Warum hätte er den Mann umbringen sollen? Welchen Grund hätte er dafür haben können? Wenn es so war, wie Koch sagte, und der tote von Peterlein hatte ihn anwerben wollen, um etwas gegen Nazis zu machen, dann wäre dieser Mann doch ein Bruder im Geiste für Koch gewesen. So einen bringt man doch nicht um!

Doch Siggi machte sich auch aus anderen Gründen Sorgen. Weil er wusste, wie sehr Koch mit den Zuständen in Deutschland haderte, mit den alten Nazis, die überall wieder in Amt und Würden kamen, die immer frecher auftraten, Forderungen stellten, versuchten, das Geschehene vergessen zu machen. Wenn nun er verdächtigt wurde, ausgerechnet einen Mann, der so dachte wie er, umgebracht zu haben, dann musste ihm das doch jeden Glauben an die junge Demokratie rauben. Siggi hatte in den Jahren, seit er Koch kannte und mit ihm zusammenarbeitete, genug Situationen erlebt, in denen Koch seine Koffer gepackt hatte und kurz vor der Rückreise nach Frankreich stand.

Der Wirt stellte ein fünftes Bier vor Siggi auf den Tresen. Inzwischen hatte sich die Kneipe weiter gefüllt, an einigen Tischen wurden Karten gespielt, Siggi hörte laut und deutlich die Ansagen der Skatbrüder. Gerade stand ein Junge von vielleicht zehn oder elf Jahren neben ihm, der für seinen Vater drei Flaschen Bier kaufen wollte.

„Gib's zu, Junge", flachste der Wirt und strich sich über den Schnurrbart, „die sind doch für dich. Ich kenne deinen Vater, der trinkt kein Bier."

„Doch", widersprach der, „und er schlägt mich, wenn ich ohne Bier nach Hause komme."

Der Wirt lachte. Ein paar der Gäste, die ebenfalls am Tresen standen und Siggi bislang den Rücken zugewandt hatten, drehten sich um und beobachteten amüsiert die Szene.

„Da hat er auch recht, wenn er dich schlägt, wenn du ohne Bier nach Hause kommst", bemerkte einer von ihnen.

„Und du bist schuld, wenn der Junge morgen grün und blau ist", rief sein Nebenmann in Richtung des Wirtes.

„Willst du nicht auch was?", fragte nun der Wirt den Jungen, der erst erschrocken schaute und dann den Kopf schüttelte. „Komm, du hast doch bestimmt schon Bier getrunken!", lockte der Wirt, nahm ein Glas, füllte es halbvoll und schob es dem Jungen zu.

„Seht euch den Geizhals an", rief einer der Männer neben Siggi und klopfte ihm auf die Schulter. „Siehst du doch auch so, was?"

Der Schlag kam völlig unvermittelt, Siggi verlor das Gleichgewicht und wäre fast auf den Jungen gefallen.

„Der verträgt aber auch nichts!", stellte ein anderer fest.

Lautes Lachen war die Antwort.

Der, der Siggi den Schlag versetzt hatte, packte ihn am Oberarm und zog ihn zurück auf seinen Platz. „Nichts für ungut", sagte er, „wollte dir nicht wehtun. Richard!", er sah zum Wirt, „mach dem Mann hier mal ein Bier auf meine Rechnung."

„Prost!", rief er ihm zu, nachdem der Wirt das volle Glas vor Siggi abgestellt hatte.

Der Junge hatte inzwischen seine drei Flaschen bekommen und bezahlt, packte sie unter den Arm und verließ schnell die Wirtschaft. Das halb volle Glas hatte er nicht angerührt.

Siggi verspürte kein Bedürfnis, nach Hause zu gehen. Die anderen Männer wendeten sich wieder ab und er hatte seine Ruhe. Das Denken fiel ihm schwerer, kaum begann er einen Gedanken zu formen, wurde er von einem anderen pulverisiert.

Er bestellte ein weiteres Bier und spürte mit einem Mal einen mächtigen Drang, auf die Toilette zu gehen. Der Wirt zeigte ihm den Weg zum Pissoir. Auf dem Weg dorthin lächelte ihn eine ältere, aufgedunsene Frau an. Siggi sah schnell zur Seite und verschwand in dem schmalen Gang zur Toilette.

„Sonnenbräu unerreicht, fünf gesoffen, sechs geseicht", lallte der Mann, der neben ihm am Urinstein stand, und lachte. Dabei musste er sich mit einer Hand an der Wand abstützen. Siggi schloss schnell seinen Hosenschlitz und verließ die Toilette. Doch am Ende des Flurs wartete seine nächste Heimsuchung. Die aufgedunsene Frau stand noch da und versperrte ihm den Weg, lächelte und zog dabei ihre rot geschminkten Lippen grotesk auseinander.

„Na, Kleiner", empfing sie ihn und drückte ihren Rücken durch, was ihre Brüste deutlich hervortreten ließ, „du bist neu hier, oder?"

Siggi blieb stehen und wankte, woraufhin die Frau laut auflachte.

„Soll ich dich halten? Kannst dich an Uschis Busen festhalten!"

Siggi ging einen Schritt zurück, was die Frau zuerst erneut zum Lachen brachte, die dann aber mit einem unüberhörbaren empörten Unterton schmollte: „Galant ist das nicht, junger Mann! Hast hier ein richtiges Weibsbild vor dir und rennst davon. Das ist ganz und gar nicht galant."

Damit kam sie auf Siggi zu. Der sah über seine Schulter, aber hinter ihm ging es nur zu den Toiletten. Vielleicht war es der Alkohol, der ihm den Mut zu einer Finte gab. Er versuchte ein Lächeln, machte einen ersten Schritt auf die Frau zu, legte seinen Kopf ein wenig zur Seite und bemerkte, wie sie sich entspannte.

„Na also! Komm schon her! Wirst es nicht bereuen!"

Siggi konzentrierte sich, was angesichts der Biere, die er getrunken hatte, nicht einfach war, machte einen weiteren Schritt auf die Frau zu, die ihre Arme ausbreitete, wild entschlossen, Siggi an sich zu drücken. Als zwischen den beiden kaum mehr Platz war und sie ihre Arme um ihn legen wollte, bückte sich Siggi, zwängte sich gegen die Wand und wollte unter ihrem Arm hindurch in den Schankraum huschen. Aber er hatte nicht mit Uschis Schnelligkeit gerechnet. Sie bekam ihn am Hemd zu fassen, packte seinen Arm und zog ihn unerbittlich an sich heran, presste ihn so fest an ihren Busen, dass Siggi fürchtete zu ersticken, und drückte ihm dann mit ihren dunkelrot geschminkten Lippen einen langen, schmatzenden Kuss auf die Wange. Im selben Moment brandete im Schankraum tosender Applaus auf, gefolgt von schallendem Gelächter. Siggi strauchelte, fing sich und stolperte zum Tresen, wo er feixend empfangen wurde. Einige Männer schlugen ihm aufmunternd auf die Schulter.

„Da mussten wir alle schon durch“, zischte einer der Kneipenbesucher Siggi zu und der Wirt drückte ihm einen Klaren in die Hand.

Langsam beruhigten sich die Männer wieder, aber Uschi war noch nicht fertig.

„Kerle! Alle gleich!“, fauchte sie, die noch immer am Eingang zu den Toiletten stand.

Einer der Männer ging zu ihr hin und hielt ihr eine Zigarettenschachtel unter die Nase. „Uschi, du bist so schön, das hält kein Kerl aus!“, sagte er, als er ihr Feuer gab.

Er bekam dafür einige Lacher und einen wütenden Blick Uschis geschenkt.

Siggi musste einen weiteren Schnaps trinken. Er war nun völlig betrunken und nur die Männer rechts und links von ihm ließen ihn nicht wie einen nassen Sack umfallen.

„Was seid ihr denn für Kerle!“, zeterte Uschi weiter. „Früher konntet ihr nicht genug von uns Weibern bekommen, und jetzt, wo nur noch so wenige von euch da sind, da ziert ihr euch, habt mit einem Mal die Hosen voll. Schlappschwänze seid ihr!“ Sie klang jetzt wütend.

„Jawoll, Uschi, zeig's uns Schlappschwänzen!“, rief ein Mann vom Tresen herüber und machte eine obszöne Geste. Ein anderer trat ein Stück vor und ließ sein Becken rotieren.

Siggi bekam das nur noch durch einen Schleier mit. Alles lief in Zeitlupe ab. Den nächsten Schnaps, den der Wirt ihm reichte, stürzte er in einem Zug hinunter, um es so schnell wie möglich hinter sich zu bringen. Mit einem Mal hob sich sein Magen, er würgte und rannte in Richtung Toiletten los. Kaum hatte er das Steinurinal erreicht, erbrach er sich auch schon. Sein Hals brannte, Schmerz schoss ihm in den Kopf. Minutenlang stand er über der

Rinne, und jedes Mal, wenn er glaubte, sein Magen wäre nun vollends entleert, musste er wieder würgen und sich übergeben. Die Hände, die sich auf seine Schultern legten und ihn stützten, bemerkte er erst, als das Schlimmste vorüber war.

„Schon gut, mein Kleiner!", hörte er Uschis Stimme und er zuckte zusammen. „Brauchst keine Angst zu haben. Ich fass dich schon nicht an. Kannst mir glauben, ich bin vielleicht scharf, aber nicht auf den Geruch von Kotze."

Sie wartete einen Moment, bis sie „Geht's jetzt besser?" fragte, mit einem fast mütterlichen Unterton.

Siggi nickte, richtete sich langsam auf und sah in besorgte Augen.

„Man sollte wissen, wann es genug ist. Komm, hak' dich unter! Ich bring' dich zur Tür."

Siggi klammerte sich an Uschi wie ein Ertrinkender und langsam gingen sie den Gang entlang zum Schankraum, wo die Männer lachten und johlten. Uschi machte einem der Kerle ein Handzeichen, ihr Siggis Jacke, die an einem Haken unter dem Tresen hing, zu reichen, dann half sie ihm in das Kleidungsstück und führte ihn auf die Straße.

„Willste etwa die Zeche prellen?!", polterte der Wirt, der ihnen gefolgt war.

Siggi verstand nicht, was der Mann wollte. Uschi kramte aus der Jackentasche einen Schein und reichte ihn dem Mann, der brummelnd nickte und ihn einsteckte.

„Ich hoffe, du findest den Weg heim, Kleiner! Pass das nächste Mal besser auf dich auf!" Sie gab ihm einen Klaps auf den Hintern und verschwand wieder im Inneren der Kneipe, während Siggi noch einige Momente vor dem Haus stand, bis er in der Lage war, sich auf den Heimweg zu machen.

Siggi hatte einen mächtigen Kater, der auch nicht besser geworden war, nachdem ihm seine Zimmerwirtin am Morgen, als sie an seine Tür geklopft und er ihr im Tran geöffnet hatte, ein „Hier stinkt's ja wie in einer Männerpension!" entgegengeschleudert hatte. Immerhin besaß sie so viel Mitgefühl, ihm einen extra starken Kaffee zuzubereiten, der ihn ein wenig belebte und die Kopfschmerzen auf ein erträgliches Maß reduzierte.

Um neun Uhr sollte er sich bei Arnheim einfinden, war ihm ausgerichtet worden. Um fünf vor neun sah er auf seine Uhr. Sie erinnerte ihn an Harro, wo er wohl abgeblieben war?

Arnheims Vorzimmerdame sah ihn mitleidig an und brach von der Schokolade, die neben der Schreibmaschine lag, ein Stück ab und reichte es Siggi. Danach führte sie ihn in das Büro des Leiters des Morddezernats.

„Herr Maus", begrüßte der seinen Besucher aufgeräumt, fast fröhlich, und bat Siggi, sich zu setzen. Der schluckte schnell das letzte Stück von der Schokolade herunter.

„Nun, noch einmal herzlichen Glückwunsch zum Fall Roth. Gute Arbeit, Herr Maus, gute Arbeit!" Arnheim gefiel sich mal wieder in der Rolle des zackigen Vorgesetzten. „Ich werde mich für Sie einsetzen, da sollte das mit dem Kommissar ohne Probleme klappen."

Siggi bedankte sich leise. Er versuchte, das Pochen in seinem Kopf zu ignorieren.

„Nun aber, Herr Maus, zu den dringenden und leider, leider sehr ernsten Dingen." Er setzte eine staatstragende Miene auf und wartete. Siggi wusste nicht, ob der Mann eine Reaktion von ihm erwartete, also sagte er nichts darauf.

„Ich mache mir Sorgen …", begann Arnheim und

brach ab. Siggi schwieg und wartete, was nun kommen würde.

„Es spricht leider vieles gegen unseren Kollegen, sehr vieles. Und dadurch, dass Herr Koch in der Direktion nicht nur Freunde hat, und daran hat er sicher selbst einen recht gewichtigen Anteil, wird sich das Engagement der Kollegen, ihm zu helfen, in Grenzen halten."

Siggi kannte das, wenn Arnheim so hochtrabend zu formulieren begann. Er machte sich auf eine längere Rede gefasst, was in Anbetracht seiner Kopfschmerzen keine angenehme Aussicht war.

„Nun ja", Arnheim räusperte sich, „Kollege Peickert war heute Morgen schon bei mir. Es gibt eine Entwicklung, die Anlass zur Sorge gibt." Arnheim sprach langsam, betonte einzelne Silben. „Ist Ihnen in letzter Zeit etwas am Kollegen Koch aufgefallen?"

Siggi wusste nicht, worauf der Mann hinauswollte. Zumal Arnheim ihm eine ähnliche Frage schon beim letzten Mal gestellt hatte.

„Nein", antwortete er schließlich, „er wirkte nur etwas verschlossen."

Arnheim nickte verständnisvoll. „Ja, ja", sagte er, „die Sache mit seiner Frau … das ist ja zu verstehen … aber sonst? Also, ich meine konkret sein Verhältnis zum Glauben. Mir schien, dass Herr Koch nicht sehr gläubig ist … oder?"

„Nicht, dass ich wüsste", antwortete Siggi. „Zumindest geht er nicht in die Kirche."

„Das meine ich ja", sagte Arnheim, „und plötzlich betet er in seiner Zelle und verhält sich auch sonst recht merkwürdig."

„Sie meinen", warf Siggi ein, „er ist verrückt geworden?"

Arnheim wiegte bedächtig seinen Kopf. „So sieht es aus. Aber Kollege Peickert hält es auch für möglich, dass Koch das nur spielt, um so vielleicht seiner Strafe zu entgehen. Sie wissen doch, nicht im Vollbesitz seiner geistigen Kräfte, er kommt in die Geschlossene …"

„Koch …?", rief Siggi entsetzt aus.

„Ihre Loyalität Herrn Koch gegenüber ehrt Sie", sagte Arnheim, „aber es geht hier um mehr: Der Ruf der Polizei steht auf dem Spiel! Ein mordender Kommissar, dessen Opfer ein Politiker ist, wie macht sich das, Herr Maus? Zum Glück hat die Presse bis jetzt – ich betone, bis jetzt – noch keine große Sache daraus gemacht. Aber das wird nicht ewig so gehen. Deshalb muss ich alles wissen, Herr Maus. Keine falsche Loyalität, damit helfen Sie niemandem, sich nicht, der Polizei nicht und auch Herrn Koch nicht."

Arnheim sah Siggi streng an.

Der schwieg zunächst, weil er den heiligen Ernst Arnheims nicht verstand. Schließlich räusperte er sich. „Herr Arnheim", begann er, „ich kann das alles nicht glauben. Herr Koch ist kein Mörder …"

„Herr Maus", unterbrach ihn Arnheim barsch, „was Sie *glauben*, spielt hier keine Rolle. Es geht darum, Schaden von der Polizei abzuwenden. Ich bitte, noch einmal in sich zu gehen."

Das war das Zeichen für Siggi, dass er entlassen war. Erleichtert stand er auf und verließ nach kurzem Gruß das Büro.

In seinem Büro setzte er sich an den Schreibtisch. Seine beiden Zimmergenossen waren nicht anwesend, so konnte er in Ruhe über das Gespräch mit Arnheim nachdenken. Es ärgerte ihn, nicht vehementer für Koch eingetreten zu sein und nicht darauf bestanden zu haben, alles zu tun, um dessen Unschuld zu beweisen. Arnheim war der gute Ruf der Polizei wichtiger als das Schicksal eines Kollegen.

Irgendwann beschloss er seufzend, den abschließenden Bericht über die Mordsache Roth zu schreiben. Er hatte gerade damit angefangen, als es an der Tür klopfte. Er vermutete Reuber, der mit ihm über ihr weiteres Vorgehen sprechen wollte. Leise rief er: „Herein!", ohne von seinen Papieren aufzusehen. Die Tür wurde geöffnet, Schritte kamen auf den Schreibtisch zu.

„Bin sofort fertig", sagte er, schrieb hastig noch ein paar Worte auf das Papier und sah dann auf.

„Good Morning, Mister Mouse!", wurde er in breitestem Amerikanisch begrüßt. Die gespielte Übertreibung war nicht zu überhören.

„Herr von Esch!", rief Siggi aus, überrascht und erfreut zugleich. „Was machen Sie denn hier?"

Vor ihm stand der Arzt, eine beeindruckende Erscheinung und wie immer elegant gekleidet, an diesem Morgen trug er einen Anzug mit hellgrauem Karomuster. Ein braunes Einstecktuch, farblich dem Hemd angepasst, lugte wie eine aufgeblühte Blume aus der Brusttasche heraus.

„Nach der Beerdigung musste ich recht schnell weg. Jetzt habe ich mehr Zeit und freue mich, Sie und Paul zu sehen. Wie geht es ihm denn? Ich kann es immer noch nicht begreifen, dass Dorle tot ist."

„Ja …", entgegnete Siggi, dem klar wurde, dass Esch noch nicht wusste, was in der Zwischenzeit passiert war.

„Ich war soeben schon vor Pauls Büro, aber die Tür war verschlossen."

Siggi schluckte. „Herr Koch ist … in Haft."

„Bitte?! Sie machen Witze, Siggi! Warum sollte Paul in Haft sein?"

Esch setzte sich auf den Stuhl am Nachbarschreibtisch und blickte den jungen Mann mit einer Mischung aus Entsetzen und Neugierde an, woraufhin der ihm berichtete, was seit der Beerdigung geschehen war und warum Paul Koch derzeit in Untersuchungshaft saß.

„Das klingt nicht gut, Siggi", sagte Esch, nachdem der junge Polizist seine Ausführungen beendet hatte. Der Arzt schüttelte ungläubig seinen Kopf, schloss die Augen und dachte nach.

„Ich habe Paul auf dem Friedhof gesprochen, als ich ging, wollte er noch bleiben …"

„Ja. Und da soll er dann von Peterlein umgebracht haben …"

„Die Begegnung hat es also gegeben …?" Esch dachte einen Moment nach. „Wann ist die Leiche gefunden worden?"

Siggi musste einen Moment nachdenken. „Am Montag. Ja, am Montag war das."

„Die Beerdigung war am Freitag … demnach muss die Leiche drei Tage in dem offenen Grab gelegen haben."

Siggi bestätigte dies.

„Wer hat die Leiche untersucht? Doktor Krauss?"

„Ja."

Esch verzog seinen Mund.

„Und …?", fragte Siggi.

„Nichts", wehrte Esch ab, „ich muss die Fakten sacken lassen." Er stand auf und ging im Zimmer auf und ab. „Wir werden Pauls Unschuld beweisen!", rief er mit einem Mal aus, so gewiss, dass auch Siggi für den Moment davon überzeugt war.

„Was macht Herr Reuber?", wechselte Esch das Thema.

Siggi erzählte dem Arzt, wie er seinen ersten Fall mit Reubers Hilfe gelöst hatte. Als er von dem Schauspiel vor den Pfeiffers berichtete, mussten beide lachen und Siggi spürte, wie gut ihm das nach den angespannten letzten Tagen tat.

„Was haben Sie da eigentlich am Handgelenk?", fragte Esch und deutete auf Siggis linken Unterarm. Der zog den Ärmel seines Hemdes ein Stück zurück und zeigte Esch die Uhr.

„Eine Breitling", stellte der mit einer Mischung aus Anerkennung und Spott fest. „Dass es nach dem Krieg wieder aufwärts geht in Deutschland, ist ja nicht zu übersehen, wenn man durch das Land fährt", sagte Esch, „die Schaufenster voll, Autos auf den Straßen, die ersten Trümmergebäude verschwinden, aber dass es schon wieder so gut steht, Siggi, das wusste ich nicht."

Siggi war verlegen und wurde rot.

„Ein Geschenk …", erklärte er leise.

„Noble Freunde haben Sie, Siggi, alle Achtung …"

Damit ließ es Esch bewenden und stand auf.

„Was wollen Sie weiter wegen Paul machen?", fragte er.

„Reuber und ich suchen Beweise, die seine Unschuld bezeugen", erwiderte Siggi.

„Bislang aber ohne Erfolg …?"

Siggi nickte mit frustrierter Miene.

„Ich habe heute und morgen noch Termine, die kann ich nicht absagen. Familienangelegenheiten, wie sollte es anders sein. Haben Sie und Reuber morgen Abend Zeit? Dann könnten wir zusammen beraten."

Siggi überlegte.

Esch kam ihm zuvor. „Ich würde auch Bresson gerne wiedersehen. Sollen wir uns bei ihm treffen?"

Der Arzt ließ, nachdem er gegangen war, Siggi in besserer Stimmung zurück. Dass von Esch ihnen helfen würde,

Kochs Unschuld zu beweisen, gab ihm Hoffnung. Dass sie sich bei Bresson treffen wollten, war wie ein gutes Omen. Auch früher, als Koch und der Photograph noch Nachbarn gewesen waren, hatten sie sich bei Bresson getroffen, um gemeinsam Kriegsrat zu halten.

XLIII

Siggi erschrak, als Bresson, gestützt auf seine Krücken, die Tür öffnete. Er war weit vornüber gebeugt, zu der schwarzen Hose, die um seine dürren Beine schlackerte, trug er, trotz des warmen Wetters, einen ebenfalls schwarzen Rollkragenpullover.

Der Tisch war bereits gedeckt, in einer Schale lag Brot, daneben hatte der Gastgeber auf einer großen Porzellanplatte einige Scheiben Wurst und Käse drapiert. Zwei Flaschen mit Brand standen an der Seite.

„Die Letzten", erklärte Bresson, der Siggis Blick bemerkt hatte. „Keine Arbeit, kein Schnaps, so einfach ist das." Er sagte das nicht larmoyant, eher mit Verbitterung in der Stimme.

Moses, der sich bislang versteckt gehalten hatte, schlich in den Raum. Siggi bemerkte den Kater erst, als dieser um seinen Fuß herumstrich. Erschrocken sprang er ein kleines Stück zur Seite. Bresson ließ ein kurzes, krächzendes Lachen vernehmen. „Moses, mein Mitbewohner", stellte er den Kater vor. Siggi bückte sich, um dem Tier über den Rücken zu streicheln. Der Kater machte einen Buckel.

„Das lässt er nur bei Koch zu", sagte Bresson, öffnete eine der beiden Flaschen und hielt sie Siggi entgegen. „Auch schon einen Schluck?"

Der dachte mit einem Schrecken an den Abend in der Kneipe und lehnte ab. „Später!", vertröstete er den Hausherrn, der sich einen kleinen Schluck genehmigte.

Kurz darauf kam Reuber, der sein Erschrecken über Bressons Zustand nicht verbergen konnte.

„Nun haben Sie sich nicht so, Reuber!", wies ihn der alte Mann zurecht. „Werden Sie mal so alt wie ich, bin gespannt, wie Sie da aussehen."

Er ging zum Tisch und ließ sich auf einem der Stühle nieder.

Reuber lachte. „Manchmal fühle ich mich so alt … zumindest im Moment, wenn ich an all den Mist denke, der in den letzten Wochen passiert ist. Erst Dorle, dann Kochs Verhaftung. Wie kann Arnheim Koch für einen Mörder halten …? Etwas mehr Rückgrat hätte ich ihm schon zugetraut. Wie heißt es so schön: Im Zweifel für den Angeklagten."

„Ist dem so? Aus dem Wenigen, das Siggi mir erzählt hat, konnte ich eher das Gegenteil heraushören: Es gibt gewichtige Gründe, die Koch belasten."

Reuber nahm eine Zigarettenschachtel aus seiner Jacketttasche. „Darf ich?", fragte er an Bresson gewandt, der mit einer knappen Geste seine Zustimmung gab. Reuber ging ans Fenster, um es zu öffnen.

„Vorsicht!", warnte ihn der Hausherr, „es sitzt nicht richtig …"

Die Warnung wäre fast zu spät gekommen. Reuber hatte den Griff gedreht und schon fiel ihm das Fenster samt Rahmen entgegen. Nur dank der Warnung und seiner schnellen Reaktion bekam er es zu fassen und drückte es zurück in die Arretierung.

„Da müsste mal ein Handwerker ran", bemerkte Reuber und öffnete es nun so vorsichtig, dass es in der Halterung blieb. Ein leichter, warmer Wind blies in das Zimmer. Reuber sah kurz hinaus auf die Straße und steckte sich die Zigarette an.

Bresson nahm eine Decke, die über der Lehne des Stuhls neben ihm lag, und bedeckte mit ihr seine Beine. Er atmete schwer.

„Ist Ihnen kalt?", fragte Siggi den alten Mann, selbst froh über die frische Luft, die den Raum erfüllte.

„Immer!“, war die lakonische Antwort, und es lag etwas in ihr, das weitere Nachfragen unterband.

„Wo bleibt denn der Herr Doktor?“, fragte Reuber, der am Fenster stand und rauchte. Siggi hatte sich neben Bresson gesetzt.

In dem Moment klopfte es an der Tür. Siggi stand auf und lief durch den Flur, um zu öffnen. Kurz darauf erschien er wieder im Wohnzimmer, hinter ihm Esch, der kurz in der Tür stehen blieb, sich umsah, eine Kiste auf dem Boden abstellte, dann auf Bresson zuging, ihm die Hand reichte, und das Gleiche bei Reuber machte.

„Heute mal ganz bürgerlich“, lästerte Reuber mit Blick auf Eschs schlichten dunkelbraunen Anzug, der in der Tat für seine Verhältnisse sehr zurückhaltend war.

„Es ist dem ernsten Anlass entsprechend“, sagte Esch mit einem Augenzwinkern, aber Siggi war nicht verborgen geblieben, wie besorgt der Arzt Bresson ansah.

Esch hob die Kiste vom Boden auf den Tisch, dann deutete er mit einer Kopfbewegung auf die Schnapsflaschen. „Noch immer die alten Rituale?“

„Man sollte lieb gewonnene Gewohnheiten nicht abstellen“, bemerkte Bresson, und Reuber fügte hinzu: „Never change a winning team, wie der Engländer sagt, oder, Herr Doktor?“

„Ich hoffe, dass wir ein winning team sind“, warf Esch ein, während er in die Kiste griff, mehrere Flaschen und Konserven herausnahm und etwas, das in Zeitungspapier eingewickelt war.

„Um das Angebot etwas zu verfeinern“, sagte er, „Corned Beef und hier“, er nahm das Zeitungspapier, „ein Schinken, und …“, er griff nochmals in die Kiste, „frisches Brot und Butter.“ Er sah Bresson an. „Extra für Sie …“, er griff in seine Jackentasche, der er eine kleine Dose entnahm, „direkt aus den Vereinigten Staaten von Amerika, Vitamin C. Nehmen Sie jeden Tag zwei von den Tabletten."

Bresson nahm die Dose, betrachtete das Etikett und schob sie zu Esch zurück.

„Nehmen Sie ruhig, Bresson", entgegnete der. „Ich habe genug davon."

„Ist bei mir Verschwendung. Das können andere besser gebrauchen."

„Jetzt machen Sie mal halblang!" Er stellte die Pillendose energisch vor Bresson ab. „Nehmen Sie! Sie werden sehen, das hilft Ihnen. Besser als ... das!" Er tippte mit dem Zeigefinger gegen eine der beiden Schnapsflaschen.

Widerwillig steckte der Photograph die Dose ein.

„Das hier", Esch nahm eine der drei Flaschen, die er mitgebracht hatte, „ist gesünder als Ihr Teufelsgebräu. Rotwein aus dem Burgund."

„Jetzt ziehen hier die ganz feinen Manieren ein", bemerkte Reuber spöttisch. „Geht das in diesem ... Haushalt?" Er sah sich um. „Haushalt ist vielleicht das falsche Wort ..."

Siggi und Esch lachten verhalten, während Bresson ernst blieb und mit einem Messer gegen das Glas vor ihm klopfte und damit die anderen aufforderte, sich zu ihm an den Tisch zu setzen.

Esch übernahm es, eine der Rotweinflaschen zu entkorken und den Burgunder auszuschenken. Anschließend schnitt er den Schinken auf.

„Auf unser Wiedersehen", toastete er, „und dass wir Paul freibekommen!" Er hob sein Glas und alle stießen miteinander an. Mit einem Mal herrschte eine feierlich ernste Stimmung im Zimmer.

Die nächste halbe Stunde wurde nur wenig gesprochen

und bis auf Bresson langten die Männer kräftig zu. Bresson wechselte schon bald vom Wein zum Schnaps und setzte sich in einen der beiden Sessel.

„Ich kann mir das nicht vorstellen: Koch ein Mörder“, begann Bresson. Er sprach langsam, schnappte immer wieder nach Luft. „Als Siggi mir das mitteilte, habe ich zuerst gedacht, er erzählt mir ein Märchen, aber das ist ja eher Reubers Sache, so Räuberpistolen zu erfinden …“

Reuber drohte dem alten Mann mit dem Zeigefinger. „Na, na …“

„Lassen Sie uns doch alles noch einmal rekonstruieren: Was haben wir? Was sind die Fakten? Welche angeblichen Beweise für Kochs Schuld gibt es?“

In den nächsten beiden Stunden sammelten die vier Männer alles, was sie wussten, wägten es ab, stellten es in Beziehung zueinander.

„Das ergibt doch alles keinen Sinn“, stellte Esch schließlich fest.

„Dieser von Peterlein bittet Koch, für ihn Nachforschungen über einen Polizisten anzustellen, der im Dritten Reich für die Nazis gearbeitet hat, selbst aber behauptet, so etwas wie ein Widerstandskämpfer gewesen zu sein, und der jetzt eine Behörde aufbauen will, in der alte Nazi-Kommissare unterkommen könnten. Warum sollte Koch den Mann umbringen?“

Siggi räusperte sich. „Es gibt keinen triftigen Grund.“

„Das klingt so … unglaublich.“ Esch klang aufrichtig entrüstet. „Gibt es einen Zusammenhang mit dem Tod von Dorle …?“

Bresson schaltete sich ein. Sein Gesicht war vom Alkohol gerötet. „Der Mord an Dorle macht doch nur Sinn, wenn er Koch richtig Schmerzen bereitet …“

Die anderen sahen Bresson überrascht an.

„Wissen Sie etwas, das wir noch nicht wissen?", fragte Reuber scharf.

Bresson zuckte zusammen. „Hat Koch Ihnen noch nicht erzählt …"

„Was?", riefen die drei Männer fast gleichzeitig.

„Von Brunner."

„Brunner?", wiederholte Siggi.

Bresson nickte. „Er hat Ihnen tatsächlich noch nichts erzählt davon." Dann berichtete er von Kochs Verdacht wegen der Indizien am Tatort und nahm wie zur Bekräftigung einen großen Schluck von seinem Brand.

„Machen Sie langsam!", forderte Esch ihn besorgt auf, doch der alte Mann reagierte nicht auf diesen Ratschlag. Es war dem Arzt nicht verborgen geblieben, dass Bresson mehr und mehr in seinem Sessel zusammensackte.

„Brunner! Es ist nicht zu glauben!", rief Reuber aus. „Warum hat Koch davon nichts gesagt?"

„Sie kennen ihn doch", wandte Esch ein. „Paul wird diese Sache alleine regeln wollen. Wie Bresson schon sagte, ist es eine Vermutung, die noch weniger stichhaltig ist als die These von Kochs Schuld am Tod dieses Referenten aus dem Innenministerium."

„Ja, ja", erwiderte Reuber, dem etwas eingefallen war. „Siggi, erinnern Sie sich, als wir Koch in seiner Zelle besucht haben, da wollte er etwas sagen und hat es sich dann verkniffen …" Er dachte nach, aber genau wollte es ihm nicht mehr einfallen. „Woher wusste Koch von der Münze und dem Abzeichen?", fragte er weiter. „Hat Peickert ihm das gesteckt?"

Bresson schmunzelte und Reuber ahnte, was das zu bedeuten hatte.

„Koch hat in Peickerts Zimmer rumgeschnüffelt?!"

Bresson nickte.

„Wenn Koch Witterung aufnimmt …“, sagte Reuber.

„Wir müssen auch in sein Zimmer“, rief Siggi plötzlich und zu laut. Der Alkohol machte sich bemerkbar.

„Wenn Sie es leiser sagen, bleibt es noch genauso richtig“, wies Reuber ihn mit einem süffisanten Lächeln zurecht.

„Morgen ist Sonntag“, warf Esch ein.

„Eine wunderbare Gelegenheit. Wollen wir hoffen, dass Peickert keinen Anlass sieht, auch am Sonntag zu arbeiten.“

„Wie kann ich helfen?“, fragte Bresson.

Esch schüttelte den Kopf. „Mein Lieber, Sie bleiben zu Hause! Ich würde Sie auch gerne mal untersuchen. Sie machen keinen gesunden Eindruck auf mich.“

Das lehnte wiederum Bresson ab.

„Nichts da. Ich weiß, was gut für mich ist …“

Bresson schob die Decke zur Seite und stützte sich mit beiden Händen auf die Lehnen des Sessels, um sich daraus zu erheben, aber kaum hatte er seinen Körper ein paar Zentimeter erhoben, brach er röchelnd zusammen und fiel in das Polstermöbel zurück. Schwer atmend blieb er liegen.

„Wir bringen ihn ins Krankenhaus. Ich weiß einen Arzt, der uns helfen wird“, sagte Esch, der sich sofort über Bresson gebeugt, dessen Puls gefühlt und ihn untersucht hatte.

„Helfen Sie mir!“, forderte er die beiden anderen Männer auf.

Gemeinsam trugen sie ihn aus der Wohnung, wo ihnen der Nachbar, der offensichtlich gerade nach Hause kam, begegnete.

„Der Mann muss ins Krankenhaus“, erklärten sie ihm und Reuber bat den Mann, sich um den Kater zu kümmern.

Unten luden sie den Kranken vorsichtig auf dem Rücksitz von Eschs Wagen ab. Bresson schlug nur einmal kurz die Augen auf, um gleich wieder in seinen Dämmer zu fallen.

XLIV

„Herr Maus! Herr Maus! Besuch für Sie!“

Hektisches Klopfen begleitete die Rufe. Siggi erkannte die Stimme seiner Zimmerwirtin. „Ich komme!“, rief er müde durch die geschlossene Tür zurück.

Er ließ sich aus dem Bett gleiten und schlurfte zum Waschbecken, an dem er sich eine Handvoll Wasser ins Gesicht warf und seine Zähne putzte, bevor er den dunklen Anzug vom Vortag anzog.

Unten auf der Straße warteten schon Esch und Reuber, beide an einen rotlackierten Wagen gelehnt, den Siggi nicht kannte. Am Vorabend hatte er in der Aufregung nicht auf das Auto geachtet, in das sie Bresson verfrachtet hatten.

Esch schien es zu freuen, den jungen Mann, von dessen Leidenschaft für Autos er wusste, so überrascht zu sehen.

„Erkennen Sie ihn nicht?“, fragte er.

Siggi betrachtete den Wagen genauer. „Englisch“, stellte er fest.

„Das war nicht schwer“, erwiderte Esch, „das Lenkrad sitzt rechts.“

„Das muss aber schneller gehen!“, frotzelte Reuber.

Siggi schüttelte enttäuscht den Kopf.

„Ein Alvis TA 14. Habe ich von einem Bekannten geliehen bekommen. Erwarten Sie aber nicht so viel, Siggi, Vierzylinder, etwa fünfundsiebzig PS.“

Siggi ging näher an das Auto heran, strich über die ausladenden Kotflügel, die große, mit Chrom eingefasste Scheinwerfer trugen und einen aufrecht stehenden Grill umfassten.

„Genug Benzingespräche“, unterbrach Reuber die Inspektion, „was ist mit Bresson?“

„Immer noch im Krankenhaus. Der Alkohol, das Alter, die Entbehrungen ... mein Bekannter war sehr erschrocken über seinen Zustand."

„Dann wollen wir das Beste hoffen", erwiderte Reuber. „Wenn er etwas braucht, lassen Sie es mich wissen." Damit stiegen sie alle ein.

Im Gegensatz zu ihren früheren Ausflügen, bei denen sich Esch als schneller Fahrer gezeigt hatte, fuhr er dieses Mal verhalten. Auf der vierspurigen Kaiserstraße mussten sie an einer Kreuzung anhalten, als plötzlich hinter ihnen das Siggi bekannte, helle Fauchen eines Boxermotors ertönte. Er wandte sich um und erblickte durch das kleine Rückfenster den silberfarbenen Porsche, der sich mit hoher Geschwindigkeit näherte. Harro saß am Steuer. Mit kreischenden Bremsen brachte er den Wagen neben dem Alvis zum Stehen. Ein zweiter Mann saß neben Harro, aber Siggi konnte nur ihre Hinterköpfe sehen. Reuber, der auf dem Beifahrersitz saß, blickte zu dem anderen Wagen hinüber, während Siggi hinten die Fensterkurbel betätigte. Doch bevor er sich bemerkbar machen konnte, heulte der Motor des Porsche auf und der Sportwagen hatte schon in wenigen Sekunden einen beträchtlichen Vorsprung gewonnen.

„Da kann ich mit dem Alvis nicht mithalten", rief Esch nach hinten. Siggi schwieg und dachte über Harro und dessen Bekanntschaften nach.

Esch stellte das Auto im Hof der Direktion ab. Auf dem Weg zu Reubers Büro kam ihnen Arnheim entgegen. Sein Gesicht war gerötet und er redete auf einen uniformierten Beamten neben ihm unablässig ein.

„Was wollen *Sie* denn hier?", fragte er, als er die drei Männer entdeckte. „Mit dem Herrn Doktor? Wollen Sie sich bewerben? Ist gerade ganz schlecht." Er sah sie nacheinander ernst an.

„Was ist denn passiert, Herr Arnheim?", fragte Reuber, der ahnte, dass etwas Außergewöhnliches vorgefallen sein musste.

Der schien nicht richtig zugehört zu haben. „Woher wissen Sie es denn?", antwortete er gereizt mit einer Gegenfrage.

„Was wissen?" Reuber blickte Arnheim verständnislos an.

„Jetzt tun Sie doch nicht so. Sie stecken doch mit Koch unter einer Decke. Warum sonst sollten Sie an einem Sonntag hier sein?"

„Herr Arnheim, ich weiß nicht, wovon Sie reden …"

Der Leiter der Mordkommission ließ Reuber nicht aussprechen. „Koch ist abgehauen! Tun Sie doch nicht so, als wüssten Sie das nicht."

Diese Nachricht verschlug den Männern für einen Moment die Sprache.

„Ehrlich, Herr Arnheim", Reuber hob seine rechte Hand zum Schwur, „ich wusste das bis zu diesem Moment noch nicht. Wir sind zwar hier, um gemeinsam nach Hinweisen für Kochs Unschuld zu suchen, aber damit haben wir nichts zu tun."

„Wie konnte er denn fliehen?", fragte Esch.

Arnheim zögerte mit der Antwort. „Kommen Sie!", forderte er die drei schließlich auf und führte sie in sein Büro, nachdem er dem Polizisten, der ihn begleitet hatte, leise Anweisungen gegeben hatte.

„Koch hat den Verrückten gespielt, gebetet, wirres Zeug geredet …" Arnheim schüttelte den Kopf. „Alles geplant. Alles geplant. Als hätte ich es geahnt. Aber damit hat er jetzt sein Schuldbekenntnis abgelegt …"

„Herr Arnheim", wagte Reuber, den Mann zu unterbrechen, „Sie kennen Herrn Koch doch. Er vertraut niemandem außer sich selbst. Er ist geflohen, um seine Unschuld zu beweisen."

„Herr Reuber, der Mann ist Polizist. Er muss wissen, dass die Kollegen das herausbekommen werden, wenn er unschuldig ist. Aber so, nein, das geht so nicht. Abhauen, um seine Unschuld selbst zu beweisen! Wo kommen wir da hin? Da hat der Kollege Koch ein ganz schön dickes Ei gelegt. Und, um ehrlich zu sein, so ganz kann ich es noch nicht glauben, dass Sie unschuldig sind. Sie alle! Es ist doch kein Zufall, dass Sie heute, am Sonntag ..."

Er sah misstrauisch von einem zum anderen.

Reuber sah sich bemüßigt zu intervenieren. „Herr Arnheim, wir haben nichts mit der Flucht von Herrn Koch zu tun. Glauben Sie uns das! Herrn von Eschs Anwesenheit hier ist in der Tat ein Zufall, aber ein überaus glücklicher. Was den Umstand angeht, dass wir drei ausgerechnet heute in der Direktion sind, so hat das, wie ich eben schon sagte, tatsächlich mit Herrn Koch zu tun: Wir sind nämlich alle von seiner Unschuld überzeugt, und wir wollten uns zusammensetzen, um zu beraten, wie wir die beweisen können."

Diese eindringlich vorgetragene Rede Reubers schien Eindruck auf Arnheim zu machen. Nach einem kurzen Schweigen fragte er: „Und wie wollen Sie die beweisen? Sie wissen doch, was alles gegen ihn spricht?"

Reuber nickte. „Das wissen wir, aber wir kennen auch Herrn Koch. Glauben Sie, er würde seine Visitenkarte am Tatort liegenlassen?"

„Mag sein, Reuber, mag sein", antwortete Arnheim, „aber der Zeuge ... es gibt einen Zeugen, der Herrn Koch eindeutig identifiziert hat. Er hat gesehen, wie er den Toten in das Grab geworfen hat ... und Koch hatte ein Messer bei sich ..."

„Das Messer, wo ist das?“

„Bislang verschwunden“, musste Arnheim zugeben.

„Der Zeuge, wie glaubhaft ist er?“

„Sehr, seien Sie versichert, wir haben das genau überprüft.“

„Herr Arnheim“, Reuber atmete tief durch, bevor er seine nächste Frage stellte, „dürfte ich mir die Untersuchungsakte anschauen?“

Arnheim blieb ruhig. „Sie wollen was?“, fragte er schließlich.

„Einen Blick in die Untersuchungsakte werfen“, wiederholte Reuber seinen Wunsch. Siggi fragte sich, ob der Mann tatsächlich so kühl war, wie es den äußeren Anschein hatte.

Arnheims Miene verfinsterte sich. „Die Akte? Sie meinen die Akte, in der Kollege Peickert die Ergebnisse der Nachforschungen zum Mord an von Peterlein zusammenfasst? Die Akte des Falles, in dem ein Kommissar der hiesigen Direktion dringend tatverdächtig ist?“

Reuber nickte.

„Sie als Freund des Verdächtigen, Sie als, das darf ich doch so sagen, wirklich Voreingenommener, wollen die Akte einsehen?!“

Reuber blieb weiterhin kühl. „Genau als der. Mit mehr Grund als jeder andere. Ich glaube, Herr Arnheim, sagen zu können, dass Sie im Moment die drei Menschen vor sich haben, die Paul Koch so gut kennen wie niemand anderer. Wir haben so manchen Strauß mit dem Kollegen ausgefochten. Aber worauf ich jeden Schwur leisten werde, Herr Arnheim, ohne einen Moment nachzudenken, ist auf die Unschuld von Paul Koch. Der Mann ist kein Mörder. Nie und nimmer!“

Esch und Siggi waren erstaunt über das Pathos in Reubers Worten, der sonst zu Sarkasmus und Spott neigte. Doch sie schienen Arnheim beeindruckt zu haben. Er blieb stumm, antwortete nicht, sondern wandte sich ab und trat vor das Fenster, durch das er endlose Sekunden nach draußen blickte. Dann drehte er sich um und sah von einem zum anderen. Zu Siggi, der seinen Blick senkte, zu Esch, der ihm standhielt und zu Reuber, der Arnheim kaum merklich zunickte.

„Na gut", sagte er schließlich. „Aber heute wird das nicht klappen. Dazu ist im Moment die Aufregung zu groß. Kommen Sie morgen zu mir, Herr Reuber, dann sehen wir weiter." Er machte eine kurze Pause. „Ich hoffe, ich handle mir damit nicht eine Menge Ärger ein." Er senkte seine Stimme. „Ich kann, ich will ja auch nicht glauben, dass unser Koch ein Mörder ist. Aber, Sie wissen, es zählen nur Fakten und Beweise. Die sprechen derzeit gegen ihn. Und …", er machte eine bedeutungsvolle Pause, „wissen wir wirklich immer, wie es im Innersten eines Menschen aussieht? Wozu er fähig ist? Im Krieg, meine Herren, da haben wir es doch erlebt … brave Familienväter sind zu Bestien geworden … und ist unser Koch nicht auch im Krieg?" Er hielt inne, bedachte, was er gesagt hatte und fügte „Nach dem Tod seiner Frau ist er ja auch in einer Art Krieg" hinzu.

Damit war das Gespräch beendet und die drei verabredeten sich auf dem Gang für den nächsten Tag, wenn sie von Arnheim die Akte erhalten würden.

„Wenn ich sie wirklich zu sehen bekomme", blieb Reuber skeptisch. „Jetzt ist er uns erst einmal los. Mit ein paar wohlfeilen Sätzen!"

Er klang enttäuscht.

22. Mai – 24. Mai 1950

XLV

Eine Berührung hatte ihn geweckt. Erschrocken fuhr er hoch. Ein Schatten huschte über den Stein vor seinem Gesicht und verschwand zwischen den Trümmern. Eine Ratte! Koch betrachtete seine Hände, fuhr sich mit den Fingern über das Gesicht, konnte keine Verletzung feststellen. Die Kälte der Nacht und der harte Boden hatten seine Glieder steif werden lassen. Er streckte sich, erst dann schaffte er es aufzustehen. Über ihm rissen die Nachtwolken auf. Auf die Mauerkanten hatte sich eine dünne Schicht Tau gelegt. Koch ging einige Schritte auf dem lockeren Untergrund auf und ab. Der Staub aus den Trümmern kitzelte in seiner Nase. Ihm war in der Nacht nichts Besseres eingefallen, als sich so schnell wie möglich auf einem Trümmergrundstück zu verstecken. Er konnte weder zu sich noch zu Franzi, das waren die Orte, an denen man ihn zuerst suchen würde. Siggi und Reuber durfte er nicht in Verlegenheit bringen und damit ihre berufliche Laufbahn aufs Spiel setzen. Bresson war ihm noch eingefallen, aber der Mann war krank, er wollte ihn nicht belasten mit seiner Anwesenheit.

Die Flucht war ihm ohne große Schwierigkeiten gelungen. Seine Schauspielerei hatte gewirkt. Die Wächter wurden nachlässig, sie nahmen ihn nicht mehr ernst, ihre mitleidigen Blicke waren nicht zu übersehen gewesen.

Im Laufe der letzten Tage hatte er seinen Wahn gesteigert, flehentlicher gebetet, mit dem Kopf gegen die Wand geschlagen und war dann, als er sicher war, durch das Guckloch beobachtet zu werden, zusammengebrochen. Wie er es gehofft hatte, stürmte der Wachmann sofort in die Zelle und beugte sich über ihn. Darauf hatte er gewartet, er schlug sofort zu. Der Wärter kippte zur Seite, Koch sprang auf und fesselte ihn mit dessen Handschellen, hielt ihm, als er schreien wollte, die Hand vor den Mund, nahm sein Taschentuch, knüllte es zusammen und stopfte es ihm in den Mund. Dann zog er den Mann zur Pritsche, zwang ihn, sich darauf zu legen, löste schnell die Handfessel von einem Handgelenk, um den Ring um die Bodenhalterung der Pritsche zu legen.

„Keine Angst, ich tue Ihnen nichts!", beschwichtigte er den Wachmann, der unverständliche Worte gegen den Knebel spuckte. Koch löste den Schlüsselbund von dessen Hosengürtel, zog die Zellentür hinter sich zu und schlich durch den Gang zum Aufenthaltsraum der Wachmannschaft.

Dort riss er hastig Jacke und Hut des Wachmanns von einem Haken an der Wand und verließ den Zellentrakt. Da es Wochenende war, hielt sich niemand in den Gängen auf. Er trat auf den Hof hinaus, erlaubte sich den Luxus, einmal die frische Luft tief einzuatmen, um dann zügig mit abgewandtem Kopf auf die Pförtnerloge zuzueilen.

Koch glaubte schon, unbemerkt an dem Mann vorbeigekommen zu sein, als der das Fenster öffnete und ihm „Halt! Bleiben Sie stehen!" nachrief.

Er rannte los. Der Pförtner lief einige Meter hinter ihm her, brüllte, forderte Koch zum Stehenbleiben auf, gab aber die Verfolgung schnell auf. Erst an der nächsten Ecke verlangsamte Koch seine Schritte. Er durfte nicht auffallen. Durch schmale Gassen erreichte er die Altstadt, wo er Unterschlupf zwischen den Trümmern eines zerbombten Hauses, in dem sich niemand notdürftig eingerichtet hatte, fand.

Bis zum Einbruch der Nacht hatte Koch sich in eine

nicht einsehbare Ecke gekauert, die durch ein Mäuerchen zusätzlich geschützt war. Die Stunden zogen sich quälend langsam hin, aber er musste jetzt Geduld haben. Als die Dämmerung eintrat, suchte er sich eine halbwegs ebenerdige, glatte Fläche, versuchte sie so gut wie möglich von kleinen Steinen und Staub zu befreien, saß dann noch lange wach in seiner Ecke, um sich erst spät hinzulegen. Durst und Hunger, die ihn schon seit Mittag plagten, musste er ignorieren und bis zum Morgen durchhalten.

Obwohl er den Staub auf seiner Hose und Jacke ausgiebig abklopfte, machte sein Aufzug einen heruntergekommenen Eindruck. Als er gegen halb acht in der Früh seinen Unterschlupf verließ und auf die Straße trat, nahm niemand Notiz von ihm. Im dichten Strom der noch müden Arbeiter und Angestellten auf dem Weg zum Bahnhof fiel er nicht auf. Polizei konnte er nicht entdecken. Wahrscheinlich glaubte man ihn schon außerhalb der Stadt.

Die große Eingangshalle des Bahnhofs war voller Menschen, die hastig zu den Bahnsteigen eilten. Koch suchte zunächst die Toilette auf. Müde Augen blickten ihn aus dem Spiegel über dem Waschbecken an. Auf seinen Wangen und in den Haaren waren noch Reste des Trümmerstaubs zu erkennen. Er drehte den Wasserhahn auf und füllte seine zusammengedrückten Hände mit Wasser, das er in großen Schlucken trank. Anschließend fuhr er sich mit den feuchten Fingern durch die Haare und wusch seine Hände und sein Gesicht.

Als er mit dem Bild, das der Spiegel ihm zeigte, zufrieden war, trank er noch einmal von dem Wasser, um sich anschließend in der Bahnhofshalle in eine Schlange vor einem der Fahrkartenschalter zu stellen. Nur langsam ging es voran. Koch hielt seinen Blick gesenkt, bis er an der Reihe war. Der Mann auf der anderen Seite des Schalters blickte den neuen Kunden misstrauisch an. Dabei spielte er mit den Fingern an den Spitzen seines ausladenden Schnurrbartes.

„Wo soll's denn hingehen?", fragte er. Abschätzig betrachtete er Kochs Äußeres.

„Unfall!", erklärte dieser mit einem Achselzucken. Es sollte lapidar klingen, nicht der Rede wert.

Der Mann verzog den Mund. „Also, wo soll's denn hingehen?", stellte er die Frage noch einmal. Koch erwähnte einen Anruf, den er im Büro erhalten habe, eine Nachfrage wegen einer Fahrkarte, die er hier erworben hatte.

Der Schalterbeamte strich sich mit einer Hand erst über die linke, dann über die rechte Hälfte seines Schnurrbartes und schüttelte dann seinen Kopf. „Angerufen? Im Büro?"

Koch bestätigte das.

Der Mann schüttelte nochmals seinen Kopf. „Wegen einer Fahrkarte?"

Koch nickte.

„Sie haben nichts getrunken?"

„Sehe ich so aus?"

Der Mann antwortete nicht auf diese Frage. „Das kann nicht sein. Woher sollten wir denn auch wissen, wer die Fahrkarte gekauft hat?"

„Gibt es kein Reisebüro? Wenn man dort eine Fahrkarte kauft, dann haben die doch bestimmt die Adresse des Käufers."

Der Mann wiegte seinen Kopf hin und her.

„Haben Sie die Fahrkarte nun am Schalter oder im Reisebüro gekauft?"

Koch überlegte. „Eine Bekannte hat das für mich gemacht. Ich war unterwegs."

„Unterwegs?" Die Zweifel an Kochs Aussagen waren

deutlich aus den Worten des Schalterbeamten herauszuhören. „Hören Sie zu“, erklärte er streng. „Niemand ruft wegen einer Fahrkarte an. Jetzt machen Sie Platz! Sie sind nicht alleine. Andere müssen auf die Arbeit.“

Kurz flammte Zorn in Koch auf, aber er beherrschte sich. Er durfte jetzt keinen Streit vom Zaun brechen. Er bedankte sich mit einem Kopfnicken, hörte hinter sich ein „Menschen gibt es!“ aus dem Mund des Schalterbeamten und stellte sich vor eine Tafel einige Meter seitwärts, an der ein Fahrplan angeschlagen war, um seine weiteren Schritte zu überdenken. Mit einem Mal wurde es in seinem Rücken laut. Er drehte sich um, um den Grund dafür zu erfahren.

In der Mitte der Halle stritt eine Frau mit einem Mann, der sie am Arm festhielt. Auf dem Boden lag ein schwarzer Kasten, der Koch an einen Koffer für ein Musikinstrument erinnerte. Der Mann versuchte, die zappelnde, sich windende und zeternde Frau festzuhalten und beschimpfte sie als Flittchen. Als er mit dem Fuß gegen den Koffer trat, verlor sie vollkommen die Beherrschung und schlug mit ihrem freien Arm nach dem Mann. „Du Schwein! Was soll das? Fass mich nicht an! Der fasst mich an!“

„Das Flittchen wollte mich bestehlen!“, brüllte der Mann zurück.

Schnell bildete sich eine Traube um die beiden, die Streitenden verschwanden aus Kochs Blickfeld. Zu überhören waren sie jedoch nicht. Irgendetwas an der Frau weckte sein Interesse.

„Polizei! Ruf doch jemand die Polizei!“

„Lass mich los! Ich bin Musikerin. Saxophonistin. Ich brauche deinen blöden Geldbeutel nicht.“

Diese Worte der Frau erinnerten Koch daran, wo er sie schon einmal gesehen und vor allem gehört hatte. Es wäre ein Fehler, ihr in dieser Situation zu helfen, er würde damit Aufmerksamkeit auf sich ziehen, die er nicht gebrauchen konnte. Dennoch drängte er sich durch die Menge, schob die Menschen zur Seite, zischte: „Polizei! Lassen Sie mich durch!“ Widerwillig wurde ihm Platz gemacht, bis er vor der Frau und dem Mann stand. Ja, das war jene Musikerin, der er in Frankfurt die Konzertkarte gegeben hatte. Vielleicht war er so leichtsinnig, ihr jetzt wieder zu helfen, weil sie ihn an das letzte gemeinsame Erlebnis mit Dorle erinnerte.

„Ruhe!“, herrschte Koch die beiden Streithähne an und legte alle seine Autorität in dieses eine Wort.

Beide schwiegen überrascht und wandten sich ihm zu. Die Menschen um sie herum beobachteten neugierig das Schauspiel.

Koch griff in die Innentasche der Jacke, die er dem Wärter entwendet hatte, fand ein Stück Papier, das er kurz herauszog, in die Luft hielt und wieder einsteckte.

„Polizei! Ich kenne diese Dame …“

Nun packte Koch die Frau seinerseits am Arm, um sie zu sich zu ziehen und von dem Mann zu lösen. Im ersten Moment wehrte sie sich, dann traf ihr Blick den von Koch.

„Meine Brieftasche …“, rief der Mann, doch Koch winkte ab.

„Wo ist Ihre Brieftasche?“ Koch sah ihn durchdringend an.

„Zum Glück habe ich rechtzeitig bemerkt, dass dieses Flittchen sie mir stehlen wollte …“

„Nun mal halblang!“, unterbrach Koch ihn barsch. Schnell sah er sich um. Die Menschengruppe um sie herum war weiter angewachsen. Neugierige Augen waren auf ihn gerichtet, in der Hoffnung auf etwas Abwechslung im alltäglichen Einerlei. Er musste sich beeilen, bevor tatsächlich Polizei auftauchte und seine Flucht schon nach weniger als einem Tag beendet wäre. So leicht wie am Vortag würde man es ihm nicht mehr machen.

„Sie haben also Ihre Brieftasche! Kann es nicht sein, dass Sie so versucht haben, sich der Dame unsittlich zu nähern?"

„Was erlauben Sie sich?!", echauffierte sich der Mann. „Ich soll dieses Flittchen ... schauen Sie sich", er lachte hämisch, „diese Dame doch an. *Dame*! Da muss ich aber laut lachen!"

Koch durfte keine Zeit verlieren. „Machen Sie Platz!", forderte er laut, zog die Frau mit sich durch die Menschenmenge zum Eingang. Die riss sich aber gleich wieder von ihm los. „Mein Instrument!", rief sie aufgeregt, machte kehrt, packte den Koffer und folgte Koch.

Niemand stellte sich ihnen in den Weg. „Diese Hure ...!", hallte die Stimme des Mannes durch die Bahnhofshalle, als Koch und die Frau den Ausgang erreichten, wo er sich nach links wenden wollte, nur um so schnell wie möglich von hier wegzukommen. Doch im gleichen Augenblick entdeckte er zwei Ordnungspolizisten, die aus dieser Richtung auf sie zukamen. Abrupt wandte sich Koch um und ging davon. Die Frau war überrascht über dieses Manöver und blieb einige Sekunden stehen, bis sie ihm nacheilte. Koch lief bis ans Ende des Gebäudes und blieb um die Ecke stehen. Die Frau stellte sich neben ihn.

„Was ist denn mit Ihnen?", lachte sie. „Sind Sie auf der Flucht?"

„Leise!", blaffte Koch sie streng an. Sie war augenblicklich still.

„Kommen die Polizisten näher?", fragte Koch.

Sie beugte sich ein Stück vor und spähte um die Hausecke. „Neun oder zehn Meter …“, antwortete sie.

„Mist!“, stieß Koch hervor.

„Kein Problem!“ Die Frau stellte den Instrumentenkoffer ab, streckte ihre Arme aus, umfasste seinen Hals, stellte sich auf die Zehenspitzen, nahm sich noch die Zeit, Koch frech anzugrinsen, zog ihn zu sich herunter und küsste ihn auf den Mund. Koch wollte sie in einer ersten Reaktion von sich stoßen, bis ihm bewusst wurde, warum sie das tat, und er erwiderte den Kuss. Er hatte den Eindruck, dass es ihr Spaß machte, ihn zu reizen und mit der Situation zu spielen, und er verfluchte sich dafür, der Frau geholfen zu haben. Mit ihren Fingernägeln kratzte sie seinen Nacken.

„Muss das in der Öffentlichkeit sein?“ Einer der beiden Polizisten tippte der Frau, die mit dem Rücken zu ihnen stand, mit dem Schlagstock leicht auf die Schulter.

Sie ließ sich nicht provozieren, löste sich von Koch, der sein Gesicht abwandte. „Mein Mann ist gerade aus der Gefangenschaft zurück, Sie müssen das entschuldigen …“, sagte sie und sah dabei über ihre Schulter. Koch hielt seinen Kopf gesenkt.

„Na dann … aber nicht übertreiben … Sie haben ja jetzt Zeit!“, erwiderte der Polizist jovial und ging mit seinem Kollegen weiter.

Die Frau packte Koch, zog ihn noch einmal zu sich herunter und küsste ihn erneut.

„Nehmen Sie es als Dankeschön. Den ersten für Frankfurt, den zweiten für heute …“, sagte sie, als sie ihn losließ.

„Sie haben mir auch geholfen …“

„Na dann“, sagte sie lächelnd und küsste ihn erneut, dieses Mal nur flüchtig.

„Jetzt sind wir quitt!", sagte sie und sah Koch an. „Ihnen scheint das nicht gefallen zu haben." Sie klang enttäuscht.

„Um ehrlich zu sein, etwas zu essen wäre mir momentan lieber."

„Sehr charmant!", entgegnete sie gespielt beleidigt. „Zugegeben, Sie sehen zwar nicht aus wie der reiche Onkel aus Amerika, aber in Frankfurt machten Sie und Ihre Freunde doch einen ganz bürgerlichen Eindruck."

Koch musste einen Moment überlegen.

„Es ist eine Notlage …", begann er zögerlich.

„… die Sie mir wahrscheinlich jetzt nicht erklären wollen … oder können."

Koch nickte.

Sie musterte ihn.

„Da kann ich vielleicht etwas machen. Wir sollten sowieso jetzt besser von hier verschwinden", sagte sie schließlich und sah sich um. Die Polizisten standen ein Stück entfernt und sahen zu ihnen herüber. Die Frau winkte ihnen zu und lächelte, packte ihren Koffer und ging los.

Koch zögerte.

„Jetzt kommen Sie endlich! Sonst traben die tatsächlich noch zurück. Ich nehme an, dass Sie nicht allzu viel Wert darauf legen."

Koch bewegte sich noch immer nicht von der Stelle.

„Nun haben Sie sich nicht so! Ist doch nicht schlimm. Wer hat schon eine weiße Weste? Die etwa …?", sie machte eine ausladende Bewegung mit ihrem rechten Arm, die alle Personen, die sich auf dem Platz vor dem Bahnhof befanden, mit einschloss. „Entweder haben sie im Krieg jede Menge Menschen totgeschossen oder gehen jetzt über Leichen, um nach oben zu kommen. Oder …", sie lachte laut auf, „… beides."

Diese Aussage machte sie Koch sympathisch, aber er wusste noch nicht so recht, was er von der Frau halten sollte. Sie lief zu ihm zurück, hakte sich bei Koch unter und sagte, als er sie überrascht ansah: „So sieht es weniger auffällig aus. Oder?" Dem letzten Wort hatte sie einen provozierenden Unterton gegeben, den Koch nicht kommentierte.

„Sind Sie so etwas wie ein Schutzengel?", fragte die Frau, während sie sich vom Bahnhof entfernten.

„Sehe ich so aus? Im Moment ist es doch eher umgekehrt."

Mit spöttischem Blick betrachtete die Frau den Mann neben ihr. „Eher nicht. Aber das mit dem Polizisten im Bahnhof war gut." Sie lachte erneut laut. „In dem Aufzug …", sie zeigte auf ihn, „dass die das geglaubt haben! Polizist!" Sie kicherte belustigt. „Das war gut, ehrlich. Sind Sie Schauspieler?"

Koch schüttelte den Kopf und betrachtete die Frau. Sie war nicht groß, reichte ihm dank ihrer Absätze bis ans Kinn, trug einen grauen Rock und eine grüne Jacke darüber. Ihre dunklen Haare, die sie in Frankfurt noch offen getragen hatte, waren nun zu einem Knoten zusammengebunden. Vorne fielen sie fransig in die Stirn. Sie hatte markant hohe Wangenknochen.

„Vertreter?" Sie grinste ihn breit an. „Nein, so sehen Sie nicht aus." Sie sah ihn auf eine Weise an, die für Koch etwas Obszönes hatte. „Maler? Künstler?" Sie legte ihre Stirn in Falten. Koch schüttelte wieder leicht den Kopf. „Das auch nicht." Sie machte einen Schritt auf Koch zu, besah ihn sich sehr genau. „Ingenieur?"

„Nein", erwiderte Koch dieses Mal.

„Dann sagen Sie schon, was Sie machen!"

„Das tut nichts zur Sache."

„Jetzt haben Sie sich nicht so. Los, raus damit. Sie können's mir ruhig sagen."

„Ich bin wirklich Polizist", gestand Koch.

Die Frau lachte. Lauter noch als vorher. Koch sah sich um. Es war niemand in der Nähe.

„Wo gehen wir denn hin?", fragte Koch.

„Sie haben Hunger, haben Sie gesagt. Ich kann Ihnen da helfen. Aber ein wenig Vertrauen sollten Sie schon zu mir haben." Sie ging weiter, hielt ihren Arm bei Koch untergehakt. „Ist jemand hinter Ihnen her?", fragte sie neugierig. „Sie wollen Polizist sein? Dann waren das eben doch Kollegen gewesen. Wie heißen Sie eigentlich?"

Koch zögerte.

„Nun haben Sie sich nicht so und tun auf geheimnisvoll. Von mir aus sind Sie Polizist. Vielleicht Geheimpolizist. Dann sagen Sie mir irgendeinen Namen. Immerhin haben wir uns schon geküsst."

„Paul …", antwortete Koch.

„Paul …" Im Gehen sah sie ihn von der Seite an. „Ja, das passt. Sie sind ein Paul. Und weiter?"

„Weiter?"

„Den Nachnamen. Sie können ihn mir ruhig nennen. Ich nehme ihn Ihnen schon nicht weg."

„Koch."

„Paul Koch. Ganz passabel. Ja …"

„Und Sie?"

„Marion Klipp", antwortete die Frau.

„Sie sind aus Mainz?"

„Nein. Vom Land. Aus dem Badischen. Ist aber schon lange her."

„Was machen Sie hier?"

„Musik." Sie blieb stehen und hob den Instrumentenkoffer ein Stück an.

Mittlerweile hatten sie den Münsterplatz erreicht. Eine Straßenbahn rumpelte an ihnen vorbei. Da, wo einmal große Wohnhäuser gestanden hatten, waren inzwischen Pavillons errichtet worden, Provisorien, in die Geschäfte eingezogen waren.

Koch wurde mit einem Mal bewusst, wie verrückt es war, in seiner Situation mit einer völlig fremden Frau durch die Stadt zu spazieren. Er hatte in den letzten Minuten auch nicht mehr darauf geachtet, sein Gesicht zu verdecken. Er blickte hinter sich.

„Sie werden wirklich verfolgt?", rief Marion aus. Sie lachte wieder, dieses Mal leiser.

Er nickte.

„Kommen Sie! Es ist nicht mehr weit."

„Was?"

„Eine Wohnung …"

„Sie wohnen hier?"

„Nicht ganz. Eher vorübergehend. Nun kommen Sie!"

Marion zog Koch mit sich. Zwei Querstraßen weiter lenkte sie ihn vor ein unzerstörtes Haus aus der Gründerzeit, dessen Eingang offen stand.

„Warten Sie hier!", forderte sie Koch im Flur auf, stellte ihren Instrumentenkoffer ab und lief durch eine rückwärtige Tür in den Hof. Kurze Zeit später kam sie zurück und stieg die Treppe hinauf. Koch nahm den Koffer und folgte ihr in den zweiten Stock, wo sie eine der beiden Türen aufschloss.

„Voilà!", sagte sie und hielt Koch die Tür auf.

Der machte zwei Schritte in die Wohnung, lehnte den Instrumentenkoffer an die Wand und sah sich um, was nicht einfach war, da nur wenig Licht in den langen Gang fiel. Die Luft roch muffig und abgestanden, nach Staub und Papier.

„Ist das Ihre Wohnung?“

„So was kann ich mir nicht leisten. Sie gehört einem Freund.“

„Was macht der?“, fragte Koch weiter. Rechts und links des langen, schlauchartigen Flurs lagen die Zimmer, die erste Tür stand offen. Koch zögerte kurz, bevor er das Zimmer betrat. Es hing, wie der Flur, voller Bilder, Gemälde und Zeichnungen. Über einem Sekretär war die Wand von eng nebeneinander aufgehängten, kleinformatigen Photographien in schmucklosen Rahmen bedeckt.

„Wonach sieht das denn aus?“, fragte Marion zurück.

„Künstler?“

„Fast.“

„Kunsthändler?“

„Das trifft es eher. *Kunstliebhaber* wäre auch nicht falsch.“

„Sind die Bilder von …?“, fragte Koch, mit einem Mal sehr streng.

Marion verstand nicht gleich.

„Geraubt?“, konkretisierte Koch seine Frage.

Sie zuckte mit den Schultern. „Ich weiß es nicht. Nein, das glaube ich nicht. Kommen Sie jetzt!“

Sie ließ Koch alleine in dem Zimmer zurück, der die Signaturen der Bilder zu entziffern versuchte. Die meisten Gemälde und Photographien zeigten Landschaftsansichten.

„Paul!“, hörte er Marion rufen. „Haben Sie keinen Hunger mehr?“

Koch riss sich von den Bildern los und ging zurück in den Flur. Gerne hätte er auch in die anderen Zimmer geschaut, aber die Türen waren geschlossen.

Er ging durch den dunklen Flur bis zur letzten Tür.

Die großzügig geschnittene Küche wurde von einem quadratischen Holztisch in der Mitte des Raumes dominiert. Sogar hier waren alle freien Stellen an den Wänden mit Bildern behängt. Der Tür gegenüber befand sich ein kleiner Balkon, auf dem Marion stand, die sich eine Zigarette anzündete. Koch stellte sich an den Tisch und sah zu ihr herüber.

„Oskar mag es nicht, wenn in seiner Wohnung geraucht wird. Die Bilder … er behauptet, es wäre schädlich für sie." Sie inhalierte tief, ging in die Küche und stieß den Rauch gegen ein abstraktes Bild, das über einem Schränkchen hing. „Deshalb darf hier auch nicht gekocht werden. Greifen Sie zu. Da im Schrank ist Brot. Butter und Wurst finden Sie im Kühlschrank."

Der Luxus, den diese Wohnung ausstrahlte, überraschte Koch. Kühlschränke waren nur in sehr wenigen Haushalten zu finden.

„Nun machen Sie schon, greifen Sie zu!", forderte Marion. „Sie haben doch Hunger, haben Sie gesagt. Teller stehen im Regal."

Tatsächlich hatte Koch enorm großen Hunger. Vor drei oder vier Jahren wäre das nach einem Tag noch nicht schlimm gewesen, der ständige Mangel hatte seinen Magen geduldig und enthaltsam werden lassen. Aber seitdem er wieder regelmäßige Mahlzeiten zu sich nahm, hatte sich das schnell geändert.

Er nahm sich einen Teller und das Brot, schnitt zwei Scheiben ab, bestrich sie mit Butter und belegte sie mit einer Scheibe Wurst. Marion nahm eine der beiden Scheiben und biss herzhaft hinein.

„Danke!", sagte sie kauend.

Koch wollte protestieren, besann sich aber eines Besseren und biss stattdessen wortlos in die verbliebene

Schnitte. Erst als das halbe Brot aufgebraucht war, gab er sich zufrieden.

„Sie hatten ja tatsächlich einen Mordshunger“, stellte Marion fest. „Apropos Mord: Warum ist denn die Polizei hinter Ihnen her?“

Koch zögerte. „Das ist eine lange Geschichte …“, wollte er ausweichen.

„Ich liebe Geschichten. Lange besonders“, gab Marion zurück. Sie trat auf den Balkon und zündete sich eine neue Zigarette an. Koch stellte sich neben sie. Sie bot ihm eine an, er lehnte ab.

„Nichtraucher“, kommentierte Marion die Ablehnung spöttisch. „Dass es so was gibt.“

Koch ging nicht darauf ein. „Ich werde verdächtigt, jemanden umgebracht zu haben.“

„Sag ich doch: Mord muss es schon sein“, erwiderte Marion.

Er nickte.

„Sie sind tatsächlich Polizist?“ Ihr Zweifel daran war nicht zu überhören.

Er nickte nochmals. „Bei der Mordkommission.“

Marion lachte laut auf. „Entweder sind Sie ein grandioser Komiker oder das Leben schreibt wirklich die abstrusesten Geschichten.“ Sie schloss die Augen, rauchte blind und begann zu summen.

„Ist doch eine tolle Ausgangssituation für eine Improvisation“, erklärte sie. „Kommissar von der Mordkommission bringt Menschen um.“

„Wird verdächtigt, einen Menschen umgebracht zu haben“, korrigierte Koch sie.

„Oh, der Herr, nehmen es aber ganz genau. Aber man glaubt Ihnen nicht, dass Sie unschuldig sind?“

„So ist es.“

„Und jetzt?“

„Muss ich beweisen, dass ich nicht der Mörder bin und …“ Er brach abrupt ab.

Marions Interesse war geweckt. „Ja, und …?“

„Nichts!“, wehrte Koch brüsk ab, ging zurück in die Küche und von dort in das Zimmer mit den Bildern.

Was machte er? Ging mit einer Frau, die er nicht kannte, in eine fremde Wohnung. War auf der Flucht, musste zusehen, so schnell wie möglich die Stadt zu verlassen. Er musste seinen Plan umsetzen. Von Peterleins Mörder finden und dann Brunner suchen. Doch vielleicht war diese Marion auch eine Hilfe, obgleich sie auf ihn einen unberechenbaren Eindruck machte … Er hatte niemanden sonst.

„Ist ja gut. Ich frage nicht weiter. Sie sind wie alle Männer. Immer ein Geheimnis, nur nicht reden.“ Marion stand in der Tür, beide Hände gegen den Rahmen gestützt. „Kommen Sie in die Küche, ich habe da was gefunden.“

Sie drehte sich um und ging, Koch folgte ihr einige Sekunden später. Marion saß an dem Tisch in der Mitte des Raums und hatte vor sich eine Flasche stehen.

„Stoßen wir auf unsere Bekanntschaft an!“, forderte sie und schenkte zwei Gläser halbvoll.

„Es ist keine zwölf Uhr“, sagte Koch nach einem Blick auf die Uhr an der Wand.

„Es ist nie zu früh“, entgegnete Marion, schob eines der Gläser in seine Richtung, nahm ihres in die Hand und prostete Koch zu.

Widerwillig machte er einen Schritt nach vorne, nahm sich das Glas, stieß es gegen ihres und trank.

„Cognac, wunderbar“, sagte Marion und setzte das Glas noch einmal an. Koch stellte seines zurück auf den Tisch.

„Sie haben es wohl nicht so mit dem Alkohol?“, fragte sie.

„Ich muss einen klaren Kopf behalten.“

„Ich ahne: der Mordfall“, bemerkte Marion voller Spott.

„So ist es“, bestätigte Koch ernst. „Erzählen Sie, was Sie machen!“

Marion schenkte sich nach, trank und stand auf, um wenig später mit ihrem Instrumentenkoffer zurückzukehren.

„Ich bin Musikerin.“

„Welche Musik?“, fragte Koch.

„Raten Sie.“

„Sie waren in Frankfurt auf dem Jazzkonzert. Sie sind … Jazzmusikerin?“

„Sie sagen das, als ob Sie das einer Frau nicht zutrauen würden.“

„Das ist doch aber auch ungewöhnlich!“

„In der Tat“, gab Marion ihm recht, trank von ihrem Cognac und zündete sich eine Zigarette an. Koch schaute erst sie, dann die Bilder an.

„Egal!“, entgegnete sie und blies den Rauch zur Decke.

Sie öffnete den Koffer und nahm das Instrument heraus, dann aus einer kleinen Tasche an der Seite das Mundstück, das sie mit ihren Lippen und der Zunge anfeuchtete, wobei Koch den Eindruck hatte, dass sie ihn mit der Art, wie sie das machte, erotisch provozieren wollte. Sie steckte das Mundstück in den Hals des Instrumentes, blies ein paar Mal hinein, ohne dass ein Laut herauskam, um dann einige schrille Töne zu spielen.

„Tenorsaxophon“, erklärte sie ihm. „Sie glauben also, Frauen haben nichts im Jazz zu suchen? Sie sollen lieber Schlager singen? Zur Aufheiterung der Männer? Der Soldaten?!“ Sie begann zu singen. „Vor der Kaserne, vor dem großen Tor, stand eine Laterne, und steht sie noch davor …“ Marion summte die liebliche Melodie weiter. „Ach, da stirbt es sich doch viel leichter …“, sagte sie schließlich sarkastisch. „Männer sind einfach sentimentale Wesen.“

„Die Jazzmusikerinnen, die ich kenne, sind Bessie Smith und Billie Holiday“, warf Koch ein. „Das sind Sängerinnen.“

„Sie haben Ella Fitzgerald vergessen. Und Sarah Vaughan“, erwiderte Marion, und fügte „Es gibt auch Instrumentalistinnen. Mary Lou Williams …“ hinzu. Sie sah Koch fragend an.

Der zuckte mit den Schultern.

„Pianistin. Außerdem komponiert und arrangiert sie. Marian McPartland?“

Wieder musste Koch sein Nichtwissen eingestehen.

„Ebenfalls Pianistin. Melba Liston?“

Koch reagierte nicht.

„Posaune. Auch Komponistin und Arrangeurin. Hat mit solchen Heroen …“, die Ironie war nicht zu überhören, „… wie Dexter Gordon, Count Basie und Dizzy Gillespie zusammen gespielt.“

„Aber in Deutschland gibt es keine …“

Marion unterbrach ihn böse: „Was erwarten Sie? In Deutschland, wo wir gerade mal ein paar Jahre die braune Brut los sind. Da war doch Jazz verboten. *Negermusik* haben diese Affen das genannt.“ Verächtlich drückte sie ihre Zigarette auf dem Tisch aus und trank ihr Glas leer. „Trotzdem gibt es in Deutschland Frauen, die Jazz machen.“

„Sie …“, sagte Koch, um die Frau zu beruhigen. Es freute ihn, eine Person getroffen zu haben, die über die Nazis ebenso dachte wie er selbst.

„Ich … ja, ich auch, aber nicht ich allein. Kennen Sie Jutta Hipp?“

Koch schüttelte den Kopf.

„Eine Pianistin.“ Sie schenkte sich nach, sah Koch fragend an, der lehnte ab. „Wer nicht will, der hat schon …“ Sie trank einen großen Schluck, offensichtlich steckte sie diese Mengen an Hochprozentigem locker weg. „Nun erzählen Sie endlich, warum die Polizei hinter Ihnen her ist. Einem Polizisten.“ Sie lachte dünn. „Ist doch sehr komisch.“

Koch setzte sich zu ihr an den Tisch, nippte an seinem Cognac und erzählte der Frau, die ihm konzentriert zuhörte, warum man ihn des Mordes an einem Regierungsbeamten aus Bonn beschuldigte. Dorles Tod ließ er unerwähnt und musste an gewissen Stellen wie bei der Begegnung mit von Peterlein auf dem Friedhof improvisieren.

Dies blieb von Marion nicht unbemerkt. „Da fehlt aber was, oder? Sie verschweigen mir doch etwas?“, hakte sie nach, aber Koch beharrte darauf, ihr alles gesagt zu haben. Mit ungläubigem Blick gab sie schließlich auf. Während Koch seine Geschichte erzählte, glaubte er, langsam doch Anzeichen von Trunkenheit bei ihr zu erkennen.

Er ging an den Herd und setzte Wasser auf, wofür er von Marion mit ironischen Kommentaren bedacht wurde, doch als er das Getränk aufgebrüht hatte, nahm sie gerne eine Tasse.

„Dieser Oskar, dem die Wohnung hier gehört, das ist Ihr Freund …?“

Marion lachte, anders als vorher, es klang nun beschwipst. „Freund …“, sie lachte nochmals, verschluckte sich und hustete. „Ja, ein Freund. Manchmal ein Freund. Ein großzügiger Freund. Sind sie das nicht alle?“

So saßen sie noch eine Weile in der Küche, Marion angetrunken und Koch, der in der Nacht nur wenig geschlafen hatte, müde. Das Gespräch erlahmte, mehrmals musste er gähnen. Er schreckte hoch, als die Wohnungstür geöffnet wurde und Schritte auf dem Holzboden zu vernehmen waren.

„Marion, bist du da?"

Die sprang auf und holte aus dem Küchenschrank ein weiteres Glas, in das sie Cognac füllte. Sie war nervös, schüttete einen Teil auf den Tisch.

Dann stand ein Mann in der Tür zur Küche. Er trug einen gut sitzenden, dunkelgrauen Dreiteiler, in der Hand hielt er seinen Hut.

„Guten Tag, Oskar", begrüßte ihn Marion, nahm das gefüllte Glas, wollte auf ihn zugehen, stieß dabei aber gegen den Tisch. Die Flüssigkeit schwappte aus dem Glas auf ihre Hand.

Der Mann blieb in der Tür stehen. Koch stand ebenfalls auf.

„Darf ich vorstellen: Oskar Esswein, der Besitzer dieser Wohnung, Paul Koch, Polizist."

Koch verfluchte sich, der Frau seinen richtigen Namen genannt zu haben. Er streckte seine Hand aus, aber der Mann achtete nicht auf ihn, hatte nur Marion im Blick. Sie hielt ihm das Glas entgegen. Er nahm es nicht.

„Bist du wieder betrunken, Marion?"

„Ich habe nur einen kleinen Schluck … mit Paul … er …"

Essweins Zorn war nicht zu übersehen, aber er hatte sich im Griff. Ein gut aussehender Mann, fand Koch, trotz der sicherlich schon sechzig Jahre, die er alt war.

„Warum bist du denn so früh zurück? Du wolltest doch nach Frankfurt …"

Esswein trat vor, Marion wich zurück, Koch spannte seine Muskeln an, um einzuschreiten, falls der Mann die Frau schlagen wollte. Er fühlte sich unwohl. Dass der Mann seinen Namen wusste, war schon schlimm genug.

Doch Esswein ging an Marion vorbei und blieb am Tisch stehen.

„Du hast in der Küche geraucht!"

Offenbar hatte Marion beschlossen, ihre defensive Haltung aufzugeben.

„Als ob das den Bildern was ausmacht. Eine habe ich in der Küche geraucht. Jetzt stell dich nicht so an, Oskar!"

Koch, der noch am Tisch stand, sagte: „Ich glaube, ich gehe jetzt besser." Damit drehte er sich um und ging durch den Flur zur Wohnungstür. Im Vorbeigehen griff er sich einen der Hüte, die an der Garderobe neben dem Eingang hingen.

Während er die Treppe nach unten stieg, hörte er von oben Marions Stimme. „Paul, wo wollen Sie hin? Bleiben Sie doch! Kommen Sie wieder! … Sie finden mich hier."

Er achtete nicht darauf. Auf der Straße sah er sich nach rechts und nach links um, dann eilte er zum Bahnhof und von dort weiter Richtung Universität. Als er rechter Hand ein Trümmergrundstück erblickte, verschwand er zwischen den Mauern und blieb dort, bis es dämmerte.

Koch ermahnte sich, bei den nächsten Begegnungen vorsichtiger zu sein. Sein Hunger war zwar gestillt, aber für seine weiteren Schritte brauchte er Geld und seinen Ausweis sowie frische Kleidung. Das alles würde er in seinem Haus in Gonsenheim finden. Wahrscheinlich wurde es überwacht, aber das musste er riskieren.

Nach Einbruch der Nacht wartete Koch noch eine halbe Stunde, dann machte er sich auf nach Gonsenheim. Er nahm den Weg über die Felder, an der Ortsgrenze zog er seinen Hut tiefer ins Gesicht. Je mehr er sich seinem Haus näherte, desto vorsichtiger wurde er, achtete auf jedes Geräusch, machte, wenn er in der Ferne jemanden sah, einen Umweg. Als er in der Nähe seines Hauses angekommen war, sah er nicht weit davon eine schwarze Limousine am Straßenrand stehen. Keiner der Nachbarn besaß ein solches Auto. Er harrte nur kurz in seiner Beobachterposition aus, dann verschwand er wieder, lief durch den Ort, um nach einer halben Stunde zurückzukehren. Der Wagen stand noch immer da. Plötzlich flammte im Inneren das unruhige Licht eines Feuerzeugs auf, das gleich wieder erlosch. Sein Haus wurde überwacht, dessen war er sich jetzt sicher, und er würde es nicht unbemerkt betreten können. Er machte kehrt, ohne zu wissen, was er nun unternehmen sollte. Plötzlich trat ein Mann aus einem Hauseingang und stand vor ihm, genauso überrascht wie er selbst. Vor Schreck blickte Koch auf, nuschelte ein „Entschuldigung“ und schritt hastig weiter. „Ich kenne Sie doch!“, hörte er hinter sich die aufgeregte Stimme des Mannes, und dann Schritte. Ohne sich umzudrehen, lief Koch davon. „Bleiben Sie doch stehen!“, rief der andere ihm nach, aber Koch dachte nicht daran. Er lief weiter, aus dem Ort und in die Dunkelheit.

XLVI

„Sie sind ja doch da?!“, rief Reuber überrascht aus, als Esch am Montagmorgen in sein Büro trat.

„Manchmal muss man Prioritäten setzen“, erklärte der Arzt. „Koch ist keine schlechte, habe ich mir gedacht.“

„Ein weiser Entschluss“, gab ihm Reuber recht.

„Ich hole Kaffee aus der Kantine“. Siggi stand auf.

„Auch ein weiser Entschluss!“, rief ihm Reuber hinterher, als der junge Kollege das Zimmer verließ. „Wie geht es unserem Bresson?“, wandte er sich an Esch, der eine ernste Miene auflegte. „Nicht gut, gar nicht gut. Die Leber. Die Lunge. Er wird eine Zeit lang im Krankenhaus bleiben müssen.“

„Mist!“, fluchte Reuber.

„Sie leben auch nicht sehr gesund“, ermahnte ihn Esch.

Reuber winkte ab. „Ich passe schon auf. An einer Zigarette ist noch niemand zugrunde gegangen. Mein Großvater hat mindestens dreißig am Tag geraucht und hat an der neunzig gekratzt.“

„Abwarten!“, kommentierte Esch, ohne weiter darauf einzugehen.

Kurz darauf kam Siggi aus der Kantine zurück. Er stellte die dampfenden Becher auf Reubers Schreibtisch ab. Unter seinem Arm trug er ein Plakat, das er ausrollte und vor sich hielt.

„Gut getroffen“, fand Reuber.

„Fast vorteilhaft, ich meine die Kinnpartie und die Nase“, merkte Esch an. Beide grinsten, dann wurde Reuber ernst.

„Wo haben Sie das her?“, fragte er Siggi.

„Hing vor der Kantine. Hängen auch in der Stadt und in Gonsenheim.“

Das Plakat zeigte das Gesicht von Koch, zusammen mit der Aufforderung, sich sofort bei der Polizei zu melden, wenn man diesen Mann sähe.

„Was ist mit der Akte?“, fragte Esch.

„Ich war heute Morgen schon bei Arnheim. Peickert brauchte sie im Moment. Eine Abschrift gibt es noch nicht. Ich solle mich gedulden“, antwortete Reuber.

„Arnheim will uns doch nur hinhalten!“, erregte sich Siggi.

„Das schien mir nicht so“, widersprach ihm Esch. „Ich glaube, Ihre Rede, Reuber, hat großen Eindruck auf ihn gemacht.“

„Na, Ihr Wort in Gottes Ohr“, erwiderte Reuber, trank von seinem Kaffee, rauchte und fragte dann in die Runde: „Und nun? Wollen wir hier nur so herumsitzen?“

Esch schüttelte seinen Kopf.

„Sie haben so einen bestimmten Blick, Esch, als ob Sie etwas aushecken. Raus damit!“

Der Arzt lehnte sich gegen die Wand und sah die beiden anderen Männer im Zimmer nacheinander an. „Sie sagten, dass Doktor Krauss den Leichnam untersucht hat?“

Siggi bestätigte dies.

„Sie haben keine hohe Meinung von Ihrem Kollegen?“

„War das so deutlich?“

„Noch deutlicher!“, bekräftigte Reuber.

„Allerdings“, sagte Esch und trank den letzten Schluck aus seinem Becher. „Ich halte den Mann sogar für eine ausgesprochene Niete. Der will seine Ruhe und schreibt das in seinen Bericht, was ihm am wenigsten Arbeit und Scherereien bereitet.“

„Auch Herr Koch hat keine gute Meinung von ihm“, warf Siggi ein.

„So wie ich Paul kenne, hat er mit dieser Meinung nicht hinter dem Berg gehalten ...“

„Ja, allerdings“, gab Siggi dem Arzt recht.

„Tja, bis ich als Beobachter an den Nürnberger Ärzteprozessen teilgenommen habe, war ich auch davon überzeugt, dass unser Stand letztlich dem hippokratischen Eid verpflichtet ist ...“

Reuber lachte spöttisch auf.

„Ja, lachen Sie, Reuber, ein Funken Idealismus steckt auch in mir, das heißt, steckte ... warum sonst hätte ich Medizin studieren sollen?“

„Was wollen Sie damit sagen?“

Esch ließ sich einen Moment Zeit mit der Antwort. „Ich halte Krauss für fähig, wenn ihm das Untersuchungsergebnis zupasskommt ...“

„Wie meinen Sie das?“, fragte Siggi.

„Nun“, Esch ging zum Fenster und öffnete es, atmete geräuschvoll die frische Luft ein, „sagen wir es so: Der Mann hat seine Untersuchungen abgeschlossen, die er so gut wie möglich, will sagen, für *ihn* möglich, durchgeführt hat. Das Ergebnis, der mutmaßliche Todeszeitpunkt, belastet einen Kollegen, hier unseren Koch. In einem solchen Fall geht man seine Ergebnisse noch einmal durch, prüft, ob es irgendwo einen Fehler gibt, ob andere Optionen existieren. Da Krauss nun aber kein Freund von Koch ist, hat er vielleicht darauf verzichtet, sich vielleicht sogar darüber gefreut, diesen Menschen nie mehr um sich ertragen zu müssen.“

„Viele Worte“, spottete Reuber. „Man könnte auch sagen: Sie halten Krauss für ein Kollegenschwein und ein ... Arschloch!“

„Ja, besser hätte man es nicht ausdrücken können“, bestätigte Esch und grinste Reuber an.

„Was sollen wir Ihrer Meinung nach nun tun?“

„Die Leiche ist doch sicher noch in der Rechtsmedizin?“

„Sie wollen ihn noch einmal untersuchen? Das wird Arnheim nie gestatten“, gab Siggi zu bedenken.

„Ich nehme an“, sagte Reuber, ebenfalls spitzbübisch grinsend, „unser lieber Doktor von Esch denkt nicht im Traum daran, Arnheim um Erlaubnis zu bitten.“

„Auch das hätte ich nicht besser ausdrücken können, werter Kollege“, sagte Esch. „Sie beide werden mir dabei assistieren. Neue Erfahrungen!“

„Aber wir können doch nicht …“, widersprach Siggi.

„Wir besorgen den Schlüssel“, erklärte Reuber trocken.

Am Abend trafen sich die drei Männer in Reubers Büro, um heimlich in das Reich von Doktor Krauss einzudringen, um dort die Leiche von Heinrich Anton von Peterlein einer gründlichen Obduktion zu unterziehen.

Reuber ging vor und überzeugte sich, dass sich weder Doktor Krauss noch einer seiner Assistenten in der Rechtsmedizin aufhielten. Daraufhin gab er den beiden anderen ein Zeichen, die ihm schnell folgten. Ihre Schritte waren so gut wie nicht zu hören, da sie sich alte Strümpfe, die Esch mitgebracht hatte, über ihre Schuhe gezogen hatten. Der Arzt trug eine schwere Tasche bei sich.

Die Leiche von Peterleins fanden sie anhand der Beschriftungen im Kühlraum problemlos. Reuber half dem Arzt, den kalten Körper auf den Metalltisch zu legen. Siggi drehte sich zur Seite. Esch nahm das wahr und betraute ihn mit der Aufgabe, Schmiere zu stehen und sie zu warnen, wenn jemand käme.

Bevor Esch mit seiner Arbeit begann, zog er sich Kittel und Handschuhe über. Es wurde nur gesprochen, wenn der Arzt eine Anweisung gab. Siggi war froh, an der Tür Wache zu halten. Die Geräusche, die Esch beim Öffnen des toten Körpers verursachte, ignorierte er so gut es ging.

Es war schon weit nach Mitternacht, als Esch ihn zu sich rief.

Gespannt sahen Reuber und Siggi den Arzt an, der die Handschuhe abstreifte.

„Und?", fragte Siggi aufgeregt.

Esch ließ sich Zeit. „Laut dem Zeugen hat Koch diesen Mann am Freitag, den 12. Mai, umgebracht?", fragte er schließlich.

„Richtig", antwortete Reuber.

„Entdeckt wurde die Leiche dann am Montag, also drei Tage später."

„Ja", bestätigte Siggi. „Sie lag in einem ausgehobenen Grab. Wurde gefunden, als da jemand begraben werden sollte."

„Notdürftig mit etwas Erde bedeckt", ergänzte Reuber. „Sehr notdürftig. Wer ins Grab schaute, konnte sie nicht übersehen, wie ich gehört habe."

„Warum notdürftig?", fragte Esch und gab sich gleich selbst die Antwort: „Entweder wurde der Mörder gestört oder er wollte, dass die Leiche gefunden wird."

„Was hilft uns das?", fragte Siggi und eine Spur Ungeduld klang in seiner Stimme durch, weil er nicht erkennen konnte, wie diese Erkenntnisse dazu beitragen sollten, Kochs Unschuld zu beweisen.

„Lassen Sie uns Schritt für Schritt vorgehen", beruhigte ihn Esch. „Wir sind auf dem richtigen Weg. Wie gesagt: Montag wurde die Leiche gefunden, Freitag am Nachmittag soll von Peterlein umgebracht worden sein. Entweder wurde seine Leiche gleich nach dem Mord dort abgelegt oder zunächst an einem anderen Ort versteckt und später ins Grab gelegt."

Die beiden anderen Männer hörten Esch gespannt zu.

Der ließ sich davon nicht beeinflussen, sprach ruhig weiter: „Nehmen wir an, Koch ist der Mörder, wie der Zeuge aussagt, dann dürfte er kein Interesse daran haben, dass man die Leiche findet. Das hieße in diesem hypothetischen Fall, er ist gestört worden."

„Wahrscheinlich", warf Siggi ein, „hätte ihn dann der Zeuge gestört."

„Worauf wollen Sie hinaus?", fragte Reuber.

„Meiner Meinung nach kann die Leiche keine drei Tage in diesem Grab gelegen haben!"

Das saß! Reuber und Siggi sahen den Arzt erstaunt an.

„Dafür halten Sie uns so lange hin?"

„Langsam, ich bin ja noch nicht fertig", erwiderte der Arzt. „Wir müssen hundertprozentig sicher sein, wenn wir Kochs Unschuld beweisen wollen. Also sollten wir alle Möglichkeiten durchgehen. So, wie sich diese Leiche mir präsentiert", er deutete kurz auf den toten Körper auf dem Metalltisch, „hat sie sicher keine drei Tage in dem Grab gelegen. Ich würde behaupten, sie lag dort höchstens einen Tag – vorausgesetzt, sie wurde gleich, nachdem sie von Krauss untersucht worden war, in den Kühlraum gelegt."

„Also wurde von Peterlein am Sonntag ermordet. Dann wäre Herr Koch …", rief Siggi laut und aufgeregt aus.

„Leise!", wies ihn Reuber zurecht.

„… dann kann Herr Koch nicht der Mörder sein", vollendete Siggi seinen Satz leise, fast geflüstert.

„Zumindest stimmt die Aussage des Zeugen nicht", korrigierte ihn Reuber und nahm seine Zigarettenschachtel aus der Tasche, verkniff es sich aber auf ein Zeichen Eschs hin, eine anzuzünden, was ihm sichtlich schwerfiel.

„Den müssen wir uns vorknöpfen!“, forderte Siggi.

„Langsam, langsam“, fiel ihm Esch ins Wort. „Wie heißt es so schön bei Ihnen: In alle Richtungen ermitteln. Also: Koch könnte, theoretisch zumindest, den Mann auch am Sonntag umgebracht haben. Warum der Zeuge dann eine Falschaussage gemacht hat, ist die eine Frage …“

„… und die andere“, setzte Reuber fort, „dass wir überprüfen müssen, was Koch am Sonntag gemacht hat. Wenn er ein Alibi für diesen Tag hat, haben wir eine große Hürde genommen, wenn nicht, dann bleibt er zumindest bis auf Weiteres verdächtig.“

„Wir sind also kein bisschen vorangekommen“, meinte Siggi enttäuscht.

„Nein, wieso?“, widersprach Esch. „Der Mann ist am Sonntag umgebracht worden und nicht am Freitag. Damit hat sich die bisherige Annahme als unzutreffend erwiesen. Der Zeuge hat entweder gelogen oder sich, auch das müssen wir mit einbeziehen, im Datum geirrt, was ich allerdings nicht glaube. Wir müssen, da hat Reuber recht, Kochs Alibi für den Sonntag überprüfen, und wir müssen an den Namen des Zeugen kommen. Das geht nur über die Akte, nehme ich an. Reuber, Sie sollten da morgen unbedingt nochmals bei Ihrem Chef vorstellig werden.“

Reuber nickte.

„Aber warum hat Doktor Krauss den Tag falsch festgelegt?“, fragte er dann.

„Weil er fachlich eine Null ist und es sich einfach gemacht hat. Er wusste wahrscheinlich von der Zeugenaussage und hat den Leichnam daher nur oberflächlich untersucht und dann das in seinen Bericht geschrieben, was gut passte. Was ihm umso leichter fiel, weil er kein Freund von Koch ist. Wie auch vice versa.“

Sie trugen den Leichnam zurück ins Kühlhaus, Esch packte seine Utensilien in die Tasche, dann verschwanden sie so leise, wie sie gekommen waren, aus dem kühlen Kellerraum. Als sie endlich auf der Straße waren, zündete sich Reuber sogleich eine Zigarette an.

XLVII

Auf dem Klingelschild neben der Eingangstür stand *Oskar Esswein.* Koch zögerte einen Moment, überlegte, ob er nicht ein zu großes Risiko einging, und drückte schließlich auf den Klingelknopf. Er wartete, klingelte nochmals, aber auch dieser Versuch blieb erfolglos.

Zum ersten Mal seit seiner Flucht fühlte Koch Verzweiflung aufkommen. Ohne Geld, ohne Ausweis hatte er keine Chance. Sollte er sich stellen, die Flucht als Fehler, als eine Verzweiflungstat darstellen, darauf vertrauen, dass Peickert den wahren Schuldigen fand, Siggi und Reuber bitten, nach dem Mörder zu suchen? Er hatte schon die zweite Nacht auf einem Trümmergrundstück verbringen müssen.

Plötzlich spürte er einen Gegenstand in seinem Rücken. Er zuckte zusammen. War das das vorzeitige Ende seiner Flucht?

„Sie sind verhaftet!"

Koch fuhr herum, bereit, sich den Weg freizukämpfen. Marions Lachen brachte ihn zur Besinnung, beruhigte ihn aber nicht.

„Sie sind ja wirklich auf der Flucht!", rief sie aus.

Koch musste durchatmen, sein Herz raste.

„Was haben Sie denn gedacht?", gab er wütend zur Antwort.

„Was glauben Sie", erwiderte die Frau verächtlich, „was Männer mir für Geschichten erzählen, um mir zu imponieren. Offenbar sagen Sie ja wenigstens die Wahrheit. Warum kommen Sie wieder zurück, nachdem Sie gestern Hals über Kopf abgehauen sind? Oskar beißt nicht. Er ist, nun ja, in manchem etwas konventionell."

Koch zögerte, die Musikerin um Hilfe zu bitten.

„Was brauchen Sie?“, kam sie ihm zuvor. „Wieder Hunger?“

Koch nickte.

„Und was sonst?“

„Ich brauche Geld …“

„Das brauchen wir doch alle.“ Eine gewisse Häme lag in ihren Worten.

„Ich muss meine Unschuld beweisen.“

„Ich verstehe, der Mord.“

Marion nahm aus ihrer Tasche, die sie über der Schulter hängen hatte, eine Geldbörse, öffnete sie und zählte die Scheine durch. Bis auf einen reichte sie das Geld an Koch weiter.

„Das sind um die zweihundert Mark. Ich hoffe, das reicht.“

„Und Sie?“, fragte Koch zurück.

Marion sah noch einmal in die Börse. „Zwanzig Mark. Wenn ich es ausgegeben habe, besorge ich mir neues …“

„Besorgen?“

„Nicht, was Sie jetzt denken!“ Die Frau lachte so laut, dass es von den Wänden der Hofeinfahrt zurückschallte.

Jetzt verstand Koch. „Sie haben das Geld gestohlen! Und gestern, als Sie den Streit mit dem Mann hatten … im Bahnhof …“

Sie grinste ihn frech an.

„Ja, da haben Sie leider dazwischengefunkt …“

„Sie sagen das so frei heraus … ich bin Polizist …“, erregte sich Koch, wofür er ein Lachen als Antwort erhielt. „Ein Polizist auf der Flucht“, lästerte Marion. „Ich muss von etwas leben und die Kerle, von denen ich die Brieftasche nehme, sind keine Armen …“

„Das ist doch egal … außerdem … Sie sind doch Musikerin …“

Nun lachte Marion gehässig. „Sind Sie tatsächlich so einfältig? Was glauben Sie denn, wer eine Frau engagiert? Eine Musikerin? Bestenfalls zur Begleitung. Und was bekomme ich da? Einen Hungerlohn! Oder können Sie mir eine Musikerin nennen, ich meine eine Jazzmusikerin, die von ihrer Kunst leben kann?"

„Ich glaube …"

„Glaube", höhnte Marion weiter. „Ich *weiß* es, Paul, ich weiß es! Was glauben Sie denn, wie viele von den sauberen Herren, die hier in teuren Anzügen herumlaufen und so viel über Moral schwadronieren, mir erst einmal an die Wäsche wollen?"

„Das ist doch …"

„Nein, das ist nicht dahingesagt. Das ist so. Einmal sollte ich in einer Kirche spielen. Auch da …"

Koch gab klein bei. „Ich weiß es nicht. Ich kann es mir nicht vorstellen."

„Weil Sie es nicht jeden Tag erleben", entgegnete Marion, nun schon versöhnlicher. „Was haben Sie jetzt vor?"

Koch zögerte zu antworten. „Etwas essen und trinken. Wenn möglich, mich waschen und frische Kleidung anziehen."

Marion grinste wieder frech. „Nicht wenig für jemanden, der auf der Flucht ist."

„Sie glauben mir also doch?"

„Sie werden wohl nicht, so abgebrannt wie Sie sind, die Plakate mit Ihrem Konterfei selbst gedruckt haben?"

„Plakate?"

„Hängen in der Stadt …"

„Mist!", fluchte Koch.

„Sie sind doch nicht so naiv zu glauben, dass man Sie nicht mit allen Mitteln sucht, wenn Sie auf der Flucht sind."

Koch nickte. „Sie haben recht. Umso wichtiger, dass ich hier wegkomme."

„Was halten Sie davon?", meinte Marion. „Wir gehen jetzt hoch. Oskar ist heute weg. Ich habe ihm zwar versprochen, keinen Mann mehr mit in die Wohnung zu bringen, aber ich sehe Sie mal nicht als Mann an. Sie essen was, waschen sich und ich gebe Ihnen einen Anzug von Oskar, der hat ja genug davon."

„Steht Ihnen nicht schlecht", äußerte sich Marion anerkennend, als Koch die Küche in einem dunkelblauen Anzug von Oskar betrat. Sie schob die Zeitschrift, in der sie gelesen hatte, zur Seite. Koch hatte die Barthaare über seiner Oberlippe stehen lassen, um sein Äußeres wenigstens ein kleines bisschen zu verändern.

„Der Spiegel", sagte sie, „den nehmen wir mit", und reichte das Nachrichtenmagazin Koch.

„Mit wohin?", fragte Koch überrascht.

„Nach Bonn!" Marion lachte. „Wer von uns beiden ist bei der Polizei?" Sie stand auf und öffnete die Balkontür, trat hinaus und zündete sich eine Zigarette an. „Irgendwo müssen Sie doch anfangen, nach dem Mörder zu suchen. Sie haben doch gesagt, dass dieser Tote aus Bonn war. Also würde ich dort anfangen …"

Kochs erster Impuls war, diese Idee abzutun.

„Denken Sie drüber nach!", sagte Marion zwischen zwei Zügen. „Keine falsche Eitelkeit. Nur weil die Idee nicht von Ihnen ist, sondern von einer Frau." Sie sah ihn herausfordernd an.

Koch musste sich eingestehen, dass sie nicht unrecht hatte. Wie er Brunner finden sollte, wusste er nicht, noch nicht, aber er musste als Erstes seine Unschuld beweisen. Dafür war Marions Vorschlag nicht schlecht.

„Und wie soll ich nach Bonn kommen?“

Marion warf ihre Zigarette über das Balkongeländer.

„Was meinen Sie?“, fragte sie zurück.

Koch dachte an das Geld, das die Frau ihm im Hof gegeben hatte.

„Mit dem Zug …“

Sie wiegte ihren Kopf hin und her, sah den Mann am Tisch dabei herausfordernd an.

„Haben Sie eine bessere Idee?“

„Zwei“, entgegnete sie.

„Ja …?!“

„Idee eins: Nicht Sie fahren nach Bonn, sondern wir. Idee zwei: Wir …“, sie betonte das Wort aufreizend, „… fahren mit dem Auto.“

„Wir?“, fragte Koch erstaunt.

„Wir beide zusammen oder gar nicht. Ich brauche eine Luftveränderung. Vielleicht gibt es in Bonn ja eine Möglichkeit für einen Auftritt. Außerdem ist im Auto die Gefahr, erkannt zu werden, wesentlich geringer. Denken Sie an die Plakate …“

„Auto“, rief Koch aus. „Woher sollen *wir* denn ein Auto nehmen?“

„In dem Fall nicht *wir*, sondern *ich*. Ich nehme es von Oskar …“, gab Marion schnippisch zurück.

„Der wird *Ihnen* doch nicht einfach so ein Auto geben?“

Marion lächelte ironisch „Nicht einfach so. Und nicht geben. Aber ich nehme es mir. Er benutzt es nur sehr selten. Wer weiß, vielleicht fällt es ihm nicht einmal auf.“

Koch zögerte. Bei Oskar zu essen, auch einen Anzug von dem Mann anzuziehen, bereitete ihm kein schlechtes Gewissen, aber dessen Auto zu nehmen, das ging nicht nur einen Schritt zu weit, das barg auch ein großes Risiko. Früher oder später würde auch Oskar Esswein das Fahndungsplakat mit Kochs Konterfei sehen und wenn er dann den Wagen bei der Polizei als gestohlen meldete, wüsste man dort, wie Koch unterwegs war.

„Keine Sorge, Oskar wird nicht zur Polizei gehen", sagte Marion, als habe sie Kochs Gedanken gelesen.

Eine Stunde später saßen sie in einem 170er Mercedes, eine schwarze Limousine, die selbst zu fahren Marion sich nicht nehmen ließ. Mit einer Zigarette im Mundwinkel steuerte sie den Wagen aus der Stadt heraus. Das gleichmäßige Brummen des Motors ermüdete Koch bald und er nickte ein. Marion ließ ihn schlafen, summte Melodien vor sich hin und rauchte.

In einem kleinen Ort hinter Koblenz musste sie heftig auf die Bremse treten, weil ein Junge seinem Ball, der auf die Straße gerollt war, achtlos nachlief. Koch kippte nach vorne und wachte auf.

Marion wartete, bis der Junge mit dem Ball wieder von der Straße war.

„Gut geschlafen?", fragte sie.

Koch nickte und gähnte. „Zu kurz."

„Wir sind ja nicht zum Vergnügen unterwegs", erwiderte Marion. „Wo genau hat dieser von Peterlein in Bonn gearbeitet?", fragte sie.

„Im Innenministerium …", erklärte er. „Dort fragen wir zuerst."

„Haben Sie die Adresse?"

Koch schüttelte den Kopf.

„Ich muss vor allem wissen, ob …"

Marion unterbrach ihn. „Wir", verbesserte sie ihren Beifahrer.

„*Wir* müssen herausfinden, was an dieser Sache mit

dem Bundeskriminalamt dran ist, mit wem von Peterlein zu tun hatte. Sein Tod ist nur für die Leute von Vorteil, die diese Behörde befürworten."

„Das klingt spannend. Nach Abenteuer …"

Koch wusste nicht, wie ironisch sie diese Aussage meinte.

„Ein Abenteuer, das einem Menschen das Leben gekostet hat. Diese Leute scheinen bereit zu sein, sehr weit zu gehen. Sie haben es geschafft, mir diesen Mord anzuhängen. Das zeigt doch, dass sie klug und überlegt vorgehen."

„Also müssen wir klüger und überlegter sein."

Gegen fünfzehn Uhr erreichten sie Bonn, eine Viertelstunde später hatten sie den Mercedes zwei Straßen entfernt vom Innenministerium in der Düppel-Kaserne abgestellt. Am Bahnhof hatten sie sich den Weg erklären lassen.

Koch hatte inzwischen eingesehen, dass es von Vorteil war, dass Marion ihn begleitete. So konnte er sich im Hintergrund halten. Denn wenn Menschen aus dem beruflichen Umfeld von Peterleins in dessen gewaltsamen Tod involviert waren, dann war ihnen Koch bekannt und sie würden alles daran setzen, dass er für sie nicht mehr gefährlich werden konnte. Dazu kam die erhöhte Polizeipräsenz in der Umgebung des Ministeriums, die Koch gleich aufgefallen war, als sie an dem Gebäude entlanggefahren waren. Für Marion hatten sie sich eine Legende ausgedacht, mit der sie möglichst unauffällig nach von Peterlein fragen konnte.

Koch begleitete sie ein Stück weit. Er hatte den *„Spiegel"* eingesteckt und trug den Instrumentenkoffer, den Marion nicht unbeaufsichtigt im Auto lassen wollte. Sie hatte sich bei ihm untergehakt. Vor einer Bank am Rand einer Grünfläche blieb er stehen.

„Da hinten links muss der Eingang sein.“ Er zeigte zum Ende der Straße. „Beim kleinsten Anzeichen von Misstrauen gehen Sie so schnell wie möglich wieder weg. Ich warte hier auf Sie.“ Er deutete auf die Bank.

„Keine Angst, wird schon schiefgehen. Passen Sie lieber auf sich auf!“

Damit stellte sie sich auf die Zehenspitzen und hauchte ihm einen Kuss auf die Wange. Bevor sie ging, steckte sie ihm den Autoschlüssel zu.

Koch setzte sich auf die Bank und sah Marion nach, die, wie ihm schien, besonders schwungvoll auf den Eingang des Ministeriums zuging. Als sie verschwunden war, begann er wahllos in dem Magazin zu blättern.

An einem Artikel über Benny Goodman blieb er hängen, der mit *Es ist sein Stück* überschrieben war. *„Nun stattet auch der King of Swing der Alten Welt einen Staatsbesuch ab. Benny Goodman mit seiner schwarz-weiß gesprenkelten Band reist auf jener Route, die schon seinen Kollegen Armstrong und Ellington Tournee-Triumphe brachte. Allerdings: Paris, für jene Ausgangsstation ihrer Europa-Reise, blieb bei Goodman ausgespart. Aus guten Gründen. Hundertprozentige Jazzfans zeigen sich uninteressiert, wenn der Name Benny Goodman fällt. Sie legen ihn ab bei den ‚Klassikern‘ Gershwin, Whiteman, Hylton, die zwar den Jazz populär gemacht, ihn aber auch banalisiert und kommerzialisiert haben.“*

Koch reiste in Gedanken zu dem Konzert in Frankfurt, wo ihm der Auftritt der *Two Beat Stompers* am meisten zugesagt hatte. Vielleicht war er auch schon ein Klassiker. In jeder Hinsicht. Wehmut überkam ihn und er las schnell weiter.

Koch legte die Zeitschrift zur Seite und sah auf seine Uhr, blickte in die Richtung, in die Marion gegangen war. Sie sollte, so hatten sie es vereinbart, sich als Bekannte von Peterleins ausgeben, zu dem sie den Kontakt verloren habe, und versuchen, so viel wie möglich über den Mann herauszubekommen.

Kochs Nervosität wuchs von Minute zu Minute, je länger Marion fortblieb. Was, wenn man ihr nicht glaubte? Wenn sie die Nerven verlor? Wenn man sie festhielt und verhörte? Bald hielt es Koch nicht mehr auf der Bank aus, er stand auf, ging an den Straßenrand und blickte zu der Kreuzung, von der die Straße zum Ministerium abging. Ein Motorrad knatterte vorbei, einige wenige Passanten hasteten über den Gehweg, aber von Marion keine Spur. Ein anderer Gedanke beunruhigte Koch. Marion war unberechenbar, sie hatte etwas von einer Spielerin, die den Kitzel des Risikos liebte. Er hielt es nicht für ausgeschlossen, dass sie ihre Vereinbarungen missachtete und alle Vorsicht fahren ließ.

Koch schlurfte am Bordstein entlang, trat ein Stück auf die Straße, übersah eine Fahrradfahrerin, die ihn mit der Klingel zurückscheuchte. Er setzte sich wieder auf die Bank, blätterte in der Zeitschrift, aber über das Lesen der Überschrift eines wahllos aufgeblätterten Artikels kam er nicht hinaus. Er versuchte sich das Bild Brunners, den er vor vier Jahren zum letzten Mal gesehen hatte, vorzustellen. Würde er ihn wiedererkennen? Wenn der Mann untergetaucht war, gäbe es kaum eine Möglichkeit, ihn zu finden. Ihm fielen nur die Rekrutierungsbüros der Fremdenlegion ein. Dort würde er versuchen müssen, Informationen zu bekommen.

Stimmen rissen Koch aus seinen Gedanken. Ein Pulk von Menschen näherte sich ihm, Männer in Anzügen und Aktentaschen in den Händen, Frauen, die ihre Handtaschen im Rhythmus ihrer Schritte schwenkten.

Der Feierabend hatte begonnen. Er rechnete jeden Moment mit Marion, doch in dem immer dichter werdenden Strom von Menschen konnte er sie nicht entdecken. Zehn weitere Minuten hielt er es mit Mühe auf seiner Bank aus, dann sprang er auf, vergaß fast den Koffer mit dem Saxophon, wechselte auf die andere Straßenseite und ging vor bis zur Kreuzung. In einiger Entfernung sah er einen Polizisten, der an dem Metallzaun, der das Gebäude vor unbefugtem Zutritt schützte, entlangpatrouillierte. Koch wandte sich ab und lief ein Stück die Straße zurück, wartete, änderte abermals seine Richtung. Dabei behielt er die Menschen, die an ihm vorübergingen, genau im Auge. An der nächsten Straßenecke vergewisserte er sich, dass der Polizist ihm nicht gefolgt war. Er machte einen Umweg um den Block, um dem Ordnungshüter nicht in die Arme zu laufen, und wollte gerade um eine Ecke biegen, als mit einem Mal Marion vor ihm stand. Beinahe wären sie zusammengestoßen. Sie lächelte ihn an, hauchte ein „Entschuldigung!", warf einen schnellen Blick auf ihren Koffer, den Koch noch immer mit sich herumtrug, und ging ungerührt weiter. An ihrer Seite war ein Mann, bei dem sie sich untergehakt hatte. Koch blickte den beiden nach, wechselte nach einigen Sekunden die Straßenseite und folgte ihnen. Die beiden unterhielten sich angeregt und Marions lautes Lachen war nicht zu überhören.

Koch verstand nicht, was sie vorhatte. Sie verstieß gegen ihre Verabredung. Fast hätte er in seiner Verärgerung das Zeichen übersehen, mit dem sie ihm unauffällig zu verstehen gab, sich zurückzuhalten.

Koch vergrößerte den Abstand zu dem Paar. Sie passierten den Mercedes, bogen in die nächste Querstraße ab und blieben vor einem Lokal stehen, dessen Speisekarte sie studierten. Der Mann betrat als Erster das Lokal, was

Marion die Gelegenheit gab, Koch erst ihren hochgereckten Daumen zu zeigen und dann beide Hände so zu bewegen, als hielte sie ein Lenkrad. Koch nickte kurz und ging zurück zum Wagen. Er schob den Koffer auf den Rücksitz und fuhr den Wagen in die Nähe des Lokals.

Was hatte die Frau vor? War der Mann an ihrer Seite jemand, der tatsächlich etwas über von Peterlein zu erzählen wusste? War es ein Flirt, dem Marion nicht widerstehen konnte? Oder war es vielleicht eine gut gefüllte Geldbörse in einer Jacketttasche, die sie lockte?

Koch rutschte tief in den Sitz hinter dem Lenkrad, verstellte den Rückspiegel, um die Straße in seinem Rücken im Blick zu behalten. Doch schon bald ertrug er das untätige Warten nicht mehr und verließ den Wagen. Vor dem Lokal studierte er die Speisekarte in dem Aushang neben der Tür, wobei sich prompt sein Magen bemerkbar machte. Seit der Abfahrt in Mainz hatte er nichts mehr zu sich genommen. Dichte Gardinen hinter den Scheiben verhinderten den Blick ins Innere. Er zögerte nur kurz, dann trat er durch die Tür.

In einer Nische entdeckte er Marion. Sie saß mit dem Rücken zur Tür und konnte ihn nicht sehen. Vor ihr stand eine Flasche Wein und ihr gegenüber saß der graumelierte Mann, der gerade sein Glas hob und Marion zuprostete.

Das Lokal war einfach eingerichtet. Etwa ein Dutzend Tische waren in zwei Räumen verteilt, an den Wänden hingen Stiche des historischen Bonn, dazwischen signierte Porträtphotos. Nur drei Tische waren besetzt, es herrschte eine gedämpfte Atmosphäre, als wolle niemand auffallen oder einen der anderen Gäste stören.

Koch nahm an einem Tisch nahe der Tür Platz. Von dort hatte er Marion und ihren Begleiter im Blick, konnte aber gegebenenfalls schnell das Lokal verlassen.

Eine ältere, korpulente Frau trat an seinen Tisch, begrüßte ihn und reichte ihm die Speisekarte. Als die Bedienung kurze Zeit später wiederkam, bestellte er Sauerbraten und ein Bier.

Marion unterhielt sich sehr angeregt mit ihrem Gesprächspartner.

Gerade, als Kochs Bier serviert wurde, stand der Mann auf und verschwand im hinteren Teil des Lokals, um wenig später mit den Jacken an den Tisch zurückzukommen. Er half Marion in ihren Blazer, dann ging er vor ihr in Richtung Ausgang. Ihr Blick schweifte wie unbeabsichtigt durch das Lokal.

Bevor Koch sich Gedanken über seine weiteren Schritte machen konnte, hörte er hinter sich ihre Stimme. „Nachher im Auto! Keine Sorge!“, flüsterte sie ihm zu, ging zu dem Tisch, an dem sie eben noch gesessen hatte, tat, als suche sie etwas und eilte gleich wieder an Koch vorbei auf die Straße, wo sie mit ihrem unüberhörbaren Lachen mögliche Fragen des Mannes im Keim erstickte.

Lustlos aß Koch den Sauerbraten. Er fühlte sich hilflos und wütend. Erst nach dem zweiten Bier beruhigte er sich ein wenig.

Nach dem dritten Bier und einem Kümmel verließ er die Gastwirtschaft, spazierte einmal um den Block und setzte sich dann in den Wagen, wo er irgendwann einschlief, nachdem er sich eingestanden hatte, dass es keinen Sinn hatte, auf Marion zu warten.

XLVIII

Ein Mann hatte sich in der Direktion gemeldet, der sich sicher war, Koch in der vergangenen Nacht in Gonsenheim gesehen zu haben, erfuhr Siggi von Peickert, der früh am Morgen in sein Büro gestürmt kam.

„Herr Arnheim hat ja inzwischen eine sehr hohe Meinung von Ihnen, Herr Maus", erklärte der Kommissar, ohne den hämischen Unterton in seiner Stimme zu kaschieren. „Was meinen Sie: Hält Koch sich noch immer in der Nähe auf und warum ist er nach Gonsenheim gegangen?"

„Ich weiß nicht, wo er sich aufhält, Herr Peickert", antwortete Siggi wahrheitsgemäß. „In Gonsenheim … ja, wahrscheinlich braucht er Geld, Kleidung …" Er zuckte mit den Schultern.

„Sie kennen doch den Satz: Der Täter kehrt immer an den Ort des Verbrechens zurück!"

Siggi spürte einmal mehr, dass von diesem Mann keine Unterstützung zu erwarten war, um Entlastendes für Koch zu finden.

„Wieso glauben Sie, dass Herr Koch der Täter ist? Was hätte er davon? Warum sollte er einen wildfremden Menschen ermorden?"

„Wildfremd?! Sie wissen doch selbst, dass der Tote ihm nicht unbekannt war. Das hat er selbst zugegeben. Warum töten Menschen, Herr Maus?" Peickerts Stimme hatte einen belehrenden Tonfall bekommen. „Aus Habgier! Aus Eifersucht! Aus Mordlust! Aus Zorn!" Er ließ Siggi nicht aus den Augen. „Herr Koch kann zornig sein, nicht wahr?" Er wartete die Reaktion Siggis nicht ab. „Es gibt die Beweise am Tatort: Die Spieluhr. Nicht zu vergessen der Zeuge, der Koch eindeutig als den Täter identifiziert hat."

„Wer ist denn der Mann? Wie glaubwürdig ist er? Vielleicht ist das ja eine Intrige gegen Herrn Koch." Siggi musste sich beherrschen, nicht mit dem Ergebnis der nächtlichen Obduktion herauszuplatzen.

„Nun machen Sie sich doch nicht lächerlich, Herr Maus. Eine Intrige! So wichtig ist Ihr Herr Koch auch nicht. Aber den Namen des Zeugen kann ich Ihnen aus verständlichen Gründen nicht nennen. Ebenso wenig werden Sie die Akte erhalten. Herr Arnheim hat mich von Reubers Bitte um Einsicht unterrichtet. Ich konnte ihn überzeugen, dass es keine gute Idee ist, sie ihm zu geben."

„Warum lassen Sie uns die nicht einsehen?"

„Weil dies mein Fall ist. Weil ich mir von Ihnen nicht ins Handwerk pfuschen lasse! Punkt, Ende, Aus!"

Er wandte sich der Tür zu. „Wenn Sie den Aufenthaltsort von Koch kennen und das verheimlichen ... Sie wissen, was das für Ihre Karriere bedeutet! Auf Wiedersehen!"

Damit ging er aus Siggis Büro und war fort.

Rauchend saß Siggi an seinem Schreibtisch, vor sich den Bericht zum Mordfall Roth, zu dem er bislang nur einige wenige Zeilen beigetragen hatte. Peickerts Auftreten hatte ihn verärgert. Er war froh und ein wenig stolz auf sich selbst, dass er sich zu nichts hatte hinreißen lassen. Aber mit einem Mal sah er ihre Chancen, Kochs Unschuld zu beweisen, sehr pessimistisch. Er ging zu Reuber und berichtete ihm und Esch, der auch schon früh gekommen war, was vorgefallen war.

„Gut gemacht, Siggi!", lobte ihn der Kollege. „Peickert weiß selbst, wie haltlos seine sogenannten *Beweise* sind. Jetzt fürchtet er, dass der Verdacht gegen Koch wie ein Kartenhaus in sich zusammenfallen könnte. Sehr gut, dass Sie ihm nichts von der Obduktion erzählt haben."

„Wie gehen wir weiter vor?“, fragte Siggi, beruhigt von den Worten des Älteren.

„Auf jeden Fall mit Fingerspitzengefühl“, schlug Esch vor. „Ich fürchte, wir müssen bei Arnheim all unseren Charme spielen lassen.“

Am frühen Nachmittag bekamen sie endlich einen Termin beim Leiter des Morddezernats.

„Zu dritt?! Zusammen mit dem Freiherrn?“, begrüßte sie Arnheim. „Bitte!“ Mit einer Handbewegung gebot er den Männern, Platz an einem kleinen Konferenztisch in der Ecke zu nehmen.

„Es geht sicher um die Akte“, begann Arnheim. „Peickert hat mich dringend davor gewarnt, sie Ihnen zu geben.“

„Das haben doch *Sie* zu entscheiden“, warf Reuber ein. Die Schmeichelei kam an, wie sie an dem selbstgefälligen Gesichtsausdruck Arnheims erkennen konnten.

„Natürlich“, pflichtete er Reuber bei, „aber es ist in der Tat ungewöhnlich, dass Kollegen Einsicht in die Akten eines Falles haben wollen, mit dem sie selbst nicht befasst sind.“

„Sagen wir es so“, erklärte Reuber, „wir sind Herrn Koch zum einen als Freunde kameradschaftlich verpflichtet, zum anderen haben wir Hinweise, die für Herrn Kochs Unschuld sprechen.“

Arnheims Interesse war geweckt. Dennoch wollte er nicht sogleich klein beigeben. „Aber meine Herren, wir haben einen Zeugen. Wir haben die Spieluhr. Wir wissen definitiv, dass Herr Koch zur Tatzeit auf dem Friedhof war. Das sind Fakten, die Sie nicht leugnen können.“

„Unbestreitbar“, gab Reuber sich einsichtig. „Unbestreitbar. Aber sagen Sie nicht immer, Herr Arnheim, wir sollen nach allen Seiten ermitteln? Sie fordern doch von uns, nicht in eingefahrenen Bahnen zu denken, sondern immer zu zweifeln und dem äußeren Anschein zu misstrauen."

Siggi hörte dem Kollegen bewundernd zu. Der verstand es, dem Chef zu erzählen, was dieser hören wollte, denn wieder schienen seine Worte ihre Wirkung nicht zu verfehlen.

„Natürlich, Reuber, natürlich. Das ist das A und O polizeilicher Arbeit." Er wurde mit einem Mal streng. „Worauf wollen Sie hinaus?"

„Wie ich schon sagte, haben wir unsere Zweifel an dem Verdacht gegenüber Herrn Koch. Mehr oder weniger begründete Zweifel, zugegeben. Aber da Doktor Esch zufällig im Lande war, haben wir ihn überredet, sich mit uns noch einmal die Leiche anzuschauen …"

„Sie haben was?", brauste Arnheim auf. Siggi sah schon alles als verloren an.

„Doktor Esch hat sich die Leiche angeschaut."

„Sie wissen, dass ich Sie deshalb …"

Reuber sah zu Esch herüber und nickte ihm unmerklich zu. Er kannte Arnheims großen Respekt vor Eschs Adelstitel und seinem akademischen Grad.

„Herr Arnheim", begann der Arzt, „ich kann Ihre Verärgerung verstehen. Doch es geht hier um einen Kollegen, den wir alle hier im Raum sehr schätzen, mit all seinen Ecken und Kanten. Koch ist kein Mörder, nein, das kann und will ich nicht glauben. Deshalb wollte ich mir selbst ein Bild machen … Stellen Sie sich vor, Herr Arnheim, Koch würde verurteilt und dann stellt sich heraus, dass er unschuldig ist …"

Esch machte eine kurze Pause. Alle hörten ihm aufmerksam zu.

„Nun“, warf Arnheim ärgerlich ein, „da Sie die Leiche offensichtlich schon untersucht haben, ohne vorher mit mir zu sprechen …“, er unterbrach sich kurz selbst, um dann fortzufahren, „… Sie hätten das doch mit mir absprechen können! Was ist herausgekommen?“

„Der Mann, der da unten im Kühlraum liegt, ist nicht am Freitag umgebracht worden, wie das der Zeuge aussagt und Doktor Krauss es in seinen Bericht geschrieben hat …“

„Nicht am Freitag …?“, unterbrach ihn Arnheim auffahrend.

Esch bestätigte das. „Nicht am Freitag. Ich gehe davon aus, dass es am Sonntag war.“

„Am Sonntag …“, begann Arnheim.

Esch ließ ihm Zeit nachzudenken.

„Da könnte er dennoch … hat er ein Alibi für Sonntag?“

Reuber übernahm. „Theoretisch könnte Koch auch am Sonntag die Tat begangen haben. Aber was oder wen hat dann der Zeuge gesehen? Warum schreibt Doktor Krauss Freitag als Todeszeitpunkt in seinen Bericht?“

„Sie wollen ihm doch nicht unterstellen …“, brauste Arnheim erneut auf, doch Esch machte eine beschwichtigende Geste mit der Hand. „Nein, nein, niemand spricht von Vorsatz. Ich kenne mehrere solche Fälle von Kollegen, denen es ähnlich erging: Es gibt eine eindeutige Zeugenaussage, man hat wenig Zeit, sieht sich die Leiche nicht so genau an, wie man sollte, weil ja schon alles klar zu sein scheint, und peng, es wird in den Bericht geschrieben, was der Zeuge ausgesagt hat.“

Arnheim schwieg, was Siggi mit Sorge bemerkte.

„Vorausgesetzt, Sie liegen richtig, Herr Doktor Esch“, begann Arnheim schließlich und es war nicht zu übersehen, dass er noch mit sich kämpfte, „was wäre weiter zu tun?“

„Zunächst möchten wir Sie bitten, Herr Arnheim“, sprach Reuber an Stelle von Esch, „dass dies erst mal unter uns bleibt …“

„Sie meinen, ich soll Peickert nichts sagen?“

„Ja“, bestätigte Reuber Arnheims Einwurf. „Und dann würden wir gerne Einsicht in die Akte nehmen.“

Arnheim nickte stumm. Er schien noch immer nicht mit sich im Reinen zu sein, wie er sich verhalten sollte. „Gut“, sagte er endlich. „Morgen haben Sie die Akte.“

„Morgen. Das ist gut“, erwiderte Reuber.

„Aber … der Krauss … und was ist mit dieser Spieluhr …?“ Arnheim schien noch nicht überzeugt.

„Auch dafür werden wir eine Erklärung finden“, versprach Reuber, als sie das Zimmer verließen.

Schweigend gingen sie in Reubers Büro.

„1:0“, sagte Esch, als sie die Tür hinter sich geschlossen hatten.

„Ein kleiner Schritt. Hoffentlich besorgt uns Arnheim die Akte und überlegt es sich nicht doch noch anders“, erwiderte Reuber.

Die anderen nickten, Reuber öffnete seine Schreibtischschublade und entnahm ihr drei Gläser und eine Flasche.

„Darauf müssen wir anstoßen.“

Während er die Gläser füllte, wandte er sich an Esch. „Was macht Bresson? Wie geht es ihm?“

Der Arzt verzog seinen Mund. „Nicht gut. Gar nicht gut. Ich will heute Abend im Krankenhaus vorbeifahren. Der Arzt scheint immerhin ganz patent zu sein …“

„Ist bei Ärzten ja eher selten“, frotzelte Reuber und hob sein Glas.

„Auf Herrn Koch!“, prostete Siggi.

„Und dass er jetzt keine Dummheiten macht …“, entgegnete Reuber.

XLIX

Es war eine unruhige und unbequeme Nacht. Koch schreckte immer wieder auf, wenn ein Wagen vorbeifuhr. Sein Jackett hatte er über seiner Brust ausgebreitet, trotzdem kroch die Kälte in seinen Körper. Eine Straßenlaterne, die einige Meter hinter dem Auto stand, warf genügend Licht in das Innere des Autos, so dass er das Ziffernblatt seiner Uhr erkennen konnte. Er verfluchte Marion. Er stellte sich vor, wie sie sich erst von dem Kerl aus dem Ministerium aushalten ließ und dann die Nacht mit ihm verbrachte, in einem weichen, warmen Bett, während er auf dem unbequemen, viel zu engen Sitz in dem Mercedes schlafen musste.

Koch drehte sich mühsam um. Der Arm, auf den er seinen Kopf gelegt hatte, war eingeschlafen. Dabei fiel sein Blick auf die Rückbank, wohin ein matter Strahl Licht der Straßenlaterne fiel und den Instrumentenkoffer erahnen ließ. Das Saxophon. Marion würde nicht ohne es gehen.

Koch schlug mit der flachen Hand auf das Bakelitlenkrad. Am Morgen würde er eine Entscheidung treffen.

Ein dumpfer Schlag ließ Koch hochschrecken. Es war über ihm. Er öffnete die Augen … und sah nichts. Wieder ein Schlag, diesmal nahe an seinem Ohr. Etwas Dunkles, Undefinierbares befand sich vor dem Seitenfenster. Langsam kam Koch zu sich. Polizei, war sein erster Gedanke. Natürlich. Er hob seinen Kopf. Sein Nacken schmerzte. Der Morgen dämmerte bereits. Wenn ein Polizist ihn im Auto liegen sah, würde der ihn natürlich überprüfen. Wie jämmerlich, dachte er, dass hier, schon nach so kurzer Zeit, seine Flucht endete.

Erneut Schläge, dazu eine Stimme. „Koch! Paul Koch!“ Er sah benommen aus dem Seitenfenster und blickte plötzlich in Marions Gesicht, deren weit aufgerissene Augen ihn hinter der Scheibe anstarrten. „Aufmachen!“

Endlich saß Koch aufrecht auf dem Sitz.

„Machen Sie auf!“, hörte er ihre Stimme gedämpft durch das Glas dringen.

Koch fand den Hebel, um die Tür zu entriegeln. Sogleich wurde sie von außen aufgerissen.

„Sie lagen da wie tot, Paul!“, rief Marion aus und es klang, als sei sie tatsächlich besorgt.

„Wo waren Sie denn?“, fragte Koch und konnte nicht verbergen, dass er gereizt war.

Marion ging nicht darauf ein. Koch sah sie sich genauer an. Sie wirkte noch müde, aber ihre Haare waren frisch gekämmt und auf ihren Lippen lag ein Hauch Rot.

Sie blickte in den Fond des Wagens, wo der Instrumentenkoffer lag.

„Kommen Sie, machen Sie drüben auf!“ Sie zeigte auf die Beifahrertür, wartete seine Reaktion nicht ab und ging um das Auto herum.

Koch beugte sich über den Sitz und entriegelte die Tür. Marion setzte sich neben ihn.

„Was für eine Nacht“, stieß sie hervor, blickte zu Koch hinüber und fügte hinzu: „Ich könnte jetzt einen Kaffee gebrauchen.“

Koch war sprachlos.

Er stieg aus, streckte sich, kramte den Zündschlüssel aus seiner Hosentasche, umrundete nun ebenfalls den Wagen und stellte sich auf die Beifahrerseite.

„Was ist?“, fragte Marion.

„Rutschen Sie rüber und fahren Sie!“, forderte er sie auf.

Sie zögerte, rutschte dann aber gehorsam auf den Fahrersitz. Koch ließ sich auf den Beifahrersitz fallen und reichte Marion den Schlüssel.

„Fahren Sie los!“, wies er sie an.

Marion fummelte den Schlüssel ins Zündschloss und startete den Motor. „Fahren wir in die Stadt! Vielleicht zum Bahnhof, da finden wir bestimmt etwas!“, sagte sie und fuhr los.

„Wo waren Sie denn?“, fragte Koch noch einmal, dieses Mal versuchte er, neutral zu klingen.

„Gleich. Erst mal einen Kaffee“, erwiderte Marion. Den Rest des Weges in die Innenstadt legten sie schweigend zurück.

Die Gaststätte im Bahnhof war einfach und schlicht eingerichtet, mehr Kantine als Lokal. Holztische, auf deren Mitte jeweils ein gehäkeltes Deckchen lag, eine Theke und ein paar kleinformatige Bilder mit Blumenmotiven an der hellgelb gestrichenen Wand. Das Lokal war spärlich besetzt, die wenigen Gäste sahen nur kurz zu ihnen herüber, bevor sie sich weiter mit ihren Tischnachbarn unterhielten. Marion stellte ihren Instrumentenkoffer neben sich auf den Boden.

„So, jetzt aber!“, forderte Koch aufs Neue eine Erklärung, nachdem eine ältere Bedienung ihnen zwei Tassen auf den Tisch gestellt hatte.

„Den Koffer da müssen Sie aber aus dem Weg stellen!“, ermahnte sie Marion mit einem missbilligenden Blick.

„Haben Sie sich Sorgen gemacht?“, fragte Marion den Kommissar, ohne die Kellnerin eines Blickes zu würdigen. Den Koffer rührte sie nicht an.

„Sie hatten doch starke männliche Begleitung“, gab Koch mürrisch zurück.

„Wie man es nimmt …“, entgegnete Marion spitz und

wurde ernst. „Kein Grund zur Aufregung, Paul“, sagte sie. „Ich weiß jetzt immerhin, wo dieser von Peterlein wohnte.“

Sie sah Koch direkt an und wartete auf eine Reaktion. Er blieb stur. Marion sah sich um, stand auf und ging zu einem der Tische, an dem ein Reisender saß, der rauchte. „Haben Sie vielleicht eine für mich? Meine sind aus und ich habe kein Kleingeld“, hörte Koch sie fragen.

Kurz darauf saß sie mit einer brennenden Zigarette am Tisch. Die Wirtin brachte einen Aschenbecher.

„Dieser von Peterlein“, sagte Marion nach einem tiefen Zug, „hatte nicht viele Freunde im Ministerium. War kein Nazi, hat aber auch nichts gegen sie gemacht. Nach dem Krieg hat ihn sein schlechtes Gewissen gepackt und das hat er des Öfteren kundgetan. Das kam nicht gut an bei seinen Kollegen. Man mied ihn, wollte aber wohl nicht auf ihn verzichten, weil er ein sehr guter Jurist war und weil man ihn nicht recht ernst genommen hat. Ein Spinner, der ein schlechtes Gewissen hat. Dazu wohl ein Einzelgänger. Dann hat er angefangen wegen dieser Polizeigeschichte. Nicht nur Fragen gestellt, sondern richtig penetrant nachgehakt, Akten angefordert und so weiter.“

Koch hörte zu und nickte. Marion sah ihn an.

„Sie sagen ja gar nichts? Das ist doch schon was!“

Koch zeigte keine Reaktion. „Diese Polizeigeschichte, das war das Bundeskriminalamt?“, fragte er kühl.

Marion nahm einen Schluck von ihrem Kaffee. Dann kramte sie einen Zettel aus ihrer Tasche hervor. „Ich habe mir auf der Toilette Notizen gemacht“, erklärte sie. „Im Oktober letzten Jahres war die Entscheidung für dieses Bundeskriminalamt schon gefallen. Innenminister Heinemann hat das auf einer Pressekonferenz bekanntgegeben. Von Peterlein hat besonders aufgeregt, dass man die gleichen Bedrohungsbilder wie bei den Nazis als Begründung heranholte, Landfahrer und reisende Berufs- und Gewohnheitsverbrecher. Unterstützung erhoffte sich von Peterlein von den Bayern, die gegen ein Bundeskriminalamt sind und wollen, dass es keine Exekutivbefugnisse bekommt. Und besonderen Aufwind hatte von Peterlein wohl, als Adenauer mal sagte, dass er keine alten SS-Leute in einem solchen Amt wünsche."

Koch dachte nach. Seinen Ärger über Marions nächtlichen Alleingang vergaß er für den Moment.

„Aber warum hat er mich dann beauftragen wollen, in der Vergangenheit von diesem Dickopf zu wühlen?"

„Martin sagte ..."

„Martin?!", unterbrach Koch Marion so laut und barsch, dass sich eine Frau an dem nächstgelegenen Tisch zu ihnen umdrehte.

„Martin Weiner, ja", erwiderte Marion völlig ruhig. „Er und von Peterlein kannten sich. Ganz gut wohl. Teilten ihre Vorliebe für Wagner. Da lässt sich ja auch einiges zu sagen."

Koch schluckte seinen Groll hinunter, trank seine Tasse leer, während Marion ihre Zigarette ausdrückte. Koch bestellte noch einen Kaffee.

„Martin sagte, es gibt schon einen Standort für das neue Amt ..."

„Wie?", fragte Koch erstaunt.

„Wo", korrigierte ihn Marion. „Raten Sie mal, wo das ist."

Koch zuckte mit den Schultern.

Marion wartete mit der Antwort, bis die Wirtin ihnen die beiden Tassen gebracht hatte. Die sah vorwurfsvoll auf den Koffer, den Marion nicht weggestellt hatte. Sie ignorierte die Wirtin, Koch bedankte sich.

„Keine Idee?", hakte Marion nach.

Koch war, als habe von Peterlein ihm etwas dazu gesagt. Vieles, was Marion von diesem Martin erfahren hatte, deckte sich mit den Äußerungen des toten Beamten. Dann fiel es ihm ein.

„Wiesbaden, glaube ich."

„Ganz genau, ein Grundstück mit der Flurbezeichnung ‚Auf dem Galgenberg', gute Lage, am Rand des Taunus. Martin sagte, dass man im Ministerium munkele, dass dieser Mann, nach dem Sie suchen …"

„Dickopf", sagte Koch, „aber ich suche ihn nicht. Von Peterlein wollte, dass ich seine Vergangenheit untersuche …"

„… egal, dieser Dickopf ist wohl oft auf dem Grundstück und hat für den Bau alles vorbereitet. Er will Fakten schaffen, heißt es."

Koch reagierte nicht, nahm stattdessen seine Tasse und trank.

„Und?", fragte Marion und blickte ihn herausfordernd an. „Ich habe doch einiges herausgefunden. Ein Lob oder zumindest ein Dankeschön wäre nett …"

Koch brummte ein mürrisches „Ja!"

„Überzeugend klingt das nicht", erwiderte Marion. „Sind Sie sauer, weil ich mit Martin gegangen bin?"

„Sie können machen, was Sie wollen!", gab Koch zurück und er klang wie ein bockiges Kind.

„Ich kann Sie beruhigen, Paul, da ist nichts gelaufen. Martin war nachher einfach zu blau, um einen hochzukriegen." Koch versuchte, sich seinen Schreck über den ordinären Ausdruck aus dem Mund einer Frau nicht anmerken zu lassen. Marion war anzusehen, dass sie das bewusst gesagt hatte, um Koch aus der Reserve zu locken. „Ich vertrage einiges, das hat mir schon einige Male in solchen Situationen geholfen“, stichelte sie weiter. „Seien Sie also vorsichtig, Paul!“

Der schwieg.

„Was ist nun?“, fragte Marion nach einiger Zeit. „Wollen wir zur Wohnung von diesem Peterlein?“

Koch machte keine Anstalten, ihre Frage zu beantworten.

„Paul, sind Sie beleidigt, weil ich mit diesem Martin mitgegangen bin?“, fragte sie versöhnlich. „Es war ein Zufall, dass ich einen Mann angesprochen habe, der von Peterlein kannte. Diese neuen Beamten kommen von überall aus der Republik, ihre Frauen sind zu Hause, irgendwo in der Provinz. Der Mann wollte plaudern, offenbar habe ich ihm gefallen. Eine gute Gelegenheit, etwas zu erfahren. Sollte ich da erst zu Ihnen kommen, um Sie um Erlaubnis zu bitten? Was meinen Sie, Paul, was Martin dann gemacht hätte? Entweder wäre er persönlich, ich meine, als Mann, beleidigt gewesen, oder er hätte Lunte gerochen und wir hätten vergessen können, irgendetwas von ihm zu erfahren.“

Marion hatte recht, Koch wusste es, dennoch fiel es ihm schwer einzulenken.

„Zwei Kurze!“, bestellte sie schließlich, als die Wirtin mit einem Tablett an ihnen vorbeiging. Die sah sie genauso überrascht an wie Koch. „Um die Stimmung zu heben …“, erklärte Marion lächelnd. „Und noch zwei Kaffee!“, rief sie der älteren Frau nach, die darauf nicht reagierte, aber wenig später mit dem Gewünschten kam und alles kommentarlos auf den Tisch stellte. Ihr Blick allerdings sprach Bände. „Na denn!“, sagte Marion und hob das kleine Glas.

Koch zögerte.

„Dann eben so!“ Sie nahm Kochs Schnapsglas und schüttete den Inhalt in die Tasse, griff sich dessen Löffel und rührte die Mischung um, bevor sie bei sich das Gleiche tat.

„Also, auf unsere Zusammenarbeit!" Sie schlürfte laut.

Koch reagierte immer noch nicht.

„Kommen Sie, Paul, Sie sind in einer blöden Lage, aber so griesgrämig herumzulaufen bringt nichts. Miesepeter laufen schon genug auf der Straße herum. Schauen Sie sich nur um."

Sie hatte so laut gesprochen und sich dabei auch noch den wenigen anderen Leuten in der Bahnhofsgaststätte zugewandt, dass alle voller Missbilligung zu ihnen herübersahen. Wenige Sekunden später stand auch die Wirtin neben ihnen und legte ihnen wortlos die Rechnung vor, einen handgeschriebenen Zettel.

Marion kramte betont langsam ihre Geldbörse aus der Tasche und legte einen Schein auf den Tisch. „Stimmt so!", sagte sie und lächelte die Wirtin spöttisch an. „Das Trinkgeld ist für Ihre Freundlichkeit und dass ich mein Instrument hier abstellen durfte. Wenn Sie möchten, spiele ich Ihnen gerne auch ein Lied vor."

Die anderen Leute begannen zu tuscheln.

Koch stand auf.

„Kommen Sie!", zischte er verärgert, „bevor wir richtig Streit bekommen."

Er ging zum Ausgang. Marion folgte ihm mit dem Instrumentenkoffer, konnte es sich aber nicht verkneifen, sich an der Tür noch einmal den anderen Gästen zuzuwenden und ihnen ein fröhliches „Einen schönen arbeitsreichen Tag noch" zuzurufen.

Koch war schon über die Straße auf den gegenüberliegenden Platz marschiert, bis Marion ihn erreichte.

„Was soll das?", blaffte er sie an. „Öffentlichkeit ist das Letzte, was ich im Moment gebrauchen kann."

„Wenn ich diese Spießer sehe“, gab sie giftig zurück, „dann kann ich nicht anders.“

Schweigend gingen sie zum Wagen.

Die Wohnung lag in einem Vorort, der weitestgehend von den Bombenangriffen verschont geblieben war. Einfache Häuser mit schmalen Vorgärten, akkurat geschnittenen Büschen und Bäumen. Zwischen einigen Metallgittern lugten Tulpenblüten hervor.

Das Haus, in dem von Peterlein gewohnt hatte, lag in einer ruhigen Nebenstraße. In den drei Stockwerken gab es sechs Parteien. Sie fuhren einmal um den Block und stellten den Wagen in einiger Entfernung ab. Vor der Haustür suchten sie Peterleins Namen auf den Klingelschildern.

„Kann ich Ihnen helfen?“, fragte eine Stimme hinter ihnen.

Beide drehten sich gleichzeitig um. Ein Mann von etwa siebzig Jahren blickte sie neugierig an. Er trug einen Arbeitsanzug und unter seinem Hut lugte ein Büschel grauer Haare heraus. Er machte trotz seines Alters einen drahtigen, lebhaften Eindruck.

„Sie sind nicht von hier?“, fragte er.

Koch reagierte geistesgegenwärtig. „Wir sind Verwandte von Herrn von Peterlein und wurden vom Rest der Familie gebeten, nach diesem schrecklichen Vorfall nach seiner Wohnung zu schauen.“

„Das wurde auch Zeit“, erwiderte der Mann unbeeindruckt. „Wer bezahlt denn jetzt die Miete? Wer räumt die Wohnung aus? Der Mann, der vor Ihnen da war, ist bis jetzt nicht mehr aufgetaucht, obwohl er es hoch und heilig versprochen hatte.“

„Ein Mann war hier?“

„Ja, so vor …“, der Alte sah sie mit seinen hellblauen Augen aufmerksam an, „… einer Woche, vielleicht zehn Tagen. Lassen Sie mich überlegen …“. Er ging ein paar Schritte von ihnen weg, drehte sich um, kam zurück. „Ein Montag war's, ja, ich erinnere mich. Ein Montag. Da kam nämlich der Klempner. Weil bei der Frau Braun das Rohr undicht war …“ Er lachte unvermittelt. „Ich meine, nicht bei der Frau Braun, natürlich in der Wohnung von der Frau Braun.“

Koch und Marion lächelten.

„Wie hieß der Mann?“, fragte Koch.

Der Alte legte eine Hand an die Stirn. „Ich glaube, von Stuhl, oder so ähnlich. Er hat gesagt, der Herr von Peterlein ist sein Onkel. Also, seine Mutter ist die Schwester, wegen dem Namen …“

Koch nickte.

„Dieser Herr Stuhl wollte die Wohnung ausräumen, hat er gesagt?“

„Von Stuhl. Er hat ein *von.* Ja, ja, das hat er gesagt. Er wollte in die Wohnung. Sich ein Bild machen, hat er gesagt. Machte einen vornehmen Eindruck, der junge Mann. Ein von. Kein Wunder.“

„In der Wohnung, was hat er da gemacht?“

Der Alte nahm aus der Brusttasche seines Arbeitsanzuges eine Packung, fummelte eine Zigarette heraus und steckte sie an. Koch bemerkte Marions gierigen Blick.

„Könnte ich auch eine haben? Meine sind leider aus.“

Der Mann klopfte so lange auf den Boden der Packung, bis die Spitzen von zwei Zigaretten aus der Öffnung ragten, und hielt sie Marion entgegen, die eine nahm und sich Feuer geben ließ.

„Was wollten Sie wissen?“, fragte der Alte, nun wieder an Koch gewandt.

„Was dieser Herr von Stuhl in der Wohnung gemacht hat."

Er inhalierte erst tief, bevor er antwortete. „Ich weiß es nicht. Er wollte alleine sein. Abschied nehmen. Da stört man doch nicht."

„Ja", erwiderte Koch knapp. „Hat der Mann sich ausgewiesen?"

„Nein", gab der andere fast entrüstet zurück. „Warum sollte er? Warum sollte er nicht der … also, warum sollte er jemand anders sein?"

„Das stimmt", gab ihm Koch scheinbar recht.

„Kennen Sie Herrn von Stuhl denn nicht?", fragte der Alte, mit einem Mal misstrauisch.

„Doch, doch", beschwichtigte Koch ihn, „aber die Familie ist sehr groß, da haben viele den Namen, und alle leben woanders … Wie sah er denn aus?"

„Der Herr von Stuhl?", fragte der Alte und ließ Koch nicht aus den Augen.

„Ja, damit ich weiß, wer genau es ist. Wie gesagt, die Familie ist sehr, sehr groß."

„Das stimmt", pflichtete ihm Marion zwischen zwei Zügen bei.

Der Mann überlegte einen Moment. „Ja, ja, groß war er …" Er hielt seine Hand ein Stück über seinen Kopf. Der Mann selbst war eher klein, reichte Koch vielleicht bis zum Kinn. „Blonde Haare", führte er weiter aus. „Scharfer Scheitel. Wie mit der Axt gezogen. Und eine große Narbe. Von hier", er legte die Spitze seines Zeigefingers unter sein rechtes Auge, „… bis hier!" Er zeichnete mit der Fingerspitze eine gewundene Linie bis zum rechten Ohr.

„Dürften wir die Wohnung auch einmal sehen?"

„Wenn Sie sich darum kümmern, dass sie geräumt

wird, schon. Ich bin der Hausmeister. Sie wissen ja, wie das ist, der Hausbesitzer kommt immer zu mir …"

„Natürlich", antwortete Marion schnell und schnippte nach einem letzten Zug den Zigarettenstummel in einem hohen Bogen weg, gefolgt von einem missbilligenden Blick des Hausmeisters. „Klare Verhältnisse."

Den ironischen Unterton hatte der Mann offenbar nicht wahrgenommen.

Koch wollte das Gespräch auf ein anderes Thema lenken.

„Hier ist ja nicht so viel zerstört", bemerkte er beim Treppensteigen.

„Ja, ja, hier haben wir Glück gehabt. Aber unten in der Stadt, in der Rheinachse, eine Schande, so viele Unschuldige, Zivilisten, Kinder …", entgegnete der Alte.

Koch verkniff sich einen Kommentar.

„So, da sind wir. Ich hoffe, Sie wollen nicht auch alleine sein …"

„Wir haben nichts zu verbergen", antwortete Marion.

Der Hausmeister nahm einen üppig bestückten Schlüsselbund aus seiner Hosentasche. Zielsicher wählte er den richtigen Schlüssel aus und schloss die Tür auf. Er ließ Koch und Marion eintreten und folgte den beiden. Koch ging durch die Wohnung und verschaffte sich einen Überblick. Von Peterlein hatte offenbar nur mit dem Nötigsten gelebt, im Schlafzimmer ein Bett, ein kleiner Schrank sowie ein Stuhl, über dessen Lehne sehr ordentlich zusammengefaltet einige Kleidungsstücke lagen. Auf dem Nachttisch lag eine Ausgabe von Klaus Manns *Treffpunkt im Unendlichen.* Neben dem Bett war an der Wand ein Regal befestigt. Darauf reihten sich mehrere Bücher ordentlich nebeneinander. Die Buchrücken schlossen genau mit der Regalkante ab.

Das Wohnzimmer war zweigeteilt. Vor das Fenster hatte von Peterlein einen nicht allzu großen, alten Schreibtisch gestellt, der von zwei Regalen aus dem gleichen Holz umrahmt wurde. Auf der einen Seite standen literarische Werke, auf der anderen politische und biographische Bücher. Dort lagen im untersten Fach auch mehrere Aktenordner. Der Schreibtisch selbst war leer. Auf der dem Fenster gegenüberliegenden Seite flankierten zwei Sessel einen niedrigen Tisch. An der Wand hingen drei Kunstdrucke von Bildern Monets.

Aus einem anderen Zimmer hörte er Marions lautes Lachen.

Koch war irritiert von der Kargheit, die diese Räume ausstrahlten. Die Wohnung hatte etwas Mönchisches, das sich auch in der Küche fortsetzte. Ein quadratischer Tisch, zwei einfache Holzstühle, ein kleiner Schrank, auf dem ein Tauchsieder neben einer Kanne und zwei Tassen stand, eine Spüle, ein Kühlschrank, das war schon fast alles. Koch ging zurück zu Marion und dem Hausmeister, die in der Tür zum Treppenhaus standen und rauchten.

„Haben Sie alles gesehen?“, fragte der Hausmeister.

Koch verneinte. „Dürfte ich mich noch mal umsehen? Damit ich weiß, welches Fahrzeug für den Abtransport … Sie wissen?“

„Machen Sie nur!“, gestand ihm der Alte zu, der sich offensichtlich in Marions Gesellschaft wohlfühlte.

„Kommen Sie …“, Koch korrigierte sich, „kommst du mal mit? Vier Augen sehen mehr als zwei.“

Marion nickte und folgte Koch ins Wohnzimmer.

„Entschuldigen Sie das *Du*“, sagte er, nachdem er die Tür hinter ihnen zugezogen hatte.

„Macht nichts“, erwiderte Marion. „Wir können es

gerne dabei belassen. Ich meine, wir sind mehr oder weniger gemeinsam auf der Flucht … also?“

Koch zögerte. „Von mir aus“, willigte er schließlich ein. „Paul!“

„Marion. Leider haben wir nichts zum Anstoßen da.“

„Es geht auch ohne“, entgegnete Koch. „Was hältst du davon?“

Marion sah sich um. „Ein sehr genügsam lebender Mensch, würde ich sagen“, antwortete sie, während Koch zum Schreibtisch ging und die beiden Schubladen rechts und links öffnete. Plötzlich kniete er nieder und besah sich die Frontseiten der Laden.

„Was ist?“, fragte Marion.

„Das Schloss ist aufgebrochen worden“, sagte er, ohne aufzuschauen, und zog die linke Lade langsam heraus. Sie war leer. Mit der rechten verfuhr er in der gleichen Weise. In ihr lagen Stifte und eine kleine Mappe. Koch öffnete sie und blätterte die losen Seiten durch, die darin lagen.

„Ob das dieser von Stuhl gemacht hat?“, fragte Marion, nachdem sich Koch wieder erhoben hatte.

„Ich vermute es“, sagte er und wandte sich den beiden Regalen zu, betrachtete sie sehr genau.

„Was ist denn?“, fragte Marion.

„Wenn Sie die Wohnung …“

„Du“, unterbrach sie ihn. „Wenn du die Wohnung …“

„Wenn du die Wohnung siehst, was für ein Mensch war Peterlein?“

Marion dachte einen Moment nach, sah sich noch einmal um. „Ein Pedant. Zumindest sehr ordentlich. Erinnert mich an meinen Vater. Die Bücher bilden eine akkurate Linie, nichts Überflüssiges …“

„Genau!“, bestätigte Koch. „Aber schauen Sie …“, er verbesserte sich selbst, „schau mal hier.“

Marion konnte sich ein Grinsen nicht verkneifen und folgte Koch ans Bücherregal. „Sie stehen eben nicht alle akkurat. Die Blätter hier“, er nahm die Mappe, die er auf dem Schreibtisch abgelegt hatte, und öffnete sie nochmals, „sind einfach da reingelegt worden.“

„Was schließt du daraus?“ Marion fiel das *Du* nicht schwer.

„Die Schlösser sind aufgebrochen worden. Eindeutig. Und auch sonst gibt es einige Hinweise, dass schon vor uns jemand die Wohnung durchsucht hat.“

„Bravo, Sherlock Holmes“, gratulierte Marion mit leichtem Spott, „aber was hat er gesucht? Und hat er es gefunden?“

„Wenn wir das wüssten!“ Koch kniete sich vor dem Regal mit biographischen Werken hin, nahm nacheinander die Aktenordner in die Hand und blätterte in ihnen.

„Etwas Interessantes?“, fragte Marion, die näher getreten war und ihm über die Schulter geschaut hatte.

„Nichts. Rechnungen. Parteikram. Zumindest auf die Schnelle kann ich nichts finden. Aber von Peterlein hätte belastendes Material sicher nicht so offensichtlich abgeheftet.“

„Die Mappe …“, begann Marion, da klopfte es an der Tür, die im gleichen Augenblick auch schon geöffnet wurde.

„Warum schließen Sie denn die Tür?“, fragte der Hausmeister verärgert.

Marion reagierte sofort. „Wir wollten ein paar Minuten mit unserem Verwandten alleine sein. Gedenkminute.“

Die Erklärung schien dem Mann wohl plausibel, denn er schaute gleich nicht mehr so streng.

„Ja, schlimme Sache, so ein Mord“, bemerkte er. „Wissen Sie denn, ob man den Mörder schon hat?“

„Leider nein“, antwortete Koch dem Alten.

„Tja“, sagte der und Koch wusste schon, was jetzt kam. „Ist auch nicht alles nur gut heute …“

Koch biss sich auf die Zunge und verließ den Raum. Im Schlafzimmer entdeckte er weitere Hinweise, dass die Wohnung durchsucht worden war.

Schließlich standen die drei in der Küche zusammen, Marion und der Hausmeister standen am offenen Fenster und rauchten.

„Haben Sie eine Adresse von diesem Herrn Stuhl?“, fragte Koch den Mann.

„*Von* Stuhl“, verbesserte der ihn erneut. „Nein, der kam, war sehr forsch, wie der aufgetreten ist, ganz zackig, da habe ich nicht gefragt. Warum sollte auch einer kommen, der …“

Koch unterbrach ihn. „Es muss doch einen Anhaltspunkt geben …“

„Das ist doch *Ihr* Verwandter. *Sie* müssen doch wissen, wo Sie den finden“, erwiderte der Hausmeister und bedachte Koch mit einem misstrauischen Blick. „Oder sind Sie gar nicht mit ihm verwandt? Sie beide, Sie sehen auch nicht gerade wie Verwandte aus.“

„Entschuldigen Sie bitte“, warf sich Marion in die Bresche und stellte sich zwischen die beiden Männer. „Der Tod von Herrn von Peterlein ist ihm sehr nahe gegangen, wissen Sie, da ist es nicht immer einfach …“

„Ja, ja“, sagte der Hausmeister, aber er schien nicht überzeugt.

„Hat Herr von Peterlein kurz vor seinem Tod Besuch bekommen?“, fragte Koch vorsichtig.

„Besuch?“, wiederholte der Hausmeister unverhohlen argwöhnisch.

„Kollegen, Freunde, Bekannte“, präzisierte Koch.

„Woher soll ich das wissen? Und warum wollen Sie das wissen?“

Koch dachte nach. „Der Kontakt zu ihm war nicht eng. Und wer weiß, vielleicht hat nicht jeder mitbekommen, dass …“

Der Hausmeister schüttelte seinen Kopf.

„Das interessiert mich nicht. Der Herr von Peterlein war ein guter Mieter. Sauber und ordentlich, hat immer pünktlich bezahlt. Den habe ich immer nur alleine gesehen. Dass Sie so gar nichts von Ihrem Verwandten wissen …“

„Wir werden alles Weitere organisieren, damit Sie keinen Ärger mit dem Hausbesitzer haben“, beschwichtigte Marion den Hausmeister, reichte ihm die Hand und gab Koch ein Zeichen, ihr zu folgen, was der auch nach einem kurzen Abschiedsgruß an den Alten gerichtet tat. An der Tür drehte sich Marion aber noch einmal um und lief durch den Flur zu dem Hausmeister, um wenig später mit einer brennenden Zigarette zurückzukommen.

„Muss mir unterwegs Kippen kaufen. Geld haben wir ja zum Glück noch!“

Hinter Bad Godesberg, wo sich Marion mit Zigaretten eingedeckt hatte, wandte sie sich rauchend an Koch.

„Was nun?“, fragte sie. „War das der Mörder?“

Koch, der in Gedanken war, verstand die Frage nicht gleich.

„Dieser Stuhl, der die Wohnung durchsucht hat, ist das der Mörder von Peterlein?“

Koch überlegte einen Augenblick.

„Möglich … Zumindest hat er sicher etwas damit zu tun. Warum sonst sollte er die Wohnung durchsuchen?“

„Was hat er wohl gesucht?“

Koch sah aus dem Seitenfenster auf die steilen Hänge der Eifel. Auf der anderen Seite floss der Rhein gemächlich in seinem breiten Bett. Eine Reihe dichter, grün bewachsener Bäume flankierte die Straße, auf die die Mittagssonne heiß brannte.

„Vorausgesetzt", begann er schließlich, „er hat mit dem Mord zu tun und diese Tat steht im Zusammenhang mit von Peterleins Bemühen, dieses Bundeskriminalamt zu verhindern beziehungsweise diesen Dickopf zu diskreditieren, dann hat der Mörder belastendes Material gesucht."

„Wen belastend?", hakte Marion nach.

„Dickopf. Wahrscheinlich war Peterlein schon im Besitz von solchem Material." Er sah wieder nach draußen. „Aber das alles sind Vermutungen. Dieser Stuhl könnte auch ein gewöhnlicher, wenn auch raffinierter Einbrecher sein. Er hat von von Peterleins Tod erfahren, gibt sich als Verwandter aus und durchstöbert die Wohnung nach Wertsachen."

„Das glaube ich nicht!", warf Marion ein, die flott fuhr und einen Radfahrer, der langsam vor ihnen die Straße entlangkroch, hupend auf die Seite scheuchte.

Koch wartete, bis sie das Überholmanöver beendet hatte.

„Ich auch nicht, aber es ist möglich." Er fühlte sich müde und hatte keine Lust auf weitere Diskussionen.

„Wie können wir diesen Mann finden?"

Koch überlegte. „Ich kann versuchen, Kontakt mit Kollegen aufzunehmen, damit die in den polizeilichen Unterlagen nachschauen, ob ein Mann dieses Namens schon einmal aufgefallen ist. Wenn der Name falsch ist, was ich annehme, werde ich auf diesem Weg allerdings nichts erfahren."

„Wir!“, verbesserte ihn Marion. „Was haben wir sonst noch?“ Ihre Stimme klang gereizt.

„Über diesen Dickopf? Er soll doch oft auf diesem Grundstück sein …“

„In Wiesbaden, ja …“, bestätigte Marion.

„Da fahren wir hin!“, bestimmte Koch und gähnte.

„Angenommen, er hat etwas damit zu tun, dann wird er uns doch nicht sagen, wer dieser Stuhl ist“, zweifelte Marion.

„Wissen Sie einen besseren Weg?“, blaffte Koch scharf zurück.

„*Du!* Wir waren beim Du“, entgegnete Marion ruhig. Zumindest äußerlich.

„Meinetwegen!“, erwiderte Koch erschöpft. Sein Kopf sackte zur Seite und der Fahrtwind wehte ihm angenehm mild ins Gesicht.

„Wo sind wir?“, fragte Koch, als er wieder aufwachte.

„Loreley“, antwortete Marion einsilbig. Sie rauchte, ließ ihren linken Arm lässig aus dem Wagen hängen und steuerte das Auto mit der anderen Hand. Koch blickte durch die Seitenscheibe zu dem steil aufragenden Felsen über dem Rhein.

„Dann habe ich ja lange geschlafen“, stellte Koch fest.

„Ziemlich. Sogar als ich getankt habe, bist du nicht wach geworden.“

„Die letzte Nacht war ja auch äu…“

„… nicht schon wieder“, unterbrach ihn Marion ruppig.

Koch wandte sich ab und sah schweigend auf den Rhein. Wolken bedeckten den Himmel, die Luft war schwül. Das Hemd klebte an seinem Körper.

Das gleichmäßige Motorengeräusch des Wagens und die schwüle Hitze ließen Koch wieder müde werden.

Die restliche Fahrt bis Wiesbaden verbrachte er in einem Dämmerzustand, schlief kurz ein, wachte auf, orientierte sich kurz und döste erneut ein. Bis er durch ein abruptes Bremsmanöver unsanft aus dem Schlaf gerissen wurde. Sie standen auf einem Feld vor einem Zaun.

„Warum bremst du? Da ist doch nichts!"

„Um dich zu wecken!", entgegnete Marion. „Hast lange genug geschlafen. Wir sind übrigens da."

„Da?"

„Direkt vor uns, hinter dem Zaun, liegt das Gelände, auf dem laut Martin Weiner das Kriminalamt gebaut werden soll. Ein hübsches Städtchen, dieses Wiesbaden. Nette Leute. Sieht aus, als ob der Krieg hier keinen allzu großen Schaden angerichtet hätte."

Ohne darauf zu reagieren stieg Koch aus, streckte sich und ging vor an den Zaun, während er hinter sich Marion am Auto hantieren hörte. Ein leichter Wind blies über die ungeschützte Ebene.

Er lief ein Stück an dem Zaun entlang, der mannshoch gespannt war und ein weites, von Gras und vereinzelten Büschen bewachsenes Areal umfasste. In einiger Entfernung konnte er zwei Hütten erkennen.

Koch legte seine Hände wie einen Trichter um seinen Mund und brüllte ein „Hallo" in Richtung der zwei Holzbauten.

Nichts passierte, niemand rührte sich. Er rief noch einmal.

Da erklangen in seinem Rücken Töne, die sich langsam zu einer Melodie zusammenfanden. Koch wandte sich um. Marion kam langsam auf ihn zu, sie hielt ihr Saxophon in den Händen und intonierte einen Jazzstandard. Sie achtete nicht auf seine fragenden Blicke, schritt an ihm vorbei bis zum Zaun, wo sie stehen blieb und weiterspielte. Tatsächlich öffnete sich schon nach wenigen Sekunden eine Tür und ein Mann trat hervor. Unsicher sah er sich um, eine Hand als Sichtschutz vor seine Augen haltend, um gegen die tief stehende Sonne etwas sehen zu können. Langsam kam er auf die beiden zu. Marion spielte ungerührt weiter und Koch, der sie noch nicht gehört hatte, war beeindruckt. Inzwischen war der Mann aus der Hütte bis auf wenige Meter zu ihnen herangekommen.

„Was machen Sie da?“

Er musste fast schreien, um gegen das Saxophon anzukommen.

Marion ließ sich nicht beirren.

„Sie spielt gut, nicht wahr?“, rief Koch zurück.

Der Mann nickte zögerlich und stellte sich nun direkt vor den Zaun. „Das ist keine Oper hier“, erklärte er. Er sprach ruhig, nicht aggressiv. Ihr Besuch schien eine willkommene Abwechslung zu sein.

Mit einer Handbewegung gab er Marion zu verstehen, ihr Spiel zu unterbrechen, aber sie wurde lediglich leiser.

„Wir suchen Paul Dickopf“, erklärte Koch. „Man hat mir gesagt, ich könnte ihn hier treffen.“

„Wer hat Ihnen das denn gesagt?“, fragte der Mann, dessen Akzent seine pfälzische Herkunft verriet.

„Ein Mitarbeiter …“, antwortete Koch.

„So, so, ein Mitarbeiter.“ Der Mann dachte nach. „Dass der Herr Dickopf so Leute kennt.“ Er schüttelte seinen Kopf. „Ja, der kommt manchmal hierher, aber heute ist er nicht da.“

„Wissen Sie denn, wann er das nächste Mal kommt?“

Der Mann steckte seine Hände in die Taschen seiner sehr weiten Hose.

„Morgen“, sagte er schließlich.

„Morgen?“, wiederholte Koch.

„Also, ob er hierherkommt, weiß ich nicht. Er trifft sich mit dem Herrn Rimpl."

Koch kam der Name bekannt vor, er konnte ihn aber nicht einordnen und sah sein Gegenüber fragend an.

„Der Herr Architekt. Der wohnt in Mainz."

Peterlein hatte diesen Namen erwähnt, erinnerte sich Koch. Der Architekt, der schon für die Nazis gearbeitet hatte. Die Kreise schlossen sich immer wieder.

Koch schüttelte den Gedanken ab. „Wissen Sie, wo dieser Rimpl wohnt?"

„Der *Herr* Rimpl", antwortete der Mann vorwurfsvoll, „in Mainz, das sagte ich doch schon."

„Ich meine, wo genau der Herr Rimpl in Mainz wohnt. Haben Sie vielleicht seine Adresse?"

„Hm", ließ der Mann sich Zeit und schüttelte dann seinen Kopf.

L

„Es geht ihm wieder besser. In den nächsten Tagen kann er entlassen werden“, berichtete Siggi, der zusammen mit Esch in Reubers Büro saß.

Reuber atmete auf. Siggi und Esch hatten Bresson am Vorabend im Krankenhaus besucht. Dank Eschs Verbindungen hatten sie noch spät Zutritt zu ihm erhalten. Der behandelnde Arzt, der sie zum Bett des Kranken begleitet hatte, ermahnte diesen, nach seiner Entlassung Alkohol zu meiden und sich mehr zu bewegen und seine vier Wände öfter für einen Spaziergang zu verlassen.

„Glauben Sie, dass er sich daran halten wird?“, fragte Reuber von Esch. Siggi gähnte. „Wo haben Sie sich denn noch rumgetrieben?“

Siggi winkte ab. Er hatte keine Lust zu erzählen, dass er noch durch die Stadt gestreift war in der Hoffnung, Harro zu treffen, den er nun schon eine gefühlte Ewigkeit nicht mehr gesehen hatte.

„… und Bresson hat die sieben Leben einer Katze“, hörte Siggi den Arzt noch erklären. „Aber Sie hätten sein Gesicht sehen sollen, als der Arzt das sagte.“

„Ich glaube nicht, dass er aufhören wird“, meinte Reuber zweifelnd.

„Ich fürchte, dass er nicht aufhören *kann*“, verbesserte Esch ihn. „Aber der Mann ist alt genug und wir können ihn nicht zwingen.“ Er sah auf seine Uhr. „Was meinen Sie, ob wir Arnheim wegen der Akte angehen können?“

Reuber warf ebenfalls einen Blick auf seine Uhr und nickte.

„Ich gehe, und Siggi holt frischen Kaffee!“

Die beiden standen auf, Siggi sammelte die Becher zusammen und gemeinsam verließen sie den Raum.

Als er einige Minuten später mit dem Kaffee wieder in Reubers Büro trat, saßen die beiden anderen Männer am Schreibtisch.

„Und?", fragte er beim Verteilen der Becher.

Reuber klopfte auf die Akte, die vor ihm lag.

„Er hat Wort gehalten. Wir sollen sie ihm bis spätestens fünfzehn Uhr zurückgeben."

„Weiß Peickert, dass er sie uns gegeben hat?", fragte Siggi.

„Keine Ahnung", erwiderte Reuber, trank einen Schluck und beugte sich über die Akte. Esch und Siggi nahmen ihre Stühle und stellten sie neben den von Reuber. Gemeinsam sahen sie die Akte durch, als Esch den Obduktionsbericht von Doktor Krauss in die Hand bekam, lachte er laut auf.

„Solche Leute dürfen hier arbeiten …", stieß er verächtlich hervor, dann konzentrierte er sich auf das nächste Schreiben.

„Ich sehe nichts, das uns weiterhilft", gab Reuber nach einer Stunde zu. „Als Nächstes kommt der Zeugenbericht", erklärte er. „Den habe ich mir aufgehoben. Mal schauen, wer der Vogel ist, der unseren Koch gesehen haben will."

„Und *was* der gesehen hat …"

„Dann mal los!", forderte Reuber die beiden anderen zum Weiterarbeiten auf. Er ließ sich viel Zeit mit dem Bericht, las ihn mehrmals, bis er ihn schließlich an Esch weitergab.

„Und?", fragte der.

Reuber kratzte sich nachdenklich am Kopf. „Wenn wir den Mann nicht ins Kreuzverhör nehmen können, dann sieht es schlecht aus. Er will Koch zweifelsfrei erkannt haben, als denjenigen, der den Toten in das offene Grab geworfen hat."

„Steht da denn, worüber sie gestritten haben?", fragte Siggi.

„Nein. Angeblich ist dieser Zeuge erst durch den Streit auf die beiden aufmerksam geworden, wollte helfen, falls jemand Hilfe braucht. Er stand hinter einem Busch, als es passierte."

„Klingt nicht sehr glaubhaft", stellte Esch fest.

„Was hat dieser Zeuge denn auf dem Friedhof gemacht? Wie heißt er?" Siggi sah erwartungsvoll zu Reuber hinüber.

„Franz Moor", sagte Reuber nach einem kurzen Blick in die Akte.

„Ein Hinweis oder Ironie?" Esch lachte.

„Das verstehe ich nicht!", rief Siggi aus.

„Das ist der böse Bruder aus Schillers *Räuber*", erklärte Reuber. „Sie wollen wissen, was dieser Moor auf dem Friedhof gemacht hat? Das Grab eines Verwandten hat er besucht, steht hier."

„Hat das jemand überprüft, ich meine, ob da tatsächlich ein Verwandter von dem Mann liegt?"

„Sie machen mir Angst, Siggi", sagte Reuber anerkennend. „Sie werden bald der jüngste Polizeipräsident in Deutschland werden, wenn Sie so weitermachen. Nein, das hat niemand überprüft. Steht hier zumindest nichts drin von."

Reuber gab das Papier, das er in seinen Händen hielt, an Esch weiter und nahm als Nächstes ein Photo aus der Akte. „Den kenne ich doch!", rief er laut und unvermittelt aus. Die beiden anderen sahen ihn erschrocken an. „Hier, das ist der Zeuge, ich habe den schon mal gesehen. Ist gar nicht so lange her. Wo war das nur?" Er schlug mit der Faust auf die Tischplatte, stand auf und ging im Raum auf und ab, neugierig von Esch und Siggi beobachtet. „Wo war das nur? Wo nur? Verdammt!", fluchte er leise vor sich hin.

Siggi betrachtete das Bild und schüttelte seinen Kopf. „Mir sagt der nichts." Auch bei Esch löste das Porträt des etwa dreißig- bis fünfunddreißigjährigen Mannes, der eine auffallend hohe Stirn hatte, nichts aus.

„Lassen Sie uns weitermachen!", schlug Esch vor. „Vielleicht fällt es Ihnen später ein."

Reuber brummte etwas Unverständliches, setzte sich wieder hin und nahm sich die letzten Seiten der Akte vor.

„Das ist es!" Ein Faustschlag auf den Schreibtisch, der alle Gegenstände darauf herumtanzen ließ, begleitete den lauten Aufschrei. „Ich hab's!"

„Es hat ihn wirklich", stimmte der Arzt vieldeutig zu.

„Ich weiß jetzt, wo ich diesen Mann schon einmal gesehen habe." Reuber nahm das Photo und betrachtete es lange und intensiv.

„Nun machen Sie es nicht so spannend!", meinte Esch.

„Wo haben Sie ihn gesehen?", fragte Siggi.

„Erinnern Sie sich, als wir am Sonntag hierhergefahren sind, da hat doch ein Wagen neben uns gehalten, ein silberner Sportwagen. Da saß dieser Mann auf dem Beifahrersitz. Ich habe ihm genau ins Gesicht gesehen. War ja keinen Meter entfernt." Er machte eine Pause. „Ja", sagte er dann, „ich bin mir absolut sicher."

Siggi sank bei der Erwähnung des Sportwagens in sich zusammen und errötete. Er konnte sich noch genau an die Szene erinnern, als Harro mit seinem Porsche neben ihnen an der Kreuzung anhielt. Aber wieso saß der Mann, der Koch als Mörder erkannt haben wollte, neben Harro in dessen Porsche? War das ein Zufall?

„Was ist, Siggi?", hörte er Eschs Stimme. Er schüttelte den Kopf, stand auf und eilte aus dem Büro, lief auf die

Toilette, drehte den Wasserhahn auf und spritzte sich sein Gesicht ab. Das konnte kein Zufall sein, nein, auf keinen Fall. Aber wenn das kein Zufall war, dann hatte Harro …

„Siggi?! Ist alles in Ordnung?“ Reuber stand in der Tür zur Toilette, über seine Schulter blickte Esch.

Siggi machte eine abwehrende Handbewegung, trocknete sein Gesicht ab und ging stumm an den beiden vorbei zurück in Reubers Büro, wo er sich vor das Fenster stellte.

Esch und Reuber waren ihm gefolgt und warteten auf eine Erklärung.

„Ich kenne den Fahrer“, begann er.

„Von diesem Sportwagen?“

„Ja, ein Porsche ist das. Der, der ihn gefahren hat, heißt Harro.“

„Harro …?“

„Harro Stahl.“

„Den kennen Sie?“

Siggi nickte nachdenklich. Dann berichtete er, wie er Harro kennengelernt hatte und was er mit ihm seitdem unternommen hatte.

„Schön und gut“, meinte Esch, als Siggi mit seinen Ausführungen fertig war, „aber was heißt das? Es kann ja Zufall sein, dass Siggi den Mann kennengelernt hat, der wiederum den Zeugen kennt, der Koch auf dem Friedhof erkannt haben will. Ob der Zeuge nun lügt oder nicht, darüber sagt der Umstand, dass Siggi einen Bekannten von ihm kennt, nichts aus. Zumal wir nicht einmal wissen, wie gut sich die beiden kennen. Es könnte ja auch sein, dass Ihr Harro den Mann zufällig mitgenommen hat.“

Siggi hatte sich Eschs Einlassung ruhig angehört. Er wünschte, dass Esch richtig lag.

„Siggi, was sagen Sie dazu?“, fragte ihn Reuber. „Sie

scheinen nicht überzeugt von dem zu sein, was Esch hier eben gesagt hat. Wissen Sie mehr über diesen Harro?"

„Das ist es ja, eben nicht", antwortete Siggi endlich. „Er hat mir gesagt, er kommt aus der Schweiz, wo sein Vater ein Autohaus besitzt. Oder mehrere. Er soll, hat er gesagt, sich hier umschauen, weil sein Vater expandieren will."

„Autohaus?! Da hat unser Siggi natürlich gleich angebissen ..." Esch konnte sich diesen spöttischen Kommentar nicht verkneifen.

Betrübt nickte Siggi.

„Weiter?"

„Mehr weiß ich nicht. Ich hatte manchmal das Gefühl, dass er nicht die Wahrheit sagt. Und ..." Siggi stockte. „Er war hier ..."

„Hier? In der Direktion, meinen Sie?"

Siggi nickte Reuber zu. „Ja, zwei Mal sogar. Er musste jedes Mal auf die Toilette ..."

„Er ist alleine gegangen, nehme ich an?"

„Ja, ja. Beim zweiten Mal", erinnerte sich Siggi, „bin ich, weil es so lange dauerte, auf den Flur, und da kam er aus der falschen Richtung ..."

„Er hatte sich verlaufen", warf Esch ein.

„Das hat er auch gesagt ..."

„Aber unser Siggi hat einen ganz anderen Verdacht", ahnte Reuber. „Kochs Spieluhr, die am Tatort gefunden wurde und ein wichtiges Beweisstück ist ..."

„Warum zwei Mal? Sie sagten doch, Siggi, Harro war zwei Mal hier?", fragte Esch.

Reuber kam Siggi zuvor. „Die Karte. Die Fahrkarte, die in Kochs Schreibtisch gefunden wurde. Kein Beweis, aber ein Indiz, das Koch die geplante Flucht ins Ausland unterstellt." Er griff in seine Schreibtischschublade, entnahm ihr eine Flasche und drei Gläser und schenkte ein. „Ich weiß, es ist noch zu früh, aber das können wir jetzt, glaube ich, gut gebrauchen. Cheers, die Herren!"

Jeder nahm sich ein Glas und sie stießen miteinander an.

Anschließend gingen sie noch einmal jedes Detail durch.

„Kein Wunder, dass Harro plötzlich verschwunden ist", stellte Siggi fest.

„Ob er der Mörder ist?", fragte Esch.

„Möglich. Vielleicht hat er den Mord auch nur geplant", spekulierte Reuber. „Wie sieht Harro denn aus?", fragte er an Siggi gewandt.

„Groß, blond, immer gut angezogen …"

Reuber musste plötzlich lachen. „Der Mann steht vor uns", sagte er und zeigte auf Esch.

„Sehr komisch!", kommentierte der.

„… ein Seitenscheitel", er fuhr die Stelle auf seinem Kopf nach, „… und er hat eine sehr auffällige Narbe. Vom Auge bis zum Ohr. Auf der rechten Seite."

„Wir müssen den Zeichner holen."

„Nein!" Siggi war etwas eingefallen.

„Als wir auf der Solitude waren, habe ich Harro photographiert. Ja. Und da war er sehr wütend drüber. Ich musste den Film vernichten …"

„Wie ärgerlich", rief Reuber.

Siggi wiegelte mit einer Handbewegung ab und musste jetzt sogar grinsen.

„Ich habe nur so getan. Ich habe den Film noch. Zu Hause. Ist aber nicht entwickelt."

„Worauf warten Sie denn noch? Holen Sie ihn her!", forderte ihn Reuber auf. „Tut nur so, unser Siggi, als ob er den Film zerstört. Das ist die Schule von Koch. Lassen Sie das nur nicht Arnheim hören!"

„Ich fahre Sie“, rief Esch Siggi nach, der schon aus der Tür gegangen war.

Eine halbe Stunde später standen die beiden wieder in Reubers Büro. Siggi hielt den Film in der Hand.

„Ich bringe ihn ins Labor“, bot sich Reuber an, nahm die Rolle und lief aus dem Büro.

Siggi setzte sich. Die erste Aufregung hatte sich gelegt, die Ablenkung durch die Fahrt war weg, jetzt erst wurde ihm bewusst, wie sehr Harro ihn, wenn ihre Annahmen stimmten, benutzt hatte. Aber warum? Warum sollte Koch ein Mord angehängt werden?

Diese Frage stellte er Reuber, als der zurückkam und ihnen mitteilte, dass sie die Photos am nächsten Tag erhalten würden.

„Erinnern wir uns, was Koch über den Toten erzählt hat.“ Er machte eine kurze Pause, sprach dann weiter. „Er hat ihn drei Mal aufgesucht, weil er seine Unterstützung wollte. Unterstützung, um dieses Polizeiamt zu verhindern. Es ging dabei in der Hauptsache um eine Person …“, er überlegte, sah fragend zu Siggi herüber.

„… Dickmann oder so ähnlich“, riet der.

„Ich glaube, Dickopf, aber das können wir noch herausfinden. Woran ich mich aber noch erinnere ist, dass dieser Mann in der SS war und laut Koch eine obskure Vergangenheit hat. Der Tote wollte, dass Koch Material über diesen Dickopf sammelt, um ihn unmöglich zu machen. Was folgt daraus?“

„Er will das verhindern …“, antwortete Siggi schnell.

„Genau. Das muss er verhindern. Von Peterlein aber umbringen und ihn verschwinden lassen, würde viele Fragen aufwerfen. Wahrscheinlich war dessen Haltung gegenüber diesem Dickopf oder wie immer der Mann heißt, nicht unbekannt. Daher hat man ihn beobachten lassen. Drei Mal war er in Mainz und Frankfurt. Drei Mal aus Bonn angereist. Das bleibt nicht unbemerkt. Wenn er das geglaubt hat, war er naiv. Wenn unsere Annahmen bis hierhin stimmen, dann hat man auch die Treffen von von Peterlein mit Koch mitbekommen. So hat von Peterlein selbst den Boden für seine Ermordung bereitet. Man bringt ihn um, arrangiert alles so, dass Koch als der Mörder erscheint …"

„Aber …", unterbrach Siggi den Kollegen, doch der ließ den Einwand nicht zu. Esch beobachtete die beiden amüsiert, hörte jedoch konzentriert zu.

„Koch hat die Wahrheit gesagt. Aber genau das, warum sich von Peterlein an Koch gewandt hat, nämlich Kochs Einstellung zu den Nazis, wird ihm nun zum Verhängnis: Man wird behaupten, dass dies wieder eines von Kochs Hirngespinsten ist, dass er sich das nur ausgedacht hat, um seinen Kopf zu retten", schloss Reuber.

„Klingt plausibel und naheliegend", sagte Esch. Trotzdem war der Zweifel in seinen Worten unüberhörbar.

„Das Naheliegende ist auch meist das Richtige", erwiderte Reuber streng.

Siggi hatte aufmerksam zugehört. Er hatte ein schlechtes Gewissen, weil er Harro auf den Leim gegangen war und sich so einfach hatte täuschen lassen. Sein Blick blieb auf der Uhr an seinem Handgelenk hängen. Mit einer schnellen Bewegung öffnete er die Schließe, riss sich den Chronographen von der Hand und schmetterte ihn gegen die Wand.

Konsterniert über diesen plötzlichen Ausbruch sahen ihn die beiden anderen an.

„Was soll das denn?", rief Reuber aus.

„Die Breitling. Harros Geschenk!", erklärte Esch und fügte „Danaum fatale munus, wie Seneca schrieb" hinzu.

Verwirrte Blicke waren die Reaktion.

„Ein verhängnisvolles Danaergeschenk, oder wie der Brite es auf seine unnachahmliche Weise zu sagen pflegt: ‚Beware of greeks bearing gifts', in etwa: Hüte dich vor Griechen, die mit Geschenken kommen."

„Sehr klug", kommentierte Reuber spöttisch, dann bückte er sich, um die Uhr aufzuheben und vor Siggi auf den Tisch zu legen. „Tragen Sie sie als ständige Mahnung, in Zukunft vorsichtiger zu sein!"

„Weise, weise!", stichelte Esch zurück, was Reuber veranlasste, ihre Gläser, die noch auf dem Tisch standen, einen Fingerbreit zu füllen.

„Wir müssen diesen Harro finden", erklärte Reuber, nachdem sie angestoßen und getrunken hatten. „Wissen Sie, wo er wohnt?"

Siggi verneinte.

„Sie haben ihn nicht gefragt? Wenn Sie doch so dicke waren."

„Wir waren nicht dicke!", gab Siggi trotzig zurück. „Ich habe ihn gefragt, aber er ist ausgewichen. Jetzt ist klar, warum."

„Wo oder wie haben Sie sich denn verabredet?" Esch bemühte sich um einen ruhigen Ton.

„Er kam vorbei, wartete bei mir in der Nähe. So habe ich ihn ja auch kennengelernt."

„Ich schlage vor, wir gehen zu Arnheim und berichten ihm diese Neuigkeiten. Spätestens jetzt muss er den Haftbefehl zurücknehmen. Wir müssen diesen Harro Stahl finden. Ein Koch auf der Flucht ist eine Gefahr für Dickopf und dieser Harro eine Gefahr für Koch. Da Koch ihn mit Sicherheit nicht kennt, kann der Mann sehr leicht an ihn herankommen."

Arnheim hörte den Dreien sehr aufmerksam zu. Siggi hatte zugestimmt, dem Leiter des Morddezernats die ganze Wahrheit zu sagen, was auch seine Verfehlung in Bezug auf Harro Stahl einschloss.

Arnheim konnte sich einen Tadel nicht verkneifen. „Vielleicht ist es doch noch zu früh, Sie zum Kommissar zu ernennen. Warten wir es ab."

„Was meinen Sie, Herr Arnheim", begann Reuber, den Mann diplomatisch einzubeziehen, „wie sollen wir nach Ihrer Meinung vorgehen?"

Arnheim lehnte sich in seinem Sessel zurück. Dabei streckte er seinen Bauch heraus, kniff seine Lippen zusammen, beugte sich wieder vor, nahm aus dem Tischetui eine Zigarette und zündete sie an.

„Um ehrlich zu sein, meine Herren, grundsätzlich kann und will ich nicht glauben, dass einer meiner Männer einen Mord begeht. Aber es gibt einiges, das gegen unseren Koch spricht, zumindest auf den ersten Blick. Das Ergebnis von Doktor Eschs Untersuchung, nach der von Peterlein nicht am Freitag, sondern am Sonntag ermordet wurde, ist gewichtig. Ich will behaupten, das Gewichtigste. Eindeutig! Das führt uns zu dem Zeugen. Da bewegen wir uns nicht mehr auf ganz so sicherem Boden. Er hat offensichtlich eine falsche Aussage gemacht. Aber warum? Ein Versehen? Oder eben nicht? Wenn Letzteres zutrifft, müssen wir uns fragen, warum? Und dann dieser …"

Er blickte Siggi an, der schuldbewusst „Harro Stahl" sagte.

„… dieser Harro Stahl: Hat er diese Spieluhr aus Kochs Zimmer entwendet und die Fahrkarte in dessen Schreibtisch deponiert?"

„Glauben Sie denn, Herr Arnheim", ergriff Reuber das

Wort, „dass Koch so dumm wäre, am Tatort ein solches Beweisstück zurückzulassen? Warum hätte er es bei sich haben sollen? Am Tag der Beerdigung, an dem die Tat angeblich geschehen sein soll? Das ergibt in meinen Augen keinen Sinn."

Arnheim nickte und paffte.

„Wir müssen diesen Zeugen einbestellen! Sofort!"

Er wuchtete sich aus seinem Sessel und marschierte zur Tür, die in das Vorzimmer führte.

„Frau Prümm, veranlassen Sie bitte, dass der Zeuge Franz Moor im Mordfall von Peterlein sofort in die Direktion einbestellt wird. Ich möchte umgehend informiert werden, sobald er das Haus betritt."

Er schloss die Tür wieder und kehrte an seinen Schreibtisch zurück.

„Da bin ich gespannt ..."

„Wir auch, Herr Arnheim", pflichtete ihm Esch bei.

Reuber räusperte sich. „Ich würde diesem Zeugen nichts von unseren Zweifeln an seiner Aussage sagen. Ich halte es im Moment für angebrachter, ihn im Glauben zu lassen, dass wir nur Nachfragen haben. Ein paar Details, um ganz sicherzugehen, damit nicht ein Falscher verurteilt wird, der noch dazu Polizist ist. Das wird er uns abnehmen. Er muss bestätigen, dass es der Freitag war, an dem er den Mord gesehen hat."

„Harro ..., wird der zur Fahndung ausgeschrieben?", fragte Siggi dazwischen.

„Gute Frage", antwortete Reuber. „Wir sollten ihn in Sicherheit wiegen. Koch müsste jetzt hier sein. Dann könnten wir uns absprechen, wieder ein bisschen schauspielern ..." Er sah zu Siggi herüber und zwinkerte ihm zu. Der junge Mann nickte kaum merklich zurück.

„Wir müssen auf jeden Fall Peickert und seine Leute

einweihen“, sagte Arnheim, während er seine Zigarette in dem großen goldenen Aschenbecher ausdrückte.

„Die Plakate, mit denen Koch gesucht wird, sollten abgehangen werden. Ohne Kommentar. Ohne großes Trara“, schlug Reuber vor.

„Aber wo ist Paul? Was macht er jetzt?“, fragte Esch.

„Was wohl?“, entgegnete Reuber. „Den Mörder suchen.“

„Mir schwant nichts Gutes bei dem Gedanken“, prophezeite Arnheim.

„*Die* Mörder“, korrigierte sich Reuber.

Arnheim brauchte einen Augenblick, bis Reubers Worte zu ihm durchgedrungen waren.

„Die Mörder?“, fragte er.

Reuber räusperte sich. „Koch weiß, oder er meint zumindest zu wissen, wer Dorle umgebracht hat.“

Arnheim wurde laut: „Wie? Frau Kochs Mörder? Das sagen Sie erst jetzt?! Wer ist es denn?“

Bevor er antwortete, blickte Reuber zu Esch und Siggi hinüber.

„Raus damit!“, forderte Arnheim nervös.

„Brunner. Helmut Brunner. Unser alter Bekannter …“

Reuber ließ Arnheim nicht aus den Augen. Es dauerte einen Moment, bis der den Namen einordnen konnte.

„Das ist doch der, der damals den Transport überfallen hat …“

Reuber nickte. „Koch hat Hinweise gefunden, dass Brunner in die Fremdenlegion geflohen ist und jetzt hier …“

„Das Motiv? Was ist das Motiv? Der Überfall, der ist doch …“, Arnheim dachte kurz nach, „mindestens drei Jahre her.“

„Vier, fast vier“, korrigierte ihn Reuber.

„Und Sie meinen …?“

Reuber nickte. „Koch sucht den Mörder von von Peterlein, um seine Unschuld zu beweisen. Aber der ist ihm gleichgültig. Er will Brunner.“

„Wie kommt er darauf? Werden Sie mal genauer, Reuber!“

Der atmete tief durch und berichtete dem Leiter der Mordkommission von Kochs Verdacht, nachdem er in Dorles Akte die Fundstücke vom Tatort gesehen hatte.

„Koch, Koch …“, flüsterte Arnheim düster vor sich hin, bevor er sich den anderen zuwandte. „Typisch Koch! Sagt nichts und rennt wegen ein paar läppischer Indizien los und bringt alles durcheinander.“

Reuber ebenso wie Esch und Siggi vermieden es, darauf zu reagieren. Stattdessen verließen sie kurz darauf das Büro.

Die drei saßen noch eine Weile in Reubers Büro beisammen, dann musste erst Esch gehen und auch Reuber hatte noch einen Termin. Die Zeit verstrich, Siggi quälte sich mit dem Bericht zum Mordfall Roth und wartete auf die Nachricht vom Eintreffen des Zeugen. Um achtzehn Uhr hielt er es nicht mehr aus und durchquerte den Flur zu Arnheims Büro. Auf sein Klopfen an der Vorzimmertür wurde nicht reagiert. Siggi drückte die Klinke nieder und blickte durch den Spalt in das Büro. Frau Prümm war offensichtlich nicht mehr anwesend.

Aus der gegenüberliegenden Tür, die in Arnheims Büro führte, hörte er dessen Stimme. Er zögerte einen Moment, wusste nicht, ob er stören durfte, aber die Frage nach dem Zeugen brannte ihm zu sehr unter den Nägeln. Langsam schritt er durch das Vorzimmer, vorbei an Frau Prümms Schreibtisch, der wie immer ordentlich aufgeräumt war.

„Herr Dickopf …“, hörte Siggi Arnheims Stimme, die etwas ungewohnt Unterwürfiges hatte. „Ganz sicher. Ich bin der Sache sehr genau nachgegangen. Koch kann nicht der Mörder sein. Die Aussage des Zeugen und der tatsächliche Todeszeitpunkt stimmen nicht überein, zudem ist der Zeuge verschwunden.“ Es war für einige Momente still, nur ab und an konnte Siggi Arnheims Räuspern hören. „Ja, ja, einen Verdächtigen …? Ob er der Täter ist, wissen wir nicht, aber er ist zumindest verdächtig.“ Wieder trat für einige Sekunden Stille ein, nur zwei- oder dreimal von einem „Ja, ja“ Arnheims unterbrochen, bis er selbst wieder sprach. „Harro. Harro Stahl. Ob das sein echter Name ist, wenn Sie meine Meinung als Kriminaler hören wollen, glaube ich eher nicht.“ Wieder schwieg er. „Ja, ja, ich habe heute auch erfahren, dass Koch glaubt, den Mörder seiner Frau zu kennen.“

Siggi fuhr zusammen. Arnheim gab alles, was sie ihm erzählt hatten, brühwarm weiter.

„Brunner, Helmut Brunner. Er hat den Mann vor einigen Jahren als Kopf einer Bande entlarvt, die Warendepots ausgeraubt hat. Er wollte einen französischen Geldtransport überfallen. Das hat Koch verhindert.“ Arnheim schwieg kurz. „Ja, ja, das sehen Sie richtig, Herr Dickopf, ein guter Polizist ist er. Aber eigenwillig. Äußerst eigenwillig.“ Wieder trat eine Pause ein und Siggi konnte nicht einschätzen, ob Arnheim ohne Gruß aufgelegt hatte. „Aber Herr Dickopf, natürlich, unter Kollegen, wir müssen doch alle an einem Strang ziehen. Ja, ich halte Sie auf dem Laufenden. Ja. Ja. Auf Wiederhören.“ Damit legte er auf.

25. Mai – 29. Mai 1950

LI

Koch stand vor dem Spiegel und betrachtete sich. Nun, da er sich den Hals, die Wangen und das Kinn rasiert hatte, trat der Oberlippenbart noch deutlicher hervor. Jemanden, der ihn kannte, würde er damit nicht täuschen können, aber Passanten, die nur sein Abbild auf dem Plakat gesehen hatten, würden vermutlich an ihm vorbeilaufen, ohne ihn zu beachten.

Aus der Küche drang das Aroma von frisch gebrühtem Kaffee und gebratenen Eiern zu ihm ins Bad. Er spritzte sich noch einmal Wasser ins Gesicht, trocknete es ab und folgte dem Duft.

Marion saß am Küchentisch und trank gerade aus einer Tasse. Vor ihr türmte sich auf einem Teller ein Berg Rührei.

„Gut geschlafen?“, fragte sie, ebenso anzüglich wie ironisch.

Koch nickte, ging an den Schrank, nahm sich eine Tasse heraus und füllte sie aus der porzellanenen Kanne, die neben dem Herd stand. Er ließ sich dafür viel Zeit.

Sie hatten am Vorabend über einen Bekannten Marions Rimpls Adresse in einem Mainzer Vorort herausfinden können. Sie waren noch dorthin gefahren. Die Villa war von einem Garten umgeben. Hinter einer großen, fast bis zum Boden reichenden Glasscheibe im ersten Stock sahen sie einen Mann, der über einen Tisch gebeugt arbeitete.

Sie hatten diskutiert, ob sie Rimpl schon an diesem Abend ansprechen sollten, waren aber schnell von dieser Idee abgekommen.

Marion hatte vorgeschlagen, die Nacht in Oskars Wohnung zu verbringen, der sie während der Woche wegen seiner Reisen kaum benutzte. Der Kühlschrank war gefüllt und Marion wusste, wo er seine Weine aufbewahrte.

Da beide nur wenige Kochkenntnisse besaßen, bestand ihr Abendessen aus ein paar verkochten Kartoffeln und zwei Stücken leicht angebrannten Schweinefleisches, das sie mit reichlich Wein verspeisten. Koch blieb wortkarg, es war Marion, die, je mehr sie trank, desto redseliger wurde. Koch erfuhr an diesem Abend, dass ihr Vater SS-Offizier gewesen war, der seine Tochter zu einer „tüchtigen Nazisse", wie Marion es nannte, machen wollte, eine Vorzeigefrau für die nationalsozialistische Sache. Er schickte sie zum BDM und bestand darauf, dass seine Tochter Klavier lernte. Ihr Bruder, der später an der Ostfront gefallen war, hatte Trompete gespielt, und hatte ihr einige einfache Melodien auf diesem Instrument beigebracht, bevor er dann selbst das Trompetenspielen erlernte. Als ihr Vater nicht nur das entdeckte, sondern auch, dass sie die von Nazis so verhasste *Negermusik* spielte, war er außer sich und prügelte wie besinnungslos auf seine Tochter ein. Das war der Moment, an dem sie endgültig mit ihm brach. Ihre Mutter, die sich ihrem Mann bedingungslos unterworfen und sein Weltbild übernommen hatte, war zwei Jahre zuvor an einer Blinddarmentzündung verstorben. Marion machte eine Ausbildung zum Blitzmädel, wie die Wehrmachtshelferinnen genannt wurden, und arbeitete danach im Horchdienst der Reichsluftverteidigung. Abends verließ sie oft den Bunker, um im umliegenden Gelände auf der Trompete ihres Bruders zu üben. Ein ihr vorgesetzter Unteroffizier, Karl Bartels, der einen Arm verloren hatte, entdeckte sie bei diesen Übungen. Wie sich bald herausstellte, war er selbst Musiker gewesen, ein Anhänger der verbotenen Swingmusik und talentierter Saxophonist, der dieser Leidenschaft nach dem Verlust seines Armes nicht mehr nachgehen konnte. Eines Tages brachte Bartels sein Saxophon mit und in diesem Moment hatte Marion ihre große Liebe entdeckt. Eines Abends, es war in den letzten Kriegstagen, während Marion übte und Bartels ihr zuhörte und Anweisungen gab, tauchte plötzlich ein Trupp SS-Soldaten auf. Durch das laute Spiel hatten sie die Männer zu spät bemerkt. Bartels war aufgesprungen und ihnen entgegengeeilt, hatte Marion „Lauf!" zugerufen. Sie hatte eine Hausruine erreicht, als ein Schuss sie zusammenzucken ließ. Sie versteckte sich in dem feuchten Keller des Hauses und harrte dort zusammengekauert aus. Oben hörte sie die Stimmen der SS-Soldaten, die nach ihr suchten. Erst zwei Tage später wagte sie sich aus ihrem Versteck. Den Koffer mit dem Saxophon hatte sie unter einen Geröllhaufen geschoben. Sie fand Bartels an der Stelle, an der sie geübt hatten. In seinem Genick klaffte ein Loch.

„Deshalb …", bemerkte Koch, als Marion mit ihren Ausführungen fertig war.

„Ja, deshalb …", bestätigte sie und klopfte mit der flachen Hand auf den Instrumentenkoffer, den sie neben sich abgestellt hatte, nahm eine der Flaschen, die auf dem Tisch standen, und füllte die Gläser.

Obwohl Koch den Alkohol immer stärker spürte, war er nicht in der Lage, auf Marions Avancen zu vorgerückter Stunde einzugehen. Sie bedrängte ihn massiv, mit ihm ins Schlafzimmer zu kommen. Als Koch das ablehnte, beschimpfte sie ihn.

„Übrigens, Entschuldigung", sagte sie, während sie ihre Gabel mit Rührei volllud und zum Mund führte. „Ich war scharf auf dich", erklärte sie offen. „Geht mir oft so, wenn ich getrunken habe und ein Kerl mir gefällt."

Koch nickte und trank verlegen von seinem Kaffee, besorgte sich einen Teller, setzte sich damit an den Tisch und schaufelte sich mit einer Gabel von dem Rührei darauf. Er vermied es, Marion anzuschauen.

„Das war ein Kompliment, Paul“, sagte sie und Koch konnte nicht entscheiden, ob das ironisch gemeint oder ob sie tatsächlich gekränkt war.

„Nicht mein bester Charakterzug“, fügte sie hinzu, als Koch auch dazu schwieg, und stattdessen eine Gabel Rührei aß, sich von dem Brot, das auf dem Tisch lag, ein Stück abbrach, und hineinbiss.

Eine Zeit lang saßen sie da, frühstückten und sprachen nicht miteinander. Als Marion aufstand, um sich nachzuschenken, fiel ihm ihr dunkles, eng geschnittenes Kleid auf, das ihre Figur besonders gut betonte und sie mit ihren dunklen Haaren, die sie offen trug, wie eine Südeuropäerin aussehen ließ. Als sie neben ihn trat, roch er den schwachen Duft ihres Parfüms, und er fragte sich, ob es nicht doch ein Fehler gewesen war, ihren Annäherungen zu widerstehen. Sofort aber schob sich Dorles Gesicht vor sein inneres Auge und er wusste, dass er nicht anders hatte handeln können. Marion schenkte sehr langsam ein, setzte zwischendurch die Kanne ab, fragte Koch, ob er auch noch etwas haben wolle, nahm die Kanne wieder, ließ sich erneut Zeit, bevor sie seine Tasse füllte.

Nach dem Frühstück fuhren sie zu Rimpls Haus. Auf dem Weg dorthin besorgte Marion eine Zeitung. Die Seitenstraße, in der Rimpls Haus lag, war auf beiden Seiten von Bäumen gesäumt. Sie stellten den Wagen hinter einem anderen Auto ab. Rimpls Villa lag etwa hundert Meter entfernt gut sichtbar vor ihnen.

Sie lasen abwechselnd die Zeitung, Marion rauchte,

doch nach zwei Stunden war noch nichts geschehen. Vor Rimpls Haus stand ein grauer Ford, der schon am Vorabend an der Stelle geparkt war. Ein Mann mit einem kleinen Hund spazierte auf der anderen Straßenseite vorbei und blickte verstohlen zu ihnen herüber. Koch strengte das Rumsitzen und die Untätigkeit an. Jede Minute, die er länger dort verbrachte, erhöhte das Risiko, erkannt zu werden. Er stieg aus und spazierte ein Stück die Straße entlang.

„Was passiert?", fragte er bei seiner Rückkehr zum Wagen.

Marion schüttelte ihren Kopf.

„Das kann doch nicht sein. Er muss doch endlich kommen", entgegnete er aufgebracht.

„Bleib ruhig!", ermahnte ihn Marion. „Vielleicht hat sich der Wachmann gestern getäuscht. Vielleicht kommt Dickopf erst am Abend."

„Der hat uns was erzählt, damit er uns los ist, dieser verdammte Wächter!", fluchte Koch um vierzehn Uhr und schlug mit der zusammengerollten Zeitung auf das Armaturenbrett.

Marion versuchte, ihn mit einer Handbewegung zu beschwichtigen.

„Wie? Dieser Dickopf müsste doch schon längst hier sein!"

„Es kann doch so viel passiert sein", gab Marion bedächtig zurück. „Ein Unfall, der Wagen ist kaputt oder der Wächter hat sich im Datum geirrt." Sie sagte das so vernünftig, dass Koch sich provoziert fühlte.

„Hätte, könnte, sollte", schimpfte er. „So viel Zeit haben wir nicht."

„Wir können den Mann nicht herzwingen. Ich kann ja zu diesem Architekten gehen."

„Was dann?“

„Dann frage ich ihn nach Dickopf. Du hast doch gesagt, es gibt viele alte Nazi-Polizisten, die wieder in dieses Amt …“

„… Bundeskriminalamt …“, konkretisierte Koch.

„Ja, genau, das Amt, in das wieder viele alte Nazi-Polizisten reinwollen. Ich werde ihm sagen, dass mein Mann Polizist war und gerne wieder zur Polizei würde …“

„Du meinst, es geht so einfach?“, erregte sich Koch.

„Einfach geht immer“, gab Marion spitz zurück, stieg aus dem Wagen und lief die Straße entlang zu Rimpls Villa.

„Marion …!“, rief Koch ihr durch das offene Fenster nach, doch sie reagierte nicht auf den Zuruf, sondern verschwand in dem bewachsenen Eisenbogen, der den Eingang auf das Grundstück zur Villa bildete.

Die Haustür und die Begegnung Marions mit dem Hausherrn konnte Koch nicht sehen. Gebannt starrte er durch die Frontscheibe auf die Villa und den Eingang. Als sie nach einer Viertelstunde noch nicht zurückgekehrt war, begann er, sich Sorgen zu machen.

Schließlich hielt er die Ungewissheit nicht mehr aus, stieg aus und näherte sich dem Haus. Kurz bevor er den Torbogen erreichte, hörte er Marions Stimme.

„Vielen Dank, Herr Rimpl. Ich werde das meinem Mann so weitergeben.“

Koch drückte sich gegen den Zaun, der das Nachbargrundstück umgab.

Plötzlich hörte er Schritte hinter sich.

„Kann ich Ihnen helfen?“

Ein korpulenter Mann, der einen dunkelbraunen Schäferhund an der Leine führte, blickte ihn misstrauisch an. Auch der Hund ließ Koch nicht aus den Augen.

Koch klopfte sich auf die Brust. „Die Lunge“, keuchte

er und begann in kurzen Stößen zu atmen. „Ich habe mir zu viel zugemutet. Kriegsverletzung."

Der Mann taxierte Koch einige Sekunden, gab dem Hund mit einem Ruck an der Leine einen Befehl, dann gingen die beiden weiter.

Koch wartete, bis der Mann verschwunden war, dann lief er schnell zum Wagen zurück.

„Was hat Rimpl gesagt?", fragte Koch, als Marion sich wenig später auf den Fahrersitz fallen ließ.

„Ein netter Mann. Sehr nett. Alte Schule." Offensichtlich wollte Marion Koch ärgern.

„Das interessiert mich nicht!", entgegnete er. „War Dickopf da?"

Marion verneinte mit einem leichten Kopfschütteln.

„Wo ist er denn?"

Marion nahm ihre Zigarettenpackung aus der Handtasche, steckte sich eine an, öffnete das Fenster und ließ das abgebrannte Streichholz auf die Straße fallen. Für all das ließ sie sich betont viel Zeit. Koch rutschte unruhig auf seinem Sitz hin und her.

„Jetzt sag doch was!", forderte er ungehalten.

Endlich zeigte Marion Nachsicht mit Koch. „Dickopf wollte ursprünglich heute kommen. Aber ihm ist etwas dazwischengekommen. Musste ins Innenministerium."

„Hat Rimpl keinen Verdacht geschöpft?"

„Ich war gut", erwiderte Marion, „sehr gut. Die besorgte Ehefrau, die sich um das berufliche Wohl ihres ach so schlecht behandelten Mannes sorgt, der ohne eigenes Verschulden in die schlimme Lage gekommen ist, seinen Beruf nicht mehr ausüben zu dürfen." Sie sagte das traurig, mit niedergeschlagenen Augen und einem leichten Zittern in der Stimme.

Koch war für solche schauspielerischen Einlagen nicht

zugänglich. „Was ist mit Rimpl? Hat er dir die Geschichte geglaubt?“

Marion sah Koch entrüstet an. „Natürlich! Ich war gut! Mein armer Mann!“ Sie sah mitleidheischend zu ihm herüber. „Im Krieg alles fürs Vaterland gegeben. Jeden Befehl punktgenau ausgeführt. Und dann so was! Undank ist der Welten Lohn.“

Koch schlug mit der flachen Hand auf das Armaturenbrett.

„Schluss jetzt mit dem Gerede! Ich will wissen, warum Dickopf nicht da ist.“

Marion wurde mit einem Mal ernst. „Beruhig' dich, Paul“, sagte sie und tätschelte sein Knie. „Alles gut. Dickopf kommt morgen. Ob Rimpl mir meine Geschichte geglaubt hat, weiß ich nicht. Ich glaube schon. Aber er ist ein misstrauischer Mann.“

„Wann morgen?“

„Rimpl erwartet ihn gegen Mittag …“

„Wieder einen Tag verloren“, fluchte Koch.

Marion schwieg und startete den Motor des Wagens.

„Wo willst du hin?“

„Hier können wir nicht bleiben. Lass dich einfach überraschen!“

Damit legte sie den ersten Gang ein und steuerte die Limousine auf die Straße. In dem Moment tauchte neben ihnen der Mann mit dem Schäferhund auf und blickte ungeniert ins Wageninnere. Koch wendete sich ab.

„Wer ist das denn?“, fragte Marion und lachte.

LII

Im Krankenhaus erfuhr Siggi, dass Bresson es auf eigenen Wunsch verlassen hatte. Der Arzt bat ihn inständig, den kranken Alten dazu zu bewegen, sich wieder in ärztliche Behandlung zu begeben. Die Nachdrücklichkeit, mit der der Mann dies von ihm forderte, bestürzte Siggi.

Er verließ die Station und lief in die Zahlbach. Die Fenster, hinter denen Bressons Wohnung lag, waren alle dunkel. Siggi zögerte. Vielleicht schlief der alte Mann, da der Fußmarsch ihn sicher ermüdet hatte. Dennoch stieg er die Treppe zu dessen Wohnung hinauf und lauschte an der Tür.

„Was machen Sie da?"

Siggi fuhr erschrocken herum. Bressons Nachbar stand in der Tür der Wohnung, die Koch früher einmal bewohnt hatte.

„Ich wollte … zu …", stammelte er.

„Der Photograph? Der schläft. Kam heute aus dem Krankenhaus zurück. War erschöpft. Wollte sich hinlegen. Ich glaube, es ist besser, wenn Sie ihn nicht stören."

Der Zeuge, der Koch belastete, war nicht in seiner Wohnung angetroffen worden und niemand wusste, wo er sich derzeit aufhielt.

„Habe ich mir irgendwie gedacht", war Eschs knapper Kommentar. Er saß mit Reuber und Siggi in der Kantine.

„Da sind Sie nicht alleine", stimmte ihm Reuber zu. „Hätte mich auch gewundert, wenn es anders gewesen wäre. Ich denke, wir müssen selbst aktiv werden."

Siggi erzählte den beiden, was er am Vorabend im Krankenhaus erfahren hatte. Zu seiner Überraschung nickten die beiden nur verständig.

Esch klärte ihn auf. „Ich hatte gestern die gleiche Idee und war auch dort. Ich habe Bresson dann zu Hause angetroffen."

„Geht es ihm denn wieder besser?", fragte Siggi hoffnungsvoll.

Esch schüttelte seinen Kopf. „Gar nicht ..."

Siggi fiel ihm ins Wort. „Aber warum haut er dann aus dem Krankenhaus ab? Das verstehe ich nicht."

„Das habe ich Bresson auch gefragt", erklärte Esch. Um sie herum füllten sich die Tische. Sie mussten lauter sprechen, um einander zu verstehen.

„Bresson will nicht im Krankenhaus verrotten", führte der Arzt weiter aus. „Wie lange er noch leben wird, weiß er nicht, aber die Zeit will er genießen, so gut er eben kann. Aber nicht im Krankenhaus."

Siggi sah den Arzt verständnislos an.

„Es ist seine Entscheidung", kommentierte Esch Siggis Reaktion. „Ich weiß nicht, was der Mann in seinem Leben erlebt hat, aber ich habe ihn als einen intelligenten Menschen kennengelernt, der weiß, was er macht und sich über die Konsequenzen seines Handelns im Klaren ist. Er sagte gestern Abend, dass dies die letzte, nein, er sagte, die *einzige* Freiheit ist, die er vielleicht noch hat: Über sein Ende selbst zu bestimmen. Sich nicht von anderen sagen lassen müssen, was er tun darf und was nicht. Nicht von der Gnade eines anderen abhängig sein ... er habe mehr Jahre gehabt, als er dachte ..."

„Was meinte er damit?"

Esch ließ sich einen Moment Zeit.

„Ich kann nur vermuten, anhand von Andeutungen, die Bresson gemacht hat, dass er im Gefängnis oder im KZ war."

„Das hat er nie erzählt", rief Siggi erschrocken aus.

Reuber gab Siggi ein Zeichen, leise zu sprechen.

„Mal ehrlich, Siggi, wen interessiert das? Einen von denen hier?“ Esch sah sich kurz um. „Niemand will an seine Verstrickungen erinnert werden. Alle sind mit dem beschäftigt, was jetzt Aufbau heißt. Da stört jede Erinnerung. Das sieht Bresson genauso.“

Siggi schwieg betroffen.

Reuber klopfte ihm auf die Schulter. „Wir müssen das akzeptieren, Siggi. Es ist sein Leben und seine Entscheidung.“

Schweigend trank Siggi seinen Becher leer, dann standen die drei auf und verließen die Kantine.

„So, und jetzt müssen wir uns um unseren Koch kümmern!“, sagte Reuber, als sie in dessen Büro Platz genommen hatten. Er hatte das Fenster geöffnet. Ein Windstoß fegte ein paar Blätter, die lose auf seinem Schreibtisch gelegen hatten, auf den Boden.

„Mist!“, fluchte er und sammelte sie ein.

„Wir sollten uns heute um diesen Zeugen kümmern“, meinte Esch. „Franz Moor, der böse Bube. Wo wohnt der denn?“

„Das gilt es herauszufinden“, erwiderte Reuber. Er blätterte die Seiten, die er gerade erst aufgehoben hatte, durch. „Hier, Hauptstraße in Mombach“, sagte er, nachdem er die entsprechende Seite gefunden hatte.

„Dann wollen wir mal!“, schlug Esch vor.

Siggi fiel das Telefonat wieder ein, das er vor Arnheims Tür belauscht hatte. Er erzählte den beiden davon.

„Dickopf!“, rief Reuber aus. „Mensch, Siggi, warum sagen Sie das nicht früher?“

„Arnheim hat mit dem Mann über Koch gesprochen, sagen Sie? Harro Stahls Namen hat er auch genannt und was wir sonst noch rausgefunden haben?“ Reuber steckte sich nervös eine Zigarette an.

„Er hat Dickopf auch von Brunner erzählt.“

„Diese Quasseltante“, schnaubte Reuber verächtlich.

„So ein Mist!“ Esch schlug mit der Hand auf den Schreibtisch. „Wenn dieser Dickopf tatsächlich hinter dem Mord an von Peterlein steckt und er es so fingiert hat, Koch wie den Mörder aussehen zu lassen, dann ist Koch jetzt in größter Gefahr. Ich denke, meine Herren, wir müssen uns beeilen. Nicht nur die Unschuld von unserem lieben Kollegen beweisen, sondern den guten Mann auch beschützen.“

„Ich dachte, man muss ihn nur vor sich selbst beschützen?“, erwiderte Reuber.

Gerade, als sie das Büro verlassen wollten, klopfte ein Mitarbeiter des Labors an der Tür und überreichte ihnen das Photo, das Siggi auf der Solitude von Harro geschossen hatte.

Erst betrachtete Esch die Aufnahme, dann reichte er sie an Reuber weiter.

„Was Sie an dem gefunden haben, Siggi?!“ Reuber konnte sich eine spöttische Bemerkung nicht verkneifen.

Wenig später saßen sie in Eschs Alvis und fuhren nach Mombach. Die angegebene Adresse war ein schmales Haus, das von zwei größeren flankiert wurde, die wirkten, als würden sie es stützen. Auf der rechten Seite befand sich eine schmale Tür, deren dunkelgrün lackiertes Holz an vielen Stellen aufgeplatzt war. Klingeln oder Namensschilder gab es keine.

Reuber klopfte mit der Faust gegen eines der Fenster im Erdgeschoss. Nach dem zweiten Klopfen zeigte sich ein faltiges Gesicht, das von einer dicken, schwarz gerahmten Brille dominiert wurde.

„Was is'n?" Die Stimme des Mannes klang gereizt.

„Wir suchen Herrn Moor", erklärte Reuber.

„Stohr?", rief der Mann zurück, viel zu laut. „Den Bischof finden Sie im Dom."

„Moor, nicht Stohr, unseren Bischof", gab Reuber zurück, nun um einiges lauter.

„Ach, der junge Mann, ja, der …"

„Mit dem möchten wir gerne sprechen."

Der Alte lachte. „Wer möchte das nicht."

„Ist Herr Moor zu sprechen oder nicht?", fragte Reuber energisch.

„Sagte ich doch schon: Ich würde das auch gerne."

„Lassen Sie uns rein!"

Zu ihrer Überraschung verließ der Mann seinen Platz am Fenster und stand kurz darauf vor ihnen.

„Rettberg", stellte er sich vor und schüttelte allen dreien die Hand.

„Ist Herr Moor zu sprechen?", fragte Reuber noch einmal.

„Tja, junger Mann", begann Rettberg und Esch musste sich ob dieser Anrede ein Lächeln verkneifen, „der Herr Moor war einmal hier und hat die Miete für sechs Monate im Voraus bezahlt. Ein guter Mann."

„Und …?"

„Und was? Das war's. Ward nicht mehr gesehen, der Moor. Hat seine Schuldigkeit getan und gezahlt. Also bleibt die Wohnung so lange frei."

„Wie sah er denn aus, der Herr Moor?"

Rettberg sah die drei Männer nacheinander an. Inzwischen waren einige Leute stehen geblieben und beobachteten aus wenigen Metern Abstand das Geschehen.

„Brauchste Hilfe, Kalle?", rief ein Mann herüber. Rettberg winkte ab.

Sein Blick blieb an Siggi hängen. „Ein bisschen wie der junge Mann hier. Groß. Blond. Hat nicht viel gesprochen."

„Er war nur einmal hier?", hakte Esch nach.

Rettberg sah sich den Arzt, der zum ersten Mal gesprochen hatte, einige Sekunden an, bevor er antwortete.

„Wenn ich es Ihnen sage …"

Reuber trat vor und griff in seine Jacketttasche. „Haben Sie den Mann hier schon einmal gesehen?" Er hielt ihm das Photo von Harro unter die Nase.

Der Alte ließ sich viel Zeit, bevor er antwortete. Er nahm die Brille ab und hielt das Bild dicht vor seine Augen.

„Ja, der war hier. Aber das ist nicht der Moor. Sieht doch ein Blinder mit Krückstock." Er lachte.

„Hat er sich vorgestellt?", fragte Reuber.

Rettberg setzte die Brille wieder auf und sah ihn an. „Nee. Hat der nicht. War so ein ganz Schneidiger. Mit einem schicken Wagen. Hat da hinten gehalten. Dachte, ich peile nicht, dass die zusammengehören, aber …", er legte seinen Zeigefinger unter sein rechtes Auge und zog die Haut ein kleines Stück herunter, „… Holzauge ist wachsam!"

„Wissen Sie", schaltete sich Esch wieder ein, „wo wir diesen Mann finden können?"

„Woher soll ich das denn wissen? Ich hab doch keinen Vertrag mit dem. Der Moor hat gezahlt, das ist die Hauptsache. Wer nicht da ist, macht auch keinen Dreck und Krach."

„Können wir uns die Wohnung mal ansehen?"

„Welche Wohnung?"

„Die Sie an Herrn Moor vermietet haben." Siggi war zwischen den beiden anderen Männern hervorgetreten.

„Ach so. Ja …"

„Na dann …", forderte ihn Reuber auf.

Der Alte ging vor, Reuber, Esch und Siggi folgten ihm. Die Leute auf der Straße waren inzwischen weitergegangen, ihre Hoffnung auf etwas Zerstreuung hatte sich schnell in Luft aufgelöst.

„Der hat ja nix gemacht mit der Wohnung." Rettberg schien wirklich entrüstet.

„Wie meinen Sie das?", fragte Reuber.

„Genau wie vorher. Das Bett und die Kommode sind noch von dem … ist ja egal, also, der hat nix gemacht hier."

Reuber sah zu Siggi hinüber. Die beiden nickten sich zu.

„Wissen Sie, wo wir den Herrn Moor finden können? Hat der denn nicht gesagt, was er arbeitet?"

Der Alte dachte nach, schüttelte dann seinen Kopf.

„Nee, hat der nicht. Hat nur …"

„Ja?", hakte Esch nach.

Rettberg senkte seine Stimme. „Lauschen soll man ja nicht. Aber ich habe gehört, wie er mit dem anderen, Sie wissen, dem auf dem Photo da eben, wie die gesprochen haben …"

„Ja und, was haben die gesprochen?" Reuber wurde ungeduldig.

„Na, dass sie zum Boxen wollen. Da bin ich ganz neidisch geworden. Erinnern Sie sich noch, der Schmeling, wie der den braunen Bomber fertiggemacht hat? Großes Kino!"

„Was hat das mit Moor zu tun?", blaffte Reuber den Mann an.

„Sie interessieren sich wohl nicht fürs Boxen was? Dabei …", er taxierte Reuber von oben bis unten, „… bei

Ihrer Statur, Sie gäben einen guten Mittelgewichtler ab. Die Größe, das könnte ein Problem werden …"

Reuber war nicht der Größte.

„Werden Sie mal genauer!", forderte er.

„Na, wissen Sie denn nicht, am Sonntag, Schwergewichtskampf. In Mannheim. Hein ten Hoff. Jetzt sagen Sie nicht, Sie kennen den nicht." Er sah ungläubig in Reubers Gesicht und schnalzte mit der Zunge. „Das kann doch nicht wahr sein! Ist der deutsche Schwergewichtsmeister. Kämpft gegen Jersey Joe Walcott. Ein Neger. Der Schmeling, der hat den braunen Bomber, den Joe Louis, verdroschen. Jetzt wird's der ten Hoff genauso machen."

„Wo", unterbrach Esch den begeisterten Redefluss des Alten, „findet der Kampf statt?" Er hatte von dem Kampf gehört, wusste aber keine Einzelheiten.

„In Mannheim! Wo leben Sie denn?"

„Nächsten Sonntag?"

„Sag ich doch! Wissen Sie denn gar nichts? Was für ein Volk! War es das jetzt?"

Reuber nickte, bedankte sich kurz und ging zurück zum Wagen, Esch und Siggi folgten ihm.

„Die Wohnung wurde also nur zum Schein angemietet", erklärte Reuber, als sie in der Stadt in einem Café am Leichhof saßen. Hinter den Häusern auf der gegenüberliegenden Seite ragten die Türme des Mainzer Doms empor.

„Also stimmt der Name und er war sicher auch dort gemeldet, um einer oberflächlichen Überprüfung standzuhalten", fügte Esch hinzu.

Siggi hatte sich ein Stück Kuchen bestellt, das er genussvoll aß.

„Na, Siggi, wer hätte das vor zwei Jahren gedacht, dass wir mal wieder in einem Café sitzen und Kuchen mampfen?" Reuber sah sich um, Siggi folgte seinem Blick, ließ sich aber nicht vom Kuchenessen abhalten. Es war ein einfach eingerichtetes Kaffeehaus, das aus zwei Räumen bestand, zwischen denen sich eine von drei Bögen durchbrochene Wand befand. Die quadratischen Holztische, auf denen weiße Spitzendecken lagen, standen eng beieinander.

Meist ältere Menschen saßen um diese Zeit an den Tischen. Als Siggi sein Kuchenstück aufgegessen und die letzten Krümel mit der Gabel aufgekratzt hatte, schob er den Teller beiseite und trank den letzten Schluck aus seiner Tasse.

„Wir haben so viel und gleichzeitig gar nichts", bemerkte er mit einem Mal.

Reuber und Esch sahen den jungen Kollegen überrascht an.

„Wir haben eigentlich alles, um Herrn Kochs Unschuld zu beweisen", begann er. „Der Todeszeitpunkt stimmt nicht, der Zeuge lügt offensichtlich, wir wissen ziemlich sicher, dass die Spieluhr aus Kochs Zimmer gestohlen wurde und sogar, wer es war. Der Mörder kann Harro sein, vielleicht auch Moor, und irgendwie hat wahrscheinlich dieser Dickopf seine Finger mit im Spiel. Aber wir wissen nicht, wo Herr Koch ist, was er macht, was er vorhat."

Die beiden anderen Männer nickten bedächtig, dann bestellte Esch Kaffee für sie nach, was von zwei älteren Damen, die am Nachbartisch saßen, sehr genau beobachtet wurde.

„Da haben Sie recht, Siggi. Absolut recht. Unsere einzigen Anhaltspunkte sind Harro und der Zeuge", pflichtete Reuber dem jungen Mann bei.

„... und dieser Dickopf", fügte Esch hinzu.

„Der jetzt durch Arnheim gewarnt ist. Und wir wissen nicht, welche Rolle Dickopf genau spielt“, bemerkte Esch. „Ich bin dafür, uns auf diesen Harro und diesen Zeugen zu konzentrieren. Wenn wir die haben, ist Koch entlastet, außerdem wäre es eine Gefahr weniger für ihn. Wer weiß, vielleicht kommen wir über die an Dickopf?“

„D'accord“, stimmte Reuber zu. „An Brunner kommen wir im Moment sowieso nicht ran, da haben wir gar nichts in der Hand. Aber wie zum Teufel finden wir Harro und Konsorten?“

Er war mit den letzten Worten lauter geworden. Bei dem Wort *Teufel* drehten sich die Damen am Nachbartisch zu ihnen herüber und sahen Reuber erschrocken an. Eine von ihnen bekreuzigte sich sogar.

Siggi meldete sich zu Wort. „Der Mann in Mombach, der sagte doch was von einem Boxkampf …“

„Richtig, Siggi“, pflichtete ihm Reuber bei. „Der Kampf in Mannheim. Da fahren wir hin … zum Teufel noch mal, wenn wir die da nicht zu fassen bekommen, die Höllenhunde!“ Er sprach etwas lauter und drehte sich dabei auch in Richtung der Damen, die sich gleich abwandten.

Reuber grinste die beiden anderen Männer frech an.

LIII

Ein Scheppern weckte Koch. In seiner Nase lag der Geruch von Spülmittel.

„Kaffeechen?“ Eine hohe, piepsige Stimme.

Er öffnete die Augen und sah nichts. Er versuchte sich zu orientieren, hob den Kopf ein klein wenig, erkannte eine braune, glatte Fläche unter sich. Koch lag mit seinem Kopf auf einer Theke.

„Kaffeechen ist bitter nötig, was?“ Wieder diese quälende Stimme.

Koch hob den Kopf und blickte in das Gesicht eines vielleicht siebzehn- oder achtzehnjährigen Jungen, der ihm eine dampfende Tasse zuschob. In der anderen Hand hielt er den Holzstiel eines Besens. Zarter Flaum zierte sein Kinn.

Koch setzte sich ganz auf, sog den Kaffeedunst tief ein. Sein Rücken und sein Nacken schmerzten. Der spärliche Lichtschein einer Deckenlampe zeigte die Konturen einiger runder Tische in dem Raum und etwas, das aussah wie eine kleine Bühne. Aus dem Hintergrund kam eine Frau mit einem Eimer.

„Auf, Georgie, schlaf nicht ein!“, rief sie, woraufhin der junge Mann den Platz auf der anderen Seite des Tresens verließ und anfing, den Raum zu fegen.

Koch nahm die Tasse und trank. Langsam kam die Erinnerung wieder. Marion war zu Oskars Wohnung gefahren, bat Koch, im Wagen sitzen zu bleiben, während sie ins Haus rannte, um wenig später mit ihrem Saxophonkoffer zurückzukehren.

„Was ist?“, wollte Koch wissen, aber Marion hatte den Koffer wortlos auf dem Rücksitz deponiert, sich hinters Lenkrad gesetzt und war losgefahren. Erst unterwegs hatte sie ihn aufgeklärt, dass sie einen Auftritt in einem Club in Frankfurt habe, dort wäre Koch zudem sicherer als in Mainz. Auch vor ihr, wie sie anzüglich anmerkte.

In Frankfurt war sie bei einem amerikanischen Freund vorbeigefahren, der sie mit günstigen Zigaretten versorgte. Im Club war bei ihrer Ankunft noch nichts los. Der Wirt brachte ihnen Wurstbrote und Bier. Während Marion mit den anderen Musikern für den Auftritt am späteren Abend probte, hatte Koch Zeit, sich über seine Situation Gedanken zu machen, und dies verschlechterte seine ohnehin miserable Stimmung noch mehr.

Während er seinen Teller beiseiteschob und sich ein weiteres Bier zapfen ließ, beschloss er, nach dem Gespräch mit Dickopf eine Entscheidung über sein weiteres Vorgehen zu treffen.

Er trank, prostete Marion zu, die zusammen mit einem Schlagzeuger und einem Gitarristen auftrat, sprach mit Gästen, die sich neben ihn setzten oder nur an den Tresen kamen, um sich ein Getränk abzuholen. Je mehr er trank, desto mehr ließ er die Atmosphäre in dem Club auf sich wirken, die Menschen, die Musik, die Ungezwungenheit. Hin und wieder kam Marion zu ihm herüber. Sie hatte zwei Auftritte, es gefiel ihm. Später sah er sie einen der Musiker küssen, dann war sie verschwunden und an den weiteren Verlauf des Abends hatte Koch keine Erinnerung mehr.

Er wandte sich an den Jungen. „Kennst du Marion? Die mit dem Saxophon?“ Das Sprechen fiel ihm noch schwer, es klang mehr wie ein Krächzen.

Der Junge nickte.

„Weißt du, wo sie ist?“

Er schüttelte erst den Kopf, grinste dann aber übers ganze Gesicht.

Koch war nicht in der Stimmung für solche Spielchen. „Was ist mit ihr?“, fragte er scharf.

Erschrocken wich der Junge zurück, ließ dabei den Besen fallen.

„Was ist denn jetzt wieder, Georgie?“, bellte die Frauenstimme aus dem Hintergrund.

Kurz sah der Junge in Richtung der Stimme, dann wieder zu Koch, machte schnell eine obszöne Geste mit beiden Händen, um gleich darauf dorthin zu verschwinden, woher die Stimme gekommen war.

Koch trank den inzwischen abgekühlten Kaffee aus und ging ihm mit unsicheren Schritten nach, bis er auf eine ältere Frau traf, die den Boden mit einem feuchten Lappen aufwischte.

„Sie hat es ja bös erwischt“, begrüßte sie den Mann. „Man hat Sie wohl nicht mehr aus dem Lokal rausbekommen.“

Koch versuchte ein Grinsen, was ihm aber misslang.

„Sie müssen jetzt gehen.“

Damit nahm sie die Wischbewegungen wieder auf und beachtete Koch nicht weiter. Er stakste nach draußen. Das helle Sonnenlicht blendete ihn, er kniff seine Augen zusammen und hielt eine Hand schützend vor sein Gesicht. Es dauerte einige Sekunden, bis er sich an die Helligkeit gewöhnte. Er ließ sich auf einem Mäuerchen neben dem Eingang nieder und beobachtete das Treiben auf der breiten Straße vor ihm. Koch versuchte sich zu erinnern, wo sie gestern Oskars Mercedes abgestellt hatten.

Nach einigen Minuten erhob er sich mühevoll und lief zur nächsten Kreuzung, wo er aufs Geratewohl nach rechts ging. Er verfluchte Marion. Sie würden Dickopf verpassen und wussten nicht, wann dieser das nächste Mal die Baustelle oder seinen Architekten aufsuchen würde.

Vor dem nächsten Häuserblock entdeckte er den Mercedes. Koch setzte sich auf die Stufen einer Treppe, wurde schläfrig, kämpfte vergeblich gegen die Müdigkeit an und sackte bald zur Seite gegen einen niedrigen Metallzaun.

„He, Paul!“, hörte er plötzlich eine Stimme, dann rüttelte jemand an seiner Schulter.

Er rutschte auf der Treppe ein Stück zur Seite.

„Paul, ich bin es, Marion!“

Direkt vor ihm erschien ihr Gesicht. Sie lächelte ihn an. Der Instrumentenkoffer stand auf dem Boden neben ihr.

„Wo warst du?“, fragte er barsch.

Sie überging seinen Tonfall.

„Jetzt bin ich da, das ist doch die Hauptsache. Du warst gestern Nacht nicht mehr ansprechbar …“

Koch erhob sich, was ihm noch immer schwerfiel.

Marion sah frisch aus, ihr sah man die Nacht, wo und wie immer sie diese auch verbracht hatte, nicht an.

„Komm!“, forderte sie ihn auf. „Wir frühstücken erst einmal etwas, bevor wir zu dem Architekten fahren … Das willst du doch noch, oder?“

Sie sah ihn fragend an. Es lag auch etwas Herausforderndes darin. Koch nickte.

„Dann los!“, forderte sie ihn auf und ging die wenigen Meter zum Auto, verstaute zuerst das Saxophon und setzte sich dann hinters Lenkrad.

Langsam folgte Koch ihr und ließ sich schwerfällig auf den Beifahrersitz fallen, wofür er von Marion mit einem mitleidigen Blick bedacht wurde.

„Vielleicht sollten wir zuerst bei Oskar vorbeifahren. Die Nacht sieht man dir an. Und man riecht sie!“

Marion rümpfte ihre Nase.

Vor Rimpls Haus parkte ein dunkler Mercedes, ein Modell, wie Oskar es besaß.

Koch fühlte sich ein wenig besser und die Aussicht, nun endlich einen Schritt weiterzukommen, hatte die Reste seines Katers vertrieben.

Sie stellten Oskars Wagen in einiger Entfernung von der Villa des Architekten ab. Koch blieb ein paar Minuten im Auto sitzen und beobachtete die Umgebung. Dann öffnete er die Tür. Marions Ansinnen, ihn zu begleiten, lehnte er energisch ab.

Das Tor in den Garten zu Rimpls Villa war nicht abgeschlossen. Koch öffnete es, drückte dann die Klingel und ging schnell zur Haustür. Kaum war er davor angelangt, wurde sie schon von einem elegant gekleideten Mann geöffnet, der Seriosität ausstrahlte.

„Sie wünschen?“, fragte er.

„Mein Name ist Paul Koch. Ich möchte Herrn Dickopf sprechen.“

„Haben Sie einen Termin?“

„Nein!“, antwortete Koch.

„Sind Sie der Mann, dessen Frau gestern nach Herrn Dickopf gefragt hat?“

„Ja“, erwiderte Koch. „Sind Sie Herr Rimpl?“

Der Mann stutzte kurz, trat dann zur Seite.

„Ja, das bin ich. Folgen Sie mir, Herr Koch!“

Koch trat in die Eingangshalle, deren Wände mit einer Vielzahl von gerahmten, kleinen Photographien bedeckt waren. Es war zu düster, um zu erkennen, was sie zeigten. Rimpl führte Koch zum Treppenaufgang. Die Holztreppe knarrte unter ihren Schritten vernehmlich. Im ersten Stock standen die beiden Flügel einer hohen Tür offen.

„Bitte!“, sagte der Architekt und wies hinein.

Hinter einem Zeichenbrett stand ein Mann, der Koch offen anblickte. Seine Haltung drückte keinerlei Überraschung aus.

Koch warnte sich, den Mann nicht zu unterschätzen.

„Herr Dickopf?", fragte er.

„Der bin ich", antwortete der. „Wer sind Sie?"

„Paul Koch."

Dickopf ließ seinen Blick abschätzend über den Besucher gleiten. Das gab Koch Zeit, sich den Mann ebenfalls genauer anzuschauen. Etwas kräftiger als Rimpl und im Gegensatz zu diesem hatte Dickopf helles Haar und eine hohe Stirn. Auch er trug einen Anzug.

„Ich nehme an, Sie haben einen gewichtigen Grund, unangemeldet hier aufzutauchen."

Koch nickte.

„Ich warte in der Bibliothek", entschuldigte sich Rimpl. Koch eilte an ihm vorbei und schloss die Tür, bevor dieser den Raum verlassen konnte.

„Sie bleiben hier!", sagte er.

„Herr Koch, ich bin hier der Hausherr!" Rimpl suchte den Blick von Dickopf.

„Er hat recht, Herr Koch. Sie dringen unangemeldet in dieses Haus ein und benehmen sich, als sei es Ihres. Ein ausgesprochen unangemessenes Verhalten." Dickopf sagte das völlig ruhig.

„Ich möchte, dass Herr Rimpl im Zimmer bleibt!", forderte Koch mit Nachdruck.

„Wenn Herr Koch so freundlich fragt, Herbert, dann sollten wir seinem Wunsch nachkommen", sagte Dickopf und sah Rimpl kurz an. „Herr Koch wird gewichtige Gründe haben, wenn er dich nicht aus dem Zimmer lassen will. Nicht wahr, Herr Koch?! Ich nehme an, dass wir diese Gründe jetzt erfahren werden! Wollen wir uns nicht setzen?“ Dickopf zeigte mit der Hand auf eine Sitzgruppe am Fenster.

Koch sah sich um. Zwei Zeichentische, einige hüfthohe Schränke, und Wände, die mit großformatigen Zeichnungen bedeckt waren, die mit kleinen Nägeln befestigt wurden. Er nickte, begab sich zu der Sitzgruppe und wartete, bis die beiden Männer auf den Stühlen direkt am Fenster Platz genommen hatten. Er selbst wählte einen Sessel in der Nähe der Tür.

„Nun, Herr Koch, teilen Sie uns bitte die Gründe für diese Störung mit.“

Dickopf sprach mit einer selbstverständlichen Ruhe, als ob er solche Situationen ständig erleben würde.

„Sagt Ihnen der Name von Peterlein etwas?“, fragte Koch.

„Von Peterlein?“, fragte Dickopf. Er ließ Koch nicht aus den Augen.

„Ja. Heinrich Anton von Peterlein“, konkretisierte Koch.

„Ein guter Beamter. Innenministerium. Leider tot.“

„Genau“, stimmte Koch zu. „Leider tot. Man hält mich für seinen Mörder.“

„So? Sind Sie ein Mörder?“

Koch spürte, dass es nicht leicht werden würde, an den Mann heranzukommen.

„Nein, natürlich nicht.“ Er versuchte, so gelassen wie möglich zu klingen.

„Herr von Peterlein, ja, ein guter Beamter.“ Dickopf dehnte die Worte, machte Pausen zwischen ihnen, als ob er Zeit gewinnen wollte. „Ich bewundere Ihren Mut, Herr Koch, hierherzukommen, als gesuchter Mörder. Oder ist es Wahnsinn, der Sie antreibt?“

„Die Wahrheit. Ich will die Wahrheit wissen! Ich will den Mörder!“

„Wahrheit! Ein großes Wort. Was ist Wahrheit?" Dickopf seufzte, machte eine lange Pause. „Sollen das nicht besser die Kollegen herausfinden, die mit dem Fall beschäftigt sind? Das sind sicher gute Kriminalpolizisten."

Er legte seine Karten nicht auf den Tisch, wollte Koch locken.

„Die Beweise scheinen eindeutig", entgegnete Koch nach einer kurzen Denkpause.

Rimpl hörte dem Schlagabtausch der beiden Männer aufmerksam zu.

„Beweise sind ein harter Richter, Herr Koch. Was hat man gegen Sie in der Hand?"

Dickopfs Augen zeigten keine Regung, aus der Koch einen Rückschluss auf seine Absichten hätte ziehen können.

„Ein Zeuge, dazu eine Spieluhr, die eindeutig mir gehört. Sie wurde in der Nähe des Toten gefunden."

„Das hört sich wirklich nicht gut an. Aber Sie behaupten, nicht der Mörder zu sein."

„Ich war es nicht!", erwiderte Koch bestimmt.

„Aber Sie kannten Herrn von Peterlein?"

„Ja. Ich habe ihn sogar an dem Tag, an dem er ermordet wurde, gesprochen. Genau an dem Ort, an dem er ermordet wurde."

„Das sieht gar nicht gut für Sie aus." Dickopf beugte sich ein Stück vor, bis sein Gesicht nicht weit von Koch entfernt war. „Aber eine ganz andere Frage, Herr Koch: wieso kommen Sie damit zu mir? Was erhoffen Sie sich von dieser Unterredung? Sie wissen, dass ich Polizist bin, Kriminaler wie Sie!"

Koch hatte die Frage erwartet und ihm war immer nur eine Antwort darauf eingefallen. Die schien ihm noch einleuchtender angesichts der Tatsache, dass Dickopf ein mit allen Wassern gewaschener Kerl zu sein schien. Also erzählte er ihm, dass von Peterlein unter dem Namen Karl Böcklin an ihn herangetreten war, damit er, Koch, ihm Informationen über Paul Dickopf besorgte.

„Warum wollte von Peterlein diese Informationen?“, fragte Dickopf, der sich inzwischen wieder zurückgesetzt hatte. Er zeigte keinerlei äußerliche Reaktion auf das Gehörte. Koch zögerte. Dickopf half ihm. „Das Bundeskriminalamt, nicht wahr? Er gehört zu den Leuten, die diese Behörde verhindern wollen.“

Koch nickte. „Nicht zu Unrecht, oder?“

Mit dieser Gegenfrage hatte er Dickopf erstmals ein klein wenig aus der Reserve gelockt. Der Mann sprach etwas lauter, ein wenig schneller als zuvor, als ob er eine gewisse Erregung nicht verbergen konnte.

„Eine länderübergreifende Polizei, Herr Koch, ist notwendiger denn je. Haben nicht die Kriminaler zur Zeit der Republik darüber geklagt, wie sehr ihnen die Hände gebunden waren, weil es keine reichsweite Polizei gab? Wie viele Verbrecher sind uns durch die Lappen gegangen, weil es zwischen den Ländern keinen Austausch gab, weil sich dank gewiefter Anwälte Verbrecher jeder Couleur ihrer gerechten Strafe entziehen konnten? Haben nicht alle anderen Länder solche Institutionen? Sehen Sie nur nach England. Scotland Yard ist eine hervorragende, hocheffizient arbeitende Polizeibehörde. Kommen Sie mir nicht mit den Auswüchsen in der Nazizeit! Gerade die Kriminalpolizei war doch ein letzter Hort von Anstand und Rechtsstaatlichkeit.“

Koch hatte diese Argumentation oft genug gehört.

„Sagt Ihnen der Begriff *Dienstrangangleichung* etwas?“ Koch nickte, wollte abwehren, aber Dickopf war jetzt in Fahrt. „Mit der Ernennung zum Kriminalkommissar ging eine zwangsweise Ernennung zum Untersturmführer im Sicherheitsdienst einher. Kein Kriminaler wäre freiwillig in die SS eingetreten. Wir waren Polizisten, Kriminalpolizisten, keine Verbrecher, so wie manche Menschen das jetzt darstellen wollen. Es mag schwarze Schafe gegeben haben. Die gibt es immer. Aber ich bürge dafür, es werden keine ehemaligen SS-Leute oder solche, die kriminalpolizeiliche Prinzipien verletzt haben, in der neu zu schaffenden Behörde arbeiten."

Koch hörte zu und versuchte ruhig zu bleiben. Auch Dickopf hatte sich wieder beruhigt.

„Warum haben Sie Herrn von Peterlein diese Informationen nicht besorgt, Herr Koch?", fragte er.

Koch war einen Moment irritiert.

„Wer sagt Ihnen, dass ich es nicht gemacht habe?", versuchte Koch eine Finte, doch an Dickopfs maliziösem Lächeln konnte er ablesen, dass er ihm das nicht abnahm.

„Sie waren während des Krieges – und vorher schon, wenn ich richtig informiert bin – nicht in Deutschland gewesen. Ich könnte also annehmen, dass Sie diese Sache ähnlich sehen, wie von Peterlein das getan hat. Oder täusche ich mich da?"

„Sie sind gut informiert, Herr Dickopf. Sehr gut informiert."

„Das gehört zum einen zum Geschäft, zum anderen, wie ich schon gesagt habe, Herr Koch, war ich mit Herrn von Peterlein dienstlich verbunden. Da interessiert mich natürlich alles, was mit seinem Tod zu tun hat. Aber Sie, Herr Koch, treibt etwas anderes um, ein anderer Verdacht. Deshalb suchen Sie mich hier auf, auf das nicht geringe Risiko hin, dass ich Sie festnehmen lasse." Dickopf hielt inne, Koch schwieg, also sprach Dickopf weiter. „Sie glauben, dass ich hinter von Peterleins Ermordung stecke. Das ist ein naheliegender Gedanke, zumindest aus Ihrer Perspektive. Sie glauben, dass von Peterlein meinen Plänen zur Gründung eines Bundeskriminalamtes im Weg stand, weil er versuchte, sie zu torpedieren, indem er mich diskreditieren wollte. Ich muss Sie enttäuschen, Herr Koch: Das würde nur dann einen Sinn ergeben, wenn ich mir im Krieg etwas hätte zuschulden kommen lassen. Aber wie Sie vielleicht wissen, bin ich denazifiziert worden. Ich bin in die Schweiz geflohen und hatte dort den Status eines politischen Flüchtlings. Das ist aktenkundig."

„Angenommen", erwiderte Koch, „dies stimmt, und ich bin nicht der Mörder, wer kann es dann gewesen sein? Wer hat ein Interesse am Tod von Herrn von Peterlein gehabt?"

„Nun kommen wir zum entscheidenden Punkt, Herr Koch. Es gibt in der Tat Polizisten des alten Regimes, die die Gründung des Bundeskriminalamtes als Chance sehen, wieder in Lohn und Brot zu kommen. Polizisten, einzelne, wie ich schon sagte, die sich tatsächlich die Hände schmutzig gemacht haben, die unseren Ehrenkodex verletzt haben. Ich werde mit sehr vielen Anträgen solcher Menschen konfrontiert, die um Aufnahme in die neue Polizeibehörde bitten. Aber, wie ich schon sagte, an diesen Polizisten bin ich nicht interessiert. Das führt bei den Antragstellern natürlich zu Frustrationen. Die einen beschimpfen mich, andere ziehen sich zurück, suchen neue Betätigungsfelder. Es gibt aber auch die, die glauben, mir gefällig sein zu können."

„Worauf wollen Sie hinaus, Herr Dickopf?"

„Da gibt es zum Beispiel einen jungen Mann, der sich vor einiger Zeit um eine Stelle beworben hat. Sehr vehement beworben hat. Ihm werden Verstrickungen in Erschießungen und Hinrichtungen vorgeworfen. Er war noch jung, aber das kann keine Entschuldigung sein. Dieser Mann hatte, wie auch immer, erfahren, dass Herr von Peterlein versuchte, die Gründung des Bundeskriminalamtes zu verhindern. Er glaubte, dass ich ihm verpflichtet wäre, wenn er das Problem löst."

„Sie meinen", fragte Koch, „er hat von Peterlein ermordet, um ..."

Dickopf fiel ihm ins Wort. „Ja, sagen Sie es ruhig: um meine Gunst zu erwerben, um sich auf diesem Weg eine Stelle zu verschaffen. Ich dachte natürlich nicht, dass der Mann zu solch drastischen Mitteln greifen würde. Als er sich dann bei mir meldete und Ansprüche stellte, weil er behauptete, von Peterlein umgebracht zu haben, bin ich zum Schein darauf eingegangen, weil ich ihn festnehmen lassen wollte. Leider konnte der Mann entfliehen. Ich muss sagen: Es ärgert mich besonders, dass der Mann sich mit Ihrer Tat, Herr Koch, schmücken wollte, wenn ich das so boshaft ausdrücken darf."

„Ich bin nicht der Mörder!", brauste Koch auf.

„Ist das nicht seltsam, Herr Koch?" Dickopf sah zu Rimpl hinüber, der seit Beginn des Gesprächs steif auf seinem Stuhl saß und sich nicht rührte. „Da haben wir jenen jungen Mann, der behauptet, der Mörder des Herrn von Peterlein zu sein, und ich, um ehrlich zu sein, glaube dies nicht, und auf der anderen Seite sind da Sie, der behauptet, nicht der Mörder zu sein, der aber, wie Sie selbst zugegeben haben, von Beweisen erdrückt wird."

„Warum hat niemand von diesem Mann erfahren?"

„Weil ich das nicht an die große Glocke gehängt habe, Herr Koch. Weil in dem Fall genau das eingetreten wäre, was von Peterlein beabsichtigt hatte: Die Behörde wäre schon vor ihrer Gründung diskreditiert gewesen. Natürlich wusste ich nicht, ob der Mann nur trickst oder von Peterlein tatsächlich umgebracht hat."

„Sie haben diesen Mann *nicht* festgenommen?“, fragte Koch verblüfft.

„Leider, leider nein, wie ich schon sagte“, erwiderte Dickopf. „Ich habe natürlich alle Hebel in Bewegung gesetzt, um seiner habhaft zu werden, leider ohne Erfolg. Nach meinen Recherchen ist er in die Schweiz geflohen. Soweit ich erfahren habe, zu einem Verwandten, der in Lausanne ein Autohaus betreibt. Der Mann scheint nicht unvermögend zu sein. Deshalb hat mich sein Ansinnen, wieder als Kriminalkommissar zu arbeiten, gewundert.“

„Wie kommen Sie darauf, dass er vermögend ist?“

„Wenn Sie einen Sportwagen fahren, einen ...“, er überlegte, „ja, Porsche, ein Cabriolet, das kann sich ein Kommissar wohl kaum leisten.“

„Wie heißt der Mann?“

„Warum wollen Sie das wissen, Herr Koch?“

„Sagen Sie mir seinen Namen! Sagen Sie mir, wo dieses Autohaus ist!“

„Herr Koch, das bringt doch nichts! Wenn Sie nicht der Mörder sind, dann stellen Sie sich! Beweisen Sie Ihre Unschuld!“

„Den Namen!“, forderte Koch noch einmal.

Dickopf schlug die Beine übereinander, schob seine Hände in die Hosentaschen und nannte den Namen des Autohauses. „Und der Mann heißt Harro Stahl“, fügte er hinzu.

Irgendetwas klingelte bei Koch. Den Namen hatte er schon einmal gehört. Oder einen ähnlichen. Es fiel ihm in diesem Moment nicht ein.

„Wie sieht der Mann aus?“

Dickopf sah Koch skeptisch an.

„Was haben Sie vor, Koch?“

„Wie sieht Stahl aus?“

Dickopf überlegte einen Moment. „Groß, blond, eine auffällige Narbe auf der rechten Wange."

Mit einem Mal wusste Koch, woher ihm dieser Name bekannt vorkam. Der Hausmeister in Bonn hatte den vorgeblichen Verwandten, der von Peterleins Wohnung durchsucht hatte, zwar von Stuhl genannt, aber da hatte er sich sicher verhört. Die Beschreibung ließ keinen Zweifel zu. Das war der Mann aus Bonn.

Koch war abgelenkt. Dickopf hatte das sehr genau beobachtet. Plötzlich sprang er auf und zog eine Schusswaffe aus der Hosentasche, die er auf Kochs Brust richtete.

„Koch, Sie hatten auf mich den Eindruck eines guten Polizisten gemacht. Fast wäre ich versucht gewesen, Ihnen anzubieten, im Bundeskriminalamt zu arbeiten. Aber so ..."

Koch wich ein Stück zurück. Dickopf, der vor dem großen Fenster stand, sah prüfend hinaus und machte dann einen Schritt auf Koch zu.

„Wo wollen Sie hin, Herr Koch? Glauben Sie mir, ich kann mit diesem Ding umgehen."

Koch verfluchte sich innerlich. Wie hatte er so naiv sein können zu glauben, dass der Mann ihm all das einfach so erzählte, nachdem er diesen mehr oder weniger überfallen hatte? Koch entging nicht, dass Dickopf jede seiner Bewegungen genau beobachtete. Mit einem Überraschungsangriff hätte er keine Chance.

Rimpl saß noch immer wie festgenagelt auf seinem Stuhl.

„Herbert", herrschte Dickopf ihn an, „ruf die Polizei!"

In diesem Moment klingelte es Sturm. Dickopf sah kurz zu Rimpl herüber. Koch nutzte die Gelegenheit, machte einen Satz auf Dickopf zu, schlug mit seiner Rechten die Waffe zur Seite und stürzte sich auf den Mann. Ein

Schuss löste sich, der in die Wand einschlug. Koch warf Dickopf zu Boden und packte dessen Handgelenk, schlug es mehrmals mit aller Kraft gegen den Boden, bis Dickopf die Pistole aus der Hand fiel. Sofort griff Koch nach ihr, sprang auf und zielte auf die beiden Männer, während er sich rückwärts auf die Tür zubewegte.

„Machen Sie keinen Fehler, Koch!", rief ihm Dickopf nach. „Wir kriegen Sie!"

Koch ignorierte ihn, zog den Schlüssel, der auf der Innenseite steckte, aus dem Schloss.

„Koch, seien Sie vernünftig. Sie werden nicht weit kommen!"

Koch war schon aus dem Zimmer, zog die große Tür zu und sperrte sie ab. Während er die Treppe nach unten rannte, hörte er die beiden Männer an der Klinke rütteln. Koch hastete zum Ausgang und lief in Marion hinein, die direkt vor ihm stand.

„Was ist denn …?", stammelte sie überrumpelt, aber anstelle einer Antwort packte Koch sie am Handgelenk und zog sie mit sich auf die Straße, wo er sich kurz umdrehte. Hinter dem großen Fenster stand Dickopf und sah mit ernstem Gesicht zu ihnen herunter.

„Zum Auto!", zischte Koch Marion zu.

Die hundert Meter bis zum Wagen liefen sie, Koch vorneweg, Marion hinter sich herziehend. Dickopfs Pistole in seiner Hand fiel ihm erst auf, als er auf der Beifahrerseite in das Auto stieg. Er ließ sich in den Sitz fallen und schob die Waffe darunter.

Marion hatte den Motor bereits gestartet und fuhr los, da hatte Koch seine Tür noch nicht zugezogen.

Hinter Mannheim stellte Marion den Mercedes auf einem Parkplatz ab, der durch dichte Büsche vor Blicken von der

Straße geschützt war. Zwei Stunden waren vergangen, seit sie aus Rimpls Haus geflohen waren. Marion hatte darauf bestanden, zu Oskars Wohnung zu fahren, weil sie nicht mehr viel Geld hatte. Koch hatte ihr kurz berichtet, was in Rimpls Haus geschehen war, und sie ahnte schon, dass er in die Schweiz fahren wollte.

Nun, da sie neben dem Wagen standen, fasste Koch das Geschehen noch einmal ausführlich zusammen.

„Dieser Stahl ist der Mörder?“, fragte Marion, als er geendet hatte.

„Dickopf behauptet, Stahl habe sich damit gebrüstet.“

„Und er ist identisch mit dem Mann in Bonn, der die Wohnung durchsucht hat?“

Auch das bestätigte Koch. „Bei dem Namen hat der Hausmeister nicht richtig hingehört, aber die Beschreibung, groß, blond, die Narbe, das passt genau.“

„Den willst du jetzt in der Schweiz suchen?“

Koch nickte. „Allerdings würde ich auf dem Weg dorthin gerne einen Umweg machen.“

Überrascht sah Marion ihn an. „Welchen Umweg?“

„Über Landau“, erklärte Koch und wollte es dabei belassen.

„Landau?“, fragte Marion überrascht. „Was hat das damit zu tun?“

Koch war nicht in der Stimmung für Erklärungen.

„Ich habe den Wagen, ich fahre, da habe ich auch ein Recht zu erfahren, warum wir wohin fahren.“

Koch gab nach. „Dort gibt es ein Rekrutierungsbüro der Fremdenlegion. Ich brauche Informationen.“

„Das beantwortet meine Frage aber nur zum Teil“, bestand Marion auf einer genauen Erklärung.

Koch zögerte.

Marion hob fragend die Augenbrauen, dann steckte sie

sich betont langsam eine neue Zigarette an, obwohl sie ihre letzte gerade erst auf den Boden geworfen und ausgetreten hatte. Sie inhalierte tief und behielt den Rauch lange in ihrer Lunge, bevor sie ihn ausstieß.

Koch überlegte.

„Na gut", sagte er schließlich. Er holte tief Luft. Es fiel ihm schwer, von Dorles Ermordung zu erzählen. Er tat es stockend, machte längere Pausen, überlegte immer wieder, was er erzählen sollte und was auslassen. Am Schluss hatte er Marion die ganze Geschichte dargelegt.

„Das tut mir leid!", sagte sie, als er fertig war.

Koch nickte, wandte sich ab und ging einige Meter von dem Mercedes weg über den Parkplatz.

„Du glaubst, in einem solchen Rekrutierungsbüro zu erfahren, wo dieser …"

„Brunner …"

„… ja, Brunner sich aufhält? Du bist doch noch nicht einmal sicher, ob er es überhaupt war."

Wieder dauerte es, bis Koch zu einer Erwiderung fand. „Ich habe sonst nichts. Nichts außer Brunner. Wenn er wirklich in der Fremdenlegion war, müssen ja Listen existieren. Wenn er zurückgekommen ist, wird er sicher auch eine Adresse in Deutschland hinterlassen haben …"

„Glaubst du denn, man wird dir die einfach so geben?"

Koch lachte bitter auf. „Einfach so, sicher nicht, aber ich werde sie bekommen."

Marion fragte nicht weiter nach.

In der Abenddämmerung erreichten sie ihr Ziel. Sie hatten mehrere Pausen eingelegt und schließlich in der Pfalz erstaunt festgestellt, dass es in diesem Landstrich aussah, als hätte es keinen Krieg gegeben. Weite Felder und üppiges Grün dominierten riesige Flächen rechts und links der

Straße, sie fuhren an Weinbergen voller Rebstöcke vorbei, und wenn sie nicht auf der Flucht gewesen wären, hätte die Landschaft eine traumhafte Kulisse für eine Urlaubsfahrt abgegeben.

Kurz vor Landau lenkte Marion den Mercedes in einen Feldweg, der zu einem kleinen Wäldchen führte. Koch stieg aus, um hier auf sie zu warten, während Marion in der Stadt tankte und Proviant besorgte.

Koch ging einige Meter in den Wald hinein, nachdem Marion davongefahren war. Er setzte sich auf den Stamm eines umgestürzten Baumes und verlor sich in dem sich langsam in der Dunkelheit auflösenden Bild aus Bäumen, Büschen und Blättern. Wenn hier sein Weg enden würde, weil Marion nicht mehr käme … Er stellte sich vor, in das Gehölz zu laufen, das nicht mehr enden wollte, nur dichter und dunkler wurde, und er, Koch, würde tiefer und weiter vorstoßen, mehr und mehr eins werden mit dem Wald, irgendwann zu Boden sinken, über sich die Äste, die Blätter, die im Herbst nach und nach auf ihn niedersegeln würden, ihn bedecken, bis nichts mehr von ihm zu sehen wäre, er verfaulen würde, langsam zu einem Teil der modernden Blätter und des Bodens werden würde, bis er sich ganz aufgelöst hätte, keine Spuren hinterlassen und niemand ihn vermissen würde, er aus allen Gedächtnissen gestrichen und er auch kein Hindernis mehr wäre, damit das Land, die Menschen …

Das Dröhnen einer Hupe riss Koch aus seinem Dämmer. Er war eingenickt. Um ihn herum war es dunkel, bis auf einen Lichtstreifen, der immer wieder zwischen den Baumstämmen aufblitzte.

Es war kühler geworden, sein Körper fühlte sich steif an. Das Licht war verschwunden. Er tappte durch die Finsternis, bis es wieder aufleuchtete. Die Schwärze unter dem dichten Laubdach war so gut wie undurchdringlich und Koch brauchte eine gefühlte Ewigkeit, bis er den festen Boden des Feldwegs unter seinen Füßen spürte.

Er hörte den Motor, der gleichmäßig im Leerlauf vor sich hintuckerte.

„Paul!“, ertönte Marions Stimme.

„Hier!“, erwiderte er den Ruf.

Zwei Minuten später standen sie beide neben dem Auto. Mit einer Taschenlampe leuchtete die Frau auf die Rückbank, auf der mehrere Flaschen Wein und Wasser und anderer Proviant lagen.

Während sie das Brot aßen und von dem Wein tranken, erzählte sie ihm, wie sie bei einem Bauern die Sachen gekauft hatte, weil zwar die Tankstelle zum Glück geöffnet hatte, aber das Geschäft im Ort nicht. Sie, die Fremde, war erst argwöhnisch betrachtet worden und sie hatte dann die Geschichte von ihrer kranken Mutter zum Besten gegeben, zu der sie unterwegs sei und die Nacht durchfahren müsse. Die Mutter werde, hatte sie hinzugefügt, die Nacht wohl nicht überleben. Daraufhin, so Marion, sei die Bauersfamilie ihr gleich freundlicher entgegengetreten und habe ihr sogar noch ein Stück Kuchen geschenkt.

Marion lachte und tätschelte ihren Bauch. „Da drin ist er!“, sagte sie und blickte in Kochs enttäuschtes Gesicht. Er hätte nicht erklären können, warum er in diesem Moment Appetit auf ein Stück Kuchen hatte. Weil es ein Stück Normalität ausdrückte?

Der Wein machte ihn müde und er zog sich in den Mercedes zurück. Marion blieb draußen. Sie wollte noch ein letztes Glas trinken.

Als Koch in der Nacht von einem Geräusch aufwachte, bemerkte er die Decke über seinem Körper. Er setzte sich auf, erkannte Marion, die sich mit ihrer Jacke gegen die Kühle der Nacht schützte. Er nahm die Decke und breitete sie über Marion aus, dann legte er sich wieder zurück. Bevor er einschlief, fielen ihm seine Visionen vom Wald ein. Sie machten ihm Angst.

Das Rekrutierungsbüro der Fremdenlegion lag am Stadtrand an einer staubigen Ausfallstraße. Das Gebäude war ein ganzes Stück vom nächsten entfernt, das Anwesen umgab ein hoher, abweisender Metallzaun. Marion stellte den Mercedes in einiger Entfernung am Straßenrand ab. Eine Trikolore und die siebenflammige Handgranate auf einem Schild neben dem engmaschigen Eisentor waren die einzigen Hinweise darauf, dass hier Soldaten für Frankreich und den Krieg im Fernen Osten angeworben wurden.

„Good Luck!", rief Marion Koch hinterher, als er aus dem Wagen stieg. Er ging auf das Tor zu und klingelte, worauf zunächst ein Dreiton erklang und wenig später ein uniformierter Mann aus dem Haus kam, an das Tor trat und Koch auf Französisch fragte, was er wolle. Das Tor ließ er geschlossen, sie sprachen durch den Zaun.

Wieder einmal kamen Koch seine Lebenszeit in Frankreich und seine Sprachkenntnisse zugute. Während seines langen Aufenthalt in Südfrankreich nach seiner Flucht aus Spanien hatte er sich das dort übliche Idiom angeeignet. Entsprechend erstaunt blickte ihn der Soldat für einen kurzen Moment an. Koch gab vor, einen Verwandten zu suchen, der vor einigen Jahren in die Legion eingetreten wäre und dem Hörensagen nach inzwischen wieder nach Deutschland zurückgekehrt sei. Da er dessen neue Adresse nicht habe, hoffe er auf Hilfe bei der Legion.

Der Soldat, der das für die Legion typische Képi blanc trug, stand stramm vor ihm und hörte Koch regungslos zu, wandte sich schließlich kommentarlos ab und verschwand wieder im Haus. Erst zehn Minuten später kam er zurück, diesmal in Begleitung eines Offiziers, dem Koch noch einmal seinen Wunsch vortrug. Dieser teilte ihm kühl mit, dass sie an legionsfremde Personen keine Auskünfte geben dürften. Koch hakte nach, doch der Mann blieb hart, es sei ein hehres Prinzip der Legion, nichts über ihre Mitglieder mitzuteilen. Zudem wisse er nicht, ob der Verwandte unter dem Namen, den Koch ihm genannt habe, der Legion beigetreten war.

„Es ist wichtig!", versuchte Koch es weiter. „Ich muss wissen, wo Helmut Brunner wohnt!"

„Non, Monsieur!"

„Es kann doch nicht so schwer sein, schnell nachzuschauen!" Koch war laut geworden.

Der Offizier bedachte den Mann auf der anderen Seite des Tors mit einem verächtlichen Blick, bevor er sich zackig umdrehte und in das Gebäude zurückging.

„Ich habe für Frankreich meinen Arsch hingehalten!", brüllte Koch dem Mann nach und schlug wütend gegen das Metallgitter. „Idiot!"

Sekunden später erschien der Offizier wieder in der Tür des Hauses. Hinter ihm tauchten drei Soldaten auf. Sie hatten Gewehre geschultert.

„Verschwinden Sie!", rief er Koch zu. „Allez-vous-en!"

„Brunner! Helmut Brunner!", schrie Koch zurück. „Ich muss wissen, wo der Mann wohnt!" Der Offizier wiederholte scharf seine Aufforderung, Koch ignorierte sie. „Helmut Brunner! Das kann doch nicht so schwer sein."

Der Offizier nickte den drei Soldaten zu, die sich daraufhin auf das Tor zubewegten.

„Brunner!", machte Koch einen letzten, verzweifelten Versuch.

„Verschwinden Sie! Dies ist französisches Territorium!“, warnte ihn der Offizier.

Koch wartete, bis die drei Soldaten den Zaun fast erreicht hatten.

„Crétins!“, brüllte er, bevor er sich zurückzog.

„Attrapez-le! Holt ihn euch!“, befahl der Offizier den dreien.

Koch lief zum Auto, das gut hundert Meter entfernt stand. Dabei gab er Marion, die rauchend am Kotflügel lehnte, hektische Zeichen mit den Händen. Sie verstand sofort, warf ihre Zigarette auf den Boden, setzte sich hinters Steuer und zündete den Motor.

Als die drei Soldaten nur noch wenige Meter hinter Koch waren, kam der Mercedes quietschend vor ihm zum Stehen. Marion beugte sich über den Beifahrersitz, um die Tür zu öffnen, da bekam einer der drei Soldaten Koch zu fassen. Er stolperte und fiel zu Boden. Sofort waren die drei Männer über ihm. Einer von ihnen riss ihn hoch, während der zweite ihm einen Schlag in den Magen versetzte, der Koch augenblicklich zusammenklappen ließ. Die Frau in dem Auto beachteten die Soldaten nicht.

Während der dritte Soldat mit den Füßen nach Koch trat, nahm einer der beiden anderen sein Gewehr von der Schulter, packte es am Lauf und holte aus, um es Koch auf den Schädel zu schlagen, während der andere nicht aufhörte, mit seinen schweren Stiefeln auf Koch einzutreten. Der krümmte sich zusammen, um den Tritten möglichst wenig Angriffsfläche zu bieten und kämpfte gegen den Drang an, sich zu übergeben.

„Aufhören!“, hörte er wie durch einen Schleier.

Koch gab seine Schutzhaltung für einen Moment auf, ein letzter Tritt traf ihn vor die Brust und raubte ihm für Sekunden den Atem.

„Aufhören, ihr Schweine!“ Tatsächlich ließen die Legionäre von ihm ab.

„Weg! Zur Seite!“, befahl Marion. Im Hintergrund tuckerte der Motor des Mercedes im Leerlauf.

„Wo willst du denn mit dem Krüppel hin, Puppe?“, verstand Koch, während er versuchte, sich aufzurappeln. Sein Rücken, sein Magen, seine Nieren, alles klumpte zu einem riesigen Schmerz zusammen. Er hatte große Mühe, sich zu erheben.

„Ihr kommt nicht weit!“, drohte einer der Männer.

Endlich stand Koch, wankte, hatte Mühe, sich aufrechtzuhalten.

„Kannst du damit überhaupt umgehen?“, fragte ein anderer der Soldaten und lachte hämisch. „So ’ne Knarre in der Hand ist was anderes als ein Schwanz, Süße!“

„Ich kann mit beiden umgehen, glaub’s mir“, erwiderte Marion trocken.

Koch war inzwischen zu ihr gehumpelt und stellte sich neben sie. Es fiel ihm schwer, halbwegs sicher zu stehen. Ihm war schwindelig und er fürchtete, sich jeden Moment übergeben zu müssen. Marion hielt Dickopfs Pistole in beiden Händen und zielte auf die drei Männer.

„Ihr Weiber habt immer ein großes Maul!“, höhnte einer der Legionäre. Mit diesen Worten kam er langsam auf Marion zu. „Ich zeige dir jetzt einen richtigen Prügel!“ Er lachte und ging weiter, fasste sich dabei mit einer Hand in den Schritt. Er war nur noch ein paar Meter von ihnen entfernt, da krachte ein Schuss, der Mann schrie auf und fiel hin.

„Mein Fuß! Du verdammtes Flittchen! Die Nutte hat mir in den Fuß geschossen!“

Marion blieb ruhig, hielt die Waffe weiter auf den Mann gerichtet. „Das war der Fuß. Der nächste Schuss zerschmettert deine Kniescheibe. Und der dritte, wo der hingeht, muss ich dir nicht verraten. So hart kann dein Prügel nämlich nicht sein!“ Sie ließ den Blick nicht von den Männern, die sie verunsichert anstarrten. „Ins Auto!“, zischte sie Koch zu, ohne die drei Angreifer aus den Augen zu lassen. „Zurück!“, befahl sie ihnen.

Die beiden unverletzten Soldaten blieben stehen, sichtlich bereit, sich beim ersten Anzeichen von Unachtsamkeit auf die Frau zu stürzen.

„Macht die Nutte fertig!“, schrie der angeschossene Legionär. Unter ihm breitete sich langsam eine Blutlache auf dem Boden aus.

Marion hob die Waffe ein kleines Stück und richtete sie auf den Schritt des ältesten der Männer. „Zurück, habe ich gesagt!“ Keiner der drei reagierte. „Fertig, Paul?“

„Ja“, stöhnte Koch. Er saß bereits auf dem Beifahrersitz, presste seine Hände auf den Magen und beobachtete ungläubig das Geschehen vor dem Wagen.

„Ich habe es mir überlegt“, erklärte Marion kalt. „Die Kniescheibe überspringe ich. Es geht jetzt direkt ans Eingemachte!“ Sie machte einen Schritt auf die Männer zu, die nun zurückwichen. „Waffen runter!“ Zögerlich folgten die Legionäre dem Befehl. „Zurück!“ Sie bewegte sich mit kleinen Schritten rückwärts zum Auto und öffnete die Fahrertür. „Noch ein Stück!“

Dann ging es sehr schnell. Marion gab über die Köpfe der Legionäre hinweg einen Schuss ab, sprang in das Auto, warf Koch die Pistole hin und raste los.

Sie schaltete gerade in den dritten Gang, als zum ersten Mal auf sie geschossen wurde. Marion packte mit ihrer rechten Hand Kochs Kopf und drückte ihn nach unten. Sie selbst beugte sich weit vor und konnte nur mit Mühe die Straße vor sich erkennen.

Weitere Gewehrsalven wurden ihnen nachgeschickt.

„Verfluchter Mist!“, rief Marion aus, als eine Kugel mit einem lauten metallischen Krachen in die Karosserie des Wagens einschlug. „Hoffentlich ist es nicht der Tank“, sagte sie und starrte in den Rückspiegel. Die drei Legionäre waren nur noch als kleine Punkte zu erkennen.

Kopf erbrach sich in den Fußraum vor ihm. Marions Fahrstil trug nicht zur Linderung seiner Schmerzen bei. Die steckte sich eine Zigarette an und inhalierte tief. Sie blies den Rauch in seine Richtung, um den Geruch des Erbrochenen zu übertünchen. Dabei sah sie immer wieder in den Rückspiegel. Niemand folgte ihnen.

Trotzdem reduzierte sie erst nach einer Viertelstunde die Geschwindigkeit und wandte sich an Koch, der zusammengekrümmt neben ihr saß und leise stöhnte.

„Und, geht's?“

Statt die Frage zu beantworten, presste Koch nur ein „Danke!“ hervor.

„Verstehe, beschissen!“, erwiderte Marion. „Ich fahre noch ein Stück, dann halte ich an!“, erklärte sie, ohne ihren Blick von der Straße zu nehmen.

„Ich muss zurück. Ich muss wissen, wo Brunner ist …“ Kochs Stimme war kaum zu verstehen.

Marion antwortete nicht, und als sie kurze Zeit später zu ihm hinüberblickte, war Koch gegen die Tür gesunken.

„Woher kannst du … so gut … schießen?“, fragte Koch leise, nachdem sie ein Stück in einen Waldweg gefahren waren und Schutz hinter einer Baumgruppe gefunden hatten. Das Sprechen fiel ihm noch schwer, jede Bewegung schmerzte. Er lag an einen Baumstamm gelehnt, Marion stand vor ihm und zuckte jedes Mal nervös zusammen, wenn ein Wagen auf der nahen Straße vorbeifuhr.

Sie lachte bitter auf. „Es hat doch was Gutes, wenn der Vater SS-Mann war. Ich habe es geahnt!"

„Wie?", entgegnete Koch, aber Marion schwieg, griff stattdessen nach einer Flasche mit Wasser, die auf dem Rücksitz lag, und reichte sie Koch.

„Trink!", forderte sie ihn auf, und nachdem er dem nachgekommen war, wollte sie, dass er sein Hemd auszog.

Erstaunt blickte Koch die Frau an.

„Zur Blitzmädelausbildung gehörte auch ein Schnelllehrgang als Krankenschwester. Also …!"

Mit einer energischen Geste wies sie ihn an, das Hemd auszuziehen.

Koch zögerte.

„Keine Angst! Ich falle schon nicht über dich her. Ich vergehe mich doch nicht an einem Invaliden." Sie grinste ihn belustigt an, woraufhin Koch gehorsam sein Hemd aufknöpfte. Sein Unterhemd zog er behutsam bis zum Hals hoch. Jede Bewegung schmerzte ihn.

Als er mit nacktem Oberkörper vor ihr saß, beugte sich Marion über ihn, tastete mit den Fingerspitzen seine Rippen ab, glitt mit der flachen Hand über seine Brust, langsamer und zärtlicher, als dies nötig gewesen wäre, drückte auf seine Nieren. Er stöhnte auf. Sie zog sofort ihre Hand zurück und betrachtete ihn einen Moment.

„Nichts Schlimmes!", sagte sie leise, es klang erleichtert. Dann, schon wieder energischer: „Bist scheinbar ein harter Hund. Ich schlage vor, wir fahren noch ein Stück und überlegen uns morgen, wie wir in die Schweiz kommen. Oder willst du noch ein bisschen mit dem Offizier von der Fremdenlegion plaudern?"

Koch zog es vor zu schweigen, knöpfte sein Hemd zu und stopfte es in seine Hose, dann setzte er sich auf den Beifahrersitz, wo er bald völlig erschöpft einschlief.

LIV

Sie lasen die Akte mehrmals und fanden keinen einzigen Anhaltspunkt. Der Zeuge blieb verschwunden und Reuber regte sich mehr als einmal über die Oberflächlichkeit auf, mit der Franz Moor überprüft worden war. Es hatte genügt, dass der Mann an einer Adresse gemeldet war und einen Ausweis besaß. Das Einzige, was sie in der Hand hatten, war Siggis Photo von Harro Stahl. Sie fuhren bei Bresson vorbei, von ihm erfuhren sie, dass Koch ihn nach seiner Flucht aufsuchen wollte, wie ihm der Nachbar nach seiner Rückkehr aus dem Krankenhaus erzählt hatte.

Siggi schlug vor, zu Franzi zu fahren. Die kam gerade vom Friedhof, als sie bei ihr läuteten, und bat die Männer ins Haus. Während Franzi Kaffee kochte, erzählten sie ihr, was in den letzten Tagen geschehen war. Von Kochs Verhaftung wusste sie schon, von seiner Flucht hatte sie durch die Fahndungsplakate erfahren. Erleichtert nahm sie die entlastenden Beweise, die die drei gesammelt hatten, zur Kenntnis. Schweigend füllte sie die Tassen, grübelte einen Moment.

„Aber warum", fragte sie schließlich, „ist er abgehauen? Wenn er unschuldig ist …?!"

„Sie kennen ihn doch", entgegnete ihr Reuber. „Koch ist ungeduldig. Und andere sind nicht gut genug."

„Außerdem", meldete sich Siggi zu Wort, „ist Herrn Koch seine Unschuld egal. Er will Brunner."

„Brunner?", rief Franzi überrascht aus.

Siggi sah Reuber an, der nickte ihm zu und er erzählte der Frau von Kochs Verdacht.

„Brunner? Nach so langer Zeit. Was sind das bloß für Menschen …?"

„Es ist seine Art, Rache zu nehmen."

„Das ist ihm gelungen ..." Franzi seufzte. „Paul hat sich verändert. Er hat sich auch nicht um die Beerdigung gekümmert. Um nichts. Als wenn ihm alles egal wäre."

„Das ist auch ein wenig unsere Angst", stimmte ihr Esch zu. „Wenn ich Paul richtig einschätze, dann hat er nur dieses eine Ziel: Brunner zur Strecke zu bringen!"

„Um ihn vor Dummheiten zu bewahren, müssen wir ihn unbedingt finden", erklärte Reuber.

„Er muss erfahren, dass er nicht mehr auf der Fahndungsliste steht. Solange er sich versteckt, ist er nicht kontrollierbar", ergänzte Reuber. Dass er sich in Gefahr befand, weil die Leute, die ihm die Falle gestellt hatten, wussten, dass Kochs Unschuld inzwischen bewiesen war, verschwieg er Franzi. Er wandte sich an sie: „Haben Sie eine Idee, wo er sein könnte? Bei einer Vertrauensperson vielleicht?"

Franzi schüttelte ihren Kopf. „Außer Bresson und Ihnen fällt mir niemand ein. Er hat sich auf niemanden eingelassen. Zu den Bekannten von Dorle hatte er kein besonders inniges Verhältnis."

„Aber er kann sich doch nicht tagelang ohne fremde Hilfe durchschlagen ..." Siggi wirkte ratlos.

„Was müssen wir daraus schließen?", fragte Esch in die Runde.

„Paul hat einen Helfer?", meinte Franzi zaghaft, mehr Frage als Antwort.

„Ja", bestätigte Esch, „das ist eine Möglichkeit. Aber wer ...?"

„... oder besser andersherum gefragt", unterbrach ihn Reuber. „Wen könnte er um Hilfe bitten? Ich glaube, das Problem ist nicht nur, dass er niemanden kennt, es entspricht nicht seinem Naturell, um Hilfe zu bitten ..."

„... dann", setzte Esch seine Ausführungen fort, „dann

hat er vielleicht eine Spur und ist gar nicht mehr in Mainz."

„Was weiß er, was wir nicht wissen? Welche Spur hat er? Von Harro kann er nichts wissen!" Verzweiflung klang durch Siggis Worte hindurch.

„Unterschätzen Sie Koch nicht", war Reubers ironischer Einwand. „Sie wissen doch, wie der Mann ist ... wer weiß, wen er auf seine Weise ausgequetscht hat ... Er wartet nicht einfach ab, dass etwas passiert ..."

Siggi meldete sich wieder zu Wort. „Die einzige gemeinsame Spur, die wir haben, ist dieser Dickopf." Er sah die anderen an.

„Wer ist das denn?", fragte Franzi.

„Der Mann, über den Koch Informationen für von Peterlein sammeln sollte", erklärte Reuber lapidar.

„Zumal Herr Arnheim mit Dickopf gesprochen hat", ergänzte Siggi.

„Das ergibt einen gewissen Sinn, Siggi, sehr gut", lobte Reuber den jungen Kollegen. „Das ist gut, ja. Dickopf könnte ein Interesse daran haben, dass zum einen von Peterlein beseitigt wird, und zum anderen, dass Koch aus dem Verkehr gezogen wird. Das hieße aber, Stahl und Moor arbeiten für ihn."

Er dachte nach, die anderen störten ihn nicht dabei. Franzi schenkte noch einmal Kaffee nach, füllte dann den Wasserkessel und stellte ihn auf den Herd.

„Im Moment ist das unsere einzige Spur", stellte Esch fest. „Wir sollten mit Arnheim sprechen", schlug er vor.

„Da ist noch der Boxkampf in Mannheim", ergänzte Siggi.

„Ist natürlich nicht vergessen", bestätigte Reuber süffisant.

Am Freitag hatte Arnheim keine Zeit für sie, erst am Samstagvormittag empfing er die drei Männer in seinem Büro. Zu ihrer Überraschung saß Peickert bereits dort.

Reuber teilte zunächst mit, dass der Zeuge nicht aufzufinden war und sie nach Inansichtnahme der Wohnung und nach dem Gespräch mit dem Hausmeister sicher waren, dass der Mann nie dort gewohnt hatte. Anschließend zählte er alle weiteren Punkte zu Kochs Entlastung auf, die Peickert zu ihrer Überraschung stoisch aufnahm. Auch dass der Grund für Kochs Flucht darin lag, Brunner zu finden, schien ihn nicht zu überraschen, ein Hinweis, dass Arnheim auch an dieser Stelle nicht seinen Mund gehalten hatte.

Schließlich lenkte Reuber das Thema auf Dickopf und ihren Verdacht, dass er mit dem Mord an von Peterlein in Verbindung stand, doch Arnheim ließ sich nicht dazu verleiten, seinen Kontakt zu dem Mann einzugestehen.

Stattdessen wies er seine Leute an, sich darauf zu konzentrieren, Harro Stahl zu finden. Peickert ließ es sich an dieser Stelle nicht nehmen, mit scharfem Vorwurf in der Stimme auf Siggis Kontakte zu diesem Mann zu verweisen. Arnheim erstickte einen aufkommenden Streit zwischen den Männern, stellte noch einmal klar, dass Peickert der ermittelnde Kommissar war und forderte Reuber, Siggi und Esch auf, ihm keine Informationen vorzuenthalten. Schließlich entließ er sie aus seinem Büro, bat Peickert aber noch zu bleiben.

„War es richtig, dass wir nichts von dem Boxkampf in Mannheim gesagt haben?“, fragte Siggi, als sie in Reubers Büro saßen.

„Ja!“, antwortete der kategorisch.

„Glauben Sie, er wäre dem nachgegangen?“, meinte Esch an Siggi gewandt. „Nein, das ist unsere Sache, das sind wir

Koch schuldig. Lassen Sie uns morgen zum Boxkampf gehen und sehen, ob wir diesen dubiosen Harro Stahl dort antreffen. Oder sehen Sie das anders, meine Herren?“

Lange hatten sie am Samstag nicht mehr zusammengesessen. Reuber wollte nach Hause, damit seine Frau nicht allzu verärgert war, weil er am Sonntag nach Mannheim fahren würde. Esch hatte sich mit einem Verwandten, der sich gerade in Wiesbaden aufhielt, dort in der Spielbank verabredet.

„Adel verpflichtet …“, spottete Reuber, als sie sich voneinander verabschiedeten.

Siggi war noch durch die Straßen gelaufen. Die letzten Wochen hatten viel verändert in seinem Leben. Das Ende seiner ersten Liebesbeziehung, sein erster Fall, den er gelöst hatte, Dorles Ermordung und Kochs Verhaftung. Ein bisschen viel für die kurze Zeit, überlegte er. Doch da war noch etwas: Er war nicht mehr der kleine, unwichtige Assistent. Er wurde gleichberechtigt behandelt. Irgendwie hatten Kochs Verhaftung und Verschwinden auch ihr Gutes, überlegte er, und schämte sich im gleichen Augenblick für diesen Gedanken.

In einer Wirtschaft in der Neustadt kehrte Siggi ein. Er konnte jetzt nicht alleine in seinem Zimmer hocken. Der Wirtsraum war noch leer, nur drei oder vier Männer waren da, hatten sich an zwei Tische verteilt.

Siggi stellte sich an den Tresen, er wollte nicht lange bleiben, zwei, vielleicht drei Bier trinken, um die richtige Bettschwere zu bekommen, die ihn davon abhalten würde, zu viel nachzudenken.

Siggi trank sein Bier leer, schneller, als ihm guttat, denn er spürte, wie ihm der Alkohol zu Kopf stieg.

Ungefragt stellte ihm der Wirt das dritte Bier auf den Tresen. Siggi hatte zwei Männer beobachtet, die das Lokal betraten, sich umsahen und an einem Tisch Platz nahmen. Kurz darauf waren zwei weitere Männer in Begleitung von zwei Frauen gekommen, die von allen anderen Männern in dem Raum sehr genau begutachtet wurden.

Siggi spürte den Ärger, der in der Luft lag. Er zahlte und verließ die Wirtschaft. Zu Hause erfüllte das Bier genau die Aufgabe, die er ihm zugewiesen hatte. Er schlief sofort ein, und da der Kampf erst am Nachmittag des nächsten Tages begann, konnte er an diesem Sonntag ein wenig länger im Bett liegen bleiben.

Am nächsten Morgen um elf Uhr fand sich Siggi am verabredeten Treffpunkt ein. Esch wartete bereits. Allerdings konnte Siggi keinen Wagen sehen.

„Der Alvis macht Ärger, ich fürchte irgendetwas mit der Benzinzufuhr."

„Mist!", fluchte Siggi, der ihr Unternehmen schon in Gefahr sah.

„Wir müssen einen Wagen über die Direktion bekommen", schlug Esch vor.

„Es ist Sonntag", erwiderte Siggi, „da ist niemand, und ich weiß nicht, ob es so gut wäre, wenn wir *offiziell* nach Mannheim fahren."

Dem stimmte auch Reuber zu, der wenig später von seiner Frau in einem Volkswagen gebracht wurde.

Esch deutete auf das Auto. „Da hätten wir doch einen fahrbaren Untersatz", schlug er vor.

Reubers Frau machte eine ablehnende Geste. „Der gehört Franz, dem Mann meiner Cousine, er braucht den Wagen später. Es ist ein Wunder, dass er ihn überhaupt aus der Hand gegeben hat."

„Verflucht!“, schimpfte Siggi, „wie kommen wir jetzt nach Mannheim? Das ist die Gelegenheit, Harro oder den Zeugen zu finden!“

„Kennen Sie niemanden, der sonst noch ein Auto hat?“, wandte sich Reuber an Esch.

Der schüttelte den Kopf. „Nicht heute …“

„Ich hätte vielleicht eine Idee“, murmelte Siggi.

Drei Augenpaare blickten ihn überrascht und neugierig an. Siggi zögerte.

„Nun, Siggi, was ist?“, drängte Reuber.

„Ich habe doch den Škoda.“

„Škoda?“, fragten Esch und Reuber zurück.

Zunächst fuhren sie mit Reubers Volkswagen zu dem Hotel, in dem Esch untergekommen war, um die Nummernschilder von dem Alvis abzumontieren. Bei der Tante wurden sie an den Škoda montiert, der einen kurzen Testlauf bestens absolvierte, bevor sie sich auf den Weg nach Mannheim machten. Siggi saß stolz hinter dem Lenkrad des Škoda Popular und versuchte, seine Nervosität zu überspielen. Zum ersten Mal war er mit seinem Auto unterwegs. In Mainz tankten sie den Wagen voll, der, je weiter sie fuhren, desto besser lief, bis Siggi sich schließlich hinter Worms traute, auf über achtzig Stundenkilometer zu beschleunigen. Reuber mahnte ihn zur Vorsicht und lieber etwas später in Mannheim einzutreffen, als den Wagen wegen weniger Minuten Zeitgewinn zu ruinieren. Schweren Herzens fügte sich Siggi dem Vorschlag.

„Wo müssen wir denn genau hin?“, fragte Siggi.

Reuber, der neben ihm saß, lachte.

„Sie sind ja lustig, Siggi, fahren los, ohne sich zu erkundigen, wo Sie genau hin müssen.“

Der junge Mann wurde rot.

„Ins VfR-Stadion", erklärte der Kommissar. „Sagt Ihnen das was?"

Siggi brummte eine Verneinung. Auch Esch gab zu, es nicht zu wissen.

„Der eine hat nur seine Autos im Kopf und vergisst darüber den wichtigsten Sport und der andere kennt wahrscheinlich nur Cricket und Polo. Was für Männer sind das?", lachte Reuber spöttisch. Von Sport halten Sie nicht viel, was? Der VfR Mannheim ist der deutsche Fußballmeister 1949, meine Herren. Hat letztes Jahr das Endspiel im Stuttgarter Neckarstadion gegen Borussia Dortmund 3:2 gewonnen, nach Verlängerung. Dramatisches Spiel. Sehr dramatisch."

„Ja, doch", warf Siggi ein. „Stand ja in der Zeitung … ich erinnere mich jetzt wieder …"

„Waren Sie dabei?", fragte Esch, der im Fond saß.

„Bei dem Spiel? Nein, aber die Radioreportage habe ich gehört. Im Kino waren Ausschnitte in der Wochenschau."

„Sechzigtausend Leute sollen heute zu dem Kampf kommen." Siggi war froh, dass ihm das eingefallen war. Er wollte Reubers Vorwurf nicht einfach so auf sich sitzen lassen. Er fasste für die beiden anderen zusammen, was er in der Zeitung darüber gelesen hatte, über die Kampfgewichte beider Boxer und ihre jeweiligen Stärken und Schwächen. Der US-Amerikaner Jersey Joe Walcott war ein Meter dreiundachtzig groß und hatte eine Reichweite von einem Meter achtundachtzig. Hein ten Hoffs Hauptwaffe war dessen rechte Gerade. Dieser Kampf wurde als das größte Sportereignis in Deutschland nach dem Krieg angekündigt.

„Mensch, Siggi!", sagte Reuber anerkennend, „Sie haben wirklich nicht nur Autos im Kopf!"

„Aber sechzigtausend Zuschauer!", stöhnte Siggi. „Wie sollen wir die Gesuchten da finden?"

„Da hat unser junger Kommissar nicht unrecht“, merkte Esch an.

„Haben Sie einen anderen Vorschlag?“, fragte Reuber zurück.

„Nein“, gestand Esch, „nur sollten wir uns dessen bewusst sein, dass unsere Chancen so gut wie nicht vorhanden sind.“

„Tun wir unser Bestes und hoffen wir, dass das Glück uns hold ist.“

Eine knappe Stunde später erreichten sie das Stadiongelände und stellten den Škoda auf dem Parkplatz zwischen zwei amerikanischen Straßenkreuzern ab. Es hatte zu regnen begonnen, viele der Besucher, die mit ihnen zum Stadion liefen, hatten ihre Jacken über den Kopf gezogen oder Regenschirme aufgespannt.

Vor der Kasse hatte sich eine Schlange gebildet. Auf dem Kassenhäuschen war ein Lautsprecher befestigt, über den gerade die Radioreportage des Vorkampfes übertragen wurde. Reuber, Esch und Siggi hatten sich Zeitungen bei einem Jungen gekauft und versuchten, sich damit so gut es ging gegen die Feuchtigkeit zu schützen.

Reuber erkannte die Stimme des Sprechers. „Das ist ja Rolf Wernicke“, rief er aus.

„Sollte man den kennen?“, fragte Esch, während sie langsam vorankamen.

In der Schlange standen viele uniformierte amerikanische Soldaten.

„Sie haben es wirklich nicht so mit Sport, was Esch?“, stichelte Reuber. „Wenn es nicht Kricket ist“, fügte er noch hinzu.

Esch reagierte nicht.

„Wernicke hat ’36 bei den Olympischen Winterspielen

in Garmisch vom Eishockey berichtet. Und bei den Sommerspielen die Eröffnungsfeier und später die Leichtathletik-Wettbewerbe kommentiert."

„Na, da wird es für den Mann hoffentlich kein Problem darstellen, dass ein Schwarzer der Gegner eines deutschen Boxers ist."

„Abwarten", bemerkte Reuber. „Könnte schon passieren, dass er da in seinen Nazi-Jargon verfällt." Sie hatten das Kassenhäuschen erreicht, Esch zahlte die Karten und sie drängten sich durch einen schmalen Einlass in das Innere des Stadions.

„Ist gar nicht so voll", meinte Siggi, als er sich umschaute. Tatsächlich wiesen die Zuschauerränge viele Lücken auf. In der Mitte des Stadions war auf dem Rasen der Ring errichtet worden, um den die Sitzbänke und auch der Tisch für die Punktrichter aufgebaut waren. Dahinter befanden sich die Stehplätze. Über dem Ring prangte ein großes Plakat mit der Werbung für eine Zigarette, die als *Die reine Virginia-Cigarette* beworben wurde.

Der Vorkampf wurde von den Zuschauern nur mäßig beachtet.

„Wie gehen wir vor?", fragte Siggi. Es war sehr laut um sie herum und er musste schreien, damit die anderen ihn verstehen konnten. Nachströmende Menschen stießen gegen sie. Der Boden war aufgeweicht und sie mussten auf dem unbefestigten Weg achtgeben, nicht auszurutschen.

Reuber sah sich um. „Ich schlage vor, wir trennen uns. Wir haben vier Seiten um den Ring, jeder nimmt sich erst einmal eine vor. Siggi, Sie die gegenüberliegende Seite, ich rechts, Esch links, dann treffen wir uns wieder hier und verteilen uns dann erneut."

„Wird ganz schön anstrengend", stöhnte Siggi.

„Hat auch keiner behauptet, dass es einfach wird", wies

Reuber ihn zurecht. „Denken Sie einfach daran, dass wir es für unseren Kollegen Koch machen. Und nachher vielleicht Peickert eine lange Nase drehen können."

„Na gut", sagte Siggi, „dann mal los!"

Die drei trennten sich. Siggi ging in den ihm zugewiesenen Abschnitt. Langsam schritt er zwischen den Reihen der Zuschauer hindurch. Noch standen die meisten locker gruppiert beieinander, sahen zur Bühne, sprachen aber auch mit ihren Nebenleuten. Siggi musste besonders aufpassen, weil Harro ihn kannte.

Er war überrascht, dass so viele Frauen unter den Besuchern waren. Siggi hatte die Vorstellung vom Boxen als Sport von Arbeitern und ärmeren Menschen, aber die Leute, die er hier sah und in deren Gesichter er blickte, sahen keineswegs bedürftig aus.

Als er das Ende seines Abschnitts erreicht hatte, kehrte er um, lief zurück, nun einige Reihen näher am Boxring. Es blieb noch eine halbe Stunde bis zum Beginn des Hauptkampfes. Einer von ihnen, fiel Siggi ein, hätte am Eingang bleiben sollen, wo alle Besucher vorbeikommen mussten. Es ärgerte ihn, dass ihm dies erst so spät einfiel.

Vier Mal ging Siggi die sich langsam füllenden Reihen ab, dann fand er sich wieder am Treffpunkt ein. Mittlerweile hatte es aufgehört zu regnen. Weder Esch noch Reuber waren erfolgreich gewesen. Siggi schlug vor, sich in der Nähe des Eingangs zu postieren und die Ankommenden ins Visier zu nehmen. Er lief los und stellte sich dort hinter einen breiten Mast, um unauffällig die Menschen beobachten zu können, die ins Stadion strömten. Dabei nahm er Gesprächsfetzen der an ihm Vorbeieilenden auf: „… viel weniger als gedacht …", „… schlechte Werbung …", „… viel zu teuer, bis zu 70 Mark …", „das soll das Sportereignis des Jahres sein?! …"

Tatsächlich versiegte der Strom der Eintretenden bald, Minuten vor dem offiziellen Beginn des Hauptkampfes kamen nur noch wenige Personen und hetzten an ihm vorbei, um nichts zu verpassen.

Der Radioreporter, dessen Stimme aus dem Lautsprecher dröhnte, sprach von einer den Erwartungen nicht entsprechenden Zahl von Zuschauern, zählte immer wieder die Kampfbilanzen beider Boxer auf, trug ihr Kampfgewicht, ihre Reichweite und das Besondere ihres Kampfstils vor.

Siggi sah auf seine Uhr. Er hatte auf Reuber gehört und sie nicht weggeschmissen oder beiseitegelegt. Noch fünf Minuten bis zum Beginn des Kampfes. Er ging noch einmal vor zum Kassenhäuschen, sah die Gesuchten dort aber nicht. An der Stelle, wo er sich zuletzt von Reuber und Esch getrennt hatte, wartete er.

Die erste Runde des Kampfes war schon in vollem Gange, die Zuschauer gingen lautstark mit, feuerten ihren jeweiligen Favoriten an. Walcott fand besser in den Kampf, konnte mehrere linke Haken landen. Ein Raunen ging durch die Menge, einige meinten, dass Walcott seinem Gegner die Nase gebrochen habe. Esch kam und stellte sich neben Siggi. „Nichts!", raunte er ihm zu und sah dann auch dem Kampf zu.

Mit dem Gong, der das Ende der ersten Runde verkündete, fand sich auch Reuber bei ihnen ein.

„Nichts!", rief er ihnen zu.

„Wir müssen weitermachen. Wenn der Kampf zu Ende ist, stellen wir uns am Ausgang auf."

Sie trennten sich erneut. Die Zuschauer stachelten ihre Favoriten laut und leidenschaftlich an. Hein ten Hoff kam diesmal besser in den Kampf und hielt Walcott mit seiner Linken auf Distanz. Siggi brauchte länger als zuvor, bis er seinen Abschnitt abgelaufen war, weil er immer wieder stehen blieb, den Kampf beobachtete und den Kommentaren der Zuschauer lauschte. Die dritte und vierte Runde benötigte er, um zum Treffpunkt zurückzukommen.

Nach kurzem Austausch trennten die drei sich erneut. In dem Abschnitt, den Siggi nun absuchte, reagierten die Zuschauer, denen er die Sicht nahm, wenn er sich an ihnen vorbeidrückte, ungehalten. Einer drohte sogar, aus ihm Hackfleisch zu machen und „nicht so einen Memmentanz aufzuführen wie die beiden Affen da vorne im Ring".

In der fünften Runde gewann der Kampf an Dramatik. Siggi spürte das, auch ohne zum Ring zu sehen, nur an der Reaktion der Leute. Ten Hoff traf Walcott zwei Mal voll am Kinn und der US-Amerikaner musste sich mit Klammern über die Zeit retten.

Siggi quetschte sich zwischen den Zuschauern hindurch, blickte abwechselnd zum Ring und den Menschen um ihn herum, meinte für einen Moment, Harro zu sehen, erkannte bei genauerem Hinsehen aber, dass die beiden sich nur entfernt ähnlich sahen. Drei Runden lang lief Siggi durch die Reihen, die Mehrzahl der Zuschauer war mittlerweile der Auffassung, dass ten Hoff den Boxkampf gewinnen würde.

Runde neun und zehn blieb er am Treffpunkt, wo Reuber und Esch auf sich warten ließen. Erst zum Ende der letzten Runde hin tauchten sie auf.

„Nichts", erklärte Esch, auch Reubers Suche war erfolglos geblieben.

„Verflucht!", rief Reuber aus. „Ich bin sicher, dass einer von den Kerlen hier ist."

„Wunschdenken", entgegnete ihm Esch. „Lassen Sie uns zu den Ausgängen gehen! Wir verteilen uns und treffen uns dann an Siggis Wagen."

Damit trennten sie sich.

Siggi wartete einen Augenblick und bekam mit, dass Walcott nach Punkten zum Sieger erklärt wurde. Es gab laute Pfiffe und Unmutsbekundungen von Zuschauern, die offensichtlich anderer Meinung waren.

Um keine Zeit mehr zu verlieren, eilte er mit schnellen Schritten zu dem ihm zugewiesenen Ausgang. Die langsam an ihm vorüberziehenden Menschen waren aufgewühlt wegen des Ausgangs des Kampfes. Ein Mann behauptete, ten Hoff wäre der wahre Sieger. Ein anderer meinte, dass der Deutsche wenigstens ein Unentschieden verdient hätte, aber sein Boxstall wäre so dumm gewesen, sich darauf einzulassen, die Punkte nach amerikanischen Regeln zu zählen. „Sind halt immer noch die Besatzer. Da können sie machen, was sie wollen!“, behauptete ein Dritter im Vorbeigehen, der das Gespräch mitbekommen hatte.

Siggi konzentrierte sich auf die Leute, die an ihm vorbeizogen. Nach einer Stunde waren es nur noch wenige, eine weitere Viertelstunde später gab er auf und ging zum Parkplatz.

Schon von Weitem erkannte er die beiden neben dem dunklen Fahrzeug, jeder von ihnen eine Flasche in der Hand.

„Prost, Siggi“, sagte Reuber, als der junge Mann bei ihnen angekommen war, und drückte ihm eine Flasche Bier in die Hand. „Haben wir unserem Freiherrn zu verdanken!“ Sie stießen miteinander an.

„Das war ja ein Schuss in den Ofen“, stellte Reuber enttäuscht fest, nachdem er seine Flasche ausgetrunken und kräftig gerülpst hatte.

„Und nun?“, fragte Esch.

„Zurück in die Heimat und überlegen, wie wir diesen Zeugen finden können. Auf, Siggi, lassen Sie uns fahren …“

Von dem kam keine Antwort. Reuber wandte sich um und sah ihn in einiger Entfernung über den Parkplatz laufen. Viele Autos standen nicht mehr darauf.

„He, Siggi, wohin? Hier steht Ihr Wagen!“, rief ihm Reuber nach, aber ohne sich umzudrehen machte Siggi eine abwehrende Geste. Gezielt ging er auf einen weißen Wagen zu, ein Vorkriegsfahrzeug, wie an den ausgestellten Kotflügeln unschwer zu erkennen war. Reuber und Esch beobachteten, wie Siggi den Wagen genau in Augenschein nahm und auch ins Innere blickte, dann kam er zu ihnen zurück.

„Was ist denn, Siggi?“, fragte Reuber.

„Das ist Teddys Wagen“, erklärte dieser.

„Teddy? Wer soll das sein?“, fragte Esch.

Siggi erzählte den beiden von dem Rennen, das sich Harro auf dem Weg zur Solitude mit Teddy geliefert hatte, der genau mit diesem Wagen unterwegs gewesen war. Die zerbeulte rechte Seite bestätigte seinen Verdacht.

„Aber was hat das mit Franz Moor zu tun?“, fragte Esch.

Siggi überlegte. „Teddy und Bodo kennen Harro. Harro kennt Franz. Also kennen sich möglicherweise auch Franz und Teddy.“

„Unser junger Kollege macht mir wirklich langsam Angst“, bemerkte Reuber ironisch, wurde aber gleich wieder ernst. „Aber er hat recht. Wir parken in der Nähe des BMW und warten dort. Wenn dieser Teddy auftaucht, schhappen wir ihn uns.“

Kurze Zeit später hatten sie den Škoda etwa zwanzig Meter von dem BMW entfernt abgestellt. Von dort hatten sie ihn gut im Blick und konnten jeden, der sich dem Auto näherte, schon von Weitem erkennen. Sie machten sich klein im Inneren ihres Fahrzeugs. Draußen war es noch hell.

Eine halbe Stunde lang duckten sie sich in dem unbequemen Wagen und wurden langsam unruhig.

„Hat das noch Sinn?", fragte Esch.

„Natürlich!", unterbrach Reuber resolut jede aufkommende Diskussion.

Sie beobachteten weiter das Auto und die Umgebung. Es begann bereits zu dunkeln, da kam ein Mann langsam mit etwas unsicheren Schritten auf das Auto zu. Reuber, der den Betrunkenen als Erster bemerkte, öffnete leise die Wagentür des Škoda und ließ sich nach draußen gleiten. Esch krabbelte von der Rückbank nach vorne und machte es ihm nach. Siggi beobachtete den Mann, der sich dem BMW näherte.

„Los!", zischte Reuber, dann sah Siggi ihn und Esch in einem weiten Bogen auf den BMW zulaufen.

Erst als er einsteigen wollte, bemerkte der torkelnde Mann die beiden Männer. Er riss die Tür des BMW auf, stolperte und im nächsten Augenblick waren die beiden schon über ihm und drückten ihn gegen das Blech des Wagens.

Siggi sprang aus dem Škoda und lief zu Esch und Reuber, die den Mann festhielten.

„Das ist nicht Teddy!", rief er aus.

„Richtig!", stimmte ihm Reuber zu. „Da haben wir einen richtig guten Fang getan. Das ist Moor. Franz Moor, die Kanaille."

Der blickte Siggi zornig an. „Lassen Sie mich los!", brüllte er und versuchte, sich aus dem Griff der beiden anderen zu lösen. Reuber gab Siggi ein Zeichen, ihn abzulösen und postierte sich vor Moor. „Ruhe jetzt!", herrschte er den Mann an und gab ihm eine kräftige Backpfeife. Augenblicklich gab der seinen Widerstand auf.

„Franz Moor?", fragte Reuber, nun wieder ruhiger.

Der Mann kniff seine Lippen zusammen.

Reuber holte zu einem erneuten Schlag aus.

„Halt!", rief der Mann, „Ja, ich bin Franz Moor … was wollen Sie denn von mir?"

„Gut", antwortete Reuber. „Sie haben mit einer Falschaussage einem Freund von uns ziemlichen Ärger bereitet. Sie wollten ihm einen Mord anhängen. Das können Sie jetzt versuchen, wieder gutzumachen."

„Das ist eine Verwechslung", erklärte der Mann.

Reuber schüttelte den Kopf. „Warum lügen Sie?" Er griff in seine Jackentasche, zog einen Abzug des Photos aus der Ermittlungsakte hervor und hielt es seinem Gegenüber vor die Augen.

„Es ist zwar dunkel und Sie haben einen sitzen, aber Sie sollten trotzdem erkennen, dass Sie der Mann auf dem Bild sind. Oder wollen Sie das leugnen?"

Der Mann sah zur Seite.

Reuber schlug wieder zu, fester als beim ersten Mal.

„Ich habe keine Hemmungen, Sie windelweich zu prügeln", drohte er.

„Ich bin Franz Moor, das habe ich schon gesagt! Und? Was wollen Sie? Ich habe die Wahrheit gesagt."

„Das haben Sie nicht."

„Ich habe gesehen, wie der Mann den anderen umgebracht hat. Genau das habe ich ausgesagt."

Ansatzlos schlug Reuber zu, dieses Mal mit der Faust. Moor stöhnte auf. Er blutete an der linken Augenbraue.

„Was soll das?", fragte er keuchend.

„Das war erst der Anfang … Von wem haben Sie den Auftrag?"

Moor wandte seinen Kopf zur Seite.

Reuber packte ihn an den Haaren und zwang ihn, ihm in die Augen zu schauen.

„Moor, reden Sie endlich! Also …"

Doch der schwieg. Reuber überlegte, beugte sich dann ein Stück vor.

„Hören Sie zu, Moor, wir können das Ganze im Guten beenden, aber es geht auch anders, wenn Sie es so wollen. Der Mann hier zu Ihrer Linken", er blickte Esch kurz an, „ist Arzt. Der wird Ihnen eine Spritze setzen mit einem Wundermittel. Wunder, Sie wissen, was ich meine. Wie unser Herr Jesus. Es macht Stumme wieder sprechend. Leider ist dieses Mittelchen nicht frei von Nebenwirkungen. Der letzte Patient, den unser Wunderdoktor damit behandelt hat, ist bis heute leider noch nicht ansprechbar … ja, der Doktor sagt, es wäre ihm zu wünschen, dass er bald von seinen Leiden erlöst wird. Können Sie sich das vorstellen?"

„Das Schlimmste sind die Schmerzen!", ergänzte Esch.

„Sie reden doch Quatsch!", rief Moor aus, aber in seinem Gesicht zeigte sich ein erster Anflug von Panik.

„Herr Doktor, walten Sie Ihres Amtes! Ich übernehme so lange." Er packte Moor am linken Arm, Esch ließ ihn los und lief zum Škoda.

Kurz darauf kam er zurück. Moor blickte unsicher auf die Tasche, die Esch in der Hand hielt.

„So, das macht doch Freude", sagte der Arzt. „Im Krieg haben wir das mit Gefangenen gemacht. Ein Riesenspaß. Geredet haben die …"

Er drehte sich ein wenig zur Seite und kramte in der Tasche herum, blickte über seine Schulter, sah Reuber an, sprach ganz professionell. „Dosierung?", fragte er.

Reuber tat, als überlege er.

„Ist ein harter Hund, die Kanaille, glaube ich. Da sollten wir die volle Dosierung nehmen."

„Wunderbar", kommentierte Esch und zog eine Spritze

auf, mit der er sich vor Moor stellte, der sich im Griff der anderen Männer wand.

Reuber und Siggi hielten ihn sicher fest. „Machen Sie es nicht noch schlimmer, Moor. Wenn unser Herr Doktor die Vene nicht trifft …!"

Esch besah sich derweilen angelegentlich die Spritze, klopfte gegen den Kolben und sah Moor auffordernd an.

„Was wollen Sie?", rief Moor angsterfüllt aus.

„Für wen haben Sie die Aussage gemacht?"

„Ich weiß nicht, was Sie meinen!"

„Wer hat Ihnen den Auftrag gegeben? Wer hat das eingefädelt?"

„Ich weiß es nicht!"

„Und ich glaube Ihnen nicht. Was hat Ihnen Harro Stahl dafür bezahlt?"

„Woher wissen Sie …?"

„Esch, ich glaube, dieser Mann verlangt nach einer Spritze. Er bettelt geradezu darum."

„Krempeln Sie ihm den Ärmel hoch!", forderte Esch von Siggi. Der kam dem sofort nach. Moor versuchte sich erneut loszureißen, bis es Reuber zu viel wurde und er ihm von der Seite in die Niere boxte. Moor klappte zusammen und röchelte.

„Nein, nein, ich sag's, ich sag's ja!", stieß er hervor.

„Was?", fauchte Reuber ihn böse an. „Ich habe keine Lust auf Spielchen! Wer steckt dahinter? Harro Stahl?"

Moor nickte heftig. „Ja, Harro. Es war seine Idee."

„Warum hat er das gemacht? Was steckt dahinter?"

„Ich weiß es nicht!"

„Esch …!"

„Ich weiß es wirklich nicht", rief Moor panisch aus. „Ich kenne nur Harro. Er hat gesagt, dass ich zur Polizei gehen soll und was sich sagen soll."

„Wo ist Harro jetzt?“

„Das kann ich nicht … die machen mich …“

Reuber schlug ihm nochmals in die Niere. Moor stöhnte auf.

„Die Spritze …!“, drohte der Polizist.

Die Dämmerung war inzwischen weit fortgeschritten. Ein Geräusch ließ sie herumfahren. Esch ging ein Stückchen zur Seite, sah sich um.

„Ein Tier, wahrscheinlich!“, sagte er, als Reuber sich wieder vor Moor postierte.

„Also …!“, forderte Reuber.

„In die Schweiz ist er abgehauen. Er ist gewarnt worden, dass man ihm auf der Spur ist. Und dass der Kommissar frei ist.“

„Von wem gewarnt?“

„Ich weiß es nicht …“

„Wo in der Schweiz?“, fragte Esch.

Moor ließ sich Zeit. Esch hielt ihm die Spritze vor die Nase.

„Lausanne. Am See. Er kommt von da …“ Er lachte plötzlich irre. Und hielt gleich darauf inne.

„Was wollten Sie noch sagen?“ Reuber griff wieder mit seiner freien Hand in Moors Haare und zog fest an ihnen.

„Nichts!“

„Nichts gibt’s nicht. Wenn Sie nicht sofort sagen … Esch!“

Der Arzt drückte die Spitze der Nadel auf die Armbeuge von Moor.

„Eine Falle, eine Falle …“, stöhnte Moor, weil Reuber ihn weiter an den Haaren zog.

„Was für eine Falle?“

„Ihr Kommissar. Es gibt eine Falle. Lausanne.“ Er lachte wieder laut auf. „Keine Chance für den Kommissar. Der

See. Der tiefe See. Und eine so schöne Hütte. Eine kleine Fischerhütte und der Kommissar geht dem Angler an den Haken." Er lachte weiter. „Der Kommissar ist so gut wie tot …"

„Mist …", begann Siggi, war einen Moment unachtsam, weil ihn erneut ein Geräusch auf seiner rechten Seite irritierte, als sei ein Stein aufgeschlagen. Moor nutzte diese Unachtsamkeit aus, riss sich los, stieß Reuber vor die Brust, sodass der nach hinten stolperte, und lief los.

Siggi und Esch waren so überrascht, dass sie einige Sekunden brauchten, bis sie reagierten und die Verfolgung aufnahmen. Sie waren einige Meter weit gekommen, da krachte ein Schuss durch die Stille der Nacht. Beide warfen sich gleichzeitig zu Boden. Ein zweiter Schuss ließ sie zusammenzucken.

„Los!", zischte Esch, erhob sich und lief geduckt in die Richtung, in die Moor verschwunden war. Siggi rappelte sich auf und folgte dem Arzt, den er in der Dunkelheit kaum mehr vor sich erkennen konnte.

Wenig später hatte er Esch eingeholt.

„Weg!", fluchte der.

Reuber gesellte sich zu ihnen. „Vorsicht!", warnte er. „Wenn der Schütze noch in der Nähe ist, geben Sie ein hervorragendes Ziel ab."

„Der ist weg", rief Esch noch einmal aus.

Einige Sekunden standen die drei Männer ratlos in der Nacht, dann gab Reuber das Zeichen zum Aufbruch.

„Lassen Sie uns fahren. Den kriegen wir heute nicht mehr."

Sie eilten zum Škoda zurück, stiegen ein und fuhren in Richtung Mainz zurück.

„Was sollen wir jetzt machen?", fragte Siggi, während er versuchte, den Wagen sicher durch die Dunkelheit zu lenken. Die Scheinwerfer leuchteten nur ein kurzes Stück Straße vor ihnen aus.

„Wir müssen in die Schweiz. Lausanne. Vielleicht hat dieser Moor Unsinn geredet, aber wenn nicht … Koch ist seit Tagen verschwunden, ohne jede Spur. Das Ganze klang so, als ob Koch wüsste, dass Harro dahintersteckt und dass der in die Schweiz ist. Vielleicht hat dieser Harro ihm das auch geschickt zukommen lassen, um Koch nach Lausanne zu locken. Moor hat von einer Falle gesprochen. In Lausanne.“ Reuber hielt kurz inne. „Wir müssen dahin!“

„Jetzt?“, fragte Siggi.

„Ja, jetzt!“, entgegnete Reuber so, dass kein Widerspruch möglich war. „Wenden Sie! Wir müssen nach Süden.“

„Da gibt es eine Grenze …“, wandte Siggi ein.

„Grenzen sind dafür da, um sie zu überwinden“, konterte Reuber. Esch lachte laut aus dem Fond des Wagens. Es klang nicht entspannt.

29. Mai–30. Mai 1950

LV

Ein frischer Luftzug streichelte Kochs Gesicht. Es roch nach Gras und Wasser. Er setzte sich auf, hielt einen Moment die Luft an, blickte durch die Frontscheibe, stöhnte auf, verfluchte die Schmerzen. Nicht weit vor ihm lag ein See, dessen Oberfläche sich im Wind leicht kräuselte und an dessen Ufer sich eine tiefgrüne Wiese ausbreitete.

Paul Koch rieb seine Augen. Das war kein Traum. Er saß in dem Mercedes. Auf der Beifahrerseite. Der Fahrersitz war leer. Der Schmerz erinnerte ihn an den vergangenen Tag. Sie waren am Morgen losgefahren, sehr früh schon, um sich so schnell wie möglich so weit wie möglich von Landau zu entfernen, falls man doch nach ihnen suchte. Marion wollte zunächst nach Bayern fahren, in die amerikanische Zone, weg aus dem Einflussgebiet der Franzosen. Doch dann hätten sie einen Umweg in östlicher Richtung nehmen müssen. Sie spekulierte darauf, dass die Legion nicht daran interessiert war, in den Fokus der deutschen Öffentlichkeit zu geraten und die Suche allenfalls sehr dezent betreiben würde. So waren sie ihrem ursprünglichen Plan treu geblieben und parallel zum Rhein bis hinter Freiburg und nahe der Schweizer Grenze bis kurz vor Basel gefahren. Sie hatten unterwegs getankt und ihre Vorräte bei einem Bauern aufgestockt. Bei Einbruch der Dämmerung lenkte Marion den Wagen in einen Feldweg. Koch drängte Marion, weiterzufahren, um die Angelegenheit in Lausanne so schnell wie möglich hinter sich zu bringen. Aber Marion ignorierte ihn, bestimmte, anzuhalten und sich auszuruhen. Koch war noch zu schwach, um sich ihr zu widersetzen, jeder einzelne Knochen tat ihm weh. Koch ließ sich vorsichtig aus dem Wagen gleiten, froh, endlich seine Beine ausstrecken zu können und dem Schaukeln und den Stößen entkommen zu sein. Marion hatte eine Scheibe von dem Brotlaib abgeschnitten. Den Wein, den sie ebenfalls bei dem Landwirt erworben hatte, mussten sie aus der Flasche trinken.

„Wir müssen sparsam damit umgehen", hatte sie gesagt und laut aufgelacht.

„Wie kommen wir über die Grenze?", wollte Koch wissen. Er musste sich konzentrieren, um nicht auf der Stelle einzuschlafen. „Ich habe zwar meinen Ausweis dabei, aber wir brauchen auch …", er hielt kurz inne und dachte nach. „Ja, eine Ausreisegenehmigung." Er gähnte. „Die wird erst im Juli abgeschafft."

„Wir werden schon einen Weg finden", hatte Marion zuversichtlich erwidert und sich ebenfalls eine Scheibe von dem Brot abgeschnitten.

Dann schlief Koch mitten im Satz ein und sank zur Seite. Marion saß noch eine Weile neben ihm, bis ihr Kopf auf seine Brust sank. Er stöhnte auf, ließ sie aber gewähren. Sie sog den Geruch seines Körpers ein, drehte ihren Kopf ein wenig zur Seite, um ihm näher zu sein. Doch Koch rappelte sich plötzlich, ohne sie zu beachten, mühsam auf, schimpfte auf die Kälte und zog sich ins Auto zurück, wo er es sich so gut es ging auf dem Beifahrersitz bequem machte, mit seinem Jackett notdürftig zudeckte und Sekunden später eingeschlafen war.

Irritiert betrachtete Koch nun den See. An den konnte er sich nicht erinnern. In der Nacht war er aufgewacht, weil er glaubte, dass das Auto hin und her schaukle. Eine Hand hatte sich beruhigend auf seine Schulter gelegt, sie zart gestreichelt. „Schlaf weiter!", hatte eine Stimme geflüstert, und er war der Aufforderung gleich dankbar gefolgt.

Sanft liefen flache Wellen auf dem Uferstreifen aus, verloren sich, lösten sich auf.

Koch öffnete die Tür und stieg aus dem Fahrzeuginneren. Ein paar Sekunden stand er unsicher auf seinen Beinen neben dem Wagen und stützte sich am Dach ab, bevor er auf den See zuwankte und am Ufer stehen blieb. Er kniete nieder, schaufelte Wasser mit seinen Händen und bespritzte sein Gesicht.

„Du bist ja wach!", hörte er neben sich Marions Stimme.

Er erhob sich. Die Frau trat lächelnd an seine Seite.

„Die reinste Idylle." Sie machte mit ihren Armen eine ausladende Bewegung, die See und Landschaft einschloss.

Kurz stand sie so da, dann begann sie mit einem Mal, sich zu entkleiden, bis sie nackt am Rand des Wassers stand, setzte erst einen Fuß in den See, dann den zweiten und watete langsam hinein. Koch starrte ihr fassungslos nach.

„Uh, kalt!", rief sie aus, was sie aber nicht davon abhielt weiterzugehen, bis ihr das Wasser zu den Oberschenkeln reichte. Sie ließ sich nun ganz in den See gleiten und begann mit kräftigen Zügen zu schwimmen, bevor sie sich umdrehte und ihm zuwinkte.

„Los, komm rein!", forderte sie ihn auf. „Das erfrischt."

Koch zögerte, Marion schwamm weiter. Ihre Nacktheit, die Unbekümmertheit, mit der sie ihm ihren entblößten Körper gezeigt hatte, verunsicherten ihn zutiefst. Plötzlich wurde ihm bewusst, dass er sich schon seit Tagen nicht mehr gewaschen, geschweige denn gebadet hatte. Er drehte sich um, zog sich aus und ging zögerlich ins Wasser. Seine Haut sträubte sich gegen die Kälte. Aber er wollte sich jetzt keine Blöße geben, ignorierte die feinen Nadelstiche auf seiner Haut und ließ sich, wie Marion es vorgemacht hatte, ins Wasser gleiten und schwamm in ihre

Richtung. Die Bewegungen wärmten ihn, doch er fühlte sich nicht in der Lage, so weit wie Marion auf den See hinauszuschwimmen. Schon bald machte er kehrt, watete aus dem Wasser und suchte sich einen sonnigen Platz, auf den er sich zum Trocknen legte.

Eine Viertelstunde später kam Marion aus dem Wasser und stellte sich völlig frei von Scham vor ihn hin.

„Das hat gutgetan", sagte sie fröhlich und lenkte seine Aufmerksamkeit auf sich. Erst sah er durch sie hindurch, dann an ihr vorbei. Sie hatte kein Erbarmen mit ihm und legte sich nahe neben ihn auf die Wiese. Koch konnte seine Unruhe nicht verbergen. Er sammelte seine Kleidungsstücke ein und zog sich im Schatten des Mercedes an. Nach einigen Minuten folgte ihm Marion, auch sie inzwischen wieder bekleidet.

„Wo sind wir?", fragte Koch.

„Riechst du das nicht?", fragte sie zurück. „Das ist die Schweiz."

„Die Schweiz?" Koch klang ungläubig. „Wie sind wir hierher …?"

„Du hast letzte Nacht im Auto fest geschlafen und ich konnte nicht schlafen. Da bin ich los."

„Ich meine, wie bist du über die Grenze …?"

„Das war nicht schwer. Die können ja nicht jeden Zentimeter überwachen."

„Ja, ja." Koch sah sich nochmals um. „Aber einfach so … man muss doch einen Weg kennen …"

Marion nickte lächelnd. „Ich bin in der Nähe von Lörrach aufgewachsen und mein Großvater hat mir früher von den Schmugglerpfaden erzählt. Wo man gut rübermachen kann."

„War er Grenzpolizist, beim Zoll …?" Koch sah sie ungläubig an.

„Paul, mein Großvater war der beste Schmuggler weit und breit. Man hat ihn nie geschnappt."

Koch schüttelte seinen Kopf. „Das kann doch nicht wahr sein. Der Vater SS-Mann, der Großvater Schmuggler … was hat dein Urgroßvater gemacht? Und …", er musste lachen, aber nur kurz, denn das schmerzte sofort in der Brust, „was soll denn da mal aus deinem Sohn werden …"

Marion erwiderte das Lachen nicht, im Gegenteil. Von einer Sekunde auf die andere versteinerten sich ihre Gesichtszüge, sie drehte sich um und ging wortlos davon.

Koch war verwirrt über diesen Stimmungsumschwung. Er hatte nur eine flapsige Bemerkung machen wollen. Er blickte der Frau nach, die über die Wiese zu einem großen Felsbrocken stapfte, hinter dem sie verschwand.

Nach einigen Minuten folgte er ihr. Langsam umrundete er den Felsen. Zusammengekauert hockte Marion auf dem Boden, hatte ihre Beine an den Körper gezogen und hielt sie mit beiden Armen umklammert.

Koch stand unschlüssig vor ihr, wartete, sagte „Entschuldigung" und hoffte vergebens auf eine Reaktion.

Im Auto fand er noch ein Stück des Brotlaibs vom Vortag, von dem er sich etwas abbrach, biss in den Rest der Wurst und trank anschließend das Wasser. Auf dem Beifahrersitz wartete er auf Marion.

Erst zwei Stunden später kam sie hinter dem Felsen hervor. Sie sah aus, als ob sie geweint hätte. Ohne ein Wort an ihn zu richten, setzte sie sich hinters Lenkrad, startete mit entschlossener Miene den Motor und steuerte den Mercedes über die Wiese zurück auf die Straße. Ein Schild gab die Entfernung bis Solothurn mit zehn Kilometern an.

„Bis Lausanne sind es noch gut einhundertfünfzig Kilometer“, brach Marion ihr Schweigen. Kochs Blick auf das Schild war ihr nicht entgangen.

Die nächsten Kilometer sprachen sie beide kein Wort. Hinter Bern zeigte ein Schild den Ort Murten an.

„Wir müssen uns genau überlegen, wie wir in Lausanne vorgehen“, sagte Marion plötzlich, als ob nichts vorgefallen wäre. „Vielleicht ist das ja eine Falle von Dickopf.“

Koch war mit seinen Gedanken bei Brunner gewesen. Ihn wurmte, dass er im Moment nichts unternehmen konnte, um den Mörder seiner Frau zu finden. Er ließ keinen Zweifel zu, dass dieser Mann der Täter war.

„Als ob der so weit im Voraus denkt“, reagierte Koch unwirsch. Er empfand Harro Stahl als lästige Pflichtaufgabe. „Das würde bedeuten, dass Dickopf wusste, dass wir zu ihm kommen und er den Plan schon in der Tasche hatte. Etwas unwahrscheinlich.“

„Richtig“, stimmte Marion zu. Sie ignorierte seinen herablassenden Tonfall. „Es ist mehr ein Bauchgefühl. Wir müssen auf der Hut sein. Ich traue dem Kerl keinen Millimeter über den Weg. Der ist mit allen Wassern gewaschen. Vor allem skrupellos. Wo beginnen wir mit der Suche?“

„Unser einziger Anhaltspunkt ist das Autohaus.“ Koch ließ seinen Blick nicht von der Straße vor ihnen. Sowie sie Harro gefunden hatten, würde er nach Landau zurückfahren. Er würde sich diesen Offizier schnappen und so lange in die Mangel nehmen, bis der ihm sagte, wo sich Brunner aufhielt. Sollte er wider Erwarten nicht an diese Information kommen, würde er nach Offenburg fahren, wo sich ein weiteres Rekrutierungsbüro der Fremdenlegion befand.

„Das heißt, wir müssen jedes verdammte Autohaus in Lausanne abklappern?“

„Dickopf sagte, dass das Autohaus einem Verwandten von Harro Stahl gehört. Vielleicht haben wir Glück und die beiden tragen den gleichen Namen."

„Vorausgesetzt, Dickopf hat dir keinen Bären aufgebunden."

„Vorausgesetzt, vorausgesetzt", blaffte Koch zurück.

Marion ließ sich nichts anmerken. „Es kann doch sein, dass nichts an der Geschichte stimmt. Dickopf schickt uns in die Schweiz und er kann in der Zeit in Deutschland in aller Ruhe seinen Geschäften nachgehen."

Koch nickte. „Alles möglich. Aber es ist unsere einzige Spur."

„Wenn wir Stahl gefunden haben, was willst du dann mit ihm machen? Ich nehme an, und ich denke, da liege ich nicht falsch", sagte Marion ironisch, „dass der Mann nicht freiwillig mit nach Deutschland zurückkommen wird. Selbst wenn du ihn sehr freundlich fragen solltest."

„Da fällt mir schon was ein", knurrte Koch.

„Da bin ich ja sehr gespannt", antwortete Marion, nun auch gereizt.

Die nächste Stunde fuhren sie schweigend weiter. Anders als in Deutschland herrschte auf der Überlandstraße reger Verkehr. Einmal begegnete ihnen ein Polizeiwagen, ein anderes Mal wurden sie von einem überholt. Hin und wieder sahen sie auch Fahrzeuge mit deutschen Kennzeichen.

„Man fährt wieder in Urlaub", stellte Marion fest, als sie von einem Auto aus Deutschland überholt wurden.

Nach Mittag waren sie auf der Höhe von Estavayer-le-Lac und konnten erstmals den Lac de Neuchâtel in der Ferne im Sonnenlicht glitzern sehen. Marion wollte in den Ort fahren, um ihre Vorräte aufzufrischen. Zunächst musste sie aber in einer Bank Geld wechseln. Vor den ersten Häusern hielt sie an, stieg aus, strich sich über ihr Kleid und stellte sich vor die Beifahrertür.

„Und, wie sehe ich aus?"

„Gut!", antwortete Koch irritiert und, ohne sie anzuschauen. „Warum?"

„Wenn ich schmutzig und unansehnlich in eine Schweizer Bank gehe, wird mir wohl niemand Geld wechseln."

Koch lachte kurz hämisch auf. „Solange du Geld hast, ist das egal."

„Dein Wort in Gottes Ohr." Mit diesen Worten setzte sich Marion wieder hinters Steuer und stellte den Wagen in der Nähe einer Bank ab.

Nach dem Geldwechsel kaufte sie in einem Lebensmittelgeschäft ein, tankte den Mercedes auf und nicht viel später befanden sie sich wieder auf der Straße, die am See entlang in Richtung Süden nach Lausanne führte.

Koch hatte sich beruhigt. Es war ihm klar, dass er sich jetzt auf die Suche nach Harro Stahl konzentrieren musste. Je eher das erledigt war, desto schneller konnte er sich seinem eigentlichen Ziel zuwenden. Ja, sie hatten tatsächlich nichts außer Stahls Namen, eine Beschreibung des Mannes, von der er nicht wusste, ob sie stimmte, und die Information, dass er Zuflucht bei einem Verwandten, der ein Autohaus besitzen sollte, gesucht hatte. Ihre Finanzen waren knapp, sie hatten keine Hilfsmittel, konnten nicht in einem Hotel übernachten, und über all dem schwebte die Frage, ob Dickopf ihnen eine Falle gestellt hatte. Vielleicht folgte man ihnen schon, hatte sie im Visier und … ja und? War es eine Falle? Wenn man sie im sprichwörtlichen Sinne aus dem Verkehr ziehen wollte, hätte man das schon lange tun können: Sie waren illegal in dieses Land eingereist, das würde genügen, um sie für eine bestimmte

Zeit verschwinden zu lassen. Aber was wäre dadurch gewonnen? Für Dickopf, Stahl oder wer sonst hinter dem Mord an von Peterlein steckte? Es würde nur einen Aufschub bedeuten. Niemand seiner Freunde und Kollegen wusste, wo sie waren. Würden seine Feinde weitergehen? Sie umbringen und irgendwo hier verscharren?

Oder sprach Dickopf die Wahrheit? Was dann? Warum hatte er ihm mitgeteilt, dass möglicherweise Stahl der Mörder war und sich in die Schweiz abgesetzt habe? Weil er, Koch, ihm in der Schweiz tatsächlich nicht habhaft werden konnte? Weil Dickopf hoffte, Koch würde ihm den Mann vom Hals schaffen? Koch als die Marionette eines ehemaligen Nazi-Kommissars. Welch bittere Ironie!

Er verscheuchte diese Gedanken. Er musste sich auf seinen kriminalistischen Instinkt verlassen, die Nase des Puhlers. So nannte Bresson ihn, ein alter Begriff aus der Sprache des Rotwelsch, der Gaunersprache. Wie es dem alten Mann jetzt wohl ging? Er würde ihn, sowie er zurück in Deutschland war, sofort aufsuchen, gleich, nachdem er Dorles Grab besucht hatte. Aber Deutschland war im Moment sehr, sehr weit weg.

Am Abend teilte ihnen ein Schild am Straßenrand mit, dass sie sich etwas mehr als zwanzig Kilometer vor Lausanne befanden. Marion schlug vor, einen Platz zum Übernachten zu suchen. Am nächsten Morgen würden sie sich auf die Suche nach dem Autohaus und Stahl begeben.

LVI

Bei Karlsruhe mussten Reuber, Esch und Siggi eine Rast einlegen. Der Tank des Škoda war fast leer und die wenigen Tankstellen schon geschlossen. In einem Vorort der badischen Stadt kamen sie in einer Pension unter, in der ihnen noch eine kalte Mahlzeit serviert wurde. Während des Essens besprachen sie ihr weiteres Vorgehen.

Arnheim oder gar Peickert zu informieren kam nicht infrage. Sie mussten schnell handeln, durften keine Zeit verlieren, Zeit, die für Kochs Leben entscheidend sein konnte. Die Nacht in der Pension war schon eine völlig unnötige Verzögerung, denn sie hatten keinerlei Anhaltspunkte, ob Koch schon in Lausanne war und wann die Falle zuschnappen würde.

Mit dem ersten Tageslicht standen sie auf. Die Wirtin bereitete ihnen ein Frühstück, anschließend machten sie sich auf den Weg, tankten im Ort und erreichten gegen Mittag Lörrach. Reuber bat Siggi anzuhalten.

„Wir haben ein Problem“, begann er.

Siggi und Esch sahen ihn überrascht an.

„Wir brauchen eine Ausreisegenehmigung, um in die Schweiz zu fahren“, erklärte er.

„Ich nicht“, widersprach Esch und zückte seinen Pass. „Mein Sesam-öffne-dich. Ich bin britischer Staatsbürger.“

„Schön für Sie“, erwiderte Reuber kurz angebunden, „der befördert aber alleine Sie. Wir fahren in Lörrach zur örtlichen Polizeidienststelle. Mal sehen, ob die hier Kollegen aus dem Norden unbürokratisch helfen werden. Geben Sie mir mal Ihren Ausweis“, forderte er Siggi auf, als sie in der Nähe der Polizeistation geparkt hatten.

„Das kostet aber Zeit“, mäkelte Siggi, aber Reuber wies

ihn zurecht. „Ohne Ausreisegenehmigung kommen wir gar nicht über die Grenze. Also …!" Er streckte seine Hand aus, Siggi reichte ihm seinen Pass.

„Viel Glück, Herr Kommissar", rief ihm Esch nach, als Reuber den Wagen verließ.

Sie mussten mehr als eine Stunde auf seine Rückkehr warten.

„Und, Herr Kommissar?", fragte Esch.

Reuber klopfte auf sein Sakko. „Alles da drin", sagte er und stieg ein. „Wir können, Siggi!"

Reuber hatte gegenüber den Kollegen eine Geschichte erfunden, auf die kollegiale Zusammenarbeit hingewiesen und eine Packung amerikanische Zigaretten auf dem Tisch liegen lassen.

Der Grenzübertritt verlief ohne Zwischenfälle, nach ein paar Kilometern Fahrt fiel Reuber auf, wie sauber, ordentlich und vor allem, wie unzerstört in diesem Land alles war. Kein Vergleich zu Deutschland, in dem die Wunden des Krieges noch immer deutlich zu erkennen waren, trotz aller Bemühungen, die Ruinen und ausgebrannten Häuser abzureißen und durch Neubauten zu ersetzen. Aber es waren einfach zu viele, um diese Mammutaufgabe in den wenigen Jahren seit dem Krieg zu schaffen. Mit Siggi begann er eine Diskussion über ihre nächsten Schritte. Ihr einziger konkreter Anhaltspunkt war Harro Stahls Aussage gegenüber Siggi, dass sein Vater in Lausanne ein Autohaus besaß. Wenn dies keine Lüge gewesen war, konnten sie so an ihn herankommen. Wenn Koch von Harro und dem Autohaus wusste, würde er sich ebenfalls auf die Suche danach machen. Doch dies blieben Spekulationen. Sie wussten nicht einmal, ob die Falle und Lausanne nur ein Bluff waren und sie völlig umsonst diese weite Fahrt unternahmen, möglicherweise weit weg vom eigentlichen Ort des Geschehens. Esch döste auf der Rückbank.

Gegen fünf Uhr ließen sie Bern hinter sich, kurz darauf mussten sie ihre Fahrt unterbrechen. Plötzlich verringerte Siggi die Geschwindigkeit und steuerte den Škoda von der Straße auf einen Rastplatz zu. Er hielt das Lenkrad auffallend umklammert, als müsse er den Wagen mit Gewalt in der Spur halten. Langsam ließ er den Škoda auf dem baumbestandenen Platz ausrollen.

„Was ist denn, Siggi?“, fragte Esch von hinten.

Ohne zu antworten, stieg Siggi aus und kniete sich neben den rechten Kotflügel. Reuber und Esch folgten ihm und sahen ihm über die Schulter. Nun erkannten sie den Grund für den Aufenthalt. Der Reifen verlor offensichtlich Luft, er war deutlich platter als die anderen.

„Mist!“, fluchte Siggi und ließ seine flache Hand über das Profil gleiten.

„So kommen wir nie an!“, schimpfte Reuber.

Siggi achtete nicht auf die beiden. Er sprang auf und hantierte im Inneren des Autos, kam zurück und kniete sich erneut neben das Vorderrad.

„Schieben Sie den Wagen vorsichtig hin und her! Ganz langsam!“, forderte er Esch und Reuber auf, die sich kurz ansahen. Der Arzt ging an die Front, der Polizist ans Heck und auf Siggis Kommando begannen sie jeweils von ihrer Seite zu drücken.

„Langsamer!“, rief er über den Wagen hinweg. „Noch langsamer!“

Wie vordem lag seine Hand leicht auf der Reifenoberfläche.

„Stopp!“, brüllte er auf einmal. „Ein kleines Stück zurück!“

„Hier ist es! Ich hab's! Herr Reuber, ziehen Sie die Bremse zu!"

„Hier, ein kleiner Nagel", sagte er schließlich.

„Und nun?", fragte Esch.

Siggi machte ein betrübtes Gesicht. „Hinten ist der Ersatzreifen."

„Und warum machen Sie so ein Gesicht?"

„Ich habe kein Werkzeug gefunden", meinte Siggi.

„Sicher?", fragte Reuber.

Gemeinsam durchsuchten sie das Innere des Škoda, aber Siggi behielt recht, es war kein Werkzeug vorhanden.

„Wir müssen einen Wagen anhalten", schlug Reuber vor.

„Wir verlieren sehr viel Zeit."

„Wenn wir gar nichts tun, verlieren wir noch mehr Zeit. Kommen Sie mit mir, wir versuchen unser Glück an der Straße", sagte Reuber angespannt und lief los, Siggi folgte ihm und hatte ihn kurz vor der Straße eingeholt, wo Reuber sich an den Rand stellte. Bei jedem vorüberfahrenden Auto winkte er ausladend mit seinen Armen. Doch niemand hielt an, allenfalls betrachtete man die beiden Männer mit neugierigen Blicken. „So kommen wir nie nach Lausanne!", rief er aus, als wieder drei Autos an ihnen in Richtung Süden vorbeigerauscht waren. Vor Reubers Füßen lagen bereits mehrere Zigarettenstummeln, er rauchte ohne Unterlass.

Siggi schien der Mann viel nervöser, als dieser es nach außen zeigte. Kochs Schicksal ging ihm sehr nahe. Siggi schaute auf seine Uhr. Es war fast halb sieben, sie saßen schon mehr als eine Stunde auf diesem Parkplatz fest, und bald würde es dunkel werden.

„Ich gehe uns etwas zu trinken holen", meinte Reuber. „Zigaretten brauche ich auch." Soeben hatte er die letzte aus seiner Packung genommen. „Winken Sie bei jedem Wagen, der kommt. Irgendeiner muss doch mal anhalten." Reuber ging ein paar Meter, dann drehte er sich noch einmal um. „Oder, Siggi", rief er, „besser noch, Sie schmeißen sich vor den nächsten, der vorbeikommt. Dann muss er anhalten." Er lachte bitter auf.

Siggi gab bei jedem Auto, das sich näherte, Zeichen zu halten. Sieben oder acht Fahrzeuge waren so schon an ihm vorbeigefahren, eine Frau hatte ihm vom Beifahrersitz aus sogar zurückgewunken und dabei gelacht, da begann Siggi sich zu wundern, dass Reuber nicht zurückkehrte. Hatte er die Hoffnung aufgegeben und sich neben dem Škoda ins Gras gelegt?

Eine leichte Biegung des Weges sowie die Bäume, die am Rande standen, verhinderten den Blick von der Einfahrt auf den Parkplatz. Nervös trippelte er hin und her, und als sich kein neues Auto näherte, lief er so weit auf dem Waldweg zurück, bis er den Škoda sehen konnte. Zu seiner Überraschung stand ein zweites Fahrzeug daneben, ein Ford, wenn er dies richtig erkannte, und daneben zwei Frauen, die helle Kleider trugen und neben dem Wagen auf und ab gingen. Er sah sich noch einmal nach der Straße um, war unsicher, ob er seinen Posten einfach so verlassen durfte, doch die Neugier siegte und er lief mit schnellen Schritten zurück. Das Reserverad war vom Heck abmontiert.

Neugierig betrachteten die beiden Frauen ihn. Die ältere von beiden zeigte mit der Hand zum vorderen rechten Kotflügel. Siggi umrundete das Auto. Vor dem aufgebockten Wagen hockten Esch und Reuber zusammen mit einem fremden Mann und hantierten an dem defekten Reifen herum.

Reuber sah kurz auf, winkte Siggi zu sich.

„Gut, dass Sie da sind, Siggi, machen Sie sich nützlich. Helfen Sie uns, das Rad herunterzunehmen!"

Eine halbe Stunde später hatten sie das Reserverad montiert.

Sie waren alle verschwitzt, tranken Bier, das die Frau aus ihrem Wagen gereicht hatte.

„Ohne Sie wären wir aufgeschmissen gewesen. Keiner hat angehalten!", bedankte sich Reuber bei der Familie, die, wie sie erfahren hatten, aus Düsseldorf auf dem Weg in den Urlaub ins Wallis war.

„Landsleuten hilft man doch immer gerne. Wenn es die anderen schon nicht tun. Denen fehlt halt der Kameradschaftsgeist. Wir haben Sie nur zu spät gesehen."

„Mein Mann ist Ingenieur", erklärte die Frau, „wenn der Werner was zu basteln hat, ist er glücklich." Sie strahlte ihn an.

„Was bekommen Sie für Ihre Hilfe?", fragte Esch. „Ihre Kleidung ist schmutzig ..."

Der Mann winkte ab. „Lassen Sie stecken. Landsleute helfen sich. Da nimmt man kein Geld. Es reicht, wenn es uns die anderen nehmen. Wo geht es denn hin? Herrenausflug, was?" Er lachte anzüglich.

„Wir besuchen einen alten Freund in der Schweiz", sagte Reuber.

„Einen Kameraden. Ich verstehe. Ist nicht für jeden leicht, in Deutschland zu leben. Kenne ich. Was da mit manchem gemacht wird ... Was sich so mancher gefallen lassen muss ... Aber das wird sich ändern. Auf die Deutschen kann keiner verzichten. Der Ami hat's ja jetzt schon oft genug gezeigt. Ihr Freund, seien Sie beruhigt: Sein Exil wird bald ein Ende haben."

„Sie hatten ja offenbar keine Probleme?", fragte Esch.

Der Familie entging offenbar die Schärfe in der Frage.

„Genug. Genug, meine Herren."

„Sie wollten meinem Werner was anhängen. Aber da müssen die früher aufstehen. Er hat nur seine Pflicht getan." Die Frau klang aufrichtig empört. Esch und Reuber blickten sich kurz an. Es hatte keinen Sinn, sich mit diesen Leuten zu streiten.

Inzwischen war es völlig dunkel geworden.

„Wir müssen", sagte der Mann. „War mir eine Freude, Landsleuten zu helfen."

Sie bedankten sich nochmals und waren froh, als die Familie in den Ford stieg und davonfuhr.

„Die schwimmen schon obenauf. Eben noch die Verlierer und jetzt schon wieder die Herren der Welt."

„*Landsleute helfen einander*. Ich könnte kotzen!", spie Esch aus.

„Gut, dass Herr Koch nicht dabei war", war Siggis Kommentar.

Esch und Reuber mussten lachten. „Fürwahr."

„Hoffentlich hält der Reifen bis Lausanne. Zuerst müssen wir an eine Tankstelle und ihn richtig aufpumpen."

Sie stiegen ein und Siggi fuhr mit verminderter Geschwindigkeit bis zum nächsten Ort, wo sie zu ihrem Bedauern feststellen mussten, dass die örtliche Tankstelle schon geschlossen war.

In einem Gasthof nahmen sie eine Mahlzeit zu sich und machten sich frisch, anschließend fuhren sie weiter. Die Lichtausbeute der beiden Scheinwerfer war sehr schwach und erlaubte nur ein langsames Fortkommen. Gegen zwei Uhr beschlossen sie, bis zum Morgengrauen zu warten, um dann ihre Reise fortzusetzen.

LVII

„Wir brauchen unbedingt neue Kleidung“, stellte Marion fest, als sie am nächsten Morgen aus dem Mercedes stiegen.

Koch sah an sich herunter. In der Tat hatte Oskars blauer Anzug arg gelitten. Er war zerknittert und wies unterhalb der Brusttasche einen gut sichtbaren Flecken auf. Selbst wenn er das Jackett geschlossen hielt, waren auf dem Hemd einige Blutspritzer zu erkennen. Auch Marions Kleid war die lange Tragezeit anzusehen.

„Wir haben nicht genügend Geld für neue“, erwiderte Koch und drängte zum Aufbruch. Er wollte gleich nach Lausanne. Marion ließ sich nicht hetzen und hielt zu Kochs Missvergnügen vor einem Migros-Laden, in dem sie einkaufte.

Er entspannte sich ein wenig, als sie endlich weiterfuhren. „Zur Post!“, gab Koch die Richtung vor.

Marion nickte und fuhr in die Innenstadt. Die große Kathedrale mit den zwei Türmen war nicht zu übersehen. Staunend betrachtete Koch die unzerstörte Stadt mit ihren alten Bauten, von denen ihn viele an seine Zeit im Süden Frankreichs erinnerten. Marion hatte in den letzten Minuten mehrmals in den Rückspiegel geschaut.

„Was ist?“, fragte Koch, dem das nicht entgangen war.

„Da ist ein Wagen hinter uns. Schon eine ganze Zeit. Biegt immer mit uns ab. Lässt sich mal ein Stück zurückfallen und holt dann wieder auf.“

„Kannst du den Fahrer erkennen?“

Marion schüttelte ihren Kopf. Koch drehte sich um und bekam gerade noch mit, wie das Fahrzeug abbog und hinter einem Häuserblock verschwand.

„War das der Mann?“, fragte Marion.

„Keine Ahnung!“, erwiderte Koch, sah sich noch einmal um und konzentrierte sich dann wieder auf die Straße vor ihnen.

Eine Frau erklärte ihnen den Weg zur Post, die sie ohne große Probleme fanden, und die in einem großen, repräsentativen Bau untergebracht war. Marion blieb im Wagen.

Koch musste durch eine weite Halle gehen, bis er vor einem Schalter stand, hinter dem ihn ein akkurat gekleideter Mann mit kurzen Haaren und schmalem Gesicht herablassend ansah.

Koch grüßte auf Französisch. Die Miene des Mannes hellte sich ein klein wenig auf. Dann fragte der Kommissar nach einem Telefonbuch.

Was er denn wolle, fragte der Schalterbeamte zurück. Koch nannte seinen Wunsch.

Der Mann verschwand hinter einer Trennwand. Nach zwei Minuten kam er mit einem Buch in der Hand zurück, entschuldigte sein Ausbleiben mit der Suche nach dem Nachschlagwerk und legte es zwischen sich und Koch. Er sah Koch dabei einige Sekunden in die Augen.

Mit seinen langen Fingern, die Koch vorher schon aufgefallen waren, begann er die Seiten umzublättern.

„Voilà, Monsieur!“, sagte er schließlich, tippte mit seinem Zeigefinger, an dem er einen goldenen Siegelring trug, auf eine Stelle in der Mitte der Seite und drehte das Buch dann zu Koch. Wieder sah er den Mann vor sich sehr aufmerksam an.

Koch ignorierte den Blick. Tatsächlich war da ein Autohaus namens Stahl vermerkt. Ungefragt schob ihm der Beamte einen Zettel und einen Stift über den Tisch. Koch notierte sich die Anschrift, bedankte sich bei dem Beamten und wollte sich verabschieden.

„Möchten Sie nicht wissen, wie Sie zu dieser Adresse gelangen?“, fragte der Mann.

Koch zögerte, nickte.

Auf einem weiteren Blatt Papier zeichnete der Beamte den Weg auf, gab einige erklärende Worte dazu ab und schob auch dieses Blatt mit einer aufreizend langsamen Bewegung zu Koch herüber. Dabei sah er ihm wieder in die Augen.

„Merci beaucoup!“, bedankte sich Koch.

„Wenn Sie Fragen haben, können Sie jederzeit und gerne zu mir kommen. Sie wissen ja, wo Sie mich finden. Ich könnte Ihr …“, er machte eine verhaltene Bewegung mit seinem Finger auf Kochs Hemd, „… Hemd waschen.“

Mit einem eindringlichen Blick verabschiedete sich der Mann. Koch durchquerte die Halle. Er wusste, der Mann schaute ihm nach, bis er die große Halle verließ.

Im Auto sagte er Marion, wie sie zu fahren habe.

„Irgendwie geht das zu glatt.“ Ihr Gesichtsausdruck verriet ihre ernsthaften Bedenken.

„Wieso? Wir haben den Namen, wir haben die Stadt. In dieser Stadt gibt es ein Autohaus, das diesen Namen trägt. Wir sind auf der richtigen Spur“, entgegnete Koch.

„Ich verlasse mich da auf mein Bauchgefühl“, erwiderte Marion. „Das ist eine Falle, glaub mir! Außerdem habe ich eben wieder den Wagen gesehen.“

„Dann sind wir richtig!“

„Das spricht doch alles für eine Falle.“

„Wenn dem so ist, finden wir es nur heraus, wenn wir dieses Autohaus aufsuchen.“

„Dann ist es wahrscheinlich zu spät!“

Koch schlug mit der flachen Hand aufs Armaturenbrett. „Was sollten wir denn deiner Meinung nach tun?

Wie können wir sonst herausfinden, ob das eine Falle ist oder nicht? Wir sind diesem Dickopf doch nicht so wichtig, dass er solch einen Aufwand betreiben würde."

„Dein Wort in Gottes Ohr." Resigniert ließ sich Marion in den Sitz zurückfallen.

Zwei Mal hielten sie am Straßenrand an und fragten Passanten nach dem Weg, bis sie schließlich in einem Vorort an einer Reklametafel vorbeifuhren, die auf das Autohaus von Pierre Stahl hinwies. Es lag zurückversetzt an einer breiten Straße, ein langgezogener, zweigeschossiger Bau, dessen Front sowohl im Erdgeschoss wie dem Stockwerk darüber durchgehend verglast war. Marion stellte den Mercedes mit laufendem Motor am Straßenrand ab.

„Es existiert. Immerhin", stellte sie ironisch fest.

Koch betrachtete das Gebäude schweigend. Mehrere Fahrzeuge standen auf dem Parkplatz vor dem Eingang.

„Ich *habe* übrigens einen Sohn", sagte Marion völlig unvermittelt in Kochs Gedanken hinein.

„Wie …?", erwiderte der, als habe er nicht richtig zugehört.

„Einen Sohn. Deshalb am See …" Marion stockte. „Er ist jetzt zwei Jahre alt."

Nun sah Koch zu ihr herüber.

„Einen Sohn?", fragte er. „Warum?"

Marion sah ihn verständnislos an. „Warum? Wie wohl kommt ein Kind zustande? Ich bin mit einem Mann ins Bett gegangen. Einem GI."

„Warum erzählst du mir das jetzt?" Kochs Tonfall ließ nicht erkennen, ob ihn die Antwort wirklich interessierte.

Marion schien das egal zu sein. „Weil ich so ein Gefühl habe, dass wir uns bald trennen werden. Und nie mehr wiedersehen. Deshalb. Ich will, dass du verstehst, warum ich an dem See so reagiert habe."

„Und … und wo ist dein Sohn jetzt?"

„Willst du nicht wissen, wie er heißt?" Sie steckte sich nervös eine Zigarette an, zog hastig daran.

„Ja, wie …?" Er schien noch immer nicht konzentriert.

„Sidney. Nach Sidney Bechet, dem Musiker. Kennst du den?"

„Habe ich schon mal gehört."

„Es interessiert dich nicht, oder? Willst diesen Stahl zur Strecke bringen, um endlich Brunner zu jagen."

Sie klang nicht verärgert, sagte das eher so, als habe sie eingesehen, in diesem Moment nicht an den Mann heranzukommen.

Koch nickte beiläufig.

„Tut mir leid, wenn es dich nicht interessiert. Ich muss jetzt reden. So geht es mir immer, wenn mich etwas beunruhigt." Sie sprach mehr zu sich selbst als zu dem Mann neben ihr. „Paul. Du gefällst mir. Du bist ein Mann … Komisch … ich könnte mir vorstellen, mit dir zu leben." Sie schüttelte sich, lachte. „Ja, komisch. Mit einem Mann wie dir. Ich habe mich in dich verliebt. Aber keine Angst. Nur ein Verliebtsein." Sie stockte. „Ich habe Sidney weggegeben. Der Vater ist längst schon wieder in den Staaten. Ich kann kein Kind aufziehen. Ich will nicht. Ich muss Musik machen. Ich wäre eine schlechte Mutter."

„Wo ist der Junge?", fragte Koch.

„Ich glaube, in Hamburg. Ich weiß es nicht genau. Man hat es mir nicht gesagt. Das war die Bedingung. Ich weiß, dass ich irgendwann daran krepieren werde, dass ich ihn weggegeben habe. Ich weiß es." Marion begann zu weinen.

Koch rutschte unruhig auf seinem Sitz hin und her, bis er sich endlich dazu durchringen konnte, sich zu Marion herüberzubeugen und sie in den Arm zu nehmen.

Sie schluchzte an seiner Schulter und er spürte, wie sein Hemd allmählich feucht wurde. Dann, mit einem Mal, riss sie sich von ihm los, stieß Koch weg, hatte sich wieder im Griff.

„Vergiss alles, was ich gesagt habe! Völliger Blödsinn!", zischte sie ihm entgegen, griff nach hinten und nahm den Instrumentenkoffer von der Rückbank, riss die Tür auf und sprang aus dem Wagen, lief auf das Autohaus zu.

Koch öffnete seine Tür, wusste nicht, was er machen sollte, während Marion weiterlief, ohne auf sein Rufen zu achten. Sie näherte sich der Glasfront des Gebäudes, verlangsamte ihr Tempo etwas und ging weiter, an den dort stehenden Autos vorbei, auch an dem silbernen Porsche mit dem offenen Verdeck. Hinter der großen Fensterscheibe stand ein Mann und betrachtete scheinbar einen der Wagen im Schaufenster. Als sie an ihm vorbeigegangen war, sah er den Mercedes am Straßenrand an. Koch war gerade ausgestiegen und kam auf das Autohaus zu.

LVIII

Siggi hatte nicht mitbekommen, dass Reuber und Esch schon aus dem Wagen gestiegen waren. Es musste noch früh am Morgen sein, denn die Wiese, auf der sie ihr Gefährt in der Nacht abgestellt hatten, war von einer dünnen Tauschicht bedeckt.

„Ausgeschlafen, junger Mann?", nuschelte Reuber undeutlich, als Siggi neben ihn trat. Er hatte eine fast aufgerauchte Zigarette zwischen den Lippen.

Siggi streckte sich. Er hatte auf dem Fahrersitz geschlafen, entsprechend beengt hatte er gelegen.

Esch machte Dehnübungen.

„Dann wollen wir mal los!", schlug Reuber vor. „Es ist noch ein Stück bis Lausanne. Unterwegs besorgen wir uns, was wir brauchen."

„Und Schokolade", fügte Esch hinzu.

Siggi sah ihn erstaunt an.

„Schweizer Schokolade, Siggi. Eine Spezialität."

Er antwortete nicht, kletterte in den Wagen, wartete, bis die beiden anderen Männer ebenfalls eingestiegen waren, und startete den Motor. An der nächsten Tankstelle hielt Siggi an, um den Luftdruck des Ersatzreifens zu überprüfen. Nur wenige Meter neben der Tankstelle befand sich ein Café, in dem sie Croissants aßen. Die Bedienung belehrte sie, dass die in der Schweiz Gipfeli hießen.

„Leben wie Gott in … der Schweiz", witzelte Reuber.

Bald schon waren sie wieder auf der Straße Richtung Süden.

Ohne weitere Probleme erreichten sie gut zwei Stunden später den Ortsrand von Lausanne. Siggi sah auf seine Uhr. Es war kurz vor elf.

„Was schlagen die Herren vor?“, fragte Reuber und sah seine Begleiter fragend an.

Siggi überlegte. „Wir könnten uns die Adressen aller Autohäuser besorgen. …“

„Richtig“, stimmte ihm der ältere Kollege zu. „Aber woher bekommen wir die?“

Siggi wich einem elegant gekleideten Paar aus, das einen weißen Pudel ausführte.

„Wir suchen ein Autohaus und fragen da. Die kennen sicher auch die anderen.“

„Das geht auch schneller!“

„Telefonbuch?“

„Na also, geht doch, Siggi. Wir werden eine Post aufsuchen und dort nachschauen. Halten Sie da vorne an, damit ich jemanden nach dem Weg fragen kann.“

Siggi brachte den Škoda neben einer älteren Dame zum Stehen, die neugierig in den Wagen sah.

„Entschuldigen Sie bitte, meine Dame“, sprach Reuber die Frau an, doch die machte eine abwehrende Geste.

„Je ne parle que français“, erwiderte sie.

Esch beugte sich vor und streckte seinen Kopf an Reuber vorbei ans Fenster.

Siggi und Reuber konnten nur erahnen, was Esch da sagte, aber das tat er so liebreizend und höflich, dass sich bald ein Lächeln in das eben noch so strenge Gesicht der Dame schlich. Sie erklärte dem Arzt ausführlich und gestenreich den Weg. Endlich bedankte sich Esch, winkte der Dame noch zu, dann gab er Siggi das Zeichen zur Weiterfahrt.

„Sie Charmeur“, spöttelte Reuber, während Esch Siggi durch die Stadt lotste, bis sie tatsächlich vor einem imposanten Gebäude standen, in dem die Post untergebracht war.

„Ich nehme an, dass diese Arbeit an mir hängenbleibt, da ich der Einzige zu sein scheine, der leidlich Französisch spricht", erklärte Esch, ließ Reuber aussteigen, klappte den Sitz vor und stieg ebenfalls aus.

„Ich komme mit", sagte Siggi und verließ das Auto.

„Na toll", ereiferte sich Reuber gespielt, „und ich kann hier warten …"

Esch schritt flott aus und Siggi musste sich beeilen, um nicht allzu weit zurückzufallen, als sie die weite Halle durchquerten. In der Mitte blieb der Arzt stehen, sah sich um, entschied sich für einen Schalter, vor dem nur eine Person stand, die von einem akkurat gekleideten Postbeamten bedient wurde. Esch stellte sich hinter dem Mann an, der sich über eine verloren gegangene Postsendung aufregte.

Siggi dauerte das zu lange. Er sah sich um, musste aber sogleich feststellen, dass an allen anderen Schaltern mehr Betrieb war. Endlich verabschiedete sich der Kunde. Der Beamte gab ihnen ein Zeichen näherzutreten.

Esch sprach ihn gleich in Französisch an und fragte ihn nach dem Telefonbuch, da er nach einer Adresse suche. Der Schalterbeamte wollte sich schon abwenden, um das gewünschte Buch zu bringen, doch in der Bewegung hielt er inne.

„Wen suchen die Herren denn?", wollte er wissen.

„Das Autohaus Stahl", antwortete Esch unumwunden.

Das Telefonbuch war unnötig. Der Schalterbeamte zog eine Augenbraue hoch und teilte ihnen kühl die Adresse mit.

Esch blickte ihn erstaunt an. „Kaufen Sie Ihre Autos dort?", fragte er.

Der Schalterbeamte schüttelte kaum merklich seinen Kopf. Dabei lächelte er dünn. „Heute hat schon ein

Deutscher nach diesem Autohaus gefragt. Er sprach sehr gut Französisch, aber ich habe dennoch bemerkt, dass er nicht von hier ist … Seine Kleidung wirkte leicht, äh, *derangiert* …"

„Hört man, dass ich Deutscher bin?"

Der Beamte nickte. „Ja, aber für einen Deutschen sprechen Sie ein sehr gutes Französisch. Das sollte kein Vorwurf gewesen sein. Ihre Kleidung ist auf jeden Fall gepflegt."

„Wann war dieser Deutsche denn hier gewesen?"

Der Mann überlegte. „Vor einer Stunde." Er korrigierte sich. „Nein, es ist schon länger her."

„Und er hat auch nach der Adresse dieses Autohauses gefragt?"

„Wenn ich es Ihnen sage, mein Herr!"

„Können Sie diesen Deutschen beschreiben?"

Der Mann hinter dem Schalter überlegte kurz, bevor er begann.

„Koch war hier!", zischte Esch Siggi auf Deutsch zu, danach bedankte er sich bei dem Schalterbeamten. „Können Sie mir auch sagen, wie wir zu dieser Adresse kommen?"

Der nahm ein Blatt Papier und zeichnete den Weg auf. Als er damit fertig war, sah er Esch neugierig an.

„Sind Sie von der Polizei?", wollte er wissen.

Esch bejahte diese Frage.

„Deutsche Polizei?"

„Ja, natürlich."

„Gestapo?" Der Schalterbeamte lachte.

Esch lächelte gezwungen, verabschiedete sich und ging. Siggi stand noch einen Moment überrascht vor dem Mann. Das Letzte hatte er verstanden.

„War nur ein Scherz!", sagte er, bevor sich Siggi eilig umdrehte und Esch nachlief.

Reuber kletterte nach hinten, Esch setzte sich neben Siggi auf den Beifahrersitz und las ihm die Wegbeschreibung auf dem Zettel vor. In den engen Straßen der Innenstadt kamen sie zunächst nur langsam voran.

„Welch ein Zufall, dass Koch bei demselben Schalterbeamten war", meinte Reuber, „dann hat er nicht viel Vorsprung."

Nach einer Viertelstunde hatten sie ihr Ziel erreicht.

„Da vorne", sagte Esch und zeigte auf den langgezogenen Bau mit den verglasten Fronten.

„Was ist das denn?", fragte Reuber aus dem Fond.

Vor dem Eingang des Autohauses standen ein paar Personen, die lautstark miteinander stritten.

„Fahren Sie dorthin!", wies Reuber Siggi an. „Wo Streit ist, ist Koch nicht weit."

Siggi parkte den Škoda einige Meter abseits. Aufgeregte Stimmen drangen bis ins Innere des Fahrzeugs. Esch war als Erster draußen, kurz darauf stellten sich Siggi und Reuber neben ihn.

Mehrere Männer redeten auf eine dunkelhaarige Frau ein, die wild gestikulierte und auf Deutsch ein Auto forderte. Niemand machte Anstalten, ihr einen Wagen zu geben.

„Ich kenne die Frau irgendwoher", sagte Reuber zu den beiden anderen. Sie gingen näher, Reuber erkannte jetzt auch den Koffer, der neben der Frau auf dem Boden lag.

„Wenn Sie sich nicht beruhigen, meine Dame, müssen wir die Polizei rufen. Wir können Ihnen keinen Wagen geben", sagte ein Mann. Er klang genervt, als habe er dies schon mehrmals zu erklären versucht.

Die Frau ließ sich davon nicht beirren. Sie forderte den Schlüssel für einen der Wagen.

„Der Mann in dem Porsche, wer war das?", wollte sie

wissen. Keiner gab ihr eine Antwort. Marion wurde noch ungehaltener. „Da ist jemand in großer Gefahr!"

Esch trat vor. Er musste sehr laut sprechen, fast brüllen, um auf sich aufmerksam zu machen.

„Vielleicht können wir helfen!" Alle Blicke richteten sich auf ihn. „Wer ist in großer Gefahr?", fragte er die Frau auf Deutsch. Sie schien irritiert, jemanden vor sich zu haben, der ihre Sprache sprach. „Bitte!", forderte Esch mit Nachdruck.

„Paul Koch …"

Weiter kam sie nicht. Reuber war vorgeprescht und hatte sie am Arm gepackt, um sie mit sich zum Škoda zu zerren. Sie aber löste sich, griff nach dem Instrumentenkoffer und eilte mit Reuber zum Auto.

Esch sprach währenddessen die verblüfften Männer an. „Kennen Sie Harro Stahl?"

„Nein", war die einhellige Antwort. Man merkte ihnen an, dass sie nicht verstanden, was da gerade passiert war. Zu schnell war das alles gegangen.

„Fragen Sie, ob Harro der Sohn des Autohausbesitzers ist!", rief Reuber ihm zu.

Esch übersetzte die Frage.

„Ein Sohn?", wiederholte ein Mann im grauen Dreiteiler verständnislos. „Nein, Herr Stahl hat nur zwei Töchter und die leben in den USA."

LIX

Koch hatte Marion nachgeschaut, bis er es im Wagen nicht aushielt, ausstieg und ihr nachlief. Sie reagierte nicht auf seine Zurufe. Er war kaum mehr als zehn oder zwölf Meter vom Eingang des Autohauses entfernt, als unvermutet ein Mann durch die Glastür trat. Irritiert sah Koch zu ihm herüber, dann erkannte er die Narbe im Gesicht des anderen, so auffällig vom Auge zum Ohr verlaufend, dass sie nicht zu übersehen war.

Der Mann lächelte ihn für einen kurzen Moment herablassend an, dann beschleunigte er seine Schritte, eilte zu einem silbernen Porsche, sprang mit einem Satz über die Tür auf den Fahrersitz und startete den Motor, um in der nächsten Sekunde mit quietschenden Reifen über den Hof zu schießen. An der Straße bog er nach rechts ab.

Koch verharrte einen kurzen Moment, blickte in die Richtung, in die Marion verschwunden war, entschied, sie zurückzulassen und rannte zum Mercedes. Beim Einsteigen hörte er Marions Stimme, die seinen Namen rief. Er ignorierte sie, startete den Motor, legte hastig den ersten Gang ein und würgte den Mercedes ab. Er zündete nochmals, ging nun bedächtiger ans Werk. Im Rückspiegel sah er Marion, die auf das Auto zulief.

Der Porsche war nicht mehr zu sehen. Koch fluchte. Er musste sich konzentrieren. Die Straße machte eine lange Rechtskurve, beidseits lagen luxuriöse Villen. Er musste sich auf seinen Instinkt verlassen.

Als die Straße wieder eine lange Strecke geradeaus verlief, meinte er, sehr weit vor sich das silberne Cabriolet zu erkennen, das in diesem Augenblick nach links verschwand. Koch folgte ihm an der Kreuzung und musste hinter der nächsten Kurve scharf bremsen. Ein roter Sportwagen stand mit eingedrückter Front vor einem Baum, eine demolierte Limousine blockierte die Fahrbahn. Zwei noch benommen wirkende Männer starrten ihn vom Straßenrand aus an. Koch fuhr langsam an die beiden heran.

„Ist hier ein silberner Wagen vorbeigekommen?“, fragte er auf Französisch.

„Ein Irrer. Ein vollkommen Verrückter“, stammelte einer der beiden Fahrer und tippte sich gegen die Stirn.

„Ein Idiot!“, bekräftigte der andere.

„Ist wie ein Wahnsinniger gefahren, hat mich geschnitten, ich musste ausweichen, und dann ... rums!“

„Wo ist er lang?“, fragte Koch.

Die Männer deuteten die Straße hinunter.

„Sind Sie von der Polizei?“, fragte einer der beiden.

Koch fuhr, ohne zu antworten, weiter.

Die Straße führte zum See, wie er bald an den Schildern erkennen konnte. Von dem Porsche war nichts zu sehen. Nach etwa zwei Kilometern breitete sich rechts der Straße ein Wald aus, hinter dem Koch den See vermutete. Schneisen zwischen den Bäumen führten zu den Häusern am Ufer. Harro konnte ebenso gut die Straße weitergefahren wie auf eines der Grundstücke am Wasser abgebogen sein. Koch fluchte laut und schlug wütend so heftig gegen das Lenkrad, dass der Mercedes schlingerte. Ein entgegenkommendes Fahrzeug hupte.

Plötzlich schob sich aus einer der Schneisen ein Lastwagen auf die Straße. Koch trat abrupt auf die Bremse und riss den Wagen nach links, wobei das Heck ausbrach. Das Auto schleuderte und Koch bekam es erst kurz vor dem Graben auf der anderen Straßenseite wieder unter Kontrolle.

Er spürte sein Herz heftig schlagen. Immerhin war er an dem Lastwagen vorbeigekommen. Er sah in den Rückspiegel. Das große Fahrzeug stand quer auf der Straße, der Fahrer stand daneben und wedelte wütend mit den Armen.

Koch reduzierte seine Geschwindigkeit und blickte in die Schneisen. Doch jedes Mal sah er nur die Schatten der Bäume. Sollte ihm der Mann entwischt sein, nun, wo er so nahe an ihm dran war? Stahl war jetzt gewarnt. So leicht würde er sich ihm nicht mehr nähern können, der Überraschungseffekt war vertan.

Koch ließ den Mercedes auf einem Parkplatz ausrollen, der durch niedrige Büsche von der Straße getrennt war. Er stieg aus, schlug mit der flachen Hand auf das Autodach. Stahl war weg. Über alle Berge, konnte jetzt überall sein. Möglicherweise war er für einen solchen Fall vorbereitet und hatte seine Ausweispapiere bei sich, um sich ins Ausland, nach Frankreich oder Italien, abzusetzen.

Koch ging ein paar Schritte auf und ab, um sich zu beruhigen. Sein einziger Anhaltspunkt blieb das Autohaus. Wenn Stahl tatsächlich der Sohn des Besitzers war, dann lag dort seine einzige Chance auf eine Spur zu ihm.

Mit einem Mal hörte Koch das heisere Fauchen eines Motors, das schnell näherkam. Er trat hinter einen der Büsche, genau in dem Moment, als der Wagen keine fünfzig Meter von ihm entfernt scharf abgebremst wurde und dabei zu schlingern anfing. Doch statt die Kontrolle über sein Fahrzeug zu verlieren, ließ der Fahrer den silbernen Wagen genau in die Schneise schießen, die sich an dieser Stelle befand. Das Heck des Autos streifte dabei einen Baum. In das Kratzen mischte sich das Geräusch von zersplitterndem Glas.

Koch lief über die Straße zu dem Baum. Deutlich konnte er silberne Farbpartikel des Porsche an der abgeschabten Rinde erkennen, Reste der gesplitterten Rückleuchte waren bis weit auf die Straße geschleudert worden. Stahl schien der Zusammenprall nicht gestört zu haben, er war einfach weitergerast.

Koch überlegte, zurück zum Mercedes zu gehen, entschied sich dagegen und lief in die Schneise hinein. Rechts und links standen Bäume, der Kiesweg war so schmal, dass zwei Fahrzeuge nur mit Mühe aneinander vorbeikamen. Nach zweihundert Metern sah er zwischen den Bäumen erst den in der Sonne glitzernden See und davor eine Holzhütte.

Im Schutz der Bäume schlich sich Koch bis auf zwanzig Meter an die Hütte heran, ein einstöckiges, schlichtes Gebäude, das nur wenige Meter von dem See entfernt errichtet war. Etwas abseits stand der silberne Sportwagen, rechts daneben führte ein Steg aufs Wasser hinaus, an dem ein Motorboot festgemacht war. Koch war kurz versucht, es loszubinden und auf den See treiben zu lassen, damit Stahl diese Fluchtmöglichkeit genommen wäre. Er erkannte aber schnell, dass er dabei mit an Sicherheit grenzender Wahrscheinlichkeit in dessen Blickfeld geraten würde. Einige Minuten behielt er das kleine Holzhaus im Auge, wartete. Geduckt lief er schließlich die letzten Meter bis zur Hütte und lauschte. Bis auf das Plätschern des Wassers, das Schlagen des Bootskörpers gegen den Steg und das Geschrei der Vögel war es still. Koch schlich zum einzigen Fenster, das sich auf dieser Seite der Hütte befand. Langsam schob er seinen Kopf so weit vor, bis er ins Innere schauen konnte, aber eine zugezogene Gardine verhinderte, dass er etwas erkannte. Im Gegenlicht hoben sich zwei weitere Fenster und eine Tür auf der rechten Seite sowie der Umriss eines Mannes ab. Das Fenster auf der linken Kopfseite, der Tür gegenüber, schien offen zu stehen. Koch schlich nach rechts zur Tür. An der Ecke hielt er wieder inne und lauschte. Von drinnen drangen Klappergeräusche zu ihm, als ob jemand Besteckteile aufeinanderlegte. Koch bückte sich und huschte über die Holzbohlen, die hier über dem Waldboden lagen, bis zur Tür. Die Geräusche aus dem Inneren der Hütte waren jetzt noch deutlicher zu hören. Jemand ging umher, blieb stehen, bewegte sich wieder. Dies alles nur zwei oder drei Meter von Koch entfernt. Bereitete Stahl seine Flucht vor, nachdem er, Koch, ihm hier in Lausanne auf die Spur gekommen war?

Die Person drinnen pfiff kurz eine Melodie, um bald darauf erneut herumzuräumen, wie Koch unschwer an den Geräuschen erkennen konnte. Schnell streckte er seinen Kopf vor. Der Mann stand mit dem Rücken zu ihm, vor ihm ein Tisch, auf dem er an etwas hantierte. Koch erhob sich langsam, darauf achtend, dass keine der Holzbohlen knackte. Ihm fiel die Waffe unter dem Autositz ein. Einen kurzen Moment dachte er daran, zum Mercedes zurückzulaufen, um sie einzustecken, aber er wollte keine Zeit verlieren, wusste nicht, ob dann die Gelegenheit noch günstig war, unbemerkt so nahe an Stahl heranzukommen. Das Überraschungsmoment war jetzt auf seiner Seite. Er würde hineinstürmen und sich von hinten auf den erschrockenen Mann werfen.

Koch stand nun aufrecht neben der Tür, er spannte seine Muskeln an und atmete noch einmal tief durch. Dann riss er die Tür auf und sah in den Lauf einer Pistole.

LX

Siggi holte alles aus dem Škoda heraus. Er war in seinem Element. Jetzt galt es. Jetzt war es gleich, wenn der Wagen zu Bruch ging, solange er nur hielt, bis sie Koch gefunden hatten. Was Marion erzählt hatte, hastig, aufgewühlt, als sie endlich alle vier in dem Wagen saßen, klang zu abenteuerlich. Harro Stahl war tatsächlich in dem Autohaus gewesen und mit einem Porsche geflohen, woraufhin ihm Koch mit Marions Mercedes gefolgt war.

Franz Moor, der Zeuge, hatte von einer Falle gesprochen, die man Koch hier in Lausanne stellen wolle, und der Umstand, dass der Autohausbesitzer nicht Harros Vater war, war ein weiterer Beleg dafür, dass Moor nicht gelogen hatte.

„Das ist nicht einfach nur eine Falle“, stellte Reuber, der wieder vorne neben Siggi saß, zornig fest, „das ist eine gut geplante Falle. Dieser Harro und wer immer noch dahintersteckt, muss das von langer Hand eingefädelt haben, wenn dieser Harro schon in Deutschland mit der Legende vom Sohn des Autohausbesitzers gearbeitet hat.“

Siggi konzentrierte sich völlig aufs Fahren, er wollte nichts hören. Er zog den Škoda durch eine scharfe Rechtskurve und beschleunigte auf der langen Geraden. An einer Kreuzung bremste Siggi so jäh ab, dass Reuber sein lautes Nachdenken abrupt einstellte und sich mit beiden Händen am Armaturenbrett abstützte.

„Was ist?“, blaffte er Siggi an.

„Wohin?“, fragte der zurück.

„Nach links!“, rief Reuber aus.

Siggi gab wieder Gas.

„Wieso sind Sie so sicher?“, fragte Marion von hinten.

„Da war ein Schild! Zum See. Moor hatte doch etwas

von einem Haus am See gesagt. Oder haben Sie eine bessere Idee?“

Marion schwieg und wurde wie Esch, der neben ihr im Fond saß, hinter der nächsten scharfen Kurve gegen die Rückenlehne des Vordersitzes geworfen, weil Siggi erneut scharf bremste.

„Was soll das denn?“, schimpfte Marion.

Vor ihnen stand ein Wagen mitten auf der Straße, die ihnen zugewandte Seite verbeult. Vor einem Baum am Straßenrand befand sich ein weiteres Auto. Zwei Männer, die sich an dem Wagen auf der Straße abmühten, ihn zur Seite zu schieben, waren eilig zur Seite gesprungen und sahen sie verärgert an.

„Koch ist nicht dabei!“, stellte Esch fest.

„Halten Sie mal!“, forderte Reuber Siggi auf.

„Er hat doch gesagt, dass Paul nicht dabei ist“, mischte sich Marion ein, aber keiner der Männer beachtete ihren Einwurf.

Siggi brachte den Wagen genau neben den beiden Männern zum Stehen. Esch beugte sich vor und sprach sie durch die offene Scheibe an. Nach der Unterhaltung war klar, dass sowohl Stahl als auch Koch vorbeigekommen waren. Mit dem letzten Wort gab Siggi wieder Gas. Bald hatten auch sie die Straße erreicht, die zum See führte.

„Das Haus. Wir müssen das Haus finden. Moor hatte von einem Haus gesprochen. Am See!“, sagte Reuber grimmig.

„Welches Haus?“, wollte Marion wissen.

„Es gibt bestimmt mehr als ein Haus hier am See“, gab Esch zu bedenken.

„Fahren Sie langsam, Siggi!“, befahl Reuber. „Da sind immer wieder Wege zwischen den Bäumen. Die führen sicher zu den Seegrundstücken.“

Siggi drosselte sofort die Geschwindigkeit, bei jeder Schneise bremste er zusätzlich ab.

„So kommen wir nicht voran", kritisierte Marion von hinten.

„Haben Sie eine bessere Idee?", blaffte Reuber zurück.

Siggi schwieg, fuhr, bremste, gab Gas, Reuber fluchte, bis Siggi den Škoda abrupt zum Stehen brachte. Vor ihnen stand quer auf der Straße ein Lastwagen, der auf seinem Anhänger lange Baumstämme geladen hatte. Offensichtlich hatte der Fahrer sich beim Einbiegen auf die Straße verschätzt, denn er hatte mit seiner Fracht die umstehenden Bäume berührt und sich verkeilt. Nun versuchte der Fahrer, den Lastwagen durch langsames Vor- und Zurückfahren wieder freizubekommen.

„Das ist doch zum Kotzen!", brüllte Reuber auf dem Beifahrersitz.

LXI

Koch wich zurück. Die Tür befand sich keinen Meter hinter ihm. Wenn er sie erreichte, musste er sich nur herumwerfen. Aber Stahl, dessen Narbe sogar im diffusen Licht in der Hütte gut zu erkennen war, würde schneller sein. Bevor er die Tür erreicht hätte, würde der Mann ihn niederschießen.

„Kommen Sie näher, Herr Kommissar!", sagte Stahl, seine Stimme klang amüsiert. „Keine Angst, ich beiße nicht."

Koch sah sich um.

„Ich schieße lieber", ergänzte Stahl und deutete mit der Pistole in seiner Hand auf einen Stuhl, der rechts vor der Holzwand stand. Lässig lehnte er sich an die Kante des einzigen Tisches im Raum, in seinem Rücken befand sich das offene Fenster. Der Durchzug ließ die Gardine leicht hin und her wehen.

Stahl deutete auf einen Spiegel, mit dem er den Eingang gut im Blick hatte. Koch fluchte und ballte seine Fäuste. Der Mann hatte ihn erwartet, ihn hierhergelockt, und er war wie ein Anfänger in die Falle getappt.

„Hier endet unser gemeinsamer Weg, lieber Herr Koch", sagte Stahl süffisant. „Schade eigentlich, Sie erschießen zu müssen, aber ich kann es mir nicht erlauben, ein Risiko einzugehen. Da wäre das Gefängnis die bessere Lösung gewesen, nicht wahr? Ein paar Jährchen absitzen, als Kommissar hätten Sie sicher mildernde Umstände erhalten. Aber, nun gut, ein toter Kommissar …"

Koch schätzte den Abstand zwischen sich und dem Mann.

„Lassen Sie es, Herr Koch", sagte Stahl, als hätte er seine Gedanken gelesen, und lächelte. „Wir wollen unsere nette Zusammenkunft doch nicht vor der Zeit beenden. Sie wollen bestimmt wissen, warum der ach so aufrechte Herr von Peterlein sterben musste."

Koch sah den Mann hasserfüllt an.

„Nicht so verbissen, Herr Kommissar. Das ist das Bild, das von Ihnen bleiben wird, von Ihren letzten Minuten oder vielleicht der letzten Stunde auf diesem Planeten. Die sollten Sie genießen. Das geht aber nur mit einer gewissen Leichtigkeit und Unbeschwertheit. Das würde auch unsere Konversation spannender und bereichernder machen. Also bitte, Herr Kommissar, lächeln Sie ab und zu, setzen Sie sich gemütlich und bequem auf Ihren Stuhl. Ich weiß, dann ist es sehr viel schwerer, sich auf mich zu stürzen, aber dennoch … auch kurz kann manchmal sehr lang sein."

Koch wurde klar, dass der Mann nicht bluffte. Vielleicht würde er nachlässiger werden, wenn Koch tat, was er sagte. „Warum haben Sie Peterlein umgebracht?", fragte er, nachdem er sich zurückgelehnt und die Beine übereinandergeschlagen hatte.

„Na, sehen Sie, so ist es doch viel besser. Da tun Sie mir wirklich einen großen Gefallen." Stahl streichelte demonstrativ den Lauf seiner Pistole. „Aber bitte, Herr Koch, wir wollen genau sein: Herr *von* Peterlein. Der Mann wird sich sicher nicht mehr beschweren, aber korrekt wollen wir dennoch bleiben. Warum Herr von Peterlein sterben musste?" Stahl kicherte verhalten. „Weil er seine Nase in Dinge steckte, die ihn nichts angingen."

Koch legte seinen Kopf zur Seite. Da Stahl im Gegenlicht stand, war sein Gesichtsausdruck nur schwer zu erkennen.

„Welche Dinge waren das?", wollte er wissen. Verstohlen ließ er seinen Blick durch den Raum gleiten. Er suchte etwas, das er als Waffe gebrauchen konnte, etwas, das ihm irgendwie helfen konnte, aus dieser Situation zu entkommen.

„Das wissen Sie doch, Herr Koch, das wissen Sie doch. Herr von Peterlein ist doch aus einem einzigen Grund an Sie herangetreten: Sie sollten ihm Informationen über bestimmte Leute und deren angebliche Verstrickungen im Dritten Reich besorgen."

Koch widersprach: „Nicht *Verstrickungen*, sondern *Verbrechen.* Nicht *angebliche*, sondern *feige* Verbrechen." Er wollte Stahl provozieren und aus der Reserve locken. Vielleicht machte ihn das unachtsam, ließ er sich zu Handlungen hinreißen, die Koch ausnutzen konnte. Scheinbar gelang ihm dies. „Sie haben doch keine Ahnung!", rief Stahl aus, doch Kochs Hoffnung währte nur kurz, der andere hatte sich gleich wieder im Griff. Ruhig und sachlich, dabei wie zufällig den Lauf seiner Waffe auf Koch gerichtet, sprach er weiter. „Was wir getan haben, war richtig. Sie werden sehen, dass die Geschichte dem Führer recht geben wird. Die Systempolitiker werden sich nicht lange halten."

„Was haben Sie gemacht?", fragte Koch. „Wie viele Menschen haben Sie umgebracht? Nicht wie ein Soldat, Mann gegen Mann, sondern wehrlose Zivilisten, Frauen, Kinder, Alte?"

„Menschen?" Stahl lachte höhnisch auf. „Das waren keine Menschen, diese Juden und Russen und Zigeuner. Untermenschen. Geschmeiß. Ohne jede Berechtigung zu leben."

„Das ist krank, Stahl."

Der lachte wieder. „Jetzt kann ich es Ihnen ja sagen, Herr Koch. Abgesehen davon, dass der ‚Herr' fehlte, wir hatten uns doch auf höfliche Umgangsformen auch in Ihrer letzten Stunde geeinigt, ist mein Name Rupert Schwarz. Aus der Schweiz gebürtig, das ja, aber ich lebe schon lange im Deutschen Reich und war ein ergebener Soldat des Führers."

„Soldat des Führers", lachte Koch kalt zurück. „Schwarz? Ist das nicht ein jüdischer Name?"

Schwarz ließ sich nicht aus der Ruhe bringen. „Ja, Soldat des Führers. Und Kommissar wie Sie, Herr Koch. Sicherheitspolizei. SS-Obersturmführer. Einsatzgruppen im Osten und auf dem Balkan."

„Also ein Massenmörder. Ein erbärmlicher Massenmörder."

„Herr Koch, das waren keine Menschen. Das waren Russen, Bolschewiken, Juden, keine Menschen." Er sagte das völlig ruhig.

Koch konnte sich das nicht mehr anhören. „Peterlein wollte nachweisen, dass auch Dickopf ein feiger Mörder war?"

Schwarz wurde mit einem Mal nachdenklich. „Ja, Herr Koch, ja, das wollte er. Ich habe ihn mit einem gewissen Vergnügen umgebracht ..."

„Nur deshalb ...?", unterbrach ihn Koch.

Kurz zeigte sich Schwarz verärgert, überspielte das aber schnell.

„Wie gesagt, das ist so wunderbar, dass ich so offen zu Ihnen sein kann, Herr Koch, wo Sie doch all das, was ich Ihnen hier erzähle, bald mit in Ihr Grab nehmen werden." Er kramte in seiner Hosentasche und entnahm ihr eine Zigarettenschachtel. Mit den Zähnen zog er eine Kippe heraus, steckte die Packung wieder ein und griff hinter sich auf den Tisch, auf dem ein Feuerzeug lag. Dabei hielt er seine Pistole weiterhin auf Koch gerichtet. „Nun", fuhr er fort, nachdem er tief und genussvoll inhaliert hatte,

„ich bin Polizist mit Leib und Seele. Ein Beruf, der mich ausfüllt. *Ausfüllte*, muss ich sagen. Ich dachte zunächst, dass ich auch leben könnte, ohne Polizist zu sein, doch es reizt mich nicht, für diese sogenannte *Demokratie* meinen Kopf hinzuhalten. Mit einer Polizei wie in der Systemzeit … wie lächerlich! Wir haben doch gezeigt, wie effektiv die Polizei arbeiten kann, wenn man ihr die entsprechenden Befugnisse erteilt und sie über Ländergrenzen hinweg operieren kann. Grenzenlos sozusagen."

„Sie haben sich also diesem Dickopf angedient?"

„Angedient?", wiederholte Schwarz verächtlich. „Von wegen. Jede Polizei der Welt kann froh sein, wenn sie Männer wie mich bekommt. Aber ja, hier sah ich eine Chance für mich. Eine Art Reichspolizei, und Dickopf war ja einer von uns. Dachte ich."

„Wo war das Problem?"

„Dickopf meinte, er könne keine Nazis einstellen."

„Was meinte er damit?", fragte Koch ehrlich verblüfft.

„Er sagte mir unverblümt, dass er keine überzeugten Nazis einstellen könne. Das war ich in seinen Augen." Mit einem Mal lachte er boshaft. „Was einer im Krieg gemacht hat, wie viele Juden und Iwans er umgelegt habe, wäre ihm egal. Befehl ist Befehl und Ordnung müsse sein …" Er machte eine kurze Pause. „Ihre Flucht hat alles durcheinandergebracht. Ich wollte Sie schon in Deutschland umbringen, habe Sie aber nicht gefunden. Wie vom Erdboden verschluckt waren Sie. Ich musste Sie aus der Reserve locken. Zu mir führen. Das ist mir gelungen." Er grinste überheblich.

„Haben Sie das mit Dickopf abgesprochen? Hat er damit zu tun?", wollte Koch wissen.

Von draußen drang das Krächzen eines Vogels ins Innere der Hütte.

„Hören Sie, Herr Koch, wie schön die Natur sein kann“, sagte Schwarz, zog noch einmal an seiner Zigarette, warf den Stummel auf den Boden und trat die noch glühende Asche aus. Seine Waffe hielt er weiter auf Koch gerichtet.

Da übertönte der Knall eines Schusses das Gekrächze des Vogels.

LXII

Minutenlang stand der Škoda auf der Straße, zehn Meter von dem Lastwagen entfernt, dessen Fahrer ihn nur zentimeterweise von dem Baum lösen konnte. Hinter ihnen hatten inzwischen drei weitere Fahrzeuge angehalten. Einer von ihnen hupte von Zeit zu Zeit, was den Fahrer des Lastwagens dazu veranlasste, aus seiner Kabine heraus die Faust zu schwingen. Im Inneren des Škoda wurde es immer heißer, jetzt, wo der Fahrtwind fehlte.

Es dauerte fast eine Viertelstunde, bis der Lastwagen zurückgesetzt hatte und Siggi das Auto vorbeimanövrieren konnte.

„Na, endlich“, schimpfte Reuber. Esch hatte die ganze Zeit geschwiegen, Marion hatte immer wieder aufgestöhnt.

„Wo kann Paul nur sein?“, fragte sie ein ums andere Mal und ihre Stimme klang immer besorgter. Esch, der neben ihr auf der Rückbank saß, sah sie von der Seite an.

„Was gibt's?“, keifte sie gereizt zurück.

„Das klang sehr emotional“, antwortete Esch.

„Emotional? So ein Blödsinn! Ich …“ Sie sprach nicht weiter und Esch insistierte nicht weiter.

„Morgen früh haben wir den See einmal umrundet. Das bringt doch nichts“, meldete sich Reuber von vorne. Sie prüften jede Schneise, an der sie vorüberschlichen, ohne irgendeinen Anhaltspunkt zu entdecken.

„Vergebene Liebesmüh!“, fluchte Marion und Reuber wollte sie schon verärgert zurechtweisen, während Siggi den Wagen beschleunigte, als er plötzlich „Halt!“ brüllte, laut und unvermittelt. Siggi erschrak so, dass er sich verschaltete, wodurch er den Motor abwürgte.

„Da, hinter den Büschen!“, stieß Reuber hervor und

zeigte mit dem ausgestreckten Arm nach links. Er wartete nicht ab, bis sein Kollege den Motor wieder gestartet hatte, sondern riss die Tür auf und sprang hinaus, lief die wenigen Meter zu dem Parkplatz auf der anderen Straßenseite.

Wenig später standen die drei anderen neben ihm.

„Das ist unser Wagen!", rief Marion aus.

„Aber keine Spur von Koch", stellte Reuber fest, der den Wagen schon in Augenschein genommen hatte. „Sogar der Schlüssel steckt. Koch muss es eilig gehabt haben."

„Vielleicht hat er Stahls Versteck entdeckt?", meinte Esch und sah sich um.

Siggi war über die Straße zu der Schneise zwischen den Bäumen gelaufen.

„Hier!" Er zeigte auf die Glassplitter auf dem Boden. „Sehen aus, als wären die von einem Auto."

Esch ging umher, rief die anderen zu sich. „Hier ebenfalls!" Er deutete auf den Stamm eines Baumes, dessen Rinde auf Kniehöhe frische Kratz- und Schleifspuren aufwies.

„Das passt zu Harro. Die Fahrweise, meine ich", sagte Siggi.

„Ja, gut möglich, dass er auf der Flucht vor Koch hier abgebogen ist, ins Schleudern kam und dabei den Baum berührt hat."

Reuber sah sich kurz um. „Wir gehen da lang!", entschied er. „Immer im Schutz der Bäume. Hoffentlich sind wir nicht zu spät." Er selbst lief vorneweg, Esch und Siggi folgten ihm. Marion, die ihnen als Letzte nachgegangen war, blieb mit einem Mal stehen und lief zum Auto zurück.

Die drei Männer gingen langsam weiter, als sie plötzlich hinter sich Musik hörten. Kurz darauf erschien Marion zwischen den Bäumen, ihr Saxophon vor der Brust und ihre Lippen am Mundstück. Sie spielte eine langsame Melodie.

„Sind Sie verrückt geworden?!", blaffte Reuber sie mit gesenkter Stimme an. „Wollen Sie die Leute warnen?"

„Wenn Paul das hört, weiß er, dass wir in der Nähe sind …"

„So ein Mist!", schimpfte Reuber weiter. „Kann jemand diese Frau an einen Baum binden … ich kann es nicht fassen. Wenn Koch etwas zustößt, sind Sie schuld!"

LXIII

Koch erhob sich langsam aus dem Stuhl. Auf dem Boden, vor dem Tisch, lag Harro Stahl alias Rupert Schwarz auf dem Bauch. Nach dem Schuss stand er noch für einige Sekunden aufrecht, starrte Koch an, ungläubig, fassungslos, dann krachte ein zweiter Schuss, er fiel nach vorne, sackte auf die Knie und schlug dann mit seinem Gesicht auf den Holzdielen auf.

Koch bückte sich, um nicht ins Schussfeld zu geraten, und schlich zu dem leblosen Körper. Die zwei Einschusslöcher im Hinterkopf von Schwarz waren nicht zu übersehen. Der Mann war tot.

Langsam erhob sich Koch und spähte vorsichtig durch das offene Fenster nach draußen. Dort konnte er nichts entdecken. Nach dem Schuss war es still geblieben, der Vogel begann wieder mit seinem Gekrächze.

Koch hockte sich erneut nieder und fing damit an, die Taschen von Schwarz zu durchsuchen. Die erste war leer. Er zog seine Hand heraus, um sie in die auf der anderen Seite zu stecken, da hörte er hinter sich einen Schritt, wollte sich umdrehen, doch es war zu spät. Ein Schlag auf seinen Kopf ließ ihn zusammensinken.

LXIV

„Bringen Sie dieses Teil auf der Stelle ins Auto zurück!", befahl Reuber zornig.

„Beruhigen Sie sich!", bat ihn Esch. Dabei gab er Marion ein Zeichen zu tun, was Reuber von ihr verlangte.

Sie zögerte, wollte nicht so schnell klein beigeben.

Esch bat sie inständig mit einem Blick.

Endlich reagierte sie, machte kehrt, ging zurück zum Wagen. Reuber wollte schon ohne die Frau aufbrechen, aber Esch gab ihm zu verstehen, dass er warten solle. Siggi stand stumm daneben und beobachtete die Szene.

Endlich kam Marion zurück, ihr Instrument hatte sie in den Koffer gepackt und ließ es im Auto.

Reuber marschierte los. Die anderen folgten ihm durch den Wald, bis sie die Hütte entdeckten, hinter der der See in der Sonne glitzerte.

„Was machen wir?", fragte Siggi.

„Was meinen Sie?", fragte Reuber zurück.

Esch hielt sich etwas abseits, betrachtete angelegentlich den Boden.

„Was ist?", zischte Reuber zu dem Arzt hinüber.

„Hier!" Er zeigte auf den sandigen Untergrund. „Das sieht aus, als habe jemand da mit einem breiten Besen gekehrt ..."

„Um Spuren zu verwischen ...", rief Siggi aus.

„Möglich", murmelte Esch, ohne mehr zu sagen.

„Siggi und ich gehen jetzt zu der Hütte, Esch und die Frau bleiben hier!", übernahm Reuber das Kommando und war so schnell losgegangen, dass niemand die Zeit fand, ihm zu widersprechen. Siggi beeilte sich, ihm nachzukommen. Geduckt liefen sie bis vor die Hütte. Reuber gab Siggi ein Zeichen, an der Holzwand stehen zu bleiben, während er selbst zum Eingang schlich. Siggi sah ihm nach, beobachtete, wie sein Kollege in die Hütte hechtete. Dann waren seine Schritte auf dem Holzboden zu vernehmen, wenig später trat er aus der Hütte, um den anderen ein Zeichen zu geben, dass die Luft rein war.

„Hier war vor Kurzem jemand drin", sagte Marion, als sie als Letzte in den Raum getreten war. „Es wurde geraucht."

„Stimmt!", bestätigte Esch nach einem kurzen Schnuppern.

Reuber sah sich um, blickte durch das offene Fenster nach draußen. „Ja", sagte er schließlich, „hier war vor Kurzem noch jemand. Das kann ich regelrecht spüren."

Er ging herum, hob Gegenstände an, zog Kissen zur Seite, blickte in Gefäße und Schubladen, während Esch sich niedergekniet hatte und den Boden absuchte.

„Haben Sie was gefunden?", fragte Marion.

„Das ist meiner Meinung nach Blut", erklärte Esch, ohne aufzuschauen. Mit einem kleinen Messer, das er aus seiner Tasche gezogen hatte, kratzte er an dem Holzboden und betrachtete das Ergebnis auf der Metallspitze.

„Sehr seltsam, das alles", stellte Reuber fest, als sie aus der Hütte herausgetreten waren und auf den See starrten. „Die Tür steht offen, die Spuren draußen im Sand, die, wie Esch meint, verwischt wurden, das Blut und der frische Tabakgeruch, das ist mehr als seltsam. Was ist hier passiert?"

„Vor allem", unterbrach Marion seine Ausführungen, „was ist mit Paul? Wo ist er?"

„Wir können in der Umgebung nach Spuren suchen", schlug Siggi vor.

„Gute Idee", bestätigte Reuber.

Sie schwärmten aus, doch das Einzige, das sie fanden, waren weitere Stellen auf dem sandigen Untergrund, die aussahen, als hätte jemand sie vor nicht allzu langer Zeit gefegt. Esch und Siggi folgten dem Weg, der von der Hütte ein Stück lang parallel zum See verlief, bevor er in einem langgezogenen Bogen durch den Wald führte.

Als die beiden eine Viertelstunde später zur Hütte zurückkehrten, wo sie schon ungeduldig erwartet wurden, wussten sie immerhin zu berichten, dass der Weg zurück zur Uferstraße führte.

„Wir haben also nichts“, stellte Reuber fest.

„Was sollen wir jetzt machen?“, fragte Siggi.

Marion ging zum Auto und holte ihr Saxophon, trat auf den Steg, nahm das Saxophon aus dem Koffer, betrachtete einige Momente die sich leicht kräuselnde Oberfläche des Sees mit den hohen Bergen im Hintergrund, dann begann sie, eine traurige Melodie zu spielen.

„Wir werden hier nichts finden!“, sagte Esch ebenso bestimmt wie unzufrieden, ging zu ihr auf den Steg, zog seine Schuhe und Strümpfe aus, rollte seine Hosenbeine hoch, setzte sich auf die Holzplanken und ließ seine Füße ins Wasser baumeln.

31. Mai – 1. Juni 1950

LXV

Koch schlug seine Augen auf. Er lag auf dem Rücken, fühlte sich von einem tonnenschweren Gewicht niedergedrückt. Konturen verwischten. Er ließ seine Blicke von rechts nach links wandern und zurück. Schloss die Augen. Es war angenehm kühl in dem Zimmer und es roch nach Apfel. Sein Hals war trocken, wenn er schluckte. Er lag auf einem Bett, war zugedeckt mit einem leichten Tuch, das ihm bis zur Brust reichte. Leicht strich er mit seinen Handflächen darüber. Weich wie Seide fühlte es sich an. Koch wollte sich aufrichten, doch das fiel ihm schwer, verursachte einen Schwindel in seinem Kopf. Er ließ sich zurücksinken. Wo war er? Was war das für ein Zimmer, in dem er sich befand? Helle Wände, ein großes Fenster zu seiner Rechten, vor dem eine rote, fast blickdichte Gardine nur einen Hauch von sehr weichgefiltertem Licht in den Raum eindringen ließ.

Koch unternahm einen neuen Anlauf, hob erst äußerst vorsichtig seinen Kopf, wartete, bis der Schwindel nachließ, winkelte seine Arme an, bis sie sich auf Höhe seiner Brust befanden, drückte die Ellenbogen in die Matratze, bis er aufrecht saß. Ihm wurde übel, er schloss die Augen und wartete.

Nach einer Weile öffnete er seine Augen wieder. Es war tatsächlich ein großes Zimmer, wie man sie in vornehmen Hotels fand. Das Bett war breit, annähernd zwei Meter, das Fenster hatte er schon vorher bemerkt, auf der anderen Seite stand rechts neben einer Tür eine Kommode aus glänzendem Holz und daneben befanden sich ein gleich lackierter, runder Holztisch und zwei Stühle. All das machte einen gediegenen und teuren Eindruck. Auf der dem Bett gegenüberliegenden Seite befand sich eine weitere Tür. Die Tapete an den Wänden zeigte pastellfarbene florale Ornamente.

Koch überlegte, wie er hierhergekommen war. Ob er dieses Zimmer aus eigener Kraft betreten hatte. Warum er hier war, was er hier gesucht hatte. Es wollte ihm nicht einfallen. Stattdessen ein leichter Schmerz in seinem Kopf, ein Pochen wie nach einer durchzechten Nacht.

Er drehte sich ein wenig zur Seite, das Pochen in seinem Kopf wurde stärker, aber zumindest der Schwindel blieb aus. Schließlich hatte er es geschafft, er saß aufrecht auf der Bettkante, nur mit seiner Unterwäsche bekleidet. Er blickte auf die rote Gardine, erkannte auf dem Nachttisch ein Glas mit Wasser, griff danach, wollte trinken, hielt inne, roch am Inhalt. Nichts. Er trank. Wasser, das Zimmertemperatur hatte, nicht erfrischte, dennoch guttat.

Es war völlig ruhig in diesem Raum. Kochs Füße sanken in einen weichen Teppich, der den Boden des gesamten Raumes bedeckte. Der erste Schritt war noch unsicher, er blieb stehen, wartete, wagte den zweiten, der ihm schon besser gelang. Mit ein paar Schritten hatte er das Fenster erreicht, schob die Gardine zur Seite und musste seine Augen zukneifen, denn das helle Licht blendete ihn. Vor dem Haus standen hohe, dünne Bäume, Zypressen ähnlich. Zwischen ihnen sah Koch den See, auf dem zwei Boote ihre Bahnen zogen, die Segel gebläht. Vergeblich suchte er den Griff zum Öffnen des Fensters.

Koch ließ die Gardine los, setzte seine Wanderung fort zur Tür. Auf Augenhöhe entdeckte er einen Spion. Er sah durch die Linse, doch sie war blind. Er umfasste den Türgriff, ließ seine Hand einen Moment auf dem kühlen Metall ruhen, bevor er sie herunterdrückte. Nichts. Diese Tür war abgeschlossen. Quer durch den Raum ging Koch zu der anderen Tür. Sie ließ sich öffnen, hinter ihr verbarg sich das Badezimmer, ein heller, großzügig bemessener Raum. Auf einem Hocker neben dem Waschbecken lagen mehrere Handtücher übereinandergestapelt. Das kleine Fenster über der Badewanne ließ sich ebenfalls nicht öffnen.

Koch kehrte ins Zimmer zurück, untersuchte die Kommode, öffnete die beiden Türen, zog die Schubladen auf, doch die Fächer waren leer.

Er hockte sich auf die Kante des Bettes.

Was hatte das zu bedeuten? Wieso war er hier? Wo war er? Wie war er hierhergekommen?

Er starrte auf die Gardine vor dem Fenster. Langsam kam die Erinnerung zurück. An den Wald, den Weg zwischen den Bäumen hindurch, die Hütte. Er schloss seine Augen, versuchte, sich die Szene in Erinnerung zu rufen. Langsam fügte sich ein Bild zusammen. Er saß auf einem Stuhl, vor ihm ein Mann. Mit einer Pistole. Sie sprachen miteinander. Ein Schuss! Ein zweiter! Der Mann brach vor ihm zusammen. Dann war da nichts mehr.

Koch schrak auf. Ein Geräusch. Von der Tür. Ein Schlüssel wurde im Schloss gedreht, gebannt starrte er darauf. Sekundenlang geschah nichts, bis sich die Klinke langsam niedersenkte und die Tür geöffnet wurde. Ein Mann in einem hellen Sommeranzug betrat den Raum, in seiner linken Hand hielt er einen Hut.

Sowie er im Zimmer stand, drückte er die Tür zu, ohne sie abzuschließen, ging zu dem Tisch, auf dem er den Hut ablegte, blickte kurz zu Koch hinüber.

„Was …“ Koch hatte das Wort mehr gekrächzt als gesprochen. Er räusperte sich. Nun gelang es besser. „Was mache ich hier?“

Der Mann nickte. Sein Schweigen nutzte Koch, um ihn sich genauer anzuschauen.

Er war groß und kräftig, wirkte dabei aber geschmeidig. Er trug seine Haare einen Tick zu lang. Er strahlte Selbstbewusstsein aus und schien Koch bewusst die Zeit zu geben, ihn zu betrachten und sich ein Bild von seinem Gegenüber zu machen. Er selbst sah Koch ohne größeres Interesse an. Koch vermutete, dass der Mann über ihn wusste, was er wissen musste.

„Herr Koch", begann der Fremde mit ruhiger, sonorer Stimme. Ihre Wärme hatte etwas Einnehmendes. Vielleicht hatte man ihn deshalb geschickt. Koch ermahnte sich, vorsichtig zu sein.

„Dort in dem Schrank ist ein Anzug für Sie. Er müsste Ihnen passen. Ihr alter ist untragbar." Er deutete auf eine Stelle neben der Kommode. Erst jetzt fiel Koch eine in die Wand eingelassene Tür auf, die wie der Rest der Wände tapeziert war und deshalb einem oberflächlichen Blick entging.

Der Mann sah zur Seite.

Koch öffnete den Schrank. Tatsächlich hingen dort ein hellblauer Anzug, ein weißes Hemd, eine Krawatte sowie Unterwäsche und Schuhe.

Er sah zu dem Mann hinüber, der ihm aufmunternd zunickte.

Koch zog die Schranktür so weit auf, bis sie als Sichtschutz zwischen dem Mann und ihm diente, und legte die Kleidungsstücke an.

„Sehr gut", sagte der Mann, der hinter der Tür hervortrat. „Passt vorzüglich."

Koch setzte sich auf die Bettkante. Der Mann nahm auf einem der Stühle an dem Tisch Platz.

„Sie sind illegal in die Schweiz eingereist." Das war

eine Feststellung, die keinen Zweifel an der Richtigkeit dieser Aussage zuließ. Seine Stimme hatte den kehligen Akzent eines Deutschschweizers. „Sie sind verdächtig, einen Schweizer Bürger ermordet zu haben."

Der Mann schien keine Erwiderung zu erwarten. Koch überlegte. Was immer man ihm vorwarf, nach der Zelle eines Untersuchungsgefängnisses sah das hier nicht aus. Die Schweizer Behörden würden verdächtige Personen sicher nicht in solchen Luxusunterkünften beherbergen. Er war gespannt, was noch kam.

Doch der große Mann auf dem Stuhl schwieg und betrachtete ihn. Koch erschien es wie ein Spiel. Dann fasste der Mann in seine Jacketttasche, entnahm ihr eine Zigarettenschachtel und hielt sie in Kochs Richtung, der seinen Kopf schüttelte, etwas zu heftig, wie er an der leichten Schwindelattacke bemerkte. Der Mann fummelte eine Zigarette aus der Packung und zündete sie an. „Herr Koch, in einer Hütte am See wurde ein Toter aufgefunden. Sie waren am Tatort, man hat bei Ihnen die Waffe gefunden, mit der der Mann umgebracht wurde. Auf der Pistole befinden sich Ihre Fingerabdrücke. Wenn es zur Anklageerhebung kommen sollte, droht Ihnen eine sehr lange Haftstrafe." Er sprach das so gelassen aus, als stelle er Koch die Menüfolge des Abendessens vor.

Koch nickte. „Das klingt, als ob Sie mir etwas vorschlagen wollen", erwiderte er schließlich.

Nun war es an dem Mann, zu nicken. Er sah sich um, schnippte dann die Zigarettenasche in seine Hand.

„Sie haben Informationen gesammelt, Herr Koch. Informationen, die bestimmte Personen in ein schlechtes Licht stellen könnten. Auch wenn solche Behauptungen schnell entkräftet werden können, so bleibt doch, das wissen Sie selbst, immer etwas hängen."

Koch hörte zu, sagte nichts. Er dachte nach. Bei den Informationen konnte es sich nur um Dickopf handeln. Aber was hatte dieser Schweizer damit zu tun? War er Polizist? Im Geheimdienst? Stand er auf der Gehaltsliste von Dickopf? Reichte dessen Arm so weit? Koch erinnerte sich an von Peterleins Aussage, dass Dickopf den Krieg zeitweise in der Schweiz verbracht hatte und dass er hier einen Gewährsmann und Unterstützer hatte, einen überzeugten Nazi. Ob da die Verbindung war? Er musste mehr wissen.

„Wenn ich nicht schweige?"

Der große Mann sah ihn mitleidig an, erhob sich, hielt dabei die Hand, in die er die Asche geschnippt hatte, von sich, und ging ins Bad.

Koch sah zur Tür. Der Mann hatte sie nach seinem Eintritt nicht abgeschlossen.

Von drinnen hörte Koch Wasser rauschen. Er stützte seine Hände auf das Bett.

„Sie kommen nicht heraus, Herr Koch!", rief der Mann aus dem Bad, das Wasserrauschen übertönend. „Sparen Sie Ihre Kräfte auf!"

Koch nahm seine Hände von der Matratze.

Der Mann kam aus dem Badezimmer und blieb in der Mitte des Zimmers stehen.

„Wollen Sie das wirklich wissen?", fragte er zurück, als habe sein Ausflug zum Waschbecken nicht stattgefunden.

„Ja!", erwiderte Koch und meinte, einen kurzen Moment der Irritation im Gesicht des Mannes erkannt zu haben.

„Nun", begann der seine Antwort und schlenderte, ohne zunächst weiterzusprechen, ans Fenster, schob die Gardine zur Seite und sah hinaus. „Welch schöner Anblick, Herr Koch. Kommen Sie!" Er wartete. Koch überlegte kurz, erhob sich, trat neben den Mann, der die

Gardine noch ein Stück weiter zur Seite lupfte, um Koch einen freien Blick auf die Landschaft und den See zu gewähren.

„Wollen Sie darauf verzichten? Für viele Jahre? Vielleicht Ihr ganzes restliches Leben? Wie alt sind Sie?" Er tat, als überlege er, doch Koch war klar, dass der Mann sehr genau über ihn Bescheid wusste.

„Siebenundvierzig, Herr Koch. Manche sagen, dies sind die besten Jahre eines Mannes. Die wollen Sie wegwerfen?"

Koch sprach, ohne seinen Blick von der Landschaft abzuwenden. „Es gibt einen Punkt, Herr …"

„Meier. Nennen Sie mich Meier! Entschuldigen Sie bitte meine Unaufmerksamkeit."

„Es gibt einen Punkt im Leben, Herr Meier", führte Koch ohne sichtbare Reaktion fort, „an dem Ihnen das gleichgültig ist. An dem das Leben kein Versprechen mehr ist."

Meier nickte. „Ihre Frau?"

Die zwei Worte versetzten Koch einen Stich. Er konnte nicht gleich antworten, wollte sich das nicht anmerken lassen. Der Mann schwieg ebenfalls.

„Ja", antwortete Koch nach einiger Zeit.

Sie standen einige Minuten so nebeneinander, ohne ein Wort zu sprechen, beide in die Ferne schauend, bis Meier sich mit einem Mal abrupt abwandte, durch das Zimmer schritt und die Tür öffnete.

Jemand anderes betrat den Raum, Koch blieb reglos am Fenster stehen. Die Tür wurde zugedrückt. Man wollte etwas von ihm. Diese Situation musste er ausnutzen.

Das Knacken im Holz des Stuhles verriet ihm, dass sich jemand darauf niedergelassen hatte, jemand, der entweder schwerer als Meier war oder weniger geschmeidig.

„Herr Koch", hörte er eine Stimme. Sie klang ebenfalls ruhig und er kannte sie. „Kommen Sie, nehmen Sie Platz! Ich möchte mit Ihnen sprechen und Ihnen dabei in die Augen schauen." Der Mann sprach wie ein Vater zu seinem ungezogenen Sohn, dem gegenüber er aber Nachsicht walten ließ.

Langsam drehte sich Koch um und ging auf Paul Dickopf zu. Wie Meier hatte dieser seinen Hut auf dem Tisch abgelegt. In seinem schlichten grauen Anzug sah er wie ein biederer Beamter aus.

Er deutete mit einer Handbewegung auf den zweiten Stuhl, Koch nahm darauf Platz.

„So sieht man sich wieder, Herr Koch. Die Umstände, unter denen wir uns das letzte Mal trafen und insbesondere, unter denen Sie sich verabschiedeten, waren nicht sehr schön. Aber Schwamm drüber! Wir sind Männer. Wir haben gelernt, unseren Blick auf das Notwendige und Wichtige zu richten."

Dickopf strahlte eine andere Form von Selbstgewissheit als Meier aus. Bei dem Schweizer kam sie aus dem Körper, den er dem Apparat, für den er arbeitete, zur Verfügung stellte. Sie schützten sich gegenseitig. Bei Dickopf kam sie von woanders her. Koch wusste nicht, woher. Vielleicht, weil er der Apparat war.

„Nun seien Sie nicht störrisch, Herr Koch. Ich habe großen Respekt vor Ihnen. Sie haben Herrn Schwarz gesucht und gefunden. Dass Sie ihn umgebracht ..."

Koch sprang zu schnell auf, ihm wurde für einen Moment schwarz vor Augen. Blind rief er: „Ich habe Schwarz nicht umgebracht!"

„Herr Koch, es spricht alles gegen Sie. Sie waren vor Ort, der Wagen, mit dem Sie gekommen waren, wurde in der Nähe sichergestellt. Sie haben sich in Lausanne nach Rupert Schwarz beziehungsweise Harro Stahl erkundigt, auf der Tatwaffe sind Ihre Fingerabdrücke." Dickopf sprach emotionslos, fast so, als würde er den täglichen Wetterbericht verlesen.

„Genauso, wie Sie es mit von Peterlein gemacht haben. Auf dem Friedhof. Auch dort sprach alles gegen mich. Der Zeuge, die Spieluhr, die Fahrkarte."

„Ich muss Ihnen widersprechen, Koch. Auch wenn es in den beiden Fällen den Anschein von Übereinstimmungen geben mag, ich habe mit von Peterleins Tod nichts zu tun. Das war Schwarz, oder Stahl, wie er in Deutschland aufgetreten ist. Ich hatte Ihnen schon mitgeteilt, dass er dies getan hat, weil er hoffte, dass ich ihn dann im Bundeskriminalamt einstellen würde. Aber der Mann war im Krieg ein Mörder, Herr Koch, und dazu, und das ist das Schlimme, hat er seine Taten aus Überzeugung begangen."

„Welchen Unterschied macht es, ob Schwarz massenhaft Wehrlose aus Überzeugung ermordet oder weil man es ihm befohlen hat?" Koch war wütend, sein Schädel pochte wieder heftiger.

„Einen großen, Herr Koch. Einen sehr großen sogar."

Koch dachte nach. „Aber Schwarz wurde ein Problem."

„Er hat sich zu einem gemacht", widersprach Dickopf.

„Er hat Ihnen gedroht …"

„Man droht mir nicht."

„Ja, die Rechnung dafür hat Schwarz erhalten."

„In einem übertragenen Sinn kann man das so sagen, Herr Koch, sicher, aber konkret stimmt es nicht: Denn augenscheinlich sind *Sie* der Mörder von Herrn Schwarz. Und, bei allem Respekt Ihnen gegenüber, Herr Koch, nach Notwehr sah das nicht aus."

Koch beugte sich nach vorne. Wenn Meier oder Dickopf ihn wegen des Mordes vor Gericht stellen wollten, dann fände dieses Gespräch nicht statt. Sie wollten etwas von ihm. Meier hatte es ja schon angedeutet: Er sollte seinen Mund halten und nichts von dem verlauten lassen, was von Peterlein ihm über Dickopf und seine Machenschaften erzählt und was Koch bei seinen eigenen Recherchen erfahren hatte. Aber warum sollte er ihnen den Gefallen tun? Es war ihm gleichgültig.

„Was wollen Sie von mir, Herr Dickopf?“, fragte Koch geradeheraus.

„Ihr Schweigen, Herr Koch. Nur Ihr Schweigen.“

„Warum sollte ich schweigen?“

„Um zu leben?!“

Koch lachte bitter auf. „Mein Leben? Was ist das noch? Meine Frau ist tot. Ich werde verdächtigt, einen Mann umgebracht zu haben.“

Dickopf nickte bedächtig. „Das mit Ihrer Frau tut mir leid. Aufrichtig leid. Was den Verdacht angeht, dass Sie Herrn von Peterlein umgebracht haben, kann ich Sie beruhigen. Ihre Kollegen in Deutschland haben nachweisen können, dass Sie nicht der Mörder sind.“

Koch schien Letzteres nicht zu interessieren.

Dickopf sah ihn lange an.

„Sie wollen reden, Koch?“

„Ich sehe keinen Grund, es nicht zu tun. Ich habe gegen die Faschisten in Spanien gekämpft. Ich war von ihnen in Frankreich bedroht. Ich bin seit über vier Jahren wieder in Deutschland und sehe hier diese Nazis, wie sie in Amt und Würden sind und alle tun, als wäre nichts geschehen. Soll ich da jetzt nicht reden?“

„Sie wissen selbst, es gibt viele Möglichkeiten, Sie zum Schweigen zu bringen.“

„Dann müssen Sie sich aber Ihre Hände schmutzig machen“, erwiderte Koch kühl.

Dickopf betrachtete die Innenflächen seiner Hände.

„Meine Hände sind sauber."

Koch ersparte sich einen Kommentar.

„Ist Ihnen wirklich alles egal, Herr Koch?"

Koch verzichtete auf eine Antwort.

„Was, wenn ich Ihnen verrate, wo sich der Mörder Ihrer Frau aufhält. Würde das Ihre Meinung ändern?"

Koch starrte Dickopf überrascht an.

„Brunner?"

„Genau der. Helmut Brunner."

„Woher wissen Sie …?"

„Ich bin Polizist, Herr Koch, Polizist. Ich habe meine Quellen. Außer mir wird Ihnen niemand diese Information geben. Die Fremdenlegion wird Ihnen nicht helfen. Sie haben das doch schon in Landau erfahren müssen."

„Sie wissen …"

Dickopf nickte und lächelte zum ersten Mal. Überlegen.

„Sie haben mich zu Schwarz geschickt. Das war Ihr Plan. Sie wollten ihn erledigen und haben mich benutzt."

„Das sagen Sie, Herr Koch, und ich glaube, Sie trauen mir da zu viel zu."

„Wo ist Brunner?"

„Ihr Stillschweigen!" Dickopf streckte seine Hand aus. Koch zögerte.

„Was, wenn ich dann doch rede, nicht schweige?"

„Nicht Sie, Herr Koch. Sie sind, wenn ich einen alten Begriff benutzen darf, der heute leider außer Gebrauch ist, ein Ehrenmann. Wenn Sie Ihr Wort geben, halten Sie es." Dickopf zog seine Hand zurück.

Koch lachte bitter auf. „Vielleicht haben Sie da recht, aber solch ein Ehrenwort gilt nur unter Ehrenmännern. Sind *Sie* einer?"

Dickopf ging nicht darauf ein. „Wollen Sie wissen, wo Brunner ist?"

Koch lehnte sich zurück. In einem Punkt hatte Dickopf sehr wahrscheinlich recht: Nur er konnte ihm Brunners Aufenthaltsort nennen.

„Nun, Herr Koch, wollen Sie nicht wissen, wo sich der Mann aufhält, der Ihre Frau umgebracht hat?"

„Woher weiß ich, dass Sie mich nicht anlügen?"

„Sie enttäuschen mich, Koch. Was hätte ich damit gewonnen? Sie wären nicht mehr an Ihr Ehrenwort gebunden."

„Wo ist Brunner?"

Dickopf streckte seine Hand erneut aus. Koch ließ sich Zeit, bis er schließlich einschlug.

„Brunner ist in Frankfurt bei einem Bekannten untergekommen. Er ist frühzeitig aus der Legion entlassen worden. Eigentlich unmöglich, vor Ablauf der vertraglich vereinbarten fünf Jahre die Legion zu verlassen. Aber Brunner hat sich in Indochina die Malaria eingefangen. Sehr heftig."

„Aber er lebt noch?"

„Malaria muss nicht tödlich sein. Aber es geht dem Mann nicht gut."

„Die Adresse!"

Dickopf griff in seine Jacketttasche und fummelte einen Zettel heraus, reichte ihn Koch.

„Der Rest ist Ihre Sache."

Koch besah sich das Stück Papier kurz, merkte sich die Anschrift und legte es dann auf den Tisch.

„Wo bin ich hier?", fragte er.

„Im Haus eines Freundes", erklärte Dickopf, „der so freundlich ist, es Ihnen zur Verfügung zu stellen. Ich werde Sie jetzt verlassen. Meier wird Sie nach unten begleiten, wo ein Wagen auf Sie wartet, der Sie an die Grenze nach Deutschland bringen wird. Dort werden Sie umsteigen."

„Das geht alles ohne Papiere, ohne …" Koch machte eine resignierte Geste.

„So geht das unter Freunden, Herr Koch."

Dickopf stand auf, griff nach dem Hut. Durch den Luftzug, den er damit verursachte, hob sich das Blatt mit Brunners Anschrift von der Tischplatte und segelte zu Boden. Er bückte sich, hob es wieder auf und legte es zurück auf die Tischplatte, bevor er zur Tür ging, wo er sich noch einmal umdrehte. „Herr Koch …", er wartete, bis der ihn anschaute, „… wenn Sie diese Sache hinter sich gebracht haben, würde ich mich freuen, wenn ich Sie als Kriminalpolizisten im Bundeskriminalamt begrüßen dürfte."

„Wie?", fragte Koch.

„Ein Angebot. Ich hatte es schon in Mainz angedeutet. Überlegen Sie es sich!"

„Warum wollen Sie einen Mann, der gegen die Nazis gekämpft hat …"

Dickopfs Stimme bekam einen leicht gereizten Unterton. „Ich hatte Ihnen schon gesagt, Koch: Ich will keine überzeugten Nazis in meinem Amt haben! Ich will gute Polizisten! Machen Sie sich jetzt frisch! Meier wartet draußen auf Sie!"

Ohne Gruß verließ er das Zimmer und zog die Tür hinter sich zu.

Koch ließ sich gegen die Lehne des Stuhles zurücksinken, nahm den Zettel, besah ihn sich noch einmal und steckte ihn dann in seine Hosentasche.

LXVI

Meier führte Koch durch ein schmales Treppenhaus nach unten. Es musste ein Nebenabgang sein, vermutete Koch. Ein so einfaches Treppenhaus passte nicht zu dem Zimmer, in dem er sich aufgehalten hatte. Vielleicht war er doch in einem Hotel, überlegte er, und dies war der Dienstbotenaufgang. Er zählte drei Stockwerke und spürte die Anstrengung in seinen Beinen und in seinem Kopf, bis Meier vor einer schweren Tür stehen blieb, sie zunächst nur einen Spalt weit öffnete, um in den dahinterliegenden Raum zu schauen, und sie dann, als offensichtlich alles zu seiner Zufriedenheit war, ganz aufzog und Koch an sich vorbei in eine Remise ließ, in der zwei Fahrzeuge untergestellt waren. Meier schritt an ihnen vorbei zu einer abseits gelegenen Nische, in der eine große, dunkelblaue Limousine parkte. Die Nische war breit, und beidseits des Wagens noch zwei Meter Platz.

Meier öffnete die rechte hintere Tür und gab Koch ein Zeichen, einzusteigen.

Sowie er auf dem weichen, dunklen Leder saß, schloss Meier die Tür mit einem „Gute Fahrt!". Es war völlig dunkel im Inneren des Wagens. Der Motor wurde angelassen und das Fahrzeug setzte sich in Bewegung, fuhr langsam an, vorbei an Meier, der das breite Tor geöffnet hatte. Die Strahlen der Sonne tauchten den Innenraum in ein diffuses Licht. Die Scheiben um ihn herum waren mit Gardinen verhangen und der vordere Teil des Fahrzeugs durch eine getönte Scheibe abgetrennt. Hinter dem Steuer zeichnete sich der schattenhafte Umriss des Fahrers ab.

Koch schob den Vorhang am Seitenfenster ein wenig zur Seite. Sie fuhren über eine breite Straße, die von Bäumen gesäumt war, hinter denen die Fassaden von Häusern vorbeihuschten. Bald hatten sie auch die hinter sich gelassen und Wiesen und Felder breiteten sich neben der Straße aus.

Die Müdigkeit kam wieder zurück. Koch sank tiefer in die Lederbank und war bald eingeschlafen.

Ein Sonnenstrahl traf Koch ins Gesicht. Geblendet kniff er seine Augen zusammen. Der Fahrer, dessen südeuropäisch anmutendes Gesicht im Schatten einer Mütze mit breitem Schirm lag, hielt die Tür geöffnet.

„Aussteigen!“, forderte er ihn auf, weder freundlich noch unfreundlich.

Koch streckte sich. Der Schlaf hatte ihm gutgetan, der Druck aus seinem Kopf war vollends verschwunden. Nun hatte er Appetit und vor allem Durst.

Als er aus dem Wagen gestiegen war, umfing Koch die Helle und die Wärme der hoch stehenden Sonne. Etwa einhundert Meter entfernt sah er mehrere flache Bauten, davor eine Schlange von zwei Dutzend Fahrzeugen, die sich kriechend vorwärtsbewegten, anhielten, sich weiterschoben.

Der Fahrer stand neben Koch, seine Arme vor der Brust verschränkt, und starrte reglos in die Ferne.

Erst als ein anderer, schwarzer Wagen neben ihnen hielt, bewegte er sich. An dem tiefen Brummen des Motors erkannte selbst Koch, dass es sich um ein amerikanisches Fabrikat handeln musste. Ein Mann in einem dunklen Anzug stieg aus dem Auto, nickte dem Schweizer kurz zu und öffnete die linke hintere Tür. Koch ging um das Heck dieses Wagens, zögerte einen Moment und stieg dann ins Innere, wo bereits ein Mann saß, dessen Gesicht durch den Hut, den er trug, im Schatten lag.

„Willkommen zurück in Deutschland, Mister Koch!“,

begrüßte ihn eine bekannte Stimme mit amerikanischem Akzent.

„Captain Chavez“, erwiderte Koch überrascht.

Der gab dem Fahrer, der wieder hinter dem Lenkrad Platz genommen hatte, ein Zeichen loszufahren. Der Wagen setzte sich sogleich in Bewegung und rauschte bald an der langsam vorwärtskriechenden Autoschlange, die Koch soeben noch aus einiger Entfernung beobachtet hatte, über die Grenze nach Deutschland, wie er an einem Schild erkennen konnte.

„Sie haben Diplomatenstatus?“, fragte Koch. „Sie sind nicht mehr beim Militär?“

„Auch als Offizier kann man Diplomatenstatus besitzen“, erklärte Chavez.

„Immer noch Geheimdienst“, stellte Koch fest.

„Das wissen Sie doch, Herr Koch“, entgegnete Chavez. „Ich freue mich auf jeden Fall, Sie wohlbehalten zu sehen und Ihnen helfen zu können. Sie haben seit der Berlin-Geschichte noch etwas gut bei mir. Ich dachte mir, dass dies eine gute Gelegenheit wäre.“

„Wo bringen Sie mich hin?“

„Wo immer Sie hinwollen.“

Koch überlegte.

„Nach Frankfurt“, sagte er schließlich.

„Ihr Wunsch ist mir Befehl, Herr Koch.“

Einige Kilometer saßen sie schweigend nebeneinander, während der Wagen mit hoher Geschwindigkeit über die Autobahn glitt.

„Christopher, a Coke, please!“

Der Fahrer griff in eine Kiste, die auf dem Beifahrersitz stand, entnahm ihr eine Flasche und reichte sie nach hinten. Chavez nahm sie entgegen, öffnete sie und reichte sie an Koch weiter.

„Amerikanische Gastfreundschaft?“, bemerkte der, bevor er einen langen Zug aus der Flasche nahm. „Was haben Sie mit dieser Geschichte zu tun, Captain Chavez?“, fragte der Kommissar, nachdem er die Flasche mit einem zweiten Schluck geleert hatte.

„Wie sagen Sie in Deutschland …?“ Chavez überlegte. „Amtshilfe? Ist das das richtige Wort?“

„Ich nehme an, dass es das ist, was Sie meinen. Amtshilfe unter Geheimdienstkollegen …“

„Bei Ihnen, Herr Koch, hört sich das an, als ob es sich um etwas Schmutziges oder Ungesetzliches handelt.“

„Tut es das nicht?“

„Die Welt ist schlecht, Herr Koch, das wissen Sie doch selbst am besten. Da muss man manchmal zu schlechten Mitteln greifen, damit sie nicht noch schlechter wird.“

„Eine Logik, der ich nicht unbedingt folgen möchte.“

„Der wir aber folgen müssen, wenn wir überleben und nicht Sklaven der Commis werden wollen. In Korea brodelt es, Herr Koch. Ich fürchte, bald wird es schon wieder zum Krieg kommen.“

Koch zuckte gleichgültig mit den Schultern.

„Wer hat Sie denn um *Amtshilfe* gebeten, Captain Chavez?“

„Kollegen aus der Schweiz“, antwortete der.

„Geheimdienst?“

„Jemand muss Ordnung halten, muss verhindern, dass die Commis die Macht übernehmen. Amerikanische Soldaten haben im Kampf gegen Hitler nicht ihr Leben gelassen, damit wir jetzt vor den Russen kneifen.“

Koch sah ein, dass es keinen Sinn hatte, mit Chavez darüber zu diskutieren. So umgänglich und hilfsbereit der Mann sonst war, so war er ebenso ein überzeugter Soldat und Geheimdienstmann, der die Logik verinnerlicht hatte, nach der diese Apparate funktionierten. Ohne dieses Verständnis hätte er wahrscheinlich keine Chance zu überleben.

„Was hat Dickopf damit zu tun?“, fragte er.

Chavez schmunzelte leicht. „Paul Dickopf ist ein guter Organisator und, vor allem, ein überzeugter Antikommunist. Er hält große Stücke auf Sie, Herr Koch, sehr große. Wenn Sie mich um meine Meinung bitten, so würde ich Ihnen raten, sein Angebot anzunehmen.“

„Angebot?“, fragte Koch.

„Hat Dickopf Ihnen nicht angeboten, als Polizist im Bundeskriminalamt zu arbeiten?“

Sie wussten alles!

„Das hat er. Aber ich habe es abgelehnt.“

„Sie sind ein Dickkopf, Herr Koch“, entgegnete Chavez und lachte. „Ein Dickkopf, der nicht zu Dickopf will.“ Er wurde wieder ernst. „Ich würde es mir an Ihrer Stelle noch einmal überlegen.“

Koch antwortete nicht. Wenn er in dem Zimmer, als Dickopf ihm das Angebot unterbreitet hatte, noch nicht überzeugt gewesen wäre, es nicht anzunehmen, so war er es jetzt. In diese Welt der Dickopfs und Chavezs wollte er nicht eintauchen. Eine Welt, in der Überzeugungen und andere Werte nichts galten, in der auch Allianzen mit den ärgsten Feinden geschlossen wurden, wenn sie dem eigenen Vorteil dienten.

Auch Chavez schien das Interesse an der Diskussion verloren zu haben. Er beugte sich nach vorne, nahm aus der Kiste eine Flasche und zwei Gläser, klappte die kleinen Tischchen auf, die an den Vordersitzen befestigt waren, stellte die Gläser darauf und entkorkte dann die Flasche.

„Lausiges Essen, die Tommies, aber guten Whisky machen sie“, sagte er, während er einschenkte. „Cheers!“, prostete er.

Nach dem zweiten Glas wurde Koch schläfrig und nickte ein.

Als Chavez ihn mit einem Rütteln an der Schulter weckte, waren sie bereits in der Nähe von Mannheim. Die Sonne stand schon tief. Chavez hielt das Glas in der einen, eine Zigarette in der anderen Hand.

„Wo wollen Sie hin, Herr Koch?“, fragte er.

„Frankfurt“, antwortete der, ohne zu zögern.

„Das sagten Sie schon. Aber wollen Sie sich nicht zu Hause frisch machen?“

„Nein!“ Er sagte das sehr bestimmt und Chavez hakte nicht weiter nach.

Er gab dem Fahrer eine entsprechende Anweisung, füllte Kochs Glas mit dem Whisky. Der wollte ablehnen, aber das ließ der amerikanische Offizier nicht gelten.

„Sie sind mein Gast!“, sagte er und stieß sein Glas leicht gegen das von Koch. „Wohin wollen Sie?“, fragte er weiter. „In Frankfurt, meine ich.“

Koch hätte sich am liebsten gleich zu Brunners Adresse fahren lassen, aber der Alkohol setzte ihm zu und er wollte dem Mörder seiner Frau nüchtern und ausgeschlafen entgegentreten.

„Kennen Sie ein Hotel im Gutleutviertel?“

Chavez nickte. „Ich werde Sie dorthin bringen.“

Er sagte das so, als wüsste er sehr genau über Kochs Pläne Bescheid.

Als sie den Stadtrand von Frankfurt erreichten, war es schon dunkel. Chavez beugte sich nach vorne und gab dem Fahrer Anweisungen.

Zwanzig Minuten später hielten sie in einer Straße in

der Nähe des Bahnhofs, in der viele Häuser noch die Spuren des Krieges trugen.

Chavez reichte Koch einen Umschlag.

Auf dessen fragenden Blick hin sagte er: „Wollen Sie sich morgen früh auf Französisch aus dem Hotel verabschieden, Herr Koch? Hier sind Ihre Papiere und Geld."

Koch dankte mit einem Kopfnicken.

„Seien Sie vorsichtig!", mahnte der amerikanische Offizier zum Abschied. „Überlegen Sie sich das mit dem Bundeskriminalamt. Sie sind ein guter Polizist."

Dann gaben sie sich die Hände.

Während der Klang des leise blubbernden Achtzylindermotors sich in der Dunkelheit des Frankfurter Abends verlor, betrat Koch das Foyer des kleinen Hotels, das einen einfachen Eindruck machte und in dem der Portier nur einen kurzen Blick auf Kochs Ausweis warf. Er zahlte die Nacht im Voraus und ließ sich von dem Mann mit der Augenklappe den Weg zu der gesuchten Straße erklären, die nur wenig entfernt von dem Hotel lag.

2. Juni 1950

LXVII

Das metallische Schleifen eines bremsenden Zugs ließ Koch aufschrecken. Er sah auf seine Uhr. Halb neun. Er hatte lange geschlafen. Er wusch sich und zog sich an, dann ging er nach unten, wo ihn statt des Mannes mit der Augenklappe eine dicke Frau erwartete, die ihn neugierig betrachtete. Sie bereitete ihm ein karges Frühstück zu und versuchte, mit ihm ins Gespräch zu kommen. Doch Koch blockte diese Versuche ab, bis sie beleidigt abzog.

Um halb zehn verließ er das Hotel. Koch spürte beim Hinausgehen den Blick der Wirtin im Rücken. Vielleicht machte es ihn schon verdächtig, dass er weder Koffer noch Tasche bei sich trug.

Die gesuchte Straße war nur wenige Minuten Fußweg von dem Hotel entfernt. Das Haus war zum Teil noch zerstört. Zwei Kinder, nicht älter als zehn oder elf Jahre, saßen in kurzen Hosen auf den Treppenstufen, die zur Haustür führten.

Koch wartete. Jetzt, so kurz vor seinem Ziel, fühlte er eine Beklemmung in sich. Was würde er machen, wenn er Brunner gegenüberstand?! Er hatte sich darüber keine Gedanken gemacht. Er hatte keine Waffe. Es war nicht unwahrscheinlich, dass Brunner eine besaß. Erwartete er ihn vielleicht sogar? Spielte Dickopf, möglicherweise sogar Chavez, ein falsches Spiel und hatte Brunner vor ihm gewarnt?

Er trat zu den beiden Jungs. „Kennt ihr einen Herrn Gruber?", fragte er.

Das war der Name des Mannes, bei dem Brunner laut

Dickopf untergekommen war, so war es auf dem Zettel notiert.

Die beiden sahen sich an, ihre Blicke wechselten zwischen Neugier und Furcht.

„Und?“, hakte Koch nach, als sie ihm nicht gleich antworteten.

„Zweimal die Treppe hoch“, sagte der jüngere der beiden, ohne den fremden Mann anzuschauen. Er sprach so leise, dass Koch ihn kaum verstehen konnte.

„Auf der linken Seite“, ergänzte der andere, etwas lauter.

„Ist was mit dem Mann?“, fragte Koch, woraufhin die beiden Jungs aufsprangen und wortlos davonliefen.

Koch sah ihnen nach, bis sie um die nächste Ecke verschwunden waren, dann stieg er die wenigen Stufen zur Haustür hinauf, die nicht mehr in den Angeln hing. Er schob sie beiseite und betrat ein muffig riechendes Treppenhaus. Der Eingangsbereich sah aus, als wäre er über Wochen Feuchtigkeit ausgesetzt gewesen. Zu diesem Eindruck trugen auch der abgeblätterte Putz an den Wänden und der schmutzige Linoleumboden bei, der an manchen Stellen aufgerissen war. Die Beschädigungen waren bei den spärlichen Lichtverhältnissen kaum zu erkennen. Den Grund dafür entdeckte er, als er die Treppe nach oben stieg, wo von dem Fenster im Zwischenstock nur eine von drei Scheiben noch heil war. Die anderen waren mit einer schon völlig durchweichten Pappe abgeklebt.

Koch stieg die Treppe weiter hinauf. Im ersten Stock hörte er hinter einer der Türen das Schluchzen einer Frau, das von Kinderplärren begleitet wurde. Er spürte, wie seine Beine mit jeder Stufe schwerer wurden.

Im nächsten Zwischenstock, wo das Fenster immerhin noch zwei intakte Glasscheiben aufwies, blieb Koch stehen und stützte sich am Fensterrahmen ab. Er blickte hinaus in einen wolkenverhangenen Morgen. Vor ihm breitete sich ein weites Gleisgelände aus, das in den Frankfurter Kopfbahnhof mündete. Mehrere Waggons warteten abgestellt auf ihren nächsten Einsatz, eine unter Dampf stehende Lokomotive, die eine stattliche Anzahl von Personenwagen hinter sich herzog, rollte gerade gemächlich unter das große Dach der Bahnhofshalle ein.

Was sollte er tun? Seine Beine zitterten. Bisher war Koch von dem Willen getrieben gewesen, Brunner zu finden, den Mörder seiner Frau. Aber: War dieser wirklich der Mörder? Es waren Vermutungen gewesen, Indizien, wie es in der Polizeisprache hieß. Hatte Dickopf ihm die richtige Adresse mitgeteilt, war dies nicht auch wieder eine Falle?

Jetzt konnte er nicht mehr zurück. Er würde sonst nie erfahren, ob sich Brunner tatsächlich hinter der nächsten Tür aufhielt, er würde dann vielleicht nie erfahren, ob der Mann der Mörder seiner Frau war.

Er musste es *jetzt* zu Ende bringen!

Koch blickte noch einmal auf die Gleislandschaft unter ihm, dann wandte er sich von dem Fenster ab und stieg die letzten Stufen nach oben.

Vor der Tür auf der linken Seite blieb er stehen. Kein Namensschild, kein Hinweis auf den Bewohner. Nur die Information der beiden Jungs auf der Straße. Koch sah sich um, legte dann sein rechtes Ohr an die Tür. Von drinnen war nichts zu hören.

Er klopfte mit der Faust gegen die Tür.

„Scheiß Bagaasch, haut ab!“, hörte er von drinnen eine von zu viel Tabak und Schnaps gefärbte Stimme.

Koch hämmerte erneut gegen das Holz, fester als beim ersten Mal.

„Verflucht, wer macht denn da so einen Lärm?"

Schwere Schritte näherten sich. Einen Moment passierte nichts. Bis die Tür aufgerissen wurde und ein kräftiger, glatzköpfiger Mann, der einen ausladenden Bauch vor sich herschob, in der Tür stand und Koch feindselig anfunkelte.

„Was ist?", blaffte er. „Falsche Tür!", wartete er nicht auf die Antwort und wollte die Tür zuwerfen, doch Koch hatte seinen Fuß geistesgegenwärtig auf die Schwelle gestellt.

„Biste verrückt!", schnauzte ihn der Mann an und wollte zu einem Schlag ausholen, aber es fiel Koch nicht schwer auszuweichen, darunter wegzutauchen und dem Mann seinerseits seine Faust in den Bauch zu rammen. Der schien den Haken nicht zu spüren. Er lachte.

„Wozu so 'ne Wampe gut ist, was!", stieß er hervor und wollte Koch mit der Masse seines Körpers aus der Tür drängen. Der sprang jedoch rechtzeitig zur Seite, packte den schweren Mann am Kragen und nutzte den Schwung, um dessen Kopf gegen den Türrahmen zu schmettern. Das zeigte Wirkung. Mit glasigen Augen torkelte der Angreifer zurück in seine Wohnung. Koch setzte ihm nach und trat dabei mit seinem Fuß die Tür hinter sich zu. Doch er hatte sich zu früh als Sieger gefühlt. Mit einem Mal sprang der Mann nach vorne, hielt in seiner Hand ein Messer, mit dem er nach Koch stieß. Der konnte nicht mehr ausweichen, das Messer streifte seinen linken Unterarm, der gleich zu bluten begann. Der Mann, der sich nun im Vorteil glaubte, griff weiter an und drängte Koch gegen einen Schrank, der wackelig und schräg an der Wand stand. Koch versuchte, das Pochen in seinem Arm zu ignorieren. Beim nächsten Angriff sprang er ein kleines Stück seitwärts, neben den Schrank. Sein Gegner setzte ihm nach, stand dabei genau vor dem Möbelstück. Koch griff in die Lücke zwischen Wand und Schrank und zog diesen mit aller Kraft nach vorne, wodurch er kippte. Der Mann hatte Kochs Absicht zu spät bemerkt, wollte noch zur Seite springen, aber da traf der Schrank schon seinen Körper und begrub ihn unter sich. Der Arm mit dem Messer ragte unter dem Schrank hervor. Koch trat mit seinem Fuß auf das Handgelenk. Erst nach dem dritten Tritt ließ der Mann das Messer fallen.

Koch beugte sich nieder und sah in ein schmerzverzerrtes Gesicht. Das Augenpaar darin bedachte ihn mit hasserfüllten Blicken.

„Ist Brunner hier?", fragte er.

„Verreck doch!", zischte der Mann zurück.

Koch stellte seinen Fuß auf das Handgelenk und verlagerte sein Gewicht. Ein höhnisches Lachen war die Antwort. Koch trat fester zu. Der Mann lachte wieder.

„Mich haben sie gefoltert …", röchelte er, „… und da kommst du so …" Er lachte wieder.

Koch kniete sich nieder. Sein Arm schmerzte. Der Ärmel seines Jacketts fühlte sich völlig durchnässt an.

Der Mann lachte weiter.

Er konzentrierte sich. Suchte den Kopf des Mannes unter dem Schrank. Drückte den Schrank mit seinem Körper ein Stück zur Seite. Der Mann lachte noch immer. Dann schlug Koch mit der Faust seines gesunden Armes zu. Genau auf die Schläfe des Mannes. Augenblicklich war der still.

Koch atmete schwer. Der Kampf hatte ihn viel Kraft gekostet. Er zog sein Jackett aus, riss das Hemd auf. Es war nur eine Fleischwunde, stellte er erleichtert fest, aber sie blutete stark. Er drückte seine Jacke auf die Wunde, um die Blutung zu stillen, ging dabei weiter in die Wohnung hinein. Rechts eine Tür. Er stützte sich am Türrahmen ab, sah in den Raum. Eine Küche oder das, was jemand dafür hielt. Ein Tisch, vier Stühle, ein Beistelltisch, darauf ein Tauchsieder, zwei Tassen. Müll.

Koch schleppte sich weiter. Er musste sich beeilen. Der nächste Raum war eine Kammer, leer. Ein Stöhnen! Er fragte sich, ob er selbst das war. Er versuchte, ruhig zu atmen. Das Stöhnen kam nicht von ihm. Hastig stolperte er zur nächsten Tür, stützte sich mit jedem Schritt an der Wand ab. Das Stöhnen wurde lauter.

„Was ist los, Karl?", hörte er eine Stimme, wie von weit weg, schwach, kraftlos.

Koch stieß die Tür auf. Ein unerträglicher Gestank waberte ihm entgegen. Es roch nach Krankheit, Alkohol, Tabakrauch, Schweiß, Fäkalien. Er lehnte sich an den Türrahmen, wartete, bis sich seine Augen an die Dunkelheit gewöhnt hatten.

„Karl, bist du das? Wer war an der Tür?"

Brunner! Dies war Brunners Stimme. Er hatte das Bedürfnis, sich hinzulegen, einfach die Augen zu schließen, zu schlafen.

„Karl! Was ist los?" Die Worte waren kaum zu verstehen.

Koch starrte in die Dunkelheit, erkannte Konturen, eine Matratze auf dem Boden, etwas, das sich auf ihr bewegte. Das Geräusch eines Korkens, der aus einer Flasche gezogen wurde, die glucksende Laute eines Trinkenden, dann ein Rülpsen, anschließend wieder das Stöhnen, das Koch schon im Flur gehört hatte.

„Karl!" Verzweiflung triefte aus diesem einen Wort.

Koch sah schemenhaft das Fenster auf der gegenüberliegenden Seite der Tür, von einem schweren Vorhang verdeckt. Der Gestank nach Kot ließ ihn würgen, noch wenige Augenblicke und er musste sich übergeben. Oder einfach umfallen, entkräftet.

Koch sammelte sich und stürmte durch das Zimmer zum Fenster, zog hektisch die Gardine zur Seite. Er riss das Fenster auf. Hastig sog er die frische Luft ein. Dennoch war er machtlos gegen den Würgereiz, sein Magen hob sich und er erbrach sich auf die Fensterbank.

„Karl, merde!", fluchte die Stimme vom Boden. „Was soll das? Mach das Fenster zu!"

Koch drehte sich langsam um, blickte in das Zimmer und sah den Mann auf der Matratze, ein Häuflein Elend, zusammengerollt, dürr, mit schmerzverzerrtem Gesicht.

„Hast du das Chinin? Merde, Karl! Ich verrecke. Ich halte das nicht mehr aus."

Der Mann krümmte sich, hatte seinen Kopf in einem vor Dreck starrenden Kopfkissen vergraben.

Koch machte einen Schritt auf ihn zu, musste sich konzentrieren, um nicht das Gleichgewicht zu verlieren.

Ja! Das war Brunner! Ein völlig abgemagerter Brunner, ein trauriges Zerrbild des selbstbewussten Mannes, den Koch vor vier Jahren kennengelernt hatte.

„Brunner!", stieß Koch hervor.

Langsam drehte der Kranke sich um, kniff seine Augen zusammen. Er schien zu überlegen, wer da in dem Zimmer war. Er ahnte, dass es nicht Karl war.

„Wer …?"

„Brunner. Helmut Brunner", sagte Koch kühl.

Der Mann auf der Matratze riss seine Augen auf. Der Hauch eines Lächelns legte sich auf sein Gesicht.

„Koch! Paul Koch, der Hurensohn!" Er röchelte, atmete schwer, aber das Auftauchen seines Feindes weckte noch einmal Kräfte in ihm.

Koch war unfähig zu einer Erwiderung. Er starrte reglos auf das Bündel Mensch. Ein kehliges Lachen flog ihm entgegen. „Ich habe dein Leben zerstört, Koch!“ Wieder dieses Lachen eines Toten. „Und jetzt gehe ich.“

Koch atmete flach, kniete sich nieder, wollte das Gesicht dieses Mannes, der seine Frau umgebracht hatte, ganz nahe sehen.

„Malaria, Koch, schwere Malaria.“ Wieder dieses Lachen, das klang, als käme es direkt aus der Hölle. „Zu spät. Du bist zu spät.“ Er hustete, röchelte. „Bring mich um. Los, mach schon.“ Du …“, er musste erneut innehalten, „… du erlöst mich.“ Das Lachen klang jetzt noch kehliger, noch dumpfer. „Du bist mein Erlöser. Mein Erlöser. Mein Erlöser. Erlöser.“ Mit jedem Wort wollte er lauter werden, jedes Wort kostete ihn Kraft. Mit dem letzten sank er zusammen, hob noch einmal seinen Kopf, kurz nur, versuchte in Kochs Richtung zu spucken. Es gelang ihm nicht, der Sabber lief ihm aus dem Mundwinkel das Kinn herunter. Dann fiel sein Kopf auf die Matratze.

Koch schleppte sich das Treppenhaus hinunter. Wie lange er noch neben dem toten Brunner gesessen hatte, wusste er nicht mehr.

Karl hatte noch immer bewusstlos unter dem Schrank gelegen.

Unten, auf der Straße vor dem Haus, standen die beiden Jungen und sahen den Mann, der aus dem Haus kam, ebenso neugierig wie entsetzt an. Das weiße Hemd war blutgetränkt, das Jackett, das um seinen herabhängenden Arm geknotet war, schleifte auf dem Boden. Koch torkelte, klammerte sich krampfhaft am Geländer des Treppenabgangs fest.

Mit letzter Kraft schaffte er es bis vor den Bahnhofsvorplatz, entdeckte ein Taxi, riss die Tür auf und schrie dem

Mann „Mainz“ entgegen, dann sank er vor dem Wagen auf den Asphalt.

Die Traube Neugieriger, die sich innerhalb kürzester Zeit um ihn versammelt hatte, bekam er nicht mehr mit.

3. Juni – 7. Juni 1950

LXVIII

„Wollense nich frühstücken?“

Koch wurde unsanft an der Schulter gepackt und gerüttelt. Er stöhnte auf, der Schmerz schoss durch seinen Körper. Er war sofort hellwach.

„Was soll das?“, blaffte er los, ohne den Verursacher der Schmerzen zu sehen.

„Indianer kennen keine Schmerzen“, war die trockene Antwort. „Wennse Frühstück wollen, müssense jetzt in die Puschen kommen.“

Koch blickte in das runde Gesicht einer Frau, die auf dem Kopf eine weiße Haube trug.

„Wo bin ich?“, fragte er.

„Haste Töne?“ Wieder war die Stimme eine Nuance zu laut und zu forsch.

„Wo wohl? Drei Mal dürfense raten!“

Koch war zu verwirrt, um auf das Spiel einzugehen.

„Na, kommense schon! Himmel? Hölle? Oder bei Schwester Ute, die Gute?“

„Das klingt nach Hölle“, wählte Koch.

„Falsch. Der Kandidat hat keinen Punkt. Aber weil die Schwester Ute ’ne Gute is, gibt’s trotzdem was. ’Ne Tasse Heißgetränk und ’n Wurstbrot. Damitse wieder zu Kräften kommen und nich so rumjammern.“ Mit diesen Worten stellte sie ein Tablett auf dem Stuhl, der neben Kochs Bett stand, ab.

Koch wollte sich aufrichten und stützte sich dafür mit beiden Armen ab. Er schrie auf. Sein linker Arm brannte.

„Aufpassen müssense schon!“, ermahnte ihn Schwester Ute. „So’n Stich is nich ohne. Geblutet habense … sagt man ja nich, aber bei Ihnen stimmt's zu genau, wie 'ne Sau."

Koch sank in sein Kissen zurück und sah sich um. Zwei Männer lagen mit ihm in dem Zimmer. Sie hatten dem Schauspiel zwischen ihm und der Schwester interessiert, aber stumm zugeschaut.

Erst als die mit einem „Nun hauense mal rein, damitse nich gleich wieder aus die Pantinen kippen!" aus dem Zimmer gegangen war, wurden die beiden lebendig.

„Tja, herzlich willkommen im Club. Das ist Schwester Ute. Eine Seele von Mensch, wenn Sie mich fragen. Übrigens, Klaus Rennert", stellte sich der Mann in dem Bett direkt neben ihm vor. Er lüpfte dabei mit der Hand seines gesunden Armes einen imaginären Hut. Der andere Arm war eingegipst.

„Warum so förmlich? Wir sind hier schließlich eine Schicksalsgemeinschaft. Unser Schicksal, unser gemeinsames, heißt Ute. Schwester Ute. Die Gute. Bruno Glanz. Ich hoffe, dass ich ein wenig von Selbigem in diese triste Bude bringen kann." Dieser Mann hatte ein Bein in Gips.

Koch stöhnte innerlich auf. Eine überdrehte Schwester und zwei Witzbolde.

„Was haben Sie denn da gemacht?", fragte Rennert und deutete mit einer Kopfbewegung auf Kochs Arm.

Der sah an sich herunter. Sein linker Unterarm war mit einem dicken Verband umwickelt.

„Keine Erinnerung, was?", fragte Bruno mit anzüglichem Unterton.

„Wie hieß sie denn?"

Was?", fragte Koch verständnislos zurück.

„Na, die Kleine. Wegen der Sie sich gestritten haben?"

Koch schüttelte seinen Kopf und drehte sich von den beiden weg.

„Schütten Sie ruhig Ihr Herz aus, das tut gut. Reden ist immer gut für das Gemüt. Und das Seelenheil." Beide Männer lachten. Koch versuchte, es zu überhören.

Er dachte an Brunner. Vor seinen Augen war der verreckt. War das gut? Oder nicht? Koch hatte sich seine Hände nicht schmutzig machen müssen. Aber wäre es ihm nicht eine Genugtuung gewesen, den Mörder seiner Frau eigenhändig umzubringen? Er wusste es nicht. Kein bisschen Reue hatte der Mann gezeigt, selbst nicht im Angesicht des nahenden Todes.

„Trinken Sie Ihr *Heißgetränk*!", riss Bruno ihn aus seinen Gedanken. „Schwester Ute kennt kein Erbarmen. Wenn die gleich kommt, nimmt die alles wieder mit, egal, ob Sie damit fertig sind oder nicht."

Koch schob sich mit den Füßen ein Stück hoch, nickte dem Mann zu und nahm die Tasse.

Zehn Minuten später kam Schwester Ute und nahm sein Tablett mit. „Schmeckt's Ihnen im Hotel Ute nich?", fragte sie dabei schnippisch mit einem Blick auf die halb volle Tasse und das nur angebissene Brötchen. „Da sind übrigens zwei Herren, die Sie sprechen wollen", sagte sie im Hinausgehen.

Tatsächlich traten kurz darauf zwei Männer in den Raum. Sie waren etwa so alt wie Koch, trugen beide dunkle Anzüge und hielten ihre Hüte in den Händen.

„Herr Koch?", fragte der Größere von beiden und sah ihn ernst an.

Koch nickte stumm.

„Brauner, das ist mein Kollege Weiß, Kriminalpolizei Frankfurt am Main."

Sie fragten ihn nach seinen Personalien und wurden freundlicher, als sie erfuhren, dass Koch ein Kollege von ihnen war. Die zwei Jungs hatten die Polizei informiert, dass ein Mann, der sich nach einem Nachbar erkundigt hatte, blutüberströmt aus dem Haus getorkelt und in Richtung Bahnhof verschwunden war. In der Wohnung des Nachbarn hatte man dann einen Toten und einen verletzten Mann, der eingeklemmt unter einem Schrank gelegen hatte, aufgefunden.

Koch kostete es große Überwindung, seine Sicht des Geschehenen zu erzählen. Aber er wusste, je schneller er das hinter sich brachte, desto eher hatte er wieder Ruhe. Vor allem vor den Witzbolden im Zimmer. Er erklärte den Kommissaren ruhig, was passiert war.

Karl, der die Wohnung gemietet und Brunner darin nach seiner Rückkehr aus der Fremdenlegion aufgenommen hatte, war polizeilich bekannt. Er hatte früher in Brunners Baufirma in Mainz gearbeitet und war nach dessen Flucht vor etwa drei Jahren nach Frankfurt gezogen, wo er sich mit Diebstählen und Zuhälterei über Wasser hielt, zudem galt er als gewalttätig.

Als die beiden gegangen waren, musste Koch sich die neugierigen Fragen seiner Zimmergenossen gefallen lassen. Einige Minuten hörte er sie an, gab einsilbige Antworten, ignorierte sie schließlich und schlief ein.

Es war ein unruhiger Schlaf. So erleichtert er auch darüber war, dass Brunner sein verdientes Ende gefunden hatte, er spürte eine seltsame Leere. Dorles Tod wurde nun noch präsenter und sinnloser, jetzt, da er ihren Mörder gefunden hatte und der nicht mehr lebte. Er fragte sich, was er noch an dem Ort sollte, an dem er mit ihr gelebt hatte. Wo sollte er überhaupt noch leben? In der Stadt, in der man ihm die Hoffnung auf ein neues, ein ruhigeres Leben geraubt hatte, in einem Land, in dem die überlebenden Nazis schon wieder das Sagen hatten und an den Schaltstellen saßen, in dem das Schicksal eines von Peterlein, der sich dagegen gewehrt und dafür mit seinem Leben bezahlt hatte, niemanden interessierte?

Trauer und Resignation überkamen Koch, wie er sie aus der Zeit nach seiner Rückkehr aus dem Exil in Frankreich kannte; und doch war es anders. Ihm war das Kämpferische, das ihn in den ersten Jahren nach seiner Rückkehr getrieben hatte, abhandengekommen.

Im Hintergrund hörte er die beiden Männer sprechen, über Politik und Adenauer und ihre Bewunderung für Ludwig Erhard, der für den rasanten wirtschaftlichen Aufschwung gesorgt hatte. Sie schwadronierten davon, dass Deutschland bald wieder ganz vorne mitspielen würde und auf einen Partner wie die Deutschen nicht verzichtet werden könne.

Koch presste sich das Kopfkissen auf die Ohren.

Am nächsten Tag klopfte es an der Tür. Drei Augenpaare wandten sich dorthin.

„Na, mein lieber Koch, was machen Sie für Sachen?" Arnheim stand in der Tür, in der Hand einen kleinen Koffer, den er neben dem Bett abstellte. „Fliehen aus dem Gefängnis, versetzen uns in Angst und Schrecken, und dann findet man Sie niedergestochen in Frankfurt, aus einer Wohnung kommend, in der ein Toter und ein Verletzter liegen. Kommt mir alles sehr, sehr bekannt vor. Ich dachte, das wäre endlich …" Arnheim unterbrach sich selbst. „Auch im Alter immer noch der Alte …", warf er schnell ein und lachte, sah dabei Zustimmung heischend Glanz und Rennert in den anderen Betten an, die seinen Auftritt beide sehr aufmerksam beobachteten.

Arnheim räusperte sich und sah sich kurz in dem kargen Zimmer um. Schließlich zog er den Stuhl an Kochs Bett ein Stück vor und setzte sich.

„Steht Ihnen übrigens gut …" Er deutete auf Kochs Oberlippenbart, der inzwischen stark gewuchert war. „Wir haben uns alle sehr große Sorgen gemacht, Koch", sprach er weiter. „Ihre Flucht …, damit haben Sie es schlimmer gemacht. Erst einmal zumindest. Sie können von Glück sagen, dass Sie Freunde wie die Kollegen Maus und Reuber haben, den Freiherrn Esch nicht zu vergessen." Arnheim räusperte sich erneut und beugte sich näher zu Koch. „Herr Koch", flüsterte er verschwörerisch, „Sie sind einer der Ersten, die es erfahren …" Er sah Koch gespannt an, als erwarte er eine Reaktion. Der hatte keine Ahnung, worauf sein Chef hinauswollte. „In drei Wochen trete ich meine neue Stelle als Vizepolizeipräsident von Ludwigshafen an", half Arnheim nach.

Koch reagierte nicht gleich und sah die Enttäuschung darüber im Gesicht seines Vorgesetzten.

„Gratulation", rang er sich durch, zu sagen, „Herzlichen Glückwunsch!"

Arnheim nickte gönnerhaft. „Es wurde aber auch Zeit. Wissen Sie, da machen Hinz und Kunz Karriere, und verdiente Beamte bleiben auf der Strecke. Jetzt, wo es aufwärts geht, wir uns wieder etwas leisten können." Er sah Koch erwartungsvoll an, doch erneut reagierte der nicht. „Koch …", sagte Arnheim schließlich feierlich, „ich habe Sie als meinen Nachfolger vorgeschlagen."

Der sah den Mann erschrocken an. Arnheim deutete das falsch. „Mein lieber Koch, wir mögen das eine oder andere Mal unterschiedlicher Meinung gewesen sein und unsere Sträuße ausgefochten haben, aber ich hatte nie Zweifel an Ihrer Fähigkeit als Polizist. Sie waren mein bester Kommissar."

Er spricht schon in der Vergangenheitsform, überlegte Koch, er hat schon abgeschlossen.

„Nun, was sagen Sie?"

Koch entgegnete nichts.

„Das hat Ihnen die Sprache verschlagen, wie? Aber kurieren Sie sich erst einmal aus, dann sprechen wir in aller Ruhe darüber."

Einen Moment lang schwiegen die beiden Männer, Koch spürte die neugierigen Blicke seiner Zimmergenossen.

In Lausanne hatte Dickopf von Kollegen gesprochen, die seine, Paul Kochs, Unschuld bewiesen hätten. Er war darüber hinweggegangen, hatte es verdrängt, sicher auch, weil Dickopf zu jenen Menschen gehörte, die nichts ohne Berechnung taten, wie er dem Mann unterstellte.

Arnheim bestätigte Koch, dass Siggi, Reuber und Esch seine Unschuld bewiesen hatten. Dann wollte er wissen, wo Koch gewesen war. Der schüttelte leicht den Kopf.

„Na, machen Sie den großen Schweiger. Ich verrate nichts", entgegnete Arnheim jovial. „Sie sind raus aus der Sache. Ihnen kann nichts mehr passieren. Also, raus damit!"

Koch trieb ein anderer Gedanke um.

„Hatten Sie Kontakt zu Paul Dickopf?"

„Paul Dickopf?!", wiederholte Arnheim. Er wirkte überrascht.

„Wusste er von meinem Verdacht ihm gegenüber?"

„Welcher Verdacht?" Arnheim sah über Koch hinweg zu den beiden anderen Männern hinüber, die neugierig zuhörten. Auch wenn Koch und Arnheim bislang leise gesprochen hatten und nur die letzten Sätze etwas lauter waren, so war es in dem überschaubaren Zimmer schwierig zu verhindern, dass die anderen alles mitbekamen.

„Herr Arnheim!“ Koch klang ungehalten. „Ich hatte Ihnen berichtet, dass Herr von Peterlein sich an mich gewendet hatte, damit ich über Paul Dickopf Informationen sammele, was dessen Zeit bei den Nazis angeht. Dickopf wusste über einige Dinge Bescheid, die er nur von Ihnen erfahren haben konnte. Zum Beispiel die Beweise für meine Unschuld, die die Kollegen gefunden haben.“

Arnheim waren diese Fragen sichtlich unangenehm. „Ja, also, wie das eben so ist unter Polizisten ... man tauscht sich aus.“

„Kennen Sie Herrn Dickopf ...?“

„Persönlich, meinen Sie, Koch?“

„Persönlich, nicht persönlich. Ob Sie ihn kennen?“ Koch klang gereizt, fast zornig.

„Nein, wir haben uns ...“ Er stockte, setzte sich mit einem Mal kerzengerade hin, sah auf dem Stuhl sitzend auf Koch herab. „Ich komme hierher, Herr Koch, an meinem freien Sonntag, um nachzuschauen, wie es einem meiner Männer geht – der bestimmt nicht ohne eigene Schuld in diese Situation geraten ist, nebenbei gesagt – und muss mir Vorwürfe anhören. Abgesehen von der unerhörten Insubordination, die das ist, hätte ich mich über ein Dankeschön sehr gefreut. Herr Koch, ich sehe Sie, wenn Sie wieder gesund sind und zum Dienst kommen. Dann sprechen wir weiter.“ Er stand auf und ging zur Tür, wandte sich dort um. „Auf Wiedersehen.“ Er blickte kurz zu Rennert und Glanz. „Meine Herren!“ Er tippte seinen rechten Zeigefinger gegen seinen Hut. Er war schon im Begriff, die Klinke niederzudrücken, da fiel ihm noch etwas ein. „In dem Koffer sind Kleidungsstücke, ein Hemd und ein Anzug.“ Damit verließ er das Krankenzimmer.

„Unrecht hat der nicht, wenn der Ihr Chef ist“, sagte Rennert, nachdem die Tür ins Schloss gefallen war. Abrupt drehte sich Koch ihm zu und funkelte ihn zornig an. Der Mann war sofort still.

Koch ließ sich zurück auf sein Kopfkissen fallen, ignorierte den Schmerz und verfiel wieder in seine trübsinnige Stimmung. Immerhin hatte Arnheims Besuch ihn für einen kurzen Augenblick aus seiner Lethargie gerissen.

„Wollense keinen Tee?“

Koch war eingenickt, Schwester Utes Ruf weckte ihn. Er reagierte nicht.

„Das mag sie aber gar nicht, die Schwester Ute, die Gute, wenn man sie so gar nicht beachtet“, beschwerte sie sich, als Koch keine Anstalten machte, auf ihr Angebot zu reagieren.

Sie wandte sich Rennert und Glanz zu. „Aber Sie, meine Herren, Sie haben Manieren. Das merkt man doch gleich.“

Koch hörte das Plätschern der Flüssigkeit in den Tassen seiner Bettnachbarn.

LXIX

Nach der Visite des Arztes verließ Koch das Krankenhaus. Der Arzt wollte es ihm verbieten, doch Koch ignorierte den Mann. Er wollte raus, wollte allein sein.

In dem Koffer, den Arnheim ihm dagelassen hatte, fand er einen braunen, zu weiten Anzug sowie ein frisches Hemd vor.

Seine alte, blutdurchtränkte Kleidung wurde ihm in einem Sack verpackt ausgehändigt. In der Hosentasche fand er noch ein paar Geldscheine, die er einsteckte.

Er stieg in einen Zug und erreichte am Nachmittag den Mainzer Hauptbahnhof, auf dem großes Gedränge herrschte. Koch kämpfte sich durch die schon in den Wagen drängenden Menschen hinaus auf den Bahnsteig, eilte über den Vorplatz und erreichte noch die Straßenbahn nach Gonsenheim.

Dort ließ er sich Zeit, zu seinem Haus zu gehen. Er zögerte, an den Ort zurückzukehren, an dem Dorle umgebracht worden war. Jetzt, wo ihr Mörder tot war, fühlte er eine seltsame Scheu, das Haus zu betreten, in dem Dorle seit ihrer Kindheit gewohnt und sich ihr ganzes Leben abgespielt hatte. Für Koch war etwas abgeschlossen, er hatte das Versprechen, das er Dorle am Grab gegeben hatte, eingelöst.

Schließlich stand er doch vor dem schmalen Tor, öffnete es und durchschritt den kleinen Hof.

Am Waschbecken in der Küche wusch er sich und rasierte seinen Bart ab, der zu einer anderen Geschichte gehörte, danach zog er einen frischen Anzug an.

Er brühte Kaffee auf und suchte mit der Tasse einen Platz im sonnenbeschienenen Hof. Sein Blick blieb an der niedrigen, zweiflügeligen Tür hängen, hinter der eine steile

Treppe in den Keller führte. Die Erinnerungen schnürten ihm die Kehle zu, sein Getränk schmeckte ihm nicht mehr. Zwei kleine Schlucke nahm er zu sich, dann schüttete er den Rest auf den Boden.

Anschließend verließ Koch das Haus und lief durch den Ort zum Friedhof. Den Gruß eines einbeinigen Mannes aus der Nachbarschaft, der sich mühevoll mit seinen Holzkrücken vorwärtsbewegte, erwiderte er nicht. Er sah durch den Versehrten hindurch.

Je mehr er sich dem Friedhof am Waldrand näherte, desto schwerer fiel ihm das Gehen. An diesem Tag würde der wirkliche Abschied stattfinden. Er musste Entscheidungen treffen.

Wolken hatten sich vor die Sonne geschoben und ein leichter Wind war aufgekommen. Koch schritt durch das schmale Holztörchen und ging zu den Grabfeldern, verlangsamte seine Schritte, blickte auf die Gräber und die Grabsteine.

Schließlich stand er vor Dorles letzter Ruhestätte, ein Erdhügel, an dessen Kopfende ein Holzkreuz angebracht war, auf dem Dorles Name stand. *Dorothea Koch, geb. Becker.* Ein Teil von ihm war dort beerdigt. Bewegungslos stand er lange vor dem Grab.

Das Bimmeln der Glocke vom Eingang her erinnerte die Besucher an die baldige Schließzeit des Friedhofs. Koch ignorierte sie. Ebenso die Tränen, die ihm die Wangen hinabliefen.

Dorles Mörder war tot. War das gut so? Hätte er ihn eigenhändig getötet, wenn er noch die Gelegenheit dazu gehabt hätte? Koch grübelte über diese Frage ständig nach, seitdem er im Krankenhaus aufgewacht war. Zunächst wollte er die Frage mit Ja beantworten, aber je mehr er darüber nachdachte, desto mehr Zweifel kamen ihm. Machte er sich dann nicht mit diesem Mann gemein, stellte sich auf eine Stufe mit ihm? War es eine glückliche Fügung gewesen, dass ihm die Entscheidung abgenommen worden war? Die Vorstellung, dass ein lebender Brunner ihn und Dorle weiter verhöhnen würde und keinerlei Reue verspürte, wäre unerträglich.

Die Frage ließ ihn nicht los: Würde es ihm besser gehen, wenn er Brunner selbst umgebracht hätte? Er fand selbst einen Einwand: Hätte Dorle das gewollt? Hätte sie es gutgeheißen, wenn er Brunner umgebracht hätte? Hätte sie eine Genugtuung darin gefunden, ihren Mörder selbst tot zu wissen?

Koch glaubte nicht. Dorle war viel zu sehr in ihrem Glauben verwurzelt, ein Punkt, in dem sie und Koch nicht zusammengekommen waren. Den letzten Glauben hatte er in Spanien verloren, als er mitbekam, was die Soldaten, die da angeblich für das christliche Abendland kämpften, ihren Gegnern antaten. Nichts von Vergebung, Demut oder Nachsicht. Sie folterten und quälten ihre Feinde, auch noch nach deren Kapitulation. Da waren nur Rache, Mordlust, Machtwahn. Nein, es war Koch nicht möglich, an einen Gott zu glauben. Aber Dorle, sie konnte es, sie lebte ihren Glauben und das ging so weit, dass sie Koch in ihren Glauben mit einschloss.

Doch damit war seine Frage noch immer nicht beantwortet. Gab es eine Rechtfertigung für das Töten von Brunner? Für das Töten irgendeines Menschen?

Plötzlich legte sich eine Hand auf seine Schulter und blieb dort liegen.

„Paul!“, hörte er Franzis Stimme.

Er sah Dorles Freundin kurz an, nickte ihr zu und wandte sich wieder zum Grab. Franzi nahm die Hand von seiner Schulter und stellte sich neben ihn.

Sie bekreuzigte sich, als sie die Grabstätte verließen. Koch nahm einen faustgroßen Stein, der etwas abseits am Wegesrand lag und legte ihn auf die abgeplattete Spitze des Holzkreuzes. Er hatte dies in Spanien gesehen, als jüdische Mitkämpfer in seiner Brigade einem im Kampf gefallenen Glaubensgenossen einen Stein aufs Grab legten.

Schweigend gingen sie nebeneinander zum Ausgang. Erst jetzt brachen sie ihr Schweigen.

„Wo warst du, Paul?", fragte sie ihn. „Ich habe mir große Sorgen gemacht."

„Ich habe ihn gefunden."

Franzi wandte sich Koch zu. „Wen?"

„Dorles Mörder. Er ist tot."

„Hast du ...?"

Er schüttelte den Kopf. Ihren Blick, mit dem sie antwortete, konnte er nicht deuten. Er hatte für einen kurzen Moment die winzig kleine Hoffnung, von Franzi eine Antwort auf seine Frage zu erhalten.

„Wirst du hierbleiben?"

Er zuckte mit den Achseln.

„Willst du das Haus verkaufen?"

„Nein!" Er sagte das leise, aber bestimmt. Dieser Gedanke war ihm nie gekommen.

„Ich bleibe hier", erklärte Franzi, nachdem sie eine Zeit lang schweigend nebeneinanderher gegangen waren. Irgendwann hatte sie sich bei ihm eingehakt. „Robby will nicht hier leben. Ich kann nicht in Amerika leben."

„Bereust du es, nach Amerika gegangen zu sein?", fragte Koch.

„Wieso?", fragte Franzi entrüstet zurück. „Das kann mir niemand mehr nehmen. Und wer weiß, unter anderen Umständen. Aber so ... so ist es das Beste."

„Was wirst du machen?"

„Robby hatte doch damals die Idee, dass Dorle ein eigenes Geschäft aufmacht. Papierwaren. Er hat mir angeboten, wenn ich wollte, könnte ich das machen ..."

„Obwohl ihr getrennt seid?", wollte Koch überrascht wissen.

„Ja."

Abends aß er bei Franzi und erzählte ihr, was sich in den letzten Wochen zugetragen hatte. Es fiel ihm leichter, als er gedacht hatte. Koch war es, als ob er seine Geschichte auch Dorle erzählte. Sie saßen lange im Hof vor dem großen Haus, tranken Wein. Franzis Angebot, im Bett eines ihrer Söhne, die nicht mehr im Haus lebten, zu schlafen, lehnte Koch ab.

Er wankte zu seinem Haus und spürte mit jedem Schritt darauf zu, wie seine Unruhe wuchs. Als er schließlich im Bett lag und nicht einschlafen konnte, erschien ihm die Zeit, die er an diesem Tag mit Franzi verbracht hatte, wie eine Insel, die nichts mit seinem Leben, mit dem, was geschehen war, zu tun hatte. Nun machte sich auch wieder sein verletzter Arm schmerzhaft bemerkbar. Er wälzte sich im Bett hin und her. Es war warm draußen, er schwitzte unter der Decke, warf sie von sich. Er döste ein, wachte auf, fiel wieder in einen Dämmer. So ging es in einem fort, und dazu kamen die Träume, die ihm wie Gedanken erschienen, die ihn trieben. Brunner, immer wieder, das Bild der toten Dorle in der Küche, die siebenflammige Handgranate, das Zeichen der Fremdenlegion, das ihn auf Brunners Spur gebracht hatte, dank Bressons Hilfe. Bresson, der, als er ihn das letzte Mal gesehen hatte, so elend ausgesehen hatte, er musste ihn besuchen, musste ihn noch einmal sehen, entschied er in einem der klareren Momente. Marion fiel ihm ein, die er, seit er Stahl alias

Schwarz vor dem Autohaus in Lausanne angetroffen hatte, nicht mehr gesehen hatte. Was sie wohl machte?

Irgendwann, es dämmerte bereits, hielt Koch es im Bett nicht mehr aus und ging hinaus in den Hof.

LXX

Es fröstelte Koch beim Aufwachen. Zwar schien schon die Sonne, aber er lag im Schatten der Hofmauer. Mühevoll erhob er sich aus seiner unbequemen Lage und saß anschließend noch einige Minuten auf der Bank, den Rücken an die Mauer gelehnt, und starrte auf die gegenüberliegende Hauswand.

Sechs Wochen! Vor sechs Wochen war noch alles in Ordnung gewesen. Er lebte in diesem Haus mit Dorle. Zusammen mit Freunden und Kollegen hatte sie für ihn eine Geburtstagsüberraschung organisiert. Koch schien dies schon Jahre zurückzuliegen. Alles, was er sich aufgebaut hatte, war in diesen sechs Wochen zertrümmert worden.

Die Sonnenstrahlen hatten seine Füße erreicht, wanderten langsam weiter, wärmten ihn, bis Koch aufstand und ins Haus ging. Ihm fiel ein, was Arnheim ihm gesagt hatte, eine Bemerkung, die vorher schon Dickopf fallen lassen hatte: Seine Unschuld war dank der Nachforschungen seiner Freunde bewiesen.

Was hatten sie herausgefunden, wie hatten sie seine Unschuld beweisen können? War seine Flucht unnötig gewesen? Aber hätte er dann auch Brunner gefunden?

Er beschloss, in die Direktion zu gehen.

Frau Prümm, Arnheims Vorzimmerdame, teilte ihm mit, dass ihr Chef zu einer Besprechung gegangen war, von der er nicht vor einer Stunde zurückkehren würde.

Unschlüssig stand Koch auf dem Flur. Kollegen, die an ihm vorbeigingen, sahen neugierig zu ihm herüber, einige grüßten verhalten. Wenig später stand er vor Reubers Bürotür. Von drinnen hörte er Stimmen, die ihn zögern ließen. Aber wo sollte er hin? Länger auf dem Flur stehen konnte und wollte er nicht.

„Herein!", erklang es sogleich, nachdem er sich endlich dazu durchgerungen hatte zu klopfen.

Zu seiner Überraschung saßen Reuber, Siggi und Esch zusammen, die alle drei sogleich aufstanden und ihm entgegenkamen.

Reuber schüttelte Koch kräftig die Hand und zog ihn nahe an sich heran. „Schön, Sie zu sehen, Koch!", sagte er, bevor er ihn losließ. Dann war Siggi an der Reihe, bevor Esch den Kommissar einfach umarmte und „Unkraut vergeht nicht!" hinzufügte.

Koch sah von einem zum anderen, bevor er bewegt „Danke! Vielen Dank!" sagte.

Siggi verschwand nach draußen, um einen weiteren Stuhl zu besorgen.

„Mensch, Koch", begann Reuber, „da gibt es, glaube ich, viel zu erzählen."

Koch nickte und wartete, bis Siggi wieder im Büro war und den Stuhl abgestellt hatte.

„Darf ich Sie um einen Gefallen bitten, Siggi?", erkundigte sich Koch.

Erstaunt sahen die drei ihn an. Koch hatte die Frage mit einer Mischung aus Respekt und Distanz gestellt, anders, als sie es von ihm kannten.

Siggi, dem das auch aufgefallen war, trat einen Schritt auf ihn zu. Koch zog sein Portemonnaie aus der Tasche und reichte dem jungen Kollegen einen Schein. „Besorgen Sie mal vier Kaffee!"

Der nahm das Geld und ging aus dem Büro.

„Kaffee?", fragte Reuber mit gespielter Entrüstung. „Aber nur zum Aufwärmen, was, Koch?" Er zog die Schublade seines Schreibtisches auf und entnahm ihr eine

Flasche Whiskey und vier Gläser. „Ein Geschenk unseres Freundes Chavez", erklärte er, während er die Flasche öffnete und die Gläser großzügig füllte. „Mir schien, dass er mehr weiß, als er sagt …" Reuber sah Koch erwartungsvoll an.

Der reagierte nicht.

„Genau derselbe Blick wie Sie, Koch! Chavez hat genauso geschaut, als ich ihm das gesagt habe. Was ist da zwischen Ihnen beiden?"

Koch winkte ab. „Was soll da sein? Ich habe ihn erst vor Kurzem persönlich kennengelernt. Das wissen Sie doch."

„In Frankfurt, meinen Sie? Bei dem Konzert?"

Die Erwähnung des Konzerts versetzte Koch einen Stich. Esch bemerkte das und wechselte das Thema.

„Arnheim hat erzählt, dass er dich in Frankfurt im Krankenhaus besucht hat", sagte Esch und Reuber kommentierte: „Wie in alten Zeiten, Koch, da sind Sie auch nie ohne irgendwelche Blessuren davongekommen. Was war es denn dieses Mal?"

Koch hob leicht seinen Arm.

„Aber nicht gebrochen?", fragte Esch.

Koch schüttelte den Kopf. „Stich mit einem Messer."

„Stimmt", sagte Reuber, „das hatten wir ja lange schon nicht mehr."

Siggi kam mit den Kaffeebechern ins Büro zurück und stellte sie auf dem Tisch ab.

„Na, denn Cheers!", prostete Reuber, nachdem er die Whiskeygläser verteilt hatte. Die Männer tranken einen Schluck, dann begann Reuber zu berichten, was sich in Kochs Abwesenheit zugetragen hatte. Als er bei Harro Stahl angekommen war, fiel ihm Koch ins Wort.

„Nicht Harro Stahl", verbesserte er seinen Kollegen, „Rupert Schwarz. Polizist in SS-Diensten. Er hat von Peterlein umgebracht, angeblich, um Dickopf einen Gefallen zu tun …"

„*Angeblich* heißt …?", wollte Reuber wissen.

„Dass er wahrscheinlich der Mörder war, aber nicht, um Dickopf einen Gefallen zu tun."

„Sondern im Auftrag …?", warf Siggi ein.

Koch hob seine Hände. „Zu beweisen ist nichts".

Die Kollegen berichteten weiter, Koch hörte zu, aber seine Gedanken schweiften ab. Erst als Marions Name erwähnt wurde, horchte er auf.

„Vor dem Autohaus stand sie und hat sich mit dem Besitzer herumgestritten", sagte Esch gerade.

„Ein Höllenweib, Koch, Temperament für fünf", ergänzte Reuber. „Woher kennen Sie die Frau?"

Koch hätte es gerne vermieden, seine Geschichte zu erzählen, aber das war er seinen Freunden schuldig.

„Ich weiß, dass es …", Reuber radebrechte, „… angesichts dessen, was geschehen ist, aber … Sie wissen, was ich meine … war da was … zwischen Ihnen und dieser Marion? Die Frau schien Ihnen, wie soll ich sagen …, ja, zugetan zu sein."

Koch fiel es überraschenderweise leichter zu antworten, als er dies erwartet hatte.

„Ich muss Sie enttäuschen, Reuber. Da war nichts."

„Darauf noch einen", rief Reuber aus, um das darauf entstandene peinliche Schweigen zu durchbrechen. Er schenkte nach.

„Koch, Sie haben ja so gut wie noch nichts getrunken!", stellte er fest.

„Ich bin noch nicht so sicher auf den Beinen", erklärte der. „Ist Marion noch in der Schweiz?"

„Sie wollte zumindest nicht mit zurück", beantwortete Reuber Kochs Frage. „Sie hat in Lausanne einen Musiker kennengelernt, der einen Saxophonisten für sein Orchester suchte."

Esch lächelte amüsiert. „Zuerst schien ihm die Vorstellung einer Frau in der Kapelle seltsam. Aber dann hat Marion ihm vorgespielt und das hat ihn wohl überzeugt. Als sie uns das erzählte, hatte sie sich schon wieder beruhigt."

Siggi, der bislang nur wenig gesagt hatte, meldete sich zu Wort. „Und Brunner ... Brunner soll Ihre Frau ...?" Es fiel ihm nicht leicht, diese Frage zu stellen.

Koch wandte sich einen Moment ab.

„Tot!", sagte er schließlich.

„Hast du ihn ...?", fragte Esch.

„Nein. Malaria. Hat er sich in der Legion zugezogen."

„Das stimmte also, mit der Fremdenlegion?", hakte Reuber nach.

„Ja", antwortete Koch knapp.

„Wie haben Sie ihn gefunden?", wollte Siggi wissen.

Koch zögerte einen Moment. „Zufall", sagte er schließlich.

„Was willst du jetzt machen?", fragte Esch, der Koch aufmerksam beobachtet hatte und dem die Gleichgültigkeit, die Koch ausstrahlte, nicht entgangen war.

Koch zuckte mit den Schultern. „Ich weiß es nicht!" Niemand ging weiter darauf ein.

Sie saßen noch einige Minuten zusammen, dann verabschiedete sich Koch.

„Ich muss noch zu Arnheim."

„Er geht nach Ludwigshafen, heißt es", sagte Reuber und leerte sein Glas. „Endlich hat es geklappt. Kaum zu verstehen, warum er so lange auf diesen Karriereschritt warten musste. Vielleicht gibt es doch einen braunen Fleck in seiner Akte."

„Als ob das eine Rolle spielen würde, heutzutage", gab Koch bitter zurück.

„So gefällst du mir besser, Paul", erwiderte Esch. „Die Wut auf die alten Machenschaften steht dir gut!"

Die anderen lachten, Koch verzog seinen Mund nur ein wenig. Dann reichte er allen die Hand, sah ihnen in die Augen und verließ schnell das Büro.

Er hatte die Tür zu Arnheims Vorzimmer fast erreicht, als er in seinem Rücken einen Ruf hörte. „Herr Kommissar!"

Da in diesem Moment sonst niemand auf dem Flur unterwegs war, drehte sich Koch um.

Ludwig Kallweit hatte ihn schon fast erreicht.

„Herr Kommissar", sagte er nochmals und sah sich nach seiner Frau um, die langsam näherkam. Auf dem Arm trug sie einen Säugling. „Wir möchten zu Herrn Maus. Uns bedanken und ihm unsere kleine Hildegard vorstellen." Er trat einen Schritt zur Seite, um den Blick auf seine Frau und das Kind freizugeben. Frau Kallweit lächelte Koch an.

„Wir sind so glücklich", sagte sie. „Wir haben jetzt eine Wohnung und Ludwig hat auch ein Geschäft. *Herrenschneider Kallweit.* Wir sind so froh."

„Dank Ihnen und Herrn Maus", sagte Herr Kallweit. „Wenn ich daran denke, wie wir vor wenigen Wochen noch dachten, dass unser Leben in Trümmern liegt … meine Frau muss mich manchmal kneifen, damit ich weiß, dass ich nicht träume."

Koch zwang sich zu einem Lächeln. Er freute sich aufrichtig für die beiden, die in ihrem neuen Land und ihrem neuen Leben offensichtlich angekommen waren.

Ludwig Kallweit streckte Koch beide Hände entgegen, mit einer Geste, der er sich nicht widersetzen konnte.

Kallweit schüttelte sie lange und ausgiebig, bevor er zurücktrat, das Kind von seiner Frau nahm, die nun dem Kommissar auch ihren Dank aussprach.

Als sie ihn endlich losließ, zeigte Koch den beiden den Weg zu Reubers Büro und ging dann ins Vorzimmer von Arnheim. Frau Prümm sah ihn mitleidig an und meinte nur: „Gehen Sie durch, Herr Koch".

Arnheim saß an seinem Schreibtisch, über eine Akte gebeugt. Als Koch eintrat, sah er kurz auf, widmete sich aber gleich wieder dem Schriftstück vor ihm, nahm einen Federhalter, schraubte die Kappe ab und setzte zu einer schwungvollen Unterschrift an. Anschließend legte er den Füllfederhalter zur Seite, nahm das Papier, hielt es vor seinen Mund und blies die Tinte vorsichtig trocken, bevor er das Blatt wieder auf den Schreibtisch legte.

Dann wandte er sich Koch zu.

„Schön, Sie wieder gesund zu sehen, Koch!", begrüßte er seinen Kommissar.

Der hob seinen verletzten Arm. „Geht schon wieder."

„Haben Sie sich mein Angebot überlegt? Setzen Sie sich doch, Koch, es ist nicht schön, so zu Ihnen aufschauen zu müssen. Allerdings", er schmunzelte, „wenn Sie bald hier sitzen werden …"

„Angebot?" Koch verstand nicht.

„Koch, Koch." Arnheim spielte den Entrüsteten. „Jetzt tun Sie aber nicht so … Sie wissen doch genau, was ich meine."

Koch sah seinen Chef verständnislos an.

„Sie haben sich also noch keine Gedanken gemacht …?! Kommen Sie mal her!"

Arnheim stand auf, stellte sich neben seinen Stuhl und klopfte mit der flachen Hand auf die Lehne.

„Nun kommen Sie schon. Probieren Sie es aus!"

Er klopfte nachdrücklicher auf die Lehne. „Ihr Platz. Ihr Büro." Er machte mit dem rechten Arm eine ausladende Bewegung. „Und nicht zu vergessen das Vorzimmer. Koch, ich weiß doch, was Sie durchgemacht haben. Eine schlimme Zeit. Aber glauben Sie mir, die Zeit heilt alle Wunden. So ist das mit diesem Land. Schauen Sie sich nur um. Es geht aufwärts. Und so ist es auch mit den Menschen. Das klingt grausam, Koch, aber es ist wahr: Was geschehen ist, ist geschehen, und wir können es nicht rückgängig machen. Wir müssen weiterleben. Wir müssen *leben.* Das hier ist der Neuanfang für Sie. Glauben Sie mir!"

Koch wusste nicht, was er sagen sollte. Früher hätte er losgeschrien oder wäre dem Mann an die Gurgel gegangen. Das Angebot, ihm die Leitung des Dezernats zu geben, hatte nichts Berechnendes. Oder nur zu einem geringen Teil. Aber er würde ihn enttäuschen müssen.

„Ich weiß das zu schätzen, Herr Arnheim", sagte er und blieb dabei vor dem Schreibtisch stehen, während Arnheim sich langsam wieder in seinen Stuhl sinken ließ. „Aber ich kann das jetzt nicht machen."

„Was wollen Sie denn machen?"

„Ich weiß es nicht …"

„Das wissen Sie nicht? Sie müssen doch wissen, was Sie wollen! Gerade jetzt, Koch, jetzt werden die Weichen gestellt. Sie können Karriere machen. Peickert hat die Sitte übernommen. Sehen Sie mich an. Vizepolizeipräsident, Koch! Und da soll nicht Schluss sein. Es ist jetzt die Zeit für fähige Leute. Menschen, die beherzt die Möglichkeiten nutzen, die …"

Koch machte einen Schritt auf den Schreibtisch zu, bis er direkt davor stand, beugte sich ein wenig vor und reichte dem verblüfften Arnheim über die Tischplatte hinweg die Hand.

„Vielen Dank, Herr Arnheim. Vielen Dank für alles!"

Mechanisch streckte der seine Hand aus. Sie schüttelten sich die Hände, dann drehte sich Koch abrupt weg und verließ mit schnellen Schritten das Büro.

LXXI

Koch stand vor seiner Bürotür und zögerte. Was wollte er in dem Zimmer?

„Guten Morgen, Herr Koch“, hörte er hinter sich eine Frauenstimme.

Eine Kollegin aus der Verwaltung lief hinter ihm den Flur entlang. Ihm gelang es noch, ihr einen Gruß nachzurufen, dann war sie schon um die Ecke verschwunden.

Koch ging nicht ins Büro, sondern verließ die Direktion. Beim Überqueren des Hofes fuhr langsam ein Auto an ihm vorbei.

„Guten Morgen, Herr Koch!“, rief ihm eine Stimme aus dem Wagen zu.

Koch drehte sich um.

Jörg von der Fahrbereitschaft winkte ihm zu und klopfte mit der aus dem Fenster heraushängenden Hand gegen das Türblech.

„Da wird sich Siggi freuen. Ford Taunus. Nicht der flotteste, aber neu. Bald werden sicher auch schnellere kommen. Für unseren Tazio Nuvolari.“ Er lachte und steuerte den Wagen auf das große Tor der Halle der Fahrbereitschaft zu.

An der Pforte stellte sich ihm ein Mann in den Weg.

„Da habe ich doch richtig gesehen, Herr Kommissar. Das ist für Sie abgegeben worden.“ Der Pförtner drückte Koch einen Brief in die Hand und verschwand wieder.

Koch besah sich den Umschlag, auf dem sein Name und *Polizeidirektion Mainz* stand, aber kein Absender. Er ging durch das Tor auf die Straße hinaus und entfernte sich ein Stück von der Direktion, bevor er sich auf einem Mauerrest eines zerbombten Hauses niederließ und den Brief öffnete.

Lieber Paul, es ist seltsam. Da haben wir viele Tage – und auch Nächte – miteinander verbracht, und ich habe nicht einmal eine Adresse von Dir. Mir geht es gut. Ich habe in Lausanne ein Engagement in einem Jazzclub gefunden. Nächste Woche fahren wir nach Paris. Der Bassist ist ein netter Kerl. Nicht wie Du, aber nett. Er lässt mich spielen und nimmt mich so, wie ich bin. Das ist doch auch etwas. Wir haben dich noch lange gesucht. Aber ich bin sicher, nein, ich weiß, dass Du das, was Du machen wolltest, gemacht hast. Fühl Dich umarmt, Marion.

Koch blieb einige Zeit in Gedanken versunken sitzen. Am Vortag hatte er noch an das Konzert in Frankfurt gedacht. Es lag schon eine gefühlte Ewigkeit zurück. Ähnlich erging es ihm nun mit der Fahrt in die Schweiz, der Suche nach Harro Stahl und Helmut Brunner. Auch das war schon weit entfernt, wie aus einem anderen Leben. Er sah sich um. Aus den Trümmern erwuchsen neue Häuser, eine neue Stadt. Aber es waren die alten Menschen, die darin lebten. Was hatte sich also geändert? Er selbst? War *er* ein anderer geworden?

Er verbrachte den Nachmittag damit, durch die Stadt zu laufen, ohne Ziel, ohne Richtung. Der Himmel hatte sich zugezogen, dunkle Wolken verdeckten die Sonne. Gegen Abend stand er in der Zahlbach vor dem Haus, in dem er fast zwei Jahre gewohnt hatte. Seltsamerweise kam ihm diese Zeit nicht so weit weg vor wie Frankfurt oder die Schweiz. Er sah hinauf zu dem Fenster, hinter dem Bresson wohnte.

Wie es dem alten Photographen wohl ging? Er zögerte, zu ihm hinaufzugehen, fürchtete seinen Anblick, fürchtete den Abschied.

Schließlich gab er sich einen Ruck, überquerte die Straße, drückte die Haustür auf und stieg die schadhaften Stufen nach oben in den ersten Stock. Dort blieb er stehen, wartete und betrachtete den Flur, die Tür rechts, hinter der er gewohnt hatte. Wenn er am Abend nach Hause gekommen war … Koch hielt in seinen Gedanken inne. *Nach Hause* gekommen, wie sich das anhörte. Aber es stimmte. Hier hatte er sich zu Hause gefühlt, wenn sich am Abend Bressons Tür öffnete, wenn er seine Schritte im Flur hörte und mit einem „Absacker, Puhler?!“ eingeladen wurde, wo es selten bei einem blieb, während sie sich lange unterhielten, Bresson seine aus dem Schmerz geborenen Weisheiten von sich gab. Gleich hatte Koch ein schlechtes Gewissen. Auch das Zusammenwohnen mit Dorle war ihm ein Zuhause geworden, wenn auch ein anderes …

Plötzlich öffnete sich die Tür und Bresson streckte seinen Kopf heraus, seine Nase wirkte noch spitzer, fast bedrohlich stach sie aus seinem Gesicht.

„Was machen Sie da draußen?“, fragte er und schickte, als sei ihm das gerade noch eingefallen, ein „Absacker, Puhler?!“ hinterher. Das anschließende Lachen war ein Krächzen, dem die Luft fehlte.

Als sein Freund zur Seite trat, um Koch einzulassen, erschrak jener heftig. Bresson stützte sich auf seinen Stock, gebeugt stand er da, dünn und ausgezehrt, es schien, als ob er sich nur mit letzter Kraft aufrecht halten konnte.

„Schauen Sie nicht so erschrocken, Koch!“, raunzte er seinen Besucher an. „Ich bin ein alter Mann. Da ist das so. Werden Sie auch noch hinkommen. Genießen Sie also die Zeit bis dahin! Ich könnte dazu was beitragen.“

Bresson hustete, dann humpelte er in die Wohnung. Jeder Schritt schmerzte den Mann, das war nicht zu übersehen.

Im Wohnzimmer ließ er sich in einen der beiden alten Sessel fallen. Zunächst war Koch irritiert, weil Bresson so hoch saß, dann erst fielen ihm die Kissen auf, die auf dem Sessel lagen. Moses, der schwarze Kater, lugte von der Tür her in den Raum und schlich sich langsam heran.

„Ohne die Kissen käme ich nicht mehr hoch", erklärte der Photograph, dem Kochs Blick nicht entgangen war. „Und jetzt holen Sie Gläser und etwas zu trinken! Sie wissen ja, wo das Zeug steht. Oder soll ich das auch noch machen?!"

Koch ging zu dem Regal an der Wand, nahm zwei Gläser heraus und bückte sich nach einer der Flaschen, die darunter auf dem Boden standen. Schnell zählte er sie durch.

„Vierzehn, Koch, vierzehn Flaschen sind das. In der Küche stehen noch mehr. Oder soll ich jeden Tag welche kaufen gehen? Oder meinen Nachbarn bitten, sie mir zu besorgen? Also! Und ich will nichts dazu hören, verstanden! Schenken Sie ein und setzen Sie sich!"

Koch füllte schweigend beide Gläser halb voll, reichte eines Bresson und ließ sich in dem zweiten Sessel nieder. Moses, der an der Wand entlanggestrichen war, kam näher, miaute so lange, bis Koch zu ihm hinsah, dann ließ er sich zu dessen Füßen nieder.

Bresson ließ ein schepperndes Lachen hören.

„Schön, so auf Sie herabzusehen", sagte er und hob sein Glas.

Tatsächlich saß er durch die Kissen ein ganzes Stück höher als Koch. Der hob auch sein Glas. „Wohl bekomm's!"

Beide tranken, Bresson musste wieder husten. Er krümmte sich und es dauerte einige Zeit, bis er sich beruhigt hatte.

„Kann ich was für Sie tun?", fragte Koch.

„Sich Ihr Mitleid sparen!“, gab Bresson sarkastisch zurück. „Ich will lieber hören, wo Sie die letzte Zeit waren. Einen Puhler, der aus dem Knast flüchtet, hat man schließlich nicht alle Tage.“

Er lachte, und das ging ansatzlos in ein neuerliches Husten über.

„Sie sollten zum Arzt …“

Mit einer energischen Geste unterband der alte Mann, dass Koch weitersprach.

„So ein Blödsinn. Außerdem kommt Esch ab und zu. War erst vorgestern zusammen mit Reuber hier. Will auch, dass ich ins Krankenhaus gehe. Wenn ich das schon höre. Ins Krankenhaus! Damit die mich da totpflegen, wie? Das hätten die gerne. Nein, nein!“

„Gesund sehen Sie nicht aus, Bresson“, widersprach Koch. „Überhaupt nicht gesund …“

„Ich gehe nicht ins Krankenhaus, Koch.“

„Wollen Sie sich hier zu Tode saufen?“

„Besser hätte ich das nicht sagen können. Genau so will ich es machen. Mich in meiner Wohnung zu Tode saufen. Ich habe nicht mehr lange, Koch, das spüre ich. Diese letzte Zeit will ich leben, wie ich es will. Wissen Sie, die Nazis haben versucht, mein Leben zu bestimmen und mir meine Würde zu nehmen. Die haben es nicht geschafft … oder zumindest nicht ganz. Und jetzt soll ich in einem Krankenhaus langsam verrecken, jeden Tag Tabletten in mich reinstopfen, gesund leben, um ein paar Tage mehr zu haben. Ohne mich, Koch! Wenn ich krepiere, dann auf meine Weise. Prost!“ Er hob sein Glas in die Höhe. Selbst das schien ihm Mühe zu bereiten.

Koch zögerte.

„Koch, nun werden Sie nicht sentimental. Sie haben doch selbst genug Mist erlebt. Ich dachte, wenigstens bei

Ihnen auf Verständnis zu stoßen. Also, Prost, gönnen Sie einem alten Mann einen Rest an Würde und Alkohol!"

Sie tranken.

„Nun erzählen Sie, was passiert ist. Werde es auch niemandem weitertratschen. Ich kann schweigen wie ein Grab. Bald auf jeden Fall", forderte Bresson ihn auf und lachte wieder rasselnd.

Koch füllte die Gläser, bevor er seine Geschichte erzählte, unterbrochen nur von Bressons Husten, der die Schmerzen, die ihm das augenscheinlich bereitete, zu kaschieren versuchte, und dem Nachfüllen der Gläser.

„Also war tatsächlich Brunner das Schwein!", sagte er, nachdem Koch seine Ausführungen beendet hatte. „Ein dreckiger Tod, Malaria. Bedauern Sie es, ihn nicht eigenhändig umgebracht zu haben?"

Koch antwortete nicht gleich. Moses zu seinen Füßen stand auf und streckte sich.

Bresson kam ihm zuvor. „Seien Sie froh, dass es so gekommen ist."

Moses sprang auf Kochs Schoß und ließ sich darauf nieder.

„Nach dem, was Sie erzählt haben und wie ich Brunner einschätze, wäre der Mann lieber durch Ihre Hand gestorben. So hätte sich Ihr Andenken an Brunner viel tiefer in Sie hineingefressen und Sie hätten es Ihr restliches Leben mit sich herumgetragen, Sie wären untrennbar mit dem Mann verbunden geblieben und damit auch stets mit Dorles grausamem Tod. So ist es besser, Koch, glauben Sie mir! Der Schmerz bleibt, aber Sie haben sich nicht schuldig gemacht."

Das lange Sprechen hatte den alten Mann angestrengt, er hustete und krümmte sich so stark, dass Koch aufstand und in der Küche ein Glas Wasser füllte. Moses, den er von seinem Schoß gejagt hatte, maunzte ihn vorwurfsvoll an.

„Glauben Sie, dass das hilft?", fragte Bresson ironisch, als er sich ein wenig beruhigt hatte. „Schenken Sie mir lieber Brand nach!"

Koch zögerte.

„Puhler, ich dachte, wir hätten das ausdiskutiert. Ich saufe mich zu Tode. Ob heute oder morgen oder übermorgen. Sie werden das nicht verhindern. Sie machen es mir höchstens schwerer. Also, los!"

Koch nahm die Flasche vom Boden und füllte beide Gläser.

„Sehr gut!", kommentierte Bresson, als Koch ihm das Glas reichte. „Wenn Sie Hunger haben, in der Küche ist noch Brot und etwas Wurst. Nehmen Sie ruhig. Esch hat es mitgebracht. Und wo Sie gerade stehen: Reichen Sie mir doch die Decke! Da drüben!" Er zeigte auf einen Hocker in der Ecke.

„Ist Ihnen kalt?", fragte Koch.

„Ständig", entgegnete der kurz, breitete die Decke über seinen Beinen aus und zog sie bis zum Hals hoch.

Erneut hob er sein Glas. „Auf Deutschland", prostete er, „dem Land, mit dem es unaufhaltsam wieder aufwärtsgeht."

Er lachte, hustete und trank.

Koch ging in die Küche, kehrte mit einem belegten Brot ins Wohnzimmer zurück und setzte sich wieder. Moses legte sich demonstrativ einen Meter entfernt neben seinen Füßen auf den Boden.

„Koch", wechselte Bresson das Thema, „was werden Sie jetzt machen? Karriere bei der Polizei?"

„Sechs Wochen, Bresson", begann der unverhofft, „sechs Wochen, die alles verändern, alles anders machen.

Ich dachte, ich wäre angekommen …", das Denken fiel ihm schwer, er musste Pausen machen. Der Alkohol machte sich bemerkbar. „In Deutschland, in Mainz, bei mir …"

„Sicher?", fragte Bresson kühl zurück. Der Alkohol schien ihm nichts auszumachen.

„Ja", antwortete Koch nach einigen Sekunden.

„Wir Menschen neigen dazu, Dinge, die unwiderruflich weg sind, zu verherrlichen. Ich habe Sie bewundert, Koch, und mich gewundert, wie zwei so unterschiedliche Menschen wie Sie und Dorle zusammenleben können. Um ehrlich zu sein …", er unterdrückte einen Hustenanfall, was ihm aber nur kurz gelang, dann brach es wieder aus ihm heraus, und es dauerte eine Zeit lang, bis er seine Gedanken fortsetzen konnte, was er tat, als habe es keine Unterbrechung gegeben, „… ich hätte nicht gedacht, dass das mit Ihnen und Dorle hält, so lange hält …", er hustete nochmals, dieses Mal nur kurz. „Verstehen Sie mich nicht falsch, es ist jetzt sicher der falsche Zeitpunkt dafür, aber ich habe nicht mehr viel Zeit, und Sie sollten das wissen … ich fände es schlimm, wenn Sie Ihr gemeinsames Leben mit Dorle jetzt glorifizieren. Nehmen Sie das Schöne mit, aber Sie sind noch nicht so alt, Koch, Sie haben noch einige gute Jahre vor sich. Machen Sie sich die nicht kaputt. Es wäre eine Riesenbarriere für Ihr weiteres Leben."

„Einen realistischen Blick, Bresson, ist es das, was Sie wollen?", fragte Koch bitter.

„Ja, das ist gut gesagt. Ganz realistisch. Prost!"

Er trank den Rest seines Brandes in einem Zug aus.

„Wollen Sie wirklich nicht zum Arzt, ins Kranken … haus …?"

Koch fiel das Sprechen zunehmend schwerer. Bei Bresson schien der Alkohol wirkungslos.

„Koch, kein Wort mehr darüber! Es ist alles gesagt! Jetzt füllen Sie mein Glas. Das ist das Einzige, was mir wirklich auf den Sack geht: dass ich selbst zum Saufen auf fremde Hilfe angewiesen bin."

Trotz der Wirkung des Alkohols wunderte sich Koch über Bressons derbe Wortwahl. So hatte sich der Mann sonst nicht ausgedrückt.

„Was ist … mit Ihrem … Studio?", fragte Koch.

„Verkauft. Das meiste verkauft. Ich kann ja nichts mehr damit anfangen. Ein junger Photograph … da ist es in guten Händen. Das Geld habe ich gut angelegt", er deutete auf die Flasche mit dem Brand, „aber, warten Sie mal …"

Bresson wollte sich erheben, stützte sich mit einer Hand an der Sessellehne ab, hielt mit der anderen den Stock, aber er kam nur mühsam nach oben. Er stöhnte dabei vernehmlich und kniff seine Lippen zusammen.

„Warten Sie!", sagte Koch und stand auf, aber der andere hatte seine Bemühungen schon aufgegeben und war zurück in den Sessel gesunken.

„Gehen Sie zur Anrichte, da steht ein Photoapparat, bringen Sie mir den!", forderte er Koch auf.

Koch ging zur Kommode, nahm die Kamera an sich und war froh, als er wieder in dem Sessel saß, vor sich den Photoapparat. Moses strich um seine Beine.

„Das ist eine Leica II, Koch …"

„Was soll ich damit?"

Bresson kicherte und musste gleich wieder husten.

„Was macht man mit einer Kamera? Photographieren, Koch! Sehen Sie es zudem als eine Erinnerung an mich."

„Werden *Sie* jetzt sentimental, Bresson?"

„Wenn Sie nicht bald mein Glas nachfüllen, ja!"

Koch erfüllte dem alten Mann die Bitte.

„Und Sie?"

„Ich habe erst einmal genug. Ich könnte einen Kaffee gebrauchen."

„Wenn Sie sich den selbst machen, kein Problem. In der Küche finden Sie alles ..."

Wortlos stand Koch auf und verschwand aus dem Raum.

Fünf Minuten später streckte er seinen Kopf durch die Wohnzimmertür.

„Sie auch einen, Bresson?", fragte er.

„Sind Sie wahnsinnig, Koch?"

Kurze Zeit darauf saß Koch mit einer dampfenden Tasse in der Hand wieder in seinem Sessel.

„Sie können hier schlafen, Koch."

Der schüttelte den Kopf.

„Noch was vor?"

Koch setzte die Tasse vorsichtig an seine Lippen und nippte von dem noch heißen Getränk. Dann berichtete er Bresson von seinen Plänen.

Als er sich eine Stunde später von seinem Freund verabschiedete, rappelte der sich mühevoll auf, um ihn zu umarmen.

„Wir werden uns wohl nicht wiedersehen, Koch. Eine Bitte habe ich noch ..."

Koch sah ihn erstaunt an.

„Ich passe schon auf die Kamera auf."

„Das meine ich nicht."

8. Juni 1950

LXXII

Der Platz neben Koch blieb während der Fahrt in die Stadt unbesetzt. Moses hockte in dem kleinen Flechtkorb, den er unter Dorles Sachen gefunden hatte. Mit einer kurzen Schnur hatte er den Kater an dem Henkel des Korbs festgebunden, der jetzt auf dem Koffer stand. Moses blickte wild um sich und zerrte an der Leine, aber es gelang ihm nicht, sich zu befreien und aus dem Korb zu springen.

Koch war das gleichgültig. Er spürte noch den Alkohol des vergangenen Abends bei Bresson. Zunächst hatte er die Bitte des Mannes, für seinen Kater zu sorgen, rundweg abgelehnt. Aber Bresson hatte nicht locker gelassen, und schließlich hatte Koch nachgegeben. Es täte ihm gut, Verantwortung zu übernehmen, hatte der Alte ihm beim Abschied zugeraunt. Vielleicht hatte er recht, möglicherweise lebte der Freund auch in dem Kater weiter. Auf dem Weg zu sich nach Hause hatte Koch überlegt, ob Bresson wirklich so abgeklärt mit dem nahenden Tod umgehen konnte oder ob er ihm etwas vorspielte. Er wusste keine Antwort auf diese Frage. Als er endlich in seinem Haus angelangt war, ließ sich Moses gleich neben ihm auf dem Bett nieder. Das Schnurren des Katers hatte etwas Beruhigendes.

Am Morgen war Koch zum Friedhof gegangen und verbrachte lange Zeit vor Dorles Grab. Sie würde seine Entscheidung verstehen. Danach hatte er Franzi aufgesucht, die ihre Hände über dem Kopf zusammengeschlagen hatte, als er ihr seine Pläne dargelegt und sie um ihre Unterstützung gebeten hatte. Anschließend war er wieder in sein Haus gegangen, wo ihn Moses mit beleidigtem Maunzen begrüßte.

Er suchte seine wenigen Kleidungsstücke zusammen, packte sie in den Koffer und legte Bressons Leica oben auf, neben ein Bild von Dorle, das er bislang in seinem Nachttisch aufgehoben hatte.

In seiner Jackentasche steckte der Brief an Arnheim. Er war sich unsicher, ob es nicht besser gewesen wäre, seinen Chef persönlich über seine Pläne zu informieren, aber er wollte keine Zeit verlieren.

Am Bahnhof verließ er die Straßenbahn. In der einen Hand den Koffer, in der anderen den Korb mit dem Kater, betrat die große Halle des Bahnhofsgebäudes. Nun würde er wahr machen, was er in den ersten Monaten nach seiner Ankunft in Mainz, als er voller Zweifel gewesen war, ob die Rückkehr die richtige Entscheidung gewesen war, so oft geplant und dann wieder verworfen hatte.

Langsam durchschritt er die Halle und stellte sich in die Schlange vor einem der Schalter. Eine ältere Frau stand vor ihm, die, als sie Moses sah, ihre Hand ausstreckte, um das Tier zu streicheln. Koch gab ihr zu verstehen, das zu unterlassen.

„Soll die da mit?“, fragte der Mann hinter dem Schalter, als Koch an der Reihe war und zeigte auf Moses, der sich noch immer nicht mit der Schnur, die ihn an den Henkel des Korbes band, abgefunden hatte und immer wieder Versuche unternahm, sich zu befreien.

„Sieht so aus!“, antwortete Koch düster.

„Die muss aber angebunden bleiben! Die darf nicht frei rumlaufen im Zug!“

Koch nickte, bezahlte und steckte das Ticket ein. Er hatte noch eine halbe Stunde Zeit, bis der Zug nach Paris losfahren würde.

Trotzdem ging er schon hinaus auf den Bahnsteig, wo er sich auf eine von der Sonne beschienene Bank setzte, auf der schon ein Mann saß, der keine Notiz von ihm nahm. Moses hatte sich inzwischen beruhigt und in seinem Korb zusammengerollt.

„Ist zwar vom Wochenende", sagte plötzlich eine Stimme neben Koch.

Überrascht sah er sich um. Der Mann neben ihm hielt ihm eine Zeitung entgegen. Koch nahm sie an sich und bedankte sich, aber da hatte sich der Fremde schon weggedreht und war gegangen.

Moses sah nur kurz auf und rollte sich gleich wieder zusammen.

Die Schlagzeile weckte gleich Kochs Interesse. „25 000 Mann Bundespolizei" stand da, und darunter: „Ihre Aufstellung wird nach einer Mitteilung des amerikanischen Außenministeriums geplant."

Er dachte an Dickopf, doch bevor er den Artikel lesen konnte, hörte er seinen Namen.

„Herr Koch! Herr Koch!"

Er sah sich um und erkannte Siggi, der sich umschauend über den Bahnsteig lief. Koch faltete die Zeitung zusammen und erhob sich, wenig später stand der junge Mann vor ihm.

„Herr Koch, da bin ich aber froh, dass Sie noch da sind", keuchte der. „Ich war bei Franzi, ich meine, Frau Molitor, die hat mir gesagt, dass ich Sie hier treffe."

Koch nickte. Siggi war außer Atem.

„Sie wollen wirklich weg?"

„Ja, Siggi, ich muss."

„Kommen Sie denn wieder?"

„Ich weiß es noch nicht. Es ist so viel geschehen … Was wollten Sie denn bei Franzi?"

„Ich wollte eigentlich zu Ihnen …", er stockte kurz, „mich entschuldigen."

„Entschuldigen, wofür denn?"

„Das mit Harro, also, dass der … in Ihrem Büro, Sie wissen … die Spieluhr, die hat er doch genommen, um Ihnen …, damit es so aussieht, dass Sie den Mord …"

Koch hob beschwichtigend die Hände.

„Schon gut, Siggi, Fehler machen wir alle. Sie konnten das ja nicht wissen. In Zukunft wird Ihnen so etwas nicht mehr passieren. Sie sind ein guter Polizist. Ich habe mich vielmehr bei Ihnen zu bedanken. Was Sie, Reuber und Esch für mich getan haben, das werde ich nie vergessen."

Koch wunderte sich in diesem Augenblick über das Pathos in seinen Worten.

Siggi nickte verlegen.

„Herr Arnheim hat mir einen Fall übertragen. Mein erster. Ich meine, allein …"

„Sie sind jetzt …?"

„Ja, Kommissar." Der Stolz in Siggis Stimme war nicht zu überhören.

„Gratulation, Siggi."

„Wo fahren Sie denn hin?", fragte der.

„Nach Frankreich. Zuerst nach Paris und dann weiter in den Süden. Meinen Sohn besuchen."

„Und Herr Arnheim? Weiß der Bescheid?"

Koch fiel das Schreiben in seiner Jacketttasche ein.

„Gut, dass Sie mich daran erinnern." Er zog den Brief heraus. „Das hätte ich fast vergessen. Können Sie den Arnheim geben? Da steht alles drin. Er wird das verstehen."

Der Kater blickte über den Rand des Korbs Siggi an.

„Moses …?"

Koch nickte. „Bresson hat mich gebeten, auf ihn aufzupassen. Schauen Sie nach dem Mann."

Nun war es an Siggi, zu nicken. „Es geht ihm nicht gut, oder?"

„Ja, es steht schlecht“, antwortete Koch bedrückt.

„Herr Koch ...“, begann Siggi, doch der unterbrach ihn.

„Siggi“, sagte er und ermahnte sich still, nicht pathetisch zu werden. Er streckte seine Hand aus. „Sag Paul zu mir!“

Siggi sah ihn überrascht an.

„Aber, Herr Koch ...“

„Paul, Siggi, ich heiße Paul ..., das hast du verdient.“

„Vielen Dank, Herr ... Paul.“

Koch hatte seine Hand noch immer ausgestreckt gehalten. Vor Aufregung hatte Siggi es erst nicht bemerkt. Jetzt nahm er sie und schüttelte sie heftig.

„Ist ja gut, Siggi, du musst mir den Arm nicht ausreißen!“

Erschrocken ließ Siggi die Hand los.

Zum ersten Mal seit langer Zeit konnte Koch lachen.

Hinter ihnen fuhr ein Zug auf dem Gleis ein. Mit einem lauten, metallischen Kreischen kam er zum Stehen. Die Türen wurden geöffnet und eine Traube von Menschen drängte auf den Bahnsteig.

„Danke für alles, Siggi. Grüß mir Reuber und den Freiherrn.“

„Sehen wir uns wieder ...?“

Koch antwortete nicht auf die Frage, streichelte Moses kurz, nahm den Korb, dann seinen Koffer, nickte Siggi zu und stieg in den Waggon. An der offenen Tür blieb er stehen, bis sie geschlossen wurde.

Als der Zug sich langsam in Bewegung setzte, hob Siggi seinen Arm und winkte und folgte dem ausfahrenden Zug ein kleines Stück.

Koch meinte, Tränen in seinen Augen zu sehen.

Nachwort und Danksagung

„Offene Wunden“ ist ein fiktiver Text, die handelnden Personen sind frei erfunden und haben keine realen Vorbilder. Eine Ausnahme ist Paul Dickopf. Er lebte von 1910 bis 1973, war bei der Gründung des Bundeskriminalamtes (BKA) eine treibende und prägende Kraft, fungierte die ersten Jahre nach der Gründung als Vizepräsident, von 1965 bis 1971 als Präsident und von 1968 bis 1971 als Präsident von Interpol. Bei ihm habe ich in Bezug auf seine Rolle in diesem Roman von meiner dichterischen Freiheit Gebrauch gemacht.

Die im Text erwähnten biographischen Angaben zu Dickopf vor 1945 wie seine Anstellung als Kriminalkommissar im Dritten Reich und seine vermeintliche Flucht in die Schweiz ebenso wie sein beharrliches und gewieftes Taktieren zugunsten der Gründung eines Bundeskriminalamtes, für das er sich schon kurz nach seiner Rückkehr nach Deutschland stark gemacht hatte, entsprechen den Tatsachen. Erfunden ist der „Fall“ des Karl Böcklin alias Heinrich Anton von Peterlein, der im Buch als Referent im Bundesinnenministerium arbeitet, dort Kenntnis von den Bemühungen Dickopfs bekommt und für sich den Entschluss fasst, die Gründung des Bundeskriminalamtes, zumindest nach den Plänen Dickopfs, zu verhindern. Somit sind auch seine Ermordung und eine mögliche Verstrickung Dickopfs darin allein der Phantasie des Autors entsprungen.

Paul Dickopf hat zwar sehr oft die Baustelle des Bundeskriminalamtes in Wiesbaden aufgesucht, um den Fortgang der Arbeiten vor Ort persönlich zu überwachen, und Herbert Rimpl (1902 bis 1978) war der Architekt des Bundeskriminalamtes und hatte seinen Wohnsitz erst in Mainz, später in Wiesbaden, doch das Treffen der beiden Männer mit Paul Koch im Roman am 26. Mai 1950 ist pure Fiktion.

Wer mehr über die Gründung des Bundeskriminalamtes und die Rolle wissen möchte, die Paul Dickopf dabei spielte (und den der damalige Bundesinnenminister Hans-Dietrich Genscher bei der Verabschiedung in den Ruhestand 1971 ein „Vorbild für die gesamte deutsche Polizei" nannte), seien (neben einer Reihe von Interneteinträgen) folgende Bücher empfohlen:

Imanuel Baumann, Herbert Reinke, Andrej Stephan, Patrick Wagner, „Schatten der Vergangenheit" Das BKA und seine Gründergeneration in der frühen Bundesrepublik, erschienen im Luchterhand Verlag, Köln 2011 (Dieses Buch ist das Ergebnis eines Forschungsprojektes unter Leitung von Professor Dr. Patrick Wagner).

Dieter Schenk, „Auf dem rechten Auge blind" Die braunen Wurzeln des BKA, Kiepenheuer & Witsch, Köln 2001 (Dieter Schenk arbeitete von 1980 bis 1989 als Kriminaldirektor im BKA.)

Armand Mergen, „Die BKA Story", Herbig Verlag, München 1987

Wilhelm Dietl, „Die BKA-Story", Droemer Verlag, München 2000

Der im Buch erwähnte Freund und Unterstützer Dickopfs, der Schweizer François Genoud, ist eine der schillerndsten Personen der zweiten Hälfte des 20. Jahrhunderts. Schon in jungen Jahren ein glühender Hitler-Verehrer, ist er dies bis an sein Lebensende geblieben, hat während des „Dritten Reiches" für den deutschen Geheimdienst gearbeitet und nach dem Krieg sein Vermögen mit den Rechten an den

Büchern Joseph Goebbels' gemacht, hat sich im algerischen Befreiungskampf engagiert, wandte sich anschließend den palästinensischen Befreiungsorganisationen zu, unterstützte den jahrelang als Topterroristen bezeichneten und gesuchten Ilich Ramírez Sánchez, genannt „Carlos", ebenso wie auch Adolf Eichmann und Klaus Barbie während ihrer Prozesse.

Ein sehr instruktives und gut zu lesendes Buch zu Genoud hat Willi Winkler geschrieben: „Der Schattenmann", Von Goebbels zu Carlos: das mysteriöse Leben des François Genoud, erschienen bei Rowohlt, Berlin 2011.

Zudem ist im Limmat Verlag, Zürich 1996, das Buch „Ein Leben zwischen Hitler und Carlos: François Genoud" erschienen.

„Bis zu 14 Millionen Deutsche verloren 1945 ihre Heimat. Ihre Vertreibung war die Konsequenz der barbarischen deutschen Besatzungsherrschaft während des Zweiten Weltkriegs. Aus Ostpreußen, Pommern, Schlesien, Böhmen, aus der Zips, aus Reval, aus Siebenbürgen, aus der Dobrudscha machten sie sich auf den Weg nach Westen. Es kamen Deutsche zu Deutschen. Ihre kulturellen und mentalen Prägungen aber waren gänzlich andere als die der Menschen hierzulande. So trafen in den vier Besatzungszonen nach 1945 Bauern aus dem ukrainischen Wolhynien auf urbane Rheinländer, Breslauer Großbürger auf Oberbayern vom Lande. Dialekte, Mentalitäten, Konfessionen und Sozialisationen – die Differenzen konnten nicht größer sein." (1)

Geht man von den oben genannten 14 Millionen Flüchtlingen und Vertriebenen aus, die den Weg in die vier westlichen Zonen geschafft hatten, und setzt sie in Relation zu den knapp 70 Millionen Einwohnern, die im Jahr 1950 auf dem Gebiet der BRD und der DDR lebten, so heißt dies, dass diese beiden Staaten in den ersten Nachkriegsjahren annähernd 20 Prozent Neubürger aufnehmen mussten. Ihnen wurde mit Misstrauen, offener Abweisung und oftmals auch mit Gewalt begegnet. Dass über die Jahre diese immense Zahl von Menschen integriert wurde, ist eine der unglaublichsten Leistungen der Nachkriegszeit. Und wie Andreas Kossert in seinem Artikel in „Die Zeit" vom 29.01.2015 und in seinem Buch „Kalte Heimat" ausführt, wurden die Flüchtlinge *„zu Motoren einer ungeahnten Modernisierung, sie brachen verkrustete Strukturen auf und sie trugen maßgeblich zum Wiederaufbau Deutschlands bei. Sie waren mobil, konnten überall neu anfangen und gingen dorthin, wo Arbeit war. Gleichzeitig brachten sie wichtige Qualifikationen mit, und gerade die Jungen waren hochmotiviert, mit ihrer Arbeitskraft ein neues Leben aufzubauen. Alles in allem hat Deutschland mit der Integration von Millionen Vertriebenen eine ungeheure kulturelle und soziale Herausforderung gestemmt."*

Auch wenn viele aus der ersten Generation der Flüchtlinge und Vertriebenen noch unter sich geblieben sind, so haben spätestens ab der folgenden Generation „Zugezogene" und „Alteingesessene" zueinandergefunden, sodass heute die Enkel und Urenkel der Flüchtlinge und Vertriebenen überall in Deutschland leben. Es wäre die Aufgabe eines Mathematikers, auszurechnen, wie viele der heute in Deutschland lebenden Menschen Vorfahren haben, die als Flüchtlinge und Vertriebene vor 70 Jahren ins Land gekommen sind. Und die vergessen zu haben scheinen, wo sie herkommen, wenn man die Transparente der Protestierenden im Herbst und Winter 2014 liest, die Flüchtlingen aus Afrika und dem Mittleren Osten Plakate mit dem Aufdruck „Bitte Weiterflüchten" entgegenhalten, eine, wie Andreas Kossert in seinem o.g. Zeit-Artikel vom Januar 2015 schreibt, *„Aufforderung, die an Zynismus kaum zu überbieten ist. Zugleich zeugt sie von einer erschüttern-*

den Vergesslichkeit, denn viele, die derzeit von ,Überfremdungsängsten' getrieben auf die Straße gehen, verdrängen offenbar, dass ihre eigenen Eltern oder Großeltern nach 1945 als Flüchtlinge ins besetzte Nachkriegsdeutschland kamen." (1)

Die Familie Kallweit, die in „Offene Wunden" einen der Handlungsstränge bildet, gehört zu den sogenannten Dänemark-Flüchtlingen. Diese nahmen innerhalb der Flüchtlinge und Vertriebenen eine Sonderrolle ein. Als in den letzten Kriegsmonaten die Rote Armee näher an die Grenzen des Deutschen Reiches rückte und schließlich überschritt, flohen viele Menschen auf dem Landweg, mit dem Schiff oder über das Haff in Richtung Westen und wurden anschließend von der Wehrmacht in dem bis Kriegsende von Deutschland besetzten Dänemark einquartiert.

„Am Ende des Zweiten Weltkrieges flüchteten etwa eine Viertelmillion Deutsche aus den Ostgebieten nach Dänemark. Die erste Flüchtlingswelle erreichte das seit 1940 von deutschen Truppen besetzte Land bereits im Februar 1945. Nach der Ankunft wurden die Flüchtlinge zunächst in Wehrmachtslagern und Lazaretten untergebracht und notdürftig versorgt. Die deutschen Besatzungsbehörden beschlagnahmten außerdem öffentliche Gebäude wie Schulen und Hotels und funktionierten sie zu Flüchtlingsunterkünften um. Im Mai 1945 befanden sich etwa 230 000 deutsche Flüchtlinge auf dänischem Boden. Unter den Vertriebenen herrschte Mangelernährung, medizinische Unterversorgung und eine hohe Todesrate von Kindern. Die öffentliche Meinung war gespalten, die einen forderten die Unterstützung der Hilfsbedürftigen, die anderen kritisierten die Gutmütigkeit gegenüber den ehemaligen Besatzern. Ziel der dänischen Flüchtlingspolitik war, die ,ungeladenen' Gäste loszuwerden. Die Alliierten verboten jedoch ihre Aufnahme in Deutschland.

Die dänischen Behörden internierten die Flüchtlinge in bewachten Lagern. Der Kontakt zur einheimischen Bevölkerung wurde streng untersagt. Stattdessen wurden die Flüchtlinge in der Pflege der deutschen Sprache und Kultur unterstützt. Diese Maßnahmen sollten ihr Einleben in Dänemark verhindern. Im Laufe des Jahres erlaubte zunächst die Britische Besatzungszone die Einreise, ab 1947 auch die anderen Zonen. Bis 1949 gab es über 460 Flüchtlingslager in Dänemark." (2)

Die französische Militärverwaltung verweigerte aus zwei Gründen lange Jahre die Einreise von Flüchtlingen und Vertriebenen in ihre Zone: Zum einen fühlte sich Frankreich, das an der Potsdamer Konferenz im Juli/August 1945, auf der u.a. im Artikel XIII des Potsdamer Protokolls der „geordnete und humane Transfer" der Deutschen, die „in Polen, der Tschechoslowakei und Ungarn zurückgeblieben sind", sowie Polens Verwaltungshoheit über die deutschen Gebiete östlich der Oder-Neiße-Linie beschlossen wurde, nicht teilgenommen hatte, für die Beschlüsse und Folgen nicht verantwortlich, und befürchtete zum anderen eine nicht mehr tragbare Belastung seiner sehr stark unter den Kriegsfolgen leidenden Zone. Unterstützt wurde diese Politik von der Landesregierung des im nördlichen Teil der französischen Zone gelegenen Rheinland-Pfalz. Erst später und auf Druck der Alliierten durften Vertriebene und Flüchtlinge einreisen, darunter ein überproportional großer Teil der noch in Dänemark internierten Deutschen.

„In der Zonenzeit aber bestand für die französische Besatzungszone, zu der das aus der nordfranzösischen Besatzungszone gebildete Rheinland-Pfalz gehörte, ein weitgehendes Verbot der Aufnahme von Vertriebenen und Flüchtlingen. Noch im Zuge des Genehmigungsverfahrens für das am 16. Dezember 1948

vom Landtag verabschiedete Landesflüchtlingsgesetz erklärte die französische Militärregierung, dass es mit Ausnahme der etwa 6500 zunächst nach Dänemark geflüchteter Vertriebener, die mit französischer Genehmigung aufgenommen worden waren, keine Flüchtlinge im Land gäbe. Alles andere seien Leute, die aufgrund einer Zuzugsgenehmigung ins Land gekommen wären, worin bestätigt war, dass sie Arbeit und Wohnung hatten. Daneben gab es freilich noch illegal zugewanderte Flüchtlinge, aber um diese brauchte sich eine Verwaltung zumindest nicht in sozial-politischer Hinsicht zu kümmern. Von 1945 bis 1949 galt also für die französische Zone eine besondere Situation in Bezug auf die Flüchtlinge, in der es nur unter besonderen Umständen zur Ansiedlung im Lande kommen konnte." (3)

Bücher, Aufsätze und Zeitungsartikel, die mir bei meinen Recherchen zum Themenfeld Flucht und Vertreibung, Dänemark-Flüchtlinge, die besondere Situation in der französischen Besatzungszone und die Folgen der Aufnahme geflüchteter und vertriebener Menschen, geholfen haben, sind folgende (aus denen ich z.T. oben zitiert habe):

(1) „Böhmen, Pommern, Syrien – Wer heute auf die Straße geht, verdrängt die eigene Migrationsgeschichte. In der Nachkriegszeit hat das Land Millionen Vertriebene aus dem Osten aufgenommen – und von ihnen profitiert" von Andreas Kossert, in: „Die Zeit" vom 29.01.2015

(2) http://www.ausstellung-angekommen.de

(3) „Rheinland-Pfalz entsteht", Beiträge zu den Anfängen des Landes Rheinland-Pfalz in Koblenz 1945–1951, hrsg. von Franz-Josef Heyen, Boppard am Rhein 1984, S. 235f.

Andreas Kossert, „Kalte Heimat“, Die Geschichte der deutschen Vertriebenen nach 1945, Siedler Verlag, München 2008

Mathias Beer, „Flucht und Vertreibung der Deutschen“ Voraussetzungen, Verlauf, Folgen, Verlag C.H. Beck, München 2011

Heinrich Küppers, „Staatsaufbau zwischen Bruch und Tradition“, Geschichte des Landes Rheinland-Pfalz 1946–1955, v. Hase & Koehler Verlag, Mainz 1990

Michael Sommer, „Flüchtlinge und Vertriebene in Rheinland-Pfalz“, Aufnahme, Unterbringung und Eingliederung, v. Hase & Koehler Verlag, Mainz 1990

Franz-Josef Heyer, „Auf der Suche nach neuer Identität“, Kultur in Rheinland-Pfalz im Nachkriegsjahrzehnt, hrsg. von Anton M. Keim, v. Hase & Koehler Verlag, Mainz 1996

Karl-Heinz Rothenberger, „Die Hungerjahre nach dem Zweiten Weltkrieg“ Ernährungs- und Landwirtschaft in Rheinland-Pfalz 1945–1950, Harald Boldt Verlag, Boppard am Rhein 1980

Kreuz, Rad, Löwe – Rheinland Pfalz Ein Land und seine Geschichte, hrsg. von Friedrich P. Kahlenberg und Michael Kißener, Darmstadt/Mainz 2012

Das virtuelle Museum, vimu info, Die „Familien der Besatzer“ als Flüchtlinge im Land? – Die Perspektive der dänischen Obrigkeit, zu finden unter:
http://www.vimu.info/fb.jsp?id=for_14_9_3_fb_perspektive_dk_de&lang=de&u=teacher&flash=true

„Die Deutschlandpolitik Frankreichs und die französische Zone 1945–1949“, hrsg. von Claus Scharf und Hans J. Schröder, Franz Steiner Verlag, Wiesbaden 1983

Erwin Ay, „Rettende Ufer“, Von Ostpreußen nach Dänemark, Norderstedt 2005

Helmut Brunner flieht nach dem Überfall auf einen französischen Geldtransport im Jahre 1946 in die Fremdenlegion, um die sich besonders nach dem Ende des Zweiten Weltkrieges viele Mythen und Legenden rankten. Eine davon ist die von der großen Zahl SS-Angehöriger, die in der Legion Zuflucht vor den Untersuchungen der Justizbehörden gefunden hätten. Eher waren es jene Soldaten, die nach dem gesellschaftlichen Drill im Dritten Reich der Vorkriegsjahre und dem Krieg ab 1939 nichts anderes als militärische Umgangsformen gelernt hatten, es waren junge Männer, die von der Aussicht auf Abenteuer, Ausbruch aus der Enge der Nachkriegsgesellschaft und einem regelmäßigen Einkommen gelockt wurden. Da schon kurz nach dem Ende der Kampfhandlungen in Europa Frankreich in einen neuen Krieg in Indochina verwickelt war, war die Nachfrage nach Soldaten für die Fremdenlegion groß. Deshalb wurden u.a. in Landau und in Offenburg Rekrutierungsbüros eingerichtet. In Deutschland begegnete man den Anwerbeversuchen mit Ablehnung, da man nicht einsah, dass junge deutsche Männer für Frankreich kämpfen und sterben sollten. Bücher, die sich mit der Fremdenlegion und der Rolle deutscher Männer beschäftigen, sind:

Martin Specht, „Heute trifft es vielleicht dich“, Deutsche in der Fremdenlegion, Ch. Links Verlag, Berlin 2014

Eckard Michels, „Deutsche in der Fremdenlegion 1870–1965", Mythen und Realitäten, Schöningh, Paderborn 2006

Christian Koller, „Die Fremdenlegion. Kolonialismus, Söldnertum, Gewalt 1831–1962", Verlag Ferdinand Schöningh, Paderborn 2013

Vor und während des Krieges hatte sich in Frankfurt am Main eine lebhafte Jazzszene gebildet, die sich in Keller- und Hinterräumen traf, um gemeinsam zu musizieren, Platten zu hören und über die verbotene Jazzmusik zu diskutieren. Das Ende des Krieges war für diese jungen Menschen nicht nur eine Befreiung von einem repressiven System, durch die Stationierung amerikanischer Streitkräfte in und um Frankfurt und den Flughafen als internationales Drehkreuz kamen sie auch schnell und intensiv mit amerikanischen Jazzmusikern in Berührung, konnten von ihnen lernen, bekamen die neuesten Trends mit und hatten in den Clubs und Unterkünften der Amerikaner vielfältige Auftrittsmöglichkeiten.

„Bereits Ende 1939 hatte sich in Frankfurt ein Kreis jugendlicher Musiker zusammengefunden, der sich mit großer Leidenschaft dem Jazz widmete und damit einer Musik, die den nationalsozialistischen Machthabern als Inbegriff des ‚Entarteten' galt. Der synkopierte Rhythmus des Jazz taugte nicht zum Marschieren im Gleichschritt, das Prinzip der Improvisation widersprach den braunen Vorstellungen von Disziplin und Gehorsam und die Urheber der Musik – Afroamerikaner und viele Amerikaner jüdischen Glaubens – waren vom Ideal der arischen Rasse denkbar weit entfernt. Jazz verkörperte den Gegenentwurf zur deutschen Lebenswirklichkeit des Dritten Reichs. Aber die Begeisterung für diese Musik resultierte nicht in politischem Widerstand, sondern eher in jugendlichem Aufbegehren gegen die Fremdbestimmung

ihrer Freizeit durch die Staatsorgane. Dafür ging man allerdings existentielle Risiken ein. Der Schlagzeuger Horst Lippmann und der Klarinettist Emil Mangelsdorff wurden z.B. verhaftet und mehrere Wochen im Gefängnis festgehalten. In den Wirren der letzten Kriegsmonate kamen die Jazzaktivitäten vorübergehend zum Erliegen, aber nur neun Tage nach Kriegsende, am 17. Mai 1945, beantragte Carlo Bohländer bei der Stadtkommandantur des amerikanisch besetzten Frankfurt eine Lizenz, die seiner Jazzcombo erlaubte, vor deutschem Publikum aufzutreten." (4)

Jazzmusiker und Jazzfans wie Albert Mangeldorff, der jüngere Bruder von Emil, Carlo Bohländer, Karl Petri, Horst Lippmann und Olaf Hudtwalcker gehörten zu diesem Kreis. Sie gründeten Zeitungen, die sich mit der Jazzmusik beschäftigten, hielten Vorträge und moderierten Hörfunksendungen zum Thema. Dank dieser Menschen entwickelte sich Frankfurt am Main in den Jahren nach dem Krieg zum Zentrum des Jazz in Deutschland. So wurde im Jahre 1953 das Deutsche Jazzfest aus der Taufe gehoben. Ein Überbleibsel der Nachkriegszeit ist der „Jazzkeller", der 1952 als „Domicile du Jazz" gegründet wurde und der tagsüber als Übungsraum und nachts als Treffpunkt diente.

Ein Buch, das diese Musikgeschichte sehr anschaulich und ausführlich beschreibt, ist:

Jürgen Schwab, „Der Frankfurt Sound" Eine Stadt und ihre Jazzgeschichte(n), Societätsverlag, Frankfurt/Main 2004

(4) Das obige Zitat stammt aus dem Internetartikel „Die Frankfurter Jazzszene in der Nachkriegszeit":
http://www.ffmhist.de/ffm33-45/portal01/portal01.php?ziel=t_ak_jazzszene_nachkriegszeit

Als Informationsquelle zu zeithistorischen Hintergründen habe ich auf die schon in den Nachworten zu den Romanen „Unter Trümmern" und „Alte Feinde" erwähnten Bücher und Quellen zurückgegriffen. 2014 sind zwei Bücher neu auf Deutsch erschienen, die die Nachkriegsjahre zum Thema haben:

Keith Lowe, „Der wilde Kontinent" Europa in den Jahren der Anarchie 1943–1950, Klett-Cotta, Stuttgart 2014 (die englische Originalausgabe ist 2012 unter dem Titel „Savage Continent. Europe in the Aftermath of World War II" erschienen).

Ian Buruma, „'45 Die Welt am Wendepunkt", Hanser Verlag, München 2014 (die Originalausgabe ist 2013 unter dem Titel „Year Zero. A History of 1945" erschienen).

Wie schon bei der Arbeit zu „Unter Trümmern" haben mir auch dieses Mal Archive kenntnisreich und unbürokratisch geholfen. Namentlich möchte ich wieder das Stadtarchiv Mainz nennen und mich besonders bei Dr. Frank Teske und Manfred Simonis für ihre Unterstützung bedanken.

Nach Beendigung der Rohschrift eines Romans bin ich auf die Rückmeldung von Menschen angewiesen, denen ich das Manuskript für ein erstes Lesen vertrauensvoll in die Hände geben kann, sicher, dass sie damit genauso sorgsam wie kritisch umgehen. Ihnen möchte ich für ihre Unterstützung, ihre Kritik, ihre Anregungen, aber auch ihren Ansporn ganz herzlich danken. Es sind Frank Grevsmühl, Pepe Bernhard, Liane Diehl und meine Frau Tanja Heimbach. Ohne sie würde dieses Buch nicht so aussehen, wie es aussieht. Euch vielen herzlichen Dank dafür!

Eine wichtige Quelle für meine Nachforschungen, besonders was die Details des Alltagslebens angeht, sind Zeitzeugen. Stellvertretend für all diese Personen möchte ich Philipp Münch erwähnen, der auch der Photograph des Umschlagbildes von „Unter Trümmern" ist.

Ein sehr kritischer Begleiter meiner Bücher und insbesondere dieses ist Gérard Scappini. Vielen Dank dafür, Gérard!

Bardo Freiherr von Esch weiß sich stilsicher auffallend zu kleiden. Bei Fragen zu Mode und Stil hat Sebastian Schmidt von Bruss Schneideratelier in Mainz-Gonsenheim stets ein offenes Ohr für mich. Vielen Dank!

Ebenso wichtige wie aufmunternde Wegbegleiter aller meiner Bücher waren und sind Gitta und Thomas Keßler, denen ich an dieser Stelle für ihre Unterstützung ganz herzlich danken möchte.

Ein Manuskript ist nichts ohne einen Verlag und einen Verleger, der das Vertrauen aufbringt und das Risiko eingeht, es zu veröffentlichen. Mit Günther Butkus vom Pendragon Verlag habe ich einen solchen Verleger gefunden, worüber ich sehr froh bin und was ich sehr zu schätzen weiß. Das Gleiche gilt für die Lektorin Eva Weigl, der ich für das äußerst genaue und sorgfältige Lektorat und die vertrauensvolle Zusammenarbeit danke, sowie allen im Pendragon Verlag, die zum Entstehen dieses Romans beigetragen haben.

Zum Schluss möchte ich meiner Frau und meinem Sohn danken, ohne deren Unterstützung und Liebe dieses Buch nicht zustande gekommen wäre.

Pendragon Verlag
gegründet 1981
www.pendragon.de

1. Auflage

Gedruckt auf holz- und säurefreiem Naturpapier

Originalausgabe
Veröffentlicht im Pendragon Verlag
Günther Butkus, Bielefeld 2016

Lektorat: Eva Weigl
Herstellung und Umschlag: Uta Zeißler, Bielefeld
Foto: ullstein bild – ullstein bild
Satz: Pendragon Verlag auf Macintosh
Gesetzt aus der Adobe Garamond
ISBN 978-3-86532-526-6
Gedruckt in Deutschland